MANFRED BOMM

DIE GENTLEMEN-GANGSTER

MANFRED BOMM

DIE GENTLEMEN-GANGSTER

Kriminalroman

Personen und Handlung sind frei erfunden.
Ähnlichkeiten mit lebenden oder toten Personen
sind rein zufällig und nicht beabsichtigt.

Immer informiert

Spannung pur – mit unserem Newsletter informieren wir Sie
regelmäßig über Wissenswertes aus unserer Bücherwelt.

Gefällt mir!

Facebook: @Gmeiner.Verlag
Instagram: @gmeinerverlag
Twitter: @GmeinerVerlag

Besuchen Sie uns im Internet:
www.gmeiner-verlag.de

© 2021 – Gmeiner-Verlag GmbH
Im Ehnried 5, 88605 Meßkirch
Telefon 0 75 75 / 20 95 - 0
info@gmeiner-verlag.de
Alle Rechte vorbehalten
3. Auflage 2021

Lektorat: Claudia Senghaas, Kirchardt
Herstellung: Mirjam Hecht
Umschlaggestaltung: U.O.R.G. Lutz Eberle, Stuttgart
unter Verwendung eines Fotos von: © piotrszczepanek / stock.adobe.com
Druck: CPI books GmbH, Leck
Printed in Germany
ISBN 978-3-8392-2815-9

GEWIDMET ALLEN,

die eine Geschichte wie diese nicht aus der Distanz eines Unbeteiligten lesen, sondern selbst einmal von den bösen Schatten eines Verbrechens betroffen waren – was umso schwerer wiegt, wenn sich die Logik der Ermittlungen plötzlich gegen einen selbst richtet.

Denn wenn das scheinbar Naheliegendste zur Wahrheit erhoben wird, bleibt für das Unwahrscheinliche kein Raum mehr. Das Nachvollziehbare, wie es der Lebenserfahrung entspricht, lässt nämlich keine Zufälle gelten und verleitet dazu, leichte Wege zu gehen. Dann wird eine Verkettung unglücklicher Umstände oft als unwahrscheinlich empfunden, obwohl jedes Unglück kein solches wäre, wenn sich nicht schicksalhafte Ereignisse gekreuzt hätten.

Denken wir an all jene, die zum falschen Zeitpunkt am falschen Ort waren, die in den Strudel von Gerüchten und Verschwörungstheorien gelangt sind – und ein Leben lang diese Last tragen müssen, sofern sich niemand die Mühe macht, das oftmals Undurchschaubare zu entwirren und die einfachen Wege zu verlassen.

Denken wir also an all jene, die vieles von dem, was in diesem Roman erzählt wird, selbst ertragen mussten: Todesängste in langen Nächten, schreckliche Ungewissheit in der Gewalt von Kidnappern – und dann noch die unterschwelligen Verdächtigung, womöglich selbst Rädelsführer gewesen zu sein.

Dies alles sind üblicherweise Geschichten, aus denen Thriller gemacht sind.

Im vorliegenden Fall sollten wir aber auch – und gerade – an die Opfer denken.

Ein Kriminalroman soll Spannung und Unterhaltung sein, uns aber gleichzeitig vor Augen führen, was wir niemals selbst erleben möchten.

WAS MAN WISSEN MUSS

Dass Personen und Geschichte frei erfunden seien, trifft im vorliegenden Fall nur bedingt zu. In Wirklichkeit handelt es sich um eine Mischung aus Dokumentation und Fiktion. Zugrunde liegt nämlich einer der bis dahin größten Raubüberfälle auf ein Geldinstitut in der Bundesrepublik Deutschland. Geschehen im März 1982. Geändert wurden jedoch einige Namen und teilweise die Funktionen der geschilderten Personen. Somit wären Ähnlichkeiten mit den tatsächlich Beteiligten, deren Charakteren und Tätigkeiten rein zufällig und nicht beabsichtigt.

Als die Kreissparkasse mit der Idee an mich herantrat, diesen spektakulären Fall anlässlich ihres 175-jährigen Bestehens im Jahre 2021 als Grundlage für einen Kriminalroman zu nehmen, habe ich mich in meinem privaten Archiv noch einmal intensiv mit diesem Verbrechen befasst, über das ich damals als junger Journalist der *Neuen Württembergischen Zeitung* in Göppingen tage-, ja sogar wochenlang berichtete.

Glücklicherweise hatte ich unzählige Schriftstücke, Dokumente und Zeitungsartikel aufgehoben, sodass es mir nun möglich war, den Fall möglichst genau zu rekonstruieren – auch dank einiger Zeitzeugen, die sich bereit erklärt haben, mit mir über diese vermutlich schrecklichsten Stunden ihres Lebens zu reden.

Viele hatten sich damals auch im Mittelpunkt von Gerüchten und sogar falschen Verdächtigungen gesehen, weil angesichts des geradezu unglaublichen Vorgehens der Gangster zahlreiche Verschwörungstheorien die Runde machten, die sich jedoch nach intensiver Recherche allesamt als völlig aus der Luft gegriffen erwiesen. Vieles, was die Betroffenen erdulden mussten, war nie in der Zeitung zu lesen gewesen.

Nicht auszudenken, welchen Schmähungen und Unterstellungen sie heute im Zeitalter der sogenannten *Sozialen Medien* ausgesetzt wären, in denen jeder alles ungeprüft behaupten kann. 1982 waren veröffentlichte Informationen noch verantwortungsvoll recherchiert und nicht von gehetzten Journalisten oder Laien überhastet in die Welt gesetzt worden.

Ein Jurist sprach später von einem »einmaligen Fall«, von den »erfolgreichsten Gangstern Deutschlands«, die »wie Gentlemen« gehandelt hätten. Männer mit zwei Gesichtern: zum einen »biedere Bürger«, zum anderen aber »knallharte Täter mit wahrhaft kriegerischer Bewaffnung.« Fast ein Vierteljahrhundert lang konnten sie unerkannt ihre Raubzüge unternehmen und jedes Mal wie vom Erdboden verschwinden.

Ich habe mithilfe einiger fiktiven Handlungsstränge versucht, all das Merkwürdige und Ungewöhnliche aufzugreifen, das damals in und um diese Stadt Göppingen für Gesprächsstoff gesorgt, jedoch nie Eingang in die offizielle Berichterstattung gefunden hat. In Göppingen, das Garnisonsstadt der Ersten US-Infanteriedivision *Forward* gewesen war, die von hier aus engen Kontakt zum weithin bekannten Atomraketenstandort Mutlangen (bei Schwäbisch Gmünd) hatte, dürften auch international tätige Spione und clevere Geschäftemacher zwischen Ost und West ihr Unwesen getrieben haben. Einige (echte) Spuren führen deshalb in meiner Geschichte nach Sankt Petersburg (das damals noch Leningrad hieß) und in die Slowakei.

Der damals noch junge Kommissar August Häberle (für den es ein echtes Vorbild gab) wurde irgendwann in diese Gerüchteküche involviert und kam ein Berufsleben lang nicht mehr davon los. Vieles, was dann in der »Neuzeit« geschah, ist meiner Fantasie entsprungen. Häberle wurde just am Tag, als er in seinen Ruhestand verabschiedet wurde (siehe Roman »Schluss-wort«), auf dramatische Weise von der Vergangenheit eingeholt.

1

Ein Sonntagabend Anfang März 1982

Martin Seifritz war leicht gereizt, als es an der Haustür klingelte. Der 48-Jährige erwartete weder Besuch noch wäre er an diesem Sonntagabend darauf eingestellt gewesen. Aber vermutlich war es wieder mal Manuela, seine ältere Tochter, die sich erst vor einer halben Stunde mit ihrem Freund verabschiedet hatte, um Richtung Tübingen zu fahren, wo sie Jura studierte. Oft genug schon hatte sie etwas vergessen.

Seifritz, angesehener Chef der Kreissparkasse Göppingen und seit zwei Jahren verwitwet, wollte das Wochenende vor dem Fernseher ausklingen lassen. Während die jüngere Tochter Marion im Obergeschoss Musik hörte, hatte er es sich gerade im Wohnzimmer beim Fernsehfilm *Der Hauptmann von Köpenick* gemütlich gemacht, den das ZDF anlässlich des 80. Geburtstags des Hauptdarstellers Heinz Rühmann zeigte.

Deshalb nervte das Klingeln an der Haustür. Seifritz sah auf die Uhr, erhob sich und drückte missmutig auf den Türöffner, fest davon überzeugt, dass gleich eine atemlose Manuela hereinstürmen würde, weil sie möglicherweise etwas vergessen hatte.

Doch Augenblicke später war alles anders: Im fahlen Licht der Diele tauchten zwei Gestalten auf und ließen hinter sich die Haustür zufallen. Einer war wie ein Polizist gekleidet, der andere zivil. Beide vollbärtig, die Augen mit großen Sonnenbrillen verdeckt, lange Haare. Seifritz stockte der Atem, ein nie gekannter Schock übermannte ihn. Erster reflexartiger Gedanke beim Anblick der grünen Polizeiuniform: War

Manuela, der 21-jährigen Tochter, etwas zugestoßen? Ein Unfall?

Seine Augen hingen für eine Sekunde an dem Uniformierten, der doch zweifelsohne ein Polizist sein musste. Mit Mütze und dem baden-württembergischen Landeswappen am Ärmel des Anoraks. Gleich würde dieser Beamte eine schlimme Nachricht überbringen. Aber die große Sonnenbrille und möglicherweise eine Perücke mochten nicht zu einem seriösen Polizisten passen. Schon gar nicht jetzt, an diesem dunklen Märzabend.

Und auch der andere Mann, der zivil mit einem Trenchcoat bekleidet war, als sei er ein Kriminalist, trug ebenfalls eine große Sonnenbrille und wirkte genauso wenig vertrauenserweckend.

Seifritz stand wie gelähmt, spürte den Schreck in allen Gliedern – als sei sämtliches Blut in ihm gefroren. Denn augenblicklich erkannte er, was der Uniformierte versteckt gehalten hatte und nun auf ihn richtete: den Lauf einer Maschinenpistole. Die Hände in Handschuhen. Nein, das war kein Polizist.

Der andere hatte seine Hände tief in den Taschen vergraben. Ausgebeulter Stoff ließ eine verborgene Waffe befürchten.

Seifritz war sich schlagartig der Situation bewusst. Überrumpelt in der Wohnung. Keine Aussicht auf Hilfe. Überfallen und eingesperrt im eigenen Haus.

Im Berufsleben war er es als Bankchef und früher auch als Erster Staatsanwalt gewohnt, rational zu denken und entsprechend zu handeln. Jetzt verspürte er Ohnmacht, Panik und Angst. Gedemütigt und in grenzenloser Sorge um Marion, die sich im Obergeschoss aufhielt. Dazu die schreckliche Ungewissheit, was sie mit seiner anderen Tochter gemacht hatten, mit Manuela und deren Freund. Unterwegs auf der Fahrt nach Tübingen abgefangen?

»Wo ist die Frau?«, fragte der Uniformierte völlig unaufgeregt, als sei er sich ganz sicher, dass eine Ehefrau da sein müsste. Noch bevor Seifritz etwas erwidern konnte, traf ihn die Stimme des anderen Mannes ins Innerste: »Seien Sie still, sonst gibt es ein Blutbad.«

Seifritz stand wie erstarrt. »Blutbad«, hallte es in seinem Kopf nach.

»Wo ist die Frau?«, wiederholte der Uniformierte weiterhin ungewöhnlich ruhig.

Seifritz erwiderte mit zitternden Lippen: »Nur meine Tochter ist oben.«

Der Uniformierte fuchtelte mit der Maschinenpistole und bugsierte mit seinem Komplizen Seifritz ins Obergeschoss, wo Marion, die Musik gehört hatte, beim Auftauchen der Männer keinen Laut herausbrachte.

»Ihnen geschieht nichts, wenn Sie tun, was wir sagen«, versuchte der Uniformierte, die spannungsgeladene Atmosphäre mit leiser Stimme zu entschärfen.

»Was wollen Sie?«, wagte Seifritz einen ersten energischen Vorstoß.

Doch statt einer Antwort folgte die unmissverständliche Anweisung, dass Vater und Tochter getrennt würden: Er sollte sich im ehelichen Schlafzimmer aufs Bett legen, Marion in ihrem Zimmer.

Seifritz fühlte panische Angst: Überfall, Mord? Widerstand erschien sinnlos. Allein schon, wie der Uniformierte mit der Maschinenpistole hantierte, ließ keinen Zweifel daran aufkommen, dass die beiden nicht mit sich verhandeln ließen. Seifritz flehte die Gangster an, ihn nicht von der Tochter zu trennen. Die Täter ließen sich erweichen: Marion durfte sich neben ihren Vater auf das Ehebett legen. Dort mussten sie jeweils eines ihrer Handgelenke an das des anderen fesseln lassen – mit einer metallischen Handschließe. Jetzt war jeglicher Fluchtversuch vollends unmöglich.

Seifritz, den der rasende Puls atemlos gemacht hatte, riskierte noch einmal die Frage: »Was wollen Sie denn?«

»Fünf Millionen«, gab einer der Räuber zu verstehen und setzte sich seelenruhig neben dem Bett auf einen Stuhl.

Der Bankchef versuchte, wieder langsamer zu atmen, sachlich zu bleiben. »Wo wollen Sie die herkriegen?«

Antwort: »Das ist Ihr Problem. Sie sind doch der Bankdirektor.«

Am nächsten Morgen, noch vor Geschäftsbeginn, sollte das Geld beschafft werden. Doch bis dahin lagen acht qualvolle Stunden vor ihnen.

2

Es wurde die schlimmste Nacht seines Lebens. Und auch Marion würde diese quälende Ungewissheit nie mehr vergessen. Mit einer Hand aneinander gekettet, so lagen Vater und Tochter, den Gangstern hilflos ausgeliefert, auf dem Bett. Voll innerer Unruhe, Angst und Panik. Die Räuber, die sich einen weiteren Stuhl ins Schlafzimmer geholt hatten, stellten immer und immer wieder dieselben Fragen nach den Sicherheitsvorkehrungen in der Hauptstelle der Kreissparkasse, nach Personen und den Örtlichkeiten. Seifritz konzentrierte sich auf die Gespräche und Formulierungen – genau so, wie er es einst als Staatsanwalt gelernt hatte. Als studierter Jurist versuchte er, sich so viel wie möglich von ihnen einzuprägen. Dass sie zwischen 30 und 40 Jahre alt und offenbar Deutsche waren; der Uniformierte ließ einen schwäbischen, der andere einen badischen Akzent anklingen. Sie pflegten einen gewissen seriösen Umgangston, blieben immer beim höflichen »Sie« und wirkten ziemlich gelassen und selbstsicher. Wie Profis, die so etwas schon öfters getan hatten. Die Vollbärte waren vermutlich angeklebt, die Frisuren wohl Perücken. Und die Sonnenbrillen, die sie weiterhin trugen, verbargen die Augenpartien.

Während der Gespräche, bei denen die Männer sachkundige Fragen stellten, erhärtete sich Seifritz' Verdacht, einer von ihnen könnte sehr gute Kenntnisse über die Abläufe in einer Bank haben. Sei es aus eigener Anschauung oder indem er sich vieles davon hatte erklären lassen. Von wem auch immer. Oder war er gar ein Insider? Ein ehemaliger Mitarbeiter? Sie schienen bestens vorbereitet zu ein.

Jedenfalls hatten beide Gangster einen klar definierten Plan, dessen Realisierung sie zielstrebig verfolgten. Sie wollten mit Seifritz am Montagmorgen kurz vor Geschäftsbeginn in das hoch aufragende Bankgebäude am Göppinger Bahnhof gehen und sich die geforderten Millionen aushändigen lassen. Es schien so, als seien sie sich ihres Vorgehens absolut sicher. Auch wenn ein so hoher Betrag gar nicht im Tresor lagerte.

Vollmundig erklärten sie, im Auftrag »einer Organisation« zu handeln und von dieser auch unterstützt zu werden. Der Uniformierte ergänzte gelassen: »Nach Geschäftsbeginn werden im Schalterraum Personen mit Handtaschen sein, in denen Bomben und Granaten versteckt sind.« Beobachter würden sich zudem im gegenüberliegenden Bahnhof positionieren.

Seifritz plagte nur ein einziger Gedanke: ob es eine Chance gab, mit der Tochter zu fliehen. Doch die Handschließe saß fest, die Rollos an dem am Stadtrand gelegenen Haus waren alle geschlossen – und außerdem hatten die Räuber vorsorglich die Sprechmuschel aus dem Telefon geschraubt. Nichts, was sie taten, wirkte nervös oder fahrig. Es mussten wirklich echte Profis sein, dachte Seifritz.

Irgendwann löschten die kaltblütigen Räuber das Licht, verharrten aber auf ihren Stühlen, um ihre Geiseln in der Gewalt zu haben. Einer der Männer gab sich geradezu fürsorglich: »Ich empfehle Ihnen zu schlafen, denn Sie werden morgen gute Nerven brauchen.«

3

4 Uhr. Erst in drei Stunden würde die Sonne aufgehen. Noch war es stockfinstere Nacht. Seifritz und seine Tochter hatten keine Sekunde schlafen können, lagen schweigend beieinander und lauschten bange und aufgewühlt in die Finsternis. Denn nachdem die Räuber ihre bohrenden Fragen beendet und das Licht gelöscht hatten, war nur noch deren bisweilen schwerer Atem zu hören gewesen. Seifritz hatte einige Male überlegt, ob die Männer eingeschlafen waren. Doch an eine Flucht wäre selbst dann nicht zu denken gewesen. Immerhin waren die beiden schwer bewaffnet und er an seine Tochter gekettet. Schon beim geringsten Versuch, aus dem Bett zu steigen, wären die Gangster wach geworden – sofern sie überhaupt schliefen.

Seifritz kämpfte unablässig mit einem wilden Gedankenkarussell und versuchte vergeblich, das Schreckliche zu verdrängen, das mit seiner anderen Tochter geschehen sein konnte. War sie auf der Fahrt mit ihrem Freund nach Tübingen ebenfalls in die Hände von Kidnappern geraten? Er wollte die beiden Gangster lieber gar nicht danach fragen. Wieder quälten ihn auch in diesen Stunden die schmerzhaften Erinnerungen an seine Frau, die vor zwei Jahren freiwillig aus dem Leben geschieden war; ein Schicksalsschlag, den er nie würde verdrängen oder überwinden können.

Als plötzlich das Licht angeknipst wurde, fühlte er so etwas wie Erleichterung, obwohl das Schlimmste noch bevorstand. Der Uniformierte, der sich als Wortführer hervortat, gab das Kommando. Er werde jetzt Marion in ein sicheres Versteck bringen, wo ihr nichts geschehe, wenn ihr Vater die geforderten Millionen besorge, erklärte er so emotionslos, als rede er von einem ganz normalen Vorgang.

Marions Herz raste. Sie hatte unbändige Angst. Seifritz' flehende Bitte, seine Tochter freizulassen, war nicht mehr als der vergebliche Versuch eines verzweifelten Vaters, die Gangster umzustimmen. Erneut spürte er, dass sie sich von ihrem Plan nicht würden abhalten lassen. Komme da, was da wolle. Als die Fesseln von den schmerzenden Handgelenken gelöst waren, umarmte Marion ihren Vater und weinte.

»Es passiert nichts, wenn wir das Geld kriegen«, stellte der falsche Polizist klar und forderte die junge Frau auf, Schlafsack, Wolldecke, Handschuhe und Wollmütze zusammenzupacken.

Seifritz war für einen weiteren Moment erneut geschockt, weil er angesichts der geforderten Utensilien befürchtete, sie würden Marion mehrere Tage in ihrer Gewalt behalten: »Wie lange soll das denn gehen?«

»Bis wir das Geld haben«, keifte der mit dem Trenchcoat, während der falsche Polizist sie unsanft die Treppe hinab in die

Diele zerrte. Dort öffnete er vorsichtig die Haustür, vergewisserte sich, dass niemand auf der nur spärlich beleuchteten Wohnstraße unterwegs war, und deutete zu einem Verbindungsweg hinüber, der in der Stille des kalten Wintermorgens lag. Marion überlegte, ob sie um Hilfe rufen sollte, aber der Gedanke an ihren Vater, der sich in der Gewalt des anderen Gangsters befand, hielt sie davon ab. Der harte Griff, mit dem sie der Mann am Oberarm vorwärtszerrte, während sie Decke und Schlafsack festhielt, ließ jeden Fluchtgedanken im Keim ersticken.

Eine halbe Minute später hatten sie über den verwilderten Fußweg die nächste Wohnstraße erreicht, die hier mit einer Wendeplatte endete. Am Fahrbahnrand standen mehrere Fahrzeuge, auf die ihr Entführer zuhielt. Marion vermutete, dass sein Ziel eine helle Limousine war, vermutlich ein Audi. Beim Näherkommen glaubte sie, ein WN-Kennzeichen für Waiblingen erkannt zu haben. Aber viel zu schnell hatte sie der Mann zur linken hinteren Tür bugsiert, diese geöffnet und nun charmant flüsternd gesagt: »Bitte einsteigen.« Marion tat wortlos, was ihr befohlen wurde. Sie musste sich auf den Rücksitz legen, sich vollständig in die Decke einhüllen und die Wollmütze tief ins Gesicht und somit über die Augen ziehen. Sie sollte nicht sehen, wohin die nächtliche Fahrt ging.

Der Gangster setzte sich hinters Steuer, ließ die Tür sanft zufallen und fuhr zügig los. Marion wagte nicht, den Kopf zu heben. In der Dunkelheit hätte sie aus ihrer liegenden Position heraus auch nichts von der Landschaft erkennen können. Stattdessen versuchte sie, sich anhand der Kurven und Abbiegevorgänge die ungefähre Route vorzustellen. Ihrem Gefühl nach zu urteilen, waren sie vom Göppinger Stadtrand gleich in die Vororte gefahren, Richtung Bartenbach und hinüber nach Rechberghausen. Vermutlich ging es zu den Anhöhen des Schurwaldes hinauf und dann hinüber ins Remstal. Jedenfalls zunächst bergauf.

Sie hätte nicht sagen können, wie viel Zeit schon verstrichen war, als der Wagen deutlich spürbar von der Hauptverkehrsstraße abbog und offenbar auf kleineren, holprigen Wegen weiterfuhr. Wenig später schienen sie ihr Ziel erreicht zu haben. Der Wagen stoppte.

Noch immer war es Nacht, und hier, wo sie sich nun befanden, gab es auch keine Straßenlampen. »Endstation«, knurrte der Mann, stieg aus und öffnete die linke Tür des Fonds. Marion streifte sich die Wollmütze vom Kopf und warf die Decke beiseite. Ihre Beine waren eingeschlafen, und sie tat sich mit dem Aussteigen schwer. Weil sich ihre Augen an die Dunkelheit gewöhnt hatten, konnte sie die nachtschwarzen Umrisse von Sträuchern und Weidezäunen erkennen. Sie befanden sich eindeutig weit außerhalb einer Ortschaft. Am Horizont war nur schwaches Streulicht einer möglicherweise nahen Stadt auszumachen.

Der Mann packte sie am Oberarm und zerrte sie ein paar Schritte vom Auto weg in Richtung auf ein kleines Gebäude, das sich vor dem nahen finsteren Waldrand abzeichnete, der den ansteigenden Wiesenhang begrenzte. Im Dunkeln war eine heraneilende menschliche Gestalt zu sehen – ein Mann, wie sich sofort herausstellte. Der nahm sie unsanft in Empfang und zog sie an den gefesselten Armen wortlos über den Steilhang zu der kleinen Behausung hinauf, vermutlich einer Hütte. Sein Komplize stieg wieder in das Auto, und die Rücklichter verschwanden in der Nacht.

Marion schwieg und ließ sich im Schein einer schwachen Taschenlampe widerstandslos in das kalte und dunkle Versteck bringen, das nach altem Heu, Moder und Spiritus roch. Dort loderte die Flamme einer altertümlich anmutenden Sturmlaterne, sodass sie jetzt auch den Kopf des Mannes sehen konnte. Allein dieser Anblick war furchterregend. Denn der Mann, der kein Wort sprach, hatte sich einen Damenstrumpf übers

Gesicht gezogen. Wie in einem Horrorfilm. Doch dies hier war bittere Realität.

Der Raum erinnerte im flackernden Licht der Flamme an ein verlassenes Wochenendhäuschen: Tisch und Stühle wie aus dem Sperrmüll, abseits davon eine längliche Sitzbank mit Polster. Der Maskierte zerrte Marion auf diese Bank, auf der sie sich zusammenkauerte, während ihre Fußgelenke mit einem Paketklebeband gefesselt wurden. So lehnte sie, erschöpft und sich ihrer hilflosen Lage vollends bewusst, in der Ecke.

»Wie lang soll das gehen?«, fragte sie leise, doch ihr Bewacher schwieg und legte ihr ein Handtuch über den Kopf. Sie sollte bei aufkommender Helligkeit nicht sehen, was um sie herum geschah. Das Tuch gab trotzdem einen kleinen Sichtspalt frei, sodass sie beobachten konnte, wie der Maskierte nervös auf und ab ging und oftmals durch ein Fenster nach draußen schaute.

4

Knapp eineinhalb Stunden, nachdem er weggefahren war, kam der falsche Polizist wieder in Seifritz' Haus an. Es war inzwischen 5.30 Uhr und noch immer dunkel. »Läuft alles wie am Schnürchen«, beschied er seinem Komplizen mit leicht schwäbischem Akzent. »Jetzt kommt's nur darauf an, ob die Millionen fließen.«

Seifritz verlangte Auskunft darüber, wohin Marion gebracht worden war.

»Keine Sorge. Sie ist an einem sicheren Ort. Ihr wird nichts geschehen«, bekam er zur Antwort. »Sie müssen nur tun, was wir wollen.«

Zum wiederholten Mal unternahm der erschöpfte und übermüdete Bankchef den Versuch, den Gangstern klarzumachen, dass der geforderte Betrag von fünf Millionen D-Mark kaum zu beschaffen sein würde. Im Tresor des Geldinstituts lagere deutlich weniger. Auch wäre es auffällig, wenn frühmorgens bei der Landeszentralbank, von der es eine Filiale in Göppingen gab, ein solcher Millionenbetrag geordert werde.

»Das ist Ihr Problem«, warf ihm der zivil Gekleidete vor. »Sind Sie nun Bankdirektor oder nicht?«

Schon in der Nacht hatte Seifritz darüber nachgegrübelt, ob er überhaupt befugt wäre, Geld der Bank als privates Lösegeld für seine Tochter zu verwenden. Aber wenn nicht ... daran wollte er gar nicht denken. Er konnte in dieser Situation ja unmöglich mitten in der Nacht den Landrat als den allerobersten Chef der Kreissparkasse um Rat bitten. Wie es überhaupt schwierig sein würde, den Überfall geheimzuhalten, wenn er mit den beiden Gangstern noch vor Geschäftsbeginn im Hause auftauchen würde. Außerdem kam er allein ohnehin nicht an Geld. Er brauchte dazu den Hauptkassierer, und die Übergabe müsste im Tresorraum im streng abgeriegelten dritten Untergeschoss vonstattengehen. Dort lieferten die Geldtransporte nach einer Sicherheitsschleuse die Geldtaschen ab.

Wieder die quälende Angst: Wenn im Lauf der nächsten Stunden jemandem in der Bank etwas verdächtig erschien oder jemand Alarm schlug, dann würde er seine Tochter nie mehr wiedersehen. Er spürte von Minute zu Minute, wie ihn die Ungewissheit und die Sorge um das Mädchen zermürbte. Er musste das Geld besorgen. Aber durfte er das wirklich? Konnte er eigenmächtig den Geiselnehmern Millionen aushändigen, die ihm gar nicht gehörten? Es fiel ihm zunehmend schwer, einen klaren Gedanken zu fassen. Er fühlte sich müde, erschöpft und ausgelaugt. Die schlaflose Nacht forderte ihren Tribut.

Wieder vergingen qualvolle eineinhalb Stunden. Um 7 Uhr – inzwischen war der Himmel hell geworden – waren die beiden Gangster, denen er im Wohnzimmer gegenübersaß, unruhiger geworden. Der falsche Polizist nickte seinem Komplizen zu, was dieser als Zeichen für den Aufbruch deutete. »Sie fahren«, forderte er den Bankdirektor auf. Seifritz wischte sich trotz des frühen Morgens Schweiß von der Stirn. Er müsse sich noch frisch machen und etwas anderes anziehen, erklärte er, denn er könne unmöglich in diesem Zustand in der Bank auftauchen.

Bewacht von einem der Räuber rasierte er sich flüchtig, warf sich Wasser ins Gesicht und putzte die Zähne. Beim Blick in den Spiegel erschrak er über sein Äußeres. Die Spuren der Horrornacht waren deutlich zu sehen.

»Wir gehen ganz unauffällig raus«, erklärte der falsche Polizist. Und immer wieder die Drohung, zwar ruhig ausgesprochen, aber unmissverständlich: »Denken Sie an Ihre Tochter.«

Die Wohnstraße lag noch immer still in der Frische des kühlen Märzmorgens, als sie das Haus verließen. Der falsche Polizist hielt seine Uzi – die kompakte Maschinenpistole eines israelischen Herstellers – in der Aktentasche verborgen, was ihm beim Einsteigen hinten links in den Mercedes 280 SE einige Verrenkungen abverlangte. Sein Komplize hatte auf dem Beifahrersitz Platz genommen. Seifritz steckte mit zitternder Hand den Zündschlüssel ins Schloss und fuhr los. Hinter den Fenstern einiger der benachbarten Villen brannte zwar Licht, aber nirgendwo hatte jemand bemerkt, dass soeben eines der größten Bankraub-Verbrechen Deutschlands in die entscheidende Phase ging.

5

Auf der nur knapp einen Kilometer langen Wegstrecke von der Wohnung zur Hauptstelle der Kreissparkasse hatte Seifritz Mühe, sich auf das morgendliche Verkehrsgeschehen in der Innenstadt zu konzentrieren. Beinahe hätte er eine rote Ampel übersehen, worauf ihn der falsche Polizist neben ihm lautstark aufmerksam machte. »Halt – da ist rot.«

»Versuchen Sie ja nicht, einen Unfall zu provozieren«, kam die Stimme des anderen von hinten. »Denken Sie an Ihre Tochter.«

Seifritz, für den es nichts Ungewöhnliches war, lange vor Geschäftsbeginn im Bankgebäude zu erscheinen, steuerte den großen Wagen in die schmale Einfahrt der Tiefgarage hinab, schob die Parkkarte in den Automaten und ließ die Schranke hochgleiten.

»Sie parken dort, wo Sie immer parken«, befahl der Mann mit dem grünen Polizeianorak auf dem Beifahrersitz. Noch immer trugen die Gangster ihre Sonnenbrillen, die sie auch während der Nacht nie abgenommen hatten. Eine Reihe von Leuchtstoffröhren flammte auf, als sie das zweite Untergeschoss erreichten und Seifritz an seinem angestammten Platz parkte.

Die Männer hatten sich in der vergangenen Nacht die Situation im Gebäude exakt schildern lassen und sich sogar den Namen der Chefsekretärin eingeprägt. Demnach gelangte man von der Tiefgarage über das Treppenhaus ins zweite Obergeschoss, wo sich das Büro des Direktors befand. Noch begegneten sie auf dem Weg dorthin niemandem. Seifritz ging durchs menschenleere Vorzimmer und betrat, bewacht von seinen Peinigern, verunsichert sein Büro, das von der Größe her einem verantwortlichen Banker durchaus alle Ehre machte und eine Besucherecke samt lederner Sitzgarnitur aufwies.

Die beiden Räuber sahen sich prüfend um, als wollten sie sichergehen, von keiner Alarmeinrichtung erfasst zu werden. Seifritz sank unterdessen auf seinen Schreibtischsessel, während die Gangster seelenruhig auf der Couch am Besprechungstisch Platz nahmen und ihre Forderung nach fünf Millionen bekräftigten. Seifritz wiederholte, was er die ganze Nacht über beteuert hatte: dass so viel Geld nicht im Tresor lagere und auch nicht unauffällig zu beschaffen sei. Auf die Schnelle könne man allenfalls ein paar 100.000 Mark bei der Landeszentralbank ordern, wie dies jeden Morgen üblich sei.

Doch die Räuber, die bereits in der Nacht von diesen Gepflogenheiten erfahren hatten, blieben hartnäckig. »Dann lassen Sie sich halt etwas einfallen. Sie sind der Chef hier«, gab der Uniformierte gelassen zu verstehen.

Seifritz schloss für einen Moment die Augen. *Marion.* Er sah ihr ängstliches Gesicht, wie sie ihn heute Morgen angeschaut hatte, als sie weggebracht worden war. Wie sie geheult und gefleht hatte. Nein, er hatte natürlich gar keine andere Wahl, als das Geld zu beschaffen. »Blutbad«, dröhnte es wieder durch seinen Kopf. Sie hatten gestern Abend von einem Blutbad gesprochen, von Bomben in der Schalterhalle, von einem Aufpasser, der von der anderen Straßenseite, vom Bahnhof aus, das Bankgebäude beobachten werde.

Dann beunruhigte ein Geräusch aus dem Nebenraum die beiden Täter. »Wer ist das?«, wollte der Uniformierte wissen, der Seifritz' Aktentasche auf dem Schoß hielt, während der andere erschrocken aufsprang.

»Meine Sekretärin, die Frau Rüger«, beruhigte Seifritz. »Wir werden das vor ihr nicht geheim halten können.«

»Denken Sie an Ihre Tochter«, mahnte der zivil gekleidete Mann und setzte sich wieder.

Kaum hatte er es gesagt, ging ohne ein vorheriges Klopfzeichen die Tür auf, und eine Frau mittleren Alters hielt überrascht in der Bewegung inne. Ihr Blick war nur auf den Uniformierten gefallen, der links von ihr auf der Couch saß. Für einen Augenblick dachte sie, ihr Chef habe einen verkehrspolizeilichen Verstoß begangen und sei mit einem Strafzettel konfrontiert worden. Sie machte kehrt, verließ den Raum und schloss die Tür hinter sich.

Aber schon Sekunden später ertönte an ihrem Telefon der sogenannte »Sekretärinnenruf«: Ihr Chef bat sie mit gedämpfter Stimme in sein Büro zurück. Energisch, wie sie sein konnte, trat sie erneut ein – und wurde sich der merkwürdigen Situation sofort bewusst: Der Uniformierte, den sie zuvor als Polizisten wahrgenommen hatte, trug eine Sonnenbrille und einen Vollbart. Noch während sie auch den anderen Mann anstarrte, der ebenso seltsam aussah, jedoch zivil mit einem Trenchcoat bekleidet war, erklärte Seifritz schnell: »Die Herren sehen zwar aus, als wenn sie von der Polizei wären, aber dem ist nicht so.« Den Hinweis, sie verlangten für die entführte Tochter fünf Millionen D-Mark Lösegeld, konterte die Sekretärin spontan: »Aber so viel Geld haben wir doch nicht.« Ihr erster Schock war einer gewissen Wut gewichen. Wut und Zorn darüber, dass es die Gangster gewagt hatten, die Tochter ihres Chefs zu kidnappen. »Sie sind doch Verbrecher«, brach es wütend aus ihr heraus, aber gleichzeitig überkam sie ob der eigenen Courage die Angst, diese angespannte Atmosphäre könnte außer Kontrolle geraten. Denn der falsche Polizist hatte in der Aktentasche ihres Chefs eine Maschinenpistole verborgen gehalten, mit der er nun drohend herumfuchtelte.

Für Karin Rüger ein Anblick, der ihr etwas in Erinnerung rief, das mehr als 20 Jahre zurücklag. Plötzlich tauchten Bilder auf, die noch tief in ihrem Unterbewusstsein steckten. Bilder, die sich im jugendlichen Alter beim Lesen ihres ersten Kriminalromans geformt hatten. Es war um einen Banküberfall gegangen, bei dem die Räuber alle Beteiligten erschossen hatten.

Mit einem Mal schien diese Szene lebendig zu werden: Schießerei, Maschinenpistole, zuckte es durch ihren Kopf. Und hier drinnen waren sie von Betonwänden umgeben. Querschläger? Ein panisches Gedankenkarussell. Ohne lange zu überlegen, herrschte sie den Uniformträger an: »Fuchteln Sie nicht mit diesem Ding rum.«

Der Angesprochene war über diese unerwartete Reaktion konsterniert. »Da geht kein Schuss los«, erwiderte er missmutig. »Aber damit Sie beruhigt sind, pack ich's wieder ein.« Er steckte die Waffe zurück in die Aktentasche.

Seifritz hatte das kurze Wortgefecht am Schreibtisch sitzend verfolgt. Seine Sekretärin beobachtete mit Sorge, wie nervös und unruhig er geworden war. »Wollen Sie einen Whisky?«, fragte sie, um die gereizte Atmosphäre zu dämpfen. Seifritz nickte und ließ sich einen Johnny Walker eingießen, dessen Aufbewahrungsort in seinem Büro Frau Rüger genau kannte. Unterdessen beteuerte Seifritz immer wieder, keine fünf Millionen D-Mark besorgen zu können, weil ein solch hoher Betrag gar nicht im Hause aufbewahrt werde.

»Ich kann allein kein Geld besorgen«, stellte er nach einem Schluck Whisky klar und schlug vor, seinen Stellvertreter zu holen.

»Tun Sie das nicht«, mischte sich seine Sekretärin ein. »Je mehr Personen hier auftauchen, desto unübersichtlicher wird die Lage«, gab sie zu bedenken, als wie zur Bekräftigung ihrer Worte Geräusche aus dem Nebenraum die bewaffneten Männer erneut in Unruhe versetzten.

»Das ist meine junge Kollegin, die gerade gekommen ist«, versuchte Frau Rüger zu beschwichtigen.

»Erklären Sie ihr, was los ist. Sie soll niemandem etwas sagen und ganz normal weiterarbeiten«, ordnete Seifritz an, worauf seine Sekretärin die Mitarbeiterin im Vorzimmer instruierte.

Die beiden Gangster schienen sich von der Aufregung nicht anstecken zu lassen. Der falsche Polizist wirkte sogar eher entspannt, als er sich erneut an Seifritz wandte:

»Vielleicht sollte ich Sie noch mal an Ihre Tochter erinnern.« Sein Komplize ließ währenddessen den Entsicherungshebel einer schwarzen Pistole mehrfach klicken.

6

Heinrich Lackner, ein zurückhaltender, ruhiger Bankangestellter, die Seriosität in Person und als stellvertretender Leiter der Schalterhalle auch für die Hauptkasse zuständig, wie im hausinternen Jargon der Tresorraum im dritten Untergeschoss bezeichnet wurde, kam häufig früher als notwendig zur Arbeit. Er parkte seinen Wagen in einem nahen Parkhaus und betrat das mächtige Sparkassengebäude über die Zufahrt zur Tiefgarage, in der nur Kunden und die Vorstände ihre Fahrzeuge abstellen durften. Wie häufig, so galt auch an diesem Märzmontag sein erster Gang der Hauptkasse, die sich unter dem zweiten Untergeschoss der Tiefgarage befand. Ein Lastenaufzug, wie ihn die Angestellten nannten, führte durch alle Etagen, war aber nur für die interne Nutzung gedacht. Mit ihm fuhr Lackner ganz hinunter, wo in den klimatisierten, aber schmucklosen Räumen bereits Hauptkassierer Berthold Rilke einige Aufzeichnungen las. Wie immer prüfte er alle Daten, Zahlen und Anweisungen mehrfach, wie er es als penibler Bankmitarbeiter ein Berufsleben lang gewohnt war. Auch jetzt, kurz vor dem Renteneintritt, hatte er nichts von seiner korrekten Arbeitsweise verloren. Das Geld, das für den täglichen Geschäftsbetrieb droben in der Schalterhalle gebraucht wurde, konnte er jedoch nicht allein aus dem Tresor holen. Dazu bedurfte es eines zweiten Angestellten, und der war Lackner. Die eingespielte Prozedur wiederholte sich deshalb jeden Morgen: Lackner gab in das Zahlenkombinationsschloss die Geheimnummer ein, worauf Rilke mit seinem Schlüssel die schwere gepanzerte Tür öffnen konnte, hinter der sich über Nacht nur ein vergleichsweise geringer Betrag befand. Die beiden Männer wechselten noch ein paar Worte zum gestrigen Sonntag, den Lackner trotz des schlechten Wetters auf einer Wanderhütte bei Gruibingen verbracht hatte, und widmeten sich kurz einer weiteren Routinearbeit: Beide mussten sie den Scheck unterschreiben, mit dem die Geldboten jeden Morgen einen größeren Betrag für den zu erwartenden Tagesbedarf bei der Landeszentralbank-Filiale holen mussten, die sich Luftlinie nur etwa 300 Meter entfernt befand. Heute waren es 700.000 Mark.

»Dann noch einen schönen Tag«, wünschte Lackner seinem älteren Kollegen, der bisweilen nervös werden konnte, wenn nicht alles so lief, wie er es sich vorstellte. Dazu jedoch gab es an diesem Vormittag keinen Anlass.

Lackner bestieg den Aufzug und fuhr zur ebenerdig gelegenen Schalterhalle hinauf, in der sich sein Büro befand. Schon waren auch weitere Angestellte eingetroffen, die sich auf den Geschäftsbeginn vorbereiteten. Lackner machte sich über Akten und Protokolle her, in denen es um einige merkwürdige Überweisungen ging, die bei einem ausländischen Kunden aufgefallen waren. Als er ein paar Minuten später einen Kollegen in der Schalterhalle etwas dazu fragen wollte, lief ihm völlig unerwartet Rilke über den Weg, den er um diese Zeit noch immer im Tresorraum vermutet hätte. Bevor er ihn ansprechen konnte, war Rilke schnellen Schrittes Richtung Treppenhaus verschwunden. Lackner sah ihm eine Sekunde lang nach, zuckte verwundert mit den Schultern. So war Rilke eben. Oft in Eile, nervös und stets darauf bedacht, alles 100-prozentig richtig zu machen.

Lackner, der in Stresssituationen hingegen in sich zu ruhen schien und jedes noch so kritische Gespräch mit sonorer und sanfter Stimme entkrampfen konnte, setzte sich wieder hinter seinen Schreibtisch, um einige dubios erscheinende Geldtransaktionen zu verfolgen. Es verging kaum ein Monat, in dem nicht irgendetwas aus dem üblichen Rahmen fiel. Meist jedoch ließen sich die Sachverhalte logisch erklären, und der betroffene Kunde merkte von der hausinternen Prüfung überhaupt nichts. Allerdings schienen die Tricks der Ganoven und Geldwäscher immer ausgeklügelter zu werden. Spätestens seit es Geldautomaten gab, hatten die Betrugsversuche deutlich zugenommen. Es hatte bundesweit sogar schon Täter gegeben, die die stabilen Geräte mit Sprengladungen aus der Verankerung gerissen hatten.

So weit war es im beschaulichen Göppingen noch nicht gekommen, aber auch hier, im nördlichen Vorland zur Schwäbischen Alb zwischen Stuttgart und Ulm, war man bestimmt nicht davor gefeit.

Tief in Gedanken versunken, wurde Lackner vom schrillen Ton des Telefons wieder in die Realität zurückgeholt. Er nahm ab, meldete sich und hörte sofort eine wohlvertraute Frauenstimme, die heute aber viel ernster klang als sonst: »Sie sollen doch bitte mal zu Herrn Seifritz kommen.« Es war Chefsekretärin Karin Rüger.

Lackner brummte ohne weitere Nachfrage ein »Okay« und legte auf. Zum Chef. Das hatte ihm am frühen Montagmorgen gerade noch gefehlt. Was er wohl wollte?

Er schlug die Akten zu und machte sich auf den Weg quer durch die Schalterhalle, die für den Kundenbetrieb noch geschlossen war, hinauf durch das im Halbrund gebaute turmartige Treppenhaus mit den Bullaugenfenstern. Dort kam ihm auf halbem Weg Rilke mit blassem, ernstem Gesicht entgegen. »Was ist denn los?«, wollte Lackner wissen, weil er sofort merkte, dass etwas anders war als sonst.

Die Antwort fiel kurz und knapp aus: »Ich war bei Seifritz. Geh rauf.« Dann eilte Rilke an ihm vorbei abwärts.

Lackner stand für einen Moment wie belämmert. So hatte er seinen Kollegen noch nie erlebt. Plötzlich befiel ihn die Gewissheit, dass etwas Ungewöhnliches geschehen sein musste. Er verlangsamte seine Schritte und betrat vorsichtig die zweite Etage, das Reich der Vorstände, in dem für gewöhnlich gediegene Ruhe herrschte. Auch jetzt lag der Flur in absoluter Stille.

Er klopfte an die Tür des Vorzimmers und trat unmittelbar danach ein. Sein Blick fiel auf Chefsekretärin Karin Rüger, die kreidebleich an ihrem Schreibtisch kauerte und ihm grußlos andeutete, gleich ins Büro von Seifritz weiterzugehen, dessen Tür geschlossen war. Ihre junge Kollegin hatte nicht einmal aufgeschaut.

Lackners Verunsicherung stieg. Noch nie hatte es eine solch seltsame Situation gegeben. Er klopfte an die Tür, die sogleich geöffnet wurde. Vor ihm stand ein Uniformierter, der ihn in allerhöchste Alarmbereitschaft versetzte. Polizei, durchzuckte es Lackner. Üblicherweise kamen die Beamten direkt zu ihm, wenn es polizeiliche Ermittlungen gab. Die Anwesenheit eines Polizisten im Chefbüro konnte nichts Gutes bedeuten. Lag etwas gegen ihn selbst vor?

Aber die Sonnenbrille, das bärtige Gesicht und etwas, das wie eine Maschinenpistole aussah, jagten ihm augenblicklich ganz andere Ängste durch den Kopf: der Chef in der Gewalt von Gangstern.

Seifritz, der übernächtigt hinterm Schreibtisch saß, forderte seinen völlig irritierten Angestellten auf hereinzukommen und die Tür hinter sich zu schließen. Er hatte Lackners Entsetzen bemerkt und gleich klargestellt: »Herr Lackner, das sind keine echten Polizisten.«

Augenblicklich erfasste der Angestellte die bedrohliche Lage und erblickte erst jetzt den abseits stehenden zweiten Mann. Geschockt ließ er sich von dem sichtlich mitgenommenen Seifritz die Situation schildern – vor allem aber, dass die beiden Verbrecher seine Tochter entführt hätten. Worauf der Uniformierte, der die Maschinenpistole hielt, völlig unaufgeregt bekräftigte: »Keine Polizei. Wenn etwas schiefgeht, sieht Herr Seifritz seine Tochter nicht mehr lebend.«

»Und in der Schalterhalle gibt's ein Blutbad«, ergänzte der andere ebenso ruhig.

»Die wollen fünf Millionen«, erklärte der Bankchef seinem Angestellten. »Ich hab ihnen aber bereits erklärt, dass das nicht geht.«

»Sie werden es hinkriegen«, lächelte der Uniformierte und sah Lackner in die Augen.

»Ich hab gesagt, dass der heutige Transport von der Landeszentralbank mit 700.000 Mark bald eintrifft – aber sie wollen fünf Millionen«, sagte Seifritz mit schwacher Stimme. Seine Hände zitterten, die Augen hinter der dicken Brille waren wässrig.

»Jetzt brauchen wir Ihre Hilfe«, wandte sich der falsche Polizist mit charmantem Unterton an Lackner, der nicht verstand, was dies bedeutete.

Seifritz stellte klar: »Herr Rilke holt einen Scheck. Mit dem können wir noch zwei Millionen bei der LZB besorgen lassen.«

Lackner kapierte: Weil zwei Unterschriften notwendig waren, mussten er und Rilke unterzeichnen. »Aber wenn die Boten gleich noch ein zweites Mal zur LZB kommen, fällt das auf«, gab er zu bedenken.

»Hab ich auch gesagt«, pflichtete ihm Seifritz bei, räumte dann jedoch ein: »Aber mit zwei Millionen könnte es klappen.«

Der Uniformierte schien dies endlich zu begreifen, wandte sich aber drohend an Lackner: »Es darf nichts nach außen dringen. Denken Sie an die Tochter von Herrn Seifritz.«

Lackner musste sich eingestehen, dass es keinen Sinn machte, neuerliche Bedenken vorzubringen. Augenblicke später wurde Rilke von der Sekretärin hereingeführt. Er hielt den bereits ausgefüllten Scheck in der Hand, legte ihn auf den Schreibtisch des Chefs und unterschrieb. Seifritz nickte dankend, rührte das Papier aber nicht an, sondern gab nun mit einer stummen Handbewegung Lackner zu verstehen, dass es jetzt an ihm liege, den neuerlichen Geldtransport ebenfalls per Unterschrift zu bestätigen. Lackner zögerte, wartete noch auf eine klare Aussage seines Chefs, doch dieser verzog keine Miene. Sekretärin Rüger verfolgte angespannt die Szenerie und fragte sich insgeheim, weshalb nicht Seifritz selbst die zweite Unterschrift auf den Scheck setzte, denn kraft seines Amtes hätte er dies ohne Weiteres tun dürfen.

Sie spürte, dass auch Lackner darüber nachdachte. Er zögerte für einen kurzen Moment und überlegte offenbar, ob er es überhaupt würde verantworten können, per Unterschrift der Forderung der beiden Gangster nachzukommen. Aber immerhin schien es sein Chef so zu wollen. Wahrscheinlich, so beruhigte sich Lackner, wäre es bei der Landeszentralbank viel zu auffällig, wenn plötzlich der Bankchef höchstpersönlich die zweite Anforderung des Tages unterschrieben hätte.

Aber warum gerade er, Lackner, schoss es ihm durch den Kopf? Schließlich gab es außer ihm noch einen weiteren Angestellten, der befugt war, Geld von der Landeszentralbank zu ordern. Weshalb hatte Seifritz ausgerechnet ihn ausgewählt? Lackner verdrängte derlei Gedanken, denn er wollte unbedingt vermeiden, dass das Leben der jungen Frau leichtfertig aufs Spiel gesetzt wurde, nur weil er jetzt zögerte. Also trat auch er an den Schreibtisch, zückte einen Kugelschreiber und setzte mit zitternden Fingern seine Unterschrift unter das Dokument.

»Leiten Sie alles in die Wege«, nickte Seifritz dem Hauptkassierer zu. »Wir kommen dann auch runter.«

Rilke verschwand mit dem Scheck. Sobald die Boten mit den regulär georderten 700.000 D-Mark zurück sein würden, mussten sie sofort wieder zur Landeszentralbank geschickt werden, um den zweiten Auftrag zu erledigen. »Na also, geht doch«, brummte der Uniformierte, nachdem Rilke den Raum verlassen hatte. »Wenn wir das Geld haben, ist Ihre Tochter frei.«

Seifritz wischte sich mit dem Handrücken Schweiß von der Stirn und sah auf die Uhr. Je näher die Öffnungszeit der Bank rückte, desto mehr Angestellte hielten sich in dem großen Gebäude auf. »Bomben und Granaten«, schallte es wieder durch seinen Kopf. Die Gangster wollten Sprengkörper in der Schalterhalle deponiert haben. Wenn dies tatsächlich so war, dann musste das Zeug bereits gestern hereingebracht worden sein. Womöglich war das Ganze die kaltblütige Tat einer professionellen Bande – und womöglich doch ein Wachposten gegenüber am Bahnhof postiert, um auf verdächtige Bewegungen außerhalb des Bankgebäudes zu achten. Dann aber müsste er mit den Geiselnehmern in Funkkontakt stehen. Dafür aber, so überlegte Seifritz, hatte es bisher keine Anhaltspunkte gegeben.

Der Uniformierte umklammerte die Aktentasche, in der sich die Maschinenpistole befand, und gab seinem Komplizen einen Wink. »Sie beide«, er wandte sich an Seifritz und Lackner, »bringen uns jetzt runter zur Hauptkasse.«

»Aber immer dran denken«, schaltete sich der schweigsamere Gangster ein, »wenn irgendjemand die Polizei ruft, ist Ihre Tochter tot.«

Seifritz reagierte nicht, sondern stand auf und verließ als Erster das Büro, gefolgt von den beiden Gangstern und Lackner. Die Sekretärin blickte die Männer sprachlos und entgeistert an. Erst jetzt schien sie die ganze Tragweite des Geschehens verinnerlicht zu haben. Ihr bislang couragiertes Auftreten war purer Angst gewichen.

»Ich bin für niemanden zu sprechen«, erklärte Seifritz und fügte verunsichert an: »Niemand darf etwas erfahren. Niemand. Haben Sie mich verstanden?«

Karin Rüger saß wie erstarrt auf ihrem Bürostuhl und umklammerte die Schreibtischkante. Ihre junge Kollegin wagte es nicht, sich umzudrehen, sondern tat so, als sei sie mit dem Studium einer Akte beschäftigt.

Erst als die vier Männer den Raum verlassen hatten, verspürte die Chefsekretärin für einen Moment eine gewisse Erleichterung. Obwohl an ein gutes Ende noch nicht zu denken war.

Auf dem Flur der Vorstandsetage herrschte die übliche Stille.

Seifritz hatte inständig gehofft, dass noch niemand unterwegs war. Wie hätte er den Angestellten erklären sollen, weshalb er um diese Zeit in Begleitung eines Polizisten und eines weiteren Fremden schon sein Büro verließ, dazu noch gemeinsam mit Lackner?

Seifritz ging zielstrebig zu dem sogenannten Lastenaufzug, den er mit einem Knopfdruck anforderte. Die paar Sekunden, bis er eintraf, steigerten Seifritz' innere Aufregung ins Unermessliche, während die beiden Kidnapper weiterhin so taten, als seien sie sich ihres Vorgehens absolut sicher.

Wortlos und dicht gedrängt standen sie nebeneinander, als der Aufzug in das dritte Untergeschoss ruckelte. Seifritz mied den Blickkontakt zu den anderen und starrte auf die beleuchteten Tasten. Lackner studierte hingegen verstohlen die verkleideten Gangster und ihre seltsame Maskerade und versuchte, sich möglichst viele Einzelheiten einzuprägen.

Der Aufzug hielt mit einem sanften Ruck, die Tür schob sich beiseite, und grelles, kaltes Licht schlug ihnen entgegen.

Im Vorraum, in dem sich die Kundenschließfächer befanden, sahen sie durch eine dicke Panzerglasscheibe in den eigentlichen Tresorraum, wo Hauptkassierer Berthold Rilke mit mehreren Bündeln Geldscheinen hantierte, die er in eine Ledertasche steckte. Als Lackner mit Seifritz und den beiden Gangstern über einen weiteren Nebenraum hereinkamen, stellte Rilke mit vor Aufregung heiserer Stimme fest: »Die 700.000 sind bereits da.« Sein Gesicht war aschfahl, jedes Wort verriet hochgradige Nervosität. »Die Boten sind gerade wieder weg, um die zwei Millionen zu holen«, ergänzte er und signalisierte damit, dass der Geldtransporter bereits wieder zur Landeszentralbank-Filiale unterwegs war.

»Wissen die Boten Bescheid?«, wollte Seifritz wissen.

»Nein. Bisher nicht. Aber gewundert haben sie sich«, erwiderte Rilke verängstigt.

Natürlich war es ungewöhnlich, dass an einem ganz normalen Geschäftstag sofort wieder eine größere Summe geordert wurde. Normalerweise kam dies allenfalls in der Vorweihnachtszeit vor, wenn die Zahl der Barabhebungen zunahm. Auch die Boten würden sich möglicherweise ihre Gedanken machen, zumal diese allein schon ihres früheren Berufes wegen misstrauisch waren. Bei den meisten handelte es sich nämlich um pensionierte Polizeibeamten, die sich mit diesem Job ein Zubrot verdienten, oder um jüngere Männer, die ihre Ausbildung bei der Polizei abgebrochen hatten.

Lackner, der zwischen Seifritz und den beiden Gangstern stand, musste daran denken, dass die Geldboten glücklicherweise nicht mehr bewaffnet waren. Nicht auszudenken, wenn sie nachher bei der Rückkehr mit den zwei Millionen D-Mark Verdacht schöpften und die Helden hätten spielen wollen. Früher, das wusste er, hatten Geldboten stets Waffen bei sich gehabt und deshalb regelmäßige Schießübungen absolvieren müssen. Sogar bei den Kassierern waren noch in den 60er-Jahren Schusswaffen durchaus üblich gewesen. Als Lackner vor 15 Jahren bei einer Zweigstelle draußen auf dem Land, in Süßen-Nord, tätig gewesen war, hatte er selbst zwar keine Pistole mehr bekommen, jedoch trotzdem an den Schießübungen teilgenommen, die offenbar für einige Angestellte der Kreissparkasse damals weiterhin vorgeschrieben waren.

Inzwischen hatte man die Bewaffnung abgeschafft, weil die Gefahr bestand, dass es mit Räubern zu gefährlichen Schießereien kam – mit unabsehbaren Folgen. Menschenleben waren schließlich mehr wert als Geld.

Nur für ein paar Sekunden gingen Lackner solche Szenarien durch den Kopf, weil ihn die Maschinenpistole beunruhigte, die der Uniformierte über der Schulter hängen hatte. Noch immer wirkten die beiden Gangster gelassen und selbstsicher. Seifritz, dessen Gedanken unablässig um seine Tochter kreisten, war mehr denn je davon überzeugt, dass die Männer ziemlich abgebrüht sein mussten.

Der falsche Polizist sah sich prüfend um und deutete auf eine nur angelehnte Tür. »Was ist da drin?«, wollte er in sachlichem Ton wissen.

»Das Archiv«, erwiderte Rilke, der noch immer ganz konzentriert die gebündelten Geldscheine zählte und in eine Ledertasche steckte. 700.000 D-Mark, überwiegend in blauen Hundertmarkscheinen.

Seifritz wurde von dem zivil gekleideten Gangster in den kühlen Nebenraum gedrängt, wo metallene Aktenregale und ein weißer Tisch in grelles Kunstlicht gehüllt waren.

»Wie lange sind die Boten unterwegs?«, verlangte der mit einer kleinen schwarzen Pistole bewaffnete Mann Auskunft.

»Kommt drauf an«, erwiderte der Bankdirektor, während er mit dem Gangster im Archivraum verschwinden musste und der Uniformierte draußen bei Rilke und Lackner blieb. »Wenn bei der LZB viel Betrieb ist, kann es dauern.«

»Ungefähr?«, drängte der Räuber auf eine klare Antwort und zog die Tür von innen zu, ohne sie einrasten zu lassen. Auf diese Weise waren sie zwar außer Sichtweite, konnten aber verfolgen, was Rilke und der uniformierte Gangster sprachen.

»20 Minuten brauchen die Geldboten«, erklärte Seifritz, auf dessen Stirn sich Schweißperlen gebildet hatten. »Ich weiß nicht, wie der Verkehr heute früh in der Stadt ist.«

Die Luft in dem kleinen Archivraum war trocken, das sanfte Rauschen eines Gebläses zu vernehmen.

»Und wenn das mit den zwei Millionen nicht klappt?«, wagte Seifritz verzweifelt und flüsternd einen Vorstoß. Er musste diese Frage jetzt einfach loswerden.

Ebenso leise kam die Antwort seines Bewachers: »Dann gibt es ein Blutbad.«

Seifritz fühlte den Satz wie einen Stich in die Seele. »Ich

möchte Sie wirklich bitten, meiner Tochter nichts anzutun«, presste er flehend hervor, ergriffen von der unbezähmbaren Angst, das Mädchen und er stünden kurz vor dem Tod.

»Ihrer Tochter geschieht nichts. Sobald wir das Geld haben, ist sie frei«, bekam er wieder zur Antwort, aber für ihn klang es nicht überzeugend. Er hatte Mühe, die wild rotierenden Gedanken zu sortieren. »Es könnte aber sein, bei der LZB wird jemand misstrauisch und versucht, mich telefonisch zu kontaktieren.«

»Wird er nicht«, erwiderte der Gangster ungerührt. Wieder schien es so, als könne das Verbrechen gar nicht anders als geplant ablaufen.

Sie standen sich mit verschränkten Armen gegenüber, schweigend, abwartend, immer wieder auf die Armbanduhren schauend. Alle paar Sekunden blinzelte der Räuber durch den schmalen Türspalt nach draußen, wo Rilke und Lackner, bewacht von dem Uniformierten, noch immer schweigend mit den Geldscheinbündeln beschäftigt waren. In der Ledertasche musste nachher noch Platz für zwei Millionen sein.

Der Uniformierte nickte den beiden Bankangestellten zu: »Gut gemacht. Sehr gut. Aber jetzt müssten die Boten doch bald auftauchen, oder wie sieht das aus?«

Die Männer versuchten, den unruhig gewordenen Verbrecher zu beruhigen. Rilke deutete auf die Geldtasche: »Da sind jetzt exakt 689.500 Mark drin.« Lackner ergänzte: »Das Restliche, was wir noch im Tresor haben, müssen wir drin lassen, weil wir sonst für die Kassierer hier im Hause nichts mehr hätten. Das würde auffallen.«

Weitere bange Minuten verstrichen, bis endlich die Aufzugstür und näher kommende Schritte zu hören waren. Für den Gangster ein paar Schrecksekunden. Alles ging so schnell, dass er keine Chance mehr hatte, nach nebenan ungesehen im Archivraum zu verschwinden. Die beiden Geldboten tauchten auf und blieben wie erstarrt stehen, als sie durch die Sicherheitsscheibe neben den beiden Bankangestellten den Uniformierten mit der Maschinenpistole erblickten. Lackner wollte die spannungsgeladene Situation entschärfen, kam heraus, ließ die völlig verdatterten Boten eintreten und nahm die Geldtasche entgegen. Obwohl so gut wie nichts gesprochen wurde, war den Ankömmlingen sofort klar, was geschehen war. Einer von ihnen, ein jüngerer Mann, deutete mit einer Geste unmissverständlich an, dass er nicht gewillt war, den Gangster kampflos mit dem Geld entkommen zu lassen. Dieser mutige Widerstand war jedoch schnell gebrochen, als der Uniformierte zu seiner umgehängten Uzi griff und den Lauf blitzartig auf ihn richtete. Erst jetzt schien der Geldbote den Ernst der Lage zu begreifen, verharrte in der Bewegung und trat mit seinem Kollegen vorsichtig ein paar Schritte zurück.

Lackner und Rilke hatten in aller Eile damit begonnen, die herbeigeschafften Millionen in die vorbereitete Geldtasche umzusortieren. Sie wollten das Drama so schnell wie möglich hinter sich bringen.

Beklemmende Stille hatte sich breitgemacht, als plötzlich von außerhalb des Tresorraums erneut beunruhigende Geräusche zu vernehmen waren: Aufzug, Schritte.

»Wer kommt da? Wer ist das?«, entfuhr es dem Gangster erschrocken, während die Geldboten noch ein paar Schritte zurückwichen, als wollten sie sich aus der Schusslinie bringen. Unterdessen verfolgten Seifritz und der andere Verbrecher angespannt durch einen schmalen Türspalt des Archivs, was sich anbahnte.

Rilke sah zu Lackner und fühlte sich zu einer Erklärung gezwungen: »Wahrscheinlich kommt ein Kassierer, der Geld braucht.« Seine Stimme klang erstaunlich fest.

»Noch einer?«, fragte der Räuber schnell und war mit zwei, drei Schritten an der Archivtür, um dort verschwinden zu können.

»Normaler Vorgang«, erklärte Rilke, während der Gangster die Tür zum Archiv aufdrückte, wo ihm sein Komplize und Seifritz respektvoll Platz machten.

Ein paar Sekunden später tauchte draußen ein junger Bankangestellter auf, korrekter Anzug, Krawatte. Für einen kurzen Moment war er verwundert, neben Rilke auch Lackner und die Geldboten vorzufinden. Doch die beiden Verantwortlichen für die Hauptkasse täuschten Routinearbeit vor, blickten nur kurz auf, und Rilke fragte mit gespielter Gelassenheit: »Sie brauchen wie viel?« Lackner blätterte in einigen Unterlagen und war darauf bedacht, dass seine zitternden Hände die innere Unruhe nicht verrieten.

Den jungen Kollegen beschlich zwar beim Anblick der prall gefüllten Geldtasche und der verängstigt dreinschauenden Geldboten ein merkwürdiges Gefühl, doch er ließ es sich nicht anmerken und sagte emotionslos: »Ich sollte 30.000 haben.« Worauf ihm Lackner mit einem beherzten Griff in die vor ihm auf dem Tisch stehende Transporttasche schnell einige Geldbündel vorzählte und sich Rilke mit der schriftlichen Abwicklung befasste. Währenddessen wandte sich Lackner beiseite, um die nun in der Tasche fehlende Summe mit einigen Geldbündeln aus dem Tresor wieder aufzufüllen. Alles ging so fix, dass der junge Bankangestellte diesen etwas seltsam anmutenden Austausch nicht zur Kenntnis nahm.

Und für die im Archiv versteckten Männer war der schmale Blinkwinkel durch die angelehnte Tür viel zu klein, um das gesamte Geschehen überblicken zu können. Nachdem Rilke mit dem Kollegen aus den oberen Geschäftsräumen die schriftlichen Formalitäten abgewickelt hatte, verschwand der junge Mann mit einem kurzen Abschiedsgruß aus dem Tresorraum, ohne die eingeschüchterten Geldboten noch einmal zur Kenntnis zu nehmen.

Kaum war das Geräusch des abfahrenden Lifts zu vernehmen, wagten sich die Gangster mit Seifritz aus dem Versteck. »Na also«, resümierte der Uniformierte und sah den völlig erschöpften Bankdirektor an. »Wenigstens knappe drei Millionen. Seien Sie froh, dass wir uns damit zufriedengeben.«

»Und wann kommt meine Tochter frei?«, fragte der Bankchef angespannt, denn nur dies war ihm jetzt wichtig.

Die Antwort gab der zivil Gekleidete: »Sobald wir weg sind.« Er schnappte sich die Geldtransporttasche, während sein Komplize, an den Bankdirektor gewandt, entschied: »Herr Seifritz, Sie haben genügend mitgemacht, jetzt wird uns Herr Lackner begleiten.«

Alle Augen, auch die der erstarrten Geldboten, waren auf Lackner gerichtet, der sich plötzlich wie vom Donner gerührt fühlte. »Begleiten«, hörte er es im Kopf nachhallen. Wie bitte?, wollte er sagen, brachte aber keinen Ton aus der trockenen Kehle. Er und Seifritz sahen sich entgeistert an, als suche jeder beim anderen Halt. Doch der MP-Träger blieb dabei: »Sie kommen mit«, sagte er und gab mit einer Kopfbewegung in Richtung Lackner zu verstehen, dass dieser gar keine andere Wahl hatte. Und es klang beinahe wie eine Bitte, als er dem in Gedanken versunkenen Seifritz sagte: »Die Autoschlüssel.«

»Und meine Tochter? Was ist jetzt mit meiner Tochter?«, stammelte der Bankchef, während er in den Hosentaschen aufgeregt nach dem Wagenschlüssel fingerte und ihn dem Uniformierten aushändigte.

Der andere wurde deutlich: »Ihre Tochter wird bald wieder hier sein. Aber nur, wenn Sie nicht vor 10 Uhr die Polizei rufen.« Er sah auch zu den Geldboten hinüber. »Haben wir uns verstanden? Nicht vor 10 Uhr. Denken Sie daran.« Er hielt die Geldtasche mit den knapp 2,7 Millionen D-Mark umklammert und entfernte sich langsam. Lackner zögerte, wurde jedoch mit einer höflichen Handbewegung von dem Uniformierten aufgefordert vorauszugehen.

Seifritz und Rilke beobachteten atemlos die Szenerie und nickten dem völlig verstörten Angestellten zu – eine Geste der Verzweiflung, als wollten sie ihn ermuntern, sich widerstandslos in sein Schicksal zu fügen. Für einen Moment schien eine schwere Last von ihnen zu fallen. Aber nur kurz. Denn augenblicklich übermannte Seifritz wieder die Angst um die Tochter und die Sorge, es könnte noch etwas Unberechenbares geschehen. Die Gefahr dafür war groß, und vor allem: Was hatten sie mit Lackner vor?

Langsam verhallten die Schritte, die Tür des Lastenaufzugs schwenkte auf, Sekunden später schloss sie sich wieder. Eine beklemmende Stille erfüllte den Raum. »Und jetzt?«, wagte Rilke, der regungslos dastand, seinen apathisch wirkenden Chef zu fragen.

Schweigen. Rilke ließ noch ein paar Augenblicke verstreichen, sah in das fahle Gesicht von Seifritz, dessen Lippen bebten, bis sie endlich ein Wort formten: »Abwarten.«

7

Lackner stand mit weichen Knien im Aufzug und spürte den Atem des Uniformierten, der die Uzi wieder in der Aktentasche verbarg. Der andere Gangster hielt krampfhaft die Geldtasche umklammert und starrte auf den Boden, offenbar darauf konzentriert, die entscheidenden Schritte zur Flucht endlich tun zu können. Als der aufwärts fahrende Aufzug schon nach wenigen Sekunden im zweiten Untergeschoss stoppte, wo Seifritz' Auto parkte, bemerkte Lackner als Erster, dass etwas nicht stimmte: Die Tür schwenkte nicht auf. Ein technischer Defekt? Eine Falle, durchzuckte es ihn. Hatte jemand die Polizei alarmiert?

»Was soll das?«, wurde der Uniformierte zum ersten Mal richtig ungeduldig und nervös. Lackner drückte erneut die Taste zum zweiten Untergeschoss. Eigentlich hätte der Aufzug vom dritten ins zweite Untergeschoss hochfahren sollen. Jetzt aber schien er irgendwie kurz davor steckengeblieben zu sein.

»Was ist hier los?«, entfuhr es dem Mann mit der Geldtasche und er warf einen zornig-wütenden Blick auf Lackner, dem es schwerfiel, kühlen Kopf zu bewahren. War er jetzt mit den Gangstern gefangen? Würde gleich eine Hundertschaft der Polizei heranstürmen, ihn befreien – mit einer wilden Schießerei? Der Uniformierte klemmte sich die Aktentasche zwischen die Schenkel und versuchte, die Tür mit bloßen Fingern gewaltsam zu öffnen, doch ohne Werkzeug hatte er keine Chance.

Lackner befürchtete, der Gangster könnte jetzt die Nerven verlieren und sich mit der Maschinenpistole den Weg freischießen. Fast gleichzeitig mit diesem schrecklichen Gedanken wurde er sich der Ursache für den vermeintlichen Defekt bewusst: Vor dem Aufzug parkte noch der gepanzerte Geldtransportwagen. Solange dieser hier in der Sicherheitsschleuse stand, öffnete sich die Tür des Lifts nicht. »Das geht nicht«, beeilte er sich zu sagen. »Der Geldtransporter steht noch vor der Tür. Wir müssen ins erste Obergeschoss fahren und dann die Treppe runter.« Noch bevor einer der Geiselnehmer etwas antworten konnte, drückte Lackner die entsprechende Taste, worauf sich der Lift wieder in Bewegung setzte.

»Wenn das ein Trick ist …«, drohte der Uniformierte, wurde aber von dem aufgeregten Lackner schnell unterbrochen: »Ist es nicht. Wir kommen nur raus, wenn wir übers Treppenhaus gehen.«

Der falsche Polizist presste die Aktentasche mit der Waffe wieder an sich und wechselte einen Blick mit seinem Komplizen.

Im ersten Obergeschoss schwenkte die Tür auf. Lackner hoffte, dass sich niemand auf dem Flur befand. Denn in Begleitung dieser Typen, die alles andere als vertrauenerweckend aussahen, könnte es sehr schnell zu unberechenbaren Reaktionen kommen.

Aber da war niemand. Lackner, jetzt dazu entschlossen, die Gangster so schnell wie möglich loszuwerden, eilte voraus zu der nahen Tür ins Treppenhaus, das wie ein halbrunder Turm in die Fassade des mächtigen Gebäudes integriert war. Er stellte erleichtert fest, dass sich auch dort niemand aufhielt. Er hastete nach unten, gefolgt von den beiden Kidnappern, deren Schritte auf den Steinstufen von hinten an sein Ohr hallten. Noch immer waren keine anderen Personen aufgetaucht. Die Aufschrift »Tiefgarage U2« an der Betonwand verhieß für einen Augenblick Entspannung. Er öffnete nacheinander zwei schwere Metalltüren, dann standen sie in der mit Leuchtstoffröhren erhellten Tiefgarage, aus der die Gangster vor über eineinhalb Stunden gekommen waren. Für einen Moment hielten sie inne, um an der Reihe der geparkten Autos entlangzuschauen, doch auch hier schien niemand zu sein. Der Uniformierte stürmte voraus zu Seifritz' Mercedes, entriegelte die Türen und setzte sich hinters Steuer, während Lackner neben ihm Platz nehmen musste und der Gangster sich mit der Geldtasche dahinter in den Fond zwängte.

»Wo wollen Sie denn hin?«, fragte Lackner vorsichtig.

»Nur ein paar Minuten noch«, bekam er von dem falschen Polizisten zur Antwort, der den Motor startete und den Rückwärtsgang einlegte, um den Mercedes aus der Parkbucht heraus zu rangieren. Kaum hatte sich der Wagen für ein paar Meter in Bewegung gesetzt, trat der Geiselnehmer beim Blick nach hinten heftig auf die Bremse. Rote Lichter. Die drei Männer in Alarmstimmung. »Hinter uns fährt auch einer rückwärts raus«, stellte der hinten sitzende Räuber verärgert fest.

Lackner spürte zum wiederholten Male an diesem Tag den Schock in allen Gliedern. Also doch Polizei. Wollte jetzt ein Spezialkommando die Ausfahrt blockieren? Ohne Rücksicht darauf, dass er noch in der Gewalt der Gangster war? Augenblicke eisigen Schweigens. Die Rücklichter des anderen Autos verrieten, dass es sich nicht bewegte.

»Wer ist das?«, fauchte der Uniformierte so unfreundlich wie bisher noch nie.

»Ein Wagen des Vorstands«, presste Lackner hervor. »Lassen Sie ihn raus.«

Die Köpfe aller drei Männer waren nach hinten gerichtet. Offenbar wartete der Fahrer des anderen Autos, bis er sicher sein konnte, dass es zu keiner Karambolage kommen würde. Zwei, drei Sekunden später rangierte er rückwärts heraus und verließ dann vorwärts mit einem kurzen Seitenblick auf Seifritz' Auto die Tiefgarage über die sanft ansteigende Rampe zur Ausfahrt in Richtung Bahnhofsvorplatz.

Lackner atmete auf, die beiden Gangster schwiegen. Der Uniformierte setzte das abrupt gestoppte Ausparken fort, griff zu der Parkkarte, die Seifritz am frühen Morgen in die Mittelkonsole gelegt hatte, und ließ den Mercedes zur Schranke rollen. Als sie sich öffnete und der Wagen ans Tageslicht gelangte, schloss Lackner erschöpft die Augen. Sie hatten es geschafft. Offenbar war die Polizei noch nicht eingeschaltet worden. Es sei denn, es wurde bereits unauffällig observiert. Womöglich vom Bahnhof aus. Wenn dies so war, dann konnte es bei einem etwaigen Zugriff noch gefährlich werden.

8

Marion fror. Obwohl sie in eine Decke gehüllt war und sich auf der hölzernen Bank in eine Ecke kauern konnte, spürte sie die Kälte des Märzvormittags am ganzen Körper. Ihre Hände waren gefesselt, die Beine an den Knöcheln mit Klebeband fixiert. Die durchwachte Nacht, der Schock und das pure Entsetzen ließen sie keinen klaren Gedanken mehr fassen. Dazu die Angst um ihren Vater, um dessen Gesundheitszustand sie sich Sorgen machte. Außerdem schmerzten inzwischen ihre Handgelenke, die noch immer in den metallischen Schließen steckten. Der Mann, der sie seit Stunden bewachte, saß ihr schräg gegenüber auf einem Stuhl, schwieg beharrlich und sah nur hin und wieder auf seine Armbanduhr.

Obwohl es draußen längst hell war und durch die morschen Holzwände der Hütte das Frühkonzert der Vögel drang, herrschte in dem muffigen Raum nur gedämpftes Licht. Vor das kleine und einzige Fenster waren vergilbte und zerfetzte Vorhänge gezogen, an den Wänden lehnten Gartengeräte, die gewiss seit Jahrzehnten nicht mehr benutzt worden waren. Marion hatte es inzwischen aufgegeben, ihren maskierten Bewacher nach dem weiteren Fortgang des Verbrechens zu fragen. Er schwieg beharrlich.

Irgendwann hatte sie es erschöpft aufgegeben, weitere Fragen zu stellen. Unter dem Handtuch, mit dem er ihren Kopf abgedeckt hatte, konnte sie ihn nur durch einen winzigen Spalt hindurch sehen. Er schien an ihrem Schicksal gänzlich uninteressiert zu sein und nur seinen Auftrag erledigen zu wollen, der da hieß, sie zu bewachen.

Nicht einmal auf die Frage nach der Uhrzeit wollte er eingehen. Doch Marion schien es inzwischen, als seien mehrere Stunden vergangen. Sie lauschte angestrengt in die Stille, um herausfinden zu können, wo sie sich befand. In der Ferne waren Autogeräusche zu hören und seit dem Morgengrauen häufig auch Flugzeuge. Dies konnte darauf hindeuten, dass sie tatsächlich irgendwo ins Remstal verschleppt worden war, wo an- und abfliegende Flugzeuge des nahen Stuttgarter Flughafens erfahrungsgemäß sehr tief flogen.

Nachdem der Gangster immer häufiger auf seine Armbanduhr geschaut hatte, nervös und zunehmend unruhiger, erhob er sich schließlich und sagte: »Okay.« Als habe ihm jemand ein Zeichen gegeben. Doch da war niemand gewesen. Er verließ die Hütte und verriegelte sie von außen.

Marion verharrte noch für ein paar Sekunden, versuchte, von draußen ein Geräusch wahrzunehmen, aber alles blieb still. Kein Auto. Nichts. Vielleicht, so überlegte sie, hatte sich der Räuber mit einem Fahrrad davongemacht.

Jetzt wollte sie schnell handeln. Mit den gefesselten Händen schob sie die Decke beiseite, sodass auch das Handtuch auf den Boden fiel, und begann umständlich, das Klebeband zu lösen, das seit Stunden ihre Knöchel zusammenpresste. Es dauerte einige Minuten, bis sie sich tatsächlich davon befreien konnte. Doch ihre Beine schmerzten, sodass sie sich nur mühsam erheben konnte, um zur Tür zu gehen. Die sich aber trotz heftigen Rüttelns nicht öffnen ließ.

Das Fenster. Natürlich. Es musste ein Leichtes sein, dort hinauszusteigen. Sie schob die Vorhänge beiseite und erkannte zufrieden, dass nicht nur eine fest eingebaute Glasscheibe zum Vorschein kam, sondern ein Fensterflügel, den man öffnen konnte.

Weil ihre Hände nicht auf den Rücken, sondern an der Körpervorderseite gefesselt waren, konnte sie mit ein paar Verrenkungen immerhin erfolgreich den Griff erreichen. Der morsche Fensterrahmen ließ sich nach innen schwenken, und die Öffnung ins Freie war groß genug, um die Hütte verlassen zu können – trotz der Handschellen, denn Marion war schlank und sportlich, vor allem aber jetzt motiviert genug, um ihrem Gefängnis auf diese Weise zu entkommen.

9

Der Uniformierte war vorsichtig aus der Tiefgarage herausgefahren, um, wie es die Fahrtrichtung vorschrieb, nach links abzubiegen, vorbei am Hauptpostamt. An der Fußgängerampel wartete ein halbes Dutzend Passanten, ohne zu ahnen, wer da gerade vorbeifuhr.

»Wo wollen Sie denn hin?«, wollte Lackner zum wiederholten Male zaghaft wissen und sah sich nach allen Seiten um.

»Nicht weit. Sie dürfen gleich raus«, brummte der Mann hinterm Steuer und fuhr langsam die Gartenstraße entlang, folgte dann aber nicht der abknickenden Vorfahrt nach links zur Schützenstraße, sondern behielt die Geradeausrichtung bei – in einen eher abgelegenen Bereich. Lackner beschlich wieder ein bitteres Unbehagen. Denn hier, abseits des belebten Zentrums, würde es keine Zeugen geben, falls die Verbrecher ihm etwas antun wollten. Ein Wechselbad der Gefühle überflutete ihn: Einerseits wünschte er sich nichts sehnlicher, als dass dieser Albtraum nun ein Ende nahm, andererseits jedoch könnte sich beim Auftauchen eines Streifenwagens die Situation sofort verschärfen und außer Kontrolle geraten.

Tief von diesen Gedanken ergriffen, holte ihn die Stimme neben ihm in die Realität zurück: »Sie können jetzt aussteigen«, sagte der Uniformierte völlig unerwartet und stoppte den Wagen kurz vor der Einmündung Betzstraße. Lackner war sich der Tragweite des Gesagten in diesem Moment nicht bewusst. Aussteigen. Hatte der Gangster »aussteigen« gesagt? Er sah in die Sonnenbrille des Fahrers, zweifelte den Bruchteil einer Sekunde, ob das ernst gemeint war, griff dann aber schnell zum Türgriff und verließ wortlos den Mercedes.

Kaum war die Wagentür wieder ins Schloss gefallen, brauste der Wagen, links in die Betzstraße abbiegend, davon. Lackner fühlte sich wie benommen. Träumte er? Was war jetzt auf einmal geschehen? Er sah apathisch dem Auto nach, das zwei Querstraßen weiter dann rechts aus seinem Blickwinkel verschwand.

War jetzt alles ausgestanden? Lackner schloss die Augen, fühlte, wie eine tonnenschwere Last von ihm fiel, wusste aber nicht, ob er sich darüber schon freuen sollte. Dass er Opfer eines der größten Bankraube der deutschen Nachkriegsgeschichte gewesen war, hatte er noch lange nicht verinnerlicht. Er musste nur an seinen Chef und dessen Tochter denken. Erst wenn beide frei sein würden, war der Fall abgeschlossen. Oder doch nicht? Natürlich nicht. Jetzt würden die Kriminalisten unzählige Fragen stellen. Und ganz bestimmt auch der Landrat.

10

Seifritz hatte sich auch nach der Rückkehr Lackners strikt an die Anweisung der Kidnapper gehalten, nicht vor 10 Uhr Alarm zu schlagen. Sein Stellvertreter, den er gegen 9.30 Uhr in das Verbrechen einweihte, forderte die sofortige Einschaltung der Polizei. Seifritz wehrte aus Sorge um die Tochter zunächst ab und bekam spontane Schützenhilfe von Sekretärin Karin Rüger, die den stellvertretenden Sparkassendirektor beherzt am Arm packte und davon zurückhielt, die Polizei zu rufen.

Doch letztlich rangen sich die beiden Männer dazu durch, den örtlichen Leiter der Polizeidirektion, Josef Walser, zu einem Gespräch herzubitten. Möglichst ohne großes Aufsehen.

In dem verschachtelten Gebäudekomplex der Göppinger Polizeidirektion war gerade die montägliche Frühbesprechung zu Ende gegangen, als die Vorzimmerdame von Direktor Josef Walser ein Gespräch von der Kreissparkasse zu ihm weiterleitete. Er vernahm eine Frauenstimme, die ihn ohne lange zu zögern im Befehlston anwies: »Sie sollen um 10 Uhr kommen. Herr Seifritz und der Landrat warten auf Sie.« Die Anruferin wartete keine Nachfrage ab, sondern wiederholte mehrmals: »Um 10 Uhr. Aber keine Minute früher.«

Walsers Versuch, einen Grund für diese seltsame Aufforderung zu erfahren, blieb erfolglos. Die Anruferin beendete das Gespräch. Walser, ein groß gewachsener hagerer Mann, der seit 1973 die Polizei in Göppingen leitete, spürte, dass etwas nicht stimmte, wie er Augenblicke später seinen Kollegen Karl Geiger, den Leiter der Kriminalpolizei, wissen ließ. Für einen kurzen Moment war Walser zwar über den Befehlston aus der Kreissparkasse leicht verstimmt gewesen, wonach er keine

Minute früher als 10 Uhr kommen dürfe. Dann aber überwog die Sorge, dort könne etwas im Gange sein, das sofortiges Handeln erforderte. Er sah auf die Uhr: kurz nach 9.30 Uhr.

Es erschien ihm angeraten, den Kripochef zu dem Termin mitzunehmen. Noch auf der knarrenden Holztreppe in den Hof hinunter begegneten sie dem Leiter der Schutzpolizei und dem jungen Oberkommissar Jürgen Holder, der erst vor vier Monaten zum Leiter der neu gegründeten Stelle des Sachbearbeiters für Öffentlichkeitsarbeit – kurz Ö genannt – bestimmt worden war. Walser stoppte die beiden, die zu einem Arbeitsessen mit dem Bürgermeister der Landgemeinde Gruibingen gehen wollten. Bei Schwäbischen Kutteln sollte die polizeiliche Vorgehensweise fürs Dorffest besprochen werden. Daraus wurde jetzt nichts. Walser erklärte kurz, dass sie sich möglicherweise auf einen größeren Einsatz vorbereiten müssten.

11

Dass sich im Nebengebäude zu diesem Zeitpunkt der Gerichts- und Polizeireporter der einzigen Tageszeitung vor Ort, der *Neuen Württembergischen Zeitung*, kurz *NWZ*, aufhielt, konnten Walser und Geiger nicht ahnen. Georg Sander, eines der jüngsten Mitglieder der Lokalredaktion, pflegte ein gutes Verhältnis zur Polizei und hatte an diesem trüben Märzmontag die Fahrt zum Verlagshaus für einen kurzen Besuch im Göppinger Polizeirevier unterbrochen. Jetzt, in den frühen 80er-Jahren, als es noch keine privaten Radio- und Fernsehstationen gab und in dieser Stadt mit ihren knapp 55.000 Einwohnern auch kein anderes täglich erscheinendes gedrucktes Medium, war Sander der Einzige, der hier über kriminelle Ereignisse berichtete.

Entsprechend bescheiden war auch der Andrang bei behördlichen Pressekonferenzen. Meist saß ein Journalist der Tageszeitung ganz allein einer ganzen Gruppe von Vertretern der Polizei gegenüber. Wenn die jährlichen Unfall- und Kriminalstatistiken vorgestellt wurden – endlose Zahlen und Prozente, beinahe heruntergebrochen bis ins letzte Kaff – versuchte Sander verzweifelt und meist vergeblich, dem trockenen Material etwas Spannendes abzugewinnen.

Es kam auch höchst selten vor, dass sich auswärtige Journalisten für etwas interessierten, was hier, zwischen Stuttgart und Ulm, geschah. Das mussten dann schon *ganz große Dinge* sein – sei es ein kommunalpolitischer Skandal oder ein Mord. Aber derlei Spektakuläres kam doch eher selten vor. Zum Leidwesen von Sander, dem Lokaljournalisten, der zwar kein Sensationsreporter im herkömmlichen Sinne war und auch nicht wirklich nur auf Stories hoffte, die Aufsehen erregten, es aber zunehmend als dröge empfand, stundenlange Gemeinderats- und Kreistagssitzungen über sich ergehen lassen zu müssen. Andererseits freilich, so hatte er schon oft erfahren müssen, waren die Abonnenten der Zeitung eher darauf bedacht, dass man das heimatliche Nest nicht beschmutzte. Wenn er allzu detailliert über Verhandlungen des örtlichen Schöffengerichts berichtete, war er nicht selten von aufgebrachten Lesern heftig kritisiert worden. Ganz zu schweigen, wenn es um große Fälle vor dem Landgericht Ulm ging, wo die schwerwiegenden Verbrechen verhandelt wurden. Nur zu gut war ihm aus den Anfangszeiten seiner Göppinger Tätigkeit ein Mordprozess gegen einen Mann in Erinnerung, der in einem alten Bauernhaus am Rande der Schwäbischen Alb eine ältere Frau vergewaltigt und umgebracht hatte. Allein das Wort *Sperma*, das Sander erwähnt hatte, weil es dabei um eine wichtige, belastende Spur des Täters gegangen war, hatte einige Leser geradezu entsetzt, was sie in empörten Anrufen beim Redaktionsleiter zum Ausdruck gebracht hatten.

Für Sander war seither klar: Die Leserschaft las zwar mit großer Begeisterung von Mord und Totschlag irgendwo auf der Welt, ja sog dann, wie er zu sagen pflegte, jeden Blutstropfen aus der Illustrierten oder dem Boulevardblatt heraus, aber wenn so etwas in der näheren Umgebung geschah, dann sollte das Heimatblatt geflissentlich Zurückhaltung üben. Dann hörte Sander häufig den Vorwurf, er sei schlimmer als die *Bild-Zeitung*. Er fragte sich in solchen Fällen, woher die Kritiker, die dieses Boulevardblatt mit Abscheu erwähnten, wohl ihr Wissen darüber bezogen, was schlimmer als die *Bild-Zeitung* sei.

Ohne mediale Konkurrenz war in diesen Zeiten der Kontakt zur örtlichen Polizei noch unbürokratisch. Sander kannte viele Beamte und ging im Revier ein und aus, zumal zwar die zurückliegenden Jahre des RAF-Terrorismus bereits erste Sicherheitsmaßnahmen erkennen ließen, der Zugang ins Polizeigebäude jedoch meist problemlos möglich war. Sander wusste dies zu schätzen, steckte seine Nase auch nie in Dinge, die ihn nichts angingen, sondern beschränkte seine Besuche auf ein Mindestmaß und kam auch nie unangemeldet.

Inzwischen pflegte er mit einigen Beamten ein freundschaftliches Verhältnis, das auch in private Aktivitäten mündete. So gab es eine Wandergruppe, die sich auf historische Pfade beschränkte und die Schauplätze des Ersten Weltkrieges in den Vogesen aufsuchte, geführt von einem Polizeibeamten, der sich auch fundiert mit dem deutsch-französischen Krieg in den 70er-Jahren des vorletzten Jahrhunderts auseinandersetzte. Sander war einige Male bei solchen Exkursionen dabei gewesen und hatte in der zerschundenen Landschaft die Überreste dieser schrecklichen Zeit gesehen: Bunker, Stacheldraht, Munition, die endlose Reihe von Soldatengräbern.

An diesem Märzvormittag hatte er über eine neue Exkursion, die für den Herbst geplant war, sprechen wollen. In einem Büro, schräg gegenüber der Wache, saß er zwei altgedienten Beamten gegenüber, die er ihres bodenständigen und unkomplizierten Umgangs wegen sehr schätzte. Doch irgendetwas, so schien es ihm, war heute anders – als sei den beiden sein Besuch unangenehm. Der Ältere, ein großer, bärenstarker Typ, verließ einige Male den Raum und schloss nachdrücklich die Tür hinter sich, kam aber sofort wieder zurück, ebenfalls darauf bedacht, die Tür, die üblicherweise einen Spaltweit offen stand, sorgfältig wieder zu schließen. So recht wollte heute kein flüssiges Gespräch aufkommen. Der etwas Jüngere, hager und energiegeladen, war zwar bisher der engagierte Organisator der Vogesen-Exkursionen gewesen, doch an diesem Vormittag ließ er gleich gar kein Gespräch über die geplante Reise aufkommen. »Das können wir später in Ruhe besprechen. Wir haben noch Zeit. Jetzt ist März, und wir planen für September«, sagte er und wiederholte dies sinngemäß mehrere Male.

Sander gab sich damit zufrieden und dachte, dass die beiden heute wohl dienstlich unter Druck stünden. Er verabschiedete sich deshalb schnell und trat in den dunklen und engen Vorraum der Wache hinaus. Dass dort mehr Uniformierte standen als üblich und dass deren Gespräche kurz verstummten, als er an ihnen vorbei zur Ausgangstür ging, kam ihm erst Stunden später seltsam vor.

Dass er soeben hautnah an der größten Geschichte seines Journalistenlebens dran gewesen war, hatte er nicht ahnen können.

12

Es war kurz nach 10 Uhr, als Walser und Geiger in der Chefetage der Kreissparkasse eintrafen und sofort von Sekretärin Rüger in das Büro des Direktors geführt wurden. Die beiden Polizeibeamten, der eine uniformiert, der andere in Zivil, blickten auf vier erschöpft wirkende Männer. Seifritz saß kreidebleich hinter dem Schreibtisch, sein Vize und Landrat Doktor Paul Goes waren von ihren Plätzen auf der Polstergruppe aufgestanden. Auch Lackner, der hinzugerufen worden war, hatte sich erhoben, die zitternden Knie spürend.

Die Atmosphäre frostig, die Begrüßung kurz und knapp. Der Landrat, ein quirliger schlanker Mann, in Ehren ergraut, bot den Beamten mit einer Handbewegung freie Plätze auf Ledersesseln an, und als sich alle gesetzt hatten, sah er sich veranlasst, die Gesprächsführung zu übernehmen. Walser und Geiger lauschten gespannt den Schilderungen und erfuhren, dass die Geiselnehmer inzwischen spurlos verschwunden waren, es aber von Seifritz' Tochter noch kein Lebenszeichen gab.

Dann versuchte Seifritz selbst, die schrecklichen Ereignisse der vergangenen Stunden chronologisch darzulegen, immer wieder unterbrochen durch den Hinweis, doch nur aus Sorge um seine Tochter gehandelt zu haben.

Die beiden Polizisten hielten sich mit Nachfragen zurück, um dem völlig erschöpften Bankdirektor ausreichend Gelegenheit zu geben, sich alles von der Seele reden zu können, was ihn bedrückte. Schließlich aber versuchten sie einfühlsam, Details zu den Tätern zu erfahren: Aussehen, Sprache, Kleidung. »Die haben sich unkenntlich gemacht«, stellte Seifritz fest. Lackner ergänzte: »Falsche Bärte, vermutlich Perücken. Und dann die Sonnenbrillen.«

Walser resümierte, dass es offenbar so gut wie keine konkreten Ansatzpunkte für eine Fahndung gab. Solange auch der zur Flucht benutzte Mercedes des Sparkassendirektors nicht gefunden wurde, würde man sich mit den Ermittlungen äußerst schwer tun. Außerdem war ohnehin noch Zurückhaltung geboten. Zwar hatte sich Seifritz minutiös an die Bedingung gehalten, nicht vor 10 Uhr die Polizei zu verständen, aber Marion hatte sich bislang nicht gemeldet.

13

Marion stand einige Sekunden lang tief durchatmend vor der Hütte am Waldrand. Für einen Moment verspürte sie unendliche Erleichterung, doch dann befiel sie wieder die dumpfe Sorge um ihren Vater.

Das Tageslicht blendete sie, und die bewaldeten Hänge verschafften ihr Gewissheit darüber, wo sie sich befand: irgendwo im Remstal, das sich vom Großraum Stuttgart in Richtung Aalen zog.

Sie erinnerte sich, heute Früh in der Dunkelheit das Streulicht eines Ortes wahrgenommen zu haben. Vielleicht Schorndorf.

Weil ihre Beine vom langen regungslosen Sitzen schmerzten, wirkten ihre Schritte unbeholfen. Als würde sie vom Unterbewusstsein vor etwas gewarnt, blieb sie sofort wieder stehen, um sich prüfend umzusehen. Doch da war niemand. Auch der Mann nicht, der erst vor wenigen Minuten verschwunden war. Aber die dichten Obstbaumreihen versperrten die Sicht.

Am unteren Ende wurde die steil abfallende Wiese von einem Feldweg begrenzt, der sich durch diese Streuobstwiesenlandschaft weiter abwärts schlängelte.

Marion wollte so schnell wie möglich weg, beschleunigte deshalb ihre Schritte, auch wenn die Füße wehtaten, aber jetzt beflügelt von dem Gedanken, ihrem Vater berichten zu können, dass alles ein gutes Ende genommen habe. Hoffentlich für ihn auch, flehte sie. Sie begann zu rennen, obwohl sie die nach vorne gefesselten Hände in der Bewegungsfreiheit behinderten.

Als drei Personen auftauchten, die ihr entgegenkamen, stoppte sie abrupt ihren Lauf, weil ihr ein Gedanke durch den Kopf schoss: Komplizen der Gangster?

Augenblicke später fiel ihr ein tonnenschwer Stein vom Herzen: Dem Äußeren nach zu urteilen, waren es wohl harmlose Spaziergänger. Aus Scham, sich als Opfer eines Verbrechens zu erkennen geben zu müssen, ließ sie ihre gefesselten Hände unter der Jacke verschwinden und erkundigte sich nach einer Telefonzelle, ohne in diesem Augenblick dran zu denken, dass sie gar kein Geld bei sich hatte. Doch die Schilderungen der Angesprochenen waren ohnehin wirr und ließen noch eine weite Wegstrecke befürchten, weshalb sie sich bedankte und einfach weiterging. Sie ignorierte die kritischen Blicke und nahm ihren Spurt wieder auf. Als zwischen den Obstbäumen die ersten Häuser in Sicht kamen, war sie fest entschlossen, dort irgendwo zu klingeln, um möglichst schnell telefonieren zu können. Doch in dem Neubaugebiet schien vormittags niemand daheim zu sein. Sie ging von Haus zu Haus, las das Straßenschild »Konnenbergstraße« und war sich noch immer nicht im Klaren, in welcher Gemeinde sie sich befand.

An zwei Häusern hatte niemand geöffnet, auch die Sprechanlagen waren stumm geblieben. Erst beim dritten Gebäude hörte sie gleich nach dem Klingeln Schritte hinter der Tür. Sie verbarg ihre gefesselten Hände, weil sie niemanden erschrecken wollte. Als geöffnet wurde, versuchte sie, einer verdutzten Frau so ruhig wie möglich zu erklären, dass sie entführt worden sei und dringend telefonieren müsse.

Die Angesprochene war von diesen Worten und dem verstörten Verhalten der jungen Frau völlig entgeistert, zögerte für einen Moment und wusste nicht so recht, was sie sagen sollte. Sie deutete irritiert auf das Telefon, das in der Diele auf einer Kommode stand. Marion ging dankend dorthin, blieb aber beim Telefon mit dem Rücken zu der Frau stehen, damit diese nicht sehen konnte, wie sie sich mit gefesselten Händen zitternd abmühte, die Wählscheibe für die Durchwahlnummer zum Büro ihres Vaters zu drehen.

Die Hausbewohnerin war langsam in einen der Räume zurückgegangen, wo zwei Freundinnen, mit denen sie Kaffee getrunken hatte, bereits über die merkwürdige Besucherin rätselten.

Während sich die Telefonverbindung nach Göppingen aufbaute, wurde sich Marion bewusst, dass sie ihrem Vater ihren Aufenthaltsort gar nicht würde nennen können. Sie rief deshalb in Richtung des Zimmers: »Entschuldigung, wo bin ich überhaupt?«

»In Schorndorf, Konnenbergstraße«, kam es zurück.

Es vergingen endlose bange Sekunden, bis sich ihr Vater meldete und sie ihm dies mitteilen konnte.

14

Die kurze Ratlosigkeit, die sich unter den Männern in Seifritz' Büro breitgemacht hatte, wurde von Chefsekretärin Rüger unterbrochen, die den Direktor ins Vorzimmer rief. Ein wichtiger Anruf, hatte sie gesagt.

Walser und Geiger verfolgten wortlos, wie Seifritz nach draußen ging. Auch Landrat Doktor Goes und der Direktionsvize schwiegen. Lackner hatte sich ohnehin die meiste Zeit zurückgehalten. Bange Minuten verstrichen, bis Seifritz tief durchatmend wieder erschien: »Meine Tochter ist frei.«

Er fühlte sich von der bleiernen Last befreit und endlich an keine Abmachungen mehr gebunden. Ausgelaugt sank er in seinen Bürosessel.

Noch immer fiel es ihm schwer, für das Schreckliche der vergangenen Stunden eine logische Erklärung zu finden. Vielleicht war es sein früherer Beruf als Staatsanwalt, der ihn zur Selbstdisziplin mahnte, was in solchen Momenten bedeutete: kein emotionales Vorgehen. Alles schien gut zu sein: die Tochter in Schorndorf in Sicherheit, Lackner auch wieder hier.

Walser wechselte ein paar Worte mit Landrat und Kripochef und ging ins Vorzimmer, um die Landespolizeidirektion zu verständigen. Der Ort, an dem die junge Frau festgehalten worden war, konnte auch die mögliche Fluchtrichtung der Gangster vermuten lassen: ins Remstal. Routinemäßig löste Walser *Alarm Dynamit* aus, wie im Polizeijargon eine Großfahndung bezeichnet wurde.

Zwei Stunden, nachdem sich Marion gemeldet hatte, konnte Seifritz sie noch immer nicht in die Arme schließen. Denn trotz des erleichternden Telefonats hatten die Ermittler auf

Nummer sicher gehen und zunächst abklären wollen, ob Marion tatsächlich nicht mehr in der Gewalt der Kidnapper war. Viel zu unübersichtlich war die Situation. Die Darstellungen des Bankdirektors und die Schilderungen Lackners, die Walser an die Landespolizeidirektion und an seine Göppinger Kriminalbeamten weitergeleitet hatte, mussten sorgfältig geprüft werden.

Dann ein anonymer Anruf für Seifritz: Eine Männerstimme teilte mit, wo die gekidnappte Tochter zu finden sei. Offenbar wollten die Geiselnehmer sichergehen, dass ihr Opfer unversehrt freikam.

Als die ersten Einsatzkräfte aus Stuttgart im Chefbüro eintrafen, wunderte sich die Sekretärin angesichts der bereits verstrichenen Zeit über die Frage eines der Beamten: »Ist die Fahndung schon eingeleitet?« Tatsächlich war es ihr ohnehin so erschienen, als hätten die Ermittlungen nicht mit dem nötigen Nachdruck begonnen. Aber vielleicht, so überlegte sie, war sie einfach viel zu ungeduldig und von den Ereignissen der vergangenen Stunden nervlich zermürbt.

Immerhin mutete das ziemlich irreale und verworrene Geschehen wie das Drehbuch für einen Thriller an. Niemand hätte bis dahin ein solch raffiniertes und kaltblütig verübtes Verbrechen in der Provinz für möglich gehalten. Und doch sollten sich in diesen Zeiten große Kriminalfälle auf rätselhafte Weise sogar noch häufen.

Kein Wunder, dass es viele Gerüchte gab und hinter vorgehaltener Hand allerlei Verschwörungstheorien kursierten. An den Stammtischen wurden mysteriöse Verbindungen diskutiert und sogar konstruiert. Woran gewiss die häppchenweise und geheimnisvolle Informationspolitik der Behörden nicht ganz unschuldig war. Der örtliche Lokaljournalist Georg Sander, damals gerade 31 Jahre alt, würde noch lange Zeit darüber berichten können.

15

Innerhalb der Polizeidirektion Göppingen verbreitete sich die Nachricht, die Walser von der Kreissparkasse mitgebracht hatte, binnen weniger Minuten. Die Landespolizeidirektion zog die Ermittlungen angesichts der Größe des Falles an sich und bildete eine Sonderkommission, die in Göppingen untergebracht wurde. Streifenwagen durchkämmten das Stadtgebiet und das Umland nach Seifritz' Mercedes, mit dem die beiden Kidnapper verschwunden waren. Und schon bald ließ sich der Leiter der Sonderkommission, Hartmut Zeller, in Begleitung zweier Kollegen von dem erschöpften Bankdirektor vor Ort die Situation schildern. Seifritz saß, von den Ereignissen der letzten 18 Stunden gezeichnet, auf seinem Bürosessel, während die Beamten und Lackner auf der Besprechungscouch Platz genommen hatten und die Sekretärin Kaffee brachte. Dem Bankchef fiel es sichtlich schwer, mehrfach den chronologischen Ablauf zu wiederholen, während seine Gedanken um seine Tochter Marion kreisten, mit der er zwar am Telefon gesprochen hatte und die von der Polizei hätte abgeholt werden sollen. Aber die Ermittler hatten beschlossen, behutsam vorzugehen und zunächst einige starke Einsatzkräfte zu der besagten Adresse zu schicken, weil angesichts des kaltblütigen Vorgehens der Gangster nicht auszuschließen war, dass sich dort die Täter mit ihr verschanzt hatten. Immerhin hätte die junge Frau auch von den Kidnappern zu dem Telefonat mit ihrem Vater gezwungen worden sein können.

Die dortige Hausbewohnerin war von den Schilderungen Marions verstört und völlig verunsichert. Als endlich Polizisten an der Haustür erschienen, ließ sie sich vorsorglich deren

Dienstausweise zeigen. Sie wollte nicht auch noch Opfer falscher Ermittler werden. Allerdings hatte sich die Lage bereits entspannt, nachdem der anonyme Anruf mit dem Hinweis auf das Versteck eingegangen war.

Es war bereits früher Nachmittag, als Marion nach einer Tasse heißem Kaffee völlig in sich versunken in einem Streifenwagen saß und Richtung Göppingen gebracht wurde.

16

Die Beamten in Seifritz' Büro hatten Mühe, die bankinternen Abläufe nachzuvollziehen. Das würde noch ausführliche Vernehmungen und Protokolle nach sich ziehen, seufzte Soko-Chef Hartmut Zeller und sah im Geiste schon den unseligen Papierberg mit all den Aktenordnern vor sich. Seifritz, der am Ende seiner physischen und psychischen Kräfte zu sein schien, erläuterte zum wiederholten Mal, wie die Geldübergabe im dritten Untergeschoss vonstattengegangen war, und dass die Täter darauf bestanden hätten, Lackner als neue Geisel mitzunehmen. Unterbrochen wurde er von einem der Kriminalisten, der sich als Kommissar Klaus Biegert vorgestellt hatte, und auf den abseits sitzenden Kassenangestellten deutete: »Wieso haben die gerade Sie mitgenommen, Herr Lackner?«

Lackner war erschrocken, sah hilfesuchend zu Seifritz, der jedoch ebenfalls konsterniert zu sein schein und nur wortlos mit den Schultern zuckte.

Soko-Leiter Zeller spann den Faden weiter: »Wäre denn außer Herrn Lackner auch noch jemand anderes infrage gekommen, der den Scheck für die Landeszentralbank hätte unterschreiben können?«,

Die beiden Angesprochenen waren auf diese Frage offenbar überhaupt nicht gefasst gewesen. »Ja, es hätte noch jemanden gegeben«, erklärte Seifritz schließlich. »Aber mir war klar, dass Herr Lackner bereits so früh morgens da sein würde. Deshalb hab ich ihn gerufen.«

»Und Sie, Herr Seifritz? Hätten Sie nicht auch unterschreiben können?«, bohrte Kommissar Biegert weiter.

»Ich? Ja, ich auch. Natürlich. Ich bin auch befugt, Schecks auszustellen.«

»Wenn also der Hauptkassierer drunten im Tresorraum schon da war, dann hätte es doch gar keiner weiteren Person mehr bedurft«, meinte der andere Ermittler ruhig. »War es denn notwendig und sinnvoll, noch jemanden einzuweihen?«

Lackner sah sich zu einer Antwort genötigt: »Es ist unüblich, dass Herr Seifritz die Schecks für die LZB unterschreibt. Das wäre dort vermutlich gleich aufgefallen.«

Lackner fühlte sich plötzlich unwohl und in die Enge getrieben. Ihn überkam eine undefinierbare Angst. Aber die Fragen der Kriminalisten hörten sich so an, als zweifelten sie an seinen Schilderungen und damit an seiner Integrität. Oder war es die stundenlange Nervenanspannung, die ihn nun so dünnhäutig machte?

»Und dann sind Sie mit den beiden mitgegangen«, stellte der Kripochef sachlich fest.

»*Mitgegangen* ist wohl das falsche Wort«, entgegnete Lackner. »Vergessen Sie nicht: Die waren bewaffnet und haben immer wieder gedroht, sie würden das Mädchen umbringen. Hätte ich mich da zur Wehr setzen sollen?«

Seifritz verdeutlichte: »Herr Lackner hat absolut korrekt gehandelt, meine Herren.«

Der Soko-Leiter nickte verständnisvoll. »Sie haben gesagt, Sie hätten den Eindruck, zumindest einer der Täter sei mit den bankinternen Abläufen vertraut und habe vielleicht sogar Kenntnisse der räumlichen Verhältnisse hier im Gebäude.«

»Ja, den Eindruck hatte ich«, bestätigte Seifritz. »Sie können sich gar nicht vorstellen, wie gelassen und selbstsicher die vorgegangen sind. Dazu noch erstaunlich höflich. Die haben uns nie geduzt, immer nur gesiezt. Auch mal ›danke‹ und ›bitte‹ gesagt.«

»Also gepflegte Umgangsformen«, konstatierte der junge Kommissar Biegert.

Über Seifritz' Gesicht huschte ein kurzes Lächeln. »Wenn es nicht so ernst wäre, könnte man sagen: ›Die Gentlemen bitten zur Kasse‹. Wie die Posträuber vor 20 Jahren in England.«

Soko-Leiter Zeller, ein dynamischer Mittdreißiger mit korrektem Haarschnitt, ging auf diese flachsige Bemerkung nicht ein, sondern stellte mit einem Seitenblick auf Biegert klar: »Die Spurensicherung wird sich Ihrer Wohnung annehmen. Außerdem sollten Sie und Ihre Tochter eine möglichst genaue Personenbeschreibung der Täter abgeben. Wir werden versuchen, Phantombilder anzufertigen. Für die Öffentlichkeitsfahndung.«

»Sie wollen an die Öffentlichkeit gehen?«, entfuhr es Seifritz, der es gewohnt war, über sein Geldinstitut nur positive Meldungen verbreiten zu lassen, musste sich aber sofort eingestehen, dass es keinen Sinn machte, auf die Pressearbeit der Polizei Einfluss zu nehmen. Trotzdem sollte versucht werden, die internen Abläufe und die Art und Weise, wie die Gangster an die 2,7 Millionen D-Mark gekommen waren, nur oberflächlich zu schildern. Gleichzeitig musste er an die örtliche Zeitung denken – vor allem, dass ihn Walser vor zwei Journalisten gewarnt hatte, die vermutlich nicht lockerlassen würden, bis sie jedes Detail zu diesem großen Verbrechen ihren Lesern schildern konnten: der junge, engagierte Georg Sander und der stellvertretende Redaktionsleiter Manfred Grüninger, ein Journalist der alten Schule. Denen würde man kein X für ein U vormachen können.

17

Am späten Nachmittag war eine 30-köpfige Sonderkommission komplett, federführend durch die Landespolizeidirektion Stuttgart 1. Spurensicherer untersuchten jeden Quadratzentimeter von Seifritz' Wohnung, mehrere Beamte ließen sich noch einmal von dem Bankdirektor, seiner Tochter, den beiden Angestellten Rilke und Lackner sowie der Chefsekretärin detailgenau deren Eindrücke und Beobachtungen schildern. Auch die beiden Geldboten wurden mit einbezogen.

Bereits gegen 13 Uhr war auch der Mercedes des Bankdirektors gefunden: bei der Göppinger Feuerwache, nur etwa 150 Meter von der Stelle entfernt, wo Lackner hatte aussteigen dürfen. In dem Fahrzeug, das am Rande einer innerstädtischen Nebenstraße stand, lag eine Polizeimütze.

»Auch das ist doch ziemlich kaltblütig«, kommentierte dies Hartmut Zeller, seines Zeichens Leiter des Dezernats Sonderfälle bei der Landespolizeidirektion Stuttgart 1. »Die steigen am helllichten Tag aus dem Mercedes und verschwinden wohl mit einem anderen Auto.«

»Vielleicht war dort jenes Fahrzeug abgestellt, mit dem am frühen Morgen die Marion nach Schorndorf gebracht wurde«, meinte einer aus der Ermittlerrunde, die mehrere Räume der Polizeidirektion Göppingen in Beschlag genommen hatte – zum Leidwesen des örtlichen Kripochefs Karl Geiger, der diese Aufgabe gerne selbst übernommen hätte, sie jedoch angesichts der Tragweite des Falles an die Experten aus der Landeshauptstadt hatte abgeben müssen. Immerhin sah alles danach aus, dass man es mit professionellen Tätern zu tun hatte, die möglicherweise auch schon landesweit ihr Unwesen getrieben hatten. Nichts also für eine provinzielle Polizeidienststelle.

Ein anderer Kriminalist, der auch aus Stuttgart angereist war, gab zu bedenken: »Wenn es sich bei dem weiteren Fluchtfahrzeug um jenes handelt, mit dem Marion heute früh verschleppt wurde, dann müsste es der Täter bei der Rückkehr von Schorndorf hier bei der Feuerwache abgestellt haben und dann zu Fuß zum Hause Seifritz gegangen sein. Das wären – wenn ich das richtig aus dem Stadtplan rausgemessen habe – rund 1,6 Kilometer, auf normalem Weg wahrscheinlich etwa zwei Kilometer. Dafür braucht man bei flottem Schritt schätzungsweise 25 Minuten.«

Soko-Chef Zeller fuhr sich durchs füllige Haar, nickte anerkennend und blätterte in seinen Unterlagen. »Kann hinkommen. Die Marion wurde gegen 4 Uhr mit einer größeren Limousine, vermutlich einem Audi, nach Schorndorf gebracht, und eineinhalb Stunden später war der Täter wieder in der Wohnung Seifritz zurück. Das passt.« Zeller überlegte kurz. »Bis Schorndorf braucht er in den verkehrsarmen Morgenstunden keine halbe Stunde. Hin und zurück also nicht mal eine ganze Stunde. Er stellt den Fluchtwagen, mit dem die Täter ja auch angereist sein mussten, bei der Feuerwache ab und geht zu Fuß in die Wohnung Seifritz, knapp eine halbe Stunde. Dann ist er gegen 5.30 Uhr wieder dort. Genau, wie Seifritz es sagt.«

»Aber warum stellt er das Auto ausgerechnet bei der Feuerwache ab? Macht das Sinn?«, warf ein anderer Ermittler ein. »Außerdem war er als Polizist verkleidet. Mit dieser Maskerade muss er dann quer durch die City bis zur Nordstadt gehen.«

»Es war dunkel«, gab ein älterer Beamter zu bedenken. »Und wer wird schon misstrauisch, wenn er einem Uniformierten begegnet? Außerdem muss das Auto ja nicht zwangsläufig dort abgestellt gewesen sein, wo sie den Mercedes zurückgelassen haben.«

Zeller sah in die Runde. »Irgendwie kommt mir das alles komisch vor.«

»Sie haben Zweifel an den Schilderungen zum Tatablauf?«, fragte jemand, worauf sich in dem Saal eine plötzliche Stille breitmachte.

»Nein, nicht wirklich. Nein«, ruderte Zeller zurück. »Wichtig ist, dass wir mit großer Sorgfalt an die Sache herangehen. Denn die Arbeitsweise der Täter erscheint doch zumindest ziemlich seltsam zu sein. Um es mal vorsichtig auszudrücken.«

»Weiß man denn, wem das Gartenhaus gehört, in dem Marion festgehalten wurde?«, wollte ein junger Kriminalist wissen, der ein deutliches Stuttgarter Honoratiorenschwäbisch sprach.

»Ja«, erwiderte Zeller und sah wieder auf seine Unterlagen. »Es gehört einem Professor aus Schorndorf, der das kleine Wochenendhaus aber schon lange nicht mehr benutzt hat.«

»Marion war dort eingeschlossen? Sie ist durchs Fenster rausgestiegen?«

»Es gab kein richtiges Schloss. Aber der Täter hat die Tür mit einem Vorhängeschloss verriegelt. Alles ziemlich merkwürdig«, räumte Zeller ein und fügte grinsend an: »Und bevor noch jemand von Ihnen auf eine andere Merkwürdigkeit stößt, will ich's gleich sagen: Ich bin ein Göppinger, und der Herr Lackner ist mein Nachbar.«

Zeller konnte zu diesem Zeitpunkt freilich nicht ahnen, dass es noch weitaus mehr Merkwürdigkeiten und seltsame Zusammenhänge geben würde.

18

Die Pressekonferenz am Spätnachmittag hatte tatsächlich einige auswärtige Journalisten in einen Saal der Polizeidirektion Göppingen gelockt. Staatsanwalt, Direktionsleiter und Soko-Chef saßen einem Dutzend Medienvertreter gegenüber. Georg Sander hatte während seiner bisherigen Laufbahn noch nie so viele Kollegen bei einer örtlichen Pressekonferenz erlebt. Mikrofone waren aufgebaut, eine Fernsehkamera auch. Vertreter des *Süddeutschen Rundfunks* hatte man in der Provinz bisher nur bei ganz außergewöhnlichen Ereignissen gesehen. Direktionsleiter Walser fasste nach kurzer Begrüßung als Hausherr die dramatischen Ereignisse der letzten Stunden zusammen und erklärte, dass sofort eine Sonderkommission gebildet worden sei, die aus 30 Beamten, insbesondere von der Landespolizeidirektion Stuttgart 1, bestehe. Von dort aus werde auch die Pressearbeit gesteuert. Walsers Blick traf den örtlichen Pressesprecher Jürgen Holder, der sich von den Ereignissen überrollt und schlecht informiert fühlte. Denn die Stuttgarter hatten nicht nur die Ermittlungen, sondern auch die Öffentlichkeitsarbeit an sich gezogen.

Ausführlich schilderte dann Soko-Leiter Hartmut Zeller einige Details, um die schier unglaubliche Gelassenheit der Täter und deren Ortskenntnisse hervorzuheben. Und letztlich lobte der Oberstaatsanwalt aus Ulm die bisherige Vorgehensweise der Polizei, deren oberstes Gebot es gewesen sei, das Leben der jungen Frau nicht zu gefährden.

Die erste Frage der Journalisten bezog sich auf die Anzahl der Täter: »Es waren also drei«, stellte ein junger Mann fest. »Aber wenn ich Sie richtig verstehe, könnte es einen vierten gegeben haben, der vom nahen Bahnhof aus das Sparkassengebäude observiert hat. Gibt es dazu und zu den angeblichen Bomben und Granaten, mit denen die Täter gedroht haben, konkrete Hinweise?«

Kopfschütteln am Tisch der Behördenvertreter. Zeller sah sich zu einer Antwort genötigt: »Nein, gibt es derzeit nicht. Aber ausschließen können wir es auch nicht.«

Sander hatte die Chronologie der Schilderungen aufmerksam verfolgt und einige logische Ungereimtheiten erkannt: »Weiß man denn, wie die Täter gestern Abend zum Haus Seifritz gekommen sind?«

»Vermutlich mit demselben Fahrzeug, mit dem einer das Mädchen heute früh nach Schorndorf verschleppt hat«, antwortete Zeller sofort.

»Und wo ist dieses Auto geblieben?«, bohrte Sander weiter.

»Wir wissen es nicht. Vermutlich haben es die Täter als Fluchtfahrzeug benutzt, nachdem sie den Mercedes von Herrn Seifritz bei der Feuerwache abgestellt haben.«

»Aber wie ist dieses Auto, mit dem der eine Täter ja von Schorndorf zurückgekehrt ist, in die Nähe der Feuerwache gekommen, ziemlich weit von der Wohnung Seifritz entfernt?«, wollte Sander wissen.

»Auch das ist vorläufig unklar«, räumte der Soko-Leiter ein. »Sie sollten aber nicht vergessen, dass es den dritten Täter aus der Gartenhütte gibt. Der muss ja auch ein Fahrzeug gehabt haben.«

Eine Journalistin des *Süddeutschen Rundfunks* meldete sich als Nächste und wandte sich an Zeller: »Ihren Schilderungen ist zu entnehmen, dass sich die Täter in bankinternen Vorgängen und vielleicht sogar im Gebäude der Kreissparkasse ausgekannt haben. Besteht der Verdacht, dass jemand aus dem Haus in die Sache involviert ist?«

Jetzt sah sich der Leiter der Polizeidirektion gefordert, dem stets viel daran gelegen war, örtliche Institutionen aus der Schusslinie zu nehmen: »Dazu gibt es momentan keine Anhaltspunkte. Aber Sie dürfen mir glauben, dass wir in alle Richtungen ermitteln.«

Ein Grauhaariger, der hinter Sander saß, mischte sich mit sonorer Stimme ein: »Und jemand aus der Familie? Sie haben vorhin gesagt, dass die junge Frau noch eine Schwester hat, die kurz vor dem Auftauchen der Täter mit ihrem Freund Richtung Tübingen weggefahren sei. Außerdem soll es noch einen Bruder geben ...«

»Ich bitte Sie«, unterbrach ihn der Direktionsleiter, »Sie sollten am heutigen Tag, an dem die Familie – insbesondere das Mädchen und sein Vater – so viel durchgemacht haben, mit derlei Spekulationen vorsichtig sein.«

Ein Journalist der *Stuttgarter Zeitung* hob den Finger und legte sofort los: »Es muss doch in der Bank ein Menge Leute gegeben haben, die heute Morgen etwas mitgekriegt haben.« Er wandte sich ebenfalls an den Soko-Leiter: »Sie haben uns vorhin berichtet, dass man für die zwei Millionen von der Landeszentralbank einen Scheck mit zwei Unterschriften gebraucht hat, dass ein Angestellter kurzzeitig als Geisel mitgenommen worden ist, und dass es Geldboten gab, die man zur Landeszentralbank geschickt hat. Das hört sich ja nicht gerade nach einem blitzartigen Überfall an. Entschuldigen Sie, wenn ich das so sage, aber das klingt alles ziemlich irreal.«

»Ist es auch«, unterbrach Zeller den Wortfluss des Journalisten. »Deshalb gehen wir auch davon aus, dass wir es mit keinen Gelegenheitsverbrechern zu tun haben. Vergessen Sie aber bei Ihren Überlegungen nicht, dass der Bankdirektor um das Leben seiner Tochter besorgt war. Was hätte er anderes tun sollen, als den Forderungen nachzukommen?«

Auf Sanders weitere Frage, wie denn die Geldübergabe abgelaufen sei, ergriff der Staatsanwalt das Wort: »Das sind bankinterne Vorgänge, die wir hier nicht besprechen sollten. Jedenfalls war es so, wie von Herrn Zeller bereits dargelegt: Im Tresor war bei Weitem nicht so viel Geld wie gefordert, weshalb man auf die Landeszentralbank hat zurückgreifen müssen.« Der Staatsanwalt lenkte die Aufmerksamkeit auf ein anderes Thema. Man werde noch im Laufe des Spätnachmittags mithilfe der Opfer von den Tätern Phantombilder anfertigen lassen, die dann sofort den Redaktionen gefaxt würden. Außerdem sei für Hinweise, die zur Ergreifung der Täter führten, eine Belohnung in Höhe von 150.000 D-Mark ausgesetzt.

Sander hatte noch eine Frage: »Waren die Nummern der Geldscheine eigentlich registriert? Dann wäre es für die Täter ja wohl schwierig, das Geld irgendwo auszugeben oder anzulegen.«

Wieder antwortete der Staatsanwalt, ohne zu zögern: »Sie werden verstehen, dass wir zum gegenwärtigen Zeitpunkt dazu nichts sagen.«

Sanders Eindruck, dass allerhand verschwiegen werden sollte, verfestigte sich.

19

Noch nie hatte es vermutlich im Lokalteil der örtlichen Zeitung eine so fette Überschrift über mehrere Spalten hinweg gegeben. An diesem Dienstag lautete sie: *Bankdirektor und Tochter als Geiseln.* Damit war kurz und knapp die ganze Dramatik umrissen. Den Artikel umgaben Fotos: ein Porträt des Bankiers sowie jeweils ein Bild von dessen Privathaus und dem weißen Mercedes, den die Täter gegenüber der Feuerwache abgestellt hatten. Dazu Phantomzeichnungen mit den Köpfen der beiden Haupttäter: Sonnenbrillen, Bärte, volles Haar, einer mit Polizeimütze. Sander hatte seinem Text die Angaben der Polizei hinzugefügt, wonach ein Täter Hochdeutsch mit nordbadischem Akzent gesprochen hatte. Gesucht würden ferner Zeugen, die in der Nacht zum Montag in der Göppinger Dornierstraße einen hellen Mittelklassewagen, möglicherweise einen weißen Audi 100, mit Waiblinger Kennzeichen gesehen hätten. Der genannte Bereich, das wusste Sander, grenzte direkt an den Tatort an.

Sander war an diesem Dienstagvormittag viel früher als üblich in die Redaktion geeilt. Es würde noch viel zu tun geben.

Mittlerweile meldeten sich unzählige auswärtige Medien, die jetzt auch auf den ungewöhnlichen Kriminalfall aufmerksam geworden waren und Informationen und Fotos erbaten.

Der stellvertretende Redaktionsleiter Manfred Grüninger, der als Frühaufsteher galt, war oft schon um 6 Uhr in der Redaktion, was bei den üblicherweise notorischen Spätaufstehern, zu denen Journalisten im Allgemeinen gezählt werden, meist unverständliches Kopfschütteln auslöste. Aber Grüninger wollte schon frühmorgens von der nahen Wetterwarte Stötten wissen, wie tief in der Nacht die Temperatur gefallen war, und mit welchen klimatischen Gegebenheiten man die nächsten Tage rechnen müsse.

Im Übrigen wurde Grüninger nachgesagt, nicht nur das Gras wachsen zu hören, sondern noch so manches mehr. Mit ihm hatte Sander schon immer einen guten Lehrmeister zum Thema Recherchieren gehabt. Beide verband sie die Lust, sich nicht abwimmeln zu lassen und niemals aufzugeben. Man kriege alles raus, wenn man nur wolle, lautete ihr Motto. Allerdings brauchte es dazu viele Kontakte und noch mehr Geduld – also Zeit. Kein Telefonat war dann zu aufwendig. Wenn es sein musste bis ins tiefste Afrika. Sander empfand es als wohltuend, dass bisher niemand von der Geschäftsleitung die hohen Telefonkosten moniert hatte. Und Redaktionsleiter Doktor Wolfgang Schmauz, ein charmanter Journalist der alten Schule und die Seriosität in Person, wusste die akribische Recherche zu schätzen. Er selbst hielt sich meist im Hintergrund und trug wohl zum Zeichen seiner leitenden Funktion in der Redaktion stets einen weißen Arbeitskittel. Weshalb man ihn liebe-, aber auch respektvoll, den »weißen Riesen« nannte.

Noch war die Medienwelt in der Provinz eher behäbig und in dieser Zeit, Anfang der 8oer-Jahre, noch ziemlich überschaubar und vergleichsweise bieder eingestellt. Es gab keine Privatradios, keine privaten Fernsehstationen.

Sander, als Lokaljournalist auch fürs Kriminelle und die Justiz zuständig, bohrte gleich in diesen frühen Vormittagsstunden nach, stieß jedoch bei Staatsanwaltschaft und Polizei auf eine Mauer des Schweigens. Der neue Pressesprecher der Göppinger Polizeidirektion musste ehrlicherweise und zerknirscht eingestehen, dass auch er von den Ermittlern aus Stuttgart nicht ausreichend informiert wurde. Sander musste deshalb rasch erkennen, dass auch seine guten Kontakte in Polizeikreise zu keinen weiteren Informationen führten. Am meisten ärgerte ihn, dass er am gestrigen Vormittag zwar im Göppinger Polizeirevier gewesen war, aber nichts von dem Großeinsatz mitbekommen hatte, der sich zu dieser Zeit gerade anbahnte.

Sein an Dienstjahren und Erfahrung älterer Kollege Manfred Grüninger, um die 50, ein bodenständiger Journalist, der sein Handwerk verstand wie kaum ein anderer, durfte mit Fug und Recht als investigativer Journalist bezeichnet werden, obwohl dieser Begriff damals noch nicht geläufig war. Grüninger fühlte sich von den dürren Worten einer Pressemitteilung der zuständigen Staatsanwaltschaft Stuttgart richtiggehend angespornt, den Ablauf des Kidnappings detailgenauer zu recherchieren.

Grüninger, der alte Fuchs, brachte jetzt sogar das Kunststück fertig, den Bankchef zu einem Interview zu überreden. Auch im Hinblick darauf, etwaigen Verschwörungstheorien vorzubeugen, so hatte der Journalist sein Ansinnen begründet. Denn der geradezu filmreife Fall heizte bereits seit gestern Abend die Gerüchteküche kräftig an. Außerdem war wohl von offizieller Seite einiges verschleiert und nebulos dargestellt worden.

Am frühen Nachmittag saßen Grüninger und Sander im Büro von Seifritz. Noch auf der Herfahrt hatten sich die beiden Journalisten über die Vorgehensweise abgestimmt: möglichst einfühlsam, nicht allzu direkt, aber doch mit dem

Wunsch, etwas mehr Einzelheiten zu erfahren, sprich: Persönliches.

Seifritz ließ Kaffee bringen und zeigte sich gegenüber den Fragen aufgeschlossen. Er wirkte zwar blass und erschöpft, schien jedoch den Ablauf des Überfalls sachlich und nahezu emotionslos schildern zu können. »Ich bin froh, dass alles ohne Menschenopfer vorübergegangen ist«, sagte er schließlich.« Und fügte an: »Aber für meine Tochter war es ganz schlimm.«

Groß sei seine Sorge auch gewesen, weil die Gangster gedroht hatten, es werde im Schalterraum ein Blutbad geben, falls sie nicht mit dem Geld sicher aus dem Gebäude wieder herauskämen. Sie hätten erklärt, es würden in den Morgenstunden Personen mit Handtaschen auftauchen, in denen Bomben und Granaten versteckt seien. Außerdem hätten sie behauptet, im Auftrag einer Organisation zu handeln.

Und auf die Frage von Sander, wie er denn diese Stunden der Ungewissheit nervlich überstanden habe, wurde er für einen Moment nachdenklich und sagte: »Das wird sich erst zeigen. Dass ein solcher Vorgang nicht an den Kleidern hängen bleibt, ist klar.«

Was jedoch die Übergabe des Geldes anbelangte, also das Geschehen im dritten Untergeschoss, blieb Seifritz wortkarg, flüchtete sich in allgemeine Formulierungen und erklärte, dass es sich um bankinterne Abläufe handle. Allerdings zeigte er sich davon überzeugt, dass zumindest einer der Täter sehr gute Bankkenntnisse haben müsse und offensichtlich auch mit dem Gebäude vertraut sei.

Grüninger riskierte eine Feststellung: »Demnach könnte es durchaus sein, dass der Täter aus dem Hause stammt?«

Seifritz atmete tief durch.

20

Die Ermittlungen liefen auf Hochtouren. Mehrere Beamte waren mit den ausführlichen Vernehmungen befasst – nicht nur mit Seifritz und Tochter Marion, sondern auch mit Heinrich Lackner und dessen Kollegen Berthold Rilke sowie der Chefsekretärin Karin Rüger. Der Kreis weitete sich aus: auf die Geldboten, die zwischen Kreissparkasse und Landeszentralbank unterwegs gewesen waren, sowie auf den völlig ahnungslosen Kassierer, der zum Geschäftsbeginn 30.000 D-Mark geholt hatte, ohne zu wissen, dass in einem Nebenraum Gangster lauerten.

Immer stärker fühlte sich Heinrich Lackner in die Enge getrieben. Gebetsmühlenartig wiederholten sich Fragen, weshalb man ausgerechnet ihn zum Unterschreiben des Millionenschecks gezwungen haben könnte. Und warum sich die Gangster für ihn als die zweite Geisel entschieden hätten. Bisweilen befürchtete Lackner, die Ermittlungen richteten sich nur gegen ihn. Alles an ihm schien plötzlich verdächtig zu sein: dass er am Montagmorgen so früh zur Arbeit gekommen war und dass er scheinbar bereitwillig im Chefbüro den Scheck unterschrieben habe. Sogar die Art und Weise, wie er reagiert hatte, als sich die Aufzugstür nicht hatte öffnen lasse, schien den Argwohn der Ermittler zu wecken. »Was hätte ich denn anderes tun sollen? Ich hatte doch keine Wahl«, hatte er schon viele Male wiederholt und dabei fast seine gelassene Art verloren. Irgendwann kam auch er an die Grenze seiner nervlichen Kraft.

Doch so wie ihm erging es auch all den anderen, die als Zeugen in den Ermittlungsakten geführt wurden. Sogar jener Geldbote, ein 29-jähriger Mann, der als ausgebildeter Polizist voriges Jahr aus gesundheitlichen Gründen nicht ins Beamtentum übernommen worden war und sich kurz mit dem uniformierten Gangster angelegt hatte, geriet ins Visier der Kriminalisten. Wolfgang Nolte war seit einigen Monaten als Geldbote beschäftigt. Ein spannender Job, aber keinesfalls so abwechslungsreich, wie es der Dienst bei der Polizei gewesen wäre. Eigentlich hätte ihm die Arbeit als Privatdetektiv viel mehr Spaß gemacht, zumal er damit das bei der Polizei Erlernte viel besser hätte anwenden können. Aber um sich selbstständig zu machen, fehlte ihm der unternehmerische Mut. Vielleicht würde es ja mal gelingen, bei einer entsprechenden Kanzlei eine Anstellung zu finden. Schließlich gab es mehr Detekteien, als man vermutete.

»Und Sie haben, genau wie Ihr Kollege, heute früh anfangs nicht gemerkt, dass etwas nicht stimmte?«, wollte ein erfahrener älterer Beamter wissen, während Nolte ihm im Büro gegenübersaß.

»Nein. Erst als wir das zweite Mal zur LZB gerufen und wieder zurückgekommen sind und ich durch die Scheibe des Tresorraums diesen uniformierten Typen gesehen habe, hatte ich sofort ein komisches Gefühl«, wiederholte Nolte bereits zum dritten Mal. Seine Lippen bebten, der Oberlippenbart vibrierte. Er wich keinem Blick des Kriminalisten aus. »Außerdem«, fügte er an, »waren zwei Millionen eine ganze Menge Kohle für einen Montag.«

»Haben Sie denn noch eine Polizeiuniform daheim?«, blieb der Kriminalist hartnäckig.

»Oh, daher weht der Wind«, wurde Nolte jetzt ungehalten. »Sie meinen, ich hätte dem Täter meine Uniform ausgeliehen? Und nur vorgetäuscht, ihn angreifen zu wollen? Da muss ich Sie enttäuschen. Ich besitze gar keine Uniform mehr.«

»Aber Sie haben sie doch kaufen müssen, diese Dienstkleidung.«

»Ja, natürlich. Für einen Berufsanfänger eine teure Anschaffung. Insgesamt rund 1.000 Mark. Aber Sie wissen dann sicher auch, dass man beim Ausscheiden aus dem Dienst die Dienstgrad- und Hoheitsabzeichen entfernen muss.«

Der Kriminalist wollte dies nicht vertiefen, weil er sich nie mit den einschlägigen Bestimmungen befasst hatte. »Und wo ist die Uniform jetzt?«

Nolte holte tief Luft. »Verschenkt hab ich sie. Dem Kleiderfundus des *Naturtheaters Heidenheim*.«

»Auch den Anorak?«

»Ich hatte nie einen Anorak. Nur die Uniformjacke. Tut mir leid.«

21

Die Staatsanwaltschaft schwieg, und auch Kripochef Karl Geiger hatte einen Maulkorb verpasst bekommen. Außerdem gab's von der Stuttgarter Pressestelle weiterhin nur spärliche Informationen. Zum Leidwesen von Sander und Grüninger. Denn für die Journalisten war es völlig unbefriedigend, beim größten Bankraub weit und breit nicht auf dem Laufenden gehalten zu werden. Gab es tatsächlich etwas zu vertuschen, wie Volkes Meinung befürchten ließ? »Ich versteh das nicht«, grummelte Grüninger nach einigen Tagen. »Die machen doch mit ihrer Geheimnistuerei alles viel schlimmer.«

Sander, der zu Grüninger ins Büro gekommen war und am lilafarbenen Verpackungspapier sah, dass der Vize-Redaktionschef heute schon wieder eine ganze Tafel Vollmilchschokolade verschlungen hatte, stimmte ihm zu: »Entweder, die tappen wirklich total im Dunkeln, oder da haben ein paar Herrschaften Dreck am Stecken, die man nicht anschwärzen möchte.« Ihn plagten ohnehin einige kritische Anrufe, in denen behauptet worden war, die Berichte über den Ablauf des Überfalls seien falsch. »Wenn man nicht offen und wahrheitsgetreu ist, kommen halt viele Spekulationen auf«, meinte er mit einem Seitenhieb auf die Pressearbeit von Polizei und Justiz.

»Umso unverständlicher ist es, dass die Staatsanwaltschaft nichts gegen die Gerüchte unternimmt. Mir tut der Seifritz richtig leid«, meinte Grüninger und umfasste den rechten Rahmen seiner dickglasigen Brille, wie er dies immer tat, wenn er scharf nachdachte.

»Und wenn der ...«, wagte Sander einzuwerfen, aber Grüninger wehrte ab: »Fangen nicht auch Sie noch damit an, Herr Sander. Oder glauben Sie im Ernst, ein Bankdirektor würde so eine Story erfinden, dazu noch die eigene Tochter kidnappen lassen? Ich bitte Sie, vergessen Sie das ganz schnell.«

Sander nickte. Der Fall hatte seine ohnehin lebhafte Fantasie zum Blühen gebracht. Aber schließlich durfte man doch alles denken. Nur halt nicht schreiben.

»Ich hab da was erfahren«, fuhr Grüninger fort, dessen Drähte zu jeglicher Art von Institutionen schon legendär waren, was daran lag, dass er vertrauliche Informanten niemals preisgab. Nicht einmal innerhalb der Redaktion. Wenn Grüninger jemandem etwas versprach, dann hatte dies Gültigkeit. Ein Mann, ein Wort.

Sander trat näher an den sitzenden Grüninger heran, der

seine antiquierte Schreibmaschine beiseiteschob, auf der er mit unvorstellbarem Tempo im Zweifinger-System seine Artikel in die Tasten hauen konnte. Von der neuen Computertechnologie hielt er nicht viel.

Er sortierte einige Schmierblätter, die aus den Rückseiten alter Pressemitteilungen bestanden, und war sichtlich bemüht, durch seine dicken Brillengläser die eigene ziemlich verschnörkelte Handschrift zu entziffern. »Es ist wohl so gewesen, dass das Geld tatsächlich in zwei Chargen von der Landeszentralbank geholt wurde. Die erste mit 700.000 D-Mark war die routinemäßige. Jeden Vormittag wird Geld geholt, wobei sich die Höhe des Betrags am zu erwarteten Geschäftsbetrieb orientiert«, dozierte Grüninger, was ihm ein Informant vertraulich geflüstert hatte. »Die Täter wollten ursprünglich fünf Millionen, was aber, wie wir wissen, Seifritz heruntergehandelt hat. Dazu mussten die Geldboten allerdings ein zweites Mal zur LZB geschickt werden.« Grüninger nahm ein weiteres Blatt zur Hand. »Zur Frage, ob auch Geld aus dem Sparkassentresor genommen wurde, hat es wohl einige Irritationen gegeben. Warum man das so geheimnisvoll behandelt hat, ist mir inzwischen klar. Während der Kassierer – es ist dieser Rilke – die ersten 700.000 Mark für die Täter in eine Tasche verpackt hat, ist ein Kassenangestellter aufgetaucht, der 30.000 Mark wollte. Um den schnell wieder loszuwerden, hat Lackner diese Summe kurzerhand aus der Tasche genommen, die für die Täter bereitstand. Und damit es letztlich wieder 700.000 waren, hat er anschließend 30.000 aus dem Tresorbestand herausgenommen und in die Transporttasche gesteckt.«

»Und warum hat man daraus ein Geheimnis gemacht?«, wunderte sich Sander.

»Ganz einfach«, sah ihn Grüninger triumphierend an. »Die 30.000 aus dem Tresor waren sogenanntes Fanggeld, das Lackner den Tätern geistesgegenwärtig unterjubeln konnte.«

»Fanggeld?«

»Ja. Scheine, deren Nummern registriert sind. Hat jeder Kassierer unauffällig bei sich liegen«, wusste Grüninger zu berichten.

»Dann ist es nur eine Frage der Zeit, bis das Geld irgendwo auftaucht und man Rückschlüsse auf den Besitzer ziehen kann«, meinte Sander.

»Ganz so einfach wird das nicht sein. Wenn die Scheine irgendwo im Ausland eingetauscht werden, wird das nicht sofort auffallen. Vielleicht bleibt die Beute auch eine Zeit lang in einem Versteck.«

Sander grinste: »Was macht das für einen Sinn, wenn man Millionär geworden ist und das Geld unters Kopfkissen legen muss?«

Grüninger blieb ernst. »Es macht zumindest den Sinn, nicht plötzlich als reich in Erscheinung zu treten und aufzufallen. Sie würden sich doch auch wundern, wenn ich mir in den nächsten Tagen einen teuren Porsche zulegen würde.«

Sander grinste in sich hinein. Das würde ihn tatsächlich wundern. Aber gleich aus zweierlei Gründen: weil Grüninger, der als äußerst sparsam und genügsam galt, wohl ausgeflippt sein müsste, wenn er mit einer solchen Nobelkarosse daherkäme. Und weil er außerdem ein eingefleischter Nutzer des Öffentlichen Personennahverkehrs war.

22

Hinweise gab es genügend. Aber viele beruhten auf Spekulationen und Vermutungen, wie die Soko *Fils* – benannt nach dem Fluss, der Göppingen durchfließt – meist sehr schnell feststellen konnte. Hartmut Zeller, Chef einer starken Ermittlermannschaft, informierte täglich den Direktionsleiter Josef Walser, der die goldenen Sterne auf der Schulterklappe seiner Uniform zu schätzen wusste. Er nahm mit sorgenvoller Miene zur Kenntnis, dass die Geiselnehmer wie vom Erdboden verschwunden zu sein schienen. Auch in der Wohnung Seifritz', wo sich die Täter eine Nacht lang aufgehalten hatten, war nicht das Geringste von ihnen zu entdecken. »Da sie Handschuhe getragen hatten, gab es keinerlei verwertbare Fingerabdrücke. Wir wissen bis heute nicht, ob es noch einen vierten Täter gegeben hat«, erklärte Zeller. »Ob da einer vom Bahnhof aus tatsächlich das Bankgebäude observiert hat oder sich sogar in der Sparkasse aufgehalten hat, ist weiterhin unklar.«

Der Direktionsleiter hörte konzentriert zu und entschied, mit einer hochgezogenen Augenbraue eine Frage loszuwerden, die ihn immer wieder beschäftige: »Die Familie ist aber okay?«

»Absolut. So, wie es jetzt aussieht«, winkte Zeller ab.

»Gab es in letzter Zeit Personen, die sich für die Räumlichkeiten in der Bank interessiert haben?«

»Nichts Außergewöhnliches. Natürlich sind in so einem Gebäude immer mal wieder Handwerker unterwegs. Elektriker, Installateure, Fernmeldeamt und so weiter.«

»Auch in jüngster Zeit?«

»Wir haben uns zuerst mal die Firmen nennen lassen, die seit Anfang des Jahres tätig waren.«

»Der Coup scheint mir aber langfristig vorbereitet worden zu sein«, wagte der Direktionsleiter einzuwenden.

»Wir müssen einen Zeitabschnitt nach dem anderen angehen. Auch natürlich einige Personen aus der Bank, keine Frage.«

»Mir scheint«, fuhr der Göppinger Polizeichef Walser fort, »dass die Täter zwar mit bankinternen Abläufen bestens vertraut waren, nicht aber mit dem persönlichen Umfeld von Seifritz. Sonst wären sie ja wohl nicht davon ausgegangen, in der Wohnung eine Ehefrau anzutreffen, die es gar nicht gibt. Und als stattdessen die 18-jährige Marion aufgetaucht ist, haben sie sich seltsamerweise nicht nach einer weiteren Tochter oder einem Sohn erkundigt. Ihr ursprünglicher Plan müsste also gewesen sein, die Ehefrau zu kidnappen.«

Zeller zuckte mit den Schultern. »Seifritz kann uns keine Personen aus seinem persönlichen Umfeld benennen, denen er die Tat zutrauen würde. Außerdem fällt ihm niemand ein, der vom Aussehen oder der Stimme her den Tätern ähneln könnte.«

»Dann hatten die Täter eben einen oder mehrere Informanten«, gab der Polizeidirektor zu bedenken.

Zeller sah auf die Uhr. Ähnliche Gespräche hatte er in den vergangenen Tagen schon viele geführt. Sowohl mit dem örtlichen Polizeichef als auch mit seinen Vorgesetzten in Stuttgart. Langsam nervte ihn dies, zumal es immer wieder dieselben Fragen waren, die sich sein Team und er ohnehin ständig stellten. »Ihre Leute aus Göppingen nehmen sich schwerpunktmäßig Personen vor, die hier wohnen und mit den Örtlichkeiten vertraut sind«, versuchte Zeller, die Diskussion abzuschließen, und fügte an: »Ende Januar gab's in der Tiefgarage ein geplatztes Wasserrohr. Eine Riesensauerei. Das Wasser drang bis ins dritte Untergeschoss ein. Der Installateur, der deshalb auch im Bereich des Tresorraumes tätig war, wird gerade von dem Göppinger Ermittler Klaus Biegert vernommen.«

Der Direktionschef war zufrieden.

23

Helmut Reinicke, 27 Jahre alt und ein Zupacker wie aus dem Bilderbuch: breitschultrig, groß und kräftig, offenes Lachen auf dem Gesicht. Das füllige schwarze Haar viel zu lang und ungekämmt. Einer, dem man ohne Weiteres zutraute, jedes handwerkliche Problem lösen zu können. »Sie sind Meister für Heizungs- und Wasserinstallationen«, stellte Göppingens Ermittler Klaus Biegert fest und blätterte, hinterm Schreibtisch sitzend, in einigen Unterlagen.

»Ja, bin ich«, sagte Reinicke mit Stolz in der Stimme und lehnte sich auf dem unbequemen Besucherstuhl des Polizeibüros zurück. Er war in blauer Arbeitskleidung gekommen, weil er die Mittagspause nutzen wollte, um dem Ansinnen des Kommissars möglichst schnell gerecht zu werden. »Sie haben am Telefon gesagt, ich soll zu der Sache in der Kreissparkasse etwas sagen. Aber mehr, als dass ich Ende Januar dort einen Rohrbruch beheben musste, weiß ich nicht.« Er zog einen Zettel aus der Tasche. »Ich hab mir sogar rausgesucht, wann das war. Es war am Dienstag, dem 26. Januar.«

Biegert nickte. »Sie werden verstehen, dass wir alle, die in den letzten Wochen dort tätig waren, vernehmen müssen. Das hat nichts damit zu tun, dass wir Sie womöglich verdächtigen. Überhaupt nicht.«

Reinicke war zwar mit gemischten Gefühlen hergekommen, aber allein schon, dass der Kriminalist nun gleich das Wort »verdächtigen« in den Mund nahm, ließ ihn aufhorchen. Er wollte etwas sagen, aber Biegert kam ihm zuvor: »Machen wir es kurz: Haben Sie in den Tagen danach mit jemandem über die Örtlichkeiten in der Bank, insbesondere in den Untergeschossen, gesprochen?«

Reinicke war auf diese Frage gefasst, gab sich aber ratlos. »Gesprochen? Sie meinen …«

»… ob sich jemand für die Örtlichkeiten interessiert hat«, unterbrach Biegert ergänzend.

»Wer soll sich dafür interessiert haben?«

»Na ja, vielleicht haben Sie im Freundes- oder Bekanntenkreis von Ihrer Arbeit in der Sparkasse erzählt, und jemand hat auffällige Fragen gestellt.«

»Sie meinen, man hat mich aushorchen wollen?«

»Könnte doch sein. Vielleicht haben Sie stolz erzählt, den Tresorraum gesehen zu haben. Da wäre es doch möglich, dass jemand genau wissen wollte, wie es da aussieht, wo die Türen und der Aufzug sind und so weiter.«

Reinicke erbleichte. »Sie wollen damit aber nicht sagen, dass ich mit den Tätern unter einer Decke stecke?«

»Überhaupt nicht. Sie müssen mir schon richtig zuhören, Herr Reinicke«, wurde Biegert leicht ungehalten. »Die Frage war, ob jemand – wer auch immer – von Ihnen Details zu den Örtlichkeiten erfahren wollte.«

»Nein, ganz sicher nicht.«

Die beiden Männer sahen sich für einen Moment schweigend an. Biegert überlegte, ob er es riskieren konnte, eine weitere Frage zu stellen, und entschied sich dann dafür: »Nur eines noch: Hatten Sie jemals einen Privatauftrag im Haus des Bankdirektors?«

Reinicke schluckte. Er spürte einen Kloß im Hals. »Ich weiß nicht einmal, wo der wohnt«, presste er hervor.

Biegert bohrte nach: »Aber die Adresse stand im Bericht über den Überfall in der Zeitung – und das Haus war auch einmal abgebildet.«

»Tut mir leid«, gab sich Reinicke gefestigt. »Ich lese keine Zeitung.«

24

300 Hinweise, 14 davon anonym. Drei Wochen nach dem Überfall füllten die Ermittlungsakten unzählige Ordner. Ein konkreter Verdacht gegen Personen hatte sich jedoch nicht ergeben. Die beiden Journalisten Sander und Grüninger waren über die zurückhaltende Informationspolitik der Staatsanwaltschaft und der Polizei verärgert. Sogar Jürgen Holder, der Pressesprecher der örtlichen Direktion, musste auf Fragen der Lokalredakteure meist passen, obwohl er seit geraumer Zeit wenigstens an den Besprechungen der Soko teilnehmen durfte. Aber was er dabei zu hören bekam, waren keine tiefschürfenden Erkenntnisse.

Und seine Kollegen in Stuttgart verbreiteten allenfalls Meldungen, deren Formulierungen Sander und Grüninger zur Genüge kannten. Immer dieselben Worthülsen: es werde in alle Richtungen ermittelt und es gebe keine heiße Spur. Grüninger, der mittlerweile argwöhnisch geworden war, wollte nicht so recht glauben, dass es bei einem Verbrechen, das rund 14 Stunden angedauert hatte, nicht den geringsten Hinweis auf etwas gab, das merkwürdig erschien. Darauf angesprochen, konterte Soko-Leiter Zeller: »Merkwürdiges gibt es genug, Herr Grüninger. Mehr als genug. Aber es ist wie oft im Leben: wenn Sie beim Recherchieren in die Tiefe gehen, werden Sie hinterher immer etwas finden, das Ihnen rückblickend mit der Erkenntnis des Geschehenen merkwürdig erscheint.«

Zellers Stimme hatte am Telefon leicht verärgert geklungen. Natürlich ahnte er, was Grüningers tieferer Sinn des Anrufes war: Vermutlich hatte der Journalist erfahren, dass die Sonderkommission in ihrer jetzigen Zusammensetzung in Göppingen aufgelöst wurde. Alles, was es aktuell und in den Tagen nach dem Verbrechen zu ermitteln gab, war inzwischen weitgehend aufgearbeitet. Nun konnte in kleineren Teams sowohl in Göppingen als auch bei der Landespolizeidirektion Stuttgart 1 weiterrecherchiert werden. Nachdem Zeller dies von sich aus angesprochen hatte, resümierte Grüninger süffisant: »Sie packen also hier Ihre Akten zusammen.«

Zeller ließ sich mit dieser bissigen Bemerkung nicht provozieren, sondern gab sich optimistisch: »Ich bin überzeugt, dass der Fall geklärt wird.« Und er fügte an: »Federführend bleibt das Dezernat Sonderfälle der Landespolizeidirektion Stuttgart 1, wo mich mein Stellvertreter, Hauptkommissar August Häberle – der wohnt ja irgendwo bei Ihnen im Raum Göppingen – unterstützen wird.«

Grüninger wollte diesen Optimismus nicht teilen. Bestimmt würde man noch in 30, 40 Jahren von diesem dreisten Verbrechen reden. Und selbst wenn es eines Tages geklärt sein würde, blieben sicher noch sehr viele Fragen offen, dachte er. Denn mit Sicherheit gab es Hintermänner. Ob eine ganze Organisation, wie von den Geiselnehmern behauptet, oder nur eine einzelne Person, – das wollte Grüninger in seinen Gedanken mal dahingestellt lassen.

25

Die Zeit heilt Wunden und lässt vieles in Vergessenheit geraten. Insbesondere dann, wenn ständig Neues auf einen hereinstürzt. Daran musste Sander nach dem ausführlichen Bericht denken, den Grüninger über das Gespräch mit dem Soko-Leiter verfasst hatte. Die Zeit war schnelllebig geworden. Und Journalisten waren dazu da, stets neue Themen aufzuspüren, die das Aktuelle von gestern Makulatur werden ließen. Die Gerüchte zum Bankraub hielten sich hartnäckig, doch machte sich in der Bevölkerung bereits eine gewisse Resignation breit – nach dem Motto: Das wird nie geklärt.

Mehr als ein Vierteljahr nach der Geiselnahme gab es Ende Juni 1982 eine Meldung, die in der Redaktion wie eine Bombe einschlug: Das Fluchtfahrzeug der Räuber war entdeckt worden: in einem Parkhaus der rund 20 Kilometer entfernten Stadt Schwäbisch Gmünd im Remstal. Sander hatte den Tipp überraschenderweise von Jürgen Holder, dem örtlichen Pressesprecher der Polizei, erhalten, der sich damit offenbar für die restriktive Informationspolitik in den Tagen nach dem Verbrechen revanchieren wollte. Dass es sich bei dem aufgefundenen Auto um das Fluchtfahrzeug handeln musste, daran bestand kein Zweifel. Denn im Fahrzeug, einem silberfarbenen Audi 100, lagen Utensilien, die eindeutig den Tätern zuzuordnen waren: neben der Geldtasche der Göppinger Kreissparkasse auch jener grüne Anorak, mit dem einer der Gangster den Anschein erweckt hatte, ein Polizist zu sein. Außerdem datierte der Einfahrtschein ins Parkhaus vom Montag, 9. März 1982, Uhrzeit: 9.30 Uhr.

»Volltreffer«, hatte Hartmut Zeller im fernen Stuttgart gejubelt und die Nachricht sofort seinem Dezernats-Stellvertreter Häberle mitgeteilt, einem 33-jährigen Kriminalisten, dem man hausintern nachsagte, dies mit Leib und Seele zu sein. »Die erste konkrete Spur«, meinte Zeller.

Doch der etwa gleichaltrige Häberle, der als scharfer Denker galt und in sich zu ruhen schien, dämpfte die Euphorie seines Kollegen: »Wenn sich in dem Fahrzeug keine weiteren Spuren finden, sind wir so weit wie vorher.«

»Aber wir wissen nun, dass die Täter gleich nach Schwäbisch Gmünd gefahren sind«, blieb Zeller hartnäckig. »Genauso, wie es Walser von Anfang an vermutet hatte.«

»Okay – und dann? Hast du schon gecheckt, auf wen das Auto zugelassen ist?«

»Ja, klar doch. Der Audi wurde wenige Tage vor der Tat in Kornwestheim geklaut. Auf das jetzt angebrachte Ludwigsburger Kennzeichen ist ein Motorrad angemeldet. Die richtigen Schilder lagen im Kofferraum.« Rätselhaft blieb, wie das Auto hatte gestohlen werden können. »Das sieht nach Profis aus«, meinte Zeller.

»Und wem ist das Auto nach fast vier Monaten in dem Parkhaus aufgefallen?«, informierte sich Häberle.

»Dem Sohn der Betriebsleiterin, weil er die 320 Stellplätze hin und wieder kontrolliert. Beim Vergleich mit den Kennzeichen der Dauerparker hat er festgestellt, dass dieser Wagen nicht registriert ist. Weil grundsätzlich jeden Abend die Nachtparker in eine Liste eingetragen werden, kann man nachvollziehen, dass der Audi mindestens seit 11. März dort stand.«

»Was heißt *mindestens*?«

»Die Liste für die Tage zuvor ist nicht auffindbar, aber der Parkschein trägt das Datum 9. März.«

»Ach«, machte Häberle, als habe er Zweifel an dieser Darstellung.

26

Mit den üblichen dürren Worten einer Pressemitteilung wollten sich Sander und Grüninger an diesem Tag nicht zufriedengeben. Nach einigen Telefonaten gelang es ihnen, die Chefin jener Gesellschaft ausfindig zu machen, die das Parkhaus *Gmünd-Center* betrieb. Die Leser wollten schließlich nicht nur darüber informiert werden, dass man das Auto der Bankräuber gefunden habe. Sie wollten auch noch ein bisschen über die Hintergründe erfahren. Vielleicht, so pflegte Sander oft zu argumentieren, fühlten sich diejenigen, die etwas wussten oder gesehen hatten, durch eine weitere Berichterstattung doch noch veranlasst, sich zu melden. Aber leider wollten die auf Geheimniskrämerei gebürsteten Beamten diese einfache Möglichkeit des Zeugenaufrufs nicht nutzen.

Mit seiner eigenen Recherche brachte Sander neue Aspekte ins Spiel. Denn die Parkhauschefin erinnerte sich an einen ähnlichen Millionenraub, bei dem ziemlich genau vor vier Jahren, Mitte Juni 1978, bislang noch immer unbekannte Täter von der Kreissparkasse Schwäbisch Gmünd 1,4 Millionen D-Mark erbeutet hatten. Die damaligen Gangster hatten offenbar genau darüber Bescheid gewusst, wie die Bank größere Geldmengen transportierte. Die Räuber überfielen im Hinterhof des Gebäudes vier Geldboten und flüchteten ebenfalls ins Parkhaus *Gmünd-Center*, wo sie ihr Fahrzeug an derselben Ecke abgestellt hatten, in der auch jetzt der silberfarbene Audi stand. Und noch eine Merkwürdigkeit: Das damalige Fluchtfahrzeug – ein grüner VW Golf – war mit einem gefälschten Göppinger Kennzeichen versehen worden.

Sander und Grüninger stutzten: Hatte die Soko diese Zusammenhänge gekannt und bisher nur darüber geschwiegen? Oder waren die Polizeidienststellen weitaus schlechter vernetzt, als man vermutete?

27

Heidi Offenbach, eine junge Bankangestellte, hatte lange mit sich gerungen, ob sie einen Anlageberater ihres Arbeitgebers zurate ziehen sollte. Aber knapp 50.000 D-Mark, dazu noch in bar, waren eine riesige Summe, und es wäre wohl viel zu riskant, diese zu Hause aufzubewahren. Da bedurfte es eines Experten, dem sie ihr Anliegen unter dem Siegel der Verschwiegenheit anvertrauen konnte. Eine Zeit lang hatte sie mit dem Gedanken gespielt, dies bei einer anderen Bank zu tun. Aber falls man sie dort mit ihrem Beruf als Bankkaufmann erkennen würde, dazu vielleicht noch als Angestellte der Kreissparkasse, würde dies möglicherweise Argwohn erwecken. Also entschied sie, den älteren Kollegen Hermann Pfitzold um Vorschläge zu bitten. Während einer Mittagspause hatten sie sich in sein kleines Büro zurückgezogen. Pfitzold, ein Endvierziger, der Anzug und Krawatte trug, seine Haare kurz hielt und sorgfältig rasiert war, hörte sich interessiert an, was die 24-Jährige von ihm wollte: einen Rat für eine sichere, langfristige Geldanlage. »Vielleicht sogar für die Rente«, hatte sie gesagt und ihm erklärt, dass sie von ihrer Oma 48.000 D-Mark geerbt habe.

»In bar?«, fragte der Anlageberater völlig sachlich.

»Ja«, lächelte Heidi verlegen. »Sie hat wohl mal eine Lebensversicherung ausbezahlt bekommen und das Geld nie irgendwo angelegt.«

»Sie kennen sich ja aus. Woran haben Sie nun gedacht?« Er musterte die junge Frau, die ihn mit großen Augen anstrahlte und ihm äußerst sympathisch erschien. Allerdings trennten sie vermutlich fast 30 Jahre, dachte er. Zwar war sie ihm gelegentlich schon aufgefallen, wenn sie sich innerhalb des großen Bankgebäudes über den Weg liefen, aber jetzt, in ihrer Nähe und unter vier Augen, empfand er sie als besonders hübsch und charmant. Sogar die Unsicherheit, die sie zu verbergen versuchte, war liebenswürdig.

»Ich möchte das Geld sicher anlegen. Dauerhaft, ohne Risiko.«

Er überlegte, weshalb sie sich nicht selbst informierte. Als Bankkaufmann verfügte sie schließlich über eine entsprechende Ausbildung. Er entschied aber, nicht danach zu fragen, sondern sich auf seinen Auftrag zu konzentrieren: »Keine Aktien, Fonds oder Ähnliches? Mit der Aussicht auf hohe Renditen?« Pfitzold lehnte sich zurück und spielte mit einem Kugelschreiber.

»Nein, nichts davon. Ich hab eher an Gold gedacht. Deshalb komm ich zu Ihnen. Sie kennen sich da doch am besten aus.«

»Gold?«, staunte der Anlageberater.

»Ja. Meine Oma hat immer gesagt, wer nach der Währungsreform in den 40er-Jahren Gold gehabt habe, der sei gleich wieder reich gewesen.«

»Sie befürchten eine neue Währungsreform?« Pfitzold legte die Stirn in Falten.

»Man weiß ja nie …«

»Okay. Ich brauch Ihnen nicht allzu viel zu erklären«, nickte der ältere Kollege. »Denken Sie an Münzen oder Barren?«

»Barren sind wohl günstiger«, gab sich Heidi informiert.

»Ja, aber nicht so schön.«

»Ich will auch keinen großen Barren, sondern kleinere Stückelungen.«

Pfitzold holte einige Broschüren aus der Schublade und legte sie der jungen Frau vor. »Wir können das Geschäft machen, sobald Sie das Geld herbringen«, sagte er.

»Morgen? Wäre morgen okay?«

»Ja, natürlich. Aber passen Sie auf, wenn Sie so einen hohen Betrag mit sich herumtragen.«

»Mich wird schon keiner überfallen«, entgegnete sie keck.

»Nur noch eine Frage«, hakte der Banker nach. »Wie haben Sie das Geld? Scheine oder auch viele Münzen? Sind auch noch Scheine früherer Serien dabei?«

Heidi wusste für einen Moment mit dieser Frage nichts anzufangen. »Spielt das denn eine Rolle?«

Pfitzold lächelte einnehmend. »Ich dachte nur, wenn Ihre Oma das Geld gehortet hat, könnten es doch noch Scheine sein, die wir bei der Bundesbank tauschen müssten.«

»Nein, da sind keine dabei«, erwiderte sie schnell.

28

Das Fluchtauto der Gangster und der Fundort waren endlich ein paar handfeste Anhaltspunkte, mit denen sich Soko-Leiter Hartmut Zeller erneut an die Öffentlichkeit wenden wollte. Seine Vorgesetzten bei der Landespolizeidirektion Stuttgart I hatten die Staatsanwaltschaft davon überzeugen können, den Fall der Redaktion der ZDF-Sendung *Aktenzeichen XY … ungelöst* anzudienen. Dort nahm man das Ansinnen mit Interesse auf und fertigte im Eiltempo mithilfe der Ermittlungsakten ein Drehbuch an, sodass ein relativ langer Filmbeitrag entstand: mit allen Details vom Eindringen der Täter in die Wohnung Seifritz' bis zur Flucht. Knapp viereinhalb Monate nach dem Verbrechen wurde die Fernsehfahndung am 17. Juli 1982 als siebter Fall dieser XY-Folge ausgestrahlt. Kommissar August Häberle verfolgte die Sendung am heimischen Bildschirm zusammen mit seiner Frau Susanne. »Den Seifritz stellen sie aber als ziemlich biederen Schwaben dar. Das hat er nicht verdient«, kritisierte er den Schauspieler, der den Bankdirektor verkörperte. Dass dieser im Film Hans Sanders hieß, veranlasste den Kriminalisten, der sich in Göppingen auskannte, zu einer süffisanten Bemerkung: »Die nennen ihn Sanders – beinahe so, wie dieser Journalist heißt«, grinste er seiner Frau zu. »Hab dir von dem doch schon erzählt. Der steckt seine Nase in Göppingen in alles rein. *Georg* Sander.«

Susanne konnte sich an einige Episoden des Journalisten erinnern, wollte sich jetzt aber nicht ablenken lassen und dem etwa 15-minütigen Film folgen. Im Anschluss gab neben Moderator Eduard Zimmermann der sichtlich nervöse Soko-Leiter Hartmut Zeller im hellbraunen Anzug mit grauer Krawatte weitere Erläuterungen zu dem Verbrechen. Häberle überlegte, ob sein Kollege den Text tatsächlich auswendig vortrug oder von einem Bildschirm ablas.

Georg Sander, der Journalist, war in diesen Tagen außer Gefecht gesetzt. Er hatte sich bei der verunglückten Landung seines ersten (und einzigen) Fallschirmsprungs das rechte Sprunggelenk innen und außen gebrochen und konnte deshalb die Fernsehfahndung nur vom Klinikbett aus verfolgen. Wie in den Tagen zuvor auch schon die Fußballweltmeisterschaft, die in Spanien stattfand und bei der Italien die deutschen Kicker im Endspiel mit 3:1 besiegte.

Sander, der kein allzu großer Fußballfan war, hatte sich trotzdem geärgert, die meisten Spiele nur in der Klinik anschauen zu können. Noch mehr wurmte es ihn aber, den bislang größ-

ten Kriminalfall seiner journalistischen Laufbahn nicht weiter
beruflich verfolgen zu können. Doch der altgediente Grüninger
konnte dies natürlich mindestens genauso gut.

Sanders Kollegen kümmerten sich in den heißen Julitagen
geradezu liebevoll um ihn, versorgten ihn mit den neuesten
Nachrichten und brachten ihm sogar nach der XY-Sendung
die Pressemitteilung mit, die die Landespolizeidirektion Stuttgart 1 per Fax verbreitet hatte (hier der Originaltext):

*Geiselnahme am 7. März d. J. in der Kreissparkasse
Göppingen. Wie bereits ausführlich durch die Polizei berichtet, verschafften sich am Tag des Überfalls
zwei mit Pistole und Maschinenpistole bewaffnete
Männer – einer davon als Polizist verkleidet – kurz
nach 20.15 Uhr Zutritt zu der am Stadtrand gelegenen Wohnung des Sparkassendirektors in Göppingen.
Sie nahmen ihn und seine 18-jährige Tochter als Geiseln, forderten fünf Millionen DM und hielten die beiden alleine Anwesenden etwa acht Stunden in ihrer
Wohnung fest. Am darauffolgenden Morgen, gegen
4 Uhr, entführten sie dann das Mädchen in ein Gartenhaus bei Schorndorf, wo es von einem dritten Täter
bewacht wurde. Anschließend fuhren die beiden anderen Täter mit dem Direktor in dessen Dienst-Mercedes zur Hauptstelle der Kreissparkasse in Göppingen,
wo sie das Eintreffen weiterer leitender Angestellten
abwarteten und dadurch insgesamt 2,7 Millionen DM
erpressen konnten. Danach flüchteten sie unter kurzfristiger Mitnahme eines Bankbediensteten als Geisel
und konnten unerkannt entkommen. Währenddessen
hatte sich die entführte Tochter, nachdem ihr Bewacher das Gartenhaus verlassen hatte, selbst befreien
können. Obwohl die Polizei sofort nach Bekanntwer-*

den eine Großfahndung auslöste, fehlt von den Tätern bislang jede Spur. Auch die von der LPD Stuttgart I eingerichtete Sonderkommission »Soko Fils«, die in minuziöser Kleinarbeit mehr als 570 Hinweise und Spuren untersuchte und auswertete, konnte bisher keinerlei konkrete Anhaltspunkte gewinnen. Die ersten brauchbaren Hinweise ergaben sich nun jedoch durch das Auffinden des im zweiten Parkdeck des Gmünd-Centers in Schwäbisch Gmünd abgestellten Tatfahrzeugs im Juni, das möglicherweise mit dem Fluchtfahrzeug identisch ist. Dabei handelt es sich um einen silbermetallic Audi 100 mit bereits Monate zuvor in Schorndorf entwendeten WN-Kennzeichen, die von den Tätern abgefälscht worden waren. Die dem Fahrzeug ursprünglich ordnungsgemäß zugeteilten Ludwigsburger Kennzeichen lagen dagegen im Kofferraum. Im Fahrzeug fand die Polizei einen grünen Polizeianorak, die leere Geldtasche der KSK Göppingen, zwei Handschließen mit passenden Schlüsseln und eine Sonnenbrille.

Sander las den Text interessiert, stellte jedoch fest, dass die Pressemitteilung nur wenig enthielt, was nicht schon bekannt war. Er hatte in den sommerheißen Julitagen trotz des schmerzenden Fußgelenks genügend Zeit, über den Fall nachzudenken. Auch seine Kollegen aus der Redaktion, die ihn beinahe täglich besuchten, wussten von Spekulationen und Gerüchten zu erzählen. Allgemeine Einschätzung: Wie kann es sein, dass Täter so dreist vorgehen und spurlos von der Bildfläche verschwinden? Da musste doch mehr dahinterstecken. Vielleicht doch eine Organisation oder Terroristen? Oder eine ganze Kette von Mitwissern?

29

Die großen Sportanlagen am Stadtrand galten als beliebter Treffpunkt für Honoratioren und solche, die sich dafür hielten. So ziemlich jeder Verein hatte sich hier im Lauf der Jahrzehnte ein eigenes Klubheim gebaut. Längst gab es in den meisten dieser Gaststätten einen Stammtisch, an dem regelmäßig die große und die kleine Politik ausführlich diskutiert wurden. Meist war es eine reine Männerrunde, bestehend aus Kommunalpolitikern sowie Führungskräften aus Wirtschaft und Sportfunktionären, die sich zum geselligen Treffen hier einfand.

Neuerdings hatte sich auch eine attraktive junge Dame namens Analena Heuberg dazugesellt, die zwar in Ulm wohnte, jedoch in Göppingen ein Schmuckgeschäft betrieb. An diesem schwülen Augustabend war sie nach längerer Zeit wieder zum Stammtisch in eines der Vereinsheime gekommen, was den heutigen Wortführer, den Fahrlehrer, Reisebürobesitzer und Kommunalpolitiker Hans Siebeneicher, sichtlich aus der Ruhe brachte. Allerdings war dies beim Anblick einer jungen Frau bei ihm keine Seltenheit, insbesondere wenn sie so luftig-sommerlich gekleidet war wie diese Juwelierin. Der Endvierziger mit schütterem weißem Haupthaar zeigte sich in Anwesenheit des weiblichen Geschlechts immer besonders charmant, während er bisweilen unter Ausschluss der Öffentlichkeit zu herben cholerischen Anfällen neigte.

Jetzt rückte er einen Stuhl heran, um links neben der Juwelierin sitzen zu können, die er mit ein paar Komplimenten für sich gewinnen wollte.

Aber wie in den vergangenen Wochen so oft, drehte sich das Gespräch ziemlich schnell um das, was die Göppinger in diesem Sommer am meisten interessierte: der rätselhafte Überfall auf den Bankdirektor und dessen Tochter. Heiko Emmerich, bei der Industrie- und Handelskammer engagierter Mittelständler, der mit Kurzarmhemd und offenem Kragen trotz seines fortgeschrittenen Alters auf burschikoses Auftreten Wert legte, machte eine abwehrende Handbewegung: »Fangt mir doch nicht wieder mit dieser Geschichte an. Wenn ihr mich fragt, will die Staatsanwaltschaft nicht wirklich mit der Sprache heraus.«

»Du meinst, da wird etwas zurückgehalten?« Niels Adamus, der bei der Handwerkskammer einen verantwortlichen Posten bekleidete und im blauen Poloshirt erschienen war, wurde hellhörig. »Du glaubst immer noch, die wissen mehr, als sie sagen wollen?«

Hans Siebeneicher, den das neuerliche Geplänkel um den Überfall nervte, schnitt mit kräftiger Stimme den beiden das Wort ab: »Habt ihr denn kein anderes Thema mehr? Ich glaube kaum, dass dies unsere liebe Analena interessiert. In Ulm kräht doch kein Hahn nach diesen Gangstern.« Er zwinkerte ihr zu, während sie an ihrem Weißweinglas nippte.

»Na ja«, meinte sie kühl, ohne Siebeneicher direkt anzusprechen. »Ich möchte das nicht erleben müssen, was man dem Sparkassenchef angetan hat.«

»Haben Sie denn nie Angst, überfallen zu werden?«, fragte Adamus, um die Dame nun auch ins Gespräch mit einzubinden.

»Angst nicht unbedingt«, erwiderte sie und drehte nervös ihr abgestelltes Glas. »Aber in der dunklen Jahreszeit, wenn's ab 17 Uhr schon Nacht ist, hab ich manchmal ein ungutes Gefühl, wenn zwei merkwürdige Typen reinkommen und so tun, als interessierten sie sich für eine teure Uhr.«

»Aber Sie haben doch eine Alarmanlage?«, warf Siebeneicher fragend ein.

»Die Anlage schützt den Laden nach Geschäftsschluss. Aber ich hab natürlich einige Vorrichtungen, die tagsüber für Sicherheit sorgen«, erklärte Analena Heuberg selbstbewusst. Mehr wollte sie dazu nicht sagen. Man wusste ja nie, wer an den Nebentischen möglicherweise große Ohren kriegte.

Siebeneicher wollte noch etwas anmerken, aber da kam im Dunst des Zigarettenqualms ein groß gewachsener Mann aus Richtung Eingang auf sie zu. »Oh, oh, der Herr Autoverkäufer kann's auch schon einrichten«, stichelte Niels Adamus und rückte seine Designerbrille zurecht.

»Hi, Leute«, begrüßte Dieter Blaubart die Runde mit breitem Lachen, worauf er einen freien Stuhl an den runden Tisch heranzog.

Blaubart, ein braun gebrannter Kerl von knapp 50 Jahren mit einigen Falten auf der Stirn, war offenbar geradewegs aus dem Verkaufsraum seines Autohauses gekommen, das sich auf Ex- und Import spezialisiert hatte. Rein äußerlich erweckte er den Anschein, ein Mann von Welt zu sein: korrekter Freizeitlook, passend wohl zu den Fahrzeugmodellen, die auf sportliche Typen setzten. Woher er die hochpreisigen, meist gebrauchten Wagen bezog und wohin sie gingen, darüber wollte er nur ungern sprechen.

»Hallo, schöne Frau«, schmeichelte er der einzigen Dame am Tisch und ließ sich neben ihr nieder. »Haben die Herren Sie gut unterhalten?«

Adamus fühlte sich zu einer Antwort berufen: »Entschuldige, Dieter, aber ich denke, der Dame ist es bisher nicht langweilig geworden.«

Analena reagierte nicht darauf. Ihr war das großspurige Getue von Dieter zuwider. Sie mochte keine Männer, die derart eingebildet waren wie der Autohändler, der wohl glaubte, die halbe Welt kaufen zu können.

Siebeneicher versuchte, die leichte Verstimmung der knapp

über 30-Jährigen aufzuheitern: »Geh'n Sie auch zum Spiel gegen Kiel?«, lenkte er ab. Gemeint war die für Mitte September anstehende Begegnung der Göppinger Bundesliga-Handballmannschaft *Frisch Auf* gegen *THW Kiel* in der Hohenstaufenhalle. Siebeneicher, selbst begeisterter Sportfan, wusste, dass sich die junge Frau für Handball interessierte.

»Das wird ein spannendes, aber schwieriges Spiel. Sie erinnern sich: Im Januar haben wir auswärts bei denen immerhin gewonnen.«

Emmerich staunte: »Oh, Sie sind aber gut informiert.«

»Ich kann Ihnen sogar sagen, wie *Frisch Auf* in Kiel gewonnen hat: 18 zu 13«, trumpfte Analena auf und sah in die verdutzten Gesichter der Männer. Natürlich gab es bei den Göppinger Honoratioren sehr viele Handballfans, denn es gehörte zum guten Ruf und war sozusagen Ehrensache, fest zu dem Bundesligisten zu stehen. Aber wenn sich noch jemand an Spielergebnisse von vor über einem halben Jahr erinnern konnte, musste er schon ein ganz eingefleischter Fan sein.

Den Männern am Tisch wurde klar, dass sich Analena als Ulmerin schon sehr mit Göppingen identifizierte. »Ich hab selbst mal Handball gespielt«, verriet sie stolz. »In Ulm. Aber nicht sehr lange.«

»Und deshalb haben Sie sich für die Handballstadt Göppingen entschieden?«, wollte Adamus wissen und sah sie über das dicke schwarze Gestell seiner Brille hinweg verwundert an.

»Nein, nicht deswegen, sondern weil das Juweliergeschäft zur Verpachtung anstand und ich von der Bank einen günstigen Kredit für die Existenzgründung bekommen hab.«

»Sie sind gelernte Juwelierin?«, hakte Autohändler Blaubart nach, weil sie bei ihren letzten Treffen darüber nicht gesprochen hatten.

»Ja, bin ich. Goldschmiedin, genauer gesagt. Aber mein Traum war es schon immer, selbstständig zu sein.«

»Da braucht man allerlei Knete«, warf Siebeneicher aus eigener Erfahrung ein.

»Das kann man wohl so sagen. Jetzt mach ich das seit drei Jahren, aber ganz so locker sitzt den Göppingern das Geld nicht. In Ulm ist mehr gelaufen.«

Blaubart grinste. »Die Göppinger sind sparsam. Anstatt das Geld auszugeben, holen sie sich's lieber bei der Bank – auf unkonventionelle Weise.« Kaum hatte er es gesagt, spürte er, dass diese ironische Anspielung auf den Bankraub in diesem Augenblick völlig unpassend gewesen war.

Siebeneicher war erneut um Schadensbegrenzung bemüht: »Nun lass mal. Oder willst du behaupten, die Räuber seien wirklich Göppinger?«

Heiko Emmerich, der als einer der Verantwortlichen der Industrie- und Handelskammer stets darauf achtete, den Standort Göppingen nicht in Verruf kommen zu lassen, stellte klar: »Wir sollten das Thema nicht vertiefen. Je mehr Gerüchte in Umlauf kommen, desto schneller könnte auch einer von uns in die Schusslinie geraten.«

»Einer von uns?«, entfuhr es Siebeneicher und sah in irritierte Gesichter. »Glaubst du, jemand würde ausgerechnet uns so ein Kidnapping zutrauen?« Er lächelte verlegen.

Wieder gab sich der Autohändler vorlaut: »Natürlich. Jeder in der Stadt könnte es gewesen sein. Jeder, der in einer finanziellen Klemme sitzt. Oder habt ihr etwa alle keine Schulden?«

30

Die Aufregung legte sich, und auch das Interesse an dem Bankraub schwand von Monat zu Monat. Als Sander wieder genesen war, unterhielt er sich ausführlich mit seinem älteren Kollegen Grüninger darüber, aber außer Spekulationen gab es weiterhin nichts, was sich in diesem Sommer zu dem Thema verbreitet hatte. Für die Journalisten fand sich trotz aller Mühe kein aktueller Grund mehr, die Berichterstattung am Köcheln zu halten. Auch mehr oder weniger regelmäßige Anrufe bei dem Soko-Leiter in Stuttgart erbrachten nichts. Aber einen derart spektakulären Fall als ungeklärt zu den Akten zu legen, das durfte wohl nicht wahr sein. Natürlich schlug sich das dreiste Verbrechen in den Jahresrückblickseiten der Heimatzeitung, der *NWZ*, nieder, womit neues Salz in die Gerüchtesuppe geschüttet wurde. Sander hatte noch immer die Hoffnung nicht aufgegeben, seinen Lesern irgendwann einen finalen Artikel bieten zu können.

Er ahnte natürlich, dass im Hintergrund unzählige Vernehmungen liefen und sich die Aktenordner bei der längst nach Stuttgart umgezogenen Sonderkommission füllten. Auch Heinrich Lackner hatte seinem Nachbarn, dem Soko-Leiter Hartmut Zeller, mehrfach das Vorgehen der Gangster im Bankgebäude schildern müssen. Seine Sorge, selbst in die Schusslinie der Ermittler zu geraten, stieg von Woche zu Woche.

Zeller hatte sein hartnäckiges Nachbohren so begründet: »Wir rätseln noch immer, weshalb die Täter so sicher sein konnten, dass in der Bank niemand etwas bemerkt hat.«

»Wie oft soll ich Ihnen noch sagen«, wurde Lackner an diesem Januartag erstmals etwas ungehalten, als ihn Zeller erneut ganz offiziell in ein Büro der Göppinger Kriminalpolizei gebeten hatte, »ich hab nur getan, was mein Chef von mir verlangt hat. Und als die mich dann mitgenommen haben, hatte ich wirklich panische Angst.«

»Haben Sie denn mal mit jemandem über die Örtlichkeiten im Tresorbereich gesprochen? Hat sich mal jemand auffallend dafür interessiert?«

»Was glauben Sie, wie oft ich mir das schon überlegt habe, seit Sie mich das erste Mal dazu befragt haben! Nein, ich kann mich an niemanden erinnern.«

»Sie wurden nie danach gefragt?«, zweifelte Zeller.

»Nein.«

»Auch nicht im Freundes- und Bekanntenkreis? Ich denke, dass es gesprächsweise doch manchen brennend interessiert, wie und wo die Bank das Geld lagert.«

»Na ja«, räumte Zeller ein, »das schon, aber da erzähl ich doch nicht im Einzelnen, wie man da hingelangt und wie man den Tresor öffnen kann.«

»Aber vielleicht, wie das mit den morgendlichen Geldtransporten ist?«

»Was wollen Sie denn von mir hören?«, brummte Lackner hörbar verärgert. »Jetzt werden Sie mich gleich auch noch fragen, ob ich Schulden hatte und dringend 2,7 Millionen Mark brauchte.« Er sah sein Gegenüber erbost an. »Ja, ich habe Schulden. Ich habe ein Haus gebaut. Aber da werden Sie im ganzen Land genügend Leute finden, denen es genauso geht wie mir.«

31

Soko-Leiter Hartmut Zeller hatte sich vorgenommen, die meisten der involvierten Personen noch einmal gründlich unter die Lupe zu nehmen, darunter auch die Chefsekretärin Karin Rüger, die ihr souveränes Auftreten auch im Büro der Kripo nicht verlor. Sie nickte, als Zeller rekapitulierte, wonach sie wohl über das höfliche Auftreten der Gangster verwundert gewesen sei. »Genauso war es«, bestätigte sie und betonte: »Die Herrschaften waren ungewöhnlich freundlich. Gangster stellt man sich ganz anders vor – wie aus den Kriminalfilmen im Fernsehen halt.«

»Aber die beiden waren bewaffnet«, gab Zeller zu bedenken.

»Ja, diese Maschinenpistole ... aber die hat der eine gleich weggelegt, als ich gesagt habe, er soll nicht dauernd damit herumfuchteln.«

»Der andere hatte auch eine Waffe.«

»Ja, so eine kleine schwarze. Hab ich aber nicht genau gesehen.«

Zeller entschied, eine direkte Frage loszuwerden: »Hatten Sie während des Überfalls den Eindruck, dass es zwischen den Tätern und Herrn Seifritz einen persönlichen Bezug gab?«

»Persönlichen Bezug? Wollen Sie damit sagen, Herr Seifritz könnte die Täter gekannt haben?«

Zeller schwieg und sah der Frau in die Augen, was sie verunsicherte. »Ich hatte nur den Eindruck«, sagte sie schließlich, »dass sich die Täter mit Bankgeschäften ausgekannt haben.«

»Und mit dem persönlichen Umfeld des Herrn Seifritz«, stellte Zeller fest.

»Dazu kann ich Ihnen nichts sagen«, gab sich die Frau beharrlich.

»Wenn Sie sich zurückerinnern – hat sich in den Monaten vor der Tat jemand bei Ihnen auffällig über Seifritz' familiäre Verhältnisse erkundigt?«

Karin Rügers Gesicht wurde ernst. »Bei mir? Wie soll ich dies jetzt verstehen?«

»Es könnte doch sein. Nur so beiläufig im Gespräch. Im Freundes- und Bekanntenkreis vielleicht.«

»Ich bitte Sie, Herr Kommissar, wollen Sie mir jetzt unterstellen, mit den Tätern gemeinsame Sache gemacht zu haben? Und das jetzt, ein Dreivierteljahr nach der Tat?«

32

Es war der Tag nach Aschermittwoch. Vom grauen Stuttgarter Himmel rieselte feiner Schnee, als Zeller seinem Vertreter, dem engagierten Kollegen namens August Häberle, gegenübersaß und, wie so oft schon, die immer dicker werdenden Aktenberge zum Göppinger Raubüberfall sichtete.

»So viel scheint festzustehen«, fasste Häberle zusammen, »die Täter sind Deutsche. Alle Zeugen berichten übereinstimmend, dass sie Deutsch mit badischem oder schwäbischem Akzent gesprochen haben.«

»Sie scheinen einen Bezug ins Remstal zu haben«, resümierte Zeller. »Das ergibt sich unter anderem aus dem Abstellort des Fluchtfahrzeugs im Gmünder Parkhaus.«

»Und der Tatsache, dass sich im Remstal die Hütte befindet, in der das Mädchen gefangen gehalten wurde«, bekräftigte Häberle, der es dank seiner Kombinationsgabe schon als junger Beamter zu den Sonderermittlern geschafft hatte.

»Ich werde das Gefühl nicht los, dass es einen Bezug zu Seifritz geben muss«, sagte Zeller, der diese Äußerung niemals öffentlich gemacht hätte.

»Da wäre ich vorsichtig«, meinte Häberle. »Die Vorgehensweise lässt natürlich vermuten, dass sich die Täter in bankinternen Dingen auskennen. Aber mal unterstellt, Seifritz hätte das alles selbst arrangiert, dann wäre das doch ziemlich aufwendig und gefährlich gewesen. Denn die Wahrscheinlichkeit, dass in der Bank etwas schiefläuft, war doch groß. Dann hätten die Komplizen ziemlich schnell ihren Auftraggeber verpfiffen.«

»Ja, schon. Aber warum öffnet der Seifritz abends arglos die Wohnungstür? Die Täter vermuten zwar, dass die Ehefrau anwesend ist, werden dann aber mit der Marion konfrontiert – und sie fragen nicht nach der anderen Tochter oder einem Sohn. Wie reimt sich das zusammen?«

»Zufall«, entgegnete Häberle entwaffnend. »Ich würde den armen Mann in Ruhe lassen. Die Kollegen sagen, er sei noch immer ziemlich mitgenommen.«

»Ist er, ja. Insbesondere macht er sich Vorwürfe, seine Tochter nicht genügend vor den Tätern geschützt zu haben. Die ist übrigens in psychologischer Behandlung.«

»Ich schlag dir vor, Hartmut: Lassen wir die beiden erst mal außen vor. Stattdessen sollten wir uns um einige Bankkunden kümmern, die möglicherweise ihre hohen Kredite nicht zurückzahlen konnten und Grund hätten, sich auf illegale Weise Geld zu besorgen.«

»Du meinst im Ernst, es könnten Kunden der Sparkasse gewesen sein?« Zeller blätterte in seinen Unterlagen. »Suspekt erscheint mir da eher dieser eine Geldbote. Nolte heißt er. Wolfgang. War mal bei der Bereitschaftspolizei, hat dort die Ausbildung gemacht, wurde aber nicht ins Beamtenverhältnis übernommen.«

Häberle nickte: »Hab ich gelesen. Ja. Ex-Polizist und Polizeiuniform. Das macht einen tatsächlich hellhörig.«

»Er könnte nicht nur die Utensilien beigesteuert haben, sondern auch die Kenntnisse über die Vorgänge in der Bank«, ergänzte Zeller, gab aber zu bedenken: »Er hat sich jedoch mit einem der Gangster anlegen wollen, was aber auch ein Täuschungsmanöver sein könnte.«

33

Dieter Blaubart pflegte internationale Kontakte. Insbesondere die Offiziere der 1. Infanteriedivision *Forward*, die kriegsstark in Göppingen in den sogenannten *Cooke Barracks* stationiert war, schätzten seine Dienste, wenn es darum ging, Nobelkarossen von Übersee zu beschaffen, Gebrauchtwagen anzunehmen und gewinnbringend in die osteuropäischen Staaten zu verkaufen. Wie er es in den Zeiten des Kalten Krieges schaffte, diese Geschäfte mit der Sowjetunion und den Anrainerstaaten einzufädeln, blieb sein Geheimnis. Aber es gab genügend Kanäle und Beziehungsstrukturen, deren er sich geschickt bediente. Bisweilen halfen einige US-Dollars, um mit gewissen Zuwendungen die bürokratischen Grenzkontrollen zu umgehen.

Nicht immer hatte er es allerdings mit seriöser Kundschaft zu tun. Aber das war er längst gewohnt, weshalb er in seinem Geschäftshaus am Rande der Stadt Göppingen mehrere Alarmanlagen installiert hatte. Nur die Anschaffung von Überwachungskameras hatte er bisher aus Kostengründen gescheut, zumal deren Aufnahmequalität insbesondere bei Nacht nicht vom Feinsten war.

Angestellte hatte er keine, denn er wollte niemanden in sein Geschäftsgebaren einweihen. Auch dem Steuerberater enthielt er das Meiste davon vor, es sei denn, es trug zu einer Minimierung des offiziellen Gewinns bei.

An diesem Winterabend Ende Februar hatte er gerade die Lichter in dem kleinen Büro löschen wollen, als das Telefon läutete. Er sah auf die Uhr: 20.47 Uhr. Keine ungewöhnliche Zeit für seine Geschäfte. In den USA war es immerhin, je nach Zeitzone, erst Nachmittag. Nur bei seiner Kundschaft im Osten ging es langsam auf Mitternacht zu. Von dort kamen trotzdem häufig zu Unzeiten die Anrufe, denn oft brauchten die Kunden aus diesen Ländern viel Geduld, um überhaupt eine freie Telefonleitung nach Deutschland zu erhalten.

Blaubart nahm den Hörer ans Ohr und meldete sich mit einem knappen »Hallo«.

»Ich bin's«, hörte er eine vertraute Frauenstimme hauchen. »Du bist noch im Geschäft?«

»Wie du merkst«, gab er selbstbewusst zurück. Vor seinem geistigen Auge formte sich das Bild von Kirsten, dieser hochgewachsenen Tänzerin im *Luna*, die er vor einigen Monaten dort kennengelernt hatte: schulterlange blonde Haare, eine Figur wie ein Titelblattmodel. Sie sah nicht nur im Glitzerlicht des Nachtklubs gut aus, wo sie sich dreimal die Woche aufreizend auszog, sondern auch wenn sie meist im knappen Kleidchen bei ihm auftauchte. Inzwischen wusste er, dass sie auf ihn stand – auf ihn, den erfolgreichen, attraktiven Geschäftsmann, der internationale Kontakte pflegte. Neulich hatte sie sich sogar splitternackt vor einem amerikanischen Straßenkreuzer fotografieren lassen. Sie tat alles, was Blaubart von ihr forderte. Wirklich alles. Fast schien es ihm so, als brauche sie jemanden, der ihr zeigte, wo es langging.

»Hast du heute frei?«, fragte er, weil sie nichts erwidert hatte. Sein Blick fiel auf das gerahmte Foto, das vor ihm auf dem Schreibtisch stand und das diese junge Frau in aufreizender, splitternackter Pose am Kotflügel eines roten Cadillac-Oldtimers zeigte.

»Nein, ich bin erst kurz vor 23 Uhr dran«, sagte sie leise, und es hörte sich so an, als sei sie in Eile. »Ich wollte dir nur sagen, dass er da war.«

»Er?«, schluckte Blaubart und setzte sich wieder, während er sich im Spiegelbild der nachtschwarzen Scheibe betrachtete. »Bei dir?«

»Ja, und er hat gesagt, ich soll dir ausrichten, dass er endlich die Knete sehen will.«

Blaubart schloss für einen Moment die Augen. »Ich hab dem Idioten doch schon 1000-mal gesagt, dass ich keinen Pfennig rausrücke. Sag ihm das.«

»Diddi, ich glaube nicht, dass er sich so leicht abwimmeln lässt. Das hat sich nicht so angehört.«

»So?« Blaubarts Hand verkrampfte sich am Hörer. »Wieso? Was hat er gesagt?«

»Dass er mit dir reden möchte und du dich auf etwas gefasst machen könntest.«

»Da soll er nur mal aufpassen, dass ich ihn nicht in den Knast bringe.«

Blaubart wünschte sich für einen Moment, nie etwas mit diesem dubiosen Amerikaner zu tun gehabt zu haben.

34

Georg Sander hatte für den ersten Jahrestag des Bankraubs einen großen Artikel vorbereitet. Allerdings musste sich der Lokaljournalist eingestehen, dass es nichts Neues dazu zu berichten gab, außer, dass die geschrumpfte Sonderkommission noch immer im Dunkeln tappte. Entsprechend wenig erbaut war Leiter Hartmut Zeller über den bohrenden Anruf der Göppinger Tageszeitung.

Doch noch vor dem Erscheinungstag der Reportage erschütterte ein neuerliches Verbrechen die Stadt: In der Wohnung des Hausmeisters eines öffentlichen Gebäudes waren fünf Leichen entdeckt worden. Sander war wie vom Blitz getroffen, als er die kurze Polizeimeldung las. Fünf Tote. Aber wohl kein Verbrechen, das größere Ermittlungen auslösen würde: Der 46-jährige Familienvater hatte seine vier Kinder (13, 16, 17 und 24 Jahre alt) erschossen und seine Ehefrau schwer verletzt, ehe er sich selbst tötete. Ein ungeheuerliches Familiendrama.

Sander brauchte ein paar Sekunden, um den Inhalt der dürren Pressemitteilung zu verdauen. Wenig später erfuhr er jedoch etwas, das ihm den Blutdruck in die Höhe jagte, weil es ihn fatal an den Bankraub von vor einem Jahr erinnerte. Denn der Hausmeister war ein sogenannter Polizeifreiwilliger. Einer, der in seiner Freizeit die aktiven Polizeibeamten unterstützte. In Uniform – und mit Waffe.

35

»Ich fasse es nicht«, kommentierte Soko-Leiter Hartmut Zeller, als ihn in seinem Stuttgarter Büro die Nachricht von dem Familiendrama erreichte. Er rief das halbe Dutzend Beamte seines Teams zusammen. Besonders interessiert zeigte sich sein Stellvertreter August Häberle, der hellhörig wurde, wenn Meldungen dieser Art aus seiner Heimatstadt kamen. »Ein Polizeifreiwilliger«, wiederholte er erstaunt und entsetzt gleichermaßen.

»Und die Waffe, die er benutzt hat, war die, die er als Hilfspolizist tragen durfte, aber nicht hätte mit nach Hause nehmen dürfen«, ergänzte Zeller.

»Was glaubt ihr, wie jetzt in Göppingen die Gerüchte ins Kraut schießen«, brummte Häberle.

»Na klar«, meinte ein älterer Beamter, der aussprach, was

die anderen dachten, »das muss natürlich etwas mit dem falschen Polizisten zu tun haben, der bei unserem Banker aufgetaucht ist.«

»Suizid, weil er mit dem schlechten Gewissen nicht mehr leben konnte«, resümierte ein anderer. »Dazu noch stilgerecht fast am Jahrestag.«

Häberle hob beschwichtigend die Hände: »Kollegen, das kann alles ein tragischer Zufall sein. Warum sollte einer seine ganze Familie auslöschen, wenn er ein paar 100.000 Mark beiseiteschaffen konnte?«

Einer aus der Runde mutmaßte: »Vielleicht hat seine Frau Wind davon bekommen und wollte ihn verpfeifen.«

Zeller ging nicht darauf ein. »Die Kollegen in Göppingen werden das abklären und uns berichten. Ich kann euch aber schon mal so viel sagen: Der Name des Mannes ist bisher in unseren Ermittlungsakten nicht aufgetaucht. Keinerlei Verbindung in Richtung Seifritz.«

»Hat er denn Schulden, dieser Mann?«, meldete sich ein anderer.

»Auch dazu werden wir bald aus Göppingen Nachricht bekommen.« Er wandte sich an Häberle: »Oder willst du selbst eingreifen?«

»Nein, nein«, wiegelte der junge Ermittler ab. »Lass das mal die Truppe in Göppingen machen. Sonst sind sie womöglich beleidigt, wenn wir schon wieder auftauchen.«

36

Sander fühlte sich von allen Seiten gestresst: unzählige Anrufe von Kollegen aus der halben Republik. Die Boulevardpresse lechzte nach Fotos von dem Haus, in dem sich das Familiendrama abgespielt hatte. Einige ganz forsche Journalisten fragten, ob es denn Bilder von den erschossenen Kindern gebe. Als ob diese irgendwann schon einmal auf einem Gruppenfoto veröffentlicht worden wären. Auch Grüninger schüttelte über derlei Ansinnen den Kopf. Er hatte in der Nachkriegszeit die Zeitung in Göppingen mit aufgebaut und war nie mit der großen Welt der Boulevardpresse direkt konfrontiert worden. In dieser waren die Sitten rau und der Kampf um die beste Story täglich im Gange. Oftmals wurden vergleichsweise hohe Honorare für ein Foto gezahlt, wenn es Täter, Opfer oder sonst eine interessante Person zeigte. Allerdings scheiterten derlei Geschäfte dann meist an den begrenzten schnellen Übermittlungsmöglichkeiten. Ein Foto zu faxen, war natürlich angesichts der schlechten Qualität sinnlos. Und andere Techniken zur Bildübertragung standen der Lokalredaktion nicht zur Verfügung. Abhilfe konnte da allenfalls ein Express-Päckchen per Eisenbahn schaffen: die entwickelten Bilder in einen kleinen Karton gepackt und am Bahnhof aufgegeben. Sofern der Zielort am gleichen Tag erreicht wurde, konnte der Empfänger dort das Päckchen persönlich abholen – und das Foto war noch rechtzeitig genug in der Redaktion, um am nächsten Tag in der Zeitung zu erscheinen.

Der Lokalteil des Heimatblattes erinnerte an diesen Märztagen 1983 ein bisschen an die Boulevardblätter: Kriminelles in jeder Ausgabe. Der Rückblick auf den Banküberfall, das Familiendrama – und an den Folgetagen jeweils Ergänzungsartikel.

Grüninger, der bei seinen frühmorgendlichen Fahrten im überfüllten Linienbus das Ohr buchstäblich am Pulsschlag der Bevölkerung hatte, wurde von Tag zu Tag nervöser. »Glauben Sie denn auch, dass die Sache mit dem Hausmeister mit Seifritz zu tun hat?«, fragte er, nachdem auch Sander bereits kurz nach 8 Uhr in der Redaktion erschienen war.

Der zuckte mit den Schultern. »Schwierig zu sagen. Wir sollten aber dringend mal zu den Gerüchten etwas schreiben.«

Grüninger wollte das Thema in einer der folgenden Redaktionskonferenzen ansprechen und die Meinung der übrigen Kollegen dazu hören.

Noch bevor es dazu kam, ereilte die Redaktion eine neuerliche Schockmeldung. Gerade mal zwei Tage nach dem Familiendrama.

37

Schon einige Stunden zuvor hatte die Meldung bei der Sonderkommission in Stuttgart wie eine Bombe eingeschlagen. Wieder Göppingen. Schon wieder ein mysteriöser Fall. Waren sie denn dort jetzt alle verrückt geworden, oder hatte der Banküberfall nach einem Jahr eine Kettenreaktion ausgelöst? Waren vielleicht doch einige Göppinger darin verwickelt – und drohte etwas aufzufliegen, wovor sie alle Angst hatten? Etwas, von dem die Kriminalisten keine Ahnung hatten? Gerüchte dieser Art würden schnell die Runde machen, schoss es August Häberle durch den Kopf, als er wieder mit Zeller und einigen Kollegen im Besprechungsraum der Landespolizeidirektion Stuttgart 1 zusammengekommen war.

»Wir sind über einen Todesfall unterrichtet worden, der sich am gestrigen Dienstag am Bodensee ereignet hat«, informierte Zeller nun detailliert das ganze Team: Ein Geschäftsmann aus Göppingen war mit seinem Auto von einer Bodenseefähre gerollt und mit dem Fahrzeug versunken.

»Wie?«, fragte einer der Ermittler. »Von der Fähre gerollt? Wie geht das denn?«

Zeller schob einige Blätter beiseite und las nach. »Er ist in Romanshorn, in der Schweiz also, gegen 13.30 Uhr als Letzter auf die Autofähre gefahren, zurück ans deutsche Ufer. Ein Zöllner will beobachtet haben, dass der Mann wohl darauf bedacht war, auch wirklich als Letzter auf das Schiff zu fahren.«

»Ein Suizid also«, resümierte Häberle.

»Die Kollegen in Friedrichshafen gehen davon aus, obwohl kein Motiv dafür erkennbar ist«, berichtete Zeller weiter. »Der Pkw stand mit dem Heck rund fünf Meter von der Reling entfernt, als sich das Auto während der 50-minütigen Überfahrt etwa 600 Meter, bevor die Fähre das Friedrichshafener Ufer erreicht hätte, rückwärts in Bewegung gesetzt hat. So sagen es zwei Jugendliche, die im Fahrzeug davor saßen.«

»Ein Unfall oder eine Fehlbedienung des Autos?«, hakte ein Ermittler nach.

»Sieht nicht danach aus. Die Kollegen schreiben, der Fahrer habe den Motor des Autos gestartet. Und selbst dann, wenn dabei versehentlich der Rückwärtsgang eingelegt gewesen wäre, hätte der kurze Ruck nicht ausgereicht, den Pkw über eine Strecke von fünf Metern zu bewegen und dort eine stabile Absperrkette zu durchbrechen. Im Übrigen seien die Fähren mit einem Gefälle zur Schiffsmitte hin konstruiert, sodass kein Fahrzeug selbstständig von Bord rollen könnte.«

»Was hat der Mann denn in der Schweiz gemacht?«, wollte Häberle wissen. »Hat man im Wagen etwas gefunden? Belege ...«

»Belege«, griff Zeller das Gesagte auf. »Du denkst an Bankbelege. Bisher keine Erkenntnisse, nein. Und was den Grund der Reise anbelangt, hab ich die Kollegen in Göppingen gleich, nachdem ich die Meldung gekriegt hab, danach gefragt. Sie sagen, dass er vormittags noch mit seiner Frau gemeinsam in den eigenen Betrieb gefahren ist. Dort habe er dann erklärt, er müsse auswärts geschäftliche Verpflichtungen erledigen und werde deshalb möglicherweise nicht bis zum Mittagessen zurück sein.«

»Und dann?«

»In seiner Wohnung hat man inzwischen eine Notiz gefunden, mit der er seiner Frau mitteilte, er werde für einige Tage verreisen. Sogar einige Reiseutensilien hat er wohl zusammengepackt, ehe er in Richtung Bodensee gefahren ist, wo er vermutlich den Grenzübergang Schaffhausen benutzt hat.«

»Damit, liebe Kollegen«, fasste Häberle seine Gedanken zusammen, »dürfte sich das Gerüchtekarussell in Göppingen noch rasanter drehen.«

Zeller nickte: »Deshalb wäre es vielleicht nun doch angebracht, du würdest dich in den nächsten Tagen als Einheimischer dort umhören. Findest du nicht auch?«

38

Blaubart hatte in den vergangenen Tagen kein Bedürfnis gespürt, Kirstin zu treffen. Sie hatten einige Male miteinander telefoniert, dabei auch über den Amerikaner gesprochen, der sich Joe Lukas nannte. Doch trotz ihrer inständigen Bitte, ihr zu sagen, welcher Art die Schwierigkeiten mit ihm waren, wich er immer wieder aus und erklärte allgemein: »Die Amis haben seltsame Vorstellungen, was Oldtimer kosten.« Noch hatte sich der Kerl nicht bei ihm gemeldet, dafür aber, so berichtete ihm Kirstin, tauchte er fast jeden Abend im *Luna* auf, warf geradezu mit Geld um sich und suchte eindeutig die Nähe zu der jungen Frau, deren Job es natürlich war, die männliche Kundschaft zum teuren Sektkonsum zu animieren.

Jetzt, an diesem frühlingshaften Aprilabend, sank er nach unzähligen Telefonaten, die er teils in Englisch, teils in Französisch geführt hatte, auf seinem Bürosessel zusammen und besah, wie immer, wenn die Nacht schon hereingebrochen war, sein eigenes Spiegelbild in der großen dunklen Fensterscheibe. Vielleicht, so dachte er, war es sinnvoll, dort endlich eine Jalousie anzubringen, um nicht von draußen beobachtet werden zu können. Zwar gab es hier am Stadtrand unweit der *Cooke Barracks* nur selten Passanten, allenfalls ein paar entfernte Nachbarn, die ihre Hunde ausführten. Aber diese Einsamkeit kam ihm seit einigen Wochen nicht mehr ganz so friedlich vor. Schließlich gab es unter seiner gewiss zahlungskräftigen Kundschaft auch einige Typen, die bisweilen etwas dubios erschienen. Außerdem konnte man in den derzeit politisch turbulenten Zeiten niemals so genau wissen, wie lange das internationale Geschäft noch boomte. Die Friedensinitiativen gewannen nahezu täglich mehr an Boden, sodass militärisches Eingreifen, in welcher Form und wo auch immer, das Wirtschaftsgefüge sehr schnell durcheinanderbringen konnte. Außerdem hatte der US-Präsident Ronald Reagan erst dieser Tage die Sowjetunion als »Reich des Bösen« bezeichnet. Das waren wirklich keine guten Zeichen.

Blaubart sah auf den Wecker, der auf seinem Schreibtisch stand: 22.47 Uhr. Das war so ungefähr die Zeit, zu der Kirstin auf die Bühne musste, um die Hüllen von ihrem wohlgeformten Körper fallen zu lassen.

Nein, er entschied, auch heute nicht ins *Luna* zu gehen, vor allem nicht, weil dort möglicherweise der Amerikaner Lukas sein Unwesen trieb.

Während er sich gerade mit diesem Gedanken beschäftigte, dröhnte etwas an sein Ohr. Aus der Ferne. Ein dumpfer Schlag. Aber von ungewohntem Klang, sodass er regungslos sitzen blieb und in die Nacht lauschte, die nur vom gleichmäßigen Rauschen der Klimaanlage erfüllt war. Seine Augen waren auf die nachtschwarze Fensterscheibe gerichtet, durch die er von außen wie auf einem beleuchteten Präsentierteller wirken musste.

Instinktiv griff er zum Lichtschalter, der sich links an der Wand in Reichweite befand, knipste die Leuchtstoffröhren aus und saß augenblicklich in undurchdringlicher Finsternis, während gleichzeitig wieder ein dumpfes metallisches Geräusch an seine Ohren drang. So, als sei nebenan in der Garagen- und Werkstatthalle eine Verbindungstür zugefallen. Dort gab es einige, die nie zugeschlossen wurden. Aber das große Rolltor, zuckte es ihm durch den Kopf, das hatte er bereits in der Abenddämmerung heruntergefahren. Ganz sicher.

Er spürte, wie sein Herzschlag an Tempo zulegte. Wieder diese Stille und nur das Rauschen der Klimaanlage. Inzwischen hoben sich vor ihm in der Finsternis die Fenster als tief schwarzgraue Flächen ab, denn seine Augen hatten sich an die Dunkelheit gewöhnt. Draußen gab es Streulicht von der nahen Stadt und einigen Straßenlampen. Er drehte den Kopf nach links zu der Tür, die ins Freie führte. Er hatte sie abgeschlossen und den Schlüssel innen steckenlassen. Hingegen befielen ihn Zweifel, ob er auf der gegenüberliegenden Seite die Tür in den Garagenbereich auch schon verschlossen hatte. Manches tat er unbewusst, ohne dass es sich in sein Gedächtnis einprägte, das von der angespannten Situation ohnehin gelähmt zu sein schien. Doch er durfte jetzt nicht panisch werden. Er musste einen klaren Gedanken fassen, versuchte dies auch krampfhaft, doch alles mündete in diese verdammte dumpfe Angst.

Wenn da draußen jemand war, dann konnte dies zweierlei bedeuten: Entweder war's ein Autodieb oder jemand, der es nur auf ihn persönlich abgesehen hatte. Natürlich, hämmerte es in seinem Gehirn, da lauerte jemand auf ihn. Denn ein Autodieb wäre durch das Licht, das bis vor wenigen Minuten im Büro gebrannt hatte, abgeschreckt worden. Dann hätte der gewiss gewartet, bis die Luft rein gewesen und das Auto vor dem Gebäude weggefahren wäre. Wenn der Unbekannte trotzdem eingedrungen war, dann bedeutete dies allergrößte Gefahr.

Blaubart überlegte für einen Moment, ob er die Polizei rufen sollte. Eine schwerwiegende Entscheidung zwischen Leben und Tod – oder zwischen Regen und Traufe?

Er konnte jedoch unmöglich einfach in der Dunkelheit sitzen bleiben. Wenn er allerdings diese verdammte Tür zur Garage tatsächlich nicht verschlossen hatte, würde sie sich jeden Augenblick öffnen. Und wenn sie doch verriegelt war, bot sie auch keinen Schutz. Der Unbekannte brauchte doch nur die Fensterscheibe einzuschlagen. Okay, beruhigte er sich, das war zwar sogenanntes Sicherheitsglas, das man nur mit einem Vorschlaghammer zertrümmern konnte. Aber was, wenn der Eindringling einige Schüsse abfeuerte?

Blaubart griff reflexartig zur linken unteren Schublade seines Schreibtisches und fingerte zwischen Papieren nach jenem Gegenstand, den er dort seit einigen Monaten aufbewahrte. Sofort spürte er das kühle Metall, den Griff und die Form des Revolvers, den er im geladenen Zustand hier versteckt hatte. Für den äußersten Notfall. Nie hatte er damit geschossen. Und auch jetzt wollte er es nicht. Aber wenn er sich zur Wehr setzen musste, wenn es wirklich um Leben und Tod ging, was blieb ihm dann anderes übrig? Er nahm die schwere Waffe in die rechte Hand und zielte in Richtung jener Tür, von der er nicht wusste, ob er sie im abendlichen Arbeitseifer schon verriegelt hatte. Ihre Konturen konnte er in der Dunkelheit, die ihn umgab, schemenhaft erahnen.

Wenn sie jetzt aufging, wenn dort plötzlich die Silhouette einer Person erschien, die er in diesem fahlen Lichtschimmer natürlich nicht würde erkennen können, sollte er dann rigoros abdrücken? Ohne zu wissen, wen er da niederschoss? Würde man ihm Notwehr zugestehen?

Aber er konnte doch nicht regungslos sitzen bleiben und mit dem Täter eine Konversation beginnen. Noch ehe er dazu in der Lage wäre, würde womöglich der andere schießen. Wilde Gedanken jagten gleichzeitig durch seinen Kopf.

Blaubart spürte, dass seine rechte Hand mit der schweren Waffe zitterte. Er konzentrierte sich darauf, sie zu entsichern. Jetzt bedurfte es nur noch einer kleinen Fingerbewegung, und ein Schuss würde sich lösen.

Noch aber blieb es still. Kein neuerliches Geräusch mehr. Oder waren da irgendwo Schritte? Feste Schuhe auf dem Betonboden der Garage? Blaubart hielt den Revolver krampfhaft umklammert. Vorsicht, riet ihm die innere Stimme. Eine falsche Berührung, und die Waffe könnte losgehen.

Das monotone Rauschen der Klimaanlage schien sich

immer tiefer in seine Ohren zu fressen und gaukelte ihm Geräusche vor, die es gar nicht gab.

Die Taschenlampe, durchzuckte es Blaubart. Natürlich. In der obersten Schublade hatte er sich doch eine dieser starken Halogenlampen bereitgelegt. Für den Fall eines Stromausfalls. Er konnte mit ihr die Klinke der gegenüberliegenden Tür anstrahlen und sofort sehen, ob sich etwas bewegte. Und er könnte eine Person blenden, die in den Raum käme. Blaubart hielt mit der rechten Hand den Revolver auf die Tür gerichtet und zog mit der linken die obere Schreibtischschublade heraus, in der griffbereit die Stablampe lag. Sie mit links einzuschalten, erforderte als Rechtshänder einiges Geschick. Für einen Augenblick zögerte er noch, denn ein Licht im Büro würde ihn durch das Fenster wieder verraten.

Er entschied, dieses Risiko einzugehen, und zielte mit dem schmalen Lichtstrahl auf die Klinke der gegenüberliegenden Tür, die in den Garagenbereich führte. Wieder quälte ihn die bange Frage, ob sie verriegelt war oder nicht.

Dann geschah es. Oder war es nur Einbildung? Die Klinke bewegte sich nach unten. Ja, eindeutig. Blaubarts Blutdruck schoss in die Höhe. Gleich würde sich die Tür öffnen, sofern er sie nicht verschlossen hatte. Gleich würde es geschehen. In der nächsten Sekunde. Schießen. Du solltest sofort schießen, wenn es so weit ist, mahnte seine innere Stimme. Nein, nein, befahl ihm der Verstand. Ein einziger Schuss würde alles verändern. Brutal und radikal.

39

Wolfgang Nolte war nach der Frühschicht bei seinem Arbeitgeber, einem Security-Geldtransport-Unternehmen, wenig begeistert, wieder mit der Kriminalpolizei konfrontiert zu werden. Wie oft sollte er denn noch schildern, was sich an jenem Märzvormittag vor einem Jahr ereignet hatte? Dass er in Begleitung seines damaligen Kollegen beim ersten Botengang zur Landeszentralbank nicht das Geringste von dem Überfall mitbekommen habe und erst nach der Rückkehr vom zweiten Transport mit einem Gangster konfrontiert worden sei? Natürlich waren die Ermittler hellhörig geworden, als er ihnen gesagt hatte, er sei ausgebildeter Polizist, aber nicht in die Beamtenlaufbahn übernommen worden. Immerhin hatte sich einer der Gangster als Polizist verkleidet gehabt. Da lag es natürlich nahe, alle, die mit Polizeiuniformen zu tun hatten, genauer unter die Lupe zu nehmen. Aber wieso kam jetzt wieder ein Kriminalist, dazu noch in seine Wohnung in Schwäbisch Gmünd? Natürlich war auch seine Adresse verdächtig, schließlich hatte man das Fluchtauto gar nicht weit weg in diesem Innenstadtparkhaus gefunden. Waren die Kriminalisten so einfältig zu glauben, er hätte als Täter dieses Fahrzeug gerade mal vier Querstraßen von seiner Wohnung entfernt stehen lassen? Hartmut Zeller war persönlich gekommen und im vierten Obergeschoss eines innerstädtischen Wohnblocks in ein spärlich eingerichtetes Wohnzimmer geführt worden. »Ich hab Ihnen am Telefon gesagt, dass wir alle Akten noch einmal gründlich durchgehen«, versuchte der Soko-Leiter die Atmosphäre zu entkrampfen.

Nolte, der hemdsärmelig und in verwaschenen Jeans vor ihm saß, nickte mit versteinertem Gesicht. »Und was ist jetzt neu?«, fragte er mit einer Mischung aus Arroganz und Unsicherheit.

»Leider nichts. Wir versuchen immer noch, über das persönliche Umfeld aller Beteiligten, also auch von Herrn Seifritz, an etwas Verdächtiges heranzukommen.«

Nolte wollte etwas sagen, aber Zeller ließ ihn nicht zu Wort kommen, weil er einen Einwand befürchtete und ihm deshalb vorsorglich den Wind aus den Segeln nahm: »Das hat nichts mit der jeweiligen Person zu tun. Also auch nicht direkt mit Ihnen.« Er sah sein Gegenüber nachdrücklich an. »Sie haben selbst die Ausbildung zum Polizeibeamten durchlaufen, bei der Bereitschaftspolizei in Göppingen. Dann hat man Sie aber mit 27 nicht verbeamtet. Das muss ein Schock für Sie gewesen sein«, stellte er fest.

»Das kann man so sagen, klar. Man durchläuft die Ausbildung, malocht da rum und kriegt dann gesagt, dass man wegen einer Arthrose im Knie abhauen kann.« Es klang verbittert.

»Hatten Sie für diesen Fall keine Versicherung abgeschlossen?«

»Wissen Sie denn, was die kostet? Und wissen Sie, was man in der Ausbildung und anschließend als Wachtmeister verdient? Ich hab doch nicht damit gerechnet, dass ich plötzlich nicht für den Polizeidienst tauge.«

Zeller nickte verständnisvoll. Er kannte einige ähnlich tragische Fälle: wenn junge Leute zwar den ärztlichen Aufnahmecheck für die Ausbildung bestanden hatten, dann aber mit 27, wenn die medizinische Untersuchung zur Übernahme in die Beamtenlaufbahn auf Lebenszeit erfolgte, ein gesundheitliches Defizit aufwiesen, das der *Heilfürsorge* – eine Art staatliche Krankenversicherung für die Beamten – langfristig allzu risikoreich erschien. Sogar eine Allergie konnte dafür ausreichen.

»Sie haben aber gleich einen Job gefunden?«, bohrte Zeller weiter.

»Einen Job, ja, aber was ist das im Vergleich zum Beamtenstatus?«, erwiderte Nolte frustriert. »Einen Ex-und-Hop-Job hab ich gefunden. Nichts Sicheres. Befristeter Vertrag, keine Aufstiegsmöglichkeit. Soll das eine Entschädigung dafür sein, dass ich mich jahrelang vergeblich in die Ausbildung bei der Bereitschaftspolizei reingekniet habe?«

Zeller konnte die Enttäuschung und Bitternis des Mannes verstehen und hakte nach: »Haben Sie eine Familie zu versorgen?«

»Gott sei Dank nicht.«

»Freundin?«

»Ja, hab ich«, sagte Nolte, um sogleich misstrauisch zu werden: »Was hat das mit all dem zu tun?«

»Nur so am Rande. Es hätte doch sein können, dass Sie mit einer etwaigen Freundin über Ihren Job und die Abläufe beim Geldtransport gesprochen haben.«

»Sie dürfen mir glauben, dass ich darüber mit niemandem rede.«

»Das glaube ich Ihnen«, beruhigte Zeller, blieb aber beharrlich: »Und wer ist Ihre derzeitige Freundin?«

»Tut das etwas zur Sache?«

»Nein, überhaupt nicht. Darf ich trotzdem fragen, wer die Glückliche ist?«

»Natürlich dürfen Sie das. Das ist doch kein Geheimnis.«

»Und wer ist es?«, fragte Zeller.

»Ich geh mal davon aus, dass Sie's schon wissen«, witterte Nolte den Grund der Frage. »Es ist Frau Offenbach. Heidi Offenbach. Sie hat bis vor Kurzem bei der Sparkasse gearbeitet. Das ist es doch, was Sie hören wollen, oder?«

Zeller zuckte mit den Schultern. »Hören will ich nicht das, was ich gern hören möchte, sondern nur die Wahrheit. Sie werden verstehen, dass ich mich auch noch mit Frau Offenbach unterhalten möchte.«

»Wie? Was soll denn das jetzt?«, entgegnete Nolte empört. »Was hat Heidi damit zu tun? Wir wollen demnächst heiraten. Wir erwarten Nachwuchs.«

Zeller nickte nachdenklich. »Noch eine Verständnisfrage, Herr Nolte. Die drängt sich in Ihrem Falle leider auf. Sie waren Polizeibeamter und hatten eine Uniform …«

»Das hab ich Ihrem Kollegen doch bereits vor einem Jahr gesagt. Was ist jetzt daran unklar?«

»Sie haben gesagt, dass Sie Ihre Uniform verschenkt haben. Ans *Naturtheater Heidenheim* für den Kleiderfundus«, gab sich Zeller informiert und ergänzte: »Wenn ich Ihnen aber nun sage, dass wir uns dort erkundigt haben und niemand etwas davon weiß, dass ein Herr Nolte seine Polizeiuniform gespendet hat?«

Noltes Gesichtszüge versteinerten sich. »Sie wollen andeuten, dass ich lüge? Die waren dort begeistert, so eine Uniform zu kriegen. Da gibt's keine Quittung oder so was. Da bringt man was hin und fertig. Außerdem ist das schon über zwei Jahre her.« Er hatte Mühe, seine Aufregung zu verbergen.

»Kein Grund zur Panik, Herr Nolte«, versuchte ihn Zeller zu beruhigen. »Alles wird gut.« Er sah seinem Gegenüber fest in die Augen.

40

Blaubart hatte auch Tage nach dem abendlichen Albtraum in seinem Büro das Geschehen nicht verarbeitet. Natürlich war da jemand gewesen, aber glücklicherweise hatte niemand versucht, die Tür von der Garage in sein Büro zu öffnen. Nach bangen Minuten des ängstlichen Wartens war nichts mehr zu hören und auch nichts zu sehen gewesen. Und als schließlich ein Auto mit quietschenden Reifen davongefahren war, hatte er sich wieder getraut, das Licht anzuknipsen.

Die Innentür hinaus in den Garagen- und Werkstatttrakt war tatsächlich geschlossen gewesen. Zum wiederholten Male lief das bedrohliche Szenario vor seinem geistigen Auge ab. Wie schon so oft in den vergangenen Tagen. Denn er hatte niemanden, mit dem er darüber reden konnte.

Ihn überkam noch einmal das Gefühl, wie es ihn übermannt hatte, als er wie gelähmt die Waffe in der Hand hielt. Wie er damit zu der Tür gegangen war. Dann die große Erleichterung, als sie tatsächlich verriegelt gewesen war.

Er schloss die Augen und lehnte sich in seinen Bürostuhl zurück, durchlebte wieder die Szene, als er die Waffe vor sich in den angrenzenden Raum gehalten und die taghellen Leuchtstoffröhren hatte aufflammen lassen: vor ihm die kostbaren US-Oldtimer-Fahrzeuge, chromblitzend im grellen Licht. Alles schien unberührt zu sein, das Rolltor geschlossen, eine Außentür auch. Hatte er sich getäuscht? Diese Frage plagte ihn nun seit Tagen. War alles nur Einbildung gewesen, weil ihm Kirstin von dem energischen Auftreten des Amerikaners berichtet hatte?

Die Erinnerungen an den Abend liefen weiter wie in einem Film, den er nicht stoppen konnte: Er war zurück ins Büro gegangen, hatte sämtliche Halogenstrahler draußen im Hof eingeschaltet, die er nun endlich über einen Bewegungsmelder steuern lassen wollte, und hatte die im Freien stehenden Fahrzeuge überblickt: Chevrolet, Mercedes, BMW, Ford, Porsche, Jaguar. Allesamt längst zu begehrten Oldtimern geworden. Doch etwas war anders gewesen: Auf der roten Motorhaube des Chevrolets hatte sich das Scheinwerferlicht auf seltsame Weise gebrochen.

Wieder befiel ihn jetzt der unbändige Zorn, der über ihn hereingebrochen war, als er die große Delle und den abgesplitterten Lack gesehen hatte.

Er würde den Teufelskerl finden, der mit einem schweren Gegenstand auf das Blech eingeschlagen hatte. Dazu brauchte er keine Polizei. Außerdem würde dies nur zu Ermittlungen führen, die er vermeiden wollte. Es kursierten schon viel zu viele Gerüchte über ihn. Meist steckte nur der pure Neid dahinter. Weil er mit seinem Geschäft erfolgreich war. Und er sich in allen gesellschaftlichen Kreisen bewegte.

Hinter dem, was jetzt geschehen war, steckte zweifellos dieser Lukas, dieser unangenehme Amerikaner, hämmerte es durch seinen Kopf. Immer und immer wieder. Vermutlich wollte ihn der Kerl mürbe machen. Aber Geschäft war Geschäft.

Er musste hart bleiben und deshalb sein Gelände nun endlich mit den modernsten Überwachungsanlagen sichern lassen.

Er versuchte, das traumatische Erlebnis abzuschütteln, und gab an der Wählscheibe seines Telefons eine sechsstellige Nummer ein. Während der Rufton an sein Ohr drang, nahm er sich vor, mit der geplanten Installation von Überwachungseinrichtungen auch gleich den altmodischen Wählscheibenapparat durch ein modernes Tastentelefon ersetzen zu lassen.

»Ja?«, holte ihn eine hauchende Frauenstimme aus diesen Gedanken zurück.

»Hi«, gab er sich locker, »ich bin's. Bist du heute Abend auch wieder dran?«

»Och«, machte sie keck. »Das solltest du wissen. Heute ist mein freier Abend.« Ein Lachen war zu hören. »Heut zieh ich mich nur für dich aus.«

Er war ob solcher Direktheit jedes Mal wieder aufs Neue perplex.

»Machen wir wieder Fotos in der Garage?«, fragte sie, bevor er etwas antworten konnte. »Dann zieh ich mir was Aufregendes an – zum Ausziehen.«

41

August Häberle freute sich, endlich mal wieder draußen in der Provinz ermitteln zu dürfen. In Bopfingen, am Fuße des Ipfs im äußersten Osten Baden-Württembergs geboren, war er auf Empfehlung seines damaligen Boxtrainers statt zur Bundeswehr zur Bereitschaftspolizei gegangen, bei der er wenig später die Begeisterung für die Arbeit der Kriminalpolizei entdeckt hatte, obwohl er viel lieber Seemann geworden wäre. Die Gelassenheit und Ruhe für die raue See hätte er bestimmt mitgebracht. Längst hatte er auch gelernt, dem Volk aufs Maul zu schauen. Und er wusste, wie zurückhaltend gerade die Menschen auf dem Land waren, »wenn der Herr Kommissar etwas wissen will«, pflegte er oft im Kollegenkreis zu sagen. Viele Menschen scheuten sich, »so richtig etwas zu Protokoll zu geben.«

Dass er gutem Essen nicht abhold zu sein schien, war ihm durchaus anzusehen. Gerade dies machte ihn zum Gemütsmenschen, der Vertrauen und Optimismus ausstrahlte. Nur unterschätzen durfte man ihn nicht, wenn er so dasaß, die kräftigen Arme verschränkt: Er war aktiver Judoka.

Helmut Reinicke, der Installationsmeister, musterte den Kriminalisten von oben bis unten. Er saß ihm in einem der Büros bei der Polizeidirektion Göppingen gegenüber und umklammerte die Lehne des Stuhls. Rein äußerlich, so dachte Reinicke, würde er's mit Häberle locker aufnehmen können. Beide waren sie von kräftiger Gestalt. Doch Häberle riss ihn aus solchen Gedanken: »Ich hab gelesen, was Sie vor einem Jahr meinem Kollegen Biegert gesagt haben. Leider sind wir keinen Schritt weitergekommen. Deshalb fragen wir noch einmal alle, die im Umfeld der Bank zu tun hatten, ob ihnen inzwischen nicht doch etwas eingefallen ist, was im Nachhinein verdächtig erschienen sein könnte.«

»Verdächtig?«, echote Reinicke und wippte mit den Beinen. »Das ist jetzt über ein Jahr her.«

»Manchmal kommt man erst später drauf, dass da irgendetwas war: irgendjemand, der sich für das, was Sie während Ihres Auftrags in der Bank gesehen haben, besonders interessiert hat. Ich könnte mir auch vorstellen, dass Sie nach dem Überfall im Freundeskreis gesagt haben, schon mal im Tresorraum gewesen zu sein.«

»Hinterher«, wiederholte Reinicke verständnislos. »Ein Täter wird sich ja nicht hinterher bei mir informieren.«

»Das nicht. Aber vielleicht hat man drüber diskutiert, und irgendjemand hat etwas gesagt, aus dem man schließen könnte, dass er vielleicht mehr weiß, als er wissen sollte.«

»Ne, tut mir leid. Mehr als das, was ich damals Ihrem Kollegen gesagt habe, weiß auch ich nicht. Und dass es inzwischen 1000 Gerüchte in der Stadt gibt, werden Sie ja mitbekommen haben. Plötzlich wird alles, was passiert, mit dieser Sache in Verbindung gebracht. Das muss für die Betroffenen ziemlich schlimm sein.«

»Ist es auch«, bekräftigte Häberle. »Da werden inzwischen Menschen, die ein schreckliches Schicksal erlitten haben, gerüchteweise verdächtigt, mit den Sparkassenräubern unter einer Decke zu stecken.«

Reinicke verschränkte die Arme, als wolle er auf Distanz gehen. »Wenn Sie das so sehen, dann werde ich doch auch verdächtigt – oder sehe ich das falsch?«

»Was die objektive Seite anbelangt, sehen Sie das falsch«, beruhigte Häberle. »Aber was die Leute schwätzen, ist natürlich subjektiv. Fast scheint es so, dass jeder, der mal im Bankgebäude gearbeitet hat oder den Herrn Seifritz kennt, als potenzieller Täter infrage kommen könnte. Bis dahin, dass man an den Angaben der Opfer selbst zweifelt.« Häberle sah auf die Unterlagen, die er von den Kollegen aus Göppingen erhalten hatte. »Wir haben uns berichten lassen, Sie seien eine Zeit lang mit einer Angestellten der Kreissparkasse liiert gewesen.«

Reinicke umklammerte wieder die Armlehne des Stuhls. »Ja – und? Das war kein Geheimnis. Was wollen Sie mir damit sagen?«

»Gar nichts. Ist nur eine Frage. Reine Routine. Wir interessieren uns leider immer noch, wer welchen Kontakt zur Sparkasse hatte. Ich geh mal davon aus, dass es Ihnen und der Dame nichts ausmacht, wenn Sie mir sagen, um wen es sich handelt.«

»Wieso sollte mir das etwas ausmachen? Und wenn Sie so fragen, wissen Sie's vermutlich eh schon. Ihr Informant wird doch den Namen genannt haben, oder?«

Reinicke runzelte die Stirn. »Tutto con calma, Herr Häberle. Alles mit der Ruhe.«

»Tutto – was?«, stutzte Häberle.

»Tutto con calma«, wiederholte Reinicke. »Immer mit der Ruhe. Habe ich bei meinen Urlauben an der Adria gelernt.«

Häberle nahm es nickend zur Kenntnis, ließ sich aber nicht ablenken:»Sie wollten mir den Namen der Dame sagen«, beharrte Häberle.

»Offenbach, Heidi«, brummte Reinicke missmutig. »Sie arbeitet aber inzwischen nicht mehr bei der Sparkasse. Und zwischen uns ist nichts mehr. Wir haben uns damals kennengelernt, als ich in der Tiefgarage den Rohrbruch behoben habe. Das haben wohl einige in der Sparkasse mitgekriegt.« Er machte eine abweisende Handbewegung. »Aber das ist ja schon über ein Jahr her.«

42

Kirstin war wirklich verrückt. Schon wie sie aus ihrem Mercedes-Cabrio stieg, im kurzen Kleid, tief ausgeschnitten, und auf Blaubarts Büro zu stöckelte, ließ erkennen, dass sie mit ihren weiblichen Reizen nicht geizte. Natürlich war sie es gewohnt, diese in Nachtklubs zur Schau zu stellen. Außerdem genoss sie die lüsternen Blicke der Männer. Sie fand es anregend und prickelnd, sich nackt zu präsentieren. Schon gar in einer Kleinstadt, in der es nur diesen einen Nachtklub gab, von einigen halblegalen Rotlichtkneipen vielleicht abgesehen. Kirstin wusste natürlich, dass sich im *Luna* zahlungskräftige Kundschaft aufhielt, obwohl es um kaum mehr ging als Striptease und die körperliche Nähe an der Sektbar.

Blaubart kam ihr an diesem lauen Abend entgegen, umarmte und küsste sie und machte ihr Komplimente. »Du hättest es als Model auf die Titelseiten der Männermagazine geschafft.«

»Oder auf Autozeitungen«, ergänzte sie lächelnd und streichelte seine strohblonden Haare« »Du magst doch scharfe Kurven und elegante Formen.«

Blaubart schluckte. »Ich hab ein paar tolle neue Kisten da«, presste er hervor und hatte Mühe, sich auf ihre Fotowünsche zu konzentrieren.

»Und ich hab ein paar Klamotten dabei«, erwiderte sie. »Falls du nicht nur Haut und Blech magst.«

Er lächelte und führte sie in die Garage, wo seine kostbaren Gefährte blitzblank standen. Sie stöckelte mit schwingendem Kleidchen hinterher, während er auf einen historischen US-Ford deutete, der ein typischer Straßenkreuzer war: »Immer wenn ich diese Kotflügel sehe, muss ich an deine Schenkel denken.«

»Lustmolch«, warf sie ihm neckisch vor. »Sag mal, hast du den alten Chevi auch noch? Den roten?«

Blaubart wurde aus seinem Hochgefühl gerissen, zögerte und sah Kirstin irritiert ins Gesicht. »Den Chevrolet? Der steht draußen. Hättest du sehen müssen.«

»Hätt ich?«, fragte sie zurück. »Ist mir nicht aufgefallen. Aber was hältst du davon, wenn ich mich in dem auf den Rücksitz lege. So ganz mit nix auf dem Ledersitz.«

Blaubart wusste für einen Moment nicht, wie er diese Frage deuten sollte. Wollte sie es tatsächlich nur fürs Fotografieren tun – oder erwartete sie dann mehr von ihm? Hier in der Garage? Dazu noch in diesem demolierten Chevrolet?

43

Häberle spürte, wie belastend das Verbrechen auch nach über einem Jahr für die Beteiligten war. Vor allem die Gerüchte, die ihnen ständig zu Ohren kamen, machten ihrer Psyche zu schaffen. Deshalb war Berthold Rilke nicht gerade erfreut gewesen, als Häberle um einen Termin bei ihm gebeten hatte. Rilke, wie immer korrekt gekleidet und um untadeliges Auftreten bemüht, führte den Kommissar aus Stuttgart in ein Besprechungszimmer der Kreissparkasse, wo sie ungestört miteinander reden konnten. »Haben Sie denn eine heiße Spur?«, staunte der Kassierer, nachdem sie sich an einen Tisch gesetzt hatten.

»Leider nein. Deshalb klopfen wir noch einmal alle möglichen Verbindungen ab«, seufzte Häberle in sich hinein. »Vielleicht sind ja den Betroffenen – also auch Ihnen – im Laufe der Zeit Dinge eingefallen, die Ihnen im Nachhinein merkwürdig erscheinen.«

»Welche sollten das sein?«, wurde Rilke verunsichert. »Als ich vor über einem Jahr meine Aussage gemacht habe, war alles noch frisch. Jetzt plagt mich die Sache nur noch im Schlaf. Ich wache schweißgebadet auf und muss mir dann immer einreden, dass alles vorbei ist.«

Häberle nickte verständnisvoll. »Sie sind ja frühzeitig mit den Tätern zusammengetroffen, im Büro von Herrn Seifritz«, konstatierte er ruhig. »Wie würden Sie jetzt, mit dem Abstand von eineinhalb Jahren, die Situation zwischen ihm und den Tätern beschreiben?«

Auf Rilkes Stirn zeichneten sich Sorgenfalten ab. »Nicht anders wie vor eineinhalb Jahren. Die Täter sind sehr freundlich mit ihm umgegangen. Kein Geschrei oder so etwas. Das wird mein Kollege Lackner ebenso gesagt haben.« Er räusperte sich. »Wissen Sie, es gibt so viele Gerüchte, die das alles in Zweifel ziehen und irgendwelche Vermutungen in die Welt setzen. Aber glauben Sie mir: Herr Seifritz leidet noch immer sehr unter dem Verbrechen. Mag er es auch als Banker irgendwie weggesteckt haben. Aber privat geht das nicht so einfach.«

»Und Sie? Haben Sie den Eindruck, dass man auch Ihnen in der Öffentlichkeit zutraut, in die Sache verstrickt zu sein?«

»Ja natürlich«, wurde der sachliche Rilke unerwartet emotional. »Man kriegt das natürlich nicht direkt gesagt, aber meine Frau schnappt das eine oder andere Gespräch in der Stadt auf, in dem es dann heißt: ›Na ja, die Sache stinkt doch‹, oder ›Die Geschichte kann so überhaupt nicht stimmen.‹«

»Noch eine Verständnisfrage, Herr Rilke: Kennen Sie die Geldboten persönlich?«

»Nein. Nur vom Gesicht her.«

»Inwieweit sind die in die internen Abläufe hier im Hause eingeweiht?«

»Gar nicht. Sie kommen angefahren, stellen den Wagen in der Tiefgarage in der Sicherheitsschleuse ab, benutzen den Lift ins dritte Untergeschoss und holen den Scheck ab oder bringen das georderte Geld.«

Häberle hatte sich die Räumlichkeiten schon vor einem Jahr zeigen lassen. »Wurden Sie jemals von einem der Geldboten zu den Abläufen befragt?«

»Nicht, dass ich wüsste.«

»Nun hat ja Ihr Kollege Lackner sozusagen geistesgegenwärtig den Tätern sogenanntes Fanggeld untergeschoben, also Scheine, deren Nummern registriert sind. Das hat aber wohl erst funktioniert, nachdem ein Kassierer von oben kam, um zum Geschäftsbeginn Geld zu holen.«

»Ja. Das war, wenn Sie wollen, ein Glücksfall. So konnte mein Kollege, während ich die schriftlichen Formalitäten abwickelte, ein paar Geldbündel austauschen. Er hat dem Kollegen 30.000 aus der Transporttasche gegeben und sie mit Geld aus dem Tresor wieder aufgefüllt. Mit diesem sogenannten Fanggeld, das für solche Fälle gedacht ist.«

»Und warum haben Sie beim Einsortieren des Geldes nicht gleich von vornherein solche Scheine in die Tasche der Täter gesteckt?«, wollte Häberle wissen und löste bei Rilke erneut eine finstre Miene aus.

»Was soll jetzt diese Frage?« Rilkes ruhige Stimme verlor ihren sachlichen Klang. »Wollen Sie mir jetzt einen Vorwurf machen? Wenn das mit dem nummerierten Geld etwas genützt hätte, wären die Hunderter längst irgendwo aufgetaucht.«

Häberle überlegte kurz. »Natürlich können die Täter das Geld jetzt erst mal irgendwo bunkern, vielleicht einen Teil davon ins Ausland schaffen, zum Beispiel in die Schweiz, und dort auf einem Schließfach liegen lassen.«

»Ja natürlich. Wenn sie clever sind, werden sie's auch so machen. Und vielleicht erst holen, wenn der Raub verjährt ist.«

»Nun ja«, hob Häberle abwägend die Arme. »So einfach ist das nicht. Je nachdem, wie es juristisch bewertet wird: räuberischer Menschenraub mit Geiselnahme. Das ist ein ziemlich großes Ding. Da kann die Verjährung erst nach Jahrzehnten greifen.«

Rilke rang sich ein Lächeln ab: »Gut angelegt können die 2,7 Millionen ganz schön Zinsen bringen.«

»Vorausgesetzt«, gab Häberle zu bedenken, »die Täter können so lange auf ihr Geld warten und die Zinsentwicklung bleibt günstig. Da bedarf es doch einiger Geduld, die solche Herrschaften meist nicht haben.«

44

Das Fotoshooting hatte genauso stattgefunden, wie von Kirstin gewünscht. Dass Blaubart ein begeisterter Hobbyfotograf war, kam ihr sehr entgegen. Vieles, was er aufgenommen hatte, war bei ihrer Kundschaft begehrt. Großformatige Fotos in Schwarz-Weiß und in Farbe konnte sie nach ihren Auftritten verkaufen. Außerdem hingen die Bilder in den Schaukästen der kleinen Rotlichtbars, die es wegen der strengen behördlichen Auflagen jedoch vermieden, allzu freizügige Fotos zu zeigen, trotzdem aber ihrem Publikum einen Hauch von Erotik und großstädtischem Nachtleben vermitteln wollten.

Blaubart hatte in einem diskret arbeitenden Fotolabor die Abzüge in Auftrag gegeben, die er jetzt vorsichtig in Klarsichtfolien schob. Dabei befiel ihn jedes Mal dieser eifersüchtige

Gedanke gegenüber jenen fremden Männern, die auf diese Weise zu einem Besuch eines Nachtlokals animiert werden sollten. Eine Vorstellung, die er zu verdrängen versuchte, denn er wollte Kirstin mit niemandem teilen müssen – wohl wissend natürlich, dass es deren Job war, das männliche Publikum anzustacheln. Allerdings, davon war Blaubart überzeugt, blieb es in den Bars bei der Zurschaustellung der weiblichen Reize. Darüber hinaus, so hatte Kirstin ihm schon mehrfach versichert, sei mit ihr nichts anzufangen. Ob sie jedoch außerhalb des Etablissements lukrativen Angeboten widerstehen würde, daran hatte er gewisse Zweifel. Mehrfach schon hatte sie ihm von Versuchen berichtet, von professionellen Zuhältern angeworben zu werden. Blaubart hatte sie davor gewarnt, auf derartige Geschäfte einzugehen. Inzwischen fühlte er sich sogar ein bisschen als ihr Beschützer.

Gerade als er das letzte von zwei Dutzend Fotos verpackt hatte, wurde die Stille des Frühlingsabends von einem Motorengeräusch gestört. Er richtete sich auf seinem Bürostuhl auf, um aus der Fensterfront in den noch hellen Hof hinausschauen zu können. Ein schwarzer BMW der gehobenen Klasse war direkt an das Gebäude herangefahren. Stuttgarter Kennzeichen. Lukas, durchzuckte es Blaubart, schnappte die verpackten Fotos und ließ sie in einer Schublade verschwinden.

Der Mann, den man mit seiner großen, kräftigen Statur gemeinhin als Kleiderschrank bezeichnen konnte, stieg aus dem Wagen und eilte zur Eingangstür, die unverschlossen war, sodass er Augenblicke später in Blaubarts Büro stand und sich vor dem Schreibtisch aufbaute. »Jetzt hör mal, my friend«, begann er mit sonorer Stimme, während Blaubart tiefer in seinen Schreibtischstuhl zu versinken schien. »Wir sollten klare Verhältnisse schaffen«, fuhr Lukas mit hörbar US-amerikanischem Akzent fort und machte mit seinem Dreitagebart und den kurz geschorenen schwarzen Haaren keinen sympathischen Eindruck auf Blaubart. »Ich hab mir da etwas überlegt. Und vielleicht bist auch du zur Besinnung gekommen.«

Blaubart erhob sich langsam. »Was willst du von mir? Mich einschüchtern?«

Lukas kam einen Schritt näher. »Ist mir egal, wie du das siehst. Ich mach dir einen Vorschlag: We forget die Sache mit dem Auto. Dafür machen wir einen anderen Deal.«

Blaubart starrte dem Amerikaner in die Augen. »Und zwar?«

»Gebrauchtwagen für den Osten«, knurrte Lukas und steckte die Hände tief in die Taschen seiner olivfarbenen Jacke. »Du besorgst sie, ich bring sie hin. Sehr gutes Geschäft. Aber nur Nobelmarken.«

»Wie soll das funktionieren?«, war alles, was Blaubart über die Lippen brachte.

»Das überlass mal mir. Und noch etwas«, er zog sich einen Stuhl heran und setzte sich, »auch mit der Kirstin könnte was laufen. Die ist viel zu schade, um in einem Provinz-Striptease-Schuppen zu verkommen, wenn du verstehst, was ich meine.«

Blaubart spürte einen Kloß in der Kehle. »Das kann nicht dein Ernst sein.«

»Kirstin ist ein Goldschätzchen«, grinste Lukas überheblich. »Wir müssen sie nur ein bisschen auf Spur bringen. So sagt man doch, oder?« Weil Blaubart nichts erwiderte, lehnte sich der Amerikaner genüsslich zurück und ergänzte wissend: »Schöne Fotos hast du wieder gemacht. Du solltest sie nur nicht in verbeulte Autos setzen. So eine Beule lenkt vom Wesentlichen ab.«

45

Nach den neuerlichen Ermittlungen hatte Soko-Leiter Zeller einige Tage später seine Mannschaft in Stuttgart zu einer Besprechung zusammengerufen. »In Göppingen machen die wildesten Geschichten die Runde«, stellte er fest. »Unsere Aufgabe muss es deshalb auch sein, denen entgegenzuwirken.«

»Andererseits«, so warf sein Kollege Häberle ein, »kann man's den Leuten ja nicht verdenken. Aber wenn erst bekannt wird, dass eine Sparkassenangestellte demnächst einen der Geldboten heiraten will, dann dürfen wir uns auf neue Schauergeschichten einstellen.«

»Nun mal langsam«, riet Zeller zu nüchterner Betrachtungsweise. »Es wäre sicher zu kurz gedacht, das Mädchen und den Geldboten als Drahtzieher des Ganzen zu verdächtigen.«

»Trotzdem sollten wir uns die Dame mal genauer ansehen«, warf eine Kriminalistin ein und erntete die Zustimmung des Soko-Leiters: »Meine ich auch. Und unser Kollege August«, er wandte sich an Häberle, »sollte sich noch intensiver in Göppingen umhören, wo er sich ja bestens auskennt.«

Häberle nickte. »Aber vergesst bitte nicht: Das alles liegt jetzt schon 15 Monate zurück.«

»Vielleicht gibt es ja doch einige Zusammenhänge zu den Geschehnissen der jüngsten Zeit«, meinte die Kriminalistin und zählte auf, was sie meinte: »Familiendrama, Fahrt in den Bodensee …«

»Bitte nicht schon wieder«, wehrte Zeller ab. »Halten wir uns an die Fakten und lassen uns nicht durch andere Dinge ablenken.«

»Aus den Augen lassen dürfen wir die aber nicht«, mahnte ein Älterer aus dem Kreis der Ermittler. »Schlimmstenfalls haben wir's doch mit einer ganzen Organisation zu tun. Jedenfalls war die Sache so gut eingefädelt, dass wir bis heute nicht die geringste Spur haben. Das müssen wir uns eingestehen. Dass man nichts findet, aber auch wirklich gar nichts, das ist allein schon dubios genug.« Es klang wie ein Vorwurf gegen den wesentlich jüngeren Soko-Chef.

Häberle, der längst dafür bekannt war, auch quer denken zu wollen, meinte stirnrunzelnd: »Vielleicht sind wir schon auf einer Spur, ohne es zu ahnen.« Er blickte in verständnislose Gesichter und fügte an: »Ich misch mich mal in Göppingen unters Volk. Und schau auch mal bei dieser Sparkassenangestellten vorbei. Die wohnt in Lorch, nicht weit von Göppingen, im Remstal.«

»Im Remstal?«, echote einer der Ermittler, der die Diskussion, an der Wand lehnend, verfolgt hatte.

»Ja, Remstal«, bestätigte Zeller. »Und falls sich jemand hier im Saal mit der Geografie nicht so auskennt: Lorch liegt nur ein paar Kilometer östlich von Schorndorf, wo die besagte Hütte steht. Im Remstal.«

46

Heidi Offenbach hatte ihre Stelle bei der Kreissparkasse gekündigt und bei einem Steuerberater in Schwäbisch Gmünd einen Teilzeitjob angenommen. Das war weniger stressig und ersparte ihr die Fahrt über den Höhenrücken zwischen Remstal und dem Filstal. Häberle hatte sich telefonisch angemeldet und konnte sich mit der jungen Frau auf einen der folgenden Nachmittage verabreden. Er wollte sie nicht in ihrer Wohnung aufsuchen, weshalb sie sich in einem Café in der Lorcher Innenstadt trafen. Heidi war von schlanker Gestalt, hatte ein sympathisches Lächeln und trug sportliche Kleidung. »Schön, dass Sie Zeit für mich haben«, sagte Häberle charmant, nachdem sie sich begrüßt und in eine stille Ecke des Cafés gesetzt hatten.

»Wenn die Kripo ruft, muss man folgen«, sagte sie freundlich und musterte den Kriminalisten. »Kommen Sie öfter mal nach Lorch?«

»Um ehrlich zu sein: nein. Wahrscheinlich gibt's hier zu wenig Ganoven.«

Sie lachte laut. »Und ich bin auch keiner. Schade, was?«

Häberle wusste nicht so recht, wie er diese Bemerkung deuten sollte. Jedenfalls war die junge Frau äußerst einnehmend.

»Von Lorch kennt man halt das Kloster«, führte er den begonnenen Small Talk fort. »Und dass hier der Limes im rechten Winkel abknickt.«

Sie lächelte wieder. »In Geschichte sehr gut aufgepasst, Herr Kommissar. Droben beim Kloster hat man sogar einen römischen Wachturm rekonstruiert. Überhaupt lohnt es sich, den Limes entlangzuwandern. Das haben Sie noch nicht gemacht?«

»Nein«, räumte Häberle ein, während die Bedienung die Getränkekarte brachte.

»Aber ich nehme an, Sie sind nicht gekommen, um sich mit mir über den Limes zu unterhalten«, fuhr Heidi fort und blätterte beiläufig in der Karte, um sich schließlich für einen Latte macchiato zu entscheiden.

»Nein, bin ich nicht. Obwohl ich mit Ihnen vielleicht auch gerne darüber plaudern würde«, entgegnete Häberle.

»Ich könnte Ihnen auch etwas über steuerlich begünstigte Geldanlagen erzählen«, grinste sie.

»Wenn ich mal viel Geld habe, greife ich gerne auf dieses Angebot zurück«, gab sich Häberle aufgeschlossen, um dann aber zur Sache zu kommen: »Am Telefon hab ich Ihnen gesagt, worum es eigentlich geht: 8. März voriges Jahr. Sie haben damals erst Stunden später mitgekriegt, was im Gebäude der Sparkasse vor sich gegangen ist«, konstatierte der Kriminalist und bestellte bei der Bedienung einen Espresso.

»Und jetzt denken Sie, ich hätte mit den Gangstern etwas zu tun?«

Häberle wunderte sich über die forsche Art und Weise, mit der die junge Frau das Thema anging. »Nein, das denke ich nicht«, wiegelte er ab. »Wir klopfen nur noch mal alle Verbindungen ab, die es voriges Jahr gegeben hat. Stichwort Herr Nolte ...«

»Ja, Sie haben das am Telefon erwähnt. Wolfgang – ich meine Herr Nolte – ist ein ganz lieber Kerl. Gelernter Polizist, also absolut in Ordnung. Aber das müssten Sie ja wissen ...«

»Ich hab ihn noch nicht persönlich kennengelernt. Mein Kollege Zeller war bei ihm und hat erfahren, dass Sie beide demnächst heiraten werden.«

»Ja, so ist es, im November«, hauchte sie, als sei dies noch geheim.

»Darf ich fragen, seit wann Sie Herrn Nolte kennen?«
Ihre Gesichtszüge veränderten sich. »Ist das wichtig?«
Häberle sah tief in ihre blauen Augen. »Das sind alles Fragen, wie wir sie in ähnlicher Form derzeit vielen Menschen stellen. Das hat nichts damit zu tun, dass wir jemanden verdächtigen. Wir wollen nur ein Gesamtbild erstellen.«

»Ein Puzzle zusammenbauen«, schlussfolgerte Heidi nickend.

»So könnte man sagen. Sie haben sich in der Sparkasse kennengelernt?«

»Rein zufällig, wie das manchmal so kommt. Ich war in der Tiefgarage, und er war mit einem Kollegen gerade dabei, dort mit dem Geldtransporter rauszufahren.«

»Wie lange ist das her?«

»Das kann ich Ihnen ganz genau sagen: Es war am Montag, dem 21. Juni 1982.«

Die Antwort kam für Häberle überraschend schnell: »Das wissen Sie so genau?«

»Ja, es war Sommersonnwende. Wir haben uns morgens in der Tiefgarage getroffen, und er hat gefragt, wo ich die kürzeste Nacht des Jahres verbringen werde. Das war total witzig. Dann haben wir uns für den Abend in einer Pizzeria verabredet.«

»Ausgerechnet zur kürzesten Nacht«, grinste Häberle nun auch.

»Nicht so, wie Sie denken«, lächelte die junge Frau, während die Bedienung das Bestellte brachte.

Häberle konstatierte: »Dann haben Sie ihn also erst ein Vierteljahr nach dem Überfall kennengelernt, wenn ich das richtig nachgerechnet habe.«

»Das sehen Sie absolut richtig. Wir hatten uns nie zuvor gesehen. Keine Chance also, ihm Details aus der Sparkasse zu verraten – falls Sie darauf spekuliert haben.«

Häberle nippte an seinem Espresso und wurde ernst: »Und Herr Reinicke? Wie war das mit dem?«

Aus Heidis Gesicht verschwand der Glanz. »Helmut? Hat man Ihnen auch davon erzählt?«

»Herr Reinicke war auch ein …«, Häberle überlegte eine passende Formulierung, »… eine Tiefgaragen-Bekanntschaft?«

»Wie sich das anhört«, empörte sich Heidi jetzt. »Das mit Herrn Reinicke war nur von kurzer Dauer. Kein halbes Jahr. Er war zwar nett und zuvorkommend, aber nicht auf meiner Wellenlänge.«

»Sie haben sich getrennt?«

Heidi wurde misstrauisch und stocherte mit dem Trinkhalm in der aufgeschäumten Milch. »Muss ich jetzt rechtfertigen, mit wem ich zusammen war?«

»Müssen Sie nicht. Aber Herr Reinicke gehört halt auch zu jenem Personenkreis, über den wir uns ein Bild verschaffen müssen.«

»Er gehört auch zu dem Puzzle, wie ich«, gab sich Heidi jetzt leicht verschnupft.

»So könnte man es sagen, ja.«

Heidi rang sich wieder ein Lächeln ab. »Wolfgang, also Herr Nolte, ist ein ganz anderer Typ.«

»Sie haben die Beziehung mit Herrn Reinicke beendet«, rekapitulierte Häberle.

»So ist es. Einer nach dem anderen, wenn Sie so wollen«, grinste sie und hob eine Augenbraue.

»Noch eine sehr persönliche Frage«, riskierte Häberle einen weiteren Vorstoß. »Eine Frage, die Sie mir nicht beantworten müssen.«

»Fragen Sie ruhig.«

»Erwarten Sie Nachwuchs?«

Heidis feine Gesichtszüge wurden kantig. »Entschuldigen Sie, aber halten Sie diese Frage für angebracht?«

47

Je mehr Zeit verstrich, desto seltener traf sich die Sonderkommission. Zeller fühlte sich dennoch von den regelmäßigen Anrufen der Göppinger Journalisten genervt, auch wenn die Abstände zwischen den telefonischen Nachfragen immer größer wurden. Häberle, der in einer Göppinger Vorortgemeinde wohnte, ließ jedoch auch in seiner Freizeit nichts unversucht, auf *Volkes Stimme* zu lauschen. Schließlich wäre es ein riesiger beruflicher Erfolg, bekäme ausgerechnet er den entscheidenden Hinweis auf die Bankräuber oder auf ein mögliches kriminelles Geflecht innerhalb der Stadt. Als aktiver Sportler, der er in der Judo-Abteilung der Turnerschaft war, hatte er vielfältige Beziehungen und traf gelegentlich mit den Honoratioren der Stadt zusammen, von denen die meisten auch in Vereinskreisen verkehrten.

Die Klubhäuser ersetzten oftmals das, was in früheren Zeiten die Stammtische in den vielen längst verschwundenen schwäbischen Gasthäusern waren. Der Sommer war bereits weit fortgeschritten und die Urlaubszeit für viele schon vorbei, als sich Häberle in einem der Vereinsheime mit einem kurzen »Hallo« an einen ovalen Tisch setzte, an dem er bekannte Gesichter erspäht hatte. Er bestellte ein Weizenbier und lauschte der heftigen Diskussion über Gott und die Welt, vor allem aber über Helmut Kohl, der voriges Jahr im September nach dem Zerbrechen der Bonner SPD/FDP-Koalition ins Amt gekommen war. »Ich sag euch: Dem Helmut Schmidt und seinen Genossen hat die seltsame Haltung zum NATO-Doppelbeschluss das Genick gebrochen«, meinte Fahrlehrer Hans Siebeneicher emotional aufgeheizt.

»Da geht noch einiges ab«, prophezeite die einzige Frau am Tisch, die Juwelierin Analena Heuberg: »Wartet ab, was im Oktober erst los ist, wenn die Friedensinitiativen es schaffen, eine Menschenkette von Stuttgart bis Neu-Ulm zu organisieren. Das wird ein gigantisches Signal gegen die Aufrüstung. Da wird Kohl dran zu knabbern haben.«

Heiko Emmerich, der im Tennisoutfit gekommen war und sich einen delikaten Wurstsalat munden ließ, war als Verantwortlicher der Industrie- und Handelskammer um Mäßigung bemüht: »Der Wirtschaft tut ein Mann wie Kohl sicher gut. Warten wir ab, was sich entwickelt, vor allem, ob er es schafft, die Arbeitslosigkeit zu bekämpfen.«

»Die Politik kann keine Arbeitsplätze beschaffen«, unterbrach ihn Siebeneicher energisch und wandte sich bewusst an Analena Heuberg, die Frau, die ihm überaus attraktiv erschien, jedoch bei diesen abendlichen Treffen seine Annäherung nicht erwiderte. »Die Frau Heuberg wird keine zusätzliche Juwelierin einstellen, nur weil jetzt Helmut Kohl an der Regierung ist«, keifte er, ohne eine Antwort zu erhalten.

Häberle verfolgte das Gespräch gelassen, obwohl es ihm nicht gefiel, zwischen der Ulmer Goldschmiedin und dem Autohändler Blaubart zu sitzen, der ihm aber schon bei früheren Zusammentreffen nicht sonderlich sympathisch erschienen war. Er hatte sogar schon mal recherchiert, ob Vorstrafen gegen ihn registriert waren. Erstaunlicherweise hatte es keine gegeben. Er nahm einen Schluck Weizenbier und stellte insgeheim fest, dass er in dieser erlauchten Runde zu den Jüngsten gehörte. Doch aufgrund seines sportlichen Engagements und seines Berufs war er angesehen und von allen akzeptiert.

Wie immer, wenn er in unregelmäßigen Abständen an diesem Stammtisch auftauchte, zu dem man sich einmal monatlich nach der Arbeit traf, galt das Interesse *dem Fall*, wie der Bankraub des vergangenen Jahres kurz genannt wurde. Arno

Zumwinkel, der ebenfalls als äußerst sportlich galt, zumal er im Oktober vorigen Jahres am New York Marathon teilgenommen hatte, machte deutlich, wie sehr ihm als Banker die Geiselnahme am Herzen lag: »Kriegt ihr denn die Sache nicht gebacken? Oder waren die Täter wirklich solche Profis, dass ihr auf Granit beißt?«

Häberle fühlte sich an seiner Ehre gepackt. »Es vergeht keine Woche, in der wir nicht irgendeine Spur verfolgen. Außerdem hoffen wir noch immer auf einen entscheidenden Hinweis aus der Bevölkerung.«

»Von uns womöglich«, höhnte Niels Adamus, der wieder sein blaues Poloshirt trug, dessen Aufschrift ihn sogar in der Freizeit als Vertreter der Handwerkskammer auswies. Leutselig wandte er sich an Häberle: »Mensch, Herr Kommissar, Ihnen ist hoffentlich bewusst, dass wir alle, wie wir hier sitzen, in großer Sorge sind, halb Göppingen könnte darin verwickelt sein.«

Häberle konnte sich des Eindrucks nicht erwehren, dass einige gehaltvolle Getränke die Stimmung dieser Herrschaften angeheizt hatte. Nicht schlecht, dachte er. Vielleicht konnte er dem einen oder anderen ein paar interessante Worte entlocken. »Ich weiß nicht, wie hier über die Vorkommnisse des vergangenen Jahres gedacht wird«, begann er und wurde sogleich von Siebeneicher unterbrochen: »Wer wird denn da noch an Zufälle glauben, wenn ganze Familien ausgelöscht werden und jemand im Bodensee mit dem Auto untergeht und ertrinkt?« Und ironisch an Blaubart gewandt: »Ich hoffe, es war kein Auto von dir.«

Blaubart, der als Einziger am Tisch vornehm gekleidet war und rein äußerlich gar nicht zu den Freizeitsportlern passen mochte, zuckte mit einer Wange und sagte energisch: »Meine Autos rollen nicht von der Fähre.«

Siebeneicher gab sich erneut vorlaut: »Deine Autos eignen sich ja auch eher zu was anderem …«

Die meisten Männer am Tisch lachten lauthals, während Häberle keine Miene verzog und Analena Heuberg sich verwundert umsah, obwohl sie zu ahnen glaubte, worauf Siebeneicher anspielte.

Blaubart ließ sich nicht irritieren und hatte einen Seitenhieb auf Siebeneicher parat: »Sei doch du mal ehrlich: Nur Insider wissen schließlich, wozu Autos auch taugen.« Er warf dem Angesprochenen einen provokanten Blick zu, ohne ihn bloßstellen zu wollen. Deshalb beeilte er sich, einen anderen Aspekt anzusprechen: »Ihr solltet auch mal auf unsere amerikanischen Freunde achten. Nicht jeder GI ist ein strammer Soldat. Vergesst nicht, wir haben permanent rund 3.000 Amerikaner in der Stadt.«

»Was willst du uns damit sagen?«, hakte Heiko Emmerich nach.

»Dass sich darunter nicht nur Ehrenmänner befinden, Heiko. Es ist wie in jeder Bevölkerungsschicht: Ein gewisser Prozentsatz ist kriminell.«

»Na ja«, winkte Häberle ab, »falls Sie auf unseren Fall anspielen, kann ich Sie beruhigen: Die drei Gangster haben allesamt schwäbisch oder leicht badischen Dialekt gesprochen.«

Blaubart konterte: »Aber woher wollen Sie denn wissen, dass es nur diese drei Gangster gegeben hat? Wenn Sie nicht mal eine Spur von denen haben, könnten doch ohne Weiteres noch einige im Hintergrund gestanden sein.«

»Was bei dieser Vorgehensweise zu befürchten ist«, ergänzte Banker Zumwinkel und erntete kräftiges Kopfnicken der meisten anderen Stammtischler. Nur Häberle zeigte keine Regung.

48

Ein weiteres Dreivierteljahr später – man schrieb inzwischen 1984 – gab's zwar im Kriminalfall nichts Neues, dafür aber bei der örtlichen Tageszeitung: Der bisherige Redaktions-Vize Manfred Grüninger übernahm die Redaktionsleitung von Doktor Wolfgang Schmauz, der in den Ruhestand ging. Schmauz war mehr als 30 Jahre lang der Chef gewesen. Schon ab 1948 hatte er als junger Mann die Lokalredaktion verstärkt, nachdem ihm, wie damals nach dem Krieg üblich, ein amerikanischer Presseoffizier auf den Zahn gefühlt hatte.

Dass er nun die Aufklärung des großen Sparkassenraubs nicht mehr journalistisch begleiten konnte, bedauerte er in diesen Tagen des Abschieds.

Der Fall wurde zwar keinesfalls zu den Akten gelegt, wie Soko-Leiter Zeller bei Anfragen immer wieder betonte, aber sogar bei der Göppinger Bevölkerung schien die Erinnerung an den spektakulären Überfall langsam zu verblassen.

Noch immer trat Kirstin im *Luna* auf, denn sie hatte hartnäckig allen Versuchen widerstanden, sich tiefer ins Rotlichtmilieu einschleusen zu lassen. Zwar hatte der Amerikaner einmal sogar mit Gewaltanwendung gedroht, doch Blaubart war energisch dagegen vorgegangen. Mittlerweile hatte er sich mit Lukas darauf geeinigt, sich auf andere Geschäfte zu konzentrieren. Immerhin schien der Amerikaner beste Beziehungen nach Osteuropa zu haben, was wiederum den Argwohn von Blaubart geweckt hatte. Einmal hatte er sogar eine Nachfrage riskiert: »Diese Geschäfte Richtung Osten vereinbaren sich mit deinem Job bei der Armee?«

»Das lass mal meine Sorge sein«, hatte Lukas geantwortet und angemerkt: »Die im Osten sind nicht nur das *Reich des Bösen*.«

Daran musste Blaubart aber denken, als er am 22. März 1984 die örtliche Tageszeitung aufschlug und im Lokalteil die Schlagzeile las: *Seit 17 Jahren für die DDR spioniert: In Florida schnappte die Falle zu.*

Seit über einem Jahr, so hieß es in dem großen Bericht, sei jeder Schritt eines Mannes überwacht worden, der nun in Tampa/Florida dem amerikanischen FBI ins Netz gegangen war. Es handelte sich um einen 43-Jährigen, der in einer Göppinger Nachbarstadt eine Kfz-Werkstatt betrieben hatte. Eine Kfz-Werkstatt, hallte es in Blaubarts Kopf nach. Die folgenden Sätze verschlang er mit rasendem Puls. Demnach war der Mann aus der DDR übergesiedelt und hatte mehrfach seinen Wohnsitz gewechselt. Zuletzt habe er in einer kleinen Ortschaft bei Göppingen in einem Dreifamilienhaus eine Wohnung gemietet gehabt. Seinem Geständnis zufolge sei er 17 Jahre lang Spion für den Osten gewesen.

Weiter hieß es im Text: Über seine Kfz-Werkstatt, die er seit fünf Jahren in einem ehemaligen Firmenkomplex bei Göppingen betrieb, knüpfte er Kontakte zu US-Soldaten, die sich ihre Fahrzeuge gerne bei ihm reparieren ließen. Mehrfach sei er in den vergangenen Jahren mit der Pakistan Airline von Frankfurt nach New York geflogen. Noch vor einigen Monaten hatten die Ermittler offenbar große Anstrengungen unternommen, um festzustellen, ob sich im Pass des Mannes auch Ostblockstempel befanden.

Der Göppinger Lokaljournalist Georg Sander hatte offensichtlich aufwendig recherchiert, denn im Text hieß es weiter: *Auch wenn die Kontakte des Mannes möglicherweise nicht bis zu hohen Offizieren reichten, hatte er über die Angehörigen der US-Streitkräfte die Möglichkeit, sich über Ausrüstung, Aufmarschpläne, Waffensysteme und Kasernenanlagen*

zu informieren. Zur Frage, in welche Kategorie der mutmaß-
liche Ost-Agent einzustufen sei, äußerte sich ein Kenner der
Szene gestern so: ›Daran, dass er internationale Verbindun-
gen hatte, lässt sich erkennen, dass er keinesfalls ein kleiner
Fisch ist.‹

Blaubart überflog den Artikel noch einmal, doch das Gelesene steigerte seine innere Unruhe noch mehr. Natürlich war mit dem Spion nicht Lukas gemeint, aber es konnte doch durchaus sein, dass es Zusammenhänge gab. Beide waren Amerikaner – und beide hatten mit Fahrzeugen zu tun. In Blaubart machte sich eine aufwühlende Ahnung breit: Sollte womöglich auch er in ein Spionagenetzwerk involviert werden? Er, der sich mit den amerikanischen Fahrzeugen seit Langem in den Kreisen der in Göppingen stationierten 1. Infanteriedivision bewegte und gleichzeitig Kontakt in die Kommunalpolitik pflegte? Und hatte man auch mit Kirstin etwas im Schilde geführt?

Blaubart faltete die Zeitung zusammen, steckte sie in eine Schreibtischschublade und blieb nachdenklich sitzen. Am besten würde es wohl sein, mit Lukas gar nicht darüber zu reden, sondern im Umgang mit ihm vorsichtig zu sein und auf alles zu achten, was er sagte und wollte.

49

Ziemlich genau ein Jahr später, März 1985. Grauenvoller Fund neben einem Forstweg am Steilhang der Schwäbischen Alb: die Leiche einer entkleideten Frau, deren Beine gefesselt waren. Der Auffindeort: auf halber Hanghöhe, oberhalb der Gemeinde Deggingen, unweit der berühmten Wallfahrtskirche Ave Maria.

Die Spurensicherung entdeckte auch in diesem Fall nichts, was die Ermittler hätte weiterbringen können. Nicht einmal mehr den genauen Todeszeitpunkt konnte der Gerichtsmediziner feststellen. Vermutlich war die 31-jährige Frau, eine ledige Küchenhilfe ohne festen Wohnsitz, bereits einen Monat zuvor ermordet worden. Weil sie sich oft am Göppinger Bahnhof aufgehalten haben sollte, schrillten bei den Kriminalisten wieder mal die Alarmglocken. »Bei unseren Kollegen in Göppingen ist der Teufel los«, meinte deshalb auch August Häberle, als er an seiner Stuttgarter Dienststelle von dem neuerlichen Tötungsdelikt erfahren hatte.

Zeller, der noch immer als der Leiter der Bankraub-Soko galt, aber längst anderweitig zu tun hatte, mutmaßte ironisch: »Jetzt werden alle wieder sagen, die Tote hätte womöglich auch etwas mit unserem Fall zu tun. Schließlich war sie wohl häufig am Bahnhof, also in unmittelbarer Nähe zu unserem Bankraub-Tatort.«

Auch Sander und Grüninger beschäftigte der Gedanke, die Verbrechensserie, die seit dem Bankraub anhielt, könnte einen gemeinsamen Ursprung haben. »Vielleicht war die Frau die vierte Person, über die noch immer gerätselt wird«, gab Sander im Büro Grüningers zu bedenken. Der ältere Kollege, der am Schreibtisch saß und gerade dabei war, die Reste seiner täglichen Schokoladenration zu verspeisen, legte die hohe Stirn in Falten und sah durch seine dicken Brillengläser zu Sander hoch: »Sie meinen, die Frau könnte die dubiose Aufpasserin vom Bahnhof gewesen sein?«

»Und weil sie zu viel wusste, hat man sie jetzt gekillt«, ergänzte Sander, wohl wissend, dass dieses Szenario ziemlich weit hergeholt wäre.

Grüninger überlegte. »Ich wette mit Ihnen, Sie werden beim Schreiben des Artikels zum fünften Jahrestag des Bankraubs wieder feststellen müssen, dass man die Täter nicht geschnappt hat.«

»Sind Sie sich da so sicher?«

»Ziemlich, ja. Die Erfahrung zeigt, dass nach so langer Zeit nur der Zufall weiterhelfen kann.«

50

Auch dreieinhalb Jahre nach dem Überfall, im Spätherbst 1985, litt Heinrich Lackner noch immer unter den traumatischen Ereignissen jenes Märztages, an dem er ins Chefbüro gerufen worden war, um vor den Augen der Gangster den Scheck zu unterschreiben. Oft wachte er mitten in der Nacht schweißgebadet auf, weil ihm sein Unterbewusstsein die bangen Minuten wieder vorführte, die er im Auto der beiden Verbrecher hatte verbringen müssen. Meist hörte er dann Schüsse, die es damals gar nicht gegeben hatte. Es waren jene Schüsse, die er befürchtet hatte, falls die Polizei viel zu bald eingegriffen hätte. Noch heute war es für ihn wie ein Wunder, dass der Überfall nicht blutig geendet hatte. Je mehr Zeit verging, desto wilder wurden die Träume, die ihn mindestens einmal pro Monat befielen. Und je mehr er zwischen Traum und Wirklichkeit dann darüber nachdachte, desto irrationaler erschien ihm das ganze Vorgehen der Gangster. Konnte dieser Überfall tatsächlich so minutiös geplant gewesen sein? Konnten Gangster so kaltblütig und dreist sein wie die beiden, mit denen er's zu tun gehabt hatte? Manchmal ertappte sich Lackner sogar bei dem Gedanken, alles könnte ganz anders gewesen sein. Aber das war natürlich Unfug. Er selbst hatte doch alles miterlebt, konnte voller Überzeugung berichten, wie es gewesen war. Auch wenn er noch immer den Verdacht hegte, sein Nachbar, der Soko-Leiter, hätte ihm anfangs nicht so recht glauben wollen.

»Hast du wieder schlecht geträumt?«, riss ihn seine Ehefrau auch an diesem Herbstmorgen aus dem unruhigen Schlaf.

»Ich?«, pflegte er dann zu sagen, um nicht gleich eingestehen zu müssen, dass sich sein Gefühlsleben seither verändert hatte. Um wie viel schlimmer litten erst Menschen, die direkt bedroht und erpresst wurden. Wie Seifritz, der zwar ein knallharter Banker war, aber solch einen persönlichen Schicksalsschlag gewiss auch nicht einfach wegsteckte. Wie es Tochter Marion ging, wusste Lackner nicht. Seifritz war nie sehr mitteilsam gewesen, wenn die Sprache auf den Überfall kam. Vermutlich versuchte er seit damals, das Schreckliche zu verdrängen. Aber allein schon die Vorstellung, dass die Gangster noch immer frei herumliefen, war grauenvoll. Auch Lackner hatte daran zu knabbern, zumal die Täter möglicherweise aus dem engeren Umfeld stammten. Vielleicht waren es sogar Kunden, die regelmäßig in die Schalterhalle kamen. Als gut situierte Geschäftsleute womöglich. Jeder konnte ein Täter sein. Oder ein Mitwisser. Oder Informant.

In Göppingen und Umgebung gab es mit Sicherheit Hunderte Menschen, die von mindestens ebenso vielen anderen verdächtigt wurden. Ging es danach, wäre eine riesige Verschwörung im Gange, von Verflechtungen und skrupellosen Gangs, die hemmungslos alle aus dem Weg räumten, die etwas wussten. Bluttaten hatte es in den letzten Jahren tatsächlich genug gegeben. Aber 2,7 Millionen Mark waren nun auch keine so große Summe, für die es sich lohnen würde, eine mafiaartige Struktur aufzubauen.

Kaltblütig aber waren die Gangster auf jeden Fall. Denn sie hatten trotz ihres bisweilen galanten Auftretens keinen Gedanken daran verschwendet, wie tief sich die Bedrohungen und Ängste in die Psyche der Opfer einätzen würden, dachte Lackner. Nach außen hin waren es die Täter, die für Schlagzeilen sorgten, doch wie es den Opfern ging – falls sie ein Verbrechen überlebten – das wurde meist nur am Rande erwähnt. Von den jahrelangen Qualen, von psychischen Problemen, davon bekam die Öffentlichkeit so gut wie nichts mit. Die Opfer verschwanden im Strudel der spektakulären Ereignisse.

Nach dem Frühstück mit seiner Frau machte sich Lackner auf den Weg zur Kreissparkasse. Seit dem Überfall gab es keinen Tag mehr, an dem er nicht während der Fahrt zur Arbeit daran denken musste, was ihn damals erwartet hatte. Noch immer stellte er seinen Wagen auf einem Parkplatz weit entfernt vom hoch aufragenden Bankgebäude ab. Noch immer ging er die letzten 150 Meter zu Fuß und betrat durch die Tiefgarage das Areal der Kreissparkasse. Kühler Herbstwind hatte sich rau seinem Gesicht entgegengestemmt. Er war deshalb froh, die klimatisch angenehmere Tiefgarage erreicht zu haben, wo ihm der wohlbekannte Geruch aus Reifenabrieb und Abgasen in die Nase stieg. Der Chef-Mercedes, der nicht mehr derselbe war wie damals, stand bereits eingeparkt am vorgesehenen Platz. Wie immer. Auch die anderen Dienstwagen waren ordnungsgemäß abgestellt. Nur die Kundenparkplätze schienen noch auf Belegung zu warten.

Lackner schritt mit seinem Aktenkoffer entschlossen über die betonierte Fläche, um sich der Tür ins Treppenhaus zuzuwenden. Doch eine Stimme von rechts ließ ihn augenblicklich erstarren. »Halt, nicht erschrecken. Bleiben Sie bitte stehen«, vernahm er eine energisch flüsternde Stimme. Sie kam aus einer abgedunkelten Nische, die sich zwischen einem Betonpfeiler und einem abgestellten Mercedes ergab. Gedanken rasten in die Vergangenheit zurück. War es schon wieder soweit? Gleich würden sie ihn mit einer Waffe bedrohen und in ein Auto zerren. Wie damals.

Doch heute gab es keine Gewalt. Im Schummerlicht, das die Leuchtstoffröhren hinter den Betonpfeilern verbreiteten, erkannte Lackner die Silhouette eines Menschen. Der Gestalt nach war es ein mittelgroßer, ziemlich schlanker Mann. »He, was tun Sie da?«, brüllte Lackner den Unbekannten reflexartig an, ohne damit eine Bewegung auszulösen oder eine Antwort zu erhalten. »Sie da, machen wir ein Versteckspiel, oder was?«, legte er daher nach.

»Psst«, hörte er es leise neben sich, »können wir ein paar Worte miteinander sprechen?«

Lackner wagte noch immer nicht, sich zu rühren, als sei er ein Soldat, dem sein Offizier Strammstehen verordnet hätte.

Zwei, drei Sekunden später hatte er sich wieder im Griff. »Darf ich fragen, mit wem ich die Ehre habe?«

»Dürfen Sie«, hörte er den Mann sagen, dessen Gesicht der Betonpfeiler in Schatten hüllte. »Keine Sorge, Herr Lackner. Kennen Sie mich nicht mehr?« Die Gestalt trat aus dem Schatten heraus.

Lackner sah den Mann entgeistert an. Irgendwie kam ihm das Gesicht bekannt vor, aber er konnte es jetzt, und schon gar nicht in diesem Zustand, niemandem zuordnen.

»Nolte«, kam es zurück. »Ich war damals auch dabei. Da unten.«

Damals, durchzuckte es Lackner. Ein Täter? Einer der beiden? Nein, das durfte nicht sein.

Nolte spürte Lackners Ängste und beruhigte: »Ich war einer der Geldboten. Wir sind uns vorher und nachher nur wenige Male begegnet.«

Lackner verschlug es die Sprache. »Ich hab Sie seither nicht mehr gesehen«, war alles, was er aus heiserer Kehle hervorbrachte.

»Mag sein. Ich wohn jetzt in Rattenharz«, erwiderte Nolte, trat vollends aus der Nische hervor und sah sich prüfend um: »Sie kommen immer noch so früh morgens. Hab ich mir gedacht. Ich wollte Sie nicht anrufen und auch nicht ängstigen. Keine Sorge. Aber mir geht die Sache von damals nicht aus dem Kopf.«

»Glauben Sie, mir ginge sie aus dem Kopf?«, entfuhr es Lackner verstimmt und viel lauter, als er wollte.

»Ich bin inzwischen etwas in Sorge, Herr Lackner. Es gibt so viele Gerüchte in der Stadt. Manchmal scheint es mir so, als seien wir beide noch immer in der Schusslinie der Ermittler.«

Lackner zögerte. »Was heißt da *wir beide*? Was wollen Sie jetzt von mir?«

Nolte steckte lässig seine Hände in die Jacke. »Mir geht es darum, dass von all dem nichts an mir hängen bleibt. Oder an Ihnen. Auch in der Bank könnten sich Spekulationen verbreiten. Denn ich bin inzwischen mit Frau Offenbach verheiratet.«

»Mit Heidi«, entfuhr es Lackner verwundert.

»Ja. Sie arbeitet ja nicht mehr bei Ihnen. Vor zwei Jahren schon hat sich die Kripo für meine Beziehung zu ihr interessiert. Nun haben wir Nachwuchs – einen Buben übrigens – und da wäre es ziemlich belastend, wenn wir immer wieder mit dieser alten Sache konfrontiert würden. Sogar dort, wo wir jetzt wohnen, in Rattenharz.«

Rattenharz, ein Teilort am Südhang der Remstal-Stadt Lorch, durchzuckte es Lackner, denn ihm wurde die Nähe zu Schorndorf bewusst, jener Hütte, in der die Tochter des Bankdirektors festgehalten worden war.

Dass sich Nolte noch immer nicht von den schrecklichen Geschehnissen jenes Morgens in der Bank befreit hatte, konnte er durchaus nachvollziehen. Es war nicht nur die psychische Belastung, mit der alle, die mit den Gangstern konfrontiert gewesen waren, weiterhin zu kämpfen hatten, sondern insbesondere die unterschwelligen Mutmaßungen, die sie überall zu spüren glaubten. Zwar wurden diese nie offen ausgesprochen, aber sie standen im Raum.

»Und was soll ich für Sie tun?«, fragte Lackner irritiert.

»Mir vielleicht helfen. Ich arbeite inzwischen als Detektiv, hab also etwas gefunden, bei dem ich meine polizeiliche Ausbildung anwenden kann. Ich weiß nicht, ob Sie's wissen: Man hat mich aus gesundheitlichen Gründen nicht beamtet.« Ein flüchtiges Lächeln huschte über sein Gesicht. »Aber jetzt geht's mir gut. Mir wäre allerdings viel daran gelegen, den Fall aufzuklären.«

»Sie? Sie wollen in der Sache rumrühren? Jetzt, über drei Jahre danach?«

»Ja, das will ich. Vielleicht erzählen mir manche Leute mehr als der Polizei. Als Privatdetektiv muss ich nicht gleich ein Protokoll schreiben und jedes Wort der Staatsanwaltschaft melden.«

»Haben Sie denn irgendwelche neuen Erkenntnisse?«, wurde Lackner misstrauisch.

Nolte zögerte. »Ich hör mich halt in der Stadt hier so um.«

»Da sollten Sie vorsichtig sein«, riet Lackner. »Wenn es nach dem Geschwätz der Leute geht, müssten alle, die auch nur im weitesten Sinne mit Herrn Seifritz geschäftlich oder privat zu tun hatten, ein Komplott geschmiedet haben.«

»Und genau dem möchte ich entgegenwirken. Auch in unser beider Interesse.«

Lackner zermarterte sich für ein paar Sekunden sein Gehirn, weil ihm Noltes Ansinnen merkwürdig erschien. »Natürlich liegt es auch in meinem Interesse, dass der Fall vielleicht doch noch aufgeklärt wird. Aber was erwarten Sie dabei von mir?«

Nolte entschied, eine klare Antwort zu geben: »Dass Sie mir hinter vorgehaltener Hand und ganz inoffiziell sagen, wem Sie in der Bank eine Mittäterschaft zutrauen würden.«

Lackner war für einen Moment konsterniert. Was hatte Nolte gesagt? Natürlich waren einige Verdachtsmomente hausintern schon viele Male diskutiert worden, aber es waren niemals Namen genannt worden. Und auch er, Lackner, wollte sich hüten, irgendjemanden anzuschwärzen. Schon gar nicht gegenüber Nolte. Der wiederum bemerkte Lackners Skepsis und Vorsicht, weshalb er ihn aus der Reserve locken wollte: »Falls es in der Bank jemanden gibt, der möglicherweise etwas verschweigt, dann könnte das doch eine tickende Zeitbombe sein. Irgendwann könnte eine solche Person an die Öffentlichkeit gehen.«

Lackner war empört: »Sie wollen damit sagen, jemand könnte erpresst werden?«

51

Für den Göppinger Lokaljournalisten Georg Sander war der große Sparkassenraub natürlich nicht vergessen, aber das tagesaktuelle Geschehen schob sich langsam über die Erinnerung. Journalisten mussten zwar die Vergangenheit kennen, weil sich aus ihr die Gegenwart entwickelte, die man nur verstehen konnte, wenn man auch die Vorgeschichten kannte. Daran musste er denken, als er an diesem Oktobersonntag 1986 in der Redaktion saß und die üblichen lokalen Wochenendereignisse bearbeiten musste. Dies bedeutete: Texte von freien Mitarbeitern redigieren, selbst einige Artikel schreiben, vor allem aber das Layout gestalten, weil inzwischen sehr viele technische Bereiche in die Redaktion verschoben wurden. Sander schien es so, als unterlägen die Verantwortlichen in der Geschäftsleitung dem Irrtum, Artikel schreiben könne man einfach nebenher. Anstatt das Schwergewicht auf die Inhalte von Texten zu legen, galt es offenbar, die Zeitung möglichst billig herzustellen. Doch das würde sich eines fernen Tages bitter rächen, prophezeite Sander bei jeder möglichen Gelegenheit. An diesem 12. Oktober 1986 überkam ihn wieder mal ein gewisser Frust, sich um provinzielle Belange kümmern zu müssen, während die »Musik anderswo spielte«, klagte er gegenüber der jungen Dame aus dem technischen Bereich.

Inzwischen waren sie per Computer mit der großen weiten Welt verbunden und konnten sogar in der Lokalredaktion verfolgen, was sich in der Politik abspielte. Der heutige Sonntag war nämlich ein ganz besonderer: In Reykjavik hatten sich der weltoffene KPdSU-Generalsekretär der Sowjetunion, Michail Gorbatschow, und US-Präsident Ronald Reagan zu einem

Abrüstungsgipfel getroffen. Die Welt hielt für ein paar Stunden den Atem an. Auch die politischen Redakteure, die für die Göppinger Lokalzeitung in der Zentralredaktion in Ulm saßen, verfolgten gespannt, ob es zu einer Annäherung der Großmächte und damit zur lang ersehnten Abrüstung kommen würde. Je weiter die Nachmittagsstunden fortschritten, umso nervenaufreibender war es für die Journalisten, die eine sich anbahnende Sensation natürlich für die Montagausgabe aufbereiten sollten. Auch Sander verfolgte das Geschehen, ohne zu ahnen, dass dies, was in diesen Stunden verhandelt wurde, auch eines Tages Auswirkungen auf die Ereignisse in Göppingen und letztlich auch auf ihn haben würde.

Als die Nachrichtenagenturen tatsächlich einen historischen Durchbruch ankündigten, war Sander so aufgewühlt, dass er allergrößte Mühe hatte, sich auf die lokale Berichterstattung zu konzentrieren: auf seinen Artikel zur Eröffnung der *Schwäbischen Woche*, zu dem ihm der baden-württembergische Wirtschaftsminister Martin Herzog ein Zitat für die Überschrift beschert hatte: *Ein Schwungrad der Konjunktur*, dann noch ein Artikel über die Briefmarkenausstellung anlässlich der 15-jährigen Partnerschaft Göppingens mit dem österreichischen Klosterneuburg und ein Zweispalter aus dem Polizeibericht über eine endlich geschnappte Einbrecherbande. Eben alles, was die Welt im Filstal bewegte.

Doch dann der Schock zwischendurch: Abrüstungsgipfel geplatzt. Trotz Gesprächsrunden scheiterte alles sozusagen in letzter Minute. Grund: ungelöste Gegensätze zum amerikanischen Weltraum-Forschungsprogramm SDI, auch als *Krieg der Sterne* bekannt. Sander war davon derart beeindruckt, dass er sogar den lokalen Wetterbericht global formulierte: Während man in Göppingen an diesem Sonntag noch hätte spazieren gehen können, sei es im isländischen Reykjavik deutlich kühler gewesen. Sander schrieb: *Hätten Reagan und Gorba-*

tschow in der Hauptstadt Reykjavik Zeit zu einem Stadtbum-
mel gehabt, hätten sie einen Wintermantel gebraucht. Von dort
wurden nämlich gestern bei wolkenverhangenem Himmel nur
fünf Grad gemeldet.

Sander war zufrieden: Ein bisschen Weltpolitik fürs Lokale. Ein Blick in den Terminkalender munterte ihn ohnehin auf. Endlich mal kein täglicher Kleinkram: Das Spezialeinsatz-kommando (SEK) würde zum zehnjährigen Bestehen auf dem Gelände der Göppinger Bereitschaftspolizei einen Terrorein-satz inszenieren. Das konnte wirklich spannend werden. Viel-leicht, so dachte er, müsste das SEK eines Tages bei der Fest-nahme der Bankräuber solche Techniken anwenden.

52

Weder die Kriminalpolizei noch der Privatdetektiv Wolfgang Nolte hatten in den folgenden Monaten Erfolge zu verzeich-nen. Die Bevölkerung und somit auch die Medien waren seit dem 26. April 1986 schwerpunktmäßig ohnehin mit einer anderen, für alle Menschen lebenswichtigen Frage befasst: Welche Auswirkungen hatte die Kernkraftkatastrophe im ukrainischen Tschernobyl auf Deutschland? In der Göp-pinger Redaktion war Sander die Aufgabe zugefallen, sich mit dem komplexen Thema Radioaktivität und den Folgen auseinanderzusetzen. Schließlich waren durch ungünstige Ostwinde an jenem Tag die gefährlichen Nuklide nach Mitteleuropa geblasen worden und hatten sich, so hieß es, im Oberschwäbischen festgesetzt. Die Behörden, so schien es Sander, zeigten sich ziemlich hilflos und waren verdächtig stark darum bemüht, die Bevölkerung zu beruhigen. Andererseits wurde auch den Menschen im Großraum Ulm-Stuttgart geraten, kein Gemüse aus dem Garten zu ernten. Die Ratlosigkeit schlug sich in den Statements der Politiker nieder, die natürlich genauso wenig Ahnung von den Auswirkungen der Radioaktivität hatten wie Sander, der sich entsprechende Literatur besorgt hatte. Ihn nervten die nahezu täglichen Radiointerviews mit dem baden-württembergischen Landwirtschaftsminister Gerhard Weiser, der mit ruhig-sonorer Stimme gebetsmühlenartig eine Formulierung wiederholt hatte, die der Journalist noch immer in Erinnerung hatte: Es gebe keine signifikanten Messergebnisse.

Das Nachrichtenmagazin *Der Spiegel* hatte hingegen von einer hilflosen Bürokratie geschrieben, die mit einem Chaos aus Informationen und Desinformationen für Verunsicherung gesorgt habe. Krisenstäbe tagten im ganzen Lande, aber sie durften nicht so heißen, hatte *Der Spiegel* herausgefunden und Weiser mit den Worten zitiert: »Es gibt keinen Krisenstab, weil es keine Krise gibt.«

Genau dies war es, was Sander als junger Journalist hasste: das aufkommende Schönreden. Irgendwann würden die Blender und Nebelkerzenwerfer die ganze Republik einlullen.

Sander quälte sich in diesem Jahr 1986 tagein, tagaus durch endlose Faxe mit den jeweils aktuellen Messwerten von Cäsium, Strontium und wie die heimtückischen Nuklide alle hießen. Er legte die Blätter in Aktenordnern ab, die sich bald auf ein halbes Dutzend summierten und prall gefüllt waren.

Wen interessierte da noch die ungeklärte Geiselnahme?

Aber als knapp ein Jahr nach der Reaktorkatastrophe der fünfte Jahrestag des Überfalls nahte, waren er und Manfred Grüninger wieder beim alten Thema angelangt – und ziemlich skeptisch, was die mögliche Aufklärung des Falles anbelangte. Sander hatte zwar davon gehört, dass einer der damaligen Geldboten jetzt bei einer Detektei als Ermittler angestellt war, aber erfolgversprechend würde dies kaum sein. Grüninger schloss sich, Schokolade essend, dieser Einschätzung an: »Ich geh mal davon aus, dass er hauptsächlich untreuen Ehepartnern hinterherschnüffeln muss. Der Raubüberfall ist sicher eine Nummer zu groß für den Nolte. Was soll auch ein kleiner Privatdetektiv schon ausrichten können, wenn sogar die Kripo jahrelang keine Spur hat?«

»Sehe ich auch so«, meinte Sander, der im Juni vorigen Jahres selbst die Polizei hatte bemühen müssen – zum ersten Mal in seiner Laufbahn: wegen rabiater Bauarbeiter, die er auf der großen Autobahnbaustelle am berühmt-berüchtigten Albaufstieg der A8 beim illegalen Verbrennen von alten Kabeln fotografiert hatte, als dort eine mächtige, weithin sichtbare tiefschwarze Qualmwolke in den Himmel gestiegen war. Die aufgebrachten Männer entrissen ihm mit unmissverständlichen Drohgebärden den Fotoapparat und nahmen den belichteten Film an sich. Sander mutmaßte, dass er sie dabei ertappt hatte, wie sie auf umweltschädigende Weise die Isolation der Kabel entfernten, um das verbliebene Kupfer zu verkaufen.

Als er Anzeige erstattete, wurde der Journalist erstmals persönlich mit polizeilichen Protokollen befasst. Ob sich daraus Ermittlungen ergaben und was letztendlich daraus wurde, erfuhr er allerdings nie.

All dies ging ihm durch den Kopf. Wenn ihm dieser kleine Zwischenfall noch immer so lebhaft in Erinnerung war, um wie viel schlimmer musste es den Opfern des Raubüberfalls ergehen?, dachte er. Vermutlich würden sie die Stunden des

Schreckens ein Leben lang nicht mehr los. Es wurde viel über die Ermittlungen geschrieben, die bisher ins Leere gelaufen waren, aber wer kümmerte sich eigentlich um die Opfer? Vielleicht war es an der Zeit, sich auch ihrer anzunehmen.

Letztlich entschieden die beiden Journalisten aber, es zum fünften Jahrestag bei einer kurzen Schilderung des Sachverhalts zu belassen und eine Stellungnahme der ermittelnden Beamten aus Stuttgart anzuhängen. Inzwischen war dort der junge, aufstrebende August Häberle für den alten Fall aus seiner Heimat zuständig. Dass auch ein Privatdetektiv in Erscheinung getreten war, hatte er längst mit gemischten Gefühlen zur Kenntnis genommen, wollte dies aber gegenüber Sander nicht kommentieren. Nur eine Feststellung lag ihm am Herzen: »Alles, was an Gerüchten im Umlauf ist, ist mit absoluter Sicherheit falsch.«

Sander schrieb diese telefonische Aussage wörtlich auf und staunte über die klaren Worte. Wieso er denn so sicher sei, wollte er wissen. Aber Häberle ließ sich keine weiteren Angaben entlocken.

Für Sander und seinen Kollegen stellte sich zum ersten Mal seit fünf Jahren die Frage: Stand der Fall unmittelbar vor der Aufklärung? Würde es bald eine Überraschung geben?

53

Helmut Reinicke hatte als selbstständiger Unternehmer für Haustechnik in den vergangenen Jahren kaum Zeit gehabt, sich um etwas anderes als seinen Betrieb zu kümmern. Auch seine Urlaube, die er in Jugendzeiten gerne an der italienischen Adria verbracht hatte, waren längst Geschichte. Jetzt versuchte er zunehmend, soziale Kontakte zu knüpfen. Da er in Göppingen aufgewachsen war und im örtlichen Sportverein sogar mal Fußball gespielt hatte, fiel ihm dies nicht schwer. Außerdem engagierte er sich neuerdings auch in der Innung für Sanitär und Heizung und hatte Beziehungen zu anderen Handwerkern aufgebaut. Man lernte sich auf den Baustellen auf unkomplizierte Weise kennen. So hatte er eines Tages – irgendwann Mitte der 8oer-Jahre – dankbar den Vorschlag des älteren Bauunternehmers Ernst Blank angenommen, zum monatlichen Stammtisch mitzugehen, der jedes Mal in einer anderen Sportlergaststätte stattfand, in meist auch unterschiedlicher Besetzung.

An diesem lauen Aprilabend 1987 konnte man sogar schon auf der Terrasse sitzen. Die Gruppe war kleiner als sonst. Zum Leidwesen des Fahrlehrers Hans Siebeneicher fehlte die Juwelierin aus Ulm, und auch die Vertreter von IHK und Handwerkskammer glänzten durch Abwesenheit. Banker Arno Zumwinkel war hingegen joggend in die Gaststätte am Stadtrand gekommen. Helmut Reinicke fühlte sich längst in die Runde integriert und lauschte heute interessiert den Erzählungen Siebeneichers, der gerade dabei war, sich als zukünftiger Wirt ein eigenes Lokal einzurichten. Dazu hatte er ein kleines Altstadthäuschen erworben, das sich hervorragend als

Weinstube eignete, wie er schwärmte. Entsprechend sollte es auch auf gut Schwäbisch *Stüble* heißen.

»Weinstube und Fahrlehrer, das passt«, warf der Banker ironisch ein und stoppte Siebeneichers Redefluss nur kurz, denn dieser ließ sich nicht ablenken. »Das wird richtig kuschelig«, schwärmte er. »Ihr werdet ja sehen. Das nächste Mal können wir uns bei mir treffen. Ich lad euch ein.« Dann wandte er sich an Reinicke: »Ich könnte aber noch einen guten Installateur brauchen, der mir ein paar Leitungen verlegt und anschließt.«

»Kein Problem«, zeigte sich der Angesprochene interessiert, während der Banker insgeheim überlegte, ob Fahrschule und Reisebüro tatsächlich so viel Gewinn abwarfen, um ein Haus kaufen und in eine Gaststätte umbauen zu können. Noch mehr wunderte er sich, als Siebeneicher nachlegte: »Ich hab noch viel mehr vor. Ihr werdet staunen.«

Dass niemand wissen wollte, was dies denn sein würde, dämpfte seine euphorische Stimmung merklich.

Bauunternehmer Ernst Blank, ein kräftiger Mann um die 50 mit gegerbter Gesichtshaut und energischem Blick, runzelte die faltige Stirn: »Unternehmerischer Weitblick ist gut, aber man sollte das Risiko nie aus den Augen verlieren.«

Der Banker nickte ihm zu.

54

Dieter Blaubart hatte noch immer Zweifel, wie er den Amerikaner Joe Lukas einschätzen sollte. Zwar hatten sie ihren Streit beigelegt und durch lukrative Autoverkäufe hinter den sogenannten Eisernen Vorhang eine Geschäftsbeziehung aufgebaut, aber Blaubart ertappte sich dabei, dass die Erinnerung an den festgenommenen Spion nicht weichen wollte. Natürlich hatte er mit Joe über den Zeitungsartikel gesprochen. Dieser war damals seltsam einsilbig und zurückhaltend geblieben. Doch eine Bemerkung hatte sich in Blaubarts Gedächtnis eingeprägt: »Es gibt genügend Leute, die Geschäfte mit dem Osten machen, ohne Rücksicht auf die Grenzen. Denk doch mal an euren Strauß.«

Blaubart hatte sich nie sonderlich für Politik interessiert. Aber dass Franz-Josef Strauß, der bayerische Ministerpräsident, vor vier Jahren heftig in Negativschlagzeilen geraten war, weil er einen Milliardenkredit für die DDR eingefädelt hatte, das war im Gedächtnis geblieben. Und auch, dass Strauß 1980 hatte Bundeskanzler werden wollen, dann aber bei der Bundestagswahl gegen Helmut Schmidt gescheitert war.

Nicht auszudenken also, was auch in der Wirtschaft im Geheimen so lief, dachte Blaubart. Joe war gewiss kein gewöhnlicher US-Soldat, sondern hatte sich bei der in Göppingen stationierten Einheit vermutlich diplomatische oder allerlei andere Kanäle Richtung Osten geschaffen. Man durfte den Standort Göppingen nicht unterschätzen: Die 1. Infanteriedivision war direkt in den Atomraketenstandort im nahen Mutlangen involviert. Außerdem war der hiesige Bundestagsabgeordnete Doktor Manfred Wörner immerhin derzeit

Verteidigungsminister. Und über den kommunalpolitischen deutsch-amerikanischen Beratungsausschuss gab es enge Kontakte zwischen Rathaus und dem örtlichen US-General.

Hätte Joe nicht erwähnt, dass viele Leute Geschäfte mit dem Osten machten, wären Blaubarts Gedanken nicht abgeschweift. Vielleicht gab es ja mal eine Zeit, in der die wirtschaftlichen Beziehungen dorthin genauso frei waren wie im Westen. Aber derzeit sah es nicht so aus, als stünde eine friedliche Lösung bevor, sondern eher ein großes Blutvergießen. Blieb ohnehin abzuwarten, wie sich die zunehmend lauter werdenden Friedensinitiativen auswirkten. Wenn das Volk erst mal erwachte und aufstand, könnten ungeahnte Dinge geschehen, durchzuckte es Blaubart. Womöglich war die Menschenkette vor dreieinhalb Jahren nur ein kleiner Vorgeschmack.

Sein Blick fiel auf das große gerahmte Foto, das auf seinem Schreibtisch stand: Kirstin im kurzen Kleidchen beim Einsteigen in den Cadillac. Kirstin, ja. Der Kontakt zu ihr beschränkte sich seit langer Zeit nur auf Telefonate. Seit sie das *Luna* verlassen hatte, war sie in einem Nachtklub in Neu-Ulm engagiert, wo sie den dort stationierten US-Soldaten imponierte. Obwohl inzwischen ein paar Jahre älter geworden, hatte sie nichts an Attraktivität eingebüßt, wie Blaubart bei einem kürzlichen Besuch in Neu-Ulm feststellen konnte. Insgeheim war er froh, dass sie sich von Joe nicht zur Prostitution hatte zwingen lassen. Ob Kirstin sich derlei Versuchen, die möglicherweise von anderen zwielichtigen Gestalten unternommen wurden, weiterhin erwehren konnte, vermochte er natürlich nicht zu sagen.

Blaubart wollte jedenfalls mit diesem Milieu nichts zu tun haben. Es reichte aus, wenn man ihm entsprechende Kontakte andichtete. Gebrauchtwagenhändler und Frauengeschichten – das schien in der Öffentlichkeit ein Stoff zu sein, aus dem Krimis gemacht wurden. Noch mehr belastete ihn das seltsame

Gefühl, irgendwie würde auch er mit dem noch immer ungeklärten Bankraub in Verbindung gebracht. Er tröstete sich
jedoch damit, dass es vielen in dieser Stadt ähnlich erging. Wer
gut betucht war, der stand ebenso im Verdacht wie jemand,
der hohe Kreditschulden hatte. Aber vermutlich waren die
Täter eher unscheinbare kleine Bürger, die ein völlig biede-
res Leben führten.

Joe, der ihm am Samstag nach dem 1. Mai-Feiertag im Büro
gegenübersaß, hatte seinen Besuch voll Euphorie angekündigt
und am Telefon erklärt: »Ich werde ein ganz großes Ding starten. Und dazu brauche ich dich.«

Blaubart war zurückhaltend gewesen, zumal Joe weitere
Details nur persönlich besprechen wollte. Es gehe um einen
big Deal mit Leuten in Ungarn und der Sowjetunion.

55

Als Blaubart eine Woche später die Zeitung aufschlug, fühlte
er sich für eine Sekunde wie elektrisiert: *Sind es dieselben
Täter?*, stach ihm eine fette, über drei Spalten verlaufende
Überschrift ins Auge. Hatte Joe Lukas nicht von einem ganz
großen Ding gesprochen, das er plane? Nein, versuchte er,
seine plötzliche Aufregung einzudämmen. Dies hier hatte
damit nichts zu tun. Es war nichts gewesen, was mit dem

nahen Remstal in Verbindung zu bringen wäre, wo der Tatort dessen war, worüber heute die Zeitung berichtete: von einem Banküberfall, der deutliche Parallelen zum großen Göppingen Sparkassen-Raub aufweise. In der Gemeinde Winterbach, nur ein paar Kilometer von Schorndorf entfernt, der Stadt mit der Entführerhütte, hatten zwei Männer die *Winterbacher Bank* überfallen. Auf ähnlich dreiste Weise wie die Geiselnehmer von 1982.

Blaubart las aufgeregt, was geschehen war: Gegen 21.30 Uhr hatte es an der Haustür einer Bankangestellten geklingelt. Als sie öffnete, stand ihr ein Unbekannter in Polizeiuniform gegenüber, der sie anherrschte: »Geben Sie die Waffe heraus. Wo ist Ihr Mann?« Dies sei jetzt eine Wohnungsdurchsuchung.

Der hinzugekommene Ehemann der völlig konsternierten Frau war sofort misstrauisch, verlangte nähere Auskünfte und den Dienstausweis. Augenblicklich zog der Fremde eine Schusswaffe und drängte die beiden geschockten Personen in die Wohnung zurück, während plötzlich noch ein zweiter Täter auftauchte, der einen Trenchcoat und eine Prinz-Heinrich-Mütze trug und ebenfalls bewaffnet war. Der eine hatte sein Gesicht mit einem angeklebten Vollbart, der andere mit einem Seemannsbart unkenntlich gemacht.

Sie durchsuchten blitzartig die Wohnung, rissen Schubladen heraus und öffneten Schranktüren und verlangten die Schlüssel zu Bank und Tresor. Während der Ehemann auf einem Stuhl sitzend und mit den Händen an die Lehne gefesselt wurde, holte seine Frau unter dem Eindruck mehrfacher Drohungen die geforderten Schüssel aus ihrer hinterm Sofa abgestellten Tasche.

Einer der Gangster zwang die verängstigte Frau, ihn mit ihrem Wagen zur *Winterbacher Bank* zu fahren und dort den Tresor zu öffnen. Ihr Ehemann musste als Geisel mit dem Komplizen in der Wohnung ausharren.

Die Beute, so las Blaubart weiter, bestand aus rund 230.000 Mark. Von der Bank mit der Frau zurückgekehrt, rissen die Räuber das Telefonkabel aus der Wand und ketteten die Eheleute mit Handschellen aneinander.

Die Personenbeschreibungen, so war dem Artikel von Georg Sander zu entnehmen, ähnelten auf frappierende Weise jener der Göppinger Räuber.

Auch den verbliebenen Mitgliedern der einstigen Sonderkommission hatte die Nachricht von dem neuerlichen Überfall einen Motivationsschub verpasst.

»Derselbe Modus Operandi«, stellte August Häberle fest, der sich vorgenommen hatte, die Gangster seiner Heimatstadt während seiner beruflichen Laufbahn dingfest zu machen. »Jetzt gibt's vielleicht neue Spuren«, gab er sich vor einem halben Dutzend Kollegen optimistisch.

»Die Burschen sitzen irgendwo zwischen Remstal und Göppingen«, bekräftigte ihn einer der Kriminalisten, um vorsichtig anzufügen: »Womöglich doch jemand aus dem persönlichen Umfeld von Seifritz.«

»Bitte nicht schon wieder die alte Leier«, warnte Häberle, der mit seinen inzwischen 39 Jahren längst als erfahrener Ermittler galt und deshalb bei der Stuttgarter Landespolizeidirektion großes Ansehen genoss. Er fühlte sich noch jung genug, um mit großem Engagement die hoffnungslosesten Fälle anzugehen. Dann konnte er sich tage- und nächtelang in einen kniffligen Sachverhalt verbeißen und alle denkbaren, am besten aber auch alle undenkbaren Möglichkeiten durchspielen. »Man muss auch quer denken«, empfahl er den jüngeren Beamten. »Niemals darf man sich gleich von vornherein auf etwas festlegen. Das kann ganz schön danebengehen, wenn am Ende die Beweise in eine ganz andere Richtung abzielen.«

»Ich schlage vor, wir schauen uns noch mal ganz gezielt um, ob es in Göppingen und Umgebung Leute gibt, die plötzlich auffallend viel Geld haben«, regte Zeller an, der die Leitung längst an Häberle abgegeben hatte.

»Oder nach Leuten, die nach fünf Jahren kein Geld mehr hatten und sich neues beschaffen mussten«, grinste Häberle. »Vielleicht haben die 2,7 Millionen von Seifritz nicht ausgereicht.«

»Möglich. Aber auch dann müsste doch aufgefallen sein, wenn jemand in Saus und Braus gelebt hat«, warf ein anderer ein.

Häberle nickte: »Oder die Täter wollen sich ein finanzielles Polster fürs Alter zulegen. Man weiß doch nie, wie das mit der Rente eines Tages weitergeht.«

»Hast du irgendwelche Zweifel? Unser Arbeitsminister Norbert Blüm hat doch erst voriges Jahr beim Bundestagswahlkampf behauptet, die Rente sei sicher«, warf Zeller süffisant ein.

»Ich weiß. Er hat sogar plakatieren lassen: ›Denn eins ist sicher: die Rente.‹ Ich hab's noch bildlich vor mir. Aber sei mal ehrlich, Hartmut: Glaubst du wirklich alles, was die Politiker sagen?«

»Weder denen noch unseren Ganoven«, erwiderte Zeller resignierend.

»Zu streng darfst du mit den Politikern aber auch nicht sein«, stichelte Häberle. »Blüm hat doch nur gesagt, die Rente sei sicher. Über die Höhe hat er nichts gesagt.« Er grinste. »Und außerdem brauchen wir als Beamte uns keine Sorgen zu machen. Unsere Pensionen sind auf jeden Fall gesichert.«

56

Heidi Offenbach hätte glücklich sein können. Seit der Hochzeit mit Wolfgang Nolte und der Geburt des mittlerweile vierjährigen Boris hatte sich viel getan: Wolfgang hatte den Verlust seines Jobs bei der Polizei verkraftet und bei einer Detektei in Esslingen eine Tätigkeit gefunden, die ihn ausfüllte und zufrieden machte. Voriges Jahr waren sie in ihr kleines Eigenheim im beschaulichen Rattenharz gezogen, wofür sie einen Teil der Finanzierung eingebracht hatte. Doch über allem schien ein Schatten zu liegen: Wolfgangs Psyche litt noch immer unter den dramatischen Ereignissen in der Sparkasse, er wachte nachts oft schweißnass auf und zitterte. Dann hatte er wieder die Maschinenpistole vor sich gesehen, die der Gangster auf ihn gerichtet hatte.

Heidis Vorschlag, er solle sich professioneller Hilfe bedienen, also einen Neurologen oder Psychiater aufsuchen, wies er jedoch brüsk zurück. Wenn aufkomme, dass er psychische Probleme habe, so hatte er mehrfach argumentiert, bestehe die Gefahr, den verantwortungsvollen Job bei der Detektei zu verlieren. Heidi vermutete, dass es die seelischen Probleme waren, die ihn drängten, sich in der Freizeit weiterhin mit dem Raubüberfall von damals zu befassen. Seit sie ihre Halbtagsstelle bei dem Steuerberater in Schwäbisch Gmünd aufgegeben hatte, machte sich auch bei ihr depressive Stimmung breit. Wenn Boris im Kindergarten war, saß sie oft in Gedanken versunken im Garten und ließ die Vergangenheit an sich vorbeiziehen: ihre frühere Arbeitsstelle bei der Sparkasse in Göppingen, die Freunde und Bekannten aus dieser Zeit und vieles, was sie davon noch immer bedrückte. Und was sie Wolfgang verschwieg.

Aber auch er, so schien es ihr oft, trug möglicherweise ein Geheimnis mit sich herum, das sich tief in seine Seele gebrannt hatte. Oder war es tatsächlich nur dieses traumatische Geschehen an jenem Morgen, als er ganz dicht mit den Geiselgangstern in Kontakt geraten war? So dicht, dass ihn bei der polizeilichen Vernehmung das beängstigende Gefühl übermannt hatte, sie würden auch ihn verdächtigen, nur weil er nicht hatte nachweisen können, dass er seine Polizeiuniform dem Heidenheimer *Naturtheater* geschenkt hatte. Galt er insgeheim womöglich als Komplize der Täter?

Zwar war es in letzter Zeit um den Überfall erstaunlich ruhig geworden, aber immer, wenn ihre Gedanken alles wieder aufwühlten, kam ihr die Begegnung mit diesem Kommissar in Erinnerung. Drei Jahre waren vergangen, seit sie in Lorch in dem Café miteinander gesprochen hatten – und doch schien es ihr so, als sei alles erst gestern gewesen. Ganz sicher ließen die Kriminalisten nichts unversucht, um jedes kleinste Detail und jede noch so winzige Spur zu analysieren. Sie würden im Hintergrund recherchieren und nichts davon den Medien mitteilen.

Wann immer sie von solchen Gedanken gequält wurde, mahnte eine innere Stimme, dass auch sie selbst ins Fadenkreuz der Ermittler geraten sein könnte. Ganz unbemerkt. Man hatte doch gewiss auch innerhalb der Sparkasse geprüft, wer mit wem Kontakt hatte oder gar privat mit größeren Geldsummen in Verbindung gebracht wurde.

Pfitzold, schoss es Heidi oft durch den Kopf. Hatte Pfitzold in all den Jahren geschwiegen? Lebhaft erinnerte sie sich noch an das Gespräch, das sie mit ihm wenige Wochen nach dem Überfall geführt hatte. Für 48.000 Mark hatte sie eine sichere Anlageform gesucht und seinen Rat erbeten. Über Gold und diverse Fonds hatten sie gesprochen. Je häufiger ihr dies in Erinnerung kam, desto stärker glaubte sie nachträglich zu spüren, dass ihr Kollege die Behauptung, das Geld stamme von ihrer Oma, nicht so recht hatte glauben wollen.

Quatsch, mahnte sie sich selbst. Wenn ihm dies damals verdächtig erschienen wäre, hätte er es der Polizei gemeldet und man hätte sie gleich in die Mangel genommen. Das war jetzt fünf Jahre her. Aber, so überkam es sie plötzlich, vielleicht wurden einige der Spuren erst jetzt gründlich ausgewertet. Irgendwann musste es doch auffallen, dass Wolfgang und sie ein Haus hatten bauen können, obwohl Wolfgang nach dem Ende seiner kurzen Polizeilaufbahn finanziell nicht gerade auf Rosen gebettet war.

Immer öfter ertappte sie sich dabei, wie in ihr der Wunsch nach einem klärenden Gespräch mit dem Ex-Kollegen Pfitzold reifte, bei dem sie damals für 48.000 Mark Goldbarren in kleinen Stückelungen gekauft hatte, um es daheim aufzubewahren, als Reserve bei einer Geldentwertung sicher vor dem Zugriff des Staates. Genauso, wie es ihr Oma oftmals gesagt hatte.

Aber würde sie bei Pfitzold nicht schlafende Hunde wecken? Ihn womöglich erst hellhörig werden lassen? Was würde ein Gespräch mit ihm bringen? Sollte sie ihn bitten, die Angelegenheit vertraulich zu behandeln und sie bei etwaigen Nachforschungen der Polizei nicht zu erwähnen? Nein, das konnte sie nicht riskieren. Wieder verwarf sie den Gedanken und sah auf die Uhr. Es war Zeit, Boris vom Kindergarten abzuholen.

57

Die monatliche Stammtischrunde hatte sich bei hochsommerlichem Wetter auf der Terrasse der Vereinsgaststätte von *Frisch Auf Göppingen* getroffen. Zum harten Kern, zu dem Siebeneicher, Blaubart und Arno Zumwinkel, der sportliche Banker und Marathonläufer, zählten, waren zwei weitere hinzugekommen: Horst Jodel, einst gefeierter Handballstar Göppingens, und der seit Langem pensionierte Polizeibeamte Julius Schüssler, dem man eine raffinierte und bisweilen unkonventionelle Ermittlungsarbeit nachsagte.

Jodel, der sich auch kommunalpolitisch engagierte, beklagte die jüngsten, nicht gerade hervorragenden Leistungen der *Frisch Auf*-Handballer, die ihr letztes Saisonspiel am 2. Mai gegen *TuS Hofweier* mit 36:30 verloren hatten und auf der Abschlusstabelle von insgesamt 14 Mannschaften kläglich auf Platz elf gelandet waren. Dass sie ausgerechnet in dem kleinen Hofweier im Badischen, wie Jodel verächtlich sagte, geradezu untergegangen waren, wollte Siebeneicher, der aus dem dortigen Ortenaukreis stammte, nicht hören. Er war zwar auch *Frisch-Auf*-Fan, aber über seine angestammte Heimat ließ er trotzdem nichts kommen. Der altgediente ehemalige Polizeibeamte Schüssler, der eigentlich ein Fußballanhänger war und zudem gleich neben dem Fußballplatz wohnte, mochte jetzt nicht über Sport reden. »Liebe Leute«, sagte er deshalb, nachdem er an seinem Weinglas genippt hatte und auf der stark frequentierten Terrasse drei US-Soldaten in Uniform sitzen sah, »es gibt Wichtigeres als Handball. Ich hab Sorge, dass sich politisch was anbahnt.«

Siebeneicher nickte. Er wusste, worauf Schüssler anspielte:

Vor einer Woche erst war US-Präsident Ronald Reagan in Berlin gewesen und hatte vor dem Brandenburger Tor den sowjetischen Generalsekretär Michail Gorbatschow symbolisch aufgefordert, die Mauer niederzureißen und das Tor zu öffnen. Sie alle hier am Tisch hatten die Worte schon viele Male im Fernsehen und Radio gehört: »Mister Gorbatschow, tear down this wall. Mister Gorbatschow, open this gate.« Nur Freiheit führe zu Wohlstand, und Freiheit ersetze den Völkerhass durch Einvernehmen und Frieden.

Banker Zumwinkel hatte sich in den vergangenen Tagen mehrfach beruflich mit der politischen Lage befasst, zumal die Auswirkungen auf die Finanzmärkte nicht absehbar waren. »Ich befürchte, dass sich die Mauer nicht ohne Krieg abreißen lässt.«

»Ach was«, fuhr ihm Siebeneicher über den Mund. »So schwarz sehe ich das nicht.«

Zumwinkel war für einen Moment irritiert. Noch mehr, als Siebeneicher ergänzte: »Wirtschaftlich ist man näher beieinander, als man denkt. Die DDR gaukelt uns nur vor, eine führende Industrienation zu sein. Und die Russen pfeifen wirtschaftlich auch aus dem letzten Loch.«

58

Kurz vor Weihnachten 1987. Großalarm für die Landespolizeidirektion Tübingen, wo gerade die Vorbereitungen für eine Weihnachtsfeier liefen. Doch dann erschütterte ein Verbrechen, dessen Ausmaß zunächst schier unglaublich erschien, die besinnlichen Tage. In Göppingen wurden mit einem Schlag alle Opfer des einstigen Überfalls wieder in den Strudel ihrer Albträume gerissen. Denn was sie vor fünfeinhalb Jahren erlebt hatten, schien sich jetzt nur etwa 70 Autokilometer entfernt wiederholt zu haben: in Ehingen an der Donau. Eine Neuauflage, die wie eine Schockwelle die Polizeidienststellen des Landes aufrüttelte.

Als am Abend des 22. Dezember die Familie des als *Drogeriemarkt-König* bekannt gewordenen Anton Schlecker mit den beiden Kindern – einem 14-jährigen Mädchen und einem 16-jährigen Buben – zu ihrer Villa heimkehrte, lauerten in der dunklen Wohnung bereits drei Gangster. Sie waren während der Abwesenheit der Familie über einen Erdhügel an der Gebäuderückseite an ein gekipptes Fenster des Kinderzimmers gelangt und hatten es mühelos geöffnet, um einzusteigen.

Kaum hatte die Familie einen ihrer beiden Jaguars in der Garage abgestellt, waren sie in den Klauen von Geiselgangstern, die schwer bewaffnet vor ihnen standen. Es entwickelte sich ein kurzes Handgemenge, bei dem sich insbesondere die Ehefrau zur Wehr setzte. Doch ihr Widerstand war rasch gebrochen: Einer der Täter, der sie als »ludriges Biest« beschimpfte, schlug ihr seinen Revolver auf den Kopf, was eine blutende Platzwunde verursachte.

Nachdem Eltern und Kinder eingeschüchtert waren, machten ihnen die drei Gangster unmissverständlich klar, was sie wollten: 18 Millionen Mark. Eine atemberaubende Summe, die in Deutschland nie zuvor durch Erpresser gefordert worden war.

Anton Schlecker, ein gelernter Metzger und kühler Kaufmann, der ein riesiges Imperium aufgebaut hatte, ließ sich nicht so leicht beirren. Eine so hohe Summe könne er nicht ohne Weiteres aufbringen, ohne dass es bei den Banken Irritationen geben würde.

Schlecker behielt jedoch die Nerven, verhandelte wie ein gewiefter Geschäftsmann mit den Räubern und konnte sie schließlich davon überzeugen, dass allenfalls 9,5 Millionen Mark zu beschaffen wären. Ein Betrag, der genau jenem entsprach, über den er sich und seine Familie für solche Fälle versichert hatte. Um das weitere Vorgehen exakt festzulegen, riss er aus dem Schulheft eines seiner Kinder eine Seite und entwarf darauf handschriftlich eine Checkliste. Sein Ansinnen war es, den Forderungen der Gangster möglichst schnell nachzukommen, weil er darin die einzige Chance sah, seine Familie vor noch Schlimmerem zu retten.

Nachdem die Modalitäten notiert waren, begann für die Eltern und ihre beiden Kindern eine Nacht des Schreckens. Die Eheleute wurden auf ihrem Bett liegend mit den Handgelenken aneinandergefesselt, die Kinder in deren Schlafzimmer bewacht.

Kurz bevor der Morgen graute, trat das skrupellose Vorgehen der Täter ins nächste Stadium: Um ihren Forderungen Nachdruck zu verleihen, verfrachteten sie die beiden Kinder als Geiseln in den elterlichen Jaguar. Das Mädchen musste auf dem Rücksitz liegen, der Bub in den Kofferraum kriechen. Bei Nacht und Nebel ging's nur eine kurze Wegstrecke weiter an den Ortsrand von Griesingen, wo die Täter eine Fischerhütte für ihr Vorhaben ausgespäht hatten. In ihr wurden die Opfer mit Handschellen an ein Bett gefesselt. Einer der Männer blieb mit einem Funkgerät zurück, um die Kinder zu bewachen, der andere fuhr in die Schlecker-Villa zurück, wo er und sein anderer Komplize den verzweifelten Eltern klarmachten, dass sie ihre Kinder nur dann lebend wiedersehen würden, wenn das Geld beschafft werden könne.

Unter diesem psychischen Druck entschloss sich der Vater, seinen Prokuristen einzuweihen und ihn zu beauftragen, bei zwei verschiedenen Banken so schnell wie möglich das Geld zu besorgen. Bei der Volksbank Ehingen und der Landeszentralbank in Ulm.

Dass dies tatsächlich so reibungslos vonstattenging und bis 10 Uhr möglich war, würde ein Kriminalist später so kommentieren: »Das geht nur, wenn man Geld auf dem Konto hat.« Schleckers Geschäfte waren über Jahre hinweg bestens gelaufen, er war von den Banken bisher weitgehend unabhängig geblieben, Kredite spielten für ihn nur eine untergeordnete Rolle, würden Journalisten recherchieren.

Der Prokurist jedenfalls kam mit Taschen voller Geld in die Wohnung: insgesamt 9.000 Tausendmarkscheine, der Rest in Fünfhundertern und Hundertern. Obwohl er die strikte Anweisung seines Chefs hatte, nichts zu unternehmen, was die gekidnappten Kinder gefährden könnte, hatte sich der Prokurist während der Rückfahrt in aller Eile die Nummern weniger obenauf in den Taschen liegender Geldscheine notiert. Damit gäbe es immerhin die Möglichkeit, die Scheine, sofern sie mal irgendwo auftauchten, als Teil des Lösegeldes zu identifizieren.

Als das Geld übergeben war, fesselten die Gangster nicht nur das Ehepaar, sondern auch den Prokuristen, mit dessen Mercedes sie flüchteten. Unterwegs holten sie bei der Fischerhütte den Bewacher der beiden gefangen gehaltenen Kinder ab, die sich wenig später selbst befreien konnten.

Das Fluchtauto der Gangster fand sich später im Parkhaus *Deutschhaus* am Bahnhof des rund 25 Kilometer entfernten Ulm.

59

Für mehr als drei Dutzend Polizisten war das Weihnachtsfest gelaufen, noch bevor es begonnen hatte. Von weitem Umkreis hatte man sie nach Ehingen beordert, wo eine Sonderkommission eingerichtet wurde. Es galt, so schnell wie möglich zu rekonstruieren, was in den vergangenen zwölf Stunden in der Schlecker-Villa und in der hölzernen Fischerhütte abgelaufen war. Über die Art und Weise des Vorgehens und die Höhe der geforderten Lösegeldsumme äußerte sich ein Kriminalist so: »Damit haben Verbrechen mit Geiselnahme in Deutschland eine neue, bisher nicht vorstellbare Dimension erreicht.« Respekt wurde dem Verhalten des Vaters gezollt, der unter dem psychischen Druck alles unternommen habe, um das Leben seiner Kinder zu retten: »Da standen sich knallharte Verhandler gegenüber – auf der einen Seite Schlecker, auf der anderen die Kidnapper.«

Bevor die Ermittler in den ersten Stunden ins Detail gehen konnten, beschäftigte sie eine brennende Frage: Weshalb kam kein Bankangestellter, der mit der Bargeldauszahlung befasst war, auf die Idee, die Polizei zu rufen? Ein Beamter meinte im Kreise der Sonderkommission: »Da muss doch jedem klar gewesen sein, dass hier das dickste Ding seiner Art in der deutschen Kriminalgeschichte ablief.«

60

Als Georg Sander in den Rundfunknachrichten von dem Ehinger Verbrechen erfuhr, wurde er sofort hellhörig. Geiselnahme, Kinder, gefesselte Opfer? Hohes Lösegeld. Sofort erinnerte es ihn an Seifritz. Fünfeinhalb Jahre war dies inzwischen her, und kaum noch jemand in Göppingen wollte ernsthaft an eine Aufklärung des damaligen Überfalls glauben. Aber konnten die Täter so dreist und unverfroren sein, nun schon wieder zuzuschlagen? Vor allem, falls es tatsächlich auch Verbindungen zu dem Fall in Winterbach vom Mai gab?

Sander versuchte an diesem Spätnachmittag, die Landespolizeidirektion in Stuttgart zu erreichen. Doch jetzt, nach 17 Uhr, war es ziemlich hoffnungslos, jemanden an die Strippe zu bekommen, der über mögliche Zusammenhänge hätte Auskunft geben können. Außerdem, so musste sich der Göppinger Journalist eingestehen, lag der Tatort Ehingen in einem anderen Regierungsbezirk, und zuständig war somit die Landespolizeidirektion Tübingen. Möglich also, dass ohnehin hinter den Kulissen ein bürokratisches Gerangel über die Kompetenzaufteilung im Gange war.

Außerdem stand das lange Weihnachtswochenende bevor. Morgen, am Donnerstag, war Heiliger Abend, und danach würden zwei Feiertage und der Sonntag folgen. Vor Montag war wohl kaum mit einer fundierten Information zu rechnen.

Und im Übrigen ging auch ihn, Sander, der Fall in Ehingen nichts an. Für ihn würde es erst interessant, wenn sich tatsächlich eine Spur nach Göppingen ergäbe.

61

Die Weihnachtsruhe war gründlich gestört. Die Familien vieler Polizisten mussten sich darauf einstellen, dass sie nicht vollzählig unterm Christbaum feiern konnten. Doch trotz des massiven Einsatzes von Ermittlern gab es nichts, woran sie sich hätten klammern können. Ehingen schien inzwischen richtiggehend belagert zu sein – von Kriminalisten und Journalisten gleichermaßen. Medien aus der ganzen Republik hatten Reporter entsandt, schließlich hatte sich hier nicht nur einer der bisher größten Kidnappingfälle Deutschlands abgespielt, sondern auch das Opfer war schlagzeilenträchtig, handelte es sich doch um eine prominente, weithin bekannte Unternehmerfamilie.

Die Reporter rätselten, wie es sein konnte, dass sich die Gangster offenbar so leicht Zugang zur Schlecker-Villa hatten verschaffen können. Ein Polizeisprecher klärte auf: Es sei nicht ganz unüblich gewesen, dass die Familie die installierte Alarmanlage bisweilen abgeschaltet habe. Außerdem sei ohnehin gerade der Umzug in ein neues, wie eine Burg gesichertes Haus angestanden, ergänzte ein leitender Kriminaldirektor, der auch zu bedenken gab, dass die Familie ansonsten ziemlich bescheiden lebte. Abgesehen von zwei Fahrzeugen der Marke Jaguar und einer privaten Tennisanlage habe man sich kaum etwas gegönnt, was nach außen hin hätte prunkvoll erscheinen können.

Etwas Merkwürdiges förderten die Kriminalisten jedoch zutage: Offenbar hatten die Gangster vor einem halben Jahr schon einmal den Versuch unternommen, die Familie Schlecker zu überfallen. Damals jedoch hätten sie sich in der

Adresse geirrt und versehentlich bei den Eltern des Unternehmers geklingelt – offenbar getarnt als Polizisten. Als sie den Irrtum bemerkt hätten, seien sie rasch verschwunden.

Kurz unterbrochen wurde die Ermittlungsarbeit der Kriminalisten, als am zweiten Weihnachtsfeiertag der baden-württembergische Innenminister Dietmar Schlee auftauchte, um sich vor Ort ein Bild der Lage zu verschaffen. Doch die gute Laune, die er zu verbreiten versuchte, bekam einen Dämpfer. Die übernächtigten und gestressten Beamten nahmen die Gelegenheit wahr, unverblümt ihren Frust über die Unzulänglichkeit des Behördenapparats abzulassen. »Die Täter hätten sich keinen besseren Zeitpunkt als den Tag vor dem Heiligen Abend aussuchen können«, erklärte ein hoher Beamter. Weil während des langen Weihnachtswochenendes keine Behörde erreichbar sei, sei die Sonderkommission weitgehend handlungsunfähig, ergänzte ein anderer verärgert. Die Einwohnerdateien seien ebenso wenig erreichbar wie die Kfz-Zulassungsstelle, ja selbst beim Kraftfahrtbundesamt in Flensburg melde sich nur ein automatischer Anrufbeantworter. Wie solle man unter solchen Bedingungen die Halter von Autos ermitteln oder Personendaten abrufen können? Ebenso erschwerend komme hinzu, dass während der Feiertage viele Zeugen nicht erreichbar seien, weil sie entweder verreist oder auf Verwandtenbesuch seien.

Einziger Lichtblick war eine eigens eingerichtete Datenstation, mit der Kontakt zum Rechner des Landeskriminalamts in Stuttgart aufrechterhalten wurde.

Der Frust der Kriminalisten, die mittlerweile aus Tübingen, Stuttgart, Göppingen Reutlingen und Balingen herbeordert worden waren, schmälerte ihre Freude an dem Christbaum in einer Ecke des Raumes. Es hagelte geradezu Kritik über die mangelnde Amtshilfe. Auch was die Telekommunikation anbelangte, fühlte man sich verlassen. Viel zu wenige Telefonleitungen stünden zur Verfügung. Da wurde es als angenehm empfunden, dass es wenigstens das Fernmeldeamt geschafft hatte, drei zusätzliche Leitungen freizuschalten.

Der Innenminister, der ganz nach Art eines Politikers Besserung versprach, dürfte ziemlich zerknirscht wieder von dannen gezogen sein.

Es dauerte noch bis Montag, bis die Soko zu erkennen glaubte: Es gibt Parallelen zum Göppinger Fall. Die Handschellen, mit denen die Schlecker-Familie gefesselt wurde, waren vom gleichen Fabrikat wie jene, die in Göppingen benutzt und zurückgelassen worden waren. Weitere Parallele: Das Schlecker-Ehepaar war genauso auf dem Bett liegend aneinandergefesselt worden wie Seifritz und seine Tochter.

Höchste Zeit also, Beamte der Landespolizeidirektion Stuttgart hinzuzuziehen, die als profunde Kenner des Göppinger Überfalls galten. Unter ihnen Hauptkommissar August Häberle.

Doch es ergab sich noch mehr: eine heiße Spur zur nordfriesischen Insel Föhr.

62

Der Wirt einer Kneipe auf der nordfriesischen Insel Föhr war misstrauisch geworden. In den Nachrichten hatte er von dem Verbrechen in Ehingen erfahren, und nun feierten in seinem

Lokal drei Männer aus dem süddeutschen Raum Weihnachten und den nahen Jahreswechsel. Sie gaben eine Lokalrunde nach der anderen aus, bezahlten großzügig mit Hundert- und Fünfhundertmarkscheinen und ließen »die Sau raus«, wie er sich gegenüber Polizisten ausdrückte, denen er einen Tipp gab.

Als die Meldung darüber in Ehingen eintraf, war die Euphorie groß. Wie den Kriminalisten mitgeteilt wurde, waren die besagten Männer mitten im Winter mit einem Wohnwagen oder Wohnmobil auf die Insel gekommen, wo sie sich auf einem Campingplatz niedergelassen hatten. Völlig atypisch um diese Jahreszeit.

Einige Kriminalisten machten sich auf den beschwerlichen Weg in den Norden, wobei sie sich auch dabei vom Amtsschimmel ausgebremst fühlten: Anstatt per Flugzeug oder Auto mussten sie mit der zeitraubenden Bahn fahren, was ab Ulm mehrere Umstiege (in Stuttgart, Hamburg und Husum) erforderlich machte. Nach über 13 Stunden dort angekommen, ergaben sich sogleich äußerst mysteriöse Zusammenhänge: Einer der Männer, die angeblich mit Geld geradezu um sich geworfen hatten, war der Bruder von Schleckers Gärtner. Also doch eine heiße Spur?, wurde bei der Soko in den Tagen vor Silvester bereits gejubelt.

Und es kam sogar noch dicker: Seifritz besaß seit Kurzem ein Ferienhaus auf Föhr, eine Tatsache, die kein Geheimnis war, weil dies das *Göppinger Wochenblatt* erst vor zwei Monaten in einem Bericht über eine Malerin erwähnt hatte, die sogar schon mal in der ARD-Spielshow *Die Montagsmaler* aufgetreten war. Mit ihr zusammen hatte der lange Zeit verwitwet gewesene Seifritz die Immobilie auf Föhr gekauft, wo sich die dortige Landschaft gewiss in den Bildern der Künstlerin niederschlagen werde, hieß es in dem Artikel.

In Göppingen hatte Sander nun auch wieder zu recherchieren begonnen und gerüchteweise erfahren, was ihn noch stutziger machte: Angeblich verbrachte Seifritz-Tochter Marion gerade den Weihnachtsurlaub auf Föhr …

63

Hans Siebeneicher hatte sich in jüngster Zeit immer häufiger von Fahrschule und Reisebüro ausgeklinkt und den Betrieb seinen Angestellten überlassen. Denn sein Herzblut hing inzwischen an seinem *Stüble*, das er in einem kleinen Altstadthaus von Göppingen einrichtete. Ein Weinlokal sollte es werden, aber auch ein Treffpunkt von gut situierten Bürgern, die sich gerne in gemütlich-schwäbischer Atmosphäre austauschen wollten. Siebeneicher hatte genaue Vorstellungen, wie es aussehen musste. Hier konnte er endlich mal wieder sein handwerkliches Geschick anbringen, obwohl er sich natürlich der Hilfe einiger Profis bedienen musste. Deshalb hatte er den Installateur Helmut Reinicke und den Bauunternehmer Ernst Blank für die meist arbeitsfreien Tage zwischen den Jahren hergebeten. Er freute sich, dass die beiden der Bitte nachgekommen waren: Der Installateur sollte einige Leitungsrohre in der Küche verlegen, und von dem Bauunternehmer versprach er sich Tipps für das Einziehen einer Trennwand.

Er bat die beiden Besucher in der Kühle des noch ungeheizten Raumes an einen mit Werkzeugen und Sägespänen übersäten Tisch und stellte Bierflaschen bereit. »Bedient euch«, forderte er die beiden Männer auf und entfernte die Kronenkorken.

»Jetzt kommt endlich Bewegung in die Sache mit Seifritz«, meinte Blank, nachdem sie alle einen Schluck aus den Flaschen genommen hatten.

»Da wird nichts mehr dabei rauskommen«, meinte Reinicke desinteressiert.

Siebeneicher runzelte die Stirn. »Natürlich waren das in Ehingen dieselben Täter wie bei uns«, konstatierte er. »Wahrscheinds« – so pflegte er das Wort »wahrscheinlich« üblicherweise abzukürzen – »steckt doch eine ganze Bande dahinter. Amateure können so ein Ding nicht drehen.«

»Wenn *du* das sagst«, erwiderte Blank. »Du hast das doch auch mal gelernt.«

»Gelernt?«, echote Siebeneicher unsicher, weil er für einen Moment nicht wusste, worauf Blank anspielte.

»Na, du warst doch mal bei der Polizei, oder lieg ich da falsch?«

»Ach so, ja, Fahrlehrer war ich dort, bei der Polizei. Das ist schon eine Weile her. Mit Kriminalisten hab ich nichts zu tun gehabt.«

»Auch nicht mit der uniformierten Polizei?«, warf Reinicke interessiert ein.

Siebeneicher grinste. »Falls du meinst, ich hätt' noch eine Uniform irgendwo rumliegen, die ich gelegentlich ausleihe oder gar selbst noch benutze, dann muss ich dich enttäuschen.«

Blank hatte bemerkt, worauf Reinicke süffisant anspielte. »Der Hans hat's nicht nötig, eine Bank zu überfallen.«

Reinicke erkannte, dass seine Frage unpassend gewesen war. »So hab ich das ja auch nicht gemeint.«

»Vielleicht kommt endlich Ruhe in die Sache, wenn sie die Burschen jetzt kriegen«, meinte Blank, nahm einen kräftigen

Schluck Bier und wischte sich mit dem Handrücken den Mund ab: »Bin mal gespannt, ob das welche aus der Gegend sind.«

»Möglich ist alles«, sagte Siebeneicher. »Wem kann man heute denn noch trauen? Vielleicht sind's welche, denen wir jeden Tag begegnen. Vielleicht ganz angesehene Leute.«

Blank lehnte sich auf dem knarrenden Holzstuhl zurück. »Wie man so hört, soll es eine Spur zur Insel Föhr geben. Habt ihr nicht davon gehört?«

Reinicke zuckte mit den Schultern. »Ne, keine Ahnung. Was soll da denn sein?«

»Na ja«, erklärte Blank, »man hat wohl drei Personen festgenommen. Wird sicher morgen in der Zeitung stehen.« Er ließ ein paar Sekunden verstreichen, um dann etwas leiser, aber umso bedeutungsvoller anzufangen: »Und der Seifritz soll auf Föhr sogar eine Ferienwohnung haben.«

»Ach«, entfuhr es Siebeneicher. »Dann der also doch …?«

Blank runzelte die Stirn. »Das wird die Gerüchteküche jedenfalls gewaltig am Brodeln halten.«

Siebeneicher warf ihm einen ernsten Blick zu, erhob sich, um nun den eigentlichen Grund ihres Zusammentreffens anzusprechen. Mit weiten Handbewegungen deutete er in den halbfertigen Gastraum: »Also, meine lieben Freunde, hier bräuchte ich eure Hilfe.« Er zeigte, wo eine Trennwand gezogen werden müsste und wo ein Abflussrohr möglichst unsichtbar verlaufen sollte. Als er auch noch davon zu schwärmen begann, wie aufwendig er das Haus bereits saniert hatte, vom Keller bis zum Dachgeschoss, zeigte sich Reinicke überrascht: »Das hat doch eine Wahnsinnssumme gekostet, oder?«

Siebeneicher nickte zaghaft. »Hat es. Aber als Unternehmer muss man auch bereit sein, ein Risiko einzugehen. Das müsstet ihr beide doch am besten wissen. Man muss die Nerven behalten, wenn am Monatsende das Konto gegen null geht.«

64

Sander hatte die Schlagzeile mit Redaktionsleiter Grüninger abgesprochen: *Haben die Geiselgangster erneut zugeschlagen?*, lautete sie in der Ausgabe vom 28. Dezember 1987, einem Montag. Im Laufe des Tages versuchte Sander, den aus Göppingen stammenden Ermittler August Häberle anzurufen, an den ihn ein Journalistenkollege aus Ehingen verwiesen hatte. Sander nahm's zufrieden zur Kenntnis, denn ihm war das letzte Telefonat mit diesem Kriminalisten noch in guter Erinnerung. Tatsächlich gelang es ihm, Häberle an die Strippe zu bekommen. Dass sie sich flüchtig kannten, erleichterte den Kontakt. Immerhin hatten sie wohl beide gespürt, dass sie auf der gleichen Wellenlinie waren.

Häberle hatte jedenfalls einen bodenständigen Eindruck hinterlassen und war alles andere als abgehoben oder gar hochnäsig, wie es häufig bei Personen in wichtigen Positionen vorkam, wenn diese glaubten, etwas Besseres zu sein, nur weil sie in der Landeshauptstadt etwas zu sagen hatten. Sander hasste derlei Typen, die meist ältere Semester waren und die Menschen draußen auf dem Lande spüren ließen, was sie von ihnen hielten – nämlich nichts. Da war es erfrischend, auf jüngere zu stoßen, die ein anderes Denken verkörperten, eben wie dieser Häberle, der nahezu so alt war wie Sander.

»Für mich besteht kein Zweifel mehr, dass wir's sowohl in Göppingen als auch in Ehingen mit ein und denselben Tätern zu tun haben. Vielleicht sogar noch bei anderen Überfällen«, erklärte Häberle mit sonorer Stimme.

»Winterbach auch?«, knüpfte Sander gleich an und notierte jedes Wort des Kriminalisten.

»Auch das, ja. Aber schreiben Sie das noch nicht so deutlich.«

Sander strich das Wort *Winterbach* wieder durch, obwohl Häberle dies natürlich nicht sehen konnte. »Und was ist nun mit Föhr?«, fragte er direkt, worauf sich Häberle räusperte und nach kurzem Überlegen antwortete: »Nichts ist damit. Aktion Wasserschlag.«

Sander wurde hellhörig. »Was heißt das?«

»Die drei Burschen, die verdächtigt wurden, hat man vorhin wieder auf freien Fuß gesetzt. Haben ein hieb- und stichfestes Alibi.«

»Wie?«, staunte Sander. »Die haben nichts damit zu tun? Aber Seifritz hat doch ein Ferienhaus auf Föhr.«

»Zufall«, kam es aus dem Hörer zurück. »Reiner Zufall. So komisch das auch klingen mag. Zufall auch, dass sich unter den dreien der Bruder von Schleckers Gärtner befindet. Die Männer haben wirklich nur über die Feiertage auf Föhr feiern wollen.«

»Und die Alibis?«

»Ich sag's Ihnen im Vertrauen, Herr Sander. Das dürfen Sie aber nicht schreiben, sonst komm ich in Teufels Küche, okay?«

»Versprochen.«

»Einer aus dem Trio war bei der Fahrt nach Föhr, wo sich zu diesem Zeitpunkt die anderen beiden schon befanden, auf der Autobahn in einen Unfall verwickelt. Dazu gibt es ein polizeiliches Protokoll mit Datum und Uhrzeit. Weder er noch die anderen konnten also zum Tatzeitraum in Ehingen gewesen sein.«

»Ach«, entfuhr es Sander, »dann war also wirklich alles nur ein Zufall?«, wiederholte er, was Häberle ihm bereits eröffnet hatte.

»Leider ja. Damit bestätigt sich, was wir schon immer gesagt haben: Der Seifritz hat mit der Sache nichts zu tun. Möge es noch so viele Gerüchte geben, die etwas anderes besagen. Im Übrigen, das sag ich Ihnen auch ganz unter uns: Ähnliche Gerüchte gibt es in Ehingen mit Schlecker. Weil er die Lösegeldsumme auf neun Millionen Mark heruntergehandelt hat, also auf den Betrag, mit dem er seine Familie gegen solche Fälle versichert hat, gibt's Spekulationen, er habe einen Versicherungsbetrug inszeniert. Um sich sozusagen das gar nicht erpresste Geld von der Versicherung zu holen.«

»Klingt verrückt.«

»Ist es auch, Herr Sander. Sie dürfen mir glauben, dass wir alles Mögliche gecheckt haben. Aber der Schlecker ist genauso wenig in das Verbrechen involviert wie der Seifritz in Göppingen.«

»Und irgendwelche Mitarbeiter?«

»Das können wir noch nicht ausschließen. Vielleicht steckt der Rädelsführer unter jetzigen oder früher Beschäftigten von Schlecker oder Sparkasse. Oder auch nur ein Informant, ein Tippgeber.«

Sander schrieb eifrig mit. »Und jetzt?«

»Abwarten. Aber ich bin davon überzeugt: Wir schnappen uns die Gangster.«

65

Konnten die Kriminalisten schon das Weihnachtsfest nicht ruhig und besinnlich im Kreise der Familie feiern, so waren sie zum Jahreswechsel beruflich genauso gefordert. Und erneut, so beklagten die leitenden Beamten, werde bei diversen Behörden dreieinhalb Tage Dienstruhe herrschen – mit Silvester am Donnerstag und dem Neujahrstag am Freitag. Die Kommunikationsprobleme von Weihnachten würden sich vermutlich wiederholen. Lediglich das Kraftfahrtbundesamt in Flensburg hatte einen Bereitschaftsdienst versprochen.

Häberle hoffte auf die zugesagte Unterstützung durch den Innenminister, obwohl die gestressten Beamten nicht daran glauben wollten. Doch Häberle munterte sie am Silvestermorgen auf: »In drei Monaten sind in Baden-Württemberg Landtagswahlen. Die Aufklärung wird auch zur Prestigesache der Politik.« Aus seiner Erfahrung, die er in Stuttgart gesammelt hatte, wusste er, dass besonders aufsehenerregende Verbrechen bisweilen auch politisch ausgeschlachtet wurden.

Umso schlimmer, dass es nun zwar viele 100 Hinweise aus der Bevölkerung gab, aber keine heiße Spur. Einige Taucher, die den Weiher bei der Fischerhütte durchsucht hatten, fanden ebenfalls nichts Verwertbares: Sie förderten nur einen Gürtel und ein Stück Wäscheleine zutage.

66

Es war einer dieser eiskalten Januartage, an denen es nicht so richtig hell werden wollte. Die Dämmerung setzte bei leichtem Schneetreiben bereits kurz nach 15 Uhr ein, vereinzelt brannten schon die Straßenlampen. Wolfang Nolte hatte den ganzen Tag über im Büro der Detektei in Esslingen verbracht, um Akten zu studieren und sich mit einem neuen Auftrag vertraut zu machen: In Göppingen schien es einen dubiosen Autoschieber zu geben, dem der Inhaber eines amerikanischen Autohauses auf die Spur kommen wollte, ohne gleich die Polizei einschalten zu wollen. Dazu fehlten noch die Beweise. Ein typischer Fall für die Detektei, die sich von den üblichen Aufträgen, bei denen es um die Beschattung untreuer Ehepartner ging, zu distanzieren versuchte. »Der Kerl heißt Blaubart«, erklärte der Chef der Detektei, Harry Feldkirch, ein gut situierter Herr um die 50, der einen hervorragenden Ruf genoss und auch Inhaber eines Security-Services war. Personenschutz und Objektbewachung zählten dazu. Das Geschäft auf diesem Sektor nahm seit einiger Zeit deutlich zu.

»Blaubart«, wiederholte Nolte und überlegte, ob er den Namen schon einmal gehört hatte. Ihm fiel aber nichts dazu ein.

»Ja«, nickte Feldkirch. »Angeblich verschiebt der Kerl Autos in den Osten. Wie gesagt: angeblich. Zusammen mit einem Angehörigen der US-Armee. Ziemlich undurchsichtige Sache.«

»Womöglich auch Spionage?«, wurde Nolte hellhörig.

»Sieht so aus. Aber unser Auftraggeber vermutet, dass die Autos entweder geklaut sind oder dass aus verschiedenen Schrottautos gleichen Typs ein funktionstüchtiges zusammengeschustert und mit gefälschten Papieren Richtung Osten verschoben wird.«

»Wenn ich Sie richtig verstehe, soll ich mich mal in der Szene umhören.«

»Sie kennen sich doch in Göppingen aus«, meinte der Chef. »Dieser Blaubart hat seinen Betrieb dort. Aber seien Sie vorsichtig. Der Kerl scheint seine Fühler auch ins Rotlichtmilieu auszustrecken.«

Nolte schossen die Namen einiger Lokalitäten durch den Kopf, die er während seiner Tätigkeit im Raum Göppingen in einem solchen Zusammenhang gehört hatte.

»Außerdem«, fügte Feldkirch ruhig und sachlich an, »hat der Kerl wohl viel Geld. Sehr viel sogar, wie behauptet wird.« Er lächelte charmant. »Vielleicht passt das ja zu Ihrem ganz privaten Anliegen.«

Nolte wusste, worauf der Chef anspielte, zumal sie schon viele Male über den großen Bankraub diskutiert hatten.

67

»Sag mal, verstehst du, warum die weder den Schleckerfall noch den Göppinger Bankraub ansprechen?«, staunte Heidi, als sie mit ihrem Ehemann Wolfgang Nolte gemeinsam vor dem Fernseher saß und die Januarsendung von *Aktenzeichen*

XY ... ungelöst verfolgten. Moderator Eduard Zimmermann hatte soeben die filmische Rekonstruktion des Winterbacher Überfalls vom Mai vergangenen Jahres gezeigt und den im Studio anwesenden Hauptkommissar August Häberle gebeten, weitere Details zu nennen. Häberle, im dunkel gestreiften Anzug und mit Krawatte, schilderte anschließend, dass die Bankfiliale damals gerade umgebaut und die Geschäftsstelle vorübergehend ins Obergeschoss verlegt worden sei, während man den fest verankerten Tresor im Erdgeschoss belassen habe. Diesen habe die spätabends in ihrer eigenen Wohnung gekidnappte Kassiererin öffnen müssen, während ihr Ehemann daheim als Geisel festgehalten worden sei.

»Sogar ein falscher Polizist war dabei«, staunte Heidi und lauschte gebannt der Personenbeschreibung. »Das sind doch die Gleichen wie in Göppingen und in Ehingen. Warum sagen die das nicht?«

Wolfgang Nolte bat seine Frau mit einer Handbewegung, still zu sein, denn er wollte genau hören, was im Fernsehen gesprochen wurde. Doch es wurden tatsächlich keine Zusammenhänge genannt.

»Das versteh ich nun aber wirklich auch nicht«, meinte Nolte, als sich Zimmermann dem nächsten Fall zuwandte. »Vermutlich steckt da irgendeine Taktik dahinter.«

»Taktik?«, wunderte sich Heidi. »Du meinst, die wissen mehr, als sie nach außen hin zugeben wollen?«

»Garantiert«, gab Nolte schmallippig zurück. »Warum sollten die sonst diesen Aufwand mit dem Fernsehen machen – wegen 250.000 Mark, die in Winterbach erpresst wurden? In Göppingen und Ehingen ging's doch um ganz andere Beträge.«

»Was mir im Film gerade eben aufgefallen ist, Wolfgang«, überlegte Heidi ernst, »da waren in dieser Bankfiliale doch tagsüber einige Handwerker drin, die den Tresor auf der Baustelle gesehen haben. Die könnten doch auch ...«

Heidi wurde abrupt unterbrochen, weil an der Wohnzimmertür weinend und im Schlafanzug der vierjährige Boris auftauchte. »Ich hab Angst«, brachte er unter Tränen hervor.

Vermutlich hatte er wieder mal schlecht geträumt. Heidi sprang auf, tröstete ihn und brachte ihn ins Bett zurück, während Nolte nachdenklich vor dem Bildschirm sitzen blieb und der Schilderung des nächsten Falles lauschte.

68

»Es ist mir eine große Ehre, euch alle in meiner guten Stube willkommen zu heißen, oder um es auf Schwäbisch zu sagen in meinem *Stüble*«, zeigte sich Hans Siebeneicher in bester Laune. Sein braun gebranntes Gesicht strahlte, das dünne schneeweiße Haar hob sich besonders adrett hervor. In der gemütlich eingerichteten Weinstube hatte sich viel Stadtprominenz versammelt. Sogar Oberbürgermeister Hans Haller war gekommen, um dem Fahrlehrer, Reisebüro-Inhaber und Kommunalpolitiker zur eigenen Gaststätte zu gratulieren. Und selbst Baubürgermeister Reinhard Schuckenböhmer, der keine Gelegenheit ausließ, seine Visionen von einer modernen Stadt wortreich darzulegen, lobte das Engagement Siebeneichers, das kleine sanierungsbedürftige Gebäude mit viel Hingabe und Liebe zum Detail in ein kleines Stadthäuschen umgestaltet zu haben.

Weil alle geladenen Gäste gekommen waren, herrschte drangvolle Enge, sodass sämtliche Plätze belegt waren und die jungen, kurz berockten Bedienungen Mühe hatten, sich einen Weg zu bahnen. Siebeneicher hatte sich hinter die rustikal aus Holz gezimmerte Theke gestellt, von wo aus er die behaglichen Nischen überblicken und vor allem aber Analena Heuberg sehen konnte. Die Juwelierin hatte sich jedoch zu Niels Adamus, dem Vertreter der Handwerkskammer, und dessen Frau an den Tisch gesetzt. Offenbar wollte Analena weder dem Autohändler Dieter Blaubart nahe sein noch dem Gastgeber, der sich seit Jahren schon viel zu aufdringlich um sie bemühte. Ohnehin hatte Analena mit dem Gedanken gespielt, ihre Freundin Angelika aus Ulm mitzubringen, doch die war heute Abend viel lieber in ein Konzert gegangen. Angelika kannte in Göppingen so gut wie niemanden, und die Einweihung einer Gaststätte lag ihr sowieso nicht.

»Unser Freund Hans Siebeneicher«, so sah sich der Vertreter der Industrie- und Handelskammer Heiko Emmerich zu einer Rede bemüßigt, »ist ein umtriebiger Mensch, auch wenn er aus dem Badischen stammt und nicht im Ländle der Tüftler und Denker geboren wurde.« Schmunzelnd nahmen die Gäste diese Bemerkung auf. »Fahrlehrer, Kommunalpolitiker und jetzt noch Kneipier – ein wahrer Tausendsassa. Wir wünschen ihm alles Gute.« Emmerich, wie immer weitaus legerer gekleidet als die anderen, hob sein Rotweinglas und forderte zum symbolischen Anstoßen auf.

Der Banker Arno Zumwinkel konnte sich eine Bemerkung nicht verkneifen, weshalb er sich kurz über den Tisch zu Dieter Blaubart beugte und brummte: »Na ja, unser Hans hat auch ordentlich investiert.« Blaubart nickte zustimmend.

Nach einigen weiteren Reden und ironisch-humorvollen Anspielungen ergriff Siebeneicher selbst das Wort: »Liebe Freunde, zwei Personen möchte ich heute Abend ganz besonders danken. Denn ohne deren tatkräftige Unterstützung wäre es hier nicht so ansehnlich geworden.« Er deutete zu einem Tisch, an dem zwei Männer mit ihren Begleiterinnen saßen. »Es sind Ernst Blank und Helmut Reinicke. Der Ernst hat dafür gesorgt, dass mit Trennwänden einige schnuckelige Nischen entstanden sind. Ursprünglich wollte ich den Raum ganz anders aufteilen, aber dank seiner Idee ist es nun viel schöner geworden.« Kurzer Beifall. Siebeneicher lächelte und fuhr fort: »Helmut ist ein wahres Genie, was die Haustechnik anbelangt. Es war nicht einfach, die alten Wasserleitungen und Abflussrohre in dem historischen Gemäuer auseinanderzudividieren und auf den neuesten Stand zu bringen. Aber er hat viel Geduld bewiesen und es hingekriegt.« Auch für ihn gab's einen kurzen Beifall.

»Und bevor wir nun zum gemütlichen Teil übergehen«, sagte Siebeneicher und stützte sich auf seiner Theke ab, »möchte ich mich bei den hübschen Bedienungen bedanken, die uns heute Abend bewirten werden.« Während noch mal geklatscht wurde, hob Blaubart auffallend den Kopf, um die beiden Mädchen, die er auf 19 oder 20 Jahre schätzte, besser sehen zu können. Für einen Moment schoss ihm ein Vergleich zu Kirstin durch den Kopf, die er schon lange nicht mehr gesehen hatte. Die beiden Mädchen, die sich in engen, tief ausgeschnittenen Kleidchen geradezu aufregend vor der Theke postiert hatten, konnten es rein äußerlich allemal mit Kirstin aufnehmen.

Während sie sich wieder ihrer Arbeit zuwandten und Siebeneicher im Begriff war, den offiziellen Teil abzuschließen, meldete sich eine Männerstimme: »Du wolltest uns doch schon seit Langem sagen, was du noch vorhast, Hans.« Es war der Bauunternehmer Ernst Blank, der seinem Freund Siebeneicher auffällig zublinzelte und sofort die Aufmerksamkeit aller auf sich zog. Die meisten waren gespannt, was Siebeneicher bereits vor drei Jahren vollmundig angekündigt hatte.

Der lächelte in die Runde, die aus annähernd 40 Personen bestand, und war überrascht, wie still es plötzlich geworden war. Auch die beiden Bedienungen hatten innegehalten. »Also gut«, entschied sich Siebeneicher zu einer Erklärung. »Ernst hat recht. Ich hab's euch heute sowieso sagen wollen. Ich werde etwas ganz Verrücktes machen, aber vermutlich erst im nächsten Jahr: Ich plane ein schwäbisches Lokal in Leningrad.«

Sofort erfüllte erstauntes Raunen den Gastraum. Siebeneicher genoss es sichtlich, eine gewisse Verwunderung ausgelöst zu haben, die er eher als Bewunderung deuten wollte, in der er sich sonnte. Viele Fragen schwirrten durch den Raum, ein Stimmengewirr erhob sich, das er für einige Augenblicke gewähren ließ, bis Niels Adamus alle übertönte: »Du weißt aber schon, wo Leningrad liegt? Oder sprechen wir von einem anderen Ort?«

»Wir sprechen von Leningrad in Russland«, bekräftige Siebeneicher stolz und fügte an: »Auch als kleiner Mittelständler muss man wirtschaftliche Kontakte knüpfen, über den Eisernen Vorhang hinweg.«

Bei diesem Stichwort zuckte Blaubart innerlich zusammen. Kontakte über den Eisernen Vorhang hinaus, klang es in seinem Kopf nach. Was, zum Teufel, hatte Hans Siebeneicher vor? Blaubart fühlte sich plötzlich von allen Seiten beobachtet, weshalb er sich auch nicht von dem allgemeinen Erstaunen erfassen ließ.

Heiko Emmerich, der Mann von der Industrie- und Handelskammer, ergriff lautstark das Wort, um sachlich festzustellen: »Die Handelsbeziehungen mit der Sowjetunion gestalten sich als schwierig.«

»Das ist mir sehr wohl bekannt, mein lieber Heiko«, erwiderte Siebeneicher triumphierend.

»Aber mein Konzept steht: Es wird eine schwäbische Weinstube. *Swabski Domik*, wird es heißen. Und ihr seid schon jetzt ganz herzlich zur Einweihung eingeladen.«

Helmut Reinicke flüsterte seinem Nachbarn Blank ins Ohr: »Da können wir echt gespannt sein, was da abgeht.« Blank sagte nichts.

69

Heidi fühlte sich in diesem Sommer 1988 in dem abgelegenen kleinen Wohnort Rattenharz zunehmend einsam. Dass sich Wolfgang so sehr in seinen Job in der Detektei hineinkniete, sorgte zwar für ein finanzielles Polster. Auch konnten auf diese Weise die Schulden für das neue Haus pünktlich und problemlos abbezahlt werden, aber das Familienleben blieb auf der Strecke. Oft war Wolfgang nächtelang unterwegs, um irgendwelche Personen zu observieren. Dann stand sie 1000 Ängste aus, weil man nie sicher sein konnte, dass es nicht doch einmal zu brenzligen Situationen kam.

Außerdem plagte sie beide noch immer die Sorge, weiterhin in die Ermittlungen der Kriminalpolizei einbezogen zu werden. Denn dass dieser Kommissar August Häberle bei *XY ... ungelöst* nur den Überfall auf die Kassiererin von Winterbach aufgedröselt hatte, war ihr und Wolfgang weiterhin ein Rätsel. Heidi befürchtete zudem, dass irgendwann ihr Goldkauf bekannt werden würde, den sie kurz nach dem Banküberfall getätigt hatte. Wäre es nicht doch besser, ihren Ex-Kollegen Pfitzold ins Vertrauen zu ziehen? Denn spätestens, wenn dieser Häberle durch einen dummen Zufall – oder ganz bewusst – von den 48.000 Mark erfuhr, die sie angelegt hatte, konnte es ziemlich unangenehm werden. Oder redete sie sich da nur etwas ein? Sie sah das Gold noch immer als letzte Rettung, falls mit der Hausfinanzierung etwas schiefging. Und wenn sie ehrlich war, musste sie sich eingestehen, dass sie es auch vor Wolfgang verheimlichte, um es nicht zu verlieren, falls ihre Ehe eines Tages in die Brüche gehen sollte.

Je mehr Zeit verstrich, umso schlechter fühlte sie sich bei dem Gedanken, das kleine Vermögen geheim gehalten zu haben. Die Goldbarren waren ziemlich klein und konnten in einem alten Karton im Keller zwischen allerlei Gerümpel sicher verwahrt werden. Nicht einmal ein Einbrecher würde sie dort finden. Zunehmend beschlich sie allerdings auch die bange Frage, was mit dem Gold geschähe, würde ihr etwas zustoßen. Sollte sie nicht in irgendeiner Weise Vorsorge treffen, dass es Boris zugutekäme, wenn er volljährig würde? Um dies sicherzustellen, müsste sie ein Testament verfassen und darin das Versteck verraten. Kürzlich hatte sie irgendwo gelesen, dass man diese Dokumente am besten beim Nachlassgericht deponierte, wo im Falle des Todes alles seinen geregelten Gang nähme.

Dann hasste sie sich aber wieder dafür, mit solchen Gedanken zu spielen. Wieso tauchten die regelmäßig auf? Natürlich – es lag daran, dass Wolfgang die Familie vernachlässigte und nur noch für seinen Job da zu sein schien. Aber war es deshalb nicht wahrscheinlicher, dass ihm eines Tages etwas zustieß? Dann würde sie nämlich allein dastehen und das Haus verkaufen müssen. Es sei denn, sie könnte mit ihrer Goldreserve die Bank befriedigen. Pfitzold würde ihr sicher hilfreich zur Seite stehen, beruhigte sie sich oftmals wieder. Aber was, wenn sie in einen üblen Schlamassel hineingezogen wurde? Wenn die Kriminalisten erst einmal zu bohren begannen und womöglich mehr ans Tageslicht beförderten, als der Banküberfall notwendig machte?

70

Wolfgang Nolte war in diesen Sommertagen 1988 viel unterwegs. Einmal hatte er einen Abend lang ein Liebespaar bei einem heimlichen Treffen beobachtet, um dem Mann einen Seitensprung nachweisen zu können. Aufträge dieser Art hasste er. Doch sein noch immer ungebrochenes Interesse an dem über sechs Jahre zurückliegenden Göppinger Bankraub stieß bei seinem Chef auf keine große Begeisterung: »Das ist für uns eine Nummer zu groß«, hatte der einmal gesagt. Viel wichtiger erschien ihm offenbar der Auftrag gegen den dubiosen Autohändler, der allerdings, wie Nolte inzwischen wusste, in Göppingen keinen schlechten Ruf genoss. Ganz im Gegenteil: Dieser Blaubart war angesehen, bewegte sich in seriösen Kreisen und schien ein tadelloses Leben zu führen. Zumindest, was das Geschäftliche anbelangte. Dass er ein Faible für attraktive Damen hatte, war weithin bekannt, aber schließlich kein negativer Charakterzug.

Nolte war bei Blaubart mit dem falschen Namen »Mohring« unter dem Vorwand vorstellig geworden, ein Bekannter habe ihm den Kontakt zu ihm empfohlen. »Sie sind meine letzte Hoffnung«, hatte Nolte am Telefon vorgegaukelt, »denn ein Freund in Ungarn ist an einem guten Gebrauchtwagen einer deutschen Nobelklasse interessiert. Mercedes oder BMW.«

Blaubart war am Telefon sehr zurückhaltend gewesen, machte nur einige Andeutungen, wonach er konkretere Angaben über Ausstattung und ungefähren Preisrahmen benötige, ließ sich dann aber zu einem persönlichen Gespräch überreden.

Nolte hatte sich, wie er dies immer zum jeweiligen Auftrag tat, das passende Outfit verpasst: in diesem Fall eine helle Freizeitjacke, offener Hemdkragen, Jeans. Aus dem Fuhrpark der Detektei hatte er einen schwarzen Golf genommen, der auf einen Verwandten des Chefs zugelassen war und deshalb ein Aalener Kennzeichen trug. Fahrzeuge unterschiedlicher Typen und mit verschiedenen Zulassungsorten gehörten zur Standardausrüstung einer jeden guten Detektei.

Weil Blaubart den Termin für das Treffen auf 21.30 Uhr gelegt hatte, dämmerte es bereits, als Nolte auf dem Betriebsgelände eintraf, wo mehrere abgemeldete Fahrzeuge parkten, darunter auch einige amerikanische Fabrikate. Nach einer knappen, leicht unterkühlten Begrüßung bot Blaubart seinem vermeintlichen Kunden einen Platz in einem kleinen Nebenraum seines Bürotraktes an. »Nach Ungarn also«, stellte Blaubart sachlich fest und lehnte sich in dem abgegriffenen Sessel zurück. »Sie haben Kontakte dahin?«

»Ja«, erwiderte Nolte mit fester Stimme. »Ein Bekannter von mir, eine Urlaubsbekanntschaft. Plattensee und so. Der gehört nicht zu den Ärmsten in seinem Land, und er interessiert sich für eine repräsentative Karosse. Mit modernster Technik, falls möglich.«

»Warum dann gebraucht? Kann er sich keinen neuen Wagen leisten?«

Nolte spürte, dass ihm Blaubart nicht traute, blieb aber gelassen: »Na ja«, gab er sich zurückhaltend, »um es genau zu sagen: Er will den Wagen nicht für sich selbst, sondern für einen Freund in der Ukraine. Mit Gebrauchten geht das wohl besser.«

»Er will ihn weiterverkaufen«, konstatierte Blaubart und verengte kritisch die Augenbrauen.

»So hat er es wohl geplant, ja.«

»Und die Bezahlung? Wie soll die erfolgen?«

»Über mich«, log Nolte. »Cash auf den Tisch. Aber Sie müssen dafür sorgen, dass der Wagen zu dem Käufer in Ungarn gelangt.«

Blaubart zögerte. »Ich? Ihnen ist aber schon geläufig, dass es da eine etwas komplizierte Grenze gibt und dass Österreich dazwischenliegt?«

»Deshalb komm ich zu Ihnen. Man hat mir gesagt, wenn das einer schafft, dann Sie.«

»Darf ich fragen, wer mich empfohlen hat?«

Nolte war auf diese Frage gefasst. »Jemand von der Kreissparkasse, dessen Namen ich nicht nennen darf.«

»Kreissparkasse?«, echote Blaubart und betonte schnell: »Ich hab mit denen nichts zu tun.«

»Mag sein. Aber die Herrschaften dort kennen sich in der Stadt aus, insbesondere, was die Betriebe anbelangt.«

Blaubart kniff für einen Moment nachdenklich die Lippen zusammen und meinte dann: »Okay. Ich werd mir die Sache durch den Kopf gehen lassen und mich mal umhören, ob ich etwas Passendes finde. Aber wenn's was Gescheites sein soll, sind so um die 80.000 fällig. Liegt das im Budget?«

»Kommt auf das Fahrzeug an. Bevorzugt wird BMW. Wie bleiben wir in Kontakt?«

»Geben Sie mir Ihre Visitenkarte, ich melde mich in den nächsten Tagen«, schlug Blaubart vor. Auch damit hatte Nolte gerechnet und fischte eine Visitenkarte aus der Innentasche seiner Jacke. Der Name, der draufstand, lautete »Sebastian Mohring« und trug den Zusatz »Reiseservice«. Sitz in Aalen. Es war die Adresse, auf die auch der Golf der Detektei zugelassen war. Die Telefonnummer samt Vorwahl gab es zwar, dazu auch den Eintrag ins Telefonbuch, doch wurden die Gespräche dank eines ausgeklügelten technischen Systems unauffällig auf einen separaten Apparat in der Esslinger Detektei umgeleitet. Sobald dieser klingelte, meldete sich eine Sekretärin mit »Reiseservice Mohring«. Ein Anrufer würde also nicht merken, dass er an der Nase herumgeführt wurde. Der Chef hatte mehrere solche Alias-Adressen und Telefonanschlüsse eingerichtet, um verdeckt ermitteln zu können.

»Sie haben ein Reisebüro?«, staunte Blaubart, nachdem er die Visitenkarte kurz überflogen hatte.

»Nicht wirklich. Ich vermittle die Kunden an Experten. Es geht nicht um Pauschalreisen auf die Kanaren oder in die Karibik. Ich bin auf Exotisches spezialisiert.« Er lächelte überlegen. »Falls Sie mal auf den Mount Everest wollen oder in die Arktis. Dann bin ich der richtige Ansprechpartner.«

Blaubart legte die Visitenkarte auf den Schreibtisch und musterte sein Gegenüber, als traue er ihm derlei Reiseorganisation nicht zu. »Dann leben Sie aber ganz schön gefährlich.«

»Wie?«, entfuhr es Nolte, weil er mit dieser Bemerkung für einen Moment nichts anzufangen wusste. »Na ja«, hatte er sich aber schnell wieder im Griff, »gefährlich wird's nur, wenn man die Situation vor Ort falsch einschätzt.«

Blaubart hob eine Augenbraue. »Das sollte man nie tun, da haben Sie recht. Auf die Logistik kommt's an«, sagte er eindringlich und fuhr fort: »Wenn man alles richtig einschätzt, kann nichts schiefgehen.«

71

Es war bereits dunkel, die Luft jedoch ungewöhnlich schwül, als Nolte das Gebäude verlassen hatte und in den betriebseigenen Golf gestiegen war, den er bei abendlichen Einsätzen mit nach Hause nehmen durfte. Beim Vorbeigehen an der großen Glasfront hatte er noch einen Blick in das hell erleuchtete Büro geworfen, in dem Blaubart hastig dabei war, einige Akten zusammenzuschieben und sich daranmachte, ebenfalls aufzubrechen.

Nolte rangierte den vorwärts eingeparkten Wagen aus dem engen Stellplatz zwischen zwei alten Autos und ließ den Golf langsam vom Hof rollen. Wieder war es 22.30 Uhr geworden, dachte er und war auf neuerliche Vorwürfe von Heidi gefasst, die sich zunehmend über seine unregelmäßige Arbeitszeit verärgert zeigte. So langsam befürchtete er, sie könnte dies nicht mehr länger ertragen. Spätestens wenn Boris in die Schule kam, so überlegte er, würde er häufiger daheim sein müssen. Doch der Job war lukrativ und die Schuldenlast vom Haus groß. Es machte also Sinn, jetzt in jungen Jahren, wenn er gut verdiente, die Kredite möglichst schnell abzuzahlen.

Von Göppingen aus nahm er die B297 in Richtung Remstal, bog jedoch hinter Wäschenbeuren nach dem Golfplatz Hetzenhof links nach Unterkirneck ab, um über die sogenannte Kaiserstraße seinen Heimatort Rattenharz anzusteuern. Dass ihm schon kurz nach Göppingen in weitem Abstand ein größerer Pkw folgte, nahm er zunächst nicht zur Kenntnis. In der Dunkelheit konnte man ohnehin nur Scheinwerfer sehen und allenfalls in den beleuchteten Ortschaften eine Kontur des Fahrzeugs.

Auf der B297 war um diese Zeit noch immer viel Verkehr. Nachdem Nolte links Richtung Unterkirneck abgebogen war, blickte er in den Rückspiegel. Ein nachfolgender Wagen, der noch ziemlich weit weg war, hatte auch den Blinker gesetzt. Es dauerte ein paar Sekunden, bis die Scheinwerfer ebenfalls um die Ecke kamen. Als Nolte das lang gezogene Straßendorf Rattenharz erreichte, waren die Lichter hinter ihm plötzlich verschwunden. Vermutlich schon bei den ersten Häusern abgebogen, dachte er. Eine kurze Wegstrecke später hatte auch er sein Ziel erreicht. Mit der Fernsteuerung ließ er das Garagentor aufschwenken, stellte den Geschäftswagen ab und schloss das Tor per Knopfdruck. Dass sie die Garage mit einem Durchgang zum Haus versehen hatten, empfand er noch immer als äußerst praktisch. Allerdings bot sie nur Platz für ein Auto, weshalb Heidi ihren Polo am Straßenrand parkte. Ihr wäre es ohnehin viel zu umständlich gewesen, den Wagen einige Male am Tag aus der Garage zu fahren und anschließend wieder hinein zu rangieren. Obwohl es abends, wenn sie mit Boris allein unterwegs war, durchaus Sinn gemacht hätte, über die Garage direkt ins Haus gehen zu können. Aber hier oben in Rattenharz, dem kleinen Örtchen abseits der großen Verkehrswege, schien die Welt noch in Ordnung zu sein. Auch für seinen Job war dieser abgelegene Wohnort ideal. Deshalb mied er es, so gut es ging, seine Adresse anzugeben. Fürs Telefonbuch hatten sie nur Heidis Mädchennamen »Offenbach« angegeben. Lediglich am Briefkasten stand zusätzlich »Wolfgang Nolte« – damit es bei der Postzustellung keine Irritationen gab. Wer also wissen wollte, wo er wohnte, musste sich sehr viel Mühe geben, um dies herauszufinden. Oder – für einen Moment jagte auf dem Weg in die Wohnung ein beunruhigender Gedanke durch seinen Kopf – derjenige verfolgte ihn. Wenn ihm jemand unauffällig hinterherfuhr, war es ein Leichtes, seine Adresse ausfindig zu machen. Hinterherfahren, dröhnte es durch seine Gehirnwindungen. Verdammt noch mal, wieso musste er jetzt an den Scheinwerfer von vorhin denken, der beim Erreichen des Orts plötzlich verschwunden war? Nein, das sind Hirngespinste, beruhigte er sich selbst. Du bist überarbeitet, gestresst. Jetzt bloß nichts anmerken lassen, befahl er sich, als er am Ende des schmalen Gangs die Wohnungstür erreichte.

72

Es war kurz nach Mitternacht, als in Helmut Reinickes kleiner Wohnung das Telefon klingelte. Seine Lebensgefährtin Ivonne, die seit einiger Zeit die Büroarbeiten für ihn erledigte, sprang neben ihm erschrocken aus dem Bett. »Wer ist denn das – um diese Zeit?« Reinicke knipste das Licht der Nachttischlampe an und sah auf die Uhr. 0.17 Uhr. Ivonne hüpfte nackt, wie sie war, in die Diele, nahm den Hörer ab und meldete sich mit einem knappen »Hallo«.

»Bin ich bei Helmut Reinicke?«, hörte sie eine Männerstimme.

»Wer sind Sie?«, fragte Ivonne energisch zurück, während Helmut bereits aus dem Schlafzimmer zu ihr kam.

»Ein Freund von ihm«, sagte der Anrufer. »Kann ich ihn denn kurz sprechen?«

Ivonne hielt eine Hand über die Sprechmuschel und flüsterte ihrem Partner zu: »Da sagt einer, er sei ein Freund von dir und will dich sprechen.«

Reinicke nahm den Hörer wortlos entgegen und brummte unwirsch: »Wer spricht denn da?«

»Entschuldige, Helmut, ich bin's, der Dieter«, hörte er die wohlbekannte Stimme von Blaubart. »Ich hab nur kurz eine wichtige Frage an dich.«

Ivonne legte eine Hand auf Helmuts linke Schulter, schmiegte sich an ihn und presste ein Ohr an den Hörer, um mithören zu können.

»Um diese Zeit? Ist es so wichtig?«, fragte Reinicke.

»Ist es, ja. Ich wollte nur von dir wissen, ob du einen Nolte kennst.«

Reinicke schluckte. War er bisher noch schläfrig gewesen, so hatte ihn die Nennung des Namens nun schlagartig hellwach gemacht. »Nolte?«, wiederholte er erschrocken und spürte, wie sich sein Puls beschleunigte.

»Ja, Nolte. Aus Rattenharz. Sagt dir der Name etwas?«

»Sollte er?«

»Weiß ich nicht. Kennst du ihn nun?«

»Nolte …«, gab sich Reinicke für einen Moment nachdenklich, als müsse er erst mal sein Gehirn zermartern. »Nolte, ja. Der war doch bei dem Geldtransportdienst beschäftigt, der bei dem Sparkassenraub das Geld geholt hat.« Sofort war es ihm eingefallen, ja, Heidi hatte es ihm damals gesagt. Heidi, die ihn dann wegen diesem Nolte so schändlich im Stich gelassen hatte. Darauf wollte er jetzt aber nicht eingehen. Nicht in Anwesenheit von Ivonne, die, von Neugier getrieben, ihr Ohr noch fester an den Hörer presste, was Reinicke sanft abwehrte.

»Du kennst ihn also. Was treibt der jetzt?«, wollte Blaubart wissen.

»Ich kenn ihn nicht wirklich. Nur vom Hörensagen. Aber soweit ich weiß, ist er jetzt als Privatdetektiv beschäftigt. Er hat anfangs bei der Polizei gelernt.«

»Ach«, entfuhr es Blaubart, »der schnüffelt also rum.«

»Wie kommst du denn darauf?«, fragte Reinicke, der bemerkte, wie seine unbekleidete Partnerin fröstelte.

»Der hat sich bei mir für Autos interessiert und sich als Sebastian Mohring ausgegeben, als Reiseveranstalter aus Aalen.«

»Woher weißt du das?«

»Weil ich ihn heute Abend verfolgt habe, bis zu seiner Wohnung in Rattenharz.«

»Du hast ihn verfolgt?«, staunte Reinicke ungläubig. »Und du bist sicher, dass es auch wirklich Nolte war?«

»Wenn seine Frau keinen Liebhaber hat, der das Garagentor bei ihr ferngesteuert öffnen und dort reinfahren kann, dann war er es. Außerdem steht sein Name am Briefkasten.«

Reinicke spürte einen Kloß im Hals. »Und was bedeutet das nun für mich?« Blitzschnell kamen ihm all die schönen Stunden mit Heidi in Erinnerung und das, was sie beide noch immer heimlich verband.

»Für dich bedeutet das gar nichts, mein lieber Freund. Aber vielleicht für mich.«

»Hat er denn sonst noch was gesagt, als er bei dir war?«

»Was soll er gesagt haben? Dass er einen teuren Gebrauchtwagen für Ungarn will, sonst nichts.«

»Okay«, flüstert Reinicke. »Aber halt mich auf dem Laufenden.«

73

Heinrich Lackner und Berthold Rilke, die beiden Kassierer bei der Kreissparkasse, die nahezu täglich miteinander zu tun hatten, waren in den vergangenen Jahren bemüht gewesen, möglichst nicht mehr über den Raubüberfall zu sprechen. Trotzdem kam das schreckliche Geschehen stets aufs Neue wieder hoch. Überhaupt nach der jüngsten Fernsehsendung *XY ... ungelöst*, über die sie empört waren. »Wieso hat da keiner erwähnt, dass der Fall in Winterbach ähnlich abgelaufen ist wie der bei uns und der beim Schlecker?«, echauffierte sich Lackner, als sie beide mal wieder vor dem Aufzug im dritten Untergeschoss standen, dort, wo dies alles geschehen war, das sich tief in ihre Seelen gebrannt hatte.

»Dieser Kommissar Häberle, oder wie der heißt, hat so getan, als interessiere ihn nur Winterbach«, entgegnete Rilke und schaute nervös auf die Armbanduhr.

»Dabei ist dieser Häberle aus Göppingen«, wusste Lackner zu berichten. »Der Zeller, der bei uns die Sonderkommission geleitet hat und der neben mir wohnt, wie du weißt, der hat mir gesagt, dass Häberle sowohl für unseren Fall als auch für Schlecker zuständig ist.«

»Dann soll wohl jemand verunsichert werden«, resümierte Rilke, während der Aufzug kam und sich die Tür öffnete. »Die stellen den Winterbacher Fall bewusst in den Vordergrund, um vielleicht eine falsche Fährte zu legen.« Rilke trat als Erster in den kleinen Lift. »Möglich, dass sie einen bei uns im Visier haben und mit Winterbach ablenken.«

Lackner sah seinen Kollegen von der Seite an und bemerkte dessen Unruhe. »Du meinst immer noch, jemand hier aus dem Hause könnte mit den Tätern unter einer Decke stecken?«

»Das mein nicht nur ich, sondern auch die Kripo. Da bin ich mir absolut sicher.« Als sich der Aufzug ruckelnd nach oben in Bewegung setzte, verzog Rilke das blasse Gesicht zu einem gekünstelten Lächeln: »Du könntest es genauso gut gewesen sein wie ich.«

Lackner sah seinem Kollegen fest in die Augen: »Sag mal, Berthold, spinnst du jetzt? Genauso gut könntest du sagen, die Frau Rüger da oben habe sich mit Seifritz das ganze Kidnapping ausgedacht.«

Obwohl sich die Aufzugstür wieder öffnete, blieb Rilke für einen Moment stehen: »Solange die Täter nicht gefasst sind, stehen wir doch alle unter Verdacht.«

Lackner wollte nichts mehr erwidern. Er verließ wortlos den Aufzug.

74

Heidi Nolte war mit Boris beim Kinderarzt in Göppingen gewesen. Natürlich wäre der Weg zu einem Doktor nach Lorch oder Schwäbisch Gmünd kürzer gewesen, aber aus alter Gewohnheit war ihr bei vielem, was sie zu erledigen hatte, Göppingen irgendwie sympathischer. Gerade, als sie mit ihrem Sohn unweit des Kreissparkassenhochhauses zum Parkhaus Bahnhofstraße zurückging und Boris quengelte, weil er kein Eis bekam, traf sich ihr Blick mit dem eines entgegenkommenden Mannes. Sie wollte ihre Schritte beschleunigen, um dieser Begegnung zu entgehen, doch dann schien ein Lächeln von ihm sie für den Bruchteil einer Sekunde zu lähmen. Auch Boris spürte diese Reaktion und starrte an seiner Mutter hoch.

»Hi«, sagt der Mann, der groß, breitschultrig, kräftig und nur wenig älter als Heidi war, die stehen blieb, obwohl sie gerade dies hatte vermeiden wollen.

»Du hier?«, war alles, was sie aus trockener Kehle hervorbrachte, während Boris an ihrem kurzen Röckchen zerrte und mehrfach wiederholte: »Ich will ein Eis.«

»Wie du siehst, ja, ich bin hier. Ein schöner Zufall, oder?«, strahlte der Mann, der noch immer sein fülliges schwarzes Haar viel zu lang trug, wie Heidi es empfand. Er holte tief Luft und deutet auf das Kind. »Das ist …«

»Boris«, ergänzte Heidi schnell.

»Mami, wer ist das?«, wollte der Bub wissen, dessen Interesse sich nun auf den Mann richtete.

»Ein alter Bekannter von mir«, beeilte sich seine Mutter zu sagen.

»Mensch, Heidi, wie geht es dir?«, wollte der Mann wissen und bückte sich ein wenig zu Boris hinab, um ihn lächelnd genauer zu betrachten.

»Wie es mir geht?«, gab die junge Frau so kühl, wie es ihr möglich war, zurück. »Das siehst du doch. Gut geht es mir. Gut.«

Er richtete sich wieder auf und blickte ihr direkt ins Gesicht. »So siehst du aber nicht aus«, stellte er fest, weil er eine tiefe Traurigkeit in ihren Augen zu sehen glaubte.

»Das ist doch egal, Helmut. Es ist, wie es ist.« Sie wollte

sich abwenden, aber er kam einen Schritt auf sie zu, was Boris veranlasste, sich hinter den Beinen seiner Mutter zu verstecken.

»Geht's dem Buben wenigstens gut?«, fragte Helmut leise.

»Natürlich«, erwiderte Heidi.

Ihr Sohn hatte das Interesse des Mannes an ihm bemerkt und nahm die Gelegenheit wahr, seine vergebliche Bitte nun vorsichtig an ihn zu richten: »Kaufst du mir ein Eis?«

Heidi schnappte einen Arm von Boris. »Du sollst keine fremden Männer anbetteln«, fuhr sie ihn barsch an.

Der Mann runzelte die Stirn und sah sie ernst an: »Fremd?«

Heidi schloss für einen Moment die Augen, um zu verbergen, dass sie mit den Tränen kämpfte. »Es ist nicht der richtige Ort und nicht die richtige Zeit, darüber zu reden«, brachte sie mühsam über ihre bebenden Lippen.

Er machte einen Schritt zurück und flüsterte: »Dann lass mich den richtigen Ort wissen, wenn die Zeit reif ist.« Sprach's und setzte seinen Weg fort.

»Mami, wer ist das?«, wollte Boris wissen und sah dem Mann nach.

»Ein flüchtiger Bekannter, Boris, nichts weiter. Hab ihn schon lange nicht mehr gesehen.«

75

Schon wenige Tage später kam der Anruf, völlig unerwartet. Die Sekretärin in der Detektei hatte ihn über die Weiterschaltung auf dem roten Wählscheibenapparat entgegengenommen. »Reiseservice Mohring«, hatte sie sich ordnungsgemäß gemeldet.

Am anderen Ende war eine Männerstimme zu hören. »Ist Herr Mohring zu sprechen?«, wollte der Anrufer wissen.

»Momentan nicht. Geht es um eine Reise?«, fragte die junge Frau gekonnt und ließ ihre Stimme charmant klingen.

»Ja, auch das. Könnten Sie ihm ausrichten, er soll mich anrufen?«, bat der Mann und diktierte eine Rufnummer mit Göppinger Vorwahl, um noch zu ergänzen: »Sagen Sie ihm aber bitte, es sei ganz wichtig. Stichwort: Auto.«

Die Sekretärin versprach es und schrieb für Nolte eine Notiz, die dieser schon eine Stunde später, als er im Büro in Esslingen eintraf, verwundert las. Dass sich der Autoverkäufer so schnell melden würde, hatte er nicht gedacht.

Er ging in einen Nebenraum, den sie alle die *geheime Zelle* nannten: Hier gab es ein halbes Dutzend Telefone, von wo aus die Gespräche über diverse Weiterschaltungen geführt werden konnten. Denn falls ein Angerufener über die technischen Möglichkeiten und Raffinessen verfügte, die Nummer des Anrufers herauszufinden, würde er in die Irre geleitet – in diesem Fall tatsächlich nach Aalen. Der Detektei-Inhaber war in technischen Dingen versiert, zumal er über gute Freunde beim Staatsschutz und anderen Geheimdiensten verfügte, die ihm bei allem, was mit Abhörmethoden und Telekommunikation zusammenhing, wertvolle Tipps gaben. Wie es ihm schien, stand man erst am Anfang einer technischen Revolution. Von analog zu digital. Erst kürzlich hatte ihm ein Kriminaltechniker prophezeit: »Wir werden staunen, was im nächsten Jahrzehnt alles auf uns zukommt.«

Nolte hatte sich seinen Alias-Namen »Sebastian Mohring« groß auf ein weißes Papier geschrieben, um sich nicht zu versprechen. Blaubart war nach dem dritten Rufton bereits an der Strippe. Ohne lange Vorrede kam der Autohändler sofort zur Sache: »Ich hab schneller als gedacht etwas für Sie gefunden. Einen 8er BMW, weinrot. Halbes Jahr alt. Kostet normalerweise 130.000 Mark. Jetzt für 70.000 zu haben.«

»Preis ist Obergrenze, aber ich schau ihn mir gern mal an«, zeigte sich Nolte nicht allzu euphorisch, denn letztlich würde er einen Grund brauchen, das Angebot abzulehnen. »Wo kann ich ihn sehen?«

»Das ist ein bisschen problematisch«, wurde Blaubart leiser. »So einen Wagen möchte ich nicht gern auf dem Hof stehen haben. Geschäfte dieser Art erfordern eine gewisse Diskretion, wenn Sie verstehen, was ich meine.«

»Versteh ich«, wurde Nolte deutlich. »Wann und wo?«

»Heute Abend. Der Wagen kommt aus Heilbronn, übers Remstal. Ideal wäre 22.30 Uhr auf dem Parkplatz beim Herrental-Stausee. Kennen Sie sich hier bei uns in der Nähe aus?«

Beinahe hätte Nolte »Ja, klar« gesagt, konnte es aber im letzten Moment noch verhindern: »Nicht so gut. Ich komm aus Aalen. Das Remstal Richtung Stuttgart, und dann?«

»Ganz einfach: Sie fahren über Schwäbisch Gmünd bis Lorch, dort links zur B297 Richtung Göppingen. Dann durch Wäschenbeuren und Birenbach und noch vor Rechberghausen rechts nach Adelberg. Haben Sie das verstanden?«

»Ja, nach Adelberg«, bestätigte Nolte, der diese Strecke natürlich bestens kannte. »Und dann?«

»Nach der Zachersmühle links zur Mittelmühle. Dort gibt es einen Parkplatz. Dort warte ich auf Sie. 22.30 Uhr. Heute Abend. Alles klar?«

»Alles klar.« Nolte legte auf und spürte, dass er eiskalte Hände bekommen hatte.

Lorch, Remstal, Rechberghausen. Die Orte erinnerten ihn fatal an den Sparkassenraub, den er als Geldbote hautnah mitbekommen hatte. War das alles ein merkwürdiger Zufall?

76

Nolte wollte seine Frau nicht beunruhigen. Deshalb verschwieg er den wahren Grund seines abendlichen Termins. Wieder einmal meldete er sich nur telefonisch und versicherte Heidi, dass es lediglich um ein Gespräch mit einem Auftraggeber gehe, einem Firmenchef, der erst lange nach Büroschluss sein Anliegen darlegen wolle.

Heidi reagierte, wie in letzter Zeit immer häufiger, sehr zurückhaltend und mit beleidigtem Unterton. Natürlich machte sie sich auch Sorgen, weil ja nie auszuschließen war, dass die Aufträge auch mal gefährlich sein könnten.

Nolte hielt sich noch zwei Stunden in einem italienischen Restaurant in Göppingen auf, verspeiste eine deftige Pizza und machte sich kurz nach 22 Uhr auf den Weg zum Herrenbach-Stausee.

Die Sommernacht war wieder lau. Die Scheinwerfer seines Golfs erhellten die schmale Straße, die zu den Höhen des Schurwaldbergrückens führte. Einige Insekten klatschten gegen die Windschutzscheibe. Doch dies nahm Nolte nur beiläufig wahr, denn seine Gedanken drehten sich um das bevorstehende Treffen mit Blaubart. Während der vergangenen Stunden hatte er sich eine Strategie zurechtgelegt und diese auch mit seinem Chef Harry Feldkirch abgesprochen, dem die nächtliche Aktion ziemlich dubios erschien und der seinen Angestellten nicht alleine losziehen lassen wollte. Sie waren deshalb übereingekommen, dass Feldkirch bereits gegen 21.45 Uhr mit seinem alten VW Passat dort eintraf, um noch in der Dämmerung seinen Schäferhund Gassi zu führen. Das war auf diesem Wanderparkplatz durchaus üblich und würde bei niemandem Argwohn wecken. So würde sich Feldkirch völlig unauffällig zu Fuß von dem Parkplatz entfernen und im Schutz der Dunkelheit aus geringer Entfernung das Geschehen verfolgen können. Gegebenenfalls würde er den bestens dressierten Hund eingreifen lassen.

Nolte bog langsam von der schmalen Straße ab und ließ den Wagen auf den ziemlich zugewachsenen Parkplatz rollen. Die Lichtkegel der Scheinwerfer reflektierten am Ende der Freifläche an Schlussleuchten, die offenbar zu Feldkirchs Passat gehörten. Der Chef war also wie besprochen schon irgendwo mit dem Hund unterwegs, dachte Nolte und fuhr im Schritttempo den gesamten Parkplatz entlang. In der zweiten der vielen Reihen, die von reichlich Bewuchs gebildet wurden, blitzte im Augenwinkel das helle Blech eines Fahrzeugs. Nolte trat sanft auf die Bremse, bog in die geschotterte Fläche ein, holte dort weit aus, um umzudrehen und die Scheinwerfer an dem Auto entlangstreifen zu lassen. Es war ein Kleinwagen, der rückwärts eingeparkt stand. Doch soweit er es überblicken konnte, saß niemand drin.

Nolte entschied, bis zur vorderen Zufahrt des Wanderparkplatzes zurückzufahren. Denn nur von dort konnte Blaubart kommen, weil der asphaltierte Weg lediglich bis zum Staudamm führte und dort als Sackgasse endete.

Er rangierte den Golf rückwärts an die Begrenzungshecke heran, sodass er vom Fahrersitz aus ein herannahendes Auto würde sehen können. Ein 8er BMW war ein stattliches Fahrzeug, das in einer sommerlich aufgehellten Sternennacht sofort an den Konturen zu erkennen sein müsste, dachte er.

Als der Motor aus war, machte sich eine absolute Stille breit. 22.33 Uhr. Blaubart müsste jeden Augenblick auftauchen. Der Mann hatte auf ihn einen zuverlässigen Eindruck gemacht und schien auf absolute Diskretion Wert zu legen. Ort und Zeit des Treffens waren natürlich ungewöhnlich, aber in den Kreisen von Autoschiebern suchte man gewiss den Schutz der Dunkelheit. Außerdem war es wenig verdächtig, wenn sich in Sommernächten Menschen auf Wanderparkplätzen trafen.

Durch das halb geöffnete Fenster drang der Duft von Heu herein, was die Erinnerung an romantische Sommernächte mit Heidi weckte. Nur ein einziger Duft, dieser hier nach Heu, so staunte er insgeheim, konnte eine ganze Szene aus der Vergangenheit lebendig werden lassen. Genauso, wie es der herbe Blütenduft des gelben Raps tat, der ihn, wann immer er ihn roch, für einen Moment in Frühlingsstimmung versetzen konnte.

Tief in vergangene Zeiten versunken, holte ihn ein Geräusch in die Realität zurück. Ein Knirschen. Schritte auf feinem Schotter? Es war durch die halb offene Seitenscheibe der Fahrertür an sein linkes Ohr gedrungen. Vorsichtig drehte er sich um, doch zwischen dem Heckenbewuchs war es stockfinster. War es sein Chef? Nein, der würde sich jetzt nicht blicken lassen.

Wieder das Knirschen, jetzt lauter und näher. Nolte sah instinktiv in den Rückspiegel, doch da war nur die Schwärze der Nacht. Kein Licht, keine Bewegung.

Er drehte sich vorsichtig nach links, zur offenen Scheibe hin. Jetzt bestand kein Zweifel mehr: Da draußen näherte sich jemand. Unsichtbar in der Finsternis.

Ein Hinterhalt? Hatte man ihn in einen Hinterhalt gelockt? Aber warum?, versuchte er, die innere Unruhe zu dämpfen. Er war doch als ganz normaler Autokäufer aufgetreten. Oder hatte man in enttarnt? War etwas schiefgelaufen? Am besten weg, schnell weg, riet ihm sein Verstand. Motor an und aufs Gas.

Und wenn geschossen wurde? Nolte spürte ein nie zuvor gekanntes Angstgefühl. Jetzt bloß keine Panik aufkommen lassen. Ruhig bleiben.

Dann war er da – ein Schatten, der sich tiefschwarz von der Umgebung abhob. Eine Person.

Nolte wagte sich nicht mehr zu bewegen, umklammerte das Lenkrad, fühlte sich hilflos einer unberechenbaren Situation ausgeliefert. Wo war sein Chef? Mit Hund?

»Mister Mohring«, zischte es plötzlich an sein Ohr, als hinter der halb nach unten gefahrenen Seitenscheibe ein Kopf auftauchte, dicht neben seinem. »Oder soll ich besser Herr Nolte sagen?«

Die Stimme klang unfreundlich, bedrohlich und amerikanisch. Das war nicht Blaubart.

»Darf ich Ihnen einen guten Rat geben?«, machte der Fremde weiter und trat einen Schritt zurück, was Noltes Anspannung aber nicht milderte. »Sie befinden sich in einem temporären militärischen Sperrgebiet«, hörte er die Person sagen, von der er nicht mehr als eine Silhouette erkennen konnte. »Übungsgebiet«, ergänzte der Mann mit deutlich vernehmbarem US-amerikanischem Akzent. »Spionage«, sprach er weiter. »Military action. Wir durchkämmen das Gebiet nach einem Spion.«

Spion, zuckte es durch Noltes Gehirn. Das war doch schon etwa vier Jahre her. Ihm war der Fall noch geläufig. Man hatte den Mann damals aber geschnappt.

»Spion?«, presste Nolte jetzt über seine zitternden Lippen.

»Ja, Spionage«, erwiderte die Gestalt. »Sie sollten so schnell wie möglich hier verschwinden, Herr Nolte.«

»Ich hab damit aber nichts zu tun«, gab sich Nolte wieder etwas selbstbewusster.

»Das könnte sich sehr schnell ändern«, drohte der Unbekannte. »That does not concern you.« Der Mann bemerkte sofort, dass er ins Englische verfallen war, weshalb er das Gesagte auf Deutsch nachschob: »Das geht Sie nichts an. Disappear immediately! Verschwinden Sie sofort.«

Nolte war von der Wortwahl und dem energischen Ton eingeschüchtert. Vermutlich war es besser, der Aufforderung nachzukommen. Er fingerte nach dem steckenden Zündschlüssel. Noch bevor er den Motor starten konnte, kam der vermeintliche Amerikaner wieder näher und flüsterte durch den offenen Spalt in der Seitenscheibe: »It could be very dangerous for you.«

Nolte fühlte sich von den Worten tief getroffen. Sein Englisch war gut genug, um zu verstehen, was gemeint war: Wenn er jetzt nicht sofort verschwand, könnte es sehr gefährlich für ihn werden. Mit einem Schlag wurde ihm bewusst, dass dieser Kerl ihn beim richtigen Namen angesprochen hatte und auch den falschen kannte.

77

Nolte war mit erhöhtem Puls und weichen Knien zur B297 vorgefahren und hatte im Rückspiegel beobachtet, ob ihm Scheinwerfer folgten. Aber da kam niemand. In die Erleichterung mischte sich ein schäbiges Gefühl, seinen Chef womöglich im Stich gelassen zu haben. Aber der hatte ja seinen scharfen und gut dressierten Hund dabei. Trotzdem fiel es Nolte nun schwer, einfach nach Hause zu fahren. Hätten sie doch für einen solchen Fall einen Treffpunkt vereinbart, ärgerte er sich. Der Chef war zwar für jegliche technische Hilfsmittel zu haben, aber ein Autotelefon scheute er wegen der hohen Kosten.

Beim Einmünden in die Bundesstraße entschied Nolte spontan, auf einem Ausranker zu stoppen, um dort zu warten, ob Feldkirch kam. Er schaltete den Motor ab und stellte den Innenspiegel so, dass er Fahrzeuge, die aus der kleinen Seitenstraße einbogen, sehen konnte. In den folgenden Minuten tauchten zwar drei Autos auf, aber keines davon war ein Passat.

Noltes Unruhe stieg, denn Feldkirch wohnte in Plochingen, und dorthin würde er ganz sicher über Göppingen fahren und nicht über die Schurwaldhöhen. Er musste also an dieser Einmündung hier vorbeikommen.

Und wenn der andere kam?, jagte ein schrecklicher Gedanke durch seinen Kopf. Auch der würde ihn hier sehen. Aber am Rande dieser Bundesstraße war die Gefahr, angegriffen zu werden, weitaus geringer als dort hinten am Weg zum Stausee.

Nolte ließ einige quälend lange Minuten verstreichen, wollte schließlich losfahren, als im Rückspiegel von der Seitenstraße her endlich wieder Scheinwerfer auftauchten.

Der Wagen näherte sich auffällig langsam und schob sich im Schritttempo links an Noltes Golf heran. Noch einmal ein Augenblick der Ungewissheit – doch dann erkannte Nolte den Passat seines Chefs. Feldkirch setzte den Blinker, hielt hinter Noltes Wagen an und stieg aus. Nolte tat es ihm gleich.

»Was ist da denn passiert?«, wollte Feldkirch sofort wissen.

»Ein Ami ist aufgetaucht und hat mich bedroht. Hat mich mit richtigem Namen angesprochen«, sprudelte es aus Nolte hervor.

»Bedroht? Womit?«

»Verbal nur, aber er hat gesagt, ich solle sofort verschwinde, weil es sonst gefährlich werde.«

»Er hat Sie erkannt?«, fragte Feldkirch, wie immer völlig unaufgeregt. »Wie kann das denn sein?«

»Keine Ahnung. Dann hat er noch gesagt, es sei eine militärische Aktion im Gange, und sie suchen nach einem Spion.«

»Spion«, echote Feldkirch, während aus der Seitenstraße mit hohem Tempo und quietschenden Reifen ein Auto nach links, also in entgegengesetzte Richtung, abbog.

Nolte sah dem Wagen nach, dessen Rücklichter schnell in der bewaldeten Ferne verschwanden.

»Ja, eine militärische Aktion, hat er gesagt.«

»Glauben Sie, wir sind da zufällig in was reingeraten, was unseren Plan durchkreuzt hat?«

»Eher nicht«, überlegte Nolte. »Der Bursche hat doch meinen richtigen Namen gekannt. Da steckt mehr dahinter.«

»Aber Sie lassen jetzt vorläufig die Finger davon«, entschied Feldkirch gelassen. Ihm lag sehr viel an der Sicherheit seiner Mitarbeiter. Wenn jemand enttarnt wurde, musste ein anderer dessen Aufgabe fortführen. Deshalb stellte er klar: »Sie halten sich vorläufig aus Göppingen raus.« Er klopfte Nolte freundschaftlich auf die Schulter und ergänzte: »Das gilt auch für die alte Raubgeschichte. Glauben Sie mir, es ist besser für Sie. Denken Sie auch an Ihre Frau und Ihren Buben.«

78

Häberle hatte im Laufe des Spätsommers wieder einen Besuch beim regelmäßigen Stammtisch der Sportler und Mittelständler in Göppingen in Erwägung gezogen. Vor allem, nachdem ihm zu Ohren gekommen war, dass Siebeneicher jetzt ein Weinlokal betrieb. Erst im Oktober brachte er es zeitlich auf die Reihe und staunte über die gemütliche Einrichtung im *Stüble*. An diesem Abend war nur eine kleine Gruppe gekommen, doch dafür zeigte sich Siebeneicher, als er ihn sah, ganz besonders von dem seltenen Gast erfreut, und rückte für ihn sofort einen Stuhl an den Stammtisch. Häberle ließ seinen Blick über die Gesichter der Männer streifen. Eines hatte er beim letzten Mal nicht gesehen. Und doch war es ihm in Erinnerung. Er überlegte krampfhaft, woher. Als sich ihre Blicke trafen, wich der andere aus.

»Bringen Sie uns gute Nachrichten?«, ereiferte sich Autohändler Blaubart, der gerade seinen schwäbischen Wurstsalat verspeist hatte und Häberle mit dieser Frage aus kurzer geistiger Abwesenheit riss.

»Was wäre für Sie denn eine gute Nachricht?«, konterte Häberle, dem die anderen ob seines offenbar zunehmenden Körperumfangs respektvoll Platz machten und ihre Stühle enger aneinanderrückten.

»Die Aufklärung von Schlecker und Seifritz«, erwiderte Blaubart, während Siebeneicher den Kriminalisten fragte, was er ihm servieren dürfe.

»Einen Trollinger mit Lemberg, wenn's geht«, brummte Häberle, worauf Siebeneicher irgendetwas Unverständliches über den Württemberger Wein von sich gab, da er doch eher auf den Badischen stand. Häberle ließ sich nicht beirren und ging auf Blaubarts Frage ein, um sich damit in die Gesprächsrunde einzuklinken. »Es gibt in beiden Fällen 1.000e Spuren, aber leider nichts Konkretes.«

»Sie gehen aber davon aus, dass es in beiden Fällen ein und dieselben Täter sind?«, vergewisserte sich der Mann, dessen Gesicht er nicht zuordnen konnte.

»Ach ja«, bemerkte Siebeneicher zu Häberles Verunsicherung. »Das ist übrigens Helmut Reinicke. Er gehört neuerdings auch zu uns.«

Klar!, dachte Häberle. Reinicke. Plötzlich fiel es ihm ein: Den hatte er damals auch vernommen. Damals, ein Jahr nach dem Überfall auf die Sparkasse. Installateur.

Reinicke nickte ihm mit gequältem Lächeln zu, zog es aber wie Häberle vor, das frühere Treffen zu übergehen. Verlegen und nervös drehte er sein halb volles Weißweinglas vor sich im Kreis.

Häberle ließ sich nichts anmerken und antwortete: »Ich bin inzwischen absolut sicher, dass es in Ehingen dieselben Täter waren«, gab er sich im Brustton der Überzeugung selbstsicher, worauf der angesprochene Reinicke nickte.

»Aber warum haben Sie dann in der XY-Sendung Anfang des Jahres nur den Winterbacher Fall erwähnt?«, hakte Blank nach. »Oder dürfen Sie uns das nicht verraten?«

Häberle sah freundlich in die Runde. »Winterbach wollen wir vorläufig singulär sehen. Ihr habt natürlich recht: Winterbach liegt in der Nähe von Schorndorf, und der Modus Operandi ähnelt dem der anderen Fälle. Trotzdem«, er überlegte kurz, »unterscheidet sich der Tatort von den anderen: In Winterbach hat man damals gerade das Bankgebäude komplett umgebaut, und der Tresor war sozusagen auf der Baustelle geblieben, weil er fest mit Wand und Boden verschraubt war.«

»Sie denken, es waren halt Nachahmungstäter«, warf Siebeneicher ein und stellte dem Kriminalisten das Weinglas hin.

»Nachahmungstäter hat man immer wieder«, nickte Häberle. »Wichtigtuer. Schwachköpfe. Idioten halt.«

Blaubart wischte sich mit der Serviette den Mund ab. »Aber all die anderen Verbrechen hier in der Stadt und in der Umgebung, die haben tatsächlich nichts mit der Sparkassengeschichte zu tun?«

Häberle schüttelte energisch den Kopf. »Ich weiß nicht, wie oft ich das in den letzten Jahren dementieren musste. Auch euer Göppinger Journalist, dieser Sander, ist da ganz wild hinterher. Aber ich sag euch hier und heute: Selbst der Seifritz ist aus dem Spiel. Der Mann leidet genug unter der Sache, deshalb rate ich, lasst ihn und seine Familie in Frieden.«

»Und andere Bankangestellte?«, warf Reinicke ein, der, wie immer, vom ungepflegten Äußeren her nicht so recht in die erlauchte Runde passen wollte.

Häberle räusperte sich. »Ich kann nicht für jeden die Hand ins Feuer legen. Aber falls jemand davon in die Sache involviert ist, dann allenfalls als Informant.«

Siebeneicher setzte sich jetzt auch an den Tisch und überließ den Service einer jungen Bedienung, vermutlich eine Studentin, die nebenher jobbte. »Sie meinen, es gibt noch einen vierten Mann?«, verlangte er von Häberle eine klare Aussage.

»Mann oder Frau«, antwortete der Kriminalist. »Wenn überhaupt. Aber spätestens, wenn wir die Haupttäter geschnappt haben, geht's einer möglichen vierten Person auch an den Kragen.« Er grinste, woraus jeder insgeheim seine eigenen Schlüsse zog. Blaubart zwinkerte, von den anderen unbemerkt, dem Installateur Reinicke zu, der ihm schräg gegenübersaß.

»Und wie sieht es eigentlich mit dem Spion aus, den man vor drei oder vier Jahren hier in Göppingen enttarnt hat?«, fragte Blaubart.

»Den hat man, soweit ich weiß, in den USA, vermutlich in Florida, zu einer langjährigen Gefängnisstrafe verknackt«, erklärte Häberle. »Ansonsten ist mir dazu nichts geläufig. Das war eine Sache der Amerikaner und der Geheimdienste.«

»Demnach liegt gegen die Amis hier in Göppingen nichts vor?«

Häberle sah den Autohändler verwundert an. »Im Zusammenhang mit dem Banküberfall? Nein. Bisher hat sich keine Spur dorthin gefunden.«

Banker Arno Zumwinkel, der die Konversation bis zu diesem Zeitpunkt schweigend verfolgt hatte, weil er genüsslich seine Maultaschen verspeiste, wandte ein: »In den *Cooke Barracks* bei den Amis am Flugplatz oben gibt es auch eine Bank, wo die GIs Dollar in D-Mark und umgekehrt tauschen können. Wäre das eine Möglichkeit, dort einen größeren Geldbetrag in Dollar zu wechseln?«

»Sie denken, einen Teil der 2,7 Millionen D-Mark aus der Beute?«, ging Häberle darauf ein.

»Ja. Es muss ja nicht gleich einer mit der ganzen Beute daherkommen, aber vielleicht mal mit ein paar Hundertern«, gab Zumwinkel zu bedenken.

»Das«, räumte Häberle ein, »müsste tatsächlich noch geprüft werden. Aber, wie gesagt, bisher gab es keine Spur dorthin. Außerdem würden uns die Amerikaner ganz sicher informieren, wenn etwas auffällig geworden wäre.«

»Ganz sicher« bekräftigte Siebeneicher. »Kommunalpolitisch haben wir einen sehr guten Draht zu den Amis. Leider ist unser bester Kontaktmann, der Vorsitzende des deutsch-amerikanischen Beratungsausschusses, der Alfons Feifel, im Februar verstorben.« Siebeneicher hielt kurz inne. »Wie kaum ein anderer hat der Alfons Feifel Deutsche und Amerikaner zusammengebracht.«

Häberle hatte von dem Engagement des Kommunalpolitikers gehört, zeigte jetzt aber eher an Blaubarts Bemerkung Interesse. Er fragte deshalb in die Runde: »Hat denn jemand von Ihnen Erkenntnisse, dass die Amis etwas mit dem Raub zu tun haben?«

»Ich nicht, nein«, erwiderte Blaubart, hielt es aber für angebracht, etwas zu sagen, was die meisten ohnehin wussten: »Ich hab zwar geschäftlich gelegentlich mit dem einen oder anderen GI zu tun. Aber da geht's nur um Autos.«

»Schicke Autos und scharfe Frauen«, ergänzte Siebeneicher süffisant. Weshalb ihn dies an sein großes Projekt erinnerte, das seine Freunde noch immer für fragwürdig und eher für ein Hirngespinst hielten. Trotzdem wollte er es mal wieder ansprechen, vielleicht zur Selbstbestätigung: »Ihr solltet euch schon mal einen Termin im November nächsten Jahres freihalten.« Er blickte triumphierend in die Runde. »Stichwort Leningrad. Es wäre schön, wenn ihr alle dabei sein könntet.«

»Falls wir bis dahin noch leben«, warf Blaubart ironisch ein und nahm einen Schluck Wein.

Häberle runzelte die Stirn, während Reinicke sie alle zu beruhigen versuchte: »Tutto con calma.«

Weil die meisten am Tisch damit nichts anzufangen wussten, klärte Blank auf: »Helmut meint, wir sollen Ruhe bewahren. Das ist einer seiner Lieblingssprüche, seit er als Jugendlicher an der Adria war.«

Reinicke grinste.

79

Im November 1988 war es endlich so weit: Der Fall Schlecker nahm in der monatlichen ZDF-Sendung *Aktenzeichen
XY ... ungelöst* erneut einen breiten Raum ein. Doch es war
nicht Häberle, der vor die Kamera geschickt wurde, sondern
einer seiner Kollegen. Anzug, Krawatte, Oberlippenbart – so
schilderte dieser am 4. November, also rund zehn Monate nach
dem Kidnapping in Ehingen, wie sich das Verbrechen zugetragen hatte. Zeitgleich wurde dabei nun der breiten Öffentlichkeit erklärt, dass keinerlei Zweifel mit einem Zusammenhang zu der Göppingen Geiselnahme von vor sechseinhalb
Jahren bestehe.

Wolfgang Nolte saß wie gebannt vor dem Fernseher. Jede
einzelne Szene des rekonstruierten Tathergangs schien er in
sich aufzusaugen, während Heidi mit Boris ins Schlafzimmer
gegangen war. Sie konnte die Geschichte um diese Räuber
nicht mehr hören, weder im Fernsehen noch von Wolfgang
selbst. Dabei hatte er doch genügend Arbeit in der Detektei. Dass er sich trotzdem noch mit dieser alten Sache, wie
sie es zu sagen pflegte, auseinandersetzte, war beinahe schon
krankhaft. Was trieb ihn denn, sich für die Aufklärung des
Falles derart reinzuknien? War es allein die Angst, irgendwann erneut ins Visier der Kriminalisten zu gelangen? Er war
doch nur Geldbote gewesen, ein kleines Rädchen am Rande
des großen Kidnapping, das auch sie selbst erst Stunden später mitbekommen hatte.

Vielleicht hatte Wolfgang bis heute nicht verarbeitet, dass er
nicht als Polizist übernommen worden war. Wollte er denen
jetzt etwas beweisen?

Heidi schien es so, als seien für Wolfgang die beruflichen Recherchen wichtiger als die Familie. Immer seltener fand er Zeit, mit Boris zu spielen oder mit ihm einen Ausflug zu machen. Und wenn sie ihn zur Rede stellte, reagierte er gereizt, manchmal sogar aggressiv. Dann begründete er sein berufliches Engagement meist mit einem Satz, den sie abgrundtief hasste: »Du weißt genauso gut wie ich, wie dringend wir das Geld brauchen.« 20 Jahre lang würden sie noch Kredite zurückbezahlen müssen. Was jedoch zu stemmen war, denn wären sie in eine Mietswohnung gezogen, wäre sicher die monatliche Miete ähnlich hoch gewesen wie jetzt die Belastungen für die Kredite. Außerdem, so beruhigte sie sich in solchen Momenten des Streits, hatte sie ja noch ihr Gold, das sie für Boris aufhob. Schließlich war Gold keiner Inflation unterworfen oder irgendwelchen Währungsschwankungen. Doch jedes Mal, wenn sie an die kleinen Barren dachte, tauchte in ihrem Kopf ihr Ex-Kollege Pfitzold auf. Der einzige Mensch, der ihr Geheimnis kannte.

80

Kurz vor dem Jahresende unterhielten sich auch Sander und sein älterer Kollege Grüninger über die jüngste XY-Sendung. »Viel rausgekommen ist dabei vermutlich nicht«, resümierte Grüninger und brach wieder ein Stück Schokolade aus der violetten Verpackung ab. »Unser Jahresrückblick wird ohne den Fall Seifritz erscheinen müssen.«

Sander, der traditionell die drei lokalen Rückblickseiten zusammenstellte, pflichtete ihm bei und deutete auf den Korrekturabzug der bereits gestalteten Seiten. »Wir haben zwei Fotos vom Neubau des Autobahn-Albaufstiegs am Aichelberg und hier«, sein Zeigefinger wanderte auf den unteren Teil der ersten Seite, »die Schneekatastrophe vom 1. März droben in Böhmenkirch«, erklärte er, nicht ohne den Hinweis, dass am 15. März dort sogar ein Schneerekord mit einem Meter 15 Höhe gemessen wurde. Grüninger hob seine dicke Brille und führte mit der anderen Hand das Papier dicht an die Augen heran, um trotz der extremen Kurzsichtigkeit gut lesen zu können. Dann drehte er das Blatt um und nickte zustimmend. Zu sehen war ein Göppinger Forscher, der in seinem Labor angeblich Europas älteste Höhlenmalerei nachgewiesen hatte, und die Einweihung der ersten Privatradios, in diesem Falle *radio 7*, die *Filstalwelle* und das *Bürgerradio*.

Auf der dritten Seite begutachtete Grüninger ein Bild, das den Göppinger Oberbürgermeister Hans Haller als den strahlenden Sieger seiner Wiederwahl zeigte.

Grüninger überflog die umfangreichen Texte, die Sander chronologisch jedem Monat zugeordnet hatte. Sein Blick fiel dabei auf den 22. Februar. »Brandanschlag auf sechs US-Lastwagen, die am Zaun des US-Flugplatzgeländes geparkt waren«, las er. »Hat man jemals noch was davon gehört?«, fragte er, ohne aufzusehen. Das »Nein« von Sander nahm er nur beiläufig zur Kenntnis, denn er überflog die Monatstermine in atemberaubendem Tempo. »Unser Manfred Wörner, ein toller Kerl«, entfuhr es ihm anerkennend, als er im Mai angelangt war, wo darüber berichtet wurde, dass der langjährige Bundestagsabgeordnete des Landkreises Göppingen sein

Amt als Verteidigungsminister abgab und als NATO-Generalsekretär nach Brüssel ging.

Unterbrochen wurde Grüningers Begeisterung für die Rückblickseiten, weil an der offen stehenden Bürotür Kollege Karl-Heinz Hochmaier mit einem schäumenden Weizenbierglas aufgetaucht war. Zum bevorstehenden Silvester hatten sich die Redakteure in den Räumen nebenan einen kleinen Umtrunk gegönnt, in den sie nun auch Grüninger und Sander mit einbeziehen wollten.

Hochmaier, der die beiden über den Rückblickseiten hängen sah, merkte süffisant an: »Habt ihr auch alle Mord- und Totschläge drin?«

Grüninger schob seine Brille wieder zurecht und sah auf: »Ja, fehlen uns nur noch die Sparkassengangster.« Er sah in die Runde und ergänzte: »Ich werde die Aufklärung des Falles vor der Rente bestimmt nicht mehr erleben, aber der Herr Sander hat sich vorgenommen, irgendwann darüber zu berichten.«

Sander überlegte, wie lange es noch bis zu seiner eigenen Rente war. Überschlägig gerechnet wahrscheinlich 25 Jahre. Falls den Politikern nicht noch etwas anderes einfiel. Was hatte Arbeitsminister Norbert Blüm vor zwei Jahren gesagt? Die Renten seien sicher.

Aber konnte man den Politikern glauben?

81

Es war ein kalter Wintertag im Februar 1989. Blaubart hatte es bisher vermieden, Reinicke auf jenes Telefonat anzusprechen, mit dem er sich vor einigen Monaten nach Nolte erkundigt hatte. Und auch Reinicke war seither nie auf dieses Gespräch zurückgekommen.

Schließlich trafen sie sich auch nur zum monatlichen Stammtisch, wo sie beide ohnehin nicht regelmäßig und, wenn überhaupt, nur selten gleichzeitig erschienen.

Blaubart glaubte aber zu spüren, dass etwas wie ein verborgenes Feuer irgendwo schwelte, etwas, das er nicht abschätzen konnte. Denn seit im vorigen Herbst dieser Kommissar Häberle ebenfalls erschienen war, legte er jedes Wort, das er in Erinnerung hatte, im Geiste auf die Goldwaage. War es damals klug gewesen, im Zusammenhang mit dem Sparkassenraub mögliche Kontakte zu den Amerikanern anzusprechen?

Der vielbeschäftigte Installationstechniker Helmut Reinicke hatte auf den jetzigen Anruf Blaubarts ziemlich einsilbig reagiert, obwohl er ihn einst ja gebeten hatte, ihn auf dem Laufenden zu halten, falls sich mit Nolte etwas Neues ergebe.

Trotzdem bedurfte es einiger Überredungskunst vonseiten Blaubarts, ihn zu einem Treffen im Büro des Autohändlers zu bewegen. Bei der Fahrt durch leichten Schneefall fühlte er sich ziemlich unwohl, zumal er immer noch nicht abschätzen konnte, weshalb ausgerechnet er über Nolte hatte Auskunft geben sollen.

Natürlich war in der Bank seine kurze Freundschaft mit Heidi Offenbach bekannt gewesen. Dass sie sich damals in der

Tiefgarage kennengelernt hatten, als er mit dem Rohrbruch beschäftigt war, konnte nicht verheimlicht werden.

Aber woher wusste Blaubart, dass ihm der Name Nolte geläufig sein würde? Diese Frage plagte ihn seit Langem. Wahrscheinlich hatte man in seiner Abwesenheit am Stammtisch darüber gesprochen, dass er so etwas wie der Ex von Noltes jetziger Ehefrau war. Natürlich, jetzt fiel es ihm wie Schuppen von den Augen. So musste es gewesen sein.

Aber warum sollte er nun zu Blaubart kommen? Hatte sich in den vergangenen Wochen und Monaten etwas geändert? Etwas zusammengebraut? Hatte dieser Häberle im Hintergrund Fäden gesponnen? Dieser Kriminalist, so Reinickes Eindruck, kannte sich in Göppingen erstaunlich gut aus. Deshalb durfte dieser Schnüffler nicht unterschätzt werden. Er gab sich zwar leutselig und kumpelhaft, doch hinter dieser Fassade verbarg sich bestimmt ein raffinierter Kombinierer.

Reinicke überlegte, wie viele Personen es gab, die damals im Gebäude der Kreissparkasse genauso wie er zu tun gehabt hatten und die jetzt weitaus intensiver als damals ins Gebet genommen wurden, nur weil sich keine Hinweise auf die wahren Täter fanden.

Blaubart hatte durch die große Scheibe seines Büros bereits den Besucher kommen sehen, ihm die Tür geöffnet und im gut temperierten Innenraum einen Platz gegenüber des Schreibtisches angeboten. »Schön, dass du kommst«, sagte er. »Ich glaube, es ist an der Zeit, dass wir etwas unter vier Augen besprechen. – Kaffee oder Bier?«

»Nichts von beidem. Cola, wenn du hast.«

Blaubart beugte sich zu einem abseits stehenden Kühlschrank, holte eine Flasche hervor, klickte den Kronenkorken weg und reichte sie Reinicke mit einem Glas.

»Um es gleich vorweg zu sagen, Dieter«, begann Reinicke und nahm einen Schluck, »wenn du mich für irgendeinen Autodeal brauchst, bin ich nicht zu haben. Ich hab keine Zeit für so was. Meine Firma läuft super.« Er spielte auf Blaubarts Ruf an, der ihm vorauseilte: Handwerkskollegen für Vermittlungsgeschäfte zu gewinnen. Schließlich waren sie es, die häufig mit Menschen in Kontakt kamen, die bisweilen knapp bei Kasse waren, sich aber trotzdem ein größeres Auto leisten wollten.

Reinicke waren diese Gepflogenheiten Blaubarts hinlänglich bekannt. Oft schon hatte er sich gewundert, dass Blaubart trotzdem ein gewisses Ansehen genoss und sich im Lichte namhafter Persönlichkeiten der Stadt sonnen durfte. Aber wie so oft im Leben dachte Reinicke: Wer es schaffte, sich knapp außerhalb einer Grauzone zu bewegen, charmant war und zumindest so tat, als sei er auf Rosen gebettet, der galt häufig als erfolgreich und wurde sogar noch hofiert.

»Ich hab dich vor einigen Monaten mal angerufen, Helmut«, begann Blaubart und stockte. »Ich schätze es, dass du das vertraulich behandelt hast. Das war ganz wichtig.«

»Und das hat sich jetzt verändert?«, unterbrach ihn Reinicke, der kein Freund großer Worte war.

»Hat es sich nicht, nein«, entgegnete Blaubart schnell und knipste nervös die Kugelschreibermine raus und rein. »Ich hätte nur gern ein bisschen mehr über den Nolte gewusst. Du hast gesagt, er sei Detektiv.«

»Hat er dich denn bespitzelt?«, fragte Reinicke angespannt.

»Es sieht ganz danach aus. Hab ich dir doch am Telefon damals schon gesagt.«

Reinicke dachte ein paar Sekunden nach und stellte fest: »Nolte hat wohl tatsächlich – zumindest hat mir das Heidi so berichtet – die Geschichte in der Bank nicht überwinden können. Weil sein Versuch, sich dem Gangster entgegenzustellen, gescheitert ist. Er ist wohl von der Angst besessen, man könne ihn verdächtigen, mit den Gangstern gemeinsame

Sache gemacht zu haben.« Wieder überlegte er kurz. »Damals aber, als mir Heidi davon erzählt hat, war er wohl voller Eifer, selbst Nachforschungen anzustellen.«

Blaubart lehnte sich zurück. »Vielleicht, um von sich selbst abzulenken. Könnte es das sein?«

»Du meinst, Nolte steckt ganz dick in dieser Raubgeschichte mit drin?«, fragte Reinicke neugierig.

»Schwer zu sagen, Helmut. Aber vielleicht ist Nolte derjenige, der als Detektiv in den letzten Jahren auch mit anderen Banken und Sicherheitsvorkehrungen vertraut war und deshalb den Tätern die notwendigen Tipps und Hintergrundinformationen liefern konnte. Wer weiß, womöglich hatte er sogar mal einen Auftrag bei Schlecker?« Blaubart legte den Kugelschreiber weg, mit dem er gespielt hatte. »Weißt du, die ganzen Jahre über mache ich mir Gedanken, wer da alles drin verstrickt sein könnte und weshalb sich die Polizei so zugeknöpft gibt. Es ist doch komisch in dieser Stadt: Irgendwie beäugt jeder jeden, der plötzlich viel Geld hat oder investiert oder sich sonst etwas Außergewöhnliches leistet. Ja, selbst wenn sich einer umbringt oder ermordet wird, denken alle sofort an diesen Sparkassenraub. Der hat sich irgendwie in das kollektive Gedächtnis gebrannt. Stell dir mal vor, wie viele Leute zu Unrecht unter Verdacht stehen. Nicht auszudenken, wenn erst mal jemand unschuldig eingesperrt wird. Es wird doch immer schwieriger, ein Alibi für diese Tage im März 1982 oder an Weihnachten 1987 vorzuweisen, als Schlecker erpresst wurde.«

Reinicke nickte und gab sich gelassen: »Tutto con calma, mein Freund – immer mit der Ruhe.«

Doch Blaubart stand der Sinn nicht nach Ruhe. »Es wäre nicht das erste Mal, dass jemandem etwas angedichtet wird, woraufhin derjenige dann jahrelang eingesperrt wird, bloß weil die Justiz sich blenden ließ. Vor allem, wenn sich so etwas im Umfeld von Polizisten zuträgt. Ich denk da an diesen Fall, in dem die Justiz erst viel später und erst nach hartnäckigem Nachbohren der Anwälte und der Öffentlichkeit einen Irrtum einräumte.«

»Ich weiß, was du meinst«, entgegnete Reinicke. »Der aus dem Schwarzwald, den sie elf Jahre lang einsperren wollten und dem nach zig Verfahren und einem endlosen Kampf gegen die Justiz nach viereinhalb Jahren Knast – soweit ich mich entsinne – dann endlich ein astreiner Freispruch zuteilwurde.«

»Ja, genau den meine ich«, bestätigte Blaubart. »Da waren zwar echte Polizisten in das Umfeld eines Tötungsdelikts involviert. Im Falle unserer Kidnapper wohl eher nicht. Zumindest wird dauernd behauptet, es seien falsche Polizisten gewesen – bei Seifritz und den anderen.«

»Und jetzt?«, riss Reinicke sein Gegenüber aus solchen Gedanken.

Blaubart reagierte schnell: »Wir sollten alles unterlassen, was uns noch in die Sache reinzieht. Um es deutlich zu sagen, Helmut«, Blaubart hob seinen Oberkörper, um optisch näher an den gegenübersitzenden Reinicke heranzukommen, »sollte dich mal jemand fragen, ob wir in der Sache Nolte miteinander gesprochen haben, dann sagen wir beide ein klares ›Nein‹. Dabei bleiben wir, egal, was kommt. Wir haben über Nolte nie miteinander gesprochen.«

Reinicke sah ihn mit starrer Miene an und versuchte, sein wildes Haar zu glätten. Dann stand er zögernd auf und reichte die rechte Hand über den Schreibtisch. Blaubart schlug ein und sagte: »Super, ich sehe, wir verstehen uns.«

82

Siebeneicher war im Sommerhalbjahr 1988 mehrere Male schon in Leningrad gewesen. Alles lief wie geplant – und weitaus besser, als er es sich vorgestellt hatte. Die wirtschaftlichen Beziehungen in die Sowjetunion waren erstaunlich gut. Dabei hätte die Situation in diesem Kalten Krieg, wie der schwelende Ost-West-Konflikt genannt wurde, etwas ganz anderes erwarten lassen. Aber vielleicht machte sich eine gewisse Annäherung bemerkbar, die Michail Sergejewitsch Gorbatschow, der seit drei Jahren Generalsekretär des Zentralkomitees der Kommunistischen Partei der Sowjetunion (KPdSU) war, trotz aller Fehlschläge und Enttäuschungen eingeleitet hatte. *Glasnost* (Offenheit) und *Perestroika* (Umbau) waren die Schlagworte, die die aktuellen Nachrichten beherrschten. Gorbatschow hob sich aus westlicher Sicht äußerst positiv aus der Reihe seiner Vorgänger hervor, die man auch als *Betonköpfe* bezeichnet hatte: Nikita Chruschtschow, Leonid Breschnew, Juri Andropow und Konstantin Tschernenko, wie in chronologischer Reihenfolge die Nachfolger von Josef Stalin hießen.

Siebeneicher war wieder einmal voller Euphorie, als sich der monatliche Stammtisch in seinem *Stüble* traf, in dem er nun häufiger zu sehen war als in seiner Fahrschule und seinem Reisebüro. Er schien Wirt mit Leib und Seele zu sein und in seiner kleinen Kneipe geradezu aufzublühen. Inzwischen hatte er mehrere junge Frauen in Teilzeit beschäftigt, die sich um Küche und Service kümmerten.

»Nächstes Jahr geht's in Leningrad los«, prahlte er vor der heute kleinen Gruppe am Stammtisch. »Jetzt hab ich auch eine Brauerei aus dem Schwarzwald mit an Bord. Außerdem einige Leute vom Hotel- und Gaststättenverband von Leningrad. Ohne russische Beteiligung geht das dort nämlich nicht.«

»Und du bist davon überzeugt, dass das kein unkalkulierbares Risiko wird?«, zweifelte Niels Adamus, der in seiner Eigenschaft als Vertreter der Industrie- und Handelskammer die politischen und bürokratischen Hürden und Fallstricke kannte.

»Eine Dreiviertelmillion D-Mark haben wir da reingesteckt, aber abgesichert durch unsere Landesregierung. Bei einem wirtschaftlichen Bankrott würde Baden-Württemberg die Hälfte des Investitionsvolumens übernehmen!«, prahlte Siebeneicher.

Der Banker Zumwinkel hegte Zweifel und fragte: »Mich würde schon interessieren, wie du das geschafft hast.«

»Es ist mehr möglich, als du denkst«, grinste Siebeneicher, der sich mitten in die Runde gesetzt hatte. »Hast du nicht mitbekommen, was der Franz-Josef Strauß hingekriegt hat?«

Weder Zumwinkel noch die anderen wussten, worauf er anspielte, weshalb er stolz verkündete, was er aus angeblich geheimen Quellen erfahren hatte: »Ihr wisst doch, dass der Strauß einen Pilotenschein hat. Kurz vor Silvester vorletzten Jahres soll er mit einer Privatmaschine und einigen Parteifreunden nach Moskau geflogen sein, um sich zweieinhalb Stunden mit Gorbatschow über dessen Reformvorstellungen zu unterhalten.«

»Wie?«, staunte Bauunternehmer Ernst Blank. »Der fliegt da einfach so hin?«

»So einfach wahrscheinlich nicht. Er hat das sicher angemeldet – und als Politiker mit guten Kontakten nach Moskau hat man ihm das wohl auch offiziell genehmigt. Nur das Wetter soll sauschlecht gewesen sein. Und er ist wohl mit dem letzten Tropfen Sprit in Moskau runter.«

»Wollte der's dem Rust nachmachen?«, warf Helmut Reinicke grinsend ein und meinte jenen Privatpiloten Mathias Rust, der im Mai vorletzten Jahres, just am Himmelfahrtstag, mit einer Cessna 172 auf der Großen Moskwa-Brücke unweit des Roten Platzes gelandet war. Ohne jegliche Anmeldung und ohne von der Luftabwehr abgefangen worden zu sein. Sie alle am Stammtisch hatten das noch gut in Erinnerung.

»Der Strauß ist allerdings ganz offiziell auf dem Flughafen gelandet, bei widrigem Wetter«, blieb Siebeneicher ernst und fügte ironisch an: »Ein echter Himmelhund halt.«

Blaubart grinste: »Und dann hat er für dich mit Gorbatschow über die Eröffnung deiner Kneipe in Leningrad gesprochen?«

Siebeneicher winkte ab. Er wusste um die Frotzeleien hinter seinem Rücken. Aber er würde es denen schon noch zeigen. Es würde große Schlagzeilen geben.

83

»Das kann so nicht weitergehen.« Heidi konnte emotional und energisch werden. »Wenn Boris nächstes Jahr in die Schule kommt, muss sich etwas ändern.«

Wolfgang Nolte saß ruhig am Tisch, Boris war in sein Zimmer verschwunden.

»Bitte, Heidi«, versuchte er seine Frau zu besänftigen, doch diese hatte sich rücklings an die Arbeitsplatte der Küche gelehnt und mit den Händen abgestürzt, eine Haltung, die er gar nicht mochte. Sie strahlte Aggression und Zorn aus.

»Ich versteh dich ja«, blieb er gelassen, obwohl er sich beherrschen musste, »aber einer muss halt das Geld nach Hause bringen.«

»Und wer sorgt dafür, dass hier der Haushalt am Laufen bleibt, dass Boris erzogen wird? Manchmal hab ich den Eindruck, er hat sich von dir schon abgewandt, weil du erst spätabends kommst, wenn er schon im Bett ist. Und du frühmorgens schon weg bist, wenn er wach wird.«

»Mein Job erfordert unregelmäßige Arbeitszeiten. Da kannst du nicht um 8 Uhr anfangen und um 16 Uhr wieder weggehen.«

»Das ist mir auch klar«, schleuderte sie ihm an den Kopf. »Aber bitte doch alles mit Maß und Ziel.«

Wolfgang hatte beruflich einige Kurse zur Deeskalierung absolviert und entsann sich der erlernten Techniken, mit denen eine gefährliche Situation entschärft werden konnte. »Heidi«, redete er ruhig weiter, »du weißt, wie sehr ich dich liebe und dass ich alles tue, damit es dir gut geht. Ich verspreche dir …«

»Ach, hör doch auf«, unterbrach ihn seine Frau brüsk. »Hör doch auf mit deinen leeren Versprechungen. Seit Jahren versprichst du mir, beruflich kürzerzutreten – aber es ändert sich nichts. Und Boris entfremdet sich von dir. Hast du das noch nicht gemerkt?«

Wolfgang kämpfte gegen die innere Unruhe, gegen den anbrandenden Zorn. »Ich werde alles tun, damit es anders wird. Aber du weißt genauso gut wie ich, dass wir das Geld brauchen.«

»Geld, Geld, Geld. Hör doch auf mit dem verdammten Geld. Natürlich hätten wir diese Bude hier nicht bauen sollen. Sie frisst uns auf. Ich hab mich damals so gefreut, in eigene vier Wände einziehen zu dürfen – doch was draus geworden ist,

ist einfach ein beschissenes Leben.« Am liebsten hätte sie ihm jetzt ins Gesicht geschrien, dass seine verdammte Angst vor dem Schuldenberg nicht ganz so dramatisch wäre, würde sie ihre Goldreserven herausrücken. Aber noch wollte sie ihren Schatz geheim halten. Es war wirklich der letzte Notgroschen. »Wir haben doch alles durchgerechnet und kalkuliert«, zischte sie stattdessen. »Es reicht uns, wenn du deinen Job ganz normal, ohne Überstunden und ohne Wochenendarbeit erledigst.«

»Wenn das so einfach wäre«, blieb Wolfgang noch immer ruhig. »Ich bin kein Bürohengst und kein Fließbandarbeiter, mein Job lässt sich nicht in Stunden takten.«

»Ich bin ja nicht blöd. Das weiß ich auch. Aber du musst ein Mittelmaß finden, Wolfgang. Ich hock den ganzen Tag hier, sorge für die Familie, und du bist nur unterwegs.« Sie redete sich in Rage. »Ein Glück, dass Boris nicht so wird wie du.«

Wolfgang kochte innerlich. Es war niederschmetternd, wie sie jetzt Boris ins Feld führte und behauptete, er würde den Bub vernachlässigen und nicht als Vorbild für ihn taugen. Anders war diese Bemerkung ja wohl nicht zu deuten.

»Jaja, ich treib mich nur in der Gegend rum, mach mir ein schönes Leben, und gleich wirst du sagen, ich hätt's auch mit anderen Weibern«, wurde er nun auch lauter.

»Weiß man's?«, gab sie schnippisch zurück, was ihn schlagartig aus der bisher zur Schau gestellten Gelassenheit riss.

»Jetzt halt endlich dein Maul. Wenn du ehrlich zu dir bist, hast du hier ein schönes Leben. Kannst den ganzen Tag über tun und lassen, was du willst. Und wenn ich dafür sorge, dass Knete ins Haus kommt, dann hast du nichts Besseres zu tun, als mir Vorwürfe zu machen.«

Als er krampfhaft versuchte, sich wieder in den Griff zu bekommen, deutete Heidi sein gekünsteltes Lächeln, als nehme er sie nicht ernst. »Weißt du was«, brüllte sie plötzlich los. »Ich hab die Schnauze voll.« Sie griff reflexartig zu einer Tasse, die auf der Arbeitsplatte stand, und schleuderte sie auf den gefliesten Boden vor Wolfgangs Füße. Krachend stoben die Scherben auseinander. Während der Wutausbruch seiner Frau Wolfgang in Fassungslosigkeit erstarren ließ, eilte sie aus der Küche und warf die Tür mit voller Wucht zu.

Er wusste in diesem Augenblick nicht, wie er reagieren sollte, und ärgerte sich darüber, die aufgeheizte Stimmung nicht in den Griff bekommen zu haben. Es war dumm von ihm gewesen, sich von Heidi derart provozieren zu lassen.

84

Die Bundesligahandballer von *Frisch-Auf Göppingen* waren wohl nicht mehr zu retten. Trotzdem waren noch einige Fans zum letzten Spiel ins unterfränkische Großwallstadt gefahren. Die Begegnung fand dort in der Untermainhalle des benachbarten Elsenfeld statt. Wie schon so oft waren auch diesmal Blaubart, Siebeneicher, Blank und Reinicke gemeinsam zu dem Auswärtsspiel gereist. Knapp drei Stunden waren sie mit einem komfortablen Mercedes unterwegs, den Blaubart besorgt hatte und auch selbst steuerte. An diesem 30. April 1989, einem Sonntag, waren natürlich auch viele *Frisch-Auf-*Funktionäre gekommen, darunter Horst Jodel, der selbst einst einige glanzvolle Erfolge als aktiver Spieler hatte feiern können. Doch an diesem Nachmittag gab es nichts zu feiern. Die Göppinger gingen mit 26:22 unter und mussten den schweren Gang in die Zweitklassigkeit antreten. Dieter Blaubart sank nach dem Schlusspfiff und dem Jubel der heimischen Fans zusammen: »Das war's wohl.«

Jodel, der mit Blaubart, Siebeneicher, Blank und Reinicke in derselben Reihe saß, schüttelte fassungslos den Kopf. »Fünf Jahre nach dem mühsam erkämpften Wiederaufstieg geht alles von vorne los.«

Reinicke, Blank und Siebeneicher waren aufgestanden, um sich in dem schmalen Rang um Jodel zu gruppieren. »Jetzt wird's einige Jahre dauern, bis der Aufstieg wieder klappt«, meinte Blank resignierend. Sie alle wussten, wie schwer es nach dem Zwangsabstieg 1984 gewesen war. Damals hatte der Verein dafür büßen müssen, dass er dem Spieler Jerzy Klempel Geld bezahlt hatte, obwohl dies nach dem Amateurstatus gar nicht erlaubt gewesen war. Zwar war *Frisch-Auf* im folgenden Spieljahr wieder aufgestiegen, aber nun, fünf Jahre danach, würde dies vermutlich nicht mehr so einfach sein.

Die fünf Männer orientierten sich am einsetzenden Menschenstrom, um nach weiteren Göppinger Fans Ausschau zu halten. Auf dem Weg zwischen den Rängen nach oben meinte Siebeneicher frustriert: »Vielleicht werden in den nächsten Jahren die Karten neu gemischt.« Die anderen hatten es nicht gehört.

Wenig später saßen sie schon wieder in Blaubarts Mercedes, um nach Göppingen zurückzufahren. Die Stimmung war gedämpft, denn ob sie auch künftig ihrem Verein zu den Auswärtsspielen folgen würden, wollte jeder für sich selbst noch überlegen. »Ein Wiederaufstieg kostet viel Geld«, resümierte Blaubart, der den Wagen durch das anfängliche Verkehrsgewühl chauffierte.

»Ohne Sponsoren läuft heutzutage nichts mehr«, meinte auch Siebeneicher, der neben ihm saß. Blank und Reinicke im Fond des Wagens teilten seine Einschätzung. »Aber zum Glück«, meinte Siebeneicher zuversichtlich, »gibt's auf der Welt noch ein paar andere Dinge als Handball.«

»Zum Beispiel die Analena«, frotzelte Blaubart. »Lange nicht mehr gesehen.«

»Die ist mit ihrem Juwelierladen vollauf beschäftigt«, erklärte Siebeneicher kühl. »Man glaubt es ja nicht, dass es in Göppingen so viele Betuchte gibt, die sich mit Juwelen eindecken.« Er wollte nicht länger auf Analena angesprochen werden, zumal all seine Versuche, ihr näherzukommen, nichts gefruchtet hatten. Deshalb lenkte er mit einer Frage an Blaubart ab: »Und dein scharfes Fotomodel, die Kirstin oder wie sie heißt, was ist mit der?«

Blaubart machte eine abwertende Handbewegung, ohne den Blick von der Straße zu wenden. »Die ist auch älter geworden«, brummte er. »Aber noch immer ein scharfes Ding. Hat sich wohl in Frankfurt einen neuen Job gesucht. Ist lukrativer.«

»Frankfurt«, tönte Reinicke von hinten. »Das wär von Großwallstadt ja nicht mehr weit gewesen. Ein bisschen Aufmunterung hätte jetzt nichts geschadet.«

Siebeneicher drehte sich zu den beiden auf der hinteren Sitzbank um. »Ich befürchte, dann wär's noch ein teurer Ausflug geworden.«

»Außerdem«, mischte sich Blaubart ein und suchte über den Rückspiegel Blickkontakt mit Reinicke, was jedoch wegen der schlechten Lichtverhältnisse im Wagen nicht gelang, »außerdem ist es wohl besser, sich vom Rotlichtmilieu fernzuhalten.«

Reinicke schwieg, während Blank sich an Gerüchte im Zusammenhang mit Blaubart erinnerte und deshalb neugierig nachhakte: »Hast du denn damit schon einschlägige Erfahrungen gemacht?«

»Was heißt Erfahrungen?«, echote Blaubart, als sei dies völlig abwegig. »Man sollte von allem die Finger lassen, was viel Geld in einem Grauzonenbereich verspricht. Da mischen manchmal die übelsten Typen mit.«

»Auch bei den Autoschraubern gibt's viele schwarze Schafe, stimmt's?«, ergänzte Siebeneicher mit einem Seitenhieb auf Blaubarts Gewerbe.

»Ja, Hans, da hast du recht. Wenn du in dieser Branche ein Ehrlicher bist, ist es schwer, sich zu behaupten.«

»Und wie läuft das mit deiner Kneipe bei den Russen?«, kam es von Reinicke.

»Gutes Stichwort, Helmut«, sagte Siebeneicher und verrenkte sich beinahe, um den Installateur besser im Blickfeld zu haben. »Ich sollte noch einen geschickten Mann für die Haustechnik haben, der mir die Wasserleitungen auf den neuesten Stand bringt. Genau wie in meinem *Stüble*.« Er grinste auch in Richtung Blank. »Und jemanden, der ein paar Änderungen an den Wänden vornimmt. Nur ein paar Kleinigkeiten.«

Reinicke zeigte sich spontan interessiert: »Du meinst, Ernst und ich sollen dir in Leningrad helfen?«

»Warum nicht? Ihr kommt rüber und schafft zwei, drei Tage dort für mich.«

Blank wurde sich erst langsam des Auftrags bewusst. »Und das geht so einfach? Wir fliegen rüber und werkeln da rum? Ich hab keine Ahnung, wie das rechtlich abgesichert ist. Und außerdem gibt es dort doch bestimmt kein geeignetes Material.«

»Das lass nur meine Sorge sein. Hättet ihr denn Interesse?«

Die beiden Handwerker sahen sich für einen Moment konsterniert an. »Ich schon«, entschied Reinicke spontan. Blank brummte etwas, das im Motorengeräusch unterging.

»Und wie werden wir bezahlt?«, fragte Reinicke unverblümt.

»Üblicher Stundenlohn.«

»Üblich – in Russland oder hier?«

»Hier natürlich. Cash und in D-Mark«, gab sich Siebeneicher großzügig, während dies Blank gar nicht zu interessieren schien. »Eröffnung im November. Am achten. Das steht schon fest. Ein Bäcker aus Göppingen, der Gustl, ist bereits engagiert. Er bäckt schwäbische Brezeln. *Alpirsbacher Klosterbräu* liefert das Bier, und den Wein importier ich gemeinsam mit Winzergenossenschaften nach Russland.«

»Also«, mischte sich Blaubart ein, »für mich klingt das alles ein bisschen verrückt.«

»Soll es auch, Dieter, soll es auch. Je verrückter, desto besser. Ich hab euch doch schon lange gesagt: Das wird ein ganz großes Ding.«

»Und woher hast du die Knete dafür?«, warf Reinicke vorsichtig ein.

»Alles kalkuliert, Helmut. Keine Sorge. Das läuft.« Dann fügte er an: »Ich hab noch ein paar Geschäftspartner. Die wollen aber nicht genannt werden.« Er grinste.

85

Es war ein kühler, regnerischer Junitag. Hans Siebeneicher hatte sich am Vormittag seinem Reisebüro gewidmet und dort einen seiner cholerischen Anfälle gehabt, weil er auf seinem Schreibtisch, der in einem winzigen, ziemlich düsteren Raum stand, irgendwelche Unterlagen für die Fahrschule nicht mehr fand. Kein Wunder, denn überall häuften sich Papiere, Broschüren und kommunalpolitische Unterlagen. Gab er sich nach außen hin als charmanter Plauderer, der für alles und jeden ein offenes Ohr zu haben schien, so konnte er intern genau das Gegenteil sein: Seine blitzartigen Stimmungsumschwünge waren bei den Angestellten gefürchtet. Wenn er tobte, schien er außer sich zu sein. Auch heute früh hatte er das Reisebüro wieder mal wutschnaubend verlassen, um sogleich draußen auf der Straße ein freundliches Gesicht aufzusetzen. Schnellen Schrittes war er knapp 300 Meter weiter in sein *Stüble* geeilt, in dem es nach kaltem Zigarettenqualm roch, als er kurz nach 10 Uhr die Tür aufschloss und sie hinter sich wieder verriegelte. Im Inneren sah es auf den ersten Blick aufgeräumt aus, doch dann entdeckte er zwei ungespülte Gläser und einen vollen Aschenbecher. Das würde er nicht dulden. Sollte Ilona, die gestern Abend Dienst hatte, nur kommen. Er würde ihr das Nötige sagen. Oder sie gleich rausschmeißen.

Aber meist war der Zorn schnell abgeklungen. Wenn das Mädchen heute Abend erschien, brauchte sie nichts mehr zu befürchten. Er würde sie charmant umschmeicheln, obwohl jeder unter den Angestellten wusste, dass er ein explosives Pulverfass war, das hinter den Kulissen unberechenbar sein konnte.

Siebeneicher schaltete sein kleines Radio ein, um das Neueste aus China zu hören. Die weltpolitische Lage begann ihn zu beunruhigen. Vergangene Nacht waren in Peking Panzer aufgefahren und hatten auf dem Platz des Himmlischen Friedens die Proteste der Bevölkerung gewaltsam niedergeschlagen. Offenbar, so meldeten Korrespondenten, waren die Menschen durch die Reformbestrebungen in der Sowjetunion sowie in Ungarn und Polen ermuntert worden, ebenfalls für Freiheit und Demokratie zu kämpfen.

Weil es an der Tür klingelte, ließ Siebeneicher von den Nachrichten ab, sah auf die Uhr und wunderte sich, dass der erwartete Besucher so früh dran war.

Beim Öffnen der Tür wollte er ihm schon ein freundschaftliches »Hallo« entgegenrufen, doch die Person, die draußen stand, war eine andere. Es war ein Mann, an dessen Gesicht er sich sofort erinnerte: Häberle. Dieser Kommissar aus Stuttgart, von dem er wusste, dass er in Göppingen wohnte.

»Man hat mir im Reisebüro gesagt, dass Sie hier sind«, lächelte Häberle freundlich, bemerkte aber, dass Siebeneicher über seinen unangekündigten Besuch nicht erfreut war. »Darf ich kurz reinkommen? Ich brauch auch nichts zum Trinken.«

»Dann sind Sie dienstlich hier?«, brummte Siebeneicher, machte den Weg frei, bot dem Kommissar einen Platz an und verriegelte die Tür wieder.

»Wollen Sie einen Kaffee?«, fragte er höflich, doch Häberle wehrte ab.

»Was verschafft mir dann die Ehre?«, fragte Siebeneicher und war hörbar verunsichert.

»Nichts Besonderes. Ich hab nur gedacht, wenn ich schon mal tagsüber in der Stadt bin, könnt ich mal kurz bei Ihnen vorbeischauen. Jemand, der das Ohr am Pulsschlag des Lebens hat, ist für einen Kriminalisten immer wichtig.«

»Ach so – der Sparkassenraub«, meinte Siebeneicher, als habe er schon gar nicht mehr daran gedacht.

»Ja, das treibt mich noch immer um«, nickte Häberle. »Irgendwie hab ich das Gefühl, dass die Fäden entweder hier in Göppingen oder drüben im Remstal zusammenlaufen.«

»Gibt es denn neue Erkenntnisse?«

»Viele Hinweise, aber keine heiße Spur. Was spricht man denn so in Ihren Kreisen?«

»In meinen …?« Siebeneicher fühlte sich plötzlich unwohl. »Wie soll ich das verstehen?«

»Na ja«, zeigte sich Häberle vertrauensselig, »Sie sind im Gemeinderat, Sportfunktionär und Gastronom. Sie kommen mit vielen Leuten zusammen. Da hört man doch das eine oder andere ...«

Siebeneicher blieb ernst. »Tut mir leid. Ich bin gerade ziemlich im Stress.«

Häberle sah sich um, als suche er nach einem Grund für diese Erklärung.

»Ich mach demnächst ein Lokal in Leningrad auf«, erklärte ihm Siebeneicher.

»Hab davon gehört, ja«, entgegnete Häberle. »Das nimmt jetzt tatsächlich Gestalt an?«

»Ja, im November. Am achten.«

»Das ist aber ein ziemlich kühnes Vorhaben«, meinte Häberle anerkennend.

»Eigentlich war Moskau vorgesehen gewesen, aber die passende Immobilie hat uns McDonald's weggeschnappt.«

»Dann dürfen sich die Leningrader über Schwäbisches freuen? Und mit dem Nachschub klappt das?«

»Alles gemanagt. Mit meinen Geschäftspartnern habe ich eine Ost-West-Handelsgesellschaft gegründet. Für Lebensmittel. Denn Leningrad soll erst der Anfang sein.«

»Da haben Sie ja kräftig ...« Häberle wollte gerade nach den Investitionen, vor allem aber nach der Korruption fragen, als es klingelte. Siebeneicher sprang auf, öffnete die Tür und konnte den erwarteten Gast begrüßen. »Helmut, hallo«, sagte er, um gleich informierend anzufügen: »Komm rein, ich hab gerade Besuch. Der Kommissar ist da.«

»Der Kommissar?«, wiederholte Helmut Reinicke verwundert und blieb stehen. »Da will ich euch aber nicht stören.«

»Du störst nicht, komm«, forderte ihn Siebeneicher auf und führte ihn an den Tisch, wo sich Häberle erhob und Reinicke mit Handschlag begrüßte.

»Ihr kennt euch doch vom Stammtisch, oder?«, fragte Siebeneicher verlegen und schob eine Erklärung nach, die gar nicht notwendig gewesen wäre: »Helmut Reinicke, Experte für Haustechnik. Hat mir hier drin sehr geholfen. Und will es auch in Leningrad tun. Das wollen wir heute besprechen.«

»Immer gut, wenn man Experten zur Hand hat«, lächelte Häberle, während sie sich setzten.

»Ich lade Sie natürlich gerne auch zur Eröffnung ein«, wandte sich Siebeneicher an den Kriminalisten.

»Mal sehen – falls ich bis dahin die Geiselgangster geschnappt habe.«

»Haben Sie denn eine heiße Spur?«, fragte Reinicke und spielte mit einem Stapel Bierdeckel.

»Haben wir sicher«, grinste Häberle und hob eine Augenbraue. »Eine von den Spuren wird heiß sein. Wir wissen nur noch nicht, welche.«

86

Blaubart war fest entschlossen, die Auto-Exporte in den Osten endgültig aufzugeben. Viel zu unsicher waren die politischen Verhältnisse geworden, was zur Folge haben würde, dass es immer schwieriger werden könnte, die Geschäfte am Rande der Legalität abzuwickeln. Ähnliches befürchteten offenbar die Verbindungsleute, die nicht mehr über ihre bisherigen Strukturen verfügten, die dank Korruption zuverlässig funktionierten. Außerdem wollte Blaubart seinen guten Ruf, den er in der Stadt genoss, nicht aufs Spiel setzen. Es waren bereits genügend Gerüchte im Umlauf, für die es jedoch keinerlei Gründe gab. Er war ein ganz normaler Geschäftsmann, der sich eben mit Exporten befasste, wie dies in allen Branchen getan wurde. Und dass er attraktiven Damen nicht abgeneigt war, war ja schließlich nicht verboten, zumal er als Single dazu nicht einmal fremdgehen musste. Es gab also nichts Negatives, das ihm anhaftete.

Dass dieser Detektiv Nolte nie mehr wieder aufgetaucht war, beruhigte ihn zwar, doch ertappte er sich immer mal wieder dabei, auf Verdächtiges zu achten, das eine Bespitzelung vermuten lassen würde. Natürlich hatte das Auftauchen dieses Schnüfflers im vergangenen Herbst dazu geführt, dass er manches Auto-Exportgeschäft sorgfältiger abwickelte und die Fahrzeugpapiere ordnungsgemäß vorlagen.

Jetzt musste er seine Entscheidung, ganz aufzuhören, allerdings noch dem Amerikaner Joe Lukas darlegen, mit dem ihn eine geschäftliche Freundschaft verband, die anfangs alles andere als ungetrübt gewesen war. Blaubart hatte in all den Jahren nie vergessen, wie Lukas einst Geld zurückgefordert und ihn sogar bedroht hatte. Ob Lukas es war, der ihm vor sieben Jahren deshalb den Cadillac demoliert hatte, war zwischen ihnen nie ausdiskutiert worden. Auch Lukas' Versuch, Kirstin ins Rotlichtmilieu zu vermitteln und bei ihr als Zuhälter abzuzocken, hatte er verhindern können.

Letztlich hatte, das musste sich Blaubart eingestehen, das große Geld gesiegt. Und zwar nicht mit der Zuhälterei, sondern mit den Autoexporten ins osteuropäische Ausland, an denen sie beide sehr gut verdienten. Ob an dem guten Funktionieren dieser Kontakte auch jener Spion einen Anteil hatte, der vor fünf Jahren enttarnt worden war, blieb Blaubart verschlossen. Er war jedenfalls froh gewesen, dass keine Querverbindungen von Lukas zu ihm konstruiert worden waren.

Blaubart hoffte, dass er sich von Lukas problemlos trennen konnte. Immerhin hatte der US-Soldat, der ungewöhnlich lange schon in Göppingen stationiert war, vor Kurzem durchblicken lassen, wieder in die Staaten zurückgehen zu wollen. Möglich, dass auch ihn die politische Entwicklung dazu veranlasste.

Vor Blaubarts geistigem Auge tauchten die Bilder auf, die vor wenigen Tagen um die Welt gegangen waren, als der Eiserne Vorhang zwischen Ost und West löchrig wurde: Der österreichische Außenminister Alois Mock und sein ungarischer Kollege Gyula Horn hatten am 27. Juni ein Zeichen für das Ende der europäischen Teilung gesetzt und mit einem Bolzenschneider medienwirksam den Stacheldraht an der Grenze durchtrennt.

Die Frage war nur, wie die Sowjetunion reagieren würde. Denn die Aktion mit dem Bolzenschneider konnte vieles auslösen: Eingreifende Panzer aus Russland, wie 1953 in Ostberlin, 1956 in Ungarn und 1968 in der Tschechoslowakei – oder es war der Beginn einer neuen Zeit.

So schnell jedenfalls konnten sich globale Veränderungen bis in die Provinz auswirken, dachte Blaubart, als er an diesem Juliabend zum vereinbarten Treffpunkt im Göppinger Eichertwald, unweit der Klinik am Eichert, fuhr. Dass sie sich dort in der Abenddämmerung verabredet hatten, war ihrer beider Entscheidung gewesen. Sie wollten sicherstellen, dass sie nicht bespitzelt wurden. Denn noch immer konnte nicht ausgeschlossen werden, dass statt Nolte ein anderer Detektiv auf sie angesetzt war. Wenn sie bei der Anfahrt nun vorsichtig und aufmerksam genug waren, jedes nachfolgende Auto beobachteten und gegebenenfalls einen Umweg fuhren, dann konnten sie ziemlich sicher sein, nicht verfolgt zu werden.

Blaubart stellte auf der ansteigenden Straße zufrieden fest, dass hinter ihm weit und breit kein anderes Auto zu sehen war. Noch ließ die aufziehende Dämmerung auch Fahrzeuge erkennen, die kein Licht eingeschaltet hatten.

Die Klinik lag hinter dem Wald, in dem Blaubart den Blinker nach links zur Zufahrt zu einem Parkplatz setzte, der von dichtem Bewuchs umgeben war. Zufrieden stellte er fest, dass nur ein einziges Auto dort stand – rückwärts eingeparkt und ihm vertraut: der bullige schwarze BMW mit dem Stuttgarter Kennzeichen. Der Wagen von Joe Lukas. Blaubart parkte daneben und sah den Amerikaner hinterm Steuer sitzen. Als die Scheinwerfer erloschen waren, stiegen die beiden Männer in die feucht-kühle Dämmerung hinaus.

»Hi«, presste Lukas hervor und baute sich, die Hände in den Hosentaschen, vor Blaubart auf, der ein kurzes »Hallo« erwiderte.

»Ist dir jemand gefolgt?«, fragte Lukas mit US-amerikanischem Akzent.

»Nein. Ich hab aufgepasst. Aber lass es uns kurz machen, Lukas«, brachte Blaubart den Grund des Treffens gleich auf den Punkt. Er hatte am Telefon bereits angedeutet, worum es ihm ging, doch hatte Lukas auf eine persönliche Aussprache bestanden. Ganz geheuer war Blaubart dies zwar nicht gewesen, aber ihre Differenzen, die sie einst gehabt hatten, lagen ja schon eine halbe Ewigkeit zurück.

»Du willst nicht mehr?«, vergewisserte sich Lukas.

»Hab ich dir am Telefon gesagt«, erwiderte Blaubart. »Auch dir ist die politische Lage doch zu heiß geworden, denke ich.«

»Es hat sich viel changed«, erklärte Lukas, der trotz seiner guten Deutschkenntnisse immer mal wieder ein englisches Wort einfließen ließ. »Okay, wir beenden das business. Aber es gibt da eine … wie sagt man? Condition.« Er überlegte, dann fiel ihm das richtige Wort ein: »Bedingung, eine Bedingung.«

»Und die wäre?« Auch Blaubart hatte seine Hände in den Taschen vergraben, sah sich aber plötzlich um, weil er in der Dunkelheit ein raschelndes Geräusch vernommen hatte.

»Ist da jemand?«, flüsterte Lukas.

Sie lauschten nun beide ein paar Sekunden. Dann störte ein Auto, das nebenan auf der Straße vorbeifuhr, die Stille der aufziehenden Nacht.

»Da ist niemand«, sagte Blaubart, wie um sich selbst zu beruhigen. »Okay, und was ist die Bedingung?«

»Dass wir nie etwas miteinander hatten, no deal. Es muss alles vernichtet werden, was auf connections hindeutet. Auf Verbindungen zwischen dir und mir.«

Blaubart war über den energischen Tonfall erschrocken. »Ich … ich hab das meiste ganz offiziell gebucht«, stammelte er und trat einen Schritt zurück.

»Idiot«, zischte der Amerikaner. »Ich dachte, du würdest das – wie sagt man – schwarz machen? Ohne Finanzamt und so.«

»Mensch, Joe, so einfach geht das nicht, wenn man die Zollformalitäten abwickeln muss.«

»Du willst damit sagen, dass mein Name in deinen Akten steht?« Der Amerikaner wurde ungehaltener.

»Nein, nein«, wiegelte Blaubart ab. »Deiner taucht nirgendwo auf. Nur die Namen der Vermittler im Osten.«

»Okay«, stieß Lukas hervor. »Dann haben wir uns verstanden? Alles vernichten, verbrennen, in the shredder.«

»Schredder«, echote Blaubart. »Ich hab's kapiert.«

»Okay. Don't forget: Wir haben uns nie gesehen. No deals gemacht.« Lukas klopfte dem Autohändler kräftig auf die Schulter. Blaubart wusste nicht, ob dies ein Zeichen der Freundschaft war oder eher Stärke und Macht demonstrieren sollte. »Dann good bye, old friend«, sagte Lukas und drehte sich zu seinem BMW. Während er die Fahrertür öffnete und in der Dunkelheit nur noch als Silhouette zu erkennen war, hielt er kurz inne. »Ich gebe dir den guten Rat: Tu genau, was ich dir gesagt habe. Es könnte sonst sehr unangenehm für dich werden.«

Die Worte waren Blaubart in alle Glieder gefahren. Für einen Augenblick stand er wie gelähmt, unfähig, etwas zu erwidern. Dann startete der Motor des BMW, und der Wagen preschte aus dem Parkplatz in die Nacht hinaus.

Blaubart spürte, wie ihn das Gesagte tief getroffen hatte. Der Pulsschlag war beschleunigt, die Knie weich. Und jetzt folgte etwas, das ihn erneut schockierte: ein Geräusch, das näher kam. Schritte in trockenem Laub. Er stand noch immer, als sei sein ganzer Körper erstarrt. Es gab keinen Zweifel: Da kam jemand aus dem dunklen Eichertwald heraus. Ein Spaziergänger?

87

Die Einweihung von Siebeneichers *Shvabskiy Domic* – so die russische Schreibweise – in Leningrad rückte näher. Als Reisebüroinhaber hatte er eine große Gruppenreise organisiert, um möglichst viele Geschäftsfreunde und Vertreter aller wichtigen Institutionen zu dem großen Ereignis einladen zu können. Ganz uneigennützig freilich tat er dies nicht. Denn er hatte zwar mit mehreren Lkws rund 180 Tonnen Material nach Leningrad schaffen lassen, doch fehlten trotzdem noch kleinere Utensilien. Diese sollten, in Tragetüten verpackt, den rund 50 Teilnehmern der Reisegruppe als Handgepäck mitgegeben werden. Zu der illustren Gesellschaft zählten auch die Stammtischler, die sich teilweise mit ihren Begleiterinnen angemeldet hatten. Dass Analena Heuberg alleine kam, war Siebeneicher sofort positiv aufgefallen, doch war er selbst inzwischen auch in weiblicher Begleitung. Während seiner zahlreichen Aufenthalte in Leningrad hatte er mit einer deutschstämmigen Russin angebandelt.

Ein besonderes Anliegen war es ihm, sein wirtschaftliches Engagement in der Sowjetunion publik zu machen. Deshalb hatte er auch die Medien dazu eingeladen, was jedoch nur bei dem Lokalredakteur Georg Sander auf Begeisterung stieß. Die Heimatzeitung nahm die Gelegenheit gerne wahr, auch einmal über die provinziellen Ereignisse hinaus ein bisschen am globalen Geschehen partizipieren zu können. Gerade in diesen aufregenden Zeiten.

Doch dann überschattete ein Verbrechen die Vorbereitungen. Zwei Wochen vor dem Abflug.

88

Es war ein finsterer Oktoberabend. Trotzdem wurde auf den Sportanlagen und in den Hallen am Göppinger Stadtrand eifrig trainiert. Flutlichter erhellten die Spielstätten. Fußball, Handball, Tennis, Reiten – all dies lockte Tag für Tag unzählige Freizeitsportler an. Darunter auch Mannschaften, die im allgemeinen Sprachgebrauch als *AH* – also *alte Herren* tituliert wurden. Sie alle wollten etwas für ihre Fitness tun. Auch Dieter Blaubart zählte dazu, obwohl er nicht immer Zeit dafür hatte. Doch an diesem Abend hatte er sich freigenommen, zumal er in den nächsten Wochen dem Sport vermutlich fernbleiben musste. Nach einstündiger Anstrengung hatte er im Klubhaus geduscht und sich umgezogen und wollte jetzt die Tasche mit der Sportkleidung in den Kofferraum seines Wagens legen, der auf dem dunklen Parkplatz vor dem Vereinsheim stand. Die Luft war kühl und feucht. Typisches Wetter für diese Zeit, dachte er, während ihn ein ungutes Gefühl beschlich. Die Atmosphäre erinnerte ihn an Szenen aus Kriminalfilmen. Dunkelheit, schlechtes Wetter, niemand auf der Straße. Ein Stoff, aus dem Thriller gemacht sind. Mit einem Mal kam ihm der Abend mit Joe Lukas in den Sinn, drüben im Eichertwald. Da war die Luft genauso rau gewesen. Er verspürte wieder die Panik, die ihn dort beim Näherkommen von Schritten ergriffen hatte. Doch da war niemand gewesen. Vermutlich hatte er sich die Geräusche nur eingebildet.

Er ging jetzt schnell an der Reihe der abgestellten Autos vorbei und zielstrebig auf seinen Mercedes zu. Schwaches Licht drang aus dem angrenzenden Vereinsheim durch die dichten Vorhänge der Fenster.

Seine Sportsfreunde vermutete er bereits in dem Lokal, weil sie sich meist schneller umkleideten als er. Gleich würde er bei ihnen sein. Sie hatten versprochen, ihm schon mal Bier und Weißwürste zu bestellen. Er öffnete den Kofferraum und ließ die Tasche mit sanftem Schwung hineingleiten. Nachdem sich der Deckel wieder gesenkt hatte und eingerastet war, wandte sich Blaubart der Fahrertür zu, die beim Öffnen die Innenbeleuchtung des Wagens aufleuchten ließ. Blaubart bückte sich zur Mittelkonsole, um Geld herauszuholen, doch kaum hatte er sich wieder aufgerichtet, nahm er in der Dunkelheit einen schwarzen Schatten war. Ganz dicht seitlich neben ihm. Eine hastige Bewegung. Viel zu schnell, um noch reagieren zu können. Zwei dumpfe Schüsse, aus allernächster Nähe. Direkt ins Gesicht. Blaubart sank zu Boden. Die Zeit war für ihn stehen geblieben.

Die Schüsse in der Stille des Herbstabends waren weithin hörbar gewesen. Auch im Klubheim, wo sich inzwischen Blaubarts Sportkameraden über dessen Ausbleiben wunderten. Seine gewünschte Bestellung war schon serviert worden, und das Bier drohte abzustehen und die Weißwürste kalt zu werden. Aber dass er später kam, war nichts Außergewöhnliches. Manchmal traf er unterwegs noch einen Bekannten. Oder ihm war, wie häufig in geselliger Runde, ein Streich eingefallen. Vielleicht hatte er eben kräftig gegen eine Tonne getreten?

In einem Haus, das schräg gegenüberstand, hatte der Chef der amerikanischen Militärpolizei von Berufs wegen gleich etwas anderes befürchtet. Er war mit seiner Frau gerade im Wohnzimmer gesessen und ohne zu zögern ins Freie gestürmt. Als Provost Marshal am Standort Göppingen konnte er sehr wohl einen üblichen Knall von einem Schuss unterscheiden. Wenige Sekunden später stand er vor dem Haus, blickte im Schein der schwachen Beleuchtung die von Bewuchs gesäumte Straße rauf und runter. Nichts Verdächtiges. Kein Mensch weit und breit. Kein Geräusch. Keine Schritte. Der Militärpolizist entschied, vorsichtshalber seine Kollegen zu verständigen, die schnell zur Stelle waren. Beim Durchsuchen der nachtschwarzen Umgebung erweckte ein schwacher Lichtschein auf dem Parkplatz des Klubheims seine Aufmerksamkeit. Dort brannte die Innenbeleuchtung eines Fahrzeugs. Der Militärpolizist eilte hinüber, wo sich im Dunkeln die geöffnete Fahrertür eines größeren Wagens abzeichnete. Noch bevor seine alarmierten Kollegen eintrafen, entdeckte er das Schreckliche. Auf dem dunklen Asphalt lag ein Mann. Blutüberströmt. Tot.

89

Georg Sander hatte am frühen Vormittag, gleich nachdem er in die Redaktion gekommen war, von dem neuerlichen Verbrechen erfahren. Grüninger war bereits bestens informiert. Wie so häufig, hatte er als Nutzer des öffentlichen Personennahverkehrs im Linienbus einen Vertreter der Stadtverwaltung getroffen, der ihn meist mit dem, was in der Stadt gerade aktuell war, auf dem Laufenden hielt. »Es gibt schon Gerüchte, das alles könnte etwas mit dem Sparkassenraub zu tun haben«, erklärte Grüninger seinem deutlich jüngeren Kollegen. »Ich glaube das aber nicht, denn inzwischen sind siebeneinhalb Jahre vergangen.« Er überlegte. »Außerdem hat sich der erschossene Blaubart in der High Society von Göppingen bewegt.«

»Sie meinen, in Kreisen, denen man keine Verbindung zu den Sparkassenräubern zutraut?«, fragte Sander zweifelnd.

»Ich weiß, das eine schließt das andere nicht aus. Aber ich schlage vor, Sie schauen sich am Tatort mal um. Eine Überschrift ist mir schon mal eingefallen: *Mörder lauerte auf dunklem Parkplatz*. Was halten Sie davon?«

»Klingt gut. Wie viel darf ich denn schreiben?«, wollte Sander wissen, denn er war als Vielschreiber bekannt, zumal er großen Wert auf fundierte Recherche und hintergründige Darstellungen legte.

»So viel Sie wollen«, grinste Grüninger, der sich im Geiste bereits die erste Lokalseite von morgen vorstellte.

90

»Wir haben null Ansätze«, gab sich der vor drei Jahren ins Amt eingeführte Kripochef Werner Bruhn zerknirscht, als er Sander kommen sah. Noch immer wusste der Journalist nicht, wie er den neuen Chefermittler Göppingens, den Nachfolger von Karl Geiger, einzuschätzen hatte. Bisweilen war es ihm schon so erschienen, als sei er gegenüber der Öffentlichkeit äußerst zugeknöpft und für Fragen wenig aufgeschlossen.

Auch hatte Sander davon erfahren, dass er offenbar zu cholerischen Wutausbrüchen neigte. Deshalb galt es jetzt, beim ersten Fall, der sie beruflich zusammenführte, behutsam vorzugehen. Bruhn nahm den Journalisten beiseite, weil der Parkplatz auch jetzt, am Morgen danach, noch mit rot-weißen Flatterbändern abgesperrt war.

»Der Mann ist seinem Mörder auf dem schlecht beleuchteten Platz direkt in die Arme gelaufen. Anders lässt sich das nicht erklären«, stellte Bruhn unerwartet offen fest und strich sich nachdenklich über den kahlen Schädel, der von einem Haarkranz umgeben war. Die Stimme energisch, der Tonfall militärisch.

»Hat man die Waffe gefunden?«

»Nein, aber es ist davon auszugehen, dass es eine Schrotflinte war.«

»Ein Raubüberfall?«

»Sieht nicht danach aus. Es deutet auch nichts auf einen Kampf hin.«

»Dann ist der Täter also plötzlich aufgetaucht?«

»Er hat aus allernächster Nähe geschossen. Ich würde sagen, es hat nahezu Körperkontakt bestanden. Vielleicht haben sich Opfer und Täter für einen kurzen Moment ins Gesicht geschaut. Für eine Abwehrreaktion blieb aber keine Zeit.«

Sander schrieb mit klammen Fingern mit. Er hatte nicht damit gerechnet, dass Bruhn so redefreudig sein würde. Vermutlich hoffte der Kriminalist angesichts fehlender Spuren, aus der Öffentlichkeit Hinweise zu erhalten.

Dann gestand Bruhn etwas, das er aus dem Munde des Kripochefs nicht erwartet hätte: »Die Waffe und die brutale Vorgehensweise lassen es einem kalt über den Rücken laufen.«

Sander bemerkte im Augenwinkel, dass sich eine Hundertschaft der Bereitschaftspolizei versammelte, um das umliegende Gelände zu durchkämmen. Auch Hunde tauchten auf.

»Wir hoffen, noch irgendeine Spur zu finden«, erklärte Bruhn und deutete auf die Wiesen, die sich hinterm Haus des Militärpolizisten und den Sportanlagen den Hang hinab erstreckten. Weiter unten verlief eine Straße, die das US-Areal mit dem Stadtrand verband.

»Bisher haben wir nur einen Teil der Munition gefunden, sonst nichts«, machte Bruhn weiter und beobachtete die Szenerie. Noch immer waren Spurensicherer an dem abgestellten Mercedes beschäftigt.

»Was heißt das: Teile der Munition? Patronen?«

»Nein«, gab sich Bruhn ungeduldig. »Nur Schrotkugeln, jede einzelne 3,5 Millimeter groß. Da bleiben die Patronen in der Waffe zurück.«

»Aus der Munition lässt sich auf die Waffe schließen?«, stellte Sander sachkundig, aber fragend fest.

»Natürlich. Es muss eine Schrotflinte gewesen sein, mit der man Wildschweine schießt. Möglicherweise abgesägt und doppelläufig. Da können Sie auf kurze Distanz Verheerendes anrichten. Aber die Schrotkugeln lassen sich keiner bestimmten Waffe zuordnen, falls Sie das meinen. Und ohne Patronenhülse, die bei Schrot nicht ausgeworfen wird, hat man auch keine Möglichkeiten, Vergleichsspuren zu sichern«, antwortete Bruhn und beobachtete zufrieden, wie Sander das Gesagte notierte, dabei jedoch weiterbohrte: »Und wieso doppelläufig und abgesägt?«

Bruhn holte tief Luft. Er hatte keine große Lust, einem ahnungslosen Journalisten laienhafte Fragen zu beantworten. »Man sägt das Ding ab – am Lauf und am Schaft – damit es handlicher wird. Wenn Sie auf kurze Distanz schießen, kommt's nicht unbedingt auf genaues Zielen an. Und doppelläufig dürfte die Schrotflinte gewesen sein, weil man dann schnell zweimal hintereinander schießen kann. So eine Waffe hat zwei Abzüge, wenn Sie verstehen, was ich meine.« Sander nickte, als habe er das Gesagte kapiert. Bruhn war ohnehin nur deshalb so gesprächig, weil er große Hoffnung in die Öffentlichkeitsfahndung setzte. Er fügte deshalb an, um die Dramatik des Falles zu unterstreichen: »Zwei Schüsse haben den Kopf des Opfers regelrecht zerfetzt. Der Täter muss also blutbefleckt geflüchtet sein. So etwas muss doch auffallen.«

»Und so eine Waffe ist außergewöhnlich?«, wandte Sander ein.

»Die hat nicht jeder daheim rumliegen. Eine typische Verbrecherwaffe«, ließ Bruhn ein Quäntchen Ironie durchblicken. »So ein Ding ist relativ schwer und hat einen enormen Rückstoß. Ich tippe mal, dass eine Frau wohl kaum als Täter infrage kommt.«

»Dieser Blaubart war ein Geschäftsmann …«, begann Sander, wurde aber jetzt von Bruhn unterbrochen: »Den Namen haben Sie gesagt, nicht ich.« Er wollte klargestellt haben, dass der Name des Opfers nicht offiziell bekanntgegeben wurde.

»Schon klar«, beruhigte Sander, »aber wir haben den Namen gleich heute Morgen erfahren. Wird sich sowieso schnell herumsprechen. Blaubart war eine bekannte Persönlichkeit.«

»Wir werden sein ganzes persönliches Umfeld durchleuchten. Und das scheint ziemlich groß zu sein, wie meine Kollegen bereits erfahren mussten.«

Bei Sander löste diese Feststellung eine Erinnerung aus. »Könnte er womöglich in diesen Sparkassenraub verwickelt gewesen sein?«

Bruhns Gesichtszüge wurden unfreundlich. »Ach, hören Sie mir doch damit auf. Wann immer sich in dieser Stadt etwas Kriminelles tut, kommt einer daher und stellt mir diese Frage. Was bin ich froh, dass mich die Sache von damals nichts angeht.«

Sander riskierte trotzdem noch einen Vorstoß: »Werden Sie denn diesen Kommissar Häberle einschalten, der in den Fällen Sparkasse und Schlecker ermittelt?«

»Häberle?«, entfuhr es Bruhn noch eine Spur energischer. »Alle plappern mir die Ohren voll von diesem Häberle. Der mag zwar hier in Göppingen wohnhaft sein, aber seine Dienststelle ist in Stuttgart. Glauben Sie mir, Herr Sander, wir sind hier in Göppingen durchaus selbst in der Lage, so einen Fall zu bearbeiten.«

Der Journalist ließ es dabei bewenden. Ihm war klar, dass Bruhn hier angetreten war, um zu zeigen, wer der Chef bei der Kripo war.

91

Das Klubhaus durfte betreten werden, weshalb sich Sander von den Räumlichkeiten ein Bild verschaffen konnte. Nie zuvor war er hier gewesen. Es bot eine gemütliche Atmosphäre, und Fotos und Pokale erinnerten an sportliche Erfolge. Sofort fiel sein Blick auf einen Tisch, der offenbar überstürzt verlassen worden war und den man aus irgendwelchen Gründen noch nicht abgeräumt hatte: benützte Gläser mit abgestandenem Bier und eine Portion Weißwürste, als seien sie gerade erst serviert worden. »Da hätte er sitzen sollen«, sagte der Wirt, ein quirliger schnauzbärtiger Mann mit leicht italienischem Akzent, nachdem sich Sander vorgestellt hatte. »Wir haben doch alle gar nichts mitbekommen. Erst als einer von

Herrn Blaubarts Mitspielern früher heimgehen wollte, ist er draußen in die Polizeikontrolle geraten und hat uns dann gesagt, was passiert ist. Wir waren geschockt, das können Sie sich vorstellen.«

»Haben Sie Herrn Blaubart gekannt?«, wollte Sander wissen.

»Gekannt ja, aber nur flüchtig. Er hat drüben in der Halle mit den anderen gespielt. Nicht immer, manchmal viele Wochen lang gar nicht. Und dass er ausgerechnet gestern gekommen ist, ist besonders tragisch.«

Sanders Interesse stieg. »Wieso besonders tragisch?«

»Ja, eigentlich gilt seit dem gestrigen Montag meine Winteröffnungszeit. Ich hätte montags gar nicht mehr offen gehabt.«

»Und warum war nicht geschlossen?«

»Ich hab mal ausprobieren wollen, wie viele Gäste jetzt Ende Oktober montags noch kommen würden.«

Sander vermochte diese Logik nicht nachzuvollziehen. Das hätte der Wirt doch auch schon vorigen Montag feststellen können, dachte er, ohne näher darauf einzugehen. Er resümierte jedoch: »Dann muss der Täter über Ihren Versuch Bescheid gewusst haben.«

»Oder auch nicht«, runzelte der Wirt die Stirn. »Vielleicht hat er gedacht, das Lokal sei weiterhin ganz normal geöffnet.«

Sander malte sich kurz im Geiste aus, wie irritiert dann der Mörder vor dem geschlossenen Klubheim gestanden wäre. Offenbar hatte es das Schicksal mit Blaubart besonders schlecht gemeint. Merkwürdige Zufälle: Er kommt nach langer Zeit mal wieder zum Sport und trifft ausgerechnet dann auf seinen Mörder, dem er gar nicht begegnet wäre, hätte das Klubheim, wie vorgesehen, geschlossen gehabt. Bruhn würde sicher auch diese Situation genauer unter die Lupe nehmen.

92

Wolfgang Nolte war blass geworden. Soeben hatte ihn sein Chef telefonisch von dem Verbrechen in Göppingen informiert. In der *Gmünder Tagespost*, die Nolte in Rattenharz abonniert hatte, wurde zwar an diesem Mittwoch von einer Bluttat in Göppingen berichtet, aber der Name des Opfers nicht erwähnt. Dass es Blaubart war, teilte ihm jetzt der Detektei-Inhaber Harry Feldkirch mit und warnte: »Sie sollten sich darauf gefasst machen, dass die Polizei auch bei Ihnen auftaucht. Die werden Blaubarts Akten durchstöbern und ganz sicher auch auf Sie stoßen.«

Nolte holte tief Luft. Fast ein Jahr war es jetzt her, dass er diesen Autohändler im Visier gehabt hatte. Er musste an den gescheiterten Auftrag denken und an die gefährliche Begegnung mit dem Amerikaner auf dem Parkplatz beim Herrenbach-Stausee. Seither war er zwar oft nachts mit gemischten Gefühlen unterwegs gewesen, hatte aufmerksam verfolgt, wer wie lange hinter ihm herfuhr, doch es hatte nichts mehr gegeben, was auf Verfolger hätte schließen lassen. Auch sonst waren ihm keine Merkwürdigkeiten mehr aufgefallen.

Nolte saß zusammengesunken auf seinem Schreibtischsessel und war froh, dass Heidi zum Einkaufen gefahren war. Wenn sie erfuhr, wer da umgebracht worden war, würde sie ihm weitere Vorwürfe machen. Denn natürlich hatte Feldkirch recht. In Blaubarts Unterlagen fanden sich ganz sicher Spuren zu ihm. Und sie würden Verbindungen knüpfen zwischen seiner einstigen Beschäftigung als Geldbote, damals, vor über sieben Jahren in Göppingen, und diesem Blaubart, der fest ins gesellschaftliche Leben Göppingens integriert war, jedoch möglicherweise auch Verbindungen in andere Milieus hatte. Was gemunkelt wurde, wofür es aber offenbar keinerlei stichfeste Beweise und Anhaltspunkte gab, wie Nolte festgestellt hatte.

»Am besten, ich sag, wie's war«, erwiderte Nolte auf Feldkirchs Mitteilung.

»Natürlich tun Sie das«, riet ihm sein Chef. »Zurückhaltung wäre jetzt fehl am Platz. Aber passen Sie auf: Denken Sie an Ihre eigene Vergangenheit.«

Nolte schluckte. Er wusste den Ratschlag nicht einzuschätzen.

93

Die Sonderkommission zur Aufklärung des Mordes an Blaubart arbeitete Tag und Nacht. Bruhn hatte gegen Ende der Woche seine wichtigsten Mitarbeiter um sich geschart und war sichtlich bemüht, Ruhe zu bewahren. »Himmelherrgottnochmal«, brach es aus ihm heraus, was ein Zeichen höchster Erregung war, »in meiner bisher 27-jährigen Laufbahn hab ich bei einer so scheußlichen Tat noch nie erlebt, dass so wenige Hinweise eingehen. Nicht mal auf das vertrauliche Tonband hat man was gesprochen.«

»Es gibt jede Menge Gerüchte«, wagte ein junger Kriminalist einzuwenden und wurde vom Chef sogleich mundtot gemacht: »Dann sollen die Leute kommen und es uns sagen und nicht hinten rum reden.« Weil sich betretenes Schweigen breitmachte, fuhr er lautstark fort: »Das Verbrechen muss detailliert geplant gewesen sein. So was macht keiner aus einem nichtigen Grund heraus. Der Täter muss sich auch mit den Lebensgewohnheiten seines Opfers befasst haben.«

Ein älterer Beamter, der sich in den Türrahmen gelehnt und Bruhns zornige Ausführungen gelassen abgewartet hatte, erklärte ruhig: »Wir haben in Blaubarts Lebenswandel nichts Auffälliges festgestellt. Nicht mehr und nicht weniger, als man bei einem alleinstehenden Mann seines Alters vermuten würde. Nur eines kommt uns komisch vor: Er war selbstständiger Geschäftsmann, aber in seinem Büro haben wir nur wenige Unterlagen und Akten gefunden. Es scheint so, als sei vieles vernichtet worden – entweder von ihm oder von anderen.«

»So?«, zeigte sich Bruhn interessiert. »Und das erfahre ich so beiläufig?«

»Gerade erst klar geworden«, räumte der Angesprochene etwas zaghafter ein. »Im Hof von Blaubarts Werkstatt muss vor einigen Tagen ziemlich viel verbrannt worden sein. Wir haben Aschereste entdeckt, die allerdings wohl bewusst zertrampelt wurden. Da lässt sich nichts mehr rekonstruieren.«

Ein anderer Ermittler ergänzte: »Es gibt keine persönlichen Unterlagen. Weder in seinem Büro noch in seiner Wohnung. Wir haben von seinen Sportsfreunden erfahren, dass er sich nirgendwo eine Quittung hat geben lassen und auch nicht der Typ gewesen sei, der Briefe geschrieben hat.«

»Und Telefon?«, fragte Bruhn ungeduldig.

»Sind wir noch dran. Das Fernmeldeamt tut sich offenbar schwer.«

»Was wir nicht aus den Augen verlieren dürfen«, mischte sich ein anderer ein, »ist dieser anonyme Anruf, den der Wirt des Klubhauses erhalten hat.«

Bruhn nickte. Er konnte sich an den Sachverhalt erinnern. Der Wirt hatte berichtet, er sei am Vormittag nach dem Mord von einem Unbekannten angerufen worden, der sich mit vermutlich gekünsteltem italienischen Zungenschlag erkundigt habe, wer denn umgebracht worden sei. Der Kriminalist folgerte: »Das klingt doch so, als habe sich jemand vergewissern wollen, ob es auch wirklich den Richtigen erwischt hat.«

Bruhn glättete seine wenigen Haare und wurde wieder deutlich: »Kommt mir nicht mit einem Killer daher. Das sieht nicht nach einem gedungenen Mörder aus. Das war jemand aus der Gegend, der sich hier auskennt.«

»Dazu könnte etwas anderes passen«, meldete sich ein weiterer Beamter, der seit Langem auf seine Beförderung wartete und deshalb darauf bedacht war, den Chef weder zu verärgern noch ihm etwas vorzuenthalten: »Wir haben in Blaubarts Schreibtisch eine Visitenkarte gefunden.« Er sah auf einen Notizzettel. »Ausgestellt auf einen Sebastian Mohring, Reiseservice in Aalen.«

»Ja und?«, fuhr ihn Bruhn überrascht an. »Dann vernehmen Sie ihn! Worauf warten Sie noch?«

Der jüngere Beamte war von dem unfreundlichen Ton eingeschüchtert. »Diesen Reiseservice in Aalen gibt es gar nicht. Dahinter steckt eine Detektei in Esslingen.«

»Ach«, entfuhr es Bruhn. »Auch das noch! Private Schnüffler. Fühlen Sie dem Kerl mal ordentlich auf den Zahn. Wie heißt der ...«

»Mohring«, ergänzte der Beamte.

»Und der Mann heiß auch wirklich so?«

»Nein. In Wirklichkeit heißt er Wolfgang Nolte.«

»Muss man den kennen?«

Allgemeines Kopfschütteln.

94

Sander hatte die ganze Woche über recherchiert. Der Mord war überall in der Stadt das Gesprächsthema Nummer eins. In seinem neuesten Artikel stellte Sander die Frage in den Raum: *Werden der Polizei wichtige Hinweise vorenthalten?* Er zitierte Bruhn, der von einer Mauer des Schweigens gesprochen hatte, auf die seine Ermittler stießen. Sander war erneut vom scharfen Ton des Kripochefs überrascht gewesen.

Der Journalist wurde beim Lesen seines eigenen Artikels vom Telefon unterbrochen. Eine Frau, die ihren Namen nicht nennen wollte, behauptete mit leiser Stimme, dass sie etwas zum Fall Blaubart zu sagen habe. Sander griff zu Kugelschreiber und Papier, um mitzuschreiben. Blaubart, so erklärte sie, habe wohl alte Verbindungen wieder aufgefrischt, weshalb das Motiv für den Mord auch in der Vergangenheit begründet sein könne. Er habe sich hinsichtlich seiner Privatsphäre sehr bedeckt gehalten. »Aber die entscheidenden Dinge wusste keiner«, flüsterte die Frau.

Sanders schnelle Rückfrage, wer sie sei und was ihre Aussage bedeute, ging ins Leere. Die Frau hatte aufgelegt.

Wenig später ein anderer Anruf. Ebenfalls anonym. Diesmal war es eine Männerstimme. Der Unbekannte empfahl, die Polizei solle in gewisse Kreise V-Leute einschleusen. Es gebe Personen, mit denen Blaubart Umgang gepflegt habe, die jedoch nun beharrlich schwiegen, weil sie Angst hatten, dass etwas aufflog. Gespräch beendet.

Sanders Pulsschlag hatte sich beschleunigt. Er wählte sofort die Durchwahlnummer von Bruhn und sah dabei auf den Terminkalender. Jetzt sollte es mit dem Fall schnell gehen. In eineinhalb Wochen nämlich würde er mit Siebeneicher nach Leningrad fliegen. Und mit der Gruppe sicher auch einige Personen, die Blaubart nahestanden.

95

Die Stimmung war am Tiefpunkt. Dieter Blaubart tot. Kaltblütig ermordet. Alle, die sich seit langer Zeit mit ihm am Stammtisch getroffen hatten, waren in Siebeneichers *Stüble* gekommen. »Wer so was tut, muss ein gnadenloser Killer sein«, meinte Analena Heuberg, die sich mit einem Papiertaschentuch Tränen aus den Augen wischte.

»Schlimm genug, dass die Kripo völlig ideenlos ist«, versuchte Arno Zumwinkel, der Banker, mit einer sachlichen Feststellung die Emotionen fernzuhalten.

Heiko Emmerich legte die Stirn in Falten. »Dieter hat in der IHK großes Ansehen genossen. Alles, was jetzt über ihn geredet wird, tut ihm unrecht. Da bin ich felsenfest davon überzeugt.«

Ex-Handballstar Horst Jodel, der heute auch gekommen war, nickte zustimmend. »Dieter war ein feiner Kerl. Und was er geschäftlich getrieben hat, geht uns nichts an. Oder glaubt einer von euch, was jetzt so rumgeschwätzt wird – dass er was mit der Sparkassensache zu tun gehabt hätte?«

»Er wäre so gerne in Leningrad dabei gewesen«, warf Siebeneicher sichtlich geschockt ein. »Er hat vor einem halben Jahr mal
gesagt, dass er sich vorstellen könnte, dort auch einzusteigen.«

»Mit Autos?«, wollte Bauunternehmer Ernst Blank wissen.

»Ja, ich glaube mit Autos und Autozubehör. Wenn der Ostblock zusammenbricht, so hat er einmal gesagt, öffnen sich
lukrative Märkte.«

»Jetzt hat er's nicht mehr erlebt«, flüsterte Analena.

»Na ja, noch ist es nicht so weit mit dem Zusammenbruch«,
stellte Zumwinkel klar. »Die werden schon noch Panzer auf-
rollen lassen, wenn's denen da drüben zu bunt wird mit dem
Geschrei ›Wir sind das Volk.‹ Von wegen ...«, winkte er ab.
»Die Russen lassen nicht mit sich spaßen. Ich habe allergrößte
Sorge, dass statt des Ostblocks unser ganzes Finanzsystem
zusammenbricht.«

»Aber sag mal, Hans«, wandte sich Emmerich mit einer
Frage, die ihm seit Langem unter den Nägeln brannte, an Siebeneicher: »Wer sind eigentlich deine geheimnisvollen Partner in Leningrad? War vielleicht Blaubart einer von ihnen?«

Siebeneicher stutzte und sah in die Runde. »Die Partner
und ich haben darüber Stillschweigen vereinbart.«

Er spürte, dass er mit dieser Bemerkung allgemeine Enttäuschung ausgelöst hatte.

Zumwinkel unternahm einen zusätzlichen Vorstoß und
wurde deutlich: »Wenn Blaubart einer deiner Partner gewesen
wäre, bestünde doch die Gefahr, dass auch du in die Schusslinie
geraten könntest. Schließlich herrschen in Leningrad andere
Sitten als hierzulande. Ich hoffe, ihr habt genügend Schutz-
geld bezahlt.«

Siebeneicher fühlte sich wie vom Donner gerührt. Für einen
Moment fehlten ihm die Worte. Aber er wollte sich die Freude
an der Eröffnung seines schwäbischen Lokals in Leningrad
nicht nehmen lassen.

96

Kripochef Werner Bruhn war wild entschlossen, den Fall zu klären. Je mehr er den Eindruck gewann, die Polizei werde an der Nase herumgeführt, desto stärker wurde sein Wille, mit allen zur Verfügung stehenden Mitteln durchzugreifen.

Die Telefonnummer von Wolfgang Nolte hatte die Detektei in Esslingen herausgerückt. Bruhn bekam ihn unerwartet schnell an die Strippe und kündigte einen sofortigen Besuch an. Nolte versuchte dies zwar mit dem Hinweis, einen wichtigen Termin zu haben, noch zu verhindern, aber Bruhn blaffte ihn an: »Es gibt jetzt keinen wichtigeren Termin als den mit mir. Falls Sie das nicht verstehen, werde ich mir einen Termin besorgen.«

Das hatte gesessen.

Eine Dreiviertelstunde später stand Bruhn vor der Tür des schmucken Einfamilienhäuschens in Rattenharz. Nolte, die blonden Haare ungekämmt, das Gesicht noch nicht rasiert, hatte sich an diesem Spätvormittag Jogginghose und Strickpulli angezogen. Bruhn vermutete, dass der Mann lange geschlafen und den angeblich wichtigen Termin nur vorgetäuscht hatte.

Die Männer saßen sich in dem modern eingerichteten Wohnzimmer am Couchtisch gegenüber. Bruhn ging angesichts der erkennbaren Ordnung davon aus, dass es auch eine Frau im Hause geben musste, die sich entweder im Hintergrund aufhielt oder nicht anwesend war.

»Sie sind bestimmt von Ihrem Arbeitgeber informiert worden, dass wir an Ihnen wegen des Tötungsdelikts an Dieter Blaubart interessiert sind«, begann Bruhn ohne lange Vorrede.

»Ja, das hat man mir gesagt«, entgegnete Nolte und legte seine Arme locker auf die breite Lehne des Sessels.

»Sie hatten mit Herrn Blaubart zu tun«, stellte der Kripochef kurz und bündig fest.

»Ja. Es gab einen Auftraggeber aus der Automobilbranche, der mehr über Blaubarts Geschäftsgebaren wissen wollte.« Nolte hatte sich dazu durchgerungen, dem Kriminalisten das Vorgehen zu erläutern, und dass es durchaus üblich sei, unter einer Deckadresse aufzutreten. »Irgendwie hat Blaubart mich wohl bespitzelt und meine Adresse rausgekriegt. Dann hat er mich zu einem angeblichen Verkaufsgespräch auf einen Parkplatz beim Herrenbach-Stausee gelockt, wo mir ein Amerikaner befohlen hat, die Finger von Blaubart zu lassen.« Nolte schilderte detailliert, was an jenem Abend vor einem Jahr geschehen war.

»Und seither haben Sie nichts mehr von Blaubart gehört?«

»Nein, nichts.«

»Über welche Art von Geschäftsgebaren wollten die Auftraggeber gerne mehr erfahren?«

»Die hatten den Verdacht, dass Blaubart Autos – neue und gebrauchte – in den Osten verschiebt.«

»In den Osten?«, staunte Bruhn. »Hinter den Eisernen Vorhang?«

»Ja. Aber fragen Sie mich nicht, über welche Kanäle. Möglicherweise spielte dieser Amerikaner eine Rolle, der mich an diesem Abend bedroht hat.«

»Wie der heißt und wo der wohnt, wissen Sie natürlich nicht.«

»Nein, keine Ahnung. Wenn Sie etwas über den Auftraggeber wissen wollen, müssten Sie ohnehin meinen Chef fragen.«

Bruhn brummte etwas Unverständliches. »Darf ich fragen: Wie sind Sie zu Ihrem Job in der Detektei gekommen? Ausbildung, Kenntnisse?« Es klang wie ein Befehl.

Nolte kämpfte mit sich, wie viel er von sich preisgeben wollte, entschied dann aber, dass es sinnvoll war, nichts zu verheimlichen. Er schilderte, dass er einst Polizeibeamter hatte werden wollen, dann jedoch aus gesundheitlichen Gründen nicht übernommen worden sei, weshalb er vorübergehend einen Job bei einem Security-Dienst angenommen habe.

»Türsteher, oder was?«, hakte Bruhn nach.

»Nein, Werttransporte. Geld und so weiter.«

»Geld?«, echote Bruhn, durch dessen Gedanken der große Sparkassenraub blitzte, obwohl er von dem eigentlich nichts wissen wollte.

»Ja, das ist kein Geheimnis. Ich war 1982 einer von denen, die bei der Kreissparkasse den Geiselnehmern das Geld von der Landeszentralbank geholt haben.«

Bruhn ärgerte sich insgeheim, den Fall damals, als er noch nicht in Göppingen tätig gewesen war, nur am Rande verfolgt zu haben. Allerdings wusste er, dass das Verbrechen ähnlich abgelaufen war wie vor zwei Jahren die Schlecker-Erpressung.

Grund genug, die sich aufdrängende Frage gleich zu stellen: »Den Blaubart haben Sie aber nur dieses eine Mal getroffen, als Sie ihn in seinem Betrieb besucht haben?«

»Ja, genauso ist es. Wieso zweifeln Sie daran?«

»Woran ich zweifle, müssen Sie schon mir überlassen.« Bruhn sah sich demonstrativ um. »Sie haben ein ziemlich neues Haus. Ist es Ihr Eigentum?«

Aus Noltes blassem Gesicht wich die Farbe vollends. »Was hat das mit der Sache um Herrn Blaubart zu tun?«

»Ihres oder gemietet?«, blieb Bruhn hart.

»Meines«, antwortete Nolte eingeschüchtert. »Genauer gesagt: unseres. Das meiner Frau und mir.«

»Sie arbeitet, Ihre Frau?«

»Nein, sie kümmert sich um unseren Sohn Boris. Sie ist mit ihm heute beim Kinderarzt.« Nolte durchzuckte der Gedanke, sie könnte plötzlich auftauchen und ihn mit dem Kriminalisten ertappen. Er war froh gewesen, dass sie das Haus mit Boris bereits verlassen hatte, als der Anruf von Bruhn gekommen war. Sie hätte ihm sofort vorgeworfen, sich mit seinem Job auf gefährlichem Terrain zu bewegen.

97

Es war eine große Gruppe. Siebeneicher hatte knapp 50 Personen, darunter Vertreter aus Wirtschaft, Handwerk, Kommunalpolitik und Gastronomie, teilweise in Begleitung ihrer Partner oder Partnerinnen, mit auf die Reise nach Leningrad genommen. Auch Journalist Georg Sander zählte dazu. Siebeneicher hatte als Inhaber eines Reisebüros sämtliche Formalitäten erledigt. Der Flug ging ab Stuttgart über Frankfurt nach Leningrad. Viele Teilnehmer überkam ein eigenartiges Gefühl, in die Hauptstadt jenes Reiches zu reisen, das in den Zeiten des Kalten Krieges oftmals als bedrohlich und gefährlich dargestellt wurde. Außerdem brodelte es momentan an vielen Ecken der Welt. In Peking beispielsweise, aber auch in der DDR, wo in den vergangenen Wochen die Montagsdemonstrationen immer größere Dimensionen annahmen. Weit davon entfernt, in der Göppinger Provinz, hatte man davon allerdings nur über die Medien, insbesondere durch das Fernsehen, das Ausmaß dessen sehen können, was im anderen Teil Deutschlands abging. Oder in Ungarn, wo durch den offenen Grenzzaun die Flüchtlingsströme nicht mehr abreißen wollten, und die Menschen inzwischen mit Sonderzügen in den Westen strömten. Ein einziger Satz des bundesdeutschen Außenministers Hans-Dietrich Genscher, vor etwa fünf Wochen vom Balkon der deutschen Botschaft in Prag gesprochen, wo Hunderte DDR-Bürger Zuflucht gesucht hatten, war befreiend gewesen, obwohl die letzten Worte im Jubel der Menschen untergingen: »Wir sind heute zu Ihnen gekommen, um Ihnen mitzuteilen, dass heute Ihre Ausreise ...«

Sander musste an diese Szene denken, die mittlerweile schon Dutzende Male im Fernsehen gezeigt worden war. Die Einreisekontrollen nach der Landung in Leningrad wirkten auf ihn dann aber ernüchternd: strenge Blicke, Uniformen, die Atmosphäre am Flughafen eher frostig. Sanders erster Eindruck bei der Fahrt zum Hotel war ebenso befremdlich, weil alles komplett anders war, als er es von westeuropäischen Großstädten her kannte. Und dies, obwohl Leningrad eine Millionenstadt war, die nördlichste der Welt übrigens. Auf gleicher geografischer Breite wie die Südspitze Grönlands, so hatte Sander es in einem Reiseführer gelesen, in dem all die vielen Kunstschätze beschrieben waren: die Eremitage, die Peter-und-Paul-Festung und außerhalb der Stadt der prächtige Katharinenpalast, der einst jenes legendäre, reichlich mit Bernsteinelementen verkleidete Zimmer enthielt, dessen wertvolle Ausstattung seit dem Zweiten Weltkrieg verschollen war. Bei einer Stadtrundfahrt, so hatte Siebeneicher angekündigt, werde man einen Eindruck von all dem erhalten.

Helmut Reinicke und Ernst Blank, die auf der letzten Sitzbank des Transferbusses Platz genommen hatten, war die Strecke vom Flughafen in die Innenstadt vertraut. Zweimal waren sie in den vergangenen Monaten schon hier gewesen, um im Erdgeschoss eines größeren Gebäudekomplexes an einem Platz der sich kreuzenden Straßen Newski- und Novocherkasskiy-Prospekt Wände einzuziehen und Leitungsrohre zu verlegen. Auf wundersame Weise hatte Siebeneicher es geschafft, jeden Nagel und jeden Dübel aus dem Kreis Göppingen her zu transportieren, wie er jetzt während der Fahrt im Omnibus erklärte. Insgesamt habe man sechs Sattelzüge und drei Überseecontainer gebraucht, um 180 Tonnen Baumaterial nach Leningrad zu bringen. Der Umbau sei – er erhob sich vom Reiseführersitz und zeigte zur hintersten Sitzreihe – »unter anderem dank unserer Freunde Helmut Reinicke und Ernst Blank« vorangetrieben worden. »Es war die kürzeste Bauzeit, die es in Russland jemals gegeben hat«, schmunzelte er, um anzufügen: »Und dies ohne eine einzige D-Mark Schmiergeld. Es galt Vertrauen gegen Vertrauen.« Viele örtliche Fachleute hätten unter Anleitung der schwäbischen Kollegen tüchtig gearbeitet. Einige Zuhörer runzelten die Stirn.

Banker Zumwinkel stupfte den vor ihm sitzenden Emmerich an der Schulter und flüsterte ihm zu: »Aber um das alles hinzukriegen, braucht man ziemlich viel Knete. Wenn schon nicht Schmiergeld, dann nennt man es halt ›Zuwendungen‹.«

Emmerich nickte stumm, ohne es zu kommentieren.

Siebeneicher hielt das Mikrofon beiseite und fragte den zwei Plätze hinter ihm sitzenden Sander leise: »Hat man zum Mord von Blaubart heute früh etwas Neues gehört?«

Der Journalist, der auch den Auftrag hatte, für das neue Lokalradio *radio 7* eine Reportage zu machen und diese möglichst telefonisch nach dem Eröffnungsabend zu übermitteln, war für einen Moment nicht auf Siebeneichers Frage eingestellt, antwortete aber nach kurzem Überlegen: »Nein, nichts Neues«, was Siebeneicher sogleich über die Lautsprecheranlage des Busses bekanntgab und ergänzte: »Unser lieber Freund Blaubart hat sich so sehr gefreut, mit uns mitkommen zu dürfen. Ich hoffe, dass man den feigen Mörder bald erwischt.«

Die Bemerkung, die von einer Männerstimme von hinten an sein Ohr drang, empfand er als höchst unpassend und sogar pietätlos. »Wenn der Mörder nur nicht hier im Bus sitzt«, hatte da jemand gesagt und es offenbar sogar noch witzig gemeint.

Siebeneicher reagierte ironisch darauf: »Wir werden ja sehen, wer sich von uns hier in Leningrad abseilt und untertaucht.«

98

Bruhn hatte nach seiner Rückkehr aus Rattenharz der Sonderkommission die Aufgabe erteilt, sofort über die Person Nolte alle möglichen Informationen einzuholen und die Akten zum Sparkassenraub hinzuzuziehen: »Wer wurde damals vernommen, welche Rolle hat dieser Nolte gespielt, und welche Bezugspersonen gibt es zu ihm und so weiter«, machte er deutlich, was er wissen wollte. »Außerdem klären«, fuhr er fort, »ob es damals schon einen Zusammenhang mit Blaubart gegeben hat.«

»Bei Blaubart deutet nichts darauf hin, dass er in irgendeiner Weise in die Ermittlungen zum Sparkassenraub einbezogen worden war«, meldete sich ein Kriminalist zu Wort. »Allerdings gehörte er zu denen, die mit Siebeneicher nach Leningrad geflogen sind.«

»Siebeneicher? Leningrad?«, kläffte Bruhn zurück, merkte aber an den Gesichtern sofort, dass offenbar über seine Unwissenheit gestaunt wurde.

»Na ja, der Siebeneicher, Kommunalpolitiker und Besitzer dieser kleinen Weinstube«, versuchte ein älterer Kollege zu erklären, um den Chef nicht im Regen stehen zu lassen. »Dieser Siebeneicher eröffnet heute oder morgen in Leningrad eine schwäbische Wirtschaft, und dazu hat er jede Menge wichtige Leute aus der Stadt eingeladen.«

»In Leningrad, soso«, nahm Bruhn zur Kenntnis. »Und dazu reist ein ganzer Stab von Großkopferten zu den Sowjets?«

»So heißt es, ja«, bekam er zur Antwort, zeigte sich davon aber wenig beeindruckt und zog sich in sein Büro zurück.

Schon eine Stunde später klopfte einer seiner Mitarbeiter zaghaft an die angelehnte Tür und trat erst ein, nachdem der Chef ein zackiges »Ja« von sich gegeben hatte.

»Und?«, fuhr er den jüngeren Ermittler an, der mit einem Blatt Papier vorsichtig näher kam. »Wir haben mit Hauptkommissar Häberle ...«

»Häberle«, unterbrach ihn Bruhn unfreundlich, »was ist mit dem?« Allein schon die Nennung des Namens schien ihn innerlich in Aufruhr zu versetzen.

Der junge Beamte zuckte zusammen. »Wir haben mit ihm wegen des Sparkassenraubs gesprochen und ihn gebeten, für uns in den Akten nach dem Namen *Nolte* zu forschen.«

»Und?«

»Er ist fündig geworden. Nolte war damals tatsächlich einer der Geldboten.«

»Das wissen wir längst. Was noch?«

»Er ist inzwischen mit einer damaligen Angestellten der Kreissparkasse verheiratet.«

Bruhn schwieg und musste sich eingestehen, dass er Nolte

nicht explizit nach dessen Frau gefragt hatte. Aber das brauchte hier ja niemand zu wissen. Weil er unerwarteterweise schwieg, fuhr der Kollege fort: »Offenbach war ihr Mädchenname.«

»Hm«, machte Bruhn desinteressiert. »Und was hat dieser Häberle sonst noch gewusst?«

»Es hat neben Nolte noch zahlreiche weitere Personen gegeben, die man damals aus dem Umfeld der Bank vernommen hat.«

»Das kann ich mir vorstellen.«

»Die Kollegen haben damals alle überprüft, die als Externe in der Bank zu tun hatten. Auch einen Helmut Reinicke, Installateur. Hat kurz vorher einen Rohrbruch oder etwas Ähnliches reparieren müssen.«

»Reinicke«, wiederholte Bruhn, als müsse ihm dieser Name etwas sagen. »Und wieso heben Sie gerade den so hervor?«

»Weil er wohl damals ein Techtelmechtel mit der heutigen Frau Nolte hatte.«

»Die, die mal bei der Bank gearbeitet hat?«

»Ja, diese Heidi Offenbach. Aber was vielleicht auch interessieren dürfte: Wir haben uns von Siebeneichers Reisebüro die Namen der Leningrad-Reisegruppe geben lassen. Dieser Reinicke gehört auch dazu.«

»Was macht der Reinicke?«

»Hat ein kleines Gewerbe angemeldet. Installationen. Haustechnik und so. Seine Freundin macht die Buchhaltung.«

»Schön für ihn«, stellte Bruhn fest, was wie ein Lob klingen sollte.

99

Siebeneicher war in bester Laune, seine vielen Gäste ebenso. Während der Gebäudekomplex draußen ziemlich grau und sozialistisch-trist aussah – vor allem an einem Novembertag – herrschte im *Shvabskiy Domic* im Erdgeschoss eine Atmosphäre, in der sich jeder, der von draußen hereinkam, wie in eine andere Welt versetzt fühlte. Siebeneicher hatte mit seinen beiden Kompagnons, die er nie namentlich nannte, tatsächlich das Wunder vollbracht, inmitten dieser kommunistisch geprägten Umgebung eine kleine Insel von Wohlstand und Kapitalismus zu installieren. Das Lokal war mit viel Holz gestaltet worden, mit einer großen Theke und unterschiedlich großen Sitzgruppen, über denen jeweils mit einem Giebeldach ein Haus angedeutet wurde. Nebenan gab es eine luxuriöse Küche sowie eine Metzgerei und eine komplett eingerichtete Bäckerei, in der ein aus Göppingen engagierter Bäcker – man nannte ihn den Gustl – für original schwäbische Brezeln sorgen sollte. Und der Koch, so betonte Siebeneicher, sei einst auf einem Kreuzfahrtschiff gewesen und führe nun die örtlichen Angestellten in die Geheimnisse des Herstellens von Maultaschen, Fleischküchle und schwäbischen Spätzle ein. Bis zu 500 Gäste könnten täglich verköstigt werden. Platz genug war vorhanden, denn schon zur Eröffnung hatten sich mehrere 100 geladene Gäste eingefunden, darunter auch von der Leningrader Verwaltung, von Konsulaten und Botschaften. Redner gab es jede Menge. So bezeichnete der bundesdeutsche Generalkonsul Cornel Metternich den Betrieb als ein »wohlverstandenes Beispiel mutiger Privatinitiative«.

Im gastronomischen Bereich, so erfuhr Sander an diesem Abend, war Siebeneichers Engagement das zweite dieser Art: Voriges Jahr hatte bereits ein Hamburger eine typische Bierkneipe eröffnet, in der jedoch als Zahlungsmittel nur Westgeld zugelassen war. Bei Siebeneicher gab's Schwäbisches auch gegen Rubel.

Die Küche dazu hatte er komplett aus einem ehemaligen Göppinger Kaufhaus ausbauen und nach Leningrad bringen lassen.

Der Bürgermeister des 400.000 Einwohner zählenden Leningrader Stadtbezirks, in dem sich das *Shvabskiy Domic* befand, Stanislav Barinow, zeigte sich erfreut darüber, dass die Eröffnung mit den Feierlichkeiten zum 72. Jahrestag der Oktoberrevolution zusammengefallen war. Die Zeit zeige, dass sich die Beziehungen der Völker immer weiterentwickelten und annäherten, sagte er, was Sander mit seiner ihm eigenen Kurzschrift wortwörtlich auf dem Notizblock festhielt. Er kam sich inzwischen wie bei den unzähligen Veranstaltungen vor, über die er jahraus, jahrein berichten musste, wenn schöngeredet, gelobt und gedankt wurde. Irgendwie war das hier im fernen Russland nicht anders als in der heimischen Provinz. *Weitere Grußworte sprachen ...*, so würde er in seinem Text für die Zeitung und *radio 7* nachher wie jedes Mal bei solchen Anlässen formulieren. Diesmal waren es der Bürgermeister von Durbach im Ortenaukreis, Hans Weiner, der Vorsitzende der dortigen Winzereigenossenschaft, Bernhard Danner sowie Jürgen Mack als Geschäftsführer des Weinlieferanten Mack und Schühle aus Owen im Landkreis Esslingen und Manfred Häußer von der Strombergkellerei Bönnigheim.

Die Vertreter aus Durbach, wo Siebeneicher ganz in der Nähe aufgewachsen war, hatten als besonders originelles Eröffnungsgeschenk eine Kuckucksuhr mitgebracht.

Für die musikalische Umrahmung der Feier, während der auch eine Pelzmodenschau gezeigt wurde, sorgten die Philharmoniker der Stadt Leningrad. Das las sich später wie die übliche routinemäßige Berichterstattung, die er während seiner Laufbahn als Lokaljournalist schon 100e Male pflichtgemäß erfüllt hatte. Langsam aber beschlichen ihn gewisse Zweifel, ob die Atmosphäre hinter den Kulissen genauso harmonisch war, wie sie offiziell zu sein schien.

Erstmals hörte er davon, dass es neben Siebeneicher einen offenbar gleichberechtigten einheimischen Direktor des Gastrobetriebs gab, was bei einer derartigen Kooperation, auch Joint Venture genannt, in der Sowjetunion zwar erforderlich sei, aber dann doch wohl ein hohes Maß an Vertrauen voraussetzte.

Doch angesichts der tüchtigen Mannschaft von 55 Mitarbeitern zeigte sich Siebeneicher davon überzeugt, dass künftig auch ohne seine Anwesenheit zur Zufriedenheit der Gäste gearbeitet werde. Denn: »Ich habe die Absicht, den größten Teil meines Lebens weiterhin in Göppingen zu verbringen.« Sander, der diese Aussage wörtlich notierte, hatte erst jetzt erfahren, dass die Dolmetscherin, die das Gesagte für die einheimischen Gäste übersetzte, Siebeneichers neue Partnerin war. Offenbar gab es mehr Verflechtungen, als es den Anschein hatte.

Die Idee zu diesem geschäftlichen Engagement in Leningrad, so fuhr Siebeneicher fort, sei ihm schon vor fünf Jahren gekommen, als er mit einer Touristengruppe seines Reisebüros in Russland gewesen sei und erkannt habe, dass der gastronomische Bereich hier sehr im Argen liege.

Während Sander schrieb, stupfte ihn einer aus der Göppinger Delegation, den er namentlich nicht kannte, an und flüsterte: »Wenn ihm nur nicht die Nomenklatura einen Strich durch die Rechnung macht.« Der Begriff *Nomenklatura*, das wusste Sander, stand hierzulande für den Führungskader, dem meist nur Mitglieder der Kommunistischen Partei der Sowjetunion (KPdSU) angehörten, die Elite, die über alle Bereiche herrschte. Vielleicht sogar der Geheimdienst.

Mafia?, zuckte es Sander durch den Kopf. Nein, wehrte er sich gegen solche Verdächtigungen. Dazu war die Gesellschaft hier doch viel zu seriös. Oder war es gerade das, was den Mann, der ihm diese Befürchtung zugeflüstert hatte, offenbar misstrauisch machte?

100

Grüninger hatte in Göppingen jetzt die Berichterstattung zum Mord an Blaubart übernommen. Er fühlte sich in den März 1982 zurückversetzt. Genau wie damals beim großen Sparkassenraub gab es auch nun keine Spur von dem Täter oder den Tätern. Im Telefongespräch mit Kripochef Werner Bruhn spürte er dessen Verbitterung. »Nichts, gar nichts«, wiederholte dieser. »Nicht mal der Chef der hiesigen amerikanischen Militärpolizei hat etwas gesehen, obwohl der eine halbe Minute nach den Schüssen auf der Straße war. Kein wegfahrendes Auto, keine Personen. Der Täter scheint sich in Luft aufgelöst zu haben.«

»Er könnte zu Fuß über die Wiesen hinter den Sportanlagen weg sein«, wandte Grüninger am Telefon ein.

»Wenn einer so was Kaltblütiges macht, rennt er nicht anschließend mit einer derart großen Knarre über die Wiese«, entgegnete Bruhn.

»Im persönlichen Umfeld Blaubarts findet sich tatsächlich nichts Konkretes?« Grüninger griff zu einer Tafel Schokolade.

»Der Mann scheint seine ganzen Geschäftspapiere größtenteils vernichtet zu haben. Dass er gelegentlich Damenbekanntschaften hatte, dürfte als Single, der er war, nichts Außergewöhnliches sein. Da wird ja viel drum rum geschwätzt.«

»Und seine Sportfreunde, mit denen er gelegentlich gespielt hat?«

»Nur Positives. Er wird als erfolgreicher Geschäftsmann bezeichnet. Allerdings sind einige seiner engeren Freunde gerade in Leningrad, mit diesem Siebeneicher«, brummte Bruhn verstimmt.

Grüninger schob die ausgepackte Schokolade beiseite und griff zu seinem Kugelschreiber. »Sie denken jetzt aber nicht, dass die Mafia ihre Finger im Spiel hatte?«, fragte er scharf kombinierend.

»Herr Grüninger!«, empörte sich Bruhn. »Bleiben Sie doch auf dem Boden der Tatsachen. Gleich werden Sie noch behaupten, die Mafia stecke auch hinter diesem legendären Bankraub. Oder recherchieren Sie schon, ob womöglich Schlecker auch gerade eine Filiale irgendwo in Russland aufmacht?«

Grüninger legte seinen Stift wieder weg und griff erneut zur Schokolade.

101

»Da, schau dir das an.« Heidis Stimme war schrill. Sie legte ihrem Ehemann Wolfgang die Lokalseite der *Gmünder Tagespost* auf den Frühstückstisch. Sie meinte einen Artikel über die bisher erfolglosen Ermittlungen zum Mord an Blaubart.

Wolfgang Nolte hatte den Bericht bereits vorhin gelesen, als Heidi mit Boris auf dem Weg zur Schule gewesen war, die der Bub seit einigen Wochen besuchte. Natürlich war für Nolte das Verbrechen in Göppingen ein Schock gewesen, und seit dieser Kommissar hier gewesen war, was Heidi bis heute nicht wusste, plagten ihn die Gedanken an den Autohändler und den dubiosen Amerikaner. Könnte es sein, dass er nun selbst auch noch in Gefahr geriet? Nein, das durfte er gegenüber Heidi unter keinen Umständen anklingen lassen. Aber weshalb deutete sie ausgerechnet jetzt auf diesen Zeitungsartikel?

»Hab ich schon gelesen«, sagte er mit gespieltem Desinteresse.

»Hast du nicht mal vor einem Jahr irgendeinen Göppinger Autohändler beschatten sollen?«, wurde Heidi konkreter.

Tatsächlich. Das hatte er damals gesagt. Und ihr auch erklärt, dass er dazu eine falsche Identität benutze, was sie ziemlich albern fand, aber natürlich, weil sie von seinem Job nichts verstand.

»Ach ja, da war mal was«, erwiderte er beiläufig und nippte an seiner Kaffeetasse.

»War das dieser Blaubart, von dem hier die Rede ist?«

Nolte fühlte sich ertappt. »Ja«, sagt er nach kurzem Überlegen. »Ja, das war der.«

»Ach«, zog seine Frau einen Stuhl näher an den Tisch und stellte mit Nachdruck fest: »Du hast doch damals gesagt, da sei nichts dabei herausgekommen.«

»Ist es auch nicht. Unsere Recherchen sind im Sande verlaufen«, log er, »und unser Auftraggeber hatte auch kein Interesse mehr daran.«

»Und jetzt ist Blaubart ermordet worden. Das scheint dir ziemlich egal zu sein«, wunderte sich Heidi.

»Soll ich jetzt trauern, oder was? Ich hab ihn nur flüchtig kennengelernt, und das ist ein Jahr her.«

Heidi sah ihn an, worauf er ihren Blicken auswich. »Wolfgang, du verschweigst mir etwas«, sagte sie leise, aber mit wütendem Unterton.

»Was soll ich dir denn verschweigen?«, fuhr er sie mit gezähmter Wut an. »Manchmal hab ich eher den Eindruck, *du* verschweigst *mir* etwas.«

Sie sprang auf. »Was soll jetzt das schon wieder?«, schrie sie. »Ich sorge hier dafür, dass alles läuft, dass Boris in der Schule wenigstens einigermaßen mitkommt, dass der Haushalt in Ordnung ist, dass für den Herrn hier alles bestens und vom Feinsten ist – und du kommst und gehst gerade so, wie es dir passt. Und von all dem, was du den lieben langen Tag und manchmal auch nachts so treibst, erfahre ich nur beiläufig was.«

Nolte hatte wieder mal Mühe, sich zu beherrschen. Er kannte die Vorwürfe zur Genüge. Und er wollte nicht zusätzlich Öl ins Feuer gießen, indem er, wie stets in solchen Fällen, zu bedenken geben würde, dass er mit seinem Job gut verdiente und sie das Geld dringend fürs neue Haus brauchten. Nein, heute schwieg er.

102

Die Einweihung des *Shvabskiy Domic* hatte sich zu einem rauschenden Fest entwickelt. Der Wein löste die Zungen, auch das Bier floss reichlich. Zu den Mitgereisten aus Göppingen gesellten sich jede Menge Prominente aus Leningrad, oder besser gesagt aus jenem östlich des Zentrums gelegenen Bezirk, in dem sich das Lokal befand.

Sander stellte fest, dass es erstaunlich viele Deutsch oder Englisch sprechende Personen gab, darunter auch jede Menge junge Damen, deren Funktion ihm etwas schleierhaft erschien. Ernst Blank hatte dies wohl auch bemerkt, nahm seinen Handwerkerkollegen Helmut Reinicke beiseite und flüsterte: »Hat der KGB ein paar Agentinnen auf die Kapitalisten angesetzt?«

Reinicke grinste. »Ich möcht's nicht drauf anlegen.«

»Och«, meinte Blank süffisant. »Und ich dachte, du wärst der Richtige, um eine der Damen zu enttarnen.«

Reinicke schüttelte den Kopf und mischte sich wieder unter die feiernde Menge, in der sich Siebeneicher das eine und andere Mal lobpreisen ließ. Sander wunderte sich, dass nur Siebeneicher als der mutige Investor aus dem Reich des kapitalistischen Klassenfeindes hervorgehoben wurde, während die beiden Geschäftspartner, die es ja angeblich gab, überhaupt keine Rolle zu spielen schienen. Diese wollten sich allem Anschein nach bedeckt halten.

Nach schwäbischen Spezialitäten, Musik und reichlich Alkohol galt es für die Gäste aus Göppingen lange nach Mitternacht, das dringliche Zeichen zum Aufbruch nicht zu überhören. Denn zwischen 2.30 und 4.30 Uhr wurden die Straßenbrücken über die Newa hochgeklappt, um den Hoch-

seeschiffen die Durchfahrt zu Russlands wichtigstem Ostsee-
hafen zu ermöglichen. Leningrad war, wie Sander schon auf der
Landkarte studiert hatte, von viel Wasser umgeben. Die Newa
entwässerte den Ladogasee, den größten See Europas überhaupt, in den Finnischen Meerbusen. Vielleicht kam irgendwann die Zeit, zu der man diese landschaftlich und kulturell
gewiss reizvolle Gegend auf problemlose Weise touristisch
würde erkunden können. Solche Gedanken befielen ihn, als er
müde im Omnibus saß und sich ins Hotel zurückbringen ließ.

103

Der nächste Tag, novembergrau und trist, war für eine Stadtrundfahrt vorgesehen. Was in Hochglanzbroschüren pracht-
voll dargestellt wurde, entpuppte sich in der Realität bisweil-
len als ziemlich sanierungsbedürftig. Die Besuchergruppe aus
Göppingen war jedoch übernächtigt und viel zu müde, um
sich tief auf die spannende Geschichte Leningrads einzulassen. Außerdem stand für den Abend bereits das nächste Fest
an: Im vornehmen Restaurant *Metropol* war für die Delegation aus Deutschland nicht nur ein Menü, sondern auch ein
unterhaltsames Programm vorbereitet worden. Dass für Sander der Abend bei der örtlichen Polizei enden würde, hätte er
sich natürlich in den schlimmsten Albträumen nicht ausgemalt.

Und doch kam es so. Das köstliche Menü in dem prächtig ausgestalteten Saal, in dem es golden funkelte und glitzerte, war gerade vorbei, als Sander aus dem Saal hinaus ins Foyer, dann eine Treppe hinunter zur Toilette ging. Er traf auf viele Menschen, meist Einheimische, die ihm überwiegend freundlich zulächelten.

Als er Minuten später die Treppe aus dem Untergeschoss zurückkam, machten ihm im Foyer einige junge Männer Platz. Einer von ihnen fragte auf Deutsch: »Sind Sie Deutscher?«

Sander blieb stehen und nickte. »Ja.«

»Meine Mutter war auch Deutsche«, begann der junge Mann, der gut einen halben Kopf größer war als Sander, und sah ihn unendlich traurig an, als würden ihm ob dieser Feststellung gleich die Tränen kommen.

Sander fühlte sich gerührt, schon gar, als ihn der Russe herzlich und freundschaftlich umarmte. Sander befürchtete insgeheim bereits den bekannten sozialistischen Bruderkuss, ohne in diesem Moment zu ahnen, dass die Umarmung durchaus kapitalistische Hintergründe hatte.

Er wartete, bis der Russe ihn aus seiner Umarmung entlassen hatte, und setzte seinen Weg zurück in den Saal fort, wo er wieder bei der Gruppe der Göppinger Platz nahm und freudig von dieser angeblichen Herzlichkeit des jungen Mannes berichtete. Doch der Banker Arno Zumwinkel von schräg gegenüber erstickte seine Freude im Keim: »Aber Ihre Brieftasche haben Sie noch?«

Sanders schneller Griff in die innere Jackentasche ging ins Leere. Alles weg. Papiere und 450 D-Mark.

Mit einem Schlag war die Begeisterung über die Gastfreundschaft verblasst. Den russischen Begleitern der Delegation war dies äußerst peinlich. Sie führten Sander nun durch den Saal und das Foyer, wo er den möglichen Täter identifizieren sollte. Aber er hatte sich kein Gesicht gemerkt.

In einer nahen Polizeistation gaben sich die Uniformierten zwar sehr viel Mühe, sein Missgeschick zu protokollieren, doch arg viel mehr konnten sie natürlich nicht für ihn tun. Dass sie sich weigerten, ein Dokument anzufertigen, mit dem ihm der Diebstahl der Papiere bestätigt wurde, war Sander äußerst unangenehm. Wie sollte er denn anderntags wieder ausreisen können? Über den Dolmetscher ließ einer der Uniformierten wissen: Sander solle sich den Diebstahl einfach vom Hotel bestätigen lassen. Dann werde es seine Ordnung haben. Das mochte der Journalist, der deutschen Bürokratismus und deutsche Gründlichkeit gewohnt war, nun tatsächlich nicht glauben. Am Flughafen würde es gewiss großen Ärger geben.

104

»Um es genau zu sagen: Wenn Sie uns etwas verheimlichen, kann es sehr unangenehme Folgen für Sie haben.« Der Ton des Göppinger Kripochefs Werner Bruhn war wenig freundlich, was jedoch sein Gegenüber, den gelassen zurückhaltenden Detektiv Harry Feldkirch, nicht zu beeindrucken schien. Er hatte Bruhn am Telefon bereits mitgeteilt, dass er ihn zwar empfangen werde, aber keine Geheimnisse über Mandanten ausplaudern wolle. Der feindselige Ausdruck, den Bruhn jetzt an den Tag legte, verfestigte diese Entschlossenheit.

»Sie wissen aber schon, dass es um einen Mord geht«, versuchte Bruhn, der Forderung nach Informationen Nachdruck zu verleihen. »Es geht um ein Kapitalverbrechen, da werden Sie mit Ihrer Verschwiegenheit bei der Justiz nicht weit kommen.«

Der Detektiv nahm einen Schluck Kaffee und lehnte sich zurück. »Falls Sie Hilfe brauchen, diesen Mord aufzuklären, stehe ich Ihnen gerne zur Verfügung.«

»Quatsch. Ich verbiete Ihnen, sich über mich lustig zu machen. Ich brauche Ihre Hilfe nicht. Was ich wissen will, ist Folgendes: Ihr Mitarbeiter, der Herr Nolte, hat von einem Amerikaner gesprochen, der ihn bei der Observation von Blaubart vor einem Jahr eingeschüchtert hat. Und der Mord ist in unmittelbarer Nähe zu den amerikanischen *Cooke Barracks* geschehen.«

Der Detektiv nickte. »Und jetzt vermuten Sie, dass dieser Amerikaner etwas mit dem Mord zu tun haben könnte.«

»Lassen Sie mich doch ausreden«, wurde Bruhn noch deutlicher. »Was ich vermute, ist zweitrangig. Haben Sie denn irgendeinen Anhaltspunkt, wer dieser Amerikaner sein könnte?«

Der Detektiv ließ etliche Sekunden verstreichen, was Bruhns Nervosität und Ungeduld steigerte. Dann sagte Feldkirch: »Ich habe nicht die geringste Ahnung. Wir haben das Ganze auch nicht weiterverfolgt. Ich hab Herrn Nolte von diesem Auftrag zurückgezogen, denn mir ist das Leben eines Mitarbeiters wichtiger als die Klärung eines Falles.«

»Und Ihr Auftraggeber? Hat er das akzeptiert?«

Feldkirch nickte langsam. »Da ging's nur um den Verdacht, dass Blaubart irgendwelche krummen Dinger mit Gebrauchtwagen dreht. Und nachdem der Auftraggeber nicht bereit war, einen Vorschuss auf das Honorar zu leisten, haben wir die Geschäftsverbindungen abgebrochen.«

»Darf ich fragen, wer der Auftraggeber war?«

»Der Betreiber eines amerikanischen Autohauses in Schwäbisch Gmünd, wo ja auch genügend Amerikaner stationiert sind, wie Sie wissen. Er hat gleich darauf Konkurs angemeldet und sich in die Staaten abgesetzt. Alle Versuche, unsere finanziellen Forderungen einzutreiben, sind gescheitert.«

»In den USA? Haben Sie eine Adresse dort?«

»Nein, die, die uns von den amerikanischen Streitkräften genannt wurde, gibt's in Michigan nicht.«

Bruhn seufzte verärgert in sich hinein und trank seine Kaffeetasse leer. »Der Herr Nolte«, fuhr er eine Spur sanfter fort, »hat eine Ausbildung bei der Polizei absolviert und war, weil das wohl nicht geklappt hat ...«

Feldkirch unterbrach: »Geklappt hätte es schon, aber man hat ihn aus gesundheitlichen Gründen ausgemustert, um es korrekt auszudrücken.«

Bruhn war über diese für ihn jetzt unwichtige Erläuterung wieder verstimmt. »Jedenfalls hat er eine Zeit lang bei einem Sicherheitsunternehmen für Geldtransporte gearbeitet. Haben Sie davon erfahren ...«

»... dass er damals, 1982, bei der Sache mit der Göppinger Sparkasse dabei war?«, unterbrach Feldkirch wieder. Er tat dies ganz bewusst, um Bruhn den Wind aus den Segeln zu nehmen. »Ja, das weiß ich. Und ich weiß auch, dass er privat noch immer selbst in dieser Sache recherchiert.«

»So – tut er das?«

»Ja, weil er besorgt ist, auch an ihm könne nach Jahren noch etwas hängen bleiben.« Feldkirch verzog sein Gesicht zu einem Lächeln. »Sie und Ihre Kollegen scheinen in der Angelegenheit ja eher glücklos zu sein.«

Bruhn verengte die Augenbrauen. »Das ist Sache der Stuttgarter. Im Übrigen, Herr Feldkirch, auch Sie sollten wissen, man ist bei allem, was man recherchieren will, immer dann glücklos, wenn man gegen eine Mauer des Schweigens rennt.«

105

Die Tage in Leningrad waren anstrengend gewesen. Lange Nächte, Besichtigungen, Gespräche. Kaum Schlaf. Sander jedoch kam innerlich aufgewühlt an die Passkontrolle des Leningrader Flughafens. Mehr als die Bestätigung des Hotels, in kyrillischen Buchstaben auf ein Briefkopfpapier getippt, hatte er für den Verlust einiger seiner Dokumente nicht aufzuweisen. Würde es jetzt großen Ärger geben? Würden sie ihn zurückweisen und womöglich gar nicht ausreisen lassen? Immer wieder erinnerte ihn sein Gehirn an Reagans Ausspruch vom »Reich des Bösen«. Etwas, das sich tief in Sander verfestigt hatte. Mit den Behörden hier war sicher nicht zu spaßen.

Doch dann die unerwartete Erlösung. Der gestrenge Uniformierte, der reichlich mit Dienstgradabzeichen dekoriert war, was gewiss seine Bedeutung unterstreichen sollte, las, was Sander nicht hatte entziffern können, griff endlich zu einem Stempel und schien damit amtlich festzulegen, dass der Ausreise nichts im Wege stand. Er behielt das Schreiben des Hotels und gab mit einem Wink zu verstehen, dass der Durchgang zu den Gates frei sei.

Sander atmete auf und konnte gar nicht fassen, was soeben geschehen war. Wie konnte es sein, dass er auf diese völlig unbürokratische Weise die Sowjetunion wieder verlassen durfte? Wahrscheinlich veranstalteten dafür am Abend bei der Ankunft in Frankfurt die deutschen Behörden ihren Zauber. Aber dann war er ja auf heimischem Boden.

Sander folgte eilig den anderen aus der Gruppe, und wenig später war die Maschine in der Luft. In Helsinki, jenseits des

Finnischen Meerbusens, war jedoch eine Zwischenlandung geplant. Zum Umstieg auf die Maschine nach Frankfurt.

Es war der frühe Abend des 9. November 1989. Von den Nachrichten abgeschottet, konnte niemand an Bord ahnen, dass gerade Weltgeschichte geschrieben wurde.

106

Airport Helsinki. Die müde Reisegruppe aus Göppingen fühlte sich von der Wartezeit genervt. Plötzlich jedoch machte eine Information die Runde, die irgendwer irgendwo im Flughafengebäude aufgeschnappt hatte: In Berlin sei die Mauer offen. Schockstarre.

Eine Fehlmeldung? Was hatte dies zu bedeuten? Die Müdigkeit aller war wie weggeblasen. Aber mehr, als dass sich in Berlin in diesen Minuten etwas ereignete, wofür es weder eine Erklärung noch weitere Informationen gab, war nicht zu erfahren. Krieg? Panzer? Was würde sie nachher in der Heimat erwarten? Flog überhaupt noch eine Maschine nach Deutschland? Frankfurt wäre gewiss noch anzufliegen, meinte jemand aus der Gruppe. Schließlich sei Berlin weit genug davon entfernt.

Siebeneicher hielt sich ungewöhnlich zurück. Vermutlich war er nach diesen Tagen der Glückseligkeit in Sorge, sein wirtschaftliches Engagement könne bereits in Gefahr sein. Andererseits, so versuchte sich Sander zu beruhigen, hatte die Sowjetunion mit Gorbatschow doch einen besonnenen Politiker an der Spitze.

Als sie alle wieder im Flugzeug saßen und südwestwärts flogen, machte sich in den Sitzreihen angespannte Stille breit. Alle schienen zu spüren: Nach der Landung würde nichts mehr so sein, wie es war.

In Frankfurt ging an diesem Abend alles ganz schnell. Die Einreisekontrolle nur flüchtig oder eher gar nicht. Sander atmete wieder auf. Heute Abend schien alles andere wichtiger zu sein als ein paar Touristen, die mit der Maschine aus Helsinki kamen. Wie ein Lauffeuer verbreitete sich unter der Gruppe die Kunde, dass die Menschen in Berlin tatsächlich auf die Mauer kletterten und die Grenzpolizisten einfach dabei zuschauten.

Keine Panzer, keine Schüsse. War das zu fassen? Aber es schien tatsächlich Realität zu sein. Noch konnte niemand begreifen, was innerhalb weniger Stunden geschehen war. Im Weiterflug nach Stuttgart wurde nun eifrig diskutiert.

Siebeneicher, dessen Partnerin in Leningrad geblieben war, hatte den Platz neben Banker Zumwinkel erhalten, der schon mit dem Weitblick eines Finanzexperte philosophierte: »Wenn das der Anfang einer Öffnung des Ostens ist, tun sich ungeahnte Märkte auf.«

Siebeneicher sah es weniger optimistisch: »Dann werden die Kapitalisten aus dem Westen wie die Geier über den Osten herfallen.«

Zumwinkel schwieg. Er hatte den Eindruck, dass Siebeneicher bereits Konkurrenten fürchtete, die ihm sein schönes und gewiss auch liebevoll aufgebautes schwäbisches Lokal in Leningrad streitig machen könnten.

107

Endlich daheim angekommen, saß Sander noch die halbe Nacht mit seiner Partnerin vor dem Fernseher und verfolgte die Live-Übertragung aus Berlin. Seine erlebnisreichen Tage von Leningrad waren blitzartig in den Hintergrund gerückt. Der wenige Schlaf und die aufregenden Ereignisse hatten jedoch ihre Spuren hinterlassen, sodass er die Bilder gar nicht so richtig realisieren konnte. Auch seine Partnerin musste sich mehrfach selbst vergegenwärtigen, dass da kein Spielfilm oder Politthriller über den Bildschirm flimmerte, sondern etwas, das zu dieser Sekunde tatsächlich in Berlin geschah.

Völlig unausgeschlafen kam Sander wenige Stunden später in die Redaktion, denn ungeachtet der weltpolitischen Lage musste er einen großen Artikel über die Eröffnung des schwäbischen *Häusles* in Leningrad für den Lokalteil schreiben. Einerseits fühlte er sich bei allem, was um ihn herum geschah, ein bisschen provinziell, andererseits aber war er mit seiner Reportage über die Reise ja auch ein Teil dieser umwälzenden Ereignisse.

Ihm wurde bewusst, dass er den Augenblick nie vergessen würde, als er auf dem Flughafen von Helsinki von der Maueröffnung erfahren hatte. Genau wie ihm würde es Millionen Menschen ergehen. Sie würden vermutlich bis an ihr Lebensende wissen, wo sie gerade waren, als sie die Nachricht davon zum ersten Mal erreicht hatte. Wie dies die Älteren von der Nachricht des Kennedy-Mords einst noch sagen konnten. Es gab sie, diese tief bewegenden Momente, die sich ins kollektive Gedächtnis der Menschheit einbrannten. Vergangene Nacht war so einer gewesen.

Wen interessiert an einem Tag wie heute schon der Mord an Blaubart?, dachte Sander. Erstaunlicherweise hatte dieses Verbrechen während der Reise nur am Rande eine Rolle gespielt, obwohl ihn vermutlich alle aus der Gruppe mehr oder weniger gut gekannt hatten. Dem Journalisten war es so vorgekommen, als ob sich die meisten gescheut hätten, dieses Thema anzusprechen. Nur Heiko Emmerich, der dafür bekannt war, als Funktionär der Industrie- und Handelskammer für die Mittelständler ein Herz zu haben, hatte mal zu später Stunde an der Bar zu Sander gesagt: »Wenn es zwischen dem Sparkassenraub und dem Mord an Blaubart einen Zusammenhang gibt, dann kann man in unserer Stadt nicht mehr sicher sein.«

Sander hatte sich die Worte eingeprägt, obwohl er selbst einige *Alpirsbacher* intus gehabt hatte. »Sie meinen, da ist ein kaltblütiger Killer unterwegs?«

Emmerich war auch nicht mehr ganz nüchtern gewesen. »Na ja«, hatte er Sander zugeraunt, »vielleicht hat Blaubart einfach zu viel gewusst. Wie viele andere möglicherweise auch. Die werden jetzt ganz schön bibbern.«

Sander nahm sich vor, diesen Aspekt journalistisch aufzugreifen, sobald er das Thema Leningrad abgeschlossen haben würde.

108

Bruhn hatte es eilig. Er wollte die Liste derer, die er jetzt durch die Mangel drehen würde, möglichst schnell abarbeiten. Viel zu viel Zeit war seit dem Mord an Blaubart schon vergangen. Nun galt es, die Leningrad-Rückkehrer zu befragen, von denen er inzwischen wusste, dass sie teilweise engen Kontakt mit dem Opfer hatten. Zwar hatten die Kollegen der Sonderkommission einige davon noch vor ihrer Abreise vernehmen können, aber nach den Angaben von Nolte und diesem Privatdetektiv Feldkirch ergaben sich weitere Fragen.

Reinicke stand ganz oben auf Bruhns Liste. Obwohl er die übertriebene Begeisterung für diesen Häberle nicht teilen wollte, zumal er ihn bisher nur flüchtig kennengelernt hatte, folgte er dessen Vorschlag, jenen Klempner unter die Lupe zu nehmen, der sich jetzt in angesehenen Gesellschaftskreisen bewegte und nach den damaligen Recherchen beruflichen Zutritt zu sensiblen Bereichen der Sparkassen hatte und überdies mit einer dortigen Angestellten offenbar liiert gewesen war. Beides musste natürlich nichts heißen. Aber wenn man keinerlei Anhaltspunkte hat, klammert man sich an jeden Strohhalm, dachte Bruhn, der in den vergangenen Tagen den Ehrgeiz entwickelt hatte, den Sparkassenraub aufklären zu wollen. Das würde seiner Karriere förderlich sein, wenn er es als kleiner Kripochef aus der Provinz denen da oben in Stuttgart zeigen könnte, wie man erfolgreich ermittelte. Vor allem Häberle würde Augen machen.

Bruhn hatte sich telefonisch im Betrieb von Reinicke angemeldet, wo ihm eine Frauenstimme erklärte, dass der Chef auf einer Baustelle sei und erst gegen 17 Uhr zurückerwartet werde. Auf die Minute genau war der Kriminalist in dem kleinen Büro, in dem sich Aktenordner und Schnellhefter auf Schreibtisch und Stühlen stapelten und auch die Regale einer Schrankwand unter der Papierlast zu ächzen schienen.

Reinickes Sekretärin, oder was immer die jüngere Dame in engen Jeans und engem Pulli auch war, hatte Kaffee gebrüht und Bruhn und dem Handwerker die Tassen auf eine freie Ecke des Schreibtisches gestellt. »Es tut mir leid, wenn ich Sie hier im Büro empfangen muss«, entschuldigte sich Reinicke, der in blauen Arbeitsklamotten und mit ungepflegten Haaren dahergekommen war, offenbar direkt von einer Baustelle. »Sie haben Ivonne«, er deutete auf die Frau, »gegenüber angedeutet, dass es um den Mord an Blaubart geht. Scheußliche Sache. Wir alle, die ihn gekannt haben, sind geschockt.«

»Wie gut haben Sie ihn denn gekannt?«, kam Bruhn gleich zur Sache, während er sich in den knarrenden alten Holzstuhl lehnte, auf dem er Platz genommen hatte.

»Ist das von Bedeutung für Sie?«

»Die Fragen stelle ich hier, Herr Reinicke. Ich würde nicht meine Zeit damit verplempern, wenn's nicht wichtig wäre. Niemand in dieser Stadt scheint gewillt zu sein, uns zu helfen.«

Reinicke war innerlich zusammengezuckt. »Tut mir leid, aber auch ich werde Ihnen nicht mehr sagen können, als dass Blaubart ein erfolgreicher Geschäftsmann war. Ich hab ihn eher sporadisch getroffen. Es gibt da so eine Art Stammtisch, in den ich auch mal reingeraten bin. Sportfunktionäre, Leute von Industrie und Handwerk und so. Einige kennen sich auch von den Vereinen hier. Auch dieser Kommissar Häberle hat gelegentlich vorbeigeschaut«

Bruhn tat so, als habe er dies überhört. »Sie waren aber am Montagabend, als der Mord geschehen ist, nicht in diesem Klubheim?«

»Nein, das ist eine andere Gruppe dort. Leute, die noch in der Freizeit aktiv Sport betreiben. Dafür habe ich keine Zeit.«

»Und was war das für eine Gruppe jetzt in Leningrad?« Bruhn hatte noch immer nicht durchschaut, wer zu dem elitären Kreis um Siebeneicher gehörte.

»Das war ein bunt gemischter Haufen. Aber fragen Sie doch Herrn Siebeneicher selbst«, wagte Reinicke jetzt vorzuschlagen, was Ivonne mit einem Grinsen zur Kenntnis nahm.

Bruhn ging natürlich nicht darauf ein, sondern kam ohne Umschweife zu jenem Thema, das ihn am meisten interessierte: »Sie wissen, dass es in dieser Stadt die wildesten Gerüchte gibt, der Mord an Blaubart könnte auch etwas mit dieser alten Geschichte bei der Sparkasse zu tun haben?«

Reinicke griff zu seiner Kaffeetasse und nippte daran, um ein paar Sekunden des Nachdenkens zu gewinnen. »Ja und?«

»Sie haben damals – 1982 war's, im März – auch mal Bekanntschaft mit meinen Kollegen gemacht ...«

»Was heißt, *Bekanntschaft*!«, wehrte sich Reinicke.

»Sie sollten mich ausreden lassen«, fuhr ihn Bruhn an. »Man hat Sie damals vernommen, weil Sie kurz vor der Tat in der Tiefgarage einen Wasserrohrbruch repariert haben.«

»Jetzt hören Sie aber bitte auf, Herr Kommissar«, wurde Reinicke ärgerlich. »Bloß weil Sie die Täter bis heute nicht gefunden haben, nehmen Sie jetzt den Mord an Blaubart zum Anlass, mich in etwas hineinzuziehen. Nein, nein. So geht das nicht.«

Bruhn holte tief Luft. »Sie müssen mir schon erlauben, dass ich mir gewisse Querverbindungen noch mal anschaue. Sie waren damals eine Zeit lang mit einer Angestellten der Sparkasse befreundet«, stellte der Kriminalist fest und achtete auf die Reaktion Ivonnes, die sich jedoch von diesem Hinweis auf das Vorleben ihres Chefs oder Freundes nicht beeindruckt zeigte.

»Das ist siebeneinhalb Jahre her«, entrüstete sich Reinicke.
»Was wollen Sie damit sagen?« Seine Stimme verriet Nervosität und Unsicherheit. »Vielleicht unterliegt meine Privatsphäre
auch dem Datenschutz. Ich glaube nicht, dass Sie das Recht
haben, meine persönlichsten Dinge bekannt zu machen.«

»Oh«, ließ Bruhn einen charmanten Unterton verlauten.
»Wenn es Ihnen zu persönlich wird, können wir das Gespräch
gerne in meinem Büro in der Polizeidirektion fortsetzen.«

Reinicke machte eine abfällige Handbewegung. »Ach was.
Ich hab vor Ivonne nichts zu verbergen, falls Sie das meinen.
Das mit Heidi, auf die Sie anspielen, ist kalter Kaffee.«

»So? Ist es das?«, hakte Bruhn zweifelnd nach, was Reinicke
noch mehr verunsicherte. »Manches überwindet man schneller, manches langsamer. Man hat damals mit allen gesprochen,
die in Kontakt mit Sparkassenmitarbeitern standen. Manchmal fällt einem auch erst im Nachhinein auf, dass etwas, das
man anfangs für unbedeutend hielt, vielleicht doch wichtig
gewesen sein könnte.«

»Ich verstehe nicht so recht …«, warf Reinicke ein, wurde
aber sogleich von Bruhn unterbrochen: »Jetzt, wo Sie Kontakt zu allen möglichen Kreisen pflegen, könnte es doch sein,
dass Ihnen im Zusammenhang mit Blaubart und dem damaligen Raubüberfall etwas merkwürdig erscheint.«

Reinicke wurde energisch. »Nennen Sie das Kind doch beim
Namen, Herr Kommissar. Sie glauben genau wie Ihre Kollegen
damals, ich hätte Frau Offenbach dazu benutzt, um interne
Dinge von der Sparkasse zu erfahren, womit ich irgendwelchen Komplizen Tipps geben konnte, wie man den Seifritz
und seine Tochter kidnappen kann. Stimmt's?«

Bruhn ließ sich nicht beirren. »Vielleicht nicht Sie persönlich. Womöglich wurden ja *Sie* eher beiläufig nach solchen
Erkenntnissen befragt. Von wem auch immer.«

»Jaja«, äffte Reinicke nach, »klar. Und mit meinem Anteil

aus der Beute habe ich mich dann beruflich selbstständig gemacht.« Ivonne verfolgte jetzt aufmerksam die Konversation der beiden Männer, ohne es sich anmerken zu lassen.

»Solche Gedanken kommen auf – aber nicht nur bei Ihnen.«

»Dann sollten Sie sich mal bei denen umhören, die mehr Knete haben, sogar so viel, dass sie in Russland in eine Kneipe investieren können.«

»Siebeneicher?«

»Nicht nur der, Herr Kommissar. Nicht nur der.« Mehr wollte er dazu aber nicht sagen. Und er konnte es auch gar nicht, denn wer Siebeneichers Kompagnons waren, wusste er wirklich nicht.

109

Bei Heinrich Lackner hatte der Mord an Blaubart alte Wunden aufgerissen. Seit er von dem Verbrechen erfahren hatte, war alles wieder da. Als ob es gestern gewesen wäre. Der Ruf von Seifritz, in dessen Büro zu kommen. Die beiden Gangster, die Waffe. Die Unterschrift auf dem Scheck. Seit diesem Tag war nichts mehr so, wie es einmal gewesen war. Beim Betreten des Tresorraums beschlich ihn noch immer ein ungutes Gefühl. Mit seinem Kollegen Berthold Rilke, der offenbar noch mehr unter dem damaligen Schock litt als er, hatte er inzwischen unzählige Male über jenen Märzmorgen gesprochen. Obwohl glücklicherweise niemand verletzt worden war, hatte sich das Verbrechen tief in ihr Unterbewusstsein gebrannt. Sowohl sie beide als auch Seifritz und andere Sparkassenangestellte hatten nach so langer Zeit noch immer mit den unterschwelligen Mutmaßungen zu kämpfen, sie könnten mit den Tätern gemeinsame Sache gemacht haben. Zwar ließ Kommissar Häberle keine Gelegenheit aus, dies zu dementieren, doch mit dem neuerlichen Verbrechen in der Stadt keimten die Gerüchte wieder auf. »Das werden wir nie mehr los«, hatte Lackner dieser Tage zu Rilke gesagt. »Solange die Täter nicht geschnappt sind, könnte es doch jeder gewesen sein oder mit ihnen unter einer Decke gesteckt haben.«

Lackner musste unweigerlich an die Begegnung mit Nolte denken, der ihn vor drei oder vier Jahren einmal frühmorgens in der Tiefgarage abgepasst hatte, weil ihn offenbar ähnliche Sorgen plagten. Nolte hatte erklärt, er werde als Detektiv private Recherchen anstellen, denn er befürchte, es könne in der Sparkasse Personen geben, die mehr wüssten. Von einer »tickenden Zeitbombe« hatte Nolte gesprochen. Daran erinnerte sich Lackner noch ganz genau. Aber seither hatte er nichts mehr von ihm gehört. Er überlegte, ob es Sinn machte, ihn mal anzurufen. Oder war es besser, die Sache ruhen zu lassen?

Seifritz war ziemlich wortkarg, wenn in seltenen Fällen noch die Sprache auf den Überfall kam. Selbst im direkten persönlichen Umfeld hatte er nie über Einzelheiten jener Horrornacht gesprochen, in der er und seine Tochter in der Gewalt der Gangster gewesen waren. Lackner bezweifelte jedoch, dass der Chef dies alles so kühl weggesteckt hatte, wie man nach außen hin meinen konnte. Mein Gott, was hatten diese Verbrecher angerichtet! Unendliches Leid, psychische Probleme, Ängste, Schock. Sofern sie überhaupt einmal zur Rechenschaft gezogen werden konnten, würden sich die Gerichte doch hauptsächlich mit der Psyche der Angeklagten auseinandersetzen. Auch das Interesse der Medien würde sich allein auf die Täter fokussieren. Wer dachte da schon an die Dutzenden von Menschen, die in den Strudel mit hineingerissen worden waren? Wenn es nicht gelang, die Gangster zu fassen, würden manche Personen bis ans Ende ihrer Tage unter Verdacht stehen. Sogar Heidi Offenbach, die ihm oftmals in den Sinn kam. Jahrelang hatte er sie nicht mehr gesehen. Er entsann sich, dass Nolte gesagt hatte, sie wohnten jetzt in Rattenharz. Auch war von Nachwuchs die Rede gewesen. Das Kind müsste vermutlich schon schulpflichtig sein.

Seit Wochen kämpfte Lackner mit sich, ob er sie kontaktieren sollte. Als ehemaliger Kollege wär dies völlig unverdächtig. Schon gar jetzt, in den Wochen vor Weihnachten.

Wie von einem inneren Drang getrieben, blätterte er in seinem Büro im dicken überörtlichen Telefonbuch und suchte nach dem Ortsnetz von Lorch, zu dem Rattenharz gehören musste. Doch einen Eintrag »Nolte, Wolfgang« gab es nicht. Er blieb nachdenklich sitzen, überlegte, welche Möglichkeiten es gab, an diese Nummer zu kommen. Vielleicht war nur die Ehefrau eingetragen, weil Wolfgang sich als Detektiv im Hintergrund halten wollte. Aber auch dazu fand sich kein Eintrag. Gedankenversunken blätterte Lackner weiter und versuchte es unter »Offenbach«, ihrem Mädchennamen. Und tatsächlich: es gab sie, die Heidi Offenbach. Er notierte die Nummer, steckte den Zettel ein, denn er wollte nicht vom Sparkassenbüro aus telefonieren, sondern irgendwann von daheim aus.

Oder dann doch vielleicht lieber nicht.

110

Kirstin hatte in Frankfurt viel zu spät vom Tode Blaubarts erfahren. Rein zufällig, weil sie in dem Erotikklub, in dem sie inzwischen gelandet war, auf einen Kunden aus Göppingen getroffen war. Der Mann mittleren Alters, der geschäftlich in der Mainmetropole zu tun hatte, war an der Sektbar freigiebig gewesen, und hatte es offenbar nur auf anregende Gespräche abgesehen und weniger auf Kirstins Äußeres, das sie mit viel Haut zur Schau trug – ganz so, wie es in diesem durchaus exklusiven Etablissement von der Chefin vorgeschrieben wurde. Als der Städtename Göppingen fiel, war Kirstin hellhörig geworden, gab sich aber zurückhaltend, schließlich brauchte der Mann nicht zu wissen, dass sie mal Tänzerin im *Luna* gewesen war. Geschickt brachte sie das Gespräch auf die angebliche Beschaulichkeit in der Provinz, wo die Sitten im Rotlichtmilieu noch nicht so verrucht seien wie in der Großstadt. Auch gehe es dort weniger kriminell zu.

»Aber Morde gibt's auch in Göppingen«, hatte der Mann beiläufig erwähnt.

Kirstin zeigte Interesse. Wer denn umgebracht worden sei, hatte sie wissen wollen.

»Na ja, irgend so ein Bonze, der wohl Geld hatte wie Heu. Blaubart hieß er.«

Kirstin schluckte. Dass sie blass wurde, konnte im Schummerlicht niemand sehen. Und ihre Kollegin, die sich dicht neben ihr eines jungen Mannes erwehren musste, der allzu schnell zur Sache kommen wollte, konnte das Gespräch nicht belauschen.

Obwohl Kirstin bis 3 Uhr hatte durchhalten müssen, konnte sie anschließend in ihrem kleinen Zimmer im Obergeschoss nicht einschlafen. Dieter tot. Ermordet. Mehr als das hatte der Gast aus Göppingen allerdings nicht sagen können.

Vermutlich interessierte sich aber inzwischen auch die Polizei für sie, jagte ihr ein Gedanke durch den Kopf. Aber dann wären die Beamten doch längst hier aufgetaucht. Sie müssten doch bei Dieter jede Menge Hinweise auch auf sie gefunden haben. Fotos. Ja natürlich, die Fotos. Und Verbindungen zu Joe Lukas. Oder war der es womöglich, der ihn umgebracht hatte? Die beiden hatten schließlich zeitweilig nicht gerade ein inniges Verhältnis zueinander gehabt.

Vielleicht könnte sie der Polizei sogar einen wichtigen Hinweis geben.

Sie beschloss, gleich am Vormittag die Kripo in Göppingen anzurufen. Es war besser, sie meldete sich freiwillig, als zum Verhör gezwungen zu werden.

111

Häberle hatte sich auf Anraten seines obersten Chefs in Stuttgart diskret in den Mordfall Blaubart eingemischt. Mit dem Hinweis, er kenne sich als Göppinger in der Stadt bestens aus, beugte sich Bruhn der Anweisung der Landespolizeidirektion, Häberle für ein paar Tage hilfreich ermitteln zu lassen. Möglich, dass man es für zuträglich erachtet hatte, nicht nur einen ortskundigen, sondern vorübergehend auch einen diplomatischeren Beamten einzusetzen. Immerhin galt es, die etwas gehobenere Gesellschaft zu durchleuchten. Außerdem hatte Häberle in der jüngsten Vergangenheit öfters in die Stammtischrunde um Siebeneicher hineingeschnuppert. Andererseits war es nicht ganz unproblematisch, Häberle in Kreisen ermitteln zu lassen, in denen viele Personen zu seinen engen Bekannten zählten. Obwohl er dort vermutlich der Jüngste von allen war.

Im Lokal *Stüble* traf er Siebeneicher an einem kalten Dezembernachmittag. Angenehme Wärme schlug ihm entgegen, als er sich zu einem kleinen Tisch führen ließ. »Wir haben tollen Glühwein«, schwärmte der kommunalpolitisch engagierte Wirt, der seit einem Monat immer wieder Interviewanfragen auswärtiger Medien zu seinem schwäbischen Lokal in Leningrad erhielt. Sanders Artikel hatte offenbar in der ganzen Republik für Aufsehen gesorgt.

»Da haben Sie ja ein riesiges Ding gelandet in Leningrad«, zeigte sich Häberle deshalb anerkennend, während Siebeneicher ihm und sich selbst einen Becher Glühwein servierte.

»Jaja. Aber wie so oft im Leben, Herr Häberle: Auf Sonne folgt Schatten.« Siebeneichers positive Gesichtszüge verhärteten sich.

»Ärger? Haben Sie Ärger?«

»Man muss die Strukturen in Russland kennen. Derzeit ist vieles im Fluss. Da treten plötzlich Leute in Erscheinung, mit denen ich nicht gerechnet hätte. Und einige zeigen jetzt ihr wahres Gesicht.«

»KGB?«, brach es aus Häberle heraus. »Doch nicht etwa mafiose Strukturen?«

»So ganz genau blicke ich nicht durch. Meine Leute in Leningrad berichten mir fast täglich von dubiosen Gestalten und Unregelmäßigkeiten.«

»Sie haben aber doch genügend Vertraute drüben?«

»Ja klar, der Bäcker und der Metzger und noch einige mehr. Auch meine Partnerin kümmert sich um alles. Allein auf Einheimische möchte ich mich nicht verlassen.«

»Und Ihre angeblichen Kompagnons?«

»Entschuldigen Sie, aber darüber möchte ich nicht sprechen.« Häberle wechselte sofort das Thema. »Es ist schon geraume Zeit her, dass ich hier mit Blaubart gesprochen habe. Wenn ich mich richtig entsinne, hat er irgendwelche Andeutungen betreffend Amerikaner gemacht – im Zusammenhang mit Autos.«

»Ja natürlich. Das war sein Geschäft.«

»Glauben Sie denn, dass diese Geschäfte mit dem Mord an ihm zu tun haben könnten?«

»Möglich ist alles. Wenn Sie mich fragen: Das sieht nach einem Auftragsmord aus. Sonst hättet ihr doch längst eine Spur. Da ist einer eingeflogen worden, hat auf den Blaubart geballert und ist noch in derselben Nacht ins Ausland verschwunden.«

»Auftragskiller«, resümierte Häberle. »So sieht's in der Tat aus. Das würde auch einen anonymen Anruf im Klubheim erklären, bei dem sich anderntags jemand mit italienischem Akzent erkundigt hat, wer denn ermordet worden sei.«

»Da wollte jemand wissen, ob man den Richtigen erwischt hat, ganz klar.«

»Jetzt eine ganz dienstliche Frage«, wurde Häberle deutlich. »In Ihren Kreisen geht es auch um viel Geld. Können Sie ausschließen, dass dieses Geld aus illegalen Quellen stammt?«

Siebeneicher sah den Kriminalisten irritiert an. »Bezieht sich diese Frage auch auf mich?«

Häberle lächelte freundlich. »Auf alle. Auch auf den Banker in Ihren Reihen.«

»Wenn Sie jetzt auch auf den Sparkassenraub anspielen, dann muss ich sagen, dass Sie da ziemlich auf dem Holzweg sind. Entschuldigen Sie, aber da ist viel dummes Geschwätz dabei.«

Häberle nickte verständnisvoll. »Der Blaubart«, wagte er einen Vorstoß, »das war aber nicht einer von Ihren Kompagnons?«

Siebeneichers Miene wurde säuerlich. »Ich hab doch schon gesagt, die wollen im Hintergrund bleiben. Und für sie könnte ich meine Hand ins Feuer legen.«

Häberle zuckte mit den Schultern. »War nur so eine Frage. Denn falls es so wäre, würde ich mir Sorgen um Sie machen.«

Siebeneicher war zusammengezuckt. »Was heißt das, um Sie? Meinen Sie mich oder uns alle?«

Häberle hob eine Augenbraue: »Um Sie zu allererst – aber auch um alle anderen.«

112

Kirstin war an einem Nachmittag mit der Eisenbahn in Göppingen eingetroffen. Ihr Anruf bei der Kriminalpolizei hatte dort großes Interesse ausgelöst, zumal offenbar niemand von ihrer Existenz wusste. Weshalb die Ermittler nirgendwo in Dieters Unterlagen auf ihren Namen oder gar ihre Fotos gestoßen waren, erschien ihr rätselhaft. Dann musste Dieter vor seinem Tod alles vernichtet haben.

Bruhn hatte dem Auftritt der Klubdame, wie sie sich am Telefon bezeichnet hatte, entgegengefiebert. Doch ihr Outfit entsprach nicht dem, was ihm vorgeschwebt war, sondern war der nasskalten Witterung angepasst.

Er saß der attraktiven Frau am kargen weißen Besprechungstisch gegenüber, bedankte sich nochmals für ihren Anruf und ihr schnelles Erscheinen.

»Kein Problem«, lächelte Kirstin. »Ich wollte sowieso mal wieder eine Freundin hier besuchen.« Dann wurde sie ernst: »Und jetzt Dieters Grab sehen.«

»Sie waren mit ihm befreundet, haben Sie am Telefon gesagt.«

»Befreundet«, echote sie, »ja, das kann man sagen.« Sie berichtete von ihrer Arbeit im *Luna* und ebenso freizügig von den Fotos, die er mit ihr in der Garage gemacht hatte. »Sie haben keines davon gesehen?«, staunte sie, und es schwang ein wenig Enttäuschung in ihrer Stimme mit.

»Leider nein«, sagte Bruhn ungewöhnlich liebenswert. »Ich bin absolut überzeugt, etwas versäumt zu haben.«

Sie lächelte und hob eine Augenbraue. »Ich lade Sie gern mal in den Klub in Frankfurt ein.«

Bruhn zögerte kurz, wurde aber sofort wieder dienstlich. »Gute Frau«, sagte er streng, »hier geht's um einen Mord. Und ich hätte von Ihnen gerne etwas über Blaubarts Umgang erfahren.«

»Umgang? Sie meinen andere Frauen und so?«

»Nicht nur. Sondern, was Sie über seine geschäftlichen Aktivitäten wissen.«

»Dieter war solo. Hat auch, soweit ich das weiß, keine engeren Familienangehörigen.«

»Das wissen wir längst«, unterbrach Bruhn energisch. »Nur das Geschäftliche interessiert uns.«

»Na ja, da gab's mal Ärger mit einem Amerikaner, einem GI vom Flugplatz hier.« Sie grinste verschämt. »Der hat mich zwingen wollen, für ihn anzuschaffen. Ein Idiot. Wenn ich das mache, brauche ich keinen Manager.«

»Sie meinen Zuhälter«, stellte Bruhn klar.

»Ja, wenn, dann geht das auf meine Rechnung. Aber damals wollte ich das überhaupt nicht.«

»Okay«, drängte Bruhn in seiner unnachahmlichen Art auf Tempo. »Um was ging's bei dem Zwist der Männer? Um Frauen?«

»Nein, um Autos.« Kirstin berichtete, wie Blaubart schließlich doch mit dem Amerikaner handelseins geworden sei, weil sie am Export von Autos in den Ostblock beide offenbar gut verdient hätten. »Ich glaube, dem Dieter wurde das wegen der politischen Entwicklung irgendwann zu heiß«, meinte sie. »Aber wie das ausging, weiß ich nicht.«

»Wie hieß der Amerikaner?«

»Lukas. Joe Lukas. Hat wohl irgendwo in diesen Kasernen hier gewohnt. Mehr weiß ich nicht. Vielleicht hat er auch gar nicht Joe Lukas geheißen.«

Bruhn notierte sich den Namen. »Andere Frage: War irgendwann die Rede von diesem Sparkassenraub? Sie wissen, was ich meine?«

»Die Geschichte kenne ich nur vom Hörensagen. Dieter hat das auch mal beschäftigt, weil er bei Kunden, die teure Autos bar bezahlt haben, die Sorge hatte, das Geld könnte womöglich aus diesem Raubüberfall stammen.«

Bruhn nickte. »Hat man auch mal über eine Angelegenheit in Leningrad gesprochen?«

»Leningrad? Was soll dort gewesen sein?« Kirstin überlegte. »Russische Frauen?«

Bruhn entschied, darauf einzugehen. »Könnte das sein?«

»Na ja«, entgegnete Kirstin, »Sie müssen sich ja nur mal auf dem Straßenstrich umsehen. Polinnen, Russinnen, Rumäninnen, Bulgarinnen. Was glauben Sie, was da erst abgeht, wenn jetzt die Grenzen vollends offen sind! Alle wollen nur die D-Mark.«

113

Kurz vor Weihnachten hatte sich Lackner zu dem Telefonat mit Heidi Nolte durchgerungen. Die Frau war angenehm überrascht, wunderte sich aber, dass sich ihr einstiger Kollege, der dazu noch deutlich älter war als sie, nach ihrem Wohlbefinden erkundigte. Er schilderte, wie ihn das Verbrechen noch immer psychisch belastete und dass es schön wäre, wenn sie sich mal in Ruhe bei einer Tasse Kaffee über alte Zeiten unterhalten könnten. Heidi hatte am Telefon herumgedruckst, woraus Lackner schloss, dass ihr Mann Wolfgang in der Nähe war. Lackner hatte deshalb vorgeschlagen, sie solle bei Gelegenheit zurückrufen.

Das hatte sie schon wenig später getan und ein Treffen vormittags in einem Göppinger Café vorgeschlagen, wenn Boris in der Schule sei.

Auf den ersten Blick war Lackner erschrocken gewesen. Dem Gesicht Heidis fehlte die jugendliche Frische, wie er sie noch von früher in Erinnerung hatte. Ihre Augen waren nervös, alles an ihr ließ auf Stress und Hektik schließen.

Sie bestellten heiße Schokolade und ein Süßgebäck. »Ich dachte, die Vorweihnachtszeit ist der richtige Anlass, sich mal wiederzusehen«, knüpfte Lackner an das Telefonat an und berichtete von den seelischen Problemen, mit denen er immer noch zu kämpfen hatte. Auf diese Weise wollte er auch auf Heidis Mann Wolfgang zu sprechen kommen, ohne aber das einstige vormittägliche Zusammentreffen mit ihm in der Tiefgarage zu erwähnen. Ganz sicher hatte Nolte ihr davon nichts erzählt.

»Ihr Mann war damals auch ganz dicht an den Burschen dran«, sagte Lackner schließlich. »Ich weiß noch genau, wie er sich mit einem von denen anlegen wollte. Hatte aber keine Chance. Wie man so hört, hat Ihr Mann beruflich gut Fuß gefasst.«

»Ja, das hat er. Muss er auch. Wir haben uns mit dem Hausbau ganz schön in Schulden gestürzt«, begann sie ihr Herz auszuschütten, weil sie in den Erkundigungen des ehemaligen Kollegen ehrliche Besorgnis zu erkennen glaubte. »Wolfgang, also mein Mann, kniet sich in seine Arbeit rein und vergisst dabei manchmal die Familie.«

»Schulden können einen Menschen zermürben«, stellte Lackner fest, der diese Situation von vielen Kunden kannte.

»Wissen Sie, eigentlich könnte alles so schön sein. Aber Wolfgang kennt nur noch seine Arbeit. Und ich weiß momentan nicht, wie es weitergehen soll, auch mit Boris in der Schule. Er ist uns irgendwie entglitten. Auf seinen Vater hört er nicht, und ich bin langsam am Verzweifeln mit dem Buben.«

Lackner rang nach einfühlsamen Worten. »Trennung? Wäre das eine Option für Sie?«

»Nicht, solange Boris nicht volljährig ist«, erwiderte sie entschieden.

»Das sind noch zwölf lange Jahre«, gab Lackner zu bedenken.

»Trennung würde bedeuten, das Haus aufzugeben.«

»Manchmal ist es besser, eine Last loszuwerden.«

Heidi ließ einige Momente des Schweigens vergehen, während derer sie ihr Süßgebäck aufaß. Sollte sie sich dem ehemaligen Kollegen anvertrauen? Lackner spürte, dass es etwas gab, mit dem die Frau kämpfte. »Wenn ich Ihnen in irgendeiner Weise helfen kann, werde ich das tun.« Er vermutete, dass es um die Rückzahlung des Kredits ging, den die Noltes vermutlich bei der Sparkasse tilgen mussten.

Heidi schwieg. Ihre Augen waren feucht geworden.

Lackner wollte sie nicht mit weiteren Fragen quälen.

114

Auch die bohrenden Fragen der Journalisten brachten keine Neuigkeiten ans Tageslicht. Außer der Tatsache, dass es um Siebeneichers Leningrader Projekt verdächtig still geworden war, erweckte nichts mehr den Argwohn von Sander und Grüninger. Noch hielten sich die Gerüchte um den Sparkassenraub hartnäckig, aber weder dazu noch zu dem Kidnapping in Ehingen schien es heiße Spuren zu geben.

In diesen Zeiten des großen politischen Wandels traten lokale Nachrichten ohnehin in den Hintergrund. Sander war kurz nach Weihnachten 1989 von der Idee beflügelt, ein Stück Weltgeschichte in den Lokalteil zu tragen: Zusammen mit einem jüngeren Kollegen fuhr er in jene DDR-Stadt, mit der Göppingen noch vor der Wende eine Städtepartnerschaft zuwege gebracht hatte: nach Sonneberg in Thüringen. Wie es die Göppinger geschafft hatten, über den Eisernen Vorhang hinweg Kontakt zu knüpfen, hatte Sander anfangs nicht sonderlich interessiert. Immerhin schien bundesweit der Trend zu solchen Beziehungen zu gehen. Für Göppingen war Sonneberg vielleicht nicht ganz uneigennützig. Denn dort gab es ebenso eine Spielwarenfabrik wie in Göppingen, dessen *Märklin*-Produkte weltweit einen guten Ruf genossen.

Für Sander war die Fahrt durch das Grenzgebiet, das noch bis vor sieben Wochen mit Todesstreifen, Stacheldraht und Wachtürmen abgesichert war, ein Erlebnis, dessen historische Bedeutung ihn innerlich aufwühlte. Provisorisch hatten die DDR-Grenzer in diesem unwegsamen Gebiet schmale Asphaltwege für den neuen Grenzverkehr angelegt. Am Übergang zu Thüringen standen Uniformierte, die den Autokolonnen, die sich in beide Richtungen bildeten, freundlich zuwinkten. Ein beleuchteter Christbaum erschien Sander wie ein hoffnungsvolles Zeichen für eine bessere politische Zukunft.

Mein Gott, dachte er, wir befassen uns daheim mit unseren provinziellen Themen, und hier, ein paar 100 Kilometer nordöstlich wurde Weltgeschichte geschrieben. In diesem Moment wünschte er sich, einmal den Absprung in eine größere Redaktion zu schaffen. Aber er war wohl viel zu bodenständig und mit Land und Leuten verbunden, als dass es ihn in die Ferne gezogen hätte.

Immerhin hatte er ein bisschen an den Geschehnissen dieser Zeit teilhaben dürfen. In Leningrad, als die *Nacht der Nächte* angebrochen war.

Der Tag in Sonneberg entschädigte für die kleine Welt zu Hause. Sein Kollege und er unterhielten sich stundenlang mit dem örtlichen evangelischen Pfarrer, der von den Anfängen der Montagsgebete berichtete. Sander hatte sich zudem vorgenommen, im Rathaus ein Gespräch mit dem völlig konsterniert wirkenden Bürgermeister zu führen, der sich im Umgang mit einem westlichen Journalisten sichtlich schwertat.

Obwohl kein Zweifel bestanden hatte, dass sie die DDR wieder verlassen durften, fühlten sich die beiden Zeitungsleute am Abend befreit, als westliches Terrain erreicht war. Sie würden morgen eine komplette Zeitungsseite über ihre Recherchereise füllen.

Nach dem Jahreswechsel, so dachte Sander auf der Autobahn, würde er sich auch wieder Siebeneicher widmen müssen, der häufig zwischen Göppingen und Leningrad hin und her zu pendeln schien.

Sieneneicher fühlte sich allerdings im engsten Kreise immer häufiger kritischen Fragen ausgesetzt. Seine einst euphorischen Schilderungen waren trotz der Grenzöffnung, des Mauerfalls und dem Ende des Kalten Krieges kleinlauten Bemerkungen gewichen.

115

Bei einem sommerlichen Treffen in Siebeneichers Göppinger *Stüble* wollten all jene, die zu der Reisegruppe gehört hatten, nach einem Dreivierteljahr wissen, wie sich die Geschäfte in Leningrad entwickelten. »Ich könnte zufrieden sein«, resümierte Siebeneicher, »nach den politischen Umwälzungen taucht eine zahlungskräftige Klientel auf: Russen, die viel Geld haben. Seriöse Geschäftsleute, aber auch jede Menge halbseidene Figuren.«

Der Banker Arno Zumwinkel nickte so heftig, dass man meinen konnte, er kenne die Szene nur allzu gut.

»Aber«, wurde Siebeneicher kleinlauter, »ich bin ehrlich: Auch das einheimische Personal bereitet mir zunehmend Kopfzerbrechen. Manchmal hab ich den Eindruck, die russische Seite würde sich das Ding ganz unter den Nagel reißen wollen.«

Aufmerksame Stille machte sich breit, worauf Siebeneicher nachdenklich fortfuhr: »Einer meiner Leute in Leningrad, der im Hotel *Pribaltiyskaya* wohnt, hat mir von einem dubiosen Vorfall berichtet: Nachdem er im Hotelrestaurant die Bekanntschaft mit einigen merkwürdigen Personen gemacht habe, sei er später, gegen 2 Uhr, in seinem Zimmer angerufen und zu einem Schlummertrunk in eine Suite in der obersten Etage des Hotels eingeladen worden.« Siebeneicher überlegte und holte tief Luft. »Offenbar war das weniger eine Einladung, als vielmehr eine Aufforderung, denn wenig später habe es an der Zimmertür geklopft und ihn hätten zwei dunkel gekleidete Männer mit Sonnenbrillen abgeholt.«

»Mafiosi?«, entfuhr es einem der Zuhörer.

»So wird es wohl gewesen sein. Jedenfalls soll das nächtliche Treffen bei einem Glas Wodka ziemlich merkwürdig verlaufen sein. Der Mann hat behauptet, ein Schuhfabrikant aus dem Kaukasus zu sein, der häufig nach Leningrad komme und dann immer in dieser Suite wohne. Er hat erklärt, beste Beziehungen zu Bankenkreisen in Düsseldorf zu haben, wo seine Schwester mit einem Bankdirektor verheiratet sei.«

»Und jetzt will er deinen Laden in Leningrad übernehmen, oder was?«, fragte Horst Jodel, die einstige Handballgröße, frotzelnd.

Siebeneicher wollte nichts dazu sagen. Es war ihm sichtlich unangenehm, über sein so hochgelobtes Projekt zu sprechen, das kurz vor dem Scheitern stand. »Wisst ihr«, fuhr er fort, als müsse er sich den Kummer von der Seele reden, »ganz so reibungslos ist der Aufbau des Geschäfts nicht abgelaufen. Manchmal mussten wir mit ein paar Kartons Bierdosen von *Löwenbräu* aufs Amt gehen, um einen Stempel zu kriegen. Vom Daimler weiß ich, dass sie Schutzgelder bezahlt haben.«

»Dann war das alles eine Nummer zu groß für dich und deine geheimnisvollen Kompagnons?«, wollte Heiko Emmerich wissen, der aus Sicht der Industrie- und Handelskammer das Vorhaben aufmerksam verfolgt hatte.

»Ob etwas zu groß ist, vermag man heutzutage schwer abzuschätzen«, warf Bauunternehmer Ernst Blank ein, von dem inzwischen alle am Tisch wussten, dass er eine Kooperation mit einem tschechoslowakischen Immobilienmakler eingegangen war. »Man muss in diesen Zeiten genau abwägen, wie groß das Risiko eines Engagements im Osten ist. Steigt man zum richtigen Zeitpunkt ein, kann man vom kommenden Aufschwung profitieren, zögert man, hat man das Nachsehen.«

Siebeneicher blinzelte ihm zu: »Es ist jedenfalls besser, zwei Eisen im Feuer zu haben als gar keines.«

»Nur«, gab der Banker zu bedenken, »wenn beide verbrennen, ist alles futsch. Womöglich sogar der Stammbetrieb daheim.«

Dazu meldete sich Helmut Reinicke zu Wort: »Genau wie dir, Ernst, hat auch mir in Leningrad jemand angeboten, mich in den Ostblockländern zu engagieren. Der Sanierungsbedarf dort sei riesengroß, hat man mir gesagt. Daran hab ich bei der Bausubstanz, die ich in Leningrad gesehen habe, nicht den geringsten Zweifel. Aber für mich wäre so etwas viel zu groß. Ich müsste dort Leute einstellen und mich auf die Partner vor Ort verlassen.«

Siebeneicher brummte: »Wenn du Pech hast, bist du verlassen.«

Die anderen horchten erstaunt auf.

116

Grüninger sollte mit dem, was er vor vier Jahren vorhergesagt hatte, recht behalten: Vor seinem Ruhestand wurde der Sparkassenraub nicht mehr aufgeklärt. Im September 1992 schied der verdiente, langjährige Journalist aus Altersgründen aus. »Sie werden den Fall schon noch lösen«, tröstete er seinen jungen Kollegen, als sie bei der Verabschiedungsfeier auch über den größten Kriminalfall ihrer beider beruflichen Laufbahnen redeten.

Sander nahm zur Kenntnis, dass die Zeit des altbewährten Nachkriegsjournalismus zu Ende ging. Jung-dynamische, bisweilen halt auch unerfahrene Kräfte, die durch Arroganz glänzen mussten, waren allenthalben in den Startlöchern, nicht nur bei den Medien. Die aufkommende Digitalisierung würde nahezu alle Lebensbereiche und Berufsbilder revolutionieren. Im Zeitungswesen war dies in jüngster Vergangenheit bereits geschehen. Setzer und Metteure waren von der Computertechnik weggefegt worden, vieles wurde den Redakteuren aufgebürdet, denen immer weniger Spielraum für saubere Recherchearbeit blieb, denn obendrein sollte alles auch schneller gehen und möglichst wenig kosten. Sander sah mit gemischten Gefühlen in die Zukunft.

Dass jetzt eine junge Frau von auswärts als Chefredakteurin eingesetzt wurde, löste bei der kollegialen Journalistenschar verständnisloses Kopfschütteln aus. Nicht, dass sie etwas gegen weibliche Kolleginnen einzuwenden gehabt hätten. Nein, es war die Unerfahrenheit der Neuen, der von ihren bisherigen Wirkungsstätten der Ruf vorauseilte, dort verbrannte Erde hinterlassen zu haben.

Schon nach den ersten Tagen war klar: Der Ton wurde rauer, nach innen und nach außen. Sander war schnell davon überzeugt, dass derlei Auftreten in einer eher provinziellen Kleinstadt dem Ansehen der Zeitung schaden würde.

Vielleicht war die alleinstehende Dame auch mit sich nicht im Reinen, überlegte Sander. Vermutlich musste sie ihr fehlendes Selbstwertgefühl nun im Kreise der Kollegen durch dominahaftes Getue kompensieren. Insbesondere gegenüber ihren Geschlechtsgenossinnen schien sie zeigen zu wollen, wer jetzt die Herrin im Hause war.

Alle, ob Männer oder Frauen, bekamen zu spüren, dass sie nach Meinung der neuen Chefin von nichts eine Ahnung hätten, am wenigstens natürlich von Journalismus. Sie versuchte, alle Bereich an sich zu ziehen, und eckte an, wo sie nur konnte, was nahezu regelmäßig zu Zoff mit Interviewpartnern führte. Sander warf sie vor, Kumpanei mit der Polizei zu treiben und deshalb nicht energisch und kritisch genug, sondern nur positiv voreingenommen über die Ordnungshüter zu schreiben.

Dass aber das rigorose Vorgehen der neuen Chefin sämtliche, jahrelang mühsam aufgebauten Netzwerke kappte und bisherige Hinweisgeber verstummen ließ, war ihr entweder egal oder sie hatte einfach kein Gespür dafür.

Sander zog sich von Woche zu Woche mehr zurück, beschränkte sich aufs Nötigste und spürte zum ersten Mal in seinem Berufsleben: Wenn das Betriebsklima zugrunde gerichtet wurde, verloren alle Mitarbeiter die Lust am Arbeiten. Ein jahrzehntelang gut funktionierendes Team ging im wahrsten Sinne vor die Hunde.

Und niemand tat etwas dagegen. Das Team, das solche Töne nicht gewohnt war, saß bisweilen wie das Kaninchen vor der Schlange, wenn die Neue wie wild herumschwadronierte, seltsame bis utopische Ideen entwickelte und sogar einmal nächtens vor ihrer Wohnung ganze Trupps von Rechtsradikalen marschieren zu hören glaubte. Zum Leidwesen des örtlichen Bürgermeisters, der solcherlei Umtriebe in seiner kleinen Gemeinde ins Reich der Märchen verwies.

Einmal freilich, da staunte das ganze Redaktionsteam, hatten sie und ein ihr zugewandter Kollege wohl eine Sternstunde. Was Sander darauf zurückführte, dass die Chefin einen geradezu idealen Ansatzpunkt für ein Thema fand, wo man gnadenlos draufschlagen konnte. So richtig nach ihrem Geschmack. Durch einen auswärtigen Hinweisgeber hatte sie von den wirtschaftskriminellen Machenschaften eines Göppinger Unternehmers in den neuen Bundesländern erfahren und diese zusammen mit ihrem Kollegen aus Göppingen und einem weiteren aus Sachsen aufgedeckt. Es war um Schwindeleien in zweistelliger Millionenhöhe gegangen. 1993 kam der Unternehmer in Haft, und ein Jahr später erhielten die Journalisten den »Wächterpreis der Tagespresse«, der seit 1969 alljährlich für besonders couragierte Journalisten vergeben wurde, die Missstände aufdeckten.

Sander musste anerkennend eingestehen, dass dies eine große Ehre war, die die Position der Chefin im Hause zweifelsohne festigte.

Aber irgendwann, davon war er überzeugt, würde sie den Bogen überspannen.

Sander empfand immer weniger Freude an seinem Beruf, den er bis dahin mit Leib und Seele ausgeführt hatte. Unter großem Druck mussten er und seine Kollegen jeden Tag neue spannende Geschichten aufreißen, von denen es in einer mittelgroßen Stadt wie Göppingen und ihrem Umfeld naturgemäß nicht ausreichend gab. Manchmal fühlte sich Sander genötigt, aus einer Mücke einen Elefanten zu machen, also ein Randthema aufzublasen, nur um daraus einen lokalen Aufmacher kreieren zu können. Im Oktober 1994 kam ihm dafür der fünfte Jahrestag des ungeklärten Blaubart-Mordes gerade

gelegen. Noch einmal wollte er darstellen, was damals geschehen war, zitierte den Kripochef Bruhn, der erneut von einer
Mauer des Schweigens gesprochen hatte, und versuchte, das
bekannte Umfeld des Opfers zu beleuchten – in der Hoffnung, auf diese Weise der Kripo möglicherweise einen Hinweisgeber zu verschaffen, der jetzt, nach so langer Zeit, vielleicht doch auspacken wollte.

Aber vergebens. Mehr, als dass das Verbrechen für einen
Tag wieder zum Gesprächsthema wurde, war nicht erreicht
worden.

Dafür bekam Sander einige Tage später Post von der Staatsanwaltschaft Ulm. Ganz persönlich an ihn gerichtet. Demnach keine der üblichen Pressemitteilungen. Sander stockte
der Atem, als er las, dass gegen ihn Strafanzeige erstattet worden sei.

117

Die ehemaligen Ostblockstaaten hatten sich in den vergangenen Jahren verselbstständigt, und manche Region, die bis
dahin für Bewohner des Westens entweder schwer zugänglich
oder komplett fremd erschien, hatte schlagartig das Interesse
von Investoren geweckt. Der Aufbruch war überall zu spüren, die Sowjetunion aufgelöst und die neue Russische Föde-

ration entstanden. Leningrad nannte sich nach einer Volksabstimmung ab September 1991 wieder Sankt Petersburg. Ein teures und anspruchsvolles Programm zur Sanierung der Altstadt und der verschiedenen, bisweilen verwahrlosten Paläste wurde eingeleitet.

Goldgräberstimmung allenthalben. Schier unendlich schien im Osten der Hunger nach den Errungenschaften des Kapitalismus zu sein. Versicherungen und Banken hatten sehr schnell ihre Fühler ausgestreckt, es folgten Gebrauchtwagenhändler, Bauunternehmen und – natürlich – Immobilienhaie. Sogar Mittelständler wagten sich an Kooperationen mit einheimischen Handwerkern oder Kaufleuten heran, ohne jedoch verborgene Strukturen zu kennen, die mancherorts von finsteren Hintermännern besetzt waren, die nur danach trachteten, die *Wessis* auszunehmen. Diese brauchten sich aber nicht allzu laut zu beklagen, denn es wimmelte auch von Ganoven aus dem Westen, die mit allerlei Tricks die mit der freien Marktwirtschaft unerfahrenen Menschen im Osten über den Tisch zogen.

Ernst Blank, der in Göppingen erfolgreiche Bauunternehmer, hatte derlei Machenschaften nicht im Sinn, als er schon sehr bald die Chance zu erkennen glaubte, auch dem Trend Richtung Osten zu folgen. Seinerzeit in Leningrad hatte es dazu, wie er es empfand, sehr gute Gespräche mit einem Mann aus der Slowakei gegeben, dem neu aus der Tschechoslowakei hervorgegangenen Staat südlich der Tatra, dem Gebirgszug an der Grenze zu Polen.

Blank war mit dem Auto gefahren, über Wien und Bratislava, um über kaum ausgebaute Straßen ganz in den Nordosten des Landes zu gelangen, in die Stadt Košice. Eine ziemliche Schinderei. Das nächste Mal, so schwor er sich, würde er mit dem Flugzeug kommen.

Der Mann, mit dem er eine Kooperation für größere Bauvorhaben gründen wollte, erwartete ihn im Foyer eines Hotels unweit des Doms zur Heiligen Elisabeth. Nachdem Blank endlich ein Parkhaus gefunden hatte, eilte er am Spätnachmittag mit einem kleinen Reisekoffer zum vereinbarten Treffpunkt. Viele Male hatten sie schon telefoniert, zweimal war Milan Jankovic, wie sich der Slowake vor fünf Jahren in Leningrad vorgestellt hatte, bereits in Göppingen gewesen.

Blank erspähte ihn sofort. Er saß, in einen Sessel versunken, im Hotelfoyer und war mit seinem kahl geschorenen Kopf nicht zu übersehen. Ein breites Lächeln im Gesicht, die schwarze Lederjacke offenbar maßgeschneidert, so begrüßte er seinen Gast.

Blank schätzte ihn auf Mitte bis Ende 40. Ein Zupackertyp, einer vom Bau. So hatte er ihn damals in Leningrad schon taxiert.

»Gute Fahrt gehabt?«, fragte Jankovic in einem Deutsch, dem der harte slawische Zungenschlag innewohnte.

»Es geht. Ihr solltet eure Straßen hierher noch besser richten.«

»Kommt alles, mein Freund. Wir brauchen nur genügend Bauunternehmer.« Er grinste und ließ zwei Tassen Kaffee an den kleinen Tisch bringen.

»Der Notartermin für morgen steht?«, hakte Blank nach.

»Wie besprochen.«

»Dann können wir endlich Nägel mit Köpfen machen, bevor die Konkurrenz uns überrollt.«

»Ja, mein Freund. Die ganz großen Baukonzerne rücken hier langsam auch in die Provinz vor.«

Blank nahm's besorgt zur Kenntnis und kämpfte gegen ein ungutes Gefühl an, das seine Frau ihm seit einem Jahr schon einzureden versuchte. »Das ist doch eine Nummer zu groß für dich«, hatte sie noch heute am frühen Morgen gesagt, als er losgefahren war. »Denk an Hans«, hörte er immer wieder. Und auch er hatte während der Fahrt an Siebeneicher denken müssen, bei dem offenbar nicht alles wie geplant lief. Aber hier in Košice hatte er es gewiss nicht mit der russischen Mafia zu tun. Milan war inzwischen fast ein Freund geworden. Einer, der selbst ein größeres Bauunternehmen besaß, das er selbst schon einmal hatte besichtigen können. Andererseits war Blank noch immer nicht ganz klar, welche Beziehungen Jankovic zu Leningrad hatte und weshalb er dort mit einer Delegation aus Polen und der Slowakei an Siebeneichers Lokaleröffnung teilgenommen hatte. Aber dass man sich innerhalb der einstigen Ostblockstaaten wirtschaftlich austauschte, war schließlich nichts Ungewöhnliches.

»Das Finanzielle geht auch klar?«, holte ihn Jankovics harte Stimme aus den Sekunden des Nachdenkens zurück.

»Ja klar. Wie besprochen.«

Jankovic lächelte zufrieden und trank einen Schluck Kaffee, während Blank zur Rezeption hinüberging, um einzuchecken. Er würde zwei Nächte bleiben. Für morgen war die offizielle Gründung ihrer Kooperation vorgesehen. Mit Notar- und Banktermin. Für den Abend hatte Jankovic den Besuch eines Casinos vorgesehen.

Als Blank die Formalitäten an der Rezeption erledigt hatte, ließ er sich wieder neben seinem Geschäftspartner nieder. Der aber schaute auf seine goldglitzernde Armbanduhr. »Du musst mich leider entschuldigen. Aber ich hab noch einen Termin. Du wirst dich jetzt auch erst mal ausruhen und frisch machen wollen. Sehen wir uns später zum Essen? Wie besprochen? Dort, wo wir das letzte Mal auch waren. Ich hab einen Tisch reserviert.«

»Okay, klar«, erwiderte Blank und sah, wie Jankovic beim Verlassen des Hotelfoyers ein Handy aus der Jackentasche zog und draußen auf der Straße telefonierte.

Ein viel beschäftigter Geschäftsmann, dachte Blank, um die Bedenken seiner Frau zu zerstreuen, die eben wieder in sein Bewusstsein gedrungen waren.

118

Sander hatte nicht fassen können, was da stand. Die Staatsanwaltschaft teilte ihm mit, dass gegen ihn Anzeige erstattet worden sei, und zwar von den entfernten Verwandten des ermordeten Blaubart. Ausgerechnet von jenen, denen er mit seinem Artikel hatte helfen wollen, den Täter vielleicht doch noch zu finden. Jene wollten ihn wegen »Verunglimpfung des Andenkens Verstorbener« bestraft sehen. Paragraf 189 Strafgesetzbuch. Sander hatte während seiner Tätigkeit als Polizei- und Gerichtsreporter nie über eine Verhandlung zu diesem Straftatbestand berichten müssen. Völlig konsterniert schlug er in der Literatur nach, was ihm drohen konnte: Freiheitsstrafe bis zu zwei Jahre oder Geldstrafe, hieß es da. Das durfte doch nicht wahr sein. Er las den Text, in dem er um eine Stellungnahme gebeten wurde, noch einige Male durch. Nichts war ihm ferner gelegen, als das Andenken des angesehenen Bürgers Blaubart zu verunglimpfen. Ganz im Gegenteil: Mehrfach hatte er in seinen Artikeln betont, dass Blaubart ein erfolgreicher Geschäftsmann gewesen war. Es war in dem jetzigen Bericht doch nur darum gegangen, noch einmal alle Aspekte des Verbrechens darzustellen, einschließlich des wenig bekannten Umfeldes des Mannes.

Auch die Kollegen in der Redaktion schüttelten fassungslos die Köpfe. Sander leitete das Schreiben an den Justiziar des Verlags weiter, der ihn sogleich beruhigte. Einige Wochen später kam ein neuerlicher Brief der Staatsanwaltschaft: Verfahren eingestellt. Für Sander zwar eine gute Nachricht, doch blieb rätselhaft, weshalb sein Bemühen um eine Aufklärung des Falles derart missverstanden worden war. Oder hatte man ihn mundtot machen wollen?

Dass er in der Folgezeit kein Interesse mehr daran hatte, journalistisch an der Aufklärung des Verbrechens mitzuarbeiten, lag allerdings nicht an diesem juristischen Versuch, ihn davon abzuhalten. Es war insbesondere die Folge des zunehmend schlechteren Betriebsklimas. Sander sah langsam die Zeit gekommen, sich ein neues Betätigungsfeld zu suchen. Schließlich wohnte er auch nicht in Göppingen, sondern, verkehrsmäßig gesehen, ziemlich weit draußen in der Provinz. Das tägliche Pendeln würde in Zukunft sicher nicht angenehmer werden.

119

Sander hatte in den letzten Monaten seiner Göppinger Tätigkeit noch einige Male mit Kripochef Bruhn telefoniert und sich auch mal wieder bei Siebeneicher über den Verlauf der Geschäfte in Sankt Petersburg informiert. Doch dort schien die Situation nicht gerade zu euphorischen Ausbrüchen Anlass zu geben. So jedenfalls wurde gemunkelt.

Siebeneicher war ungewöhnlich wortkarg, wenn er danach gefragt wurde. Es schien ihn sogar ziemlich zu nerven, wenn die Freunde des monatlichen Stammtisches darauf zu sprechen kamen. In den vergangenen Jahren waren ohnehin immer weniger gekommen, manchmal lediglich ein Einziger. Siebeneicher führte das Desinteresse auch auf das zunehmende Alter zurück. Zwar hatte der Stammtisch sie nun schon über zehn Jahre zusammengeschweißt, aber man durfte nicht vergessen, dass sich in dieser Zeit auch persönliche Einstellungen und Charaktere veränderten. Seit dem Tod von Blaubart war die Freude an den monatlichen Treffen deutlich abgekühlt. Der Mord war wie ein Dämpfer gewesen, der die ursprüngliche Aufbruchsstimmung über Siebeneichers *Schwabenhaus* in Sankt Petersburg zunichtegemacht hatte. Außerdem fühlten sich viele dem zunehmenden beruflichen Stress nicht mehr gewachsen.

Heute waren nur der Banker Zumwinkel und nach langer Zeit auch mal wieder Helmut Reinicke gekommen. Beide konnten unterschiedlicher nicht sein. Einerseits der Finanzexperte, der noch immer sportlich-dynamisch wirkte und dem am schmalen kantigen Gesicht der Marathonläufer anzusehen war, und andererseits der kräftige Handwerker, der nicht gerade viel Wert aufs Äußere legte.

Das *Stüble* war an diesem Abend nur spärlich besetzt, sodass sie weit genug von anderen Gästen entfernt saßen und nicht allzu leise sprechen mussten.

»Es läuft wohl nicht so gut in Sankt Petersburg«, resümierte Zumwinkel, nachdem Siebeneicher von seinen zunehmenden Problemen berichtet und Rotwein aus seiner badischen Heimat eingeschenkt hatte.

»Ich bin ehrlich«, räumte er ein, »dass sich die Situation so schnell verändert, hätte bei der Einweihung in Leningrad niemand geglaubt – obwohl wir alle gespürt haben, dass die politische Wende bevorstand.«

»Spätestens bei der Zwischenlandung in Helsinki«, erinnerte Reinicke.

»Ja. Aber die neue Russische Föderation, die ratzfatz entstanden ist, hat die Situation nicht verbessert«, seufzte Siebeneicher in sich hinein. »Im Gegenteil. Gesetze werden widersprüchlich ausgelegt, und man kämpft gegen die Korruption.«

Zumwinkel nickte. »Was Gorbatschow angestoßen hat, hätte langfristig weitergeführt werden sollen.«

»Nur dass eben seine Reformen nicht den gewünschten Erfolg hatten. Der Bevölkerung ging's seit November 1989, als wir in Leningrad waren, sauschlecht. Erinnert euch doch: August 1991. Reaktionäre Kreise der Regierung haben einen Putsch gegen Gorbatschow angezettelt.«

»Als Gorbatschow gerade auf der Krim war und sie ihn dort festgesetzt haben«, zeigte sich Reinicke informiert. Er hatte erst jüngst eine Dokumentation darüber im Fernsehen gesehen.

»Ja, die Putschisten wollten die Macht der kommunistischen Partei unbedingt erhalten und ein Zerbrechen des Riesenreichs der Sowjetunion verhindern«, fuhr Siebeneicher emotional fort, den die Ereignisse noch heute nicht losließen.

Zumwinkel ergänzte: »Ein Glück, dass sich die Bevölkerung auf die Seite der demokratischen Reformer gestellt hat.«

»Ja, auch in Leningrad sind die Menschen auf die Straße gegangen. Ich war zufällig dort, als das geschehen ist.« Siebeneicher konnte sich mit dem neuen Städtenamen »Sankt Petersburg« noch nicht anfreunden. »Das war die große Stunde des Boris Jelzin, der sich während Gorbatschows Abwesenheit den Putschisten entgegengestellt hatte.«

»Und es war Gorbatschows Machtverlust«, konstatierte der politisch und wirtschaftlich bewanderte Zumwinkel. »Dafür wurde Jelzin anschließend das erste demokratisch gewählte Staatsoberhaupt in der Geschichte Russlands.«

»Aber glaubt bloß nicht, damit seien Friede, Freude, Eierkuchen eingekehrt. Ich hab euch ja schon x-mal angedeutet, wie undurchsichtig die Sache mit den Privatisierungen geworden ist«, bekannte Siebeneicher ungewöhnlich offen. »Ihr könnt euch die Korruption nicht vorstellen, von der organisierten Kriminalität ganz zu schweigen.«

Zumwinkel nickte. »Du meinst, es ist die richtige Zeit, Schwarzgeld gewinnbringend anzulegen? Vielleicht auch Beutegeld?«

»Davon bin ich überzeugt, Arno.« Natürlich wusste Siebeneicher, worauf der Banker anspielte.

»Mit Jelzin ist jetzt aber nichts besser geworden?«, fragte Reinicke.

Siebeneicher wollte nicht darauf antworten, sondern griff zum Weinglas.

»Und die organisierte Kriminalität?«, bohrte Zumwinkel weiter.

Siebeneicher nahm einen Schluck Wein, stellte das Glas mit zitternder Hand wieder ab und machte eine abweisende Bewegung. »Trauen kannst du kaum noch jemandem. Einer, der ein wichtiger Geschäftspartner war, ist meiner Ansicht nach ein Mafia-Boss. Vordergründig ein angeblich frommer Mensch, aber er kontrolliert mehrere Nachtklubs. Nicht selbst, er lässt kontrollieren.« Siebeneicher seufzte in sich hinein. »Seine Freundin hat schon vor geraumer Zeit eines von nur 40 Autotelefonen in ganz Leningrad gehabt. Das hat mich schnell stutzig gemacht.«

»Das heißt«, wollte Zumwinkel wissen, »du würdest jedem abraten, in Russland zu investieren?«

Siebeneicher atmete tief durch und machte ein ernstes Gesicht. »Du kannst nie wissen, wer da für wen arbeitet oder wer dich bespitzelt.«

120

Ungeachtet dessen, was Siebeneicher hatte erdulden müssen, hatte Bauunternehmer Ernst Blank die Kooperation im fernen Košice besiegelt. Mit 100.000 D-Mark, größtenteils aus Krediten finanziert, war er in das Geschäft mit Milan Jankovic eingestiegen. Der Slowake hatte von sensationellen Beziehungen zu einflussreichen Regierungsmitgliedern gesprochen, die ihm Straßen- und Wohnungsbauprojekte zuschanzen und steuerliche Vergünstigungen einräumen würden.

Im Hochgefühl, am Aufschwung im Osten partizipieren zu können, hatte Blank nach der Rückkehr aus der Slowakei seine skeptische Frau Elli zu einem Urlaub in der Tatra überredet. Von der gemeinsamen Reise, die wenig später stattfand, erhoffte er sich mehr Verständnis für sein finanzielles Engagement. Denn wenn Elli die beschauliche Stadt Košice und die Umgebung gesehen haben würde, wäre alles für sie nicht mehr so fremd und suspekt, dachte er. Er hatte diesmal einen Flug über Prag nach Košice gebucht, wo sie im selben Hotel wohnten, in dem er sich vor einigen Wochen mit Jankovic getroffen hatte. Mit einem gemieteten Auto, einem nagelneuen Audi, konnten sie Tagesausflüge in die nahe Tatra unternehmen.

Doch ihren Vorschlag, auch mal den Geschäftspartner Jankovic kennenlernen zu wollen, hatte Blank gleich von vornherein abgeblockt. Milan sei während ihres Aufenthalts zu Verhandlungen in Ungarn. Dafür zeigte Blank ihr das stattliche Betriebsgebäude, das ihm Jankovic als das seinige stolz präsentiert hatte. Es befand sich am Rande der Stadt unweit des schlotenden Stahlwerks, das als eines der größten Unternehmen des Landes galt. »Von Umweltschutz halten die nicht viel«, meinte Elli abwertend.

»Das wird noch kommen«, prophezeite Blank.

Das Wetter war an diesem Tag prächtig, und Elli schien sich zunehmend für Land und Leute zu interessieren. Gut gelaunt drehte Blank einige Runden durch die lebendig wirkende Stadt, um dann Richtung Norden zum Gebirgszug der Hohen Tatra abzubiegen. Die Berge ragten majestätisch vor dem tiefblauen Himmel auf. Traumhaft war die Aussicht von einem der Gipfel aus, zu der von Tatranská Lomnica aus eine Seilbahn hinaufführte.

Wieder zurück im Tal, stieß Elli ihren Mann an und deutete mit einer Kopfbewegung nach rechts vorne, wo mehrere Personen, die auch von der Seilbahn gekommen waren, dem Parkplatz zustrebten. »Die beiden hab ich heute früh schon in Košice gesehen.«

Blank blickte in die entsprechende Richtung. Elli meinte zwei schlaksige Burschen, beide mit Jeans und dunklen Pullis bekleidet und kurzen Haaren.

»Der Ort hier ist von Košice aus ein beliebtes Ausflugsziel«, tat Blank die besorgt klingende Bemerkung seiner Frau ab. Diese aber blieb abrupt stehen und sah den Menschen nach, die an ihnen vorbeiströmten, und in deren Menge die besagten Männer verschwanden. »Meinst du nicht, dass wir beschattet werden?«, flüsterte Elli und griff nach einer Hand ihres Mannes.

»Beschattet?«, wiederholte er irritiert. »Sag mal, spinnst du?«

121

Für Sander war's ein Glücksfall gewesen. Um dem herrschsüchtigen Auftreten der neuen Chefin zu entkommen, hatte er sich für eine Stelle bei der Heimatzeitung seines Wohnorts beworben. Dort war gerade eine Kollegin in den Ruhestand getreten, deren direkter Nachfolger er werden konnte. Das ersparte ihm nicht nur die täglichen Pendlerfahrten, sondern schonte gewiss auch seine Nerven. Das Umfeld, das er in der beschaulichen Kleinstadt vorfand, war angenehm, außerdem kannte er viele Leute, und manche einflussreiche Posten waren sogar von einstigen Schul- oder Jugendfreunden besetzt. Somit hatte er es leicht, entsprechende Netzwerke aufzubauen, wie sie für einen Lokaljournalisten unentbehrlich waren. Etwas, das in Göppingen in völliger Verkennung der Situation im Lokalen plötzlich als *Kumpanei* abgetan worden war.

Natürlich würde er von hier aus die vielen ungeklärten Kriminalfälle nur noch am Rande verfolgen können. Auch jenen, mit dem er noch in den letzten Monaten an seiner alten Wirkungsstätte konfrontiert worden war.

Denn vor seinem Weggang schockierten gleich zwei neuerliche Verbrechen die Stadt Göppingen.

Es war derselbe Parkplatz im Eichertwald, auf dem sich knapp sechs Jahre zuvor Blaubart und der dubiose Amerikaner Lukas zu einer Aussprache getroffen hatten, wovon jedoch weder die Polizei noch sonst jemand etwas wissen konnte. Jetzt, an einem Märzmorgen 1995, war der Parkplatz zu einem Tatort geworden, der zunächst Rätsel aufgab:

Einem Bediensteten der nahen Klinik am Eichert, die abseits der Stadt auf einer Anhöhe stand, war im Morgengrauen bei der Fahrt zur Arbeit ein abgestellter roter Ford Fiesta aufgefallen. Von Neugier gepackt, bog er in den Parkplatz ein, um nach dem Rechten zu sehen, und wurde von blankem Entsetzen gepackt: Neben dem Fahrzeug lag eine männliche Leiche. Von zwei Schüssen getroffen, einer davon in die linke Schläfe, wie die Polizei schnell feststellte. Die Identifizierung des Toten ging rasch vonstatten: Es handelte sich um einen 24-jährigen Italiener, der offenbar zu einer Aussprache verabredet gewesen war. Vieles deutete jedenfalls darauf hin, dass er mit keinem längeren Aufenthalt gerechnet hatte. Im Zündschloss steckte der Schlüssel, die Scheibe der Fahrertür war zu einem Drittel heruntergekurbelt. Seine Lederjacke lag auf der Rückbank. Auf Zoff schien er vorbreitet gewesen zu sein, wenngleich nicht unbedingt an diesem Treffpunkt, denn seinen Gummischlagstock hatte er griffbereit auf dem Beifahrersitz gelassen.

Sander hatte zwar nicht ahnen können, dass der abgelegene Tatort schon einmal Schauplatz eines dubiosen Treffens gewesen war, aber der Hinweis, bei dem Toten handle es sich um einen Italiener, weckte Assoziationen zum Blaubart-Mord. Damals, so entsann er sich, hatte sich doch anderntags beim Wirt des Klubhauses ein anonymer Anrufer mit italienischem Dialekt erkundigt, wer denn erschossen worden sei. Auch aus allernächster Nähe, auch vor einem Fahrzeug.

Als er Bruhn im Laufe des Tages darauf ansprach, erntete er nur ein müdes Lächeln: »Herr Sander, Sie können noch bis zu Ihrem Ruhestand alles und jeden mit vergangenen Fällen in Verbindung bringen – natürlich auch den Sparkassenraub – aber wir halten uns an Fakten.«

Tatsächlich stellte sich schon drei Tage später heraus, dass der Erschossene am Vorabend in Begleitung zweier Süditaliener gewesen war, die sich laut Bruhn falsche Alibis verschaffen wollten. Über das mögliche Motiv schwieg sich der Kripochef jedoch aus.

Das Interesse des Journalisten wurde vier Monate später auf etwas anderes gerichtet, das ihn jedoch wieder an Blaubart erinnerte. Ein weiteres Verbrechen. Eines, das der Freundeskreis um Siebeneicher als weiteren Tiefschlag empfand. Eine bitterböse Nachricht aus der Slowakei. »Touristenmord«, hieß es zunächst. Ein Ehepaar aus dem Großraum Göppingen sei in seinem gemieteten Audi erschossen aufgefunden worden. Die beiden seien vermutlich auf der Rückfahrt von einem Ausflug in die Hohe Tatra gewesen und hätten unweit eines städtischen Sportgeländes eine Rast eingelegt. Vermutlich war es am späten Nachmittag gewesen. Die Leichen hatte man aber erst am nächsten Morgen entdeckt.

Sander war von der Nachricht elektrisiert. Denn der Hinweisgeber, der ihn informiert hatte, glaubte, auch die Namen der Opfer zu kennen: der Bauunternehmer Ernst Blank und seine Frau Elli.

Sander hatte Blank in Leningrad persönlich kennengelernt. Inzwischen hatte man sogar darüber gemunkelt, er sei einer der geheimnisvollen Geldgeber für Siebeneichers *Schwabenhäusle*. Und als der Anrufer jetzt noch weiteres Wissen preisgab, war Sander vollends betroffen: Blank habe in der Slowakei einen befreundeten Ex-Bankdirektor getroffen.

Bankdirektor, hallte es in Sanders Kopf nach. Leider konnte oder wollte der Hinweisgeber den Namen dieses Bankdirektors nicht nennen. Dafür wurde Blank jetzt als sehr wohlhabend bezeichnet, was Sander bislang gar nicht vermutet hatte. Blank war ihm ziemlich bescheiden erschienen, vermutlich eben ein typischer Schwabe, der es durch tüchtiges Schaffen zu etwas gebracht hatte, ohne es nach außen hin zeigen zu wollen.

Dass er sehr angesehen und beliebt war, brachten im Laufe des Tages die Vertreter vieler Institutionen und Vereine sowie Geschäftspartner zum Ausdruck. Alle seine Stammtischfreunde zeigten sich tief erschüttert, wie Sander bei einer kurzen Telefonumfrage zu hören bekam.

Sanders Recherche erbrachte, dass die Eheleute nach Meinung der Ermittlungsbehörden in der Slowakei gezielt aus allernächster Nähe mit mehreren Schüssen in die Köpfe getötet wurden. Allerdings deute die Tatwaffe, eine kleinkalibrige Pistole, nicht auf Mafiakreise hin, hieß es.

Aber: Aus allernächster Nähe in den Kopf, blitzte es durch Sanders Gedanken. So war das auch bei Blaubart gewesen, damals, vor fast sechs Jahren. Nur die Waffe war eine andere.

Unklar war freilich, wie sich die Bluttat in der Slowakei ereignet hatte: War das Ehepaar bei einer kurzen Rast überrascht oder eher zum Anhalten gezwungen worden?

Bruhn zeigte sich über Sanders Anruf und Fragen nicht sehr erfreut. »Wir haben nur ein Amtshilfeersuchen bekommen«, sagte er schmallippig. »Alles andere ist Sache der Polizei in der Slowakei.«

»Aber die Vorgangsweise der Täter ist doch ähnlich wie ...«

»Ach, hören Sie doch auf«, unterbrach Bruhn. »Glauben Sie denn, es sei das erste Mal, dass jemand mit einem Kopfschuss getötet wird?« Der Kripochef war hörbar genervt. Offenbar wollte er nicht noch ein zweites Verbrechen aufgetischt bekommen, das womöglich ungeklärt bleiben würde.

»Sie wissen aber schon, dass sowohl Blaubart als auch Blank nicht gerade arme Leute waren?«

»Herr Sander, wir vergeuden unsere Zeit. Und lassen Sie mich in Gottes Namen endlich mit den anderen Fällen in Ruhe. Und erstens ist der uralte Sparkassenraub nicht meine Baustelle, und zum anderen haben die Vorgänge, die sich in den letzten Jahren in diesem Provinznest abgespielt haben, nichts, aber auch rein gar nichts mit diesem Kidnappingfall von damals zu tun und schon gar nicht mit dem jüngsten Mord im Eichertwald.«

Sander war sich bewusst, dass es keinen Sinn hatte, weiter nachzubohren. Bruhn war kurz vor einem cholerischen Anfall.

122

An Wolfgang Noltes Einstellung zu seinem Job hatte sich in all den Jahren nichts geändert. Mehr denn je hatte sich Heidi allein um die Erziehung ihres Sohnes Boris kümmern müssen. Es war nicht einfach gewesen, ihn durch die Grundschule zu bringen. Nur widerwillig hatte er anfangs die Hausaufgaben gemacht und zornig auf den mütterlichen Druck reagiert, sich anständig zu benehmen. Einige Male war Heidi sogar zu einem persönlichen Gespräch mit der Lehrerin gebeten worden. Dass sich Wolfgang stets mit dem Hinweis auf angeblich wichtige Termin davor gedrückt hatte, empfand Heidi als Zeichen großen Desinteresses. Sie hatte es inzwischen aufgegeben, ihn an die Verantwortung gegenüber der Familie zu erinnern. Jede Diskussion endete mit denselben Argumenten: dass sein Beruf wichtig sei, um die Schulden für das Haus abbezahlen zu können. Und jedes Mal hätte sie ihm am liebsten laut ins Gesicht geschrien, dass sie ihn dazu gar nicht bräuchte, wenn sie ihr Gold verkaufen würde, das sie ihm aber weiterhin verheimlichte.

Eine innere Stimme hielt sie jedenfalls davon ab, ihm etwas davon zu sagen. Noch würde sie durchhalten und es nicht zum Äußersten kommen lassen. Noch nicht. Auch wenn die familiären Verhältnisse alles andere als erfreulich waren, so wäre es der Psyche des Kindes nicht dienlich, ganz ohne Vater aufwachsen zu müssen. Natürlich hatte sich Wolfgang nie sonderlich um das Kind gekümmert und im Laufe der Jahre eine seltsame Distanz erkennen lassen. Kein Wunder, dass die Vater-Sohn-Beziehung nie richtig zustande gekommen war. Heidi hatte oft schon weinend darüber nachgegrübelt, wenn sie sich alleingelassen fühlte und Boris in der Schule war. Dass er den Sprung ins Gymnasium geschafft hatte, war eigentlich ein Wunder gewesen. Doch dort tat er sich schwer, hatte Mühe, mit den Klassenkameraden mithalten zu können.

Daran musste sie denken, als sie an einem dieser Sommernachmittage 1995 allein im Wohnzimmer saß und in den Kontoauszügen und Kreditunterlagen blätterte. Noch waren sie am Monatsende nie ins Minus gerutscht. Allerdings hielten sich die Einnahmen und Ausgaben nur knapp die Waage. Außergewöhnliche Belastungen durften nicht allzu viele kommen, dachte Heidi und wurde vom schrillen Ton des Telefons aufgeschreckt. Sie schob die Akten beiseite und ging in die Diele, wo der grüne Wählscheibenapparat stand. Nachdem sie sich gemeldet hatte, vernahm sie eine leise Männerstimme. »Ich bin's. Bist du allein?«

Heidi erschrak. Obwohl der Anrufer keinen Namen gesagt hatte, wusste sie sofort, wer es war.

123

Die Stammtischrunde, die sich wenige Wochen nach dem Mord an Blank und dessen Ehefrau wieder traf, stand noch immer unter Schock. Am meisten schien Siebeneicher darunter zu leiden. Er saß zusammengesunken zwischen dem Banker Arno Zumwinkel und der Juwelierin Analena Heuberg, deren Nähe ihn bisher beflügelt hatte. »Hat man rausgekriegt, ob es ein Raubmord war?«, unterbrach Niels Adamus die Stille, die sich heute immer wieder lähmend über sie alle legte.

Siebeneicher schüttelte den Kopf und drehte nervös sein halb volles Weinglas. »Ich weiß gar nichts. Aber die Angehörigen sagen, es fehlte nichts. Wahrscheinlich kein Raubmord.«

Zumwinkel wollte sich endlich Klarheit über ein Gerücht verschaffen: »In der Stadt wird gemunkelt, unser Freund Blank habe in der Slowakei einen ehemaligen Bankdirektor getroffen. Weißt du denn, ob das stimmt?«

»Nein, keine Ahnung, Arno. Ich weiß es wirklich nicht.« Siebeneichers Stimme war so schwach wie noch nie. In ihr schwangen Resignation und Verbitterung mit.

Analena Heuberg schenkte sich Mineralwasser nach und riskierte eine Frage, die ihr schon lange unter den Nägeln brannte: »Aber Ernst war einer deiner Teilhaber in Sankt Petersburg?«

Siebeneicher drückte sich um eine konkrete Antwort. »Was spielt denn das noch für eine Rolle?«

Jetzt mischte sich Reinicke ein, formulierte seine Bemerkung aber vorsichtig: »Wenn das so wäre und ja auch Blaubart irgendwie mit Ostgeschäften zu tun hatte, dann läge der Verdacht doch nahe, dass beide wegen einer gleichartigen Sache umgebracht wurden. Auch bei Blaubart ging man damals nicht von einem Raubmord aus.«

Heike Emmerich, der sich an diesem Abend bisher vornehm zurückgehalten hatte, lehnte sich nachdenklich zurück. »Bei uns in der Industrie- und Handelskammer sind schon wieder Gerüchte zu hören, da würden wohl nacheinander Mitwisser vom Sparkassenraub aus dem Weg geräumt.«

Reinicke blickte den gegenübersitzenden Emmerich irritiert an. »Du meinst, da könnten noch mehr drankommen?«

Siebeneicher atmete vernehmbar. »Bitte, Leute, lasst die Schwarzmalerei. Wir haben schon zwei unserer Freunde verloren. Aber es ist nicht auszuschließen, dass es auch noch einen anderen von uns trifft.«

»Hast du Schiss?«, fuhr ihn Emmerich auf seine direkte Art an.

Siebeneicher starrte in sein Glas, dann presste er leise hervor: »Wem kann man denn noch trauen? Ein Judas kann überall sitzen.« Der dezente Hinweis auf den Jesus-Verräter aus der Bibel sorgte für Verwirrung und empörte Reaktionen. Doch Siebeneicher ging nicht darauf ein. An ihm zogen viele Szenen aus Sankt Petersburg vorbei, die ihm mit jeder Wiederholung merkwürdiger, ja sogar beängstigend erschienen. Er entschied, seine Freunde in alles einzuweihen: »Ihr sollt wissen, für mich ist das *Shvabskiy Domic* gestorben.« Jetzt war es endlich gesagt. Das Staunen des Freundeskreises schlug augenblicklich in Entsetzen um, als er schweren Herzens ergänzte: »Die Russen lassen nicht mit sich spaßen. Man hat mir eine Drohung geschickt: ›Wenn noch mal erscheinen, dann tot.‹«

»Dann hat Blanks Tod doch etwas damit zu tun?«, hakte Emmerich schnell nach.

Siebeneicher nickte. »Der Ernst wollte sich nicht so leicht rausbugsieren lassen. Der nicht.«

Siebeneicher war anzusehen, dass die Entscheidung, sich aus Sankt Petersburg zurückzuziehen, einen großen Verlust für ihn bedeutete. Wahrscheinlich vor allem finanzieller Art.

124

Sander hatte sich an seinem neuen Arbeitsplatz gut eingelebt. Zwar war er ein Stück weit den regional bedeutsamen Ereignissen entrückt, dafür aber auch dem zunehmenden Stress und vor allem der neuen Chefin entronnen. Ziemlich schnell jedoch stellte er mit Zufriedenheit, aber auch Schadenfreude fest, dass man sie ihres Jobs enthoben hatte. Offenbar war endlich an entscheidender Stelle angekommen, wie unruhig man an der Basis geworden war.

Trotzdem empfand Sander keine Reue, vorzeitig geflüchtet zu sein. Allerdings spürte er anfangs noch eine gewisse Wehmut, sich nun nicht mehr um die ungeklärten Verbrechen kümmern zu können. Alles war eben gut zu seiner Zeit, dachte er und freute sich, am neuen Wirkungsort auf viele alte Bekannte zu treffen, die hier in Verwaltung, Justiz und Polizei verantwortungsvolle Posten innehatten. Dem Vorwurf der Kumpanei sah er sich nicht ausgesetzt, zumal er gegenüber allen stets erklärte, nicht schönschreiben zu wollen, sondern ungeachtet der Personen zu sagen, was öffentlich zu sagen sei. Und zwar auch ungeachtet von Ideologien oder Weltanschauungen. Ein Journalist, so seine Einstellung, hatte nicht die Aufgabe, die Leser zu belehren, was sie zu tun oder denken hatten, sondern sachlich zu informieren. Natürlich durfte der Journalist in Kommentaren seine Meinung sagen, aber sie eben nicht in die reine Berichterstattung einfließen lassen. Auch nicht zwischen den Zeilen. So hatte er das mal gelernt. Allerdings glaubte er zu spüren, wie sich die Grenze zwischen Nachricht und Meinung langsam verwässerte. Seit in den späten 8oer-Jahren die privaten Radio- und Fernsehstationen die Medienlandschaft durcheinandergewirbelt hatten, und mancher Bürger gar glaubte, kostenlose Wochen- und Werbeblätter oder Rathauspamphlete könnten eine journalistisch gut gemachte Tageszeitung ersetzen, waren die einst festen Dämme gebrochen. Mit der Folge, dass die Abonnentenzahlen der Tageszeitungen in einen Abwärtsstrudel gerissen wurden, gegen den sich die Verlagshäuser nun zu stemmen begannen. Das Internet, das wie ein Tsunami die Welt zu erobern schien, sorgte für totale Verunsicherung. Dass Zeitungsverlage geradezu panikartig und, wie Sander es empfand, ziemlich kopflos und unvorbereitet auf den abfahrenden Zug aufsprangen, sorgte allenthalben für Kopfschütteln. Da wurden plötzlich Nachrichten kostenlos angeboten, wohl in dem fatalen Glauben, man könne in deren Umfeld Inserate schalten und auf diese Weise die Kosten auffangen. Sander mochte nicht dran glauben, wurde aber in hausinternen Diskussionen meist als ewiger Miesmacher abgetan. Seine Antwort auf die neue Konkurrenz wäre für die Heimatzeitung eine andere gewesen: den Lokalteil ausführlicher machen und lieber bei den Weltnachrichten einsparen, mit denen ohnehin jeder den ganzen Tag über berieselt und neuerdings kostenlos beliefert wurde. Wer sich explizit für Politik interessierte, kaufte wie bisher eine der großen Tageszeitungen, die ihr leistungsfähiges Korrespondentennetzwerk hatten. Sander hatte vorgeschlagen, das Verbreitungsgebiet der Heimatzeitung nicht mehr an überkommenen Kreis- oder gar alten Oberamtsgrenzen zu orientieren, sondern sozusagen an den Rändern überlappend mit Nachbarzeitungen zu kooperieren. Wenn jetzt zunehmend von Globalisierung die Rede war, dann interessierte die Menschen nicht nur ihre Heimatstadt und das Umland, sondern auch die Ereignisse, vor allem die kulturellen, sportlichen und kommunalpolitisch bedeutsamen, in den Zentren des Umlandes. Für Göppingen und Geislingen bedeutete dies: Stuttgart, Esslingen, das Remstal, Heidenheim, Ulm und die Reutlinger Alb.

Aber die Zeitungslandschaft, so bedauerte er es, war verkrustet und offenbar unbeweglich, vielleicht sogar von Entscheidungsträgern geprägt, die entweder auf ihren traditionell zeitungsmäßig besetzten Gebieten beharrten oder die Zeichen der Zeit nicht erkennen wollten. Sie würden es eines Tages bitter büßen müssen.

Drei Jahre, nachdem er Göppingen verlassen hatte, wünschte er sich zum ersten Mal, wieder für ein paar Tage am Pulsschlag eines großen Ereignisses zu sein, das bundesweites Aufsehen erregte. Am Dienstag, dem 7. Juli 1998. Nur etwa 50 Kilometer entfernt. Südlich. In Ehingen an der Donau. Wieder Ehingen also.

125

Für August Häberle, der als inzwischen 50-jähriger Kriminalbeamter in Polizeikreisen einen sagenhaften Ruf genoss,
weil er als Sonderermittler landesweit für die schwersten Fälle
zuständig war und die meisten davon erfolgreich abgeschlossen hatte, bestand kein Zweifel: »Die haben wieder zugeschlagen.« Gemeint waren die Geiselgangster von Göppingen, die
längst im Verdacht standen, später auch den Drogeriemarktkö-
nig Schlecker und seine Familie in Ehingen auf ähnliche Weise
überfallen zu haben. Jetzt also wieder Ehingen. Diesmal hatten sie's auf den Direktor der dortigen Volksbank abgesehen,
der vor elf Jahren mit der Herausgabe des damals erpressten
Geldes an Schlecker befasst gewesen war.

In der Nacht zum 7. Juli hatten den Bankdirektor und seine
Frau verdächtige Geräusche aus dem Schlaf gerissen. Kein
Zweifel: Jemand war heimlich eingestiegen, und zwar, wie sich
später herausstellte, durch ein gekipptes Fenster neben der
Haustür. Das Ehepaar bemerkte im Halbdunkel die Schatten-
umrisse zweier Personen, die vor dem Bett standen. Zutiefst
geschockt und unfähig, sich zur Wehr zu setzen. Zwei Gestalten hantierten mit einer Lampe, von deren Lichtkegel zwei
Schusswaffen gestreift wurden. Kein Zweifel: Vor dem Bett
standen Einbrecher. Es waren zwei Männer. Einer von ihnen
erklärte dem Ehepaar völlig unaufgeregt, es handle sich um
einen Überfall, und es werde ihnen nichts geschehen, wenn
sie sich ruhig verhielten. Der Bankdirektor wagte in diesen
Schreckenssekunden den Hinweis, er habe Zweifel, ob die
Waffen echt seien. Der Wortführer entgegnete gelassen: »Da
können Sie sich darauf verlassen, dass wir richtige Pistolen

haben.« Es waren ein Revolver Smith and Wesson 38 sowie eine Pistole Typ Tokarev Kaliber 7,65.

Was folgte, war eine restliche Nacht voller Todesängste. Insgesamt sollte es ein 18-stündiges banges Warten auf das sein, was die Gangster erst für den folgenden Abend geplant hatten.

Um sich unkenntlich zu machen, hatte der eine Täter eine Perücke, einen falschen Vollbart und eine blaue Gesichtsmaske mit rotem Streifen übergezogen, der andere ein Toupet, ebenfalls einen Vollbart und eine grobgestrickte blaue Gesichtsmaske mit rotem Punkt.

Den ganzen Tag über wurde das Ehepaar von den gruselig anzusehenden Männern in Schach gehalten und mit ständig neuen Fragen bombardiert. Die beiden mussten Auskunft darüber geben, ob eine Putzfrau oder Besucher zu erwarten seien. Von dem Bankchef verlangten sie sogar Einblick in seinen Terminkalender. Alles, was geschäftlich war, musste er telefonisch absagen.

Schließlich zwangen ihn die Gangster, seinen Prokuristen herzuzitieren, weil dieser im Besitz des Zweitschlüssels war, ohne den sich am Abend, lange nach Geschäftsschluss, der Tresor im Bankgebäude nicht würde öffnen lassen. Höflich und besonnen, aber sehr bestimmend, ließen sie keinen Zweifel daran aufkommen, dass sie notfalls auch zum Äußersten bereit wären. Die Gangster schienen nichts dem Zufall überlassen zu wollen.

Gegen 20 Uhr – es war Juli und um diese Zeit noch hell – musste der Bankdirektor die beiden Täter im eigenen Auto zur Volksbank fahren, mit seiner Frau als weiterer Geisel an Bord. Der Prokurist wurde gezwungen, ihnen mit seinem Wagen in die Tiefgarage des Bankgebäudes zu folgen. Von dort aus gingen die fünf Personen in den Tresorraum, wo den Verbrechern knapp zwei Millionen D-Mark in die Hände fielen.

Einige Devisen und einen D-Mark-Betrag aus dem Besitz der Eheleute ließen sie zurück. Einer der Täter begründete dies so: »Wir wollen Ihr Privatgeld nicht.«

Bankdirektor und Ehefrau, von den langen Stunden in der Gewalt der Geiselgangster inzwischen schwer gezeichnet, wurden im Vorraum des Tresors eingeschlossen. Ihnen entging jedoch, dass der Bankdirektor einen Schlüssel zu dieser Tür noch in der Tasche hatte.

Unterdessen flüchteten sie mit dem Prokuristen in dessen Wagen.

Wie kaltschnäuzig und selbstsicher die Täter waren, zeigte sich Minuten später. Einer von ihnen bemerkte, dass sie eine Tasche voll Geld versehentlich in der Bank zurückgelassen hatten. Also drehten sie um, fuhren noch einmal in die Tiefgarage und befahlen dem Prokuristen, die vergessene Tasche zu holen. Eingeschüchtert und unter Schock stehend, tat er, wie ihm befohlen.

Die Fahrt endete wenig später an einem Waldrand. Dort fesselten die Gangster ihr Todesängste ausstehendes Opfer an einen Hochsitz.

Dass sie noch an diesem Abend einen folgenschweren Fehler begehen würden, der das schnelle Ende ihrer 23-jährigen Räuberkarriere einleitete, hätten sie nicht für möglich gehalten.

126

Sander konnte es nicht fassen: Wieder schienen die Täter wie vom Erdboden verschwunden zu sein. Wieder dieselbe Vorgehensweise. Wie konnte es sein, dass es keine Spuren gab, keine Hinweise – einfach nichts? Waren da Terroristen am Werk, die Geld für die Planung von Anschlägen brauchten? Oder ein ganzes Netz von Tätern, das womöglich Einfluss auf die Ermittlungen nahm? Gab es im Hintergrund jemanden, der gar kein Interesse daran hatte, dass diese dreisten Überfälle und Geiselnahmen aufgeklärt wurden? Wurde deshalb nicht mit dem nötigen Nachdruck ermittelt?

Wenn man allein die erbeuteten Summen aus den bisher den Tätern zugerechneten Straftaten zusammenzählte, müssten sie doch im Geld schwimmen. So etwas wäre längst jemandem aufgefallen – Freunden, Bekannten, Nachbarn. Oder führten die Täter ein Doppelleben: kaltblütige Gangster einerseits, biedere schwäbische Bürger andererseits? Wurde das Geld vielleicht in fragwürdige Projekte in den einstigen Ostblockländern investiert? Dort, wo niemand so genau fragte, woher die Millionen kamen? Sanders Gedanken kreisten wieder um Sankt Petersburg und die Slowakei. Es gäbe gewiss viel Hintergründiges zu recherchieren.

Doch das ging ihn nichts mehr an. Sander tröstete sich damit, dass er ausnahmsweise mal einen Prozess vor dem Stuttgarter Landgericht verfolgen durfte. Dort ging es um seltsame Gutachten für angeblich teure Bilder. Einem Mann aus dem Raum Geislingen war versuchter Betrug in Millionenhöhe vorgeworfen worden. Wieder waren große Summen im Spiel, was Sander fatal an die alten Fälle erinnerte. Aufgeflogen war der

Schwindel mit der Kunst, als das Landeskriminalamt gegen Falschgeldverteiler ermittelt hatte. Angebotenen Gemälden waren in dubios erscheinenden Gutachten und mit blumigen Worten Werte in Höhe von bis zu neun Millionen US-Dollar angedichtet worden. In einigen Fällen aber rechtlich kaum anfechtbar, wie ein Vertreter der Stuttgarter Staatsgalerie als Sachverständiger feststellte. Sander überkam wieder mal das flaue Gefühl, dass bei viel Geld und hohen Werten, insbesondere, wenn es um Kunst ging, immer mit dem Schlimmsten gerechnet werden musste. Er zitierte deshalb einen Experten, der vor Gericht sagte: »Wenn man ein gewiefter Käufer ist und es um sehr viel Geld geht, sollte man immer zwei oder drei Sachverständige hinzuziehen.«

Vielleicht hatten ja die Geiselgangster ihr Geld ebenfalls auf dubiose Weise angelegt und waren Betrügern aufgesessen. Möglich, dass sie deshalb immer wieder zuschlagen mussten …

127

Die Möglichkeiten der Ermittlungstechnik waren seit dem Überfall in Göppingen rasant vorangeschritten. Inzwischen wurden nämlich in Telefonzellen einige der zuletzt gewählten Rufnummern automatisch gespeichert. Mit dieser neuen Technik hatten die Geiselgangster nicht rechnen können.

Natürlich ehrte es sie, dass sie nach ihrer Flucht aus der Ehinger Volksbank der Ehefrau des gekidnappten Prokuristen von einer Telefonzelle beim Ulmer Bahnhof aus mitteilten, wo sie ihren Ehemann finden konnte: nämlich gefesselt an besagten Hochsitz am Waldrand. Kaum war das kurze Gespräch beendet, wählte der Täter jedoch sofort eine zweite Nummer, um seine Schwester in einer Moselgemeinde im Landkreis Bernkastel-Wittlich anzurufen. Der bisher einzige Fehler in der langen Kette der Straftaten.

Nachdem festgestellt war, woher der Telefonanruf zur Ehefrau des Prokuristen gekommen war, hatte der Rufnummernspeicher der Ulmer Telefonzelle den Kriminalisten den Anschluss des nächsten Gesprächspartners verraten – eine allererste heiße Spur. Denn die Ermittler hielten es für ausgeschlossen, dass von dieser Telefonzelle aus so schnell hintereinander eine andere Person ein Gespräch hätte führen können.

Ins Visier war also die angerufene Schwester eines der Täter gekommen, was aufwendige Observationen zur Folge hatte. Auf diese Weise kam den Kriminalisten zu Ohren, dass sich ihr Bruder mit seinem Komplizen in einer Mannheimer Nobel-Pizzeria verabredete. Als die Männer dort eintrafen, waren ihre Plätze mit Zustimmung des Inhabers und der Juristen für einen Lauschangriff vorbereitet: Am Nebentisch saßen keine gewöhnlichen Gäste, sondern Kriminalisten. Diese wurden Ohrenzeugen, wie sich die beiden Männer über ihren letzten Coup in Ehingen unterhielten.

Ein paar Tage später erfolgten mit großem Polizeiaufgebot zeitgleiche Zugriffe an der Mosel und in einer kleinen Gemeinde im beschaulichen Remstal. An den jeweiligen Aufenthaltsorten der beiden Männer.

Der dritte Gangster, der Bruder eines der beiden anderen, schien hingegen eine untergeordnete Rolle gespielt zu haben. Seine Aufgabe war es wohl nur gewesen, in den Fällen Sparkasse Göppingen und Schlecker die Geiseln zu bewachen. Obwohl er und sein Bruder diese Art der Tatbeteiligung bestritten, hatte sich aus dem belauschten Gespräch in Mannheim das Gegenteil ergeben.

Ein Teil des zuletzt erbeuteten Geldes wurde sichergestellt. Mehr war nicht mehr da.

Als Häberle die Festgenommenen zum ersten Mal sah, traute er seinen Augen nicht: Rein äußerlich hätte man ihnen diese schweren Straftaten niemals zugetraut. Sie waren 63, 59 und 56 Jahre alt, wirkten seriös und bieder, waren höflich und zuvorkommend, genauso, wie sie von all ihren Opfern beschrieben worden waren. Gentlemen eben, hinter denen niemand kaltblütige Gangster vermutet hätte. Den Herren war es, wie es Häberle erschien, nur um die Finanzierung ihres aufwendigen und luxuriösen Lebensstils gegangen. Hatte ein Coup geklappt, waren sie wieder getrennte Wege gegangen. Ging das Geld dann zur Neige, trafen sich die beiden Haupttäter wieder, um offenbar kurz entschlossen zu einer neuen Tat zu schreiten. Dieses Vorgehen war ihnen zu einer Art Gewohnheit geworden. Und je öfter es gut ging, desto selbstsicherer traten sie auf. Sie hatten also ein perfektes Doppelleben geführt, konstatierte Häberle in Gedanken.

Im Laufe ihrer Vernehmung formte sich für ihn aber auch ein Bild von selbst gehetzten Tätern: Denn nicht nur die Ermittler waren Jahrzehnte lang hinter ihnen her gewesen, sondern auch einige Personen, die sich von den dreien anderweitig geschädigt fühlten.

Einer der beiden Haupttäter war offenbar gewillt gewesen, endlich sesshaft zu werden. In Kitzbühel hatte er sich dazu ein großes Anwesen erworben, was jedoch schief ging. Bei dem Immobiliengeschäft war er um rund eine Million Mark betrogen worden.

Der andere hatte, wie er Häberle freimütig schilderte, häufig in den USA seinem Hobby frönen können: dem Segeln. Er war nacheinander im Besitz mehrerer Segelboote gewesen und damit auf große Fahrt gegangen. Häberle, der selbst einmal gerne Seemann geworden wäre, verfolgte die Aussage mit Interesse.

Der sogenannte dritte Mann, Bruder eines der beiden anderen, war anfangs pleite gewesen und bei seinem älteren Bruder hoch verschuldet. Ihn hatten die anderen nur mitgenommen, wenn dringend ein dritter Mann gebraucht wurde. In Göppingen und Ehingen.

»Und das viele Geld? Alles weg?«, hakte Häberle nach.

»Ja«, bekam er zur Antwort. Alles futsch, alles verprasst. Für dubiose Immobilienkäufe, Reisen, Segeljachten oder wegen betrügerischer Anlageberater. Dazu Glücksspiele und Spekulationen an der Börse.

Gegenseitigen Kontakt habe man zwischen den Taten auf ein Mindestmaß reduziert. Wie aber, so wollte Häberle wissen, konnte es sein, dass sie über einen so langen Zeitraum hinweg nirgendwo verdächtig erschienen waren? Klare Antwort eines von ihnen: »Wir haben nie mit Frauen darüber gesprochen.«

Und Helfer oder gar Tippgeber aus Bankkreisen habe es auch keine gegeben. Häberle überlegte, ob dies der Wahrheit entsprechen konnte. Aber wieso sollten die Männer nach ihren freimütigen Schuldeingeständnissen jetzt noch andere decken wollen? Jedenfalls musste er sich eingestehen, dass die beiden Haupttäter während ihrer Beutezüge, die fast ein Vierteljahrhundert angedauert hatten, zu keiner Zeit im Visier der Ermittler gewesen waren.

In seiner Heimatgemeinde an der Mosel, wo einer der *Gentlemen-Gangster* bei der betagten Mutter wohnte, zeigten sich die Menschen zutiefst verwundert. Niemand hätte dem biederen Herrn jemals solch eine kriminelle Energie zugetraut.

Immer sei er freundlich gewesen, habe sonntags in seinem Stammlokal Skat gespielt und auch mal nach einem Hochwasser im Dorf mitgeholfen. Dass er offenbar keiner geregelten Arbeit nachging, nahm man wohl eher mit gewisser Hochachtung zur Kenntnis und bezeichnete ihn als Lebenskünstler.

Der Kontakt zu dem Remstaler war während seiner gelegentlichen Jobs im Ausland zustande gekommen. Zwar hatte sich keine echte Freundschaft daraus entwickelt, aber ihr gemeinsames Schicksal, bisher nur private und berufliche Misserfolge erlebt zu haben, mündete in eine Art Zweckgemeinschaft mit dem Ziel, ohne viel Aufwand reich zu werden.

Auch der jüngere Bruder eines von ihnen war in seiner Remstal-Heimat in das Dorfleben integriert. Keiner seiner Nachbarn konnte den neugierigen Medienvertretern etwas Nachhaltiges über ihn sagen. Einer aus dem Dorf wusste zu berichten, dass er den Mann einmal gefragt habe, was er denn schaffe. Die Antwort sei gewesen: »Ich bin Anlageberater. Ich verdiene das Geld von den Reichen.« Dass dies aus Sicht der heutigen Erkenntnisse zweideutig auszulegen war, kommentierte der Interviewte grinsend: »Er hat mich nicht mal angelogen.«

Häberle und seine Kollegen gewannen den Eindruck, dass sich in der Bevölkerung trotz der schweren Straftaten eine gewisse Sympathie für die drei Männer zu entwickeln begann.

Immerhin hatte es den ersten Ermittlungen zufolge zumindest bei den Banküberfällen und Geiselnahmen zwar kein Blutvergießen gegeben, aber die psychischen Schäden, die sie bei ihren Opfern anrichteten, würden kaum heilbar sein. Einige, so hatte Häberle erfahren, konnten anschließend sogar ihren Beruf nicht mehr ausüben: »Das darf man bei aller Sympathie, die bisweilen den Gangstern entgegengebracht wird, nicht vergessen«, betonte Häberle im Kollegenkreis. »Manche Opfer haben Todesängste ausgestanden, stundenlang.« Weil sich betretenes Schweigen breitmachte, fügte er an: »Auch der Herr Seifritz hat sehr gelitten, das weiß ich. Vor allem, als er gemerkt hat, dass wir ihn im Verdacht hatten, die Sache selbst eingefädelt zu haben. Was im Übrigen bei den Schleckers nicht anders war.«

128

Die Meldung von den beiden geständigen Haupttätern zahlreicher Geiselnahmen und Banküberfälle hatte sich in Windeseile über die ganze Republik verbreitet. Zwar war in den Medien insbesondere der Schlecker-Fall aufgegriffen worden. Aber auch in Göppingen wurde die Aufklärung des Kidnappingfalles in weiten Kreisen mit Erleichterung aufgenommen. Bankdirektor Seifritz, längst im Ruhestand und 68 Jahre alt, fühlte sich nach all den Jahren erstmals wieder richtig befreit. Endlich brauchte er nicht mehr gegen den Eindruck anzukämpfen, manche Menschen hätten ihn im Verdacht, mit den Tätern gemeinsame Sache gemacht zu haben. Auch seine Tochter empfand die Nachricht, als sei eine Riesenlast von ihr genommen.

Heinrich Lackner und Berthold Rilke, die inzwischen auf den Ruhestand zugingen, unterhielten sich an diesem Morgen länger als üblich im Tresorraum. »Endlich ist das vorbei«, flüsterte Rilke, als traue er sich gar nicht so recht, seine Erleichterung zuzugeben. Lackner musste in diesem Moment an das Gespräch mit Heidi denken und an deren Mann, der als damaliger Geldbote ebenfalls mit den Gangstern unter einer Decke hätte stecken können. Oder auch Reinicke, mit dem sich Heidi kurz vor dem Überfall eingelassen hatte.

»Aber was ist jetzt mit diesem Blaubart und dem Blank?«, fragte Rilke spontan. »Wenn die festgenommenen Männer damit nichts zu tun haben, laufen die Mörder weiterhin frei herum.«

Lackner verschränkte die Arme vor der Brust. »Die Ermittlungen sind noch lange nicht abgeschlossen, Berthold. Da kann noch einiges ans Tageslicht kommen. Wahrscheinlich werden wir uns noch wundern.«

»Es war doch von Helfern die Rede, zumindest hier bei uns«, rief Rilke in Erinnerung. »In unserem Fall wurde immer behauptet, vom Bahnhof drüben werde das Gebäude beobachtet. Demzufolge müsste es einen vierten Mann geben. Oder sehe ich das falsch?«

Lackner war von dieser Frage auch schon umgetrieben worden. Er nickte. »Und dieser Vierte – falls es ihn gibt – kann alles Mögliche gewesen sein: einer, der nur Schmiere gestanden hat oder ein wichtiger Tippgeber.«

»Ich hab gelesen, der Volksbankdirektor von Ehingen habe gesagt, die Täter seien sehr gut informiert und keine Anfänger gewesen.«

»Ich sag doch: Möglicherweise hatten die einen Tippgeber, einen Insider.«

Rilke wurde unsicher. »Das würde bedeuten, dass die Suche weitergeht.«

129

Häberle und seine Kollegen wurden von den Medien gefeiert. Die Zeitungen druckten positive Kommentare über die Arbeit der Polizei, in den Radio- und Fernsehmeldungen stand jedoch der aufgeklärte Schlecker-Fall im Mittelpunkt.

Häberle, der solchen Rummel nicht mochte, schon gar nicht um seine Person, war einige Tage später in der Polizeidirektion seiner Heimatstadt Göppingen aufgetaucht, nachdem ihn der seit drei Jahren schon pensionierte Direktionschef Josef Walser dort noch einmal treffen wollte. Sie zogen sich in ein kleines, nur spärlich eingerichtetes Besprechungszimmer zurück, wohin die Sekretärin Kaffee brachte.

»Das hätte niemand mehr für möglich gehalten«, lobte der einstige Direktionsleiter und klopfte Häberle anerkennend auf die Schulter.

»Man hätte es auch nicht für möglich gehalten, dass so nette ältere Herren derartige Schwerverbrecher sind«, brummte Häberle.

»Es waren zwei Haupttäter«, zeigte sich der Ex-Direktor informiert. »Und der dritte war wohl der jüngere Bruder von einem dieser Männer.«

»Richtig, ja. Während die einen ein Geständnis abgelegt haben, will der Dritte mit den Geiselnahmen nichts zu tun gehabt haben. Dessen Bruder schildert dies genauso und nimmt ihn also in Schutz. Nur der andere Haupttäter behauptet steif und fest, dass dieser Bruder der Bewacher der Geiseln war. Das zu klären, wird Sache des Gerichts sein.«

Der einstige Chef hob eine Augenbraue. »Die haben ja wohl in der Zwischenzeit jede Menge Straftaten gestanden.«

»Das kann man wohl sagen«, bestätigte Häberle. »1975 haben sie sozusagen klein angefangen, und dann ging's Schlag auf Schlag.« Er grinste. »Weil's so schön war und alles wie am Schnürchen geklappt hat. Ich glaub, die haben's teilweise selbst nicht fassen können. 19 Mal haben sie zugeschlagen. Mal weniger heftig, mal richtig deftig, wie hier bei uns und in Ehingen.«

»Und wohl meist im südwestdeutschen Raum.«

»Ja, so könnte man sagen. Da haben sie sich am besten ausgekannt.«

»Was weiß man über ihr Privatleben?«

»Dazu kann ich noch nicht viel sagen. Die Haupttäter haben wohl anfangs ein ziemlich trostloses Leben geführt. Alles, was sie anfingen, ging in die Hose. Einer übrigens war der Sohn eines Bürgermeisters im Remstal, hat aber als Jugendlicher die Schule geschmissen und anschließend mehrere Lehren abgebrochen. Er landete im Knast, war aber auch dort ein ziemlicher Hallodri. War sogar mal verheiratet, aber nur kurz. Sein Komplize hatte ebenfalls keine einfache Kindheit. Er hat Schreiner gelernt, geriet aber durch zweifelhafte Freunde auf die schiefe Bahn und saß auch schon mal ein. Er war insgesamt dreimal verheiratet.«

»Und dann haben die zwei ihren Lebensunterhalt mit Raubüberfällen bestritten. Es heißt, sie hätten sich in bankinternen Abläufen bestens ausgekannt«, konstatierte der pensionierte Direktor Josef Walser.

»Ja, das lag nahe. Aber nach unserem jetzigen Kenntnisstand haben sie ihre Objekte und Zielpersonen nur akribisch ausgespäht. Tage- und manchmal wochenlang. Sie haben die Lebensgewohnheiten ihrer Opfer beobachtet, außerhalb der Gebäude getestet, ob es Alarmeinrichtungen gibt, und in einem Fall sogar durch ein Fenster die Schaltvorrichtung und Kontrollleuchten für die Alarmanlage gesehen. Sie haben nichts dem Zufall überlassen.«

»Und sind dann immer raffinierter und routinierter geworden«, nickte Walser beinahe anerkennend. »Aber die Beute war wohl schnell aufgebraucht. Wie gewonnen, so zerronnen.«

»So sieht es aus, ja. Einer hat sich auf der halben Welt herumgetrieben und in den USA sogar eine Zeit lang unter falschem Namen gelebt. Das ist übrigens der, dessen jüngerer Bruder wohl mehr oder weniger in die Sache reingezogen wurde. Weil er bei seinem Bruder hoch verschuldet war. Oder weil man ihn vielleicht als Geldwäscher gebraucht hat.«

»Ja«, nickte der Pensionär. »Wenn man die Beute nicht gleich verprasst, muss das Geld ja irgendwo gebunkert oder unauffällig in den Umlauf gebracht werden. Die Täter konnten doch nie wissen, ob die Scheine nicht registriert waren.«

»Stimmt. Aber in Zeiten, in denen uns der Osten ein weites Betätigungsfeld bietet, dürfte das nicht allzu schwierig sein.«

»Von einigen Scheinen waren doch die Nummern notiert«, entsann sich Walser. »Davon sind nie welche aufgetaucht?«

»Nein, bis jetzt nicht. Aber es war wohl nicht schwer, kurz mal drei Millionen Mark in Paris in französische Franc umzutauschen«, wusste Häberle aus den Vernehmungen zu berichten. »Einer hat mir stolz erzählt: ›Wir sind mit einem Koffer voll deutscher Tausenderscheine reingegangen und mit einem Sack voll französischer Franc rausgekommen.‹«

Walser musste grinsen, wurde aber sofort wieder ernst: »Und was sagen Sie zu den Gerüchten, dies alles könnte mit den ungeklärten Morden hier zu tun haben?«

»Im Moment würde ich sagen: alles Schwachsinn. Aber nach dem, was diese jetzt festgenommenen Herrschaften angestellt haben, scheint mir, um ehrlich zu sein, nichts mehr unmöglich zu sein. Auch wenn derlei Gewalttaten nicht zu ihnen passen wollen.«

Den ehemaligen Polizeichef beschäftigte noch ein anderes Rätsel: »Die Männer haben mehrere Fluchtautos gebraucht.

Auch für den Göppinger Fall haben sie eines gestohlen, aber nicht aufgebrochen. Wie erklärt sich das?«

Häberle hatte sich auch dies von den aussagefreudigen Männern erklären lassen: »Die haben sich Autos ausgesucht, die auf Firmengeländen abgestellt waren. Wir alle wissen, dass man mit gewissem Geschick ein Fahrzeug öffnen kann, ohne etwas zu beschädigen. Die Jungs haben sich dann nur für das Schloss des Handschuhfachs interessiert, es kurz ausgebaut, um die Fabrikationsnummer in Erfahrung zu bringen, es sofort wieder eingebaut und auch das Auto verschlossen. Mit Hilfe dieser Nummer hat dann ein guter Kumpel, der wohl in einer Autowerkstatt arbeitet, einen Ersatzschlüssel fürs ganze Auto besorgen können. Weil nur Fahrzeuge ausgesucht wurden, die allem Anschein nach länger auf einem Firmengelände standen, konnten diese Autos dann auch Tage später wieder gefunden werden.«

Walser staunte über eine derlei professionelle Vorgehensweise, die sich freilich nahtlos in das bisher Gehörte einfügte. Die Täter hatten also wirklich nichts dem Zufall überlassen. Walser zögerte kurz, spielte Gedanken versunken mit seiner leer getrunkenen Kaffeetasse und entschloss sich zu einem Einwand: »In unserem Göppinger Fall war damals noch von einem vierten Mann die Rede, der vom Bahnhof gegenüber das Gebäude beobachtet haben soll. Auch von Komplizen, die mit Bomben und Granaten in der Schalterhalle gewesen sein sollen, hat mir damals Herr Seifritz berichtet.«

Häberle zuckte mit den breiten Schultern. »Diese Frage habe ich jetzt schon mehrfach gehört. Beantworten kann ich sie nicht. Es ist, wie ich soeben gesagt habe: Mir erscheint da nichts mehr unmöglich. Auch wenn die festgenommenen Männer keine weiteren Komplizen gehabt haben wollen.«

130

Heidi hatte die Berichte über die Festnahme der Bankräuber aufmerksam verfolgt und erleichtert zur Kenntnis genommen, dass diese die Taten, insbesondere natürlich das Verbrechen in Göppingen, freimütig zugegeben hatten. Vielleicht würde sich Wolfgang jetzt auch besser fühlen und nicht mehr in Angst leben, jemand könnte ihm noch etwas anhängen. Vielleicht käme er nun zur Ruhe.

Oft schon war Heidi von Zweifeln geplagt worden, ob seine häufige Abwesenheit – abends und auch an Wochenenden – tatsächlich nur mit seinem aufreibenden Job zu tun hatte. Aber wenn sie dann sein Gehalt sah, das aus Überstunden, Sonderzahlungen und Spesen bestand, dann war es offenbar doch so, dass er beruflich stark in Anspruch genommen wurde. Als er jetzt wieder nach dem Nachtessen einen ausführlichen Artikel über die Bankräuber las und sich Boris in ein Zimmer zurückgezogen hatte, fragte sie vorsichtig: »Dass das wohl ganz biedere Herren waren, ist doch unglaublich.«

Wolfgang sah auf. »Das klingt alles sehr merkwürdig und unwahrscheinlich. Okay, Heidi, die sind jetzt 16 Jahre älter, aber damals hätte ich nicht gedacht, dass die so seriös sein können, wie sie jetzt dargestellt werden.«

»Aber jetzt brauchst du dich wenigstens nicht mehr zu sorgen, es könnte etwas an dir hängen bleiben.« Heidi hoffte insgeheim, dass er endlich mit dieser Vergangenheit abschließen konnte. Ganz sicher hatte ihn die kurze Konfrontation mit einem der Gangster in gewisser Weise psychisch geprägt.

Er faltete die Zeitung zusammen. »Dubios ist immer noch die Beteiligung des dritten Komplizen, wohl der jüngere Bruder von einem der beiden Haupttäter. Und ob es noch einen vierten gab, darüber wird gar nichts mehr geschrieben.«

»Das stimmt«, pflichtete ihm Heidi bei. »Es war auch immer die Rede davon gewesen, die Täter müssten sich mit bankinternen Dingen auskennen. Aber so, wie man liest, hat keiner eine entsprechende Ausbildung.«

»Das ist der Punkt, Heidi. Und so wie du werden die Kriminalisten auch denken.« Er machte ein ernstes Gesicht. »Vergiss nicht, du hast zu der Zeit auch in der Bank gearbeitet.«

Heidi wurde blass. Ihr schlechtes Gewissen schlug Alarm. Dein Gold, hämmerte es in ihrem Kopf. Die Reserve für alle Fälle. Vor allem für Boris, der im Gymnasium inzwischen gut Fuß gefasst hatte und irgendwann studieren wollte. Das würde noch sehr viel Geld kosten.

131

Siebeneicher hatte eine schwere Zeit durchlebt. Die Ermordung seines Kompagnons und dessen Partnerin war ein fürchterlicher Schlag gewesen. Anfangs noch hatte er die Angst verdrängt, das Verbrechen in der Slowakei könnte in einem Zusammenhang mit Blanks finanziellem Engagement in Osteuropa stehen. Aber die Drohung, die er selbst erhalten hatte, ließ keinen Zweifel daran aufkommen, dass manches aus dem

Ruder gelaufen war. Er hatte deshalb das *Shvabskiy Domic* sozusagen kampflos aufgegeben und es offiziell dem angeblichen Vertreter des örtlichen Hotel- und Gaststättenverbandes überschrieben. Nie mehr war er seither in Sankt Petersburg gewesen. Siebeneicher und sein anonym gebliebener Kompagnon hatten sehr viel Geld verloren – wie auch einige andere, die an dem Projekt finanziell beteiligt gewesen waren.

Nein, Blanks Tod und der seiner Begleiterin war kein Raubmord gewesen. Irgendwelche finsteren Kräfte hatten ihn aus Gründen, die man wohl nie erfahren würde, kaltblütig beseitigt. Siebeneicher spürte, dass dies auch ihm gedroht hätte.

Die Strukturen in Sankt Petersburg waren undurchsichtig geworden, noch weitaus schlimmer als zu Zeiten vor der politischen Wende. Unter Präsident Jelzin hatte sich vieles verändert, aber nicht so, wie es Siebeneicher erwartet hätte.

Böse Erinnerungen wurden wach. Geradezu traumatisch hatten sie sich in seine Gedanken gebrannt: wie ihn Nachbarn des Lokals in Sankt Petersburg sogar mal bei der städtischen Behörde mit der Behauptung angeschwärzt hatten, ein illegales Bordell zu betreiben. Ein höchst unerfreulicher Vorgang, den einer seiner Mitarbeiter hatte ausfechten müssen. Dieser war ins Sankt Petersburger Rathaus eingeladen worden, wo er von hochrangigen Kommunalpolitikern eingeschüchtert und zu diesem Thema befragt wurde.

Siebeneicher entsann sich nur weniger Namen, die ihm sein Vertreter damals nach diesem Gespräch genannt hatte. Vermutlich war aber auch der Vizebürgermeister namens Wladimir Putin dabei gewesen, der zuvor das Amt des städtischen Komitees für Außenbeziehungen geleitet hatte. Siebeneicher kam ein Artikel über Putin in Erinnerung, wonach dieser offenbar bei der Erteilung von Exportlizenzen irgendwie getrickst haben sollte. Es hatte tatsächlich den Anschein gehabt, als sei alles ziemlich unberechenbar geworden.

Die Zeichen standen auf Sturm. Siebeneicher spürte, dass er vor den Trümmern eines großen Traumes stand. Aber er hatte doch gar keine andere Wahl gehabt, als aus Sankt Petersburg zu verschwinden. Ein tiefer Fall nach den Schlagzeilen, die das *Shvabskiy Domic* nach der Eröffnung gemacht hatte.

Siebeneicher fühlte sich plötzlich alleingelassen. Auch seine heimischen Geschäfte dümpelten nur noch vor sich hin. Vorbei die Glitzerwelt, das Scheinwerferlicht, das große mediale Aufsehen. Vielleicht war das alles für einen Mittelständler doch einige Nummern zu groß gewesen?

132

Obwohl auch Hauptkommissar August Häberle Zweifel daran hegte, ob die festgenommenen Bankräuber tatsächlich all ihre vielen Taten ohne fremde Hilfe verübt hatten, setzte das Landgericht Ulm im März 1999 einen Schlusspunkt. Das Medien- und Zuhörerinteresse war so groß, dass Platzkarten ausgegeben werden mussten. Der Vorsitzende Richter Reiner Gros sprach vom größten, jemals in Ulm verhandelten Prozess und bescheinigte den drei Angeklagten eine in Deutschland beispiellose kriminelle Laufbahn. Fast ein Vierteljahrhundert lang hätten die Angeklagten ihr Unwesen getrieben. Insgesamt beliefen sich die erbeuteten Beträge auf 23 Millionen D-Mark. Zwar seien viele der Straftaten inzwischen verjährt, doch bleibe für eine Verurteilung noch genügend übrig, erklärte der Richter am Schluss des mehrtägigen Prozesses, durch den sich viele der Opfer, die als Zeugen aussagen mussten, psychisch stark belastet fühlten. Sie alle durchlebten noch einmal die bangen Stunden, die sie in der Gewalt der Kidnapper verbracht hatten, ohne zu wissen, ob sie dies überleben würden. Einige schilderten, wie sie noch heute darunter litten, schweißgebadet nachts aus einem Albtraum aufschreckten oder sogar berufsunfähig geworden seien.

Obwohl das Gericht den seriös auftretenden Angeklagten ihr umfassendes Geständnis zugutehielt, gab's für die beiden Haupttäter trotzdem jeweils dreizehneinhalb Jahre und für den Bruder des einen siebeneinhalb Jahre Gefängnis.

Dieser dritte Mann freilich hatte allerdings weiterhin vehement abgestritten, bei den Geiselnahmen in Göppingen und Ehingen als Aufpasser der entführten Opfer fungiert zu haben. Letztlich wollte das Gericht aber die vorgebrachte Version, bei diesem habe es sich in Wirklichkeit um einen Italiener gehandelt, der stets eine Waffe am Bein getragen habe, nicht glauben. Als eines der vielen Indizien, wonach es diesen ominösen Italiener nie gegeben hatte, wertete Richter Gros die Tatsache, dass im Ehinger Fall der besagte Aufpasser die Frau des Drogeriemarktkönigs als »ludriges Biest« beschimpft habe – was gewiss nicht dem Sprachschatz eines Italieners entspringe.

Sanders Kollege, der den aufsehenerregenden Prozess verfolgt hatte, war vom gelassenen Auftreten der drei Angeklagten ebenso überrascht gewesen wie die vielen Zuschauer. Am meisten hatten sie sich darüber gewundert, dass es den gut situiert erscheinenden Männern möglich gewesen war, über einen so langen Zeitraum hinweg derart schwerwiegende Taten zu verüben und jedes Mal spurlos abzutauchen.

Eine Journalistin des Nachrichtenmagazins *Der Spiegel*, die sich in einem langen Artikel über den Prozess ausgelassen hatte, schlussfolgerte, dass die Sonderkommission nach dem letzten Überfall auf den Ehinger Volksbankdirektor endlich so professionell reagiert habe, wie jahrzehntelang nicht reagiert worden war. Und weiter: *Aber man möchte schon Mäuslein gewesen sein, als die Flut von Geständnissen über die Ermittler hereinbrach.* Die Autorin vertrat die Auffassung, es sei ein Schrecken, was 23 Jahre lang im Dunkeln geblieben war.

Auch Sander, der den Fall inzwischen aus der Distanz verfolgte, hegte gegenüber seinem Kollegen Zweifel: »Du bist wirklich davon überzeugt, dass alles aufgedeckt wurde?«

Der Angesprochene zündete eine Zigarette an, inhalierte genüsslich den Rauch und erwiderte: »Das Gericht ist davon überzeugt, dass es nur die drei waren.« Er grinste: »Ich weiß ja nicht, ob jemand froh darüber war, dass zumindest zwei so ziemlich alles gestanden haben und man endlich einen Schlussstrich unter die Angelegenheit ziehen konnte.«

»Von einem vierten Mann war aber nicht die Rede?«, hakte Sander aufgrund seiner früheren Kenntnisse nach.

»Nein, überhaupt nicht. Und«, ergänzte der Kollege, weil er Sanders Gedanken zu erraten glaubte, »auch von den ungeklärten Morden in Göppingen nicht.«

Gentlemen und hartgesottene Gangster:
Hintergründe aus dem realen Prozess
Urteil vom 22. März 1999

Im März 1999 mussten sich die drei Männer, denen unter anderem die Geiselnahmen bei der Kreissparkasse Göppingen und bei der Familie Schlecker in Ehingen vorgeworfen wurden, vor der Ersten Großen Strafkammer des Landgerichts Ulm verantworten.

*Bei den Angeklagten handelte es sich um zwei Brü-
der (damals 57 und 60 Jahre alt) aus einer Remstal-
gemeinde (Rems-Murr-Kreis), in der ihr Vater einst
Bürgermeister gewesen war, sowie um ihren 60-jäh-
rigen Komplizen, der in Düsseldorf geboren wurde
und seinen Wohnsitz in einem kleinen Mosel-Örtchen
im Landkreis Bernkastel-Wittlich in Rheinland Pfalz
hatte.*

*Die Anklage lautete unter anderem auf erpresserischen
Menschenraub und räuberische Erpressung.*

*Der 60-Jährige aus dem Remstal und der Gleichalt-
rige von der Mosel galten als Haupttäter, während der
jüngere Bruder des Remstalers nur bei den Geiselnahmen in Göppingen und Ehingen dabei gewesen sein soll.*

*Die Brüder hatten den Mann von der Mosel im Rah-
men ihres unsteten Lebenswandels und ihrer häufig
wechselnden Arbeitsstellen kennengelernt, während
der sie in vielen Ländern unterwegs waren. Ziemlich
schnell – etwa Mitte der 70er-Jahre – entwickelten
die beiden Älteren eine nicht unerhebliche kriminelle
Energie: Raubüberfälle auf Banken und Geldtransporte. Doch bis zu ihrer Festnahme 1998 waren zehn
Fälle verjährt; einer, bei dem es beim Versuch geblieben war, wurde vom Gericht eingestellt.
Verhandelt wurden deshalb nur jene acht Raubüberfälle, die sie ab 1980 verübt hatten. Neben den Geiselnahmen in Göppingen und Ehingen waren dies fol-
gende Überfälle: auf die Familie einer Juwelierin in
Pforzheim (September 1980), auf das Postamt in Welz-
heim (November 1980), auf die Winterbacher Bank*

(Mai 1987) auf die Kreissparkasse Leonberg-Eltin-gen (Anfang Mai 1981), auf einen Geldtransporter der Volksbank Ludwigsburg, wobei sie einen Unfall inszenierten (Ende Mai 1981) sowie auf die Volksbank Ehingen (Juli 1998).

Die Vorgehensweisen hatten allesamt auf hartgesottene Gangster oder sogar auf eine ganze Bande schließen lassen, doch waren die Täter trotz ihrer schweren Bewaffnung meist darauf bedacht gewesen, sich gegenüber ihren Opfern wie Gentlemen zu benehmen. Kammervorsitzender Richter Reiner Gros stellte deshalb in seiner Urteilsbegründung auch fest: »In eigentümlichem Gegensatz zu der massiven Bedrohung von Erpressten und Geiseln stand die im übrigen schonungsvolle und geradezu höfliche Behandlung der Opfer.« So hätten die Angeklagten stets dafür gesorgt, dass ihre Geiseln an den Verwahrorten nicht frieren mussten, und der Göppinger Bankdirektor habe sogar zu trinken bekommen, um ein Herzmedikament einnehmen zu können.

Rädelsführer war offenbar der 60-Jährige aus dem Remstal, der letztlich auch seinen jüngeren Bruder dazu überredet haben soll, zweimal als Bewacher der Geiseln zu fungieren. Zwar bestritten beide diese Konstellation bis zuletzt und versuchten, einen nur flüchtig bekannten Italiener als dritten Mann ins Spiel zu bringen, sozusagen einen Mafioso namens Enrico Nardini, der stets »seine 38er am Bein getragen« habe. Glaubwürdig erschien dem Gericht diese Behauptung allerdings nicht, zumal einige Indizien für eine Mittäterschaft des jüngeren Bruders sprachen und sich auch durch Recherchen in Italien keine passende Person zu diesem Namen fand.

Die Lebensläufe
Der Ältere der Brüder hat sich mit der Schule schwer getan, brach mehrere Ausbildungen ab, und schließlich zeichnete sich sein Hang zum Kriminellen frühzeitig ab. Er trieb sich mal eine Woche lang in den Wäldern herum, stahl Lebensmittel, stieg in ein Landratsamt ein, um Ausweisdokumente zu entwenden, und beraubte eine Postkasse. Es folgte eine Haftstrafe, wo er einen Zellengenossen kennenlernte, der ihn später zu einem Einbruch bei einem Waffenhändler animierte. Nach weiteren vergeblichen Anläufen, einen Beruf zu erlernen, ging er in die Schweiz, verübte einen Bankraub und verbüßte dafür fünf Jahre Haft in Bruchsal. Es folgten Aufenthalte in Uruguay, Brüssel, Venezuela, Costa Rica, den Niederlanden und der Schweiz. Mit Gelegenheitsarbeiten schlug er sich durch, lebte von der Hand in den Mund. Er selbst bezeichnete vor Gericht sein Leben als sehr verworren. Schon vor 1975 war er in halb Europa gewesen, führte mehrere Namen und entsprechend falsche Pässe. Als er die Bekanntschaft mit dem gleichaltrigen späteren Komplizen machte, begann die Zeit gemeinsamer Straftaten, mit denen sie beide ziemlich vermögend wurden. 1982 kaufte der Remstaler in den USA, wo er sich William T. Meyer nannte, ein Grundstück, baute ein Haus darauf und besaß nacheinander mehrere Segeljachten. Grundstücksgeschäfte über dubiose Strohmänner sollen pro Jahr über 100 000 Dollar erbracht haben. 1989 – also sieben Jahre nach dem Überfall auf die Göppinger Kreissparkasse – war das luxuriöse Leben in Gefahr:

Ein Partner in den USA bekam Probleme mit den Steuerbehörden, und der Deutsche verlor durch betrügerische Machenschaften einer niederländischen Firma, bei der er eine Jacht bestellt hatte, sein Grundstück. 200 000 Dollar will er noch gerettet haben, doch verzockte er das Geld an der Börse. Weil er die Taten, die ihm bis dahin nachgewiesen worden waren, alle im Ausland verübt hatte, galt er in Deutschland als nicht vorbetraft. Er war mehrfach verheiratet.

Sein jüngerer Bruder hatte den Beruf des Industriekaufmanns gelernt, war ab 1972 bei einer IT-Firma beschäftigt und mit der Codierung von Bankautomaten befasst. Nach der Scheidung von seiner Frau geriet er 1982 in wirtschaftliche Bedrängnis, fasste aber bei einer früheren Firma wieder Fuß und will zuletzt jährlich bis zu 250 000 D-Mark verdient haben, was ihn dazu veranlasste, den Job aufzugeben und sich fortan auf Börsenspekulationen zu verlegen. Er konnte sogar seinem älteren Bruder Geld borgen, was dieser 1982 wieder an ihn zurückzahlte. Zusammen mit seiner Lebensgefährtin wohnte er im südwestdeutschen Raum, zuletzt wieder im Remstal. Er besaß noch ein Anwesen im Wert von etwa 1,5 Millionen Mark und ein Aktiendepot mit 500 000 Mark. Auch er war nicht vorbetraft.

Der zweite Drahtzieher hat seinen Vater nie kennengelernt, wuchs in der Obhut von Großeltern und Onkel an der Mosel auf, erlernte den Beruf des Schreiners, war Zeitsoldat und gründete mit dem Bruder seiner späteren ersten Frau ein Versicherungsbüro, das sich schlecht entwickelte. Aus der 1961 erfolgten und wenig später geschiedenen Ehe ging eine Tochter hervor. *Der Mann geriet in zweifelhafte Kreise, musste 20 Monate im Gefängnis verbringen und gründete später mit einem Araber ein Im- und Exportgeschäft, das nicht florierte. Bei einem anderen ähnlichen Unternehmen verlor er sogar sein investiertes Geld und wechselte zu einer Autofirma. Infolge betrügerischer Machenschaften eines Bekannten büßte er erneut viel Geld ein, und zwar den Beuteanteil aus dem Göppinger Raub. Als auch eine dritte Ehe gescheitert war, lebte er als Privatier. Allerdings war auch die Freude an dem Geld aus der Schlecker-Erpressung nur von kurzer Dauer: Er verspekulierte einen großen Teil davon an der Börse. In Kitzbühel hatte er ein Haus erworben, das er jedoch nach Kurzem wieder verlor, weil er auf einen Betrüger hereingefallen war. Schulden häuften sich an, bis zum Prozess auf rund 400 000 Mark. Nach jedem ihrer Raubzüge gingen sie getrennte Wege und fanden sich erst wieder zusammen, wenn das Geld aufgebraucht war und neues beschafft werden musste.*

Feststellungen des Gerichts
Den Feststellungen der Strafkammer zufolge haben die beiden Haupttäter insgesamt eine Serie von rund 20 Straftaten begangen (inklusive der verjährten). Die schweren Raub- und Erpressungstaten, die immer dem gleichen Grundmuster gefolgt seien, hätten eine genaue Planung erfordert. Die Tatobjekte seien deshalb umfassend über viele Tage hinweg ausgekundschaftet und die Tatfahrzeuge auf raffinierte Weise entwendet worden. Ihr Aktionsradius habe sich im Wesentlichen auf die weitere Umgebung der Heimat der beiden Brüder beschränkt: eben das Remstal im Großraum Stuttgart.

*Insgesamt seien 6000 Spuren verfolgt und über
2000 Personen vernommen worden, von denen einige
unter beklemmenden Situationen gelitten hätten, weil
sie den Eindruck gehabt hätten, ihnen würde Mittäterschaft vorgeworfen. Richter Gros zum Abschluss
des Prozesses: »Von diesem Odium wurden die Opfer
nachhaltig befreit, sie und die anderen genießen die
erleichternde Gewissheit, dass die Täter gefasst sind
und der Spuk ein Ende hat.«*

*Die Urteile
Die beiden Haupttäter wurden zu jeweils dreizehneinhalb Jahren Freiheitsstrafe verurteilt. Der Angeklagte
von der Mosel musste zwei Drittel davon absitzen, und
zwar auf eigenen Wunsch in der rheinland-pfälzischen
Vollzugsanstalt Diez, um seiner damals über 90 Jahre
alten Mutter näher zu sein. Im Februar 2005 kam er frei.*

*Sein gleichaltriger Komplize, bei dem offenbar schon
kurze Zeit nach dem Prozess wieder eine schwere
Krankheit ausgebrochen war, die ihm fünf Jahre
zuvor bereits schwer zu schaffen gemacht hatte, wurde
wenige Tage vor seinem Tod aus dem Altersheim des
baden-württembergischen Vollzugs in Singen/Hohen-
twiel entlassen.*

*Sein Bruder, der siebeneinhalb Jahre Freiheitstrafe
erhalten hatte, wurde 2003 nach der Verbüßung von
zwei Dritteln wieder auf freien Fuß gesetzt.*

*Zusammenfassung
Bei den Haupttätern sei zu würdigen, dass sie ihr sieb-
tes und einen guten Teil des achten Lebensjahrzehntes*

in der Einschließung verbringen müssten, hatte Richter Reiner Gros zu bedenken gegeben. In der Tat seien bei Menschen fortgeschrittenen Alters die Belastungen der Strafvollstreckung als wesentlich stärker zu bewerten, zumal sie naturbedingt von Jahr zu Jahr zunehmen. Das bedeute einmal erhöhte Strafempfindlichkeit und sei auch als gravierende Auswirkung auf die noch zu erwartende Lebensspanne spürbar mildernd zu berücksichtigen.

Bei dem Angeklagten von der Mosel seien die kriminelle Intensität und Energie ungewöhnlich stark entwickelt. Gros dazu: »Gelingt eine Tat ungeahndet nach der anderen, beruhigt sich das Gewissen des Täters. Serientaten werden zu eingeschliffenem Verhalten mit deutlich, freilich nicht erheblich herabgesetzter Hemmschwelle. Aber tatsächlich handelte es sich um schwere und schwerste Verbrechen, die nachdrücklich verfolgt werden müssen.«
Die Überfälle liefen nach Darstellung des Gerichts mit geradezu erschreckender Präzision ab. Angriffe auf Geldboten dauerten kaum mehr als 20 Sekunden, Überfälle waren nach vier oder fünf Minuten beendet. Die Bewaffnung schien dem Arsenal von Schwerverbrechern entnommen zu sein: teils automatische, teils halbautomatische Lang- oder Kurzwaffen, mitunter geladen mit besonders gefährlichen selbstzerlegenden Teilmantel-Hohlspitzprojektilen (Dumdumgeschosse). Allerdings hatten die Täter nie davon Gebrauch gemacht. Nur ein einziges Mal seien einige Tropfen Blut geflossen: als sich Frau Schlecker zur Wehr gesetzt hatte und mit einer Pistole auf den Kopf geschlagen worden war.

An die polizeilichen Uniformteile waren sie bei einem vergeblichen Versuch gelangt, aus einem Polizeirevier eine MP zu entwenden.

Das Gericht stellte mit aller Deutlichkeit klar: »Die meisten Opfer litten unter schweren Angstzuständen, gar unter Todesangst. Manche von ihnen haben die Furcht bis heute nicht überwunden und leiden unter quälender Erinnerung, mit Ausnahme der Familie Schlecker, die sich von dem unerfreulichen Erlebnis nur wenig betroffen zeigte; die Kinder waren fast gänzlich ungerührt.«

Ungesühnt blieben die verjährten Fälle: Kreissparkasse Eberbach an der Fils (März 1975), Kreissparkasse Oberkochen (Juli 1975), Deutsche Bank Eislingen (November 1975), Kreissparkasse Freiberg-Beihingen (Januar 1976), Kreissparkasse Altbach (Juni 1976), Volksbank Stuttgart-Bad Cannstatt (November 1976), Winterbacher Bank (Januar 1977), Kreissparkasse Endersbach (November 1977), Raiffeisenbank Strümpfelbach (Januar 1978) und Überfall auf Geldtransport der Kreissparkasse Schwäbisch Gmünd (Juni 1978).

133

August Häberle hatte seit Längerem mit dem Gedanken gespielt, den stressigen Job als Sonderermittler bei der Landespolizeidirektion in Stuttgart aufzugeben und die Jahre vor dem Ruhestand in heimatlichen Gefilden zu verbringen. Denn dass er sich in Göppingen auskannte, kam ihm hier auch als Ermittler zugute. Ein Umstand, der zwar bei der Besetzung von Stellen durch die Oberchefs keine Rolle spielte, jedoch von unschätzbarem Vorteil war. Ihn hatten ohnehin die weiteren Ermittlungen zum bislang ungeklärten Mordfall Blaubart gereizt.

Dass die Versetzung schneller vonstattenging als ursprünglich gedacht, hatte auch seine Frau Susanne gefreut. Endlich brauchte August nicht mehr täglich nach Stuttgart zu fahren. Und auch hier in der Provinz, wie er es immer zu formulieren pflegte, gab es schließlich genügend Verbrechen, die ihn herausforderten. Seit er hier war, brauchte er sich darüber nicht zu beklagen. Aber allesamt hatte er in den vergangenen drei Jahren aufgeklärt. Susanne musste daran denken, wie er von seinen neuen Kollegen schwärmte, von denen er die meisten noch aus früheren Zeiten kannte. Und da war wohl noch ein junger Springinsfeld, der Mike Linkohr hieß und der ihren Mann geradezu als großes Vorbild verehrte. Auch wenn August mit ihm bisweilen Probleme hatte, weil sich der strebsame Nachwuchsermittler allzu sehr fürs weibliche Geschlecht interessierte und bisweilen Dienstliches von Privatem nicht zu trennen vermochte.

Häberle konnte mit seinem Team selbstständig arbeiten, sodass es mit Bruhn keine großen Berührungen gab. Häberle war sich natürlich dessen Umgangstons bewusst und sich darüber im Klaren, dass der örtliche Kripochef am besten nicht auf ungeklärte Altfälle angesprochen werden sollte.

134

Die Treffen im *Stüble* fanden längst nicht mehr regelmäßig statt. Mit zunehmendem Alter schienen die Stammtischler andere Interessen zu verfolgen. Der Tod zweier ihrer Freunde hatte ohnehin einen unheilvollen Schatten über ihre Gemüter geworfen.

Alles hatte eben seine Zeit, musste sich Siebeneicher eingestehen. Es war wohl ein Spruch aus der Bibel, den er sich irgendwann einmal gemerkt hatte. Damit sollte gesagt werden, dass alles einem ewigen Kommen und Vergehen unterworfen war, auf jedes Hoch folgte ein Tief. Und er war in den Abwärtstrend geraten. Vielleicht musste er nur lange genug warten, bis es wieder aufwärtsging. Falls ihm die Zeit dazu noch blieb. Womöglich aber griffen die Menschen inzwischen derart in den Lauf der Zeit ein, dass nichts mehr beständig war, weil es nur noch um eines ging: um Macht und Gier. Und alles musste ganz schnell gehen. Siebeneicher hatte sich jüngst eines dieser mobilen Telefone zugelegt, die man *Handy* nannte. Seither war er überall erreichbar. Natürlich hatte er anfangs stolz seine Rufnummer weitergegeben, was sich jedoch bald als ziemlich nervig erwies. Es gab aber auch Gespräche, über die er sich freute und die ihn von seinen eigenen Schwierigkeiten ablenkten.

An diesem schwülen Augustabend nahm er zufrieden zur Kenntnis, dass wenigstens ein paar der alten Freunde wieder bei ihm auftauchten. Zuerst Niels Adamus, der direkt von einer Sitzung seiner Handwerkskammer kam, dann Helmut Reinicke, der offenbar den ganzen Tag über auf einer Baustelle gearbeitet und sich nur flüchtig Staub und Schmutz von der Arbeitskleidung und den Haaren geklopft hatte. »Nur mal ein schnelles Weizenbier«, grinste er Siebeneicher an, während Adamus »ein Viertel Rot« wünschte.

Als sich Siebeneicher in dem ansonsten menschenleeren Lokal zu ihnen setzte, seufzte er: »Es ist immer weniger los. Und von unserer Gruppe tauchen kaum noch welche auf. Schön, dass ihr wenigstens mal wieder vorbeischaut.« Er trank eine Cola und wurde abgelenkt, weil jemand zur Tür hereinkam: Analena. Seit Monaten hatte er sie nicht gesehen, aber immer wieder an sie denken müssen. Und nun kam sie auf die Männer zu. Im sommerlichen Outfit, strahlend und selbstbewusst wie immer.

»Hi, beisammen«, sagte sie, schüttelte den dreien die Hände, setzte sich zu der Runde und bat um eine Cola.

»Wir haben dich ja schon ewig nicht mehr gesehen«, zeigte sich Adamus erfreut.

»Ich hab schon gedacht, du hast mit deinem Juweliergeschäft zu kämpfen«, meinte Siebeneicher, aus dessen Gesicht Optimismus und Frische verschwunden waren.

»Das auch, ja«, sagte sie. »Die Göppinger sind halt nicht so zahlungskräftig wie die Ulmer. Obwohl ich im Stress bin, hab ich gedacht, ich schau hier mal wieder vorbei. Jetzt, wo die Stadt endlich ihre Gerüchte los ist.«

»Ja, da hast du recht, Analena«, bekräftigte Adamus. »Wir alle können froh sein, dass die Bankräuber geschnappt und verurteilt sind. Nach so langer Zeit hätte kein Mensch mehr daran geglaubt. Wäre das nicht geschehen, würde man weiterhin jedem, der finanziell klamm ist, sofort zutrauen, einer von denen zu sein.«

Siebeneicher nickte bedächtig. Er hatte schon immer geahnt, dass man auch ihn heimlich im Verdacht hatte.

Reinicke warf jedoch ein: »Es könnte aber sein, dass die noch nach einem vierten Mann suchen. Ich glaub nicht, dass die Kripo jetzt den ganzen Fall zu den Akten legt. Denkt an Blaubart und Blank. Das hat doch auch etwas zu bedeuten, oder nicht?«

Analena stoppte seinen Wortschwall: »Nun mal langsam, Helmut, du siehst ja so schwarz, wie die Sonne morgen sein wird.« Die anderen grinsten, denn sie wussten, was sie meinte: Für morgen war eine totale Sonnenfinsternis angekündigt.

Niels Adamus grinste: »Ja, wer morgen Schwarzarbeit machen will, kann dies im wahrsten Sinne des Wortes um 13.03 Uhr tun.«

»13.03 Uhr?«, hakte Siebeneicher lustlos nach.

»Dann ist's in Göppingen für wenige Minuten stockfinstre Nacht, mein lieber Hans.«

»Genau, eine günstige Zeit für Gangster«, ergänzte Reinicke und wandte sich an Analena: »Am besten, du schließt deinen Juwelierladen dann vorübergehend.«

»Ich hab über Mittag sowieso zu.« Sie sah den Sanitärmeister mit großen Augen an.

Siebeneicher nahm dies mit gewisser Eifersucht zur Kenntnis.

135

Heidi Nolte hatte insgeheim gehofft, das Verhältnis zu Wolfgang würde sich noch irgendwie einrenken. Doch sie war mehr denn je innerlich zerrissen. Wenigstens hatte sich Boris zu einem vernünftigen Gymnasiasten entwickelt, und er hatte sogar schon ein Berufsziel im Auge: Er wollte Umwelttechniker werden. Weil er darin die besten Zukunftsperspektiven sah. Seit er einen kleinen PC hatte, womit seine Mutter jedoch nichts anzufangen wusste, hatte er schon Stunden damit verbracht, sich über die möglichen Studiengänge zu informieren. Allerdings baute sich die Internetverbindung in Rattenharz nur im Schneckentempo auf, worüber seine Schulfreunde aus der Stadt, wenn sie bei ihm zu Besuch waren, nur müde lächeln konnten.

Mutter Heidi hatte sich inzwischen ein Handy zugelegt, für das es jedoch noch erhebliche Funklöcher gab. Trotzdem trug sie es meist bei sich und nutzte es unterwegs, um ungehört von Mann und Sohn Gespräche führen zu können. Mittlerweile kannte sie sogar die Parkplätze, auf denen es besonders guten Empfang gab. Jedes Mal, wenn sie auf diese Weise telefonierte, fühlte sie sich befreit und losgelöst von den Zwängen, in die sie sich seit Jahren schon eingeschnürt fühlte. Natürlich hatte Boris schon seit frühester Jugend mitbekommen, dass die Familienverhältnisse nicht die besten waren. Und wenn er sich etwas wünschte, hatte er stets zu hören bekommen, dass man sich dieses und jenes einfach nicht leisten könne, weil die Schulden fürs Haus noch abbezahlt werden müssten.

»Was hat eigentlich Papa mit diesem Raubüberfall auf die Sparkasse zu tun?«, hatte Boris eines Tages mal gefragt, weil er ein Gespräch der Eltern belauscht hatte.

»Gar nichts hat er damit zu tun«, hatte Heidi dem Buben schnell geantwortet. »Er war damals nur als Geldbote indirekt mit den Verbrechern konfrontiert.«

»Und jetzt hat er Angst, dass man ihn einsperrt?«, hatte Boris ängstlich wissen wollen.

»Er braucht keine Angst zu haben«, hatte sie ihn beruhigt. »Und du auch nicht.«

Als sie jetzt in ihrem alten Polo saß, irgendwo auf einem Parkplatz des Schurwald-Bergrückens, beschlichen sie wieder solche Gedanken, verbunden mit einem schlechten Gewissen. Sie hatte über die Kurzwahltaste des kleinen Geräts eine Nummer angewählt.

»Ich bin's«, flüsterte sie, als sich nach drei Ruftönen jemand meldete. Mit einem zufriedenen Lächeln lauschte sie auf die Stimme im Hörer, nickte ein paarmal, als könne die Person am anderen Ende der Leitung dies sehen, und sagte dann: »Okay. Alles klar.«

136

Sander war noch oft in Gedanken bei dem großen Fall, als er dann im Oktober 2000 plötzlich wieder mit einem solchen konfrontiert wurde. Der Zufall wollte es, dass er auf diese Weise mit Kommissar August Häberle zusammentraf, den er bis dahin nur flüchtig gekannt hatte und der jüngst von der Landespolizeidirektion Stuttgart 1 zur Göppinger Direktion übergewechselt war.

Jetzt war dieser Kommissar hier der Leiter einer Sonderkommission, die ein höchst komplex erscheinendes Verbrechen aufzuklären hatte, das in Sanders Zuständigkeitsbereich verübt worden war, nämlich unweit eines kleinen Dorfes auf der Schwäbischen Alb. Opfer war ein dort wohnhafter Fernfahrer, der seinen Lkw über Nacht außerhalb des Orts auf einem Parkplatz abgestellt hatte. Gerade als der 41-Jährige im Morgengrauen zu Fuß dort hinging, um sein Fahrzeug aufzuschließen, fielen Schüsse. Schwer verletzt sank er zu Boden und stellte sich tot. Auf diese Weise überlebte er zwar, doch war er fortan an den Rollstuhl gefesselt.

Dass er auf kommunaler Ebene Funktionär einer rechtsextremen Partei war, ließ in entsprechenden Kreisen sofort ein politisches Motiv vermuten. Angesichts des großen Aufsehens war Sander tagelang mit der Berichterstattung befasst und lernte den unkomplizierten und bodenständigen Häberle und dessen Sinn für Öffentlichkeitsarbeit zu schätzen. Obwohl sich rund 300 Parteifreunde des Opfers zu einem Fackelzug formierten, weil sie links-autonome Chaoten oder den Geheimdienst als Täter vermuteten, hatte Häberle sehr schnell ein klares Ziel vor Augen, und auch sein direkter Vorgesetzter Werner Bruhn machte deutlich: »Es gibt keinen politischen Hintergrund.« Der zunächst verworrene Fall ließ in Sander die Vermutung keimen, es könne doch noch einen Zusammenhang zu einem möglichen vierten Mann des Göppinger Sparkassenüberfalls geben. Immerhin hatte der Angeschossene einst in Göppingen gewohnt. Letztlich freilich sollte Häberle recht behalten, der ziemlich schnell eine simple Beziehungstat vermutet hatte: Die Ehefrau des Opfers hatte nach häufigen Streitereien den Mann beseitigen wollen, und zwar mit ihrer Freundin aus dem Raum Stuttgart, die nach Meinung Häberles einen seltsamen Lebenswandel führte, sich von einer Scheinwelt umgab und konspirativ benahm. An jenem Morgen hatte sie ins Schloss der Lkw-Fahrerkabine ein winziges Stück Holz gesteckt, damit der Mann nicht sofort einsteigen konnte und sie genügend Zeit hatte, auf ihn zu zielen. Ihre anschließende Flucht per Fahrrad konnten die Kriminalisten mit einer bis dahin nahezu einmaligen Methode nachweisen: Das eingeloggte Handy der Frau hatte im Mobilfunknetz elektronische Spuren hinterlassen.

Sander war von Häberles Vorgehen und seiner Art, wie er mit seinem Team, den bisweilen zurückhaltenden Menschen auf der Alb und mit der Presse umging, sehr angetan. Als der Fall geklärt war, widmete er ihm sogar im Dezember ein Porträt in der Lokalausgabe. Und nahm sich vor, diesen Häberle als Vorbild für einen seit Langem geplanten Kriminalroman zu verwenden.

137

»Und was machen wir mit dem alten Mord vom Sportplatz?«, wollte Häberle wissen, als er drei Jahre später im Gespräch mit Kripochef Bruhn ungeklärte Kriminalfälle aufgreifen wollte. Bruhn hatte Häberle einen Platz am schmucklosen

Besprechungstisch angeboten und die Tür zum Vorzimmer wie immer energisch ins Schloss geworfen. Das Thema, das Häberle am Herzen lag, war nicht gerade dazu angetan, die Stimmung zu heben.

»Was soll der Mord schon machen?«, blaffte Bruhn zurück und rückte sich einen Stuhl heran. »Wissen Sie, wie lang das her ist? Wir schreiben jetzt das Jahr 2003. Fast 14 Jahre sind vergangen. Ich brauche Ihnen nicht zu sagen, dass das hoffnungslos ist. Nach dem Blaubart kräht kein Hahn mehr.«

»Wir sollten alle Möglichkeiten der DNA-Analyse ausschöpfen.«

»Das brauchen Sie mir nicht zu sagen. Was glauben Sie, was wir gemacht haben? Sicher nicht Däumchen gedreht.« Bruhn wischte mit der flachen Hand über seinen kahlen Kopf, den nur ein Haarkranz zierte.

»Mal angenommen«, blieb Häberle gelassen, denn er kannte Bruhns wenig charmante Art, »es hätte bei den Bankräubern …«

»Ach, hören Sie doch auf. Die sitzen seit über vier Jahren im Knast, und wahrscheinlich ist einer schon wegen guter Führung wieder raus, man kennt das ja! Das Gericht hat eindeutig festgestellt, dass die nur zu dritt waren.«

»Und wenn nicht? Dann könnte doch gerade der vierte Mann der Killer sein, den wir suchen.«

»Ach«, wehrte Bruhn verärgert ab. »Gleich werden Sie auch noch die Verbrechen in der Slowakei ansprechen. Herr Häberle, ich glaube, wir sollten uns auf die Gegenwart konzentrieren.« Bruhn sah demonstrativ auf seine Armbanduhr.

»Ich geh mal davon aus, dass Sie die Aktenlage vom Göppinger Fall kennen …«

»In- und auswendig, Herr Kollege, in- und auswendig«, behauptete Bruhn, was ihm Häberle aber nicht abnahm. »Umso besser«, lächelte er entspannt, »dann wissen Sie genauso gut wie ich, dass es zumindest eine Person gibt, die ganz dicht am damaligen Geschehen dran war. Einer, der mal eine Polizeiuniform hatte. Der seit Jahr und Tag so getan hat, als sei ihm viel daran gelegen, den Fall in seiner Eigenschaft als Detektiv aufzuklären. Der, wie wir wissen, sich mit dem Bau eines Hauses hoch verschuldet hat. Und der die Nase in dubiose Ostblockgeschäfte von Amerikanern gesteckt hat, mit denen vermutlich auch Blaubart zu tun hatte. Dann würde es sich doch zumindest mal lohnen, bei der Frage eines vierten Mannes diesem Herrn noch mal auf den Zahn zu fühlen.«

»Wenn Sie das für sinnvoll halten, dann lassen Sie sich nicht aufhalten«, knurrte Bruhn und fügte an: »Sofern das tagesaktuelle Geschäft Zeit dafür lässt.« Er umklammerte nervös die Tischkante und grinste süffisant: »Allerdings sollten Sie sich mal erkundigen, ob der Fall für einen vierten Mann nicht längst verjährt ist. Oder ist Ihnen das nicht geläufig: Nach 20 Jahren verjähren Taten, für die es mehr als zehn Jahre Knast gibt, und erst nach 30 Jahren, wenn lebenslänglich droht. Außer bei Mord und Völkermord, was bei dem Sparkassenraub nicht vorliegt. Und ob es für einen vierten Mann bei seinen etwaigen Beihilfetaten im Hintergrund zu mehr als zehn Jahren reichen würde, wage ich bei unserer Justiz zu bezweifeln. Inzwischen sind seit dem Göppinger Fall über 20 Jahre vergangen. Also vergessen Sie's.«

»Aber seit dem Blaubart-Mord sind erst 14 Jahre vergangen. Und Mord, Sie haben es soeben gesagt, verjährt gar nicht.«

»Ach, Herr Kollege, es gibt so viel schwere Kriminalität, da sollte man nicht noch etwas an den Haaren herbeiziehen. Oder haben Sie persönlich ein besonderes Interesse am Mordfall Blaubart?«

Häberle spürte, dass es sinnlos war, weiter mit Bruhn zu diskutieren.

138

Seit Boris ein junger Erwachsener war und mit seinen inzwischen fast 20 Jahren sein Umwelttechnik-Studium in Tübingen begonnen hatte, konnte sich seine Mutter Heidi immer öfter eine Auszeit gönnen. Mittlerweile empfand sie es nicht mehr als belastend, dass Wolfgang viele Abendtermine hatte und häufig halbe Nächte nicht heimkam. So konnte sie diese Freiräume nutzen, um endlich zu tun, was ihr Freude bereitete, ohne ein angebliches Treffen mit ehemaligen Arbeitskolleginnen vortäuschen zu müssen.

Heute konnte sie sich nach vielen Monaten wieder auf einen unterhaltsamen und entspannten Abend freuen. Wolfgang hatte angekündigt, dass er einen diffizilen Auftrag in Stuttgart erledigen müsse und nicht vor 3 Uhr heimkäme. Sie konnte sich also auf jeden Fall bis Mitternacht in einem Tanzlokal in Eislingen vergnügen. Und die Wahrscheinlichkeit, dass es dort jemanden gab, der sie kannte, war eher gering. Außerdem war der Andrang groß und das Licht dezent. Und wenn schon, dachte sie: Warum sollte sie nicht mal tanzen gehen mit Freunden und Bekannten? Lange genug hatte sie das nicht getan und nur selten das kurze Sommerkleidchen getragen, das ihr immer noch gut stand.

Sie fuhr mit ihrem Polo die rund 20 Kilometer durch den lauen Augustabend. Im Radio wurden Lieder der 70er-Jahre gespielt, als sie die in der Dämmerung liegende traumhafte Landschaft an sich vorbeiziehen sah – vom nahen Wäschenbeuren über Maitis zu den Serpentinen, die steil zu jenem Bergrücken hinaufführten, den man den Aasrücken nannte und der sich vom Hohenstaufen zum Rechberg hinüber erstreckte.

Wie eine riesige Wand erhob er sich zwischen Remstal und Filstal. Durchs offene Autofenster blies sanfter Fahrtwind, die Luft roch nach Heu und versetzte Heidi in eine Hochstimmung, die sie längst vergessen glaubte. Am *Eichenhof*, dem Tanzlokal, das sie seit frühester Jugend kannte, war der Parkplatz nahezu ganz belegt, sodass sie ihren Kleinwagen weit vom Eingang entfernt abstellen musste. Sie sah auf ihre Armbanduhr. 21.30 Uhr. Sie war pünktlich und tauchte am Eingang in die Menge überwiegend junger Leute ein. Dass sie mit ihren 45 Jahren schon zu den älteren zählte, war ihr in diesem Moment gar nicht bewusst. Sie fühlte sich bei Gott nicht alt, und wer sie heute sah, schätzte sie ohnehin auf viel jünger.

Auch drei Stunden, viele Tanzrunden und einige Cocktails später fühlte sie sich richtiggehend jugendlich. Es war ein traumhafter Abend.

Als sie später im Hochgefühl des Erlebten wieder in ihren Polo stieg, um kurz vor 1 Uhr heimzufahren, wäre sie am liebsten noch länger geblieben. Sie drehte das Nachtprogramm im Radio lauter, genoss die Musik und die langsame Fahrt durch die Nacht, in der einige wenige Insekten gegen die Windschutzscheibe klatschten. Sie nahm dieselbe Route, die sie gekommen war, durch das weite Waldgebiet am nahen Göppinger Stadtrand hinauf zum Hohenstaufen, wo die Lichter des Ortes den charakteristischen Bergkegel erkennen ließen. Noch immer war die Luft lau und von Heuduft durchsetzt. Um diese Zeit gab es kaum Verkehr, sodass die Frau ihr beschauliches Tempo beibehalten konnte, ohne jemanden zu behindern. Ihre Gedanken hingen noch an den netten Gesprächen des Abends, an den Komplimenten und den charmanten, bisweilen anzüglichen Bemerkungen.

Als sie die Steilstrecke zur Ortschaft Hohenstaufen hinauf hinter sich hatte, bemerkte sie erstmals die Scheinwerfer eines nachfolgenden Fahrzeugs, das innerhalb des Ortes ziemlich rowdyhaft, weil mit aufheulendem Motor und abrupten Lenkbewegungen, überholte. Sie war zwar für einen Moment über diese aggressive Fahrweise erschrocken, ließ sich aber die schönen Gedanken nicht zerstören.

Nach der Ortschaft setzte sie den Blinker nach links, um die steile Serpentinenstraße abwärts in Richtung Remstal zu nehmen, von wo die Lichter von Schwäbisch Gmünd und vielen anderen Ortschaften die Sommernacht gräulich erscheinen ließen.

Gerade, als sie auf der steil abwärtsführenden schmalen Straße langsam in die erste scharfe Linkskurve einfuhr, streiften ihre Scheinwerfer die Front eines Autos, das rückwärts in einem Wiesenweg stand. Sie war nur für einen kurzen Moment irritiert, weil sie hier um diese Zeit noch nie ein geparktes Auto gesehen hatte. Aber wahrscheinlich war es die herrliche Sommernacht, die an diesem beschaulichen Ort zu einem trauten Zusammensein im Auto einlud. Wie gerne würde auch ich das jetzt genießen, dachte sie und fuhr langsam bergabwärts weiter.

Bei der übernächsten Serpentine blitzten durch den Innenspiegel die aufgeblendeten Scheinwerfer eines Autos, das deutlich schneller als sie bergabwärts fuhr und sie jetzt einholte. Wieder ein Aggressivling, dachte sie. Betrunken oder unter Drogen. Oder ein hirnloser Angeber, der einer jungen Beifahrerin mit übersteigertem Imponiergehabe zeigen wollte, was er für ein Kerl war. Einer von der Sorte, die in den Unfallmeldungen der Polizei auftauchten und leider oft nicht nur ihren eigenen Schädel einrannten, sondern auch noch den eines völlig unschuldigen Verkehrsteilnehmers.

Als die Straße wieder gerade wurde, reduzierte Heidi ihr Tempo noch mehr, um dem Hintermann das Überholen zu ermöglichen. Doch daran schien dieser gar nicht interessiert zu sein.

Heidi beobachtete sein Verhalten im Rückspiegel. In der kleinen Ortschaft Maitis angelangt, blieb er dicht hinter ihr.

Aber obwohl sie sich anstrengte, konnte sie trotz der Straßenlampen weder sehen, ob ein Mann oder eine Frau am Steuer saß, noch ob es einen Beifahrer gab.

Heidi überlegte kurz, ob sie anhalten und das Auto vorbeilassen sollte. Aber hier war weit und breit kein Mensch zu sehen, und hinter keinem der Fenster brannte Licht. Es schien also eher angeraten zu sein, einfach weiterzufahren. Wahrscheinlich bildete sie sich bloß ein, hier verfolgt zu werden. An der letzten Straßenlampe vor dem Ortsausgang versuchte sie, im Innenspiegel das Kennzeichen abzulesen. Aber im diffusen Licht war dies nicht möglich, schon gar nicht, weil es im Spiegel ja überdies seitenverkehrt zu lesen sein würde.

Sie nahm sich vor, in der wesentlich größeren Gemeinde Wäschenbeuren anzuhalten. Dort war es gewiss heller und auf der Bundesstraße 297, die von Göppingen nach Lorch führte, auch noch ein bisschen belebt.

Sie gab Gas, und der Abstand zum hinteren Wagen wurde größer. Hatte sie sich alles nur eingebildet? War sie voll von Ängsten, weil Wolfgang nicht wissen durfte, das sie heute Abend tanzen gewesen war? Als ihr Polo in die Ortschaft hineinrollte, schrumpften die Scheinwerfer im Rückspiegel. Heidi bog rechts in die hell erleuchtete Bundesstraße ein, auf der ihr gleich zwei Fahrzeuge entgegenkamen. Sie beschleunigte ihren Polo und stellte zufrieden fest, dass zumindest bis zur nächsten Kurve, solange sie die Straße hinter sich noch überblicken konnte, kein Auto folgte.

Noch immer pochte ihr Herz heftig. Jetzt war es nicht mehr weit, bis der Golfklub in Sicht kam, wo sie links nach Unterkirneck abbiegen musste. Ihre Augen zuckten hin und her, vom finsteren Straßenverlauf zum Rückspiegel. Jetzt war sie ganz allein unterwegs.

Beim Verlassen der Bundesstraße nach links in die sogenannte Kaiserstraße tauchten nur die Lichter von dem kleinen Unterkirneck auf, während rechts der Blick auf die Lichter des Remstals fiel. Und wieder blieb der Rückspiegel schwarz. Niemand war mehr hinter ihr. Oder doch? Vielleicht fuhr der Verfolger ohne Licht. Aber dann müsste er ein altes Fahrzeug haben, denn bei den meisten neueren ließ sich das Tagfahrlicht gar nicht ausschalten. Außerdem wäre es viel zu gefährlich gewesen, auf einer Bundesstraße das Licht zu löschen.

Schneller als gewohnt ließ sie ihren Polo auf der schmalen kurvigen Straße auf die wenigen Lichter von Rattenharz zurollen, wo sie, ohne zu blinken, in die stille Wohnstraße zu ihrem Haus einbog. Einerseits verspürte sie Erleichterung, dass Wolfgangs Wagen noch nicht davor stand, andererseits stieg in ihr ein beklemmender Gedanke auf: Wenn in dem dicht mit Sträuchern bewachsenen Vorgarten jemand lauerte? Die Nachbargebäude waren ebenfalls von Hecken umgeben, die Rollläden geschlossen und kein einziger Lichtschein zu sehen. Die Straßenlampe erhellte die Umgebung nur gelblich und dürftig. Wäre Boris da und nicht in seiner Studentenbude in Tübingen, bräuchte sie nur zu klingeln und ihn damit zu wecken. Aber heute Nacht war niemand da.

Heidi musste für einen Moment daran denken, wie selbstständig Boris geworden war. Aber nun beschlich sie die Befürchtung, dass der Wagen, von dem sie sich verfolgt gefühlt hatte, in Wäschenbeuren abgebogen und über Feldwege eine Abkürzung nach Rattenharz genommen haben könnte. Quatsch, mahnte sie sich. Von Spaziergängen wusste sie, dass es zwar draußen vor dem Ort am Marbach entlang einen Weg gab, aber auf diese Weise wäre ein Verfolger nicht schneller hier in Rattenharz angekommen als sie über die Straße. Im Übrigen kannten nur Ortskundige diese Verbindung.

Und überhaupt: Warum sollte sie hier jemand abpassen? Sie hatte nichts Verbotenes getan. Heute nicht. Und auch sonst nicht. Oder doch? Sie nahm ihre Handtasche vom Beifahrersitz, stieg aus und lauschte in die Nacht. Da war nichts. Absolute Stille. Entlang der Nachbarhäuser verlor sich die gewohnte Reihe geparkter Autos im Schummerlicht der Lampen.

Heidi brauchte nur ein paar Schritte bis zum geschotterten Gartenweg, der durch üppigen Sommerbewuchs zum überdachten Vordach des Hauseingangs führte. Gerade, als sie vor der Haustür stehen blieb, wo sie längst eine Leuchte mit Bewegungsmelder hatten anbringen wollen, knirschte es für den Bruchteil einer Sekunde etwas länger, als ihre eigenen Schritte es auf dem feinen Schotter taten. Wie ein kurzer Nachhall war es ihr erschienen und verpasste ihr augenblicklich eine Schockstarre. Sie war nicht allein, durchzuckte es sie. Ein Adrenalinstoß ungeahnten Ausmaßes jagte durch ihren Körper. Gleichzeitig löste sich aus der Schwärze des hohen Bewuchses etwas, das sie nicht wirklich sehen, aber erahnen konnte. Der Instinkt hatte Gefahr signalisiert. Unfähig zu reagieren oder zu schreien, war sie dem Angriff ausgesetzt. Ein kurzes, kaum hörbares Zischen direkt von vorne. Ein Brennen im Gesicht. In der Nase, in den Augen. Heidi ließ ihre Handtasche fallen, versuchte reflexartig, etwas abzuwehren, was sie gar nicht sehen konnte. Ihre Augen schmerzten, brannten. War sie blind? Sie taumelte gegen die Haustür, rieb sich über das Gesicht. Hustete, schnappte nach Luft. Dann eine flüsternde Stimme, dicht am Ohr: »Pass auf, du kleine Hure. Beim nächsten Schwof bist du tot. Und alle werden erfahren, was mit dir los ist.«

Es war ein gefährliches Flüstern, ohne Stimme. Heidi sank, mit dem Rücken von der Haustür gestützt, langsam zu Boden, die Augen fest zusammengepresst. Um sie herum war nur Schwärze, alles schien zu brennen. Doch einige der Worte, die ihr ins Ohr geflüstert worden waren, hatte ihr Unterbewusstsein aufgenommen. Hure. Schwof. Tot.

139

Die Geschäfte liefen schlecht. Woran es lag, vermochte Siebeneicher nicht zu ergründen. Dass sich in Sankt Petersburg alles anders entwickelt hatte als erhofft, konnte nicht die Ursache sein. Nach dem Medienhype von vor über zehn Jahren entsannen sich in Göppingen nur noch wenige seines Engagements in Russland. Nur all jene, die bei der Eröffnung dabei gewesen waren, schwärmten bisweilen noch von den ereignisreichen Tagen. Sander hatte den Diebstahl seiner Brieftasche schon viele Male in geselliger Runde erzählt und behauptete dabei, derart traumatisiert zu sein, dass er sich nur noch ungern umarmen lasse, weil er dabei auf fatale Weise daran erinnert werde, wie ihm ein junger Russe in die Jackentasche gegriffen hatte.

Siebeneicher war häufig allein in seinem Göppinger Lokal, dem *Stüble*. Es schien so, als würden sich ehemalige Freunde langsam zurückziehen. Dass sie allesamt älter geworden waren, konnte natürlich ein Grund dafür sein, dass sie sich immer rarer machten. Aber auch die übrige Kundschaft schien sich eher anderen Lokalitäten zuzuwenden. Ein Trend, von dem Siebeneicher wusste. In der Gastronomie war es schwer, sich gegenüber der Konkurrenz zu behaupten. Die Karawane der Gäste zog schnell weiter. Was heute *in* war, konnte morgen schon links liegen gelassen werden.

Es würde nicht mehr lange dauern und die Ausgaben überstiegen bei Weitem die Einnahmen. Das Ersparte war nach dem Fiasko in Sankt Petersburg aufgebraucht. Wahrscheinlich musste er sein geliebtes *Stüble* bald verkaufen und sich eine Mietwohnung suchen.

Bis spät in die Nacht saß Siebeneicher allein am Stammtisch.

Nur einige wenige Gäste hatten den Weg ins *Stüble* gefunden, doch jetzt, gegen Mitternacht, waren alle gegangen. Siebeneicher verriegelte die Tür, schenkte sich ein Viertel Rotwein ein und blätterte lustlos in einem Reiseprospekt. Vielleicht sollte er einfach aussteigen. Noch mal irgendwo neu beginnen. Aber hatte er überhaupt noch die Kraft dazu? Und das Geld? Nach dem, was er erreicht und verloren hatte, würde es schwierig werden, irgendwo neu Fuß zu fassen.

Thailand würde ihn reizen. Nicht nur der angeblich so attraktiven Frauen wegen, sondern auch, weil die Lebenshaltungskosten dort so niedrig waren.

Tief in solche Gedanken versunken, schreckte ihn der schrille Ton des Telefons auf. Er legte den Reisekatalog beiseite, ging hinter die Theke und hob ab.

»Spreche ich mit Siebeneicher?«, hörte er eine Männerstimme, deren harter Akzent ihn schlagartig an seine Sankt Petersburger Zeit erinnerte. Inzwischen empfand er diesen Ton als abstoßend, ja sogar als bedrohlich.

»Am Apparat. Mit wem spreche ich?«, gab er energisch zurück.

»Egal. Pass auf. Du kommst zu keiner Zeit mehr in *Shvabskiy Domic*. Hast du verstanden? Denke an Ernst.« Es folgte ein kurzes Knacken. Aufgelegt.

Ernst, klang der Name in Siebeneichers Kopf nach. Ernst Blank, sein ermordeter Geschäftspartner.

Siebeneicher hielt noch kurz den Hörer in der Hand und sah sich instinktiv in seinem leeren Lokal um, das nur dezent beleuchtet war. Hinter dünnen Vorhängen spiegelte sich im Schwarz der Fensterscheiben der Innenraum. Von draußen schimmerten einige Lichtpunkte von der Straße durch.

Siebeneicher jagte ein schreckliches Szenario durch den Kopf. Zielscheibe. Er saß hier und wirkte von draußen wie eine beleuchtete Zielscheibe.

Blank, Blaubart. War er der Nächste? Aber er hatte doch längst alles aufgegeben. Was wollten sie noch von ihm?

140

Heidi hatte die ganze Nacht nicht geschlafen. Sie hatte sich mit verkrampft geschlossenen Augen panikartig in die Wohnung getastet und inständig gehofft, dass die verhallenden Schritte auf dem Kiesweg eine wegrennende Person bedeuteten, sie also nicht länger bedroht würde und ihr niemand ins Haus folgte. Sie hatte, den Husten unterdrückend, aber schwer atmend und mit immer noch geschlossenen Augen das Badezimmer erreicht, den Wasserhahn ertastet und das gesamte Gesicht mit Wasser benässt. Die Angst, das schreckliche Brennen rühre von einer Säure her, erfasste ihren ganzen Körper. Zittern, Schweißausbruch, Frösteln. Sie strich vorsichtig mit den nassen Händen über ihre Wangen und die Augen. Nichts fühlte sich so an, als sei die Haut verätzt. Langsam versuchte sie, ihre Augen zu öffnen. Wie lange es dauerte, bis das entsetzliche Brennen nachließ, wurde ihr nicht bewusst. Nach mehrmaligem Betupfen mit kaltem Wasser schaffte sie es endlich, die Lider zu heben – und bekam einen Schock. Nacht. Finstre Nacht. Entsetzt riss sie die Augen trotz des Schmerzes weit auf. Nichts. Sie sah nichts. Sie war blind. Ein Hilferuf blieb ihr in der Kehle stecken. Ein Glück, dass Wolfgangs Termin tatsächlich die ganze Nacht andauerte. Glück? Wieso Glück?, hämmerte es in ihrem Kopf. Sie war mutterseelenallein mit ihrer Angst. Um sie herum herrschte nur undurchdringliche Schwärze. Wieder rieb sie die Augen, klammerte sich an den Wasserhahn und warf sich ein weiteres Mal Wasser ins Gesicht. Nichts. Sosehr sie auch rieb und mit Wasser spülte, es blieb stockfinster. Die Panik stieg von Sekunde zu Sekunde, ihr Herz pochte bis zum Hals. Was jetzt? Sie musste in eine Klinik. Ja, möglichst sofort. Vielleicht war ihr Augenlicht noch zu retten. Sie musste raus aus dem Bad, fingerte an der gefliesten Wand entlang in Richtung der Tür, die offen stand. Ja, sie musste offen stehen, denn die Diele zeichnete sich diffus ab. Ein unglaubliches Glücksgefühl jagte durch ihren Körper. Sie konnte noch einige Schattenrisse wahrnehmen. Ein bisschen wenigstens. Dann plötzlich ein erlösender Gedanke: Sie war gar nicht blind. Sie war nur mit verkrampft geschlossenen Augen ins Haus gegangen und hatte kein Licht angeschaltet. Sie hatte es ja nicht gebraucht, weil sie ihre Augen gar nicht hatte öffnen können. Aber jetzt: Sie tastete zum Schalter. Und da war es: das Licht. Sie konnte sehen!

Immer und immer wieder quälten sie diese panischen Sekunden. Als viel später Wolfgang gekommen war, hatte sie sich schlafend gestellt. Sie wollte ihm ihre geröteten Augen verbergen. Jetzt, gegen 8 Uhr, schlich sie aus dem Schlafzimmer, während Wolfgang tief und fest schlief. Sie betrachtete im Spiegel ihre geröteten Augen, die eine Bindehautentzündung vermuten ließen. Ihre Nase triefte noch immer.

Sollte sie sich Wolfgang anvertrauen? Womöglich war die Attacke nicht nur gegen sie, sondern auch gegen Wolfgang gerichtet. Dann würde sie ihm aber beichten müssen, dass sie den Abend über weg gewesen und erst spätnachts nach Hause gekommen war.

Während der Nacht hatte sie alle Möglichkeiten abgewogen. Wahrscheinlich war es besser, ihn doch zu informieren. Sie würde behaupten, mit einer Freundin ausgegangen zu sein. Das kam zwar höchst selten vor, schien ihr jedoch plausibel zu sein.

Wolfgang würde sicher lange schlafen. Zeit also, um kurz wegzufahren. Sie machte sich im Bad zurecht und war gewappnet, ihrem Mann, falls er erwachte, kurz zu sagen, dass sie zum Supermarkt fahren wolle.

Doch Wolfang schlief tief und fest, sodass er ihr Weggehen nicht bemerkte. Ihr Ziel, das sie mit ihrem Polo ansteuerte, war der Parkplatz, von dem aus sie mit ihrem Handy telefonieren konnte. Dort angekommen, erreichte sie ihren Gesprächspartner schon nach dem dritten Rufton. »Ich bin's«, sagte sie mit heiserer Stimme. »Entschuldige, wenn ich dich bei der Arbeit störe. Aber in der Nacht hat sich noch was Schlimmes ereignet.«

»Was Schlimmes?«, wiederholte die Männerstimme reflexartig.

»Ja, man hat mich verfolgt. Bis zur Haustür. Und dann Pfefferspray ins Gesicht gesprüht.«

»Wie bitte? Bist du verletzt?«

»Meine Augen hat's erwischt. Aber ich hab's überstanden. Ich weiß nicht, wer das war. Ich kann nicht mal sagen, ob Mann oder Frau.«

»Hat derjenige was gesagt?«

»Ja.« Heidi zögerte. »Geflüstert. Es war nur ein Flüstern. Ich sei eine Hure, und beim nächsten Schwof sei ich tot. Und alle würden erfahren, was mit mir los sei.«

Kurze Pause in der Leitung, dann die hörbar unsicher gewordene Männerstimme: »Alle erfahren, was mit dir los sei?«, wiederholte der Angerufene verwundert. »Was soll das bedeuten?«

Heidi holte tief Luft. »Was schon. Da brauchst du doch nicht zu fragen.«

Reinicke ließ einen Augenblick verstreichen, dann sagte er: »Weißt du noch, was ich in diesen Fälle immer gesagt habe? Tutto con calma. Denk dran. Alles mit der Ruhe.«

141

Hermann Pfitzold, der jahrelang bei der Sparkasse für das Anlagengeschäft der Kunden verantwortlich war, hatte als Ruheständler, der er inzwischen war, den Prozess um die Bankräuber gespannt verfolgt. Auch jetzt noch, zwei Jahre danach, plagte ihn immer wieder ein Gedanke, von dem er nicht wusste, ob er überhaupt mit jemandem darüber reden durfte. Dass ihm heute Mittag, bei einem Bummel durch die Fußgängerzone, sein ehemaliger Kollege Heinrich Lackner begegnet war, der auch bald in den Ruhestand treten würde, erinnerte ihn wieder an jenen Vorgang, der mittlerweile 19 Jahre zurücklag. Pfitzold, ein kleiner rundlicher, freundlich wirkender Mann mit schütterem Haar nahm die Gelegenheit wahr, seinen früheren Kollegen zu einer Tasse Kaffee einzuladen. Lackner zögerte, verwies auf wichtige Termine, ließ sich dann aber doch überreden, zumal Pfitzold geheimnisvoll etwas Vertrauliches angekündigt hatte. Der schlug vor, trotz des Wetters, das jetzt, Mitte September, ungewöhnlich mild war, nicht im Freien Platz zu nehmen, sondern im Inneren des Cafés, wo sie an einem Tag wie heute die einzigen Gäste waren.

»Du hast etwas auf dem Herzen«, wollte Lackner schnell zur Sache kommen, nachdem der Kaffee serviert war.

»Ich trage das seit 19 Jahren mit mir rum, Heinrich«, begann Pfitzold leise. »19 Jahre. Fast auf den Tag genau.«

Lackner rechnet kurz zurück. »1982«, stellte er fest. »Unser Schicksalsjahr.«

»Meines, Gott sei Dank, nicht. Ich hab damals alles erst Stunden später mitgekriegt.«

»Sei froh«, erwiderte Lackner kurz. Er wollte nicht schon wieder daran erinnert werden.

»Damals, ein paar Wochen später, vermutlich im August oder so, ist etwas geschehen, über das ich nie sprechen wollte. Diskretion und so. Aber nachdem bei dem Prozess …«

»Vor zwei Jahren«, unterbrach Lackner, um sich Gewissheit zu verschaffen, worüber Pfitzold sprach.

»Ja«, bestätigte dieser. »Bei dem Prozess kam kurz mal unterschwellig zum Ausdruck, dass vielleicht doch nicht nur die drei Angeklagten hinter allem gesteckt haben.«

»Bitte, Hermann!«, seufzte Lackner, als sei er das Thema leid, »das ist doch Schnee von gestern.«

»Vielleicht nicht, wenn ich dir sage, worum es mir geht.« Er nippte an der Kaffeetasse. »Erinnerst du dich noch an Heidi Offenbach? Die hübsche Schlanke mit den Miniröcken?«

Lackner zuckte mit einer Wange. Er war sicher nicht der Einzige, der sich noch lebhaft an sie erinnerte. Trotzdem brummte er nur beiläufig: »Dunkel erinnere ich mich, ja.«

»Die ist bald ausgeschieden, weil sie schwanger wurde. Aber das ist es nicht, was ich meine.«

»Sondern?«

»Sie hat wenige Wochen nach dem Überfall auf uns 48.000 D-Mark angelegt.«

»Oha«, entfuhr es Lackner, dessen Interesse schlagartig stieg. »Hast du sie gefragt, woher das Geld kam?«

»Ja natürlich. Sie hatte es sogar cash. Angeblich von ihrer Oma geerbt, die mal eine Lebensversicherung ausbezahlt bekam und das Geld bis zu ihrem Tod daheim hat rumliegen lassen.«

Lackners Blick verfinsterte sich. »Und was hast du ihr empfohlen?«

»Sie wollte es in Gold investieren. Kleine Stückelungen.«

»Sie hat es mit nach Hause genommen?«

»Ja. Ich hab ihr noch angeboten, es bei uns im Haus in einem Tresor zu verwahren, aber sie hat darauf bestanden, es mitzunehmen.«

»Du meinst: eine Art Geldwäsche?«

»Das hätte ich dem Mädel nie zugetraut. Nein. Sonst hätte ich das ja unserem Chef gemeldet. Aber bald ist es mir dann komisch vorgekommen. Außerdem hat sie doch später diesen Nolte geheiratet, der damals einer der Boten war, die das Geld von der Landeszentralbank hatten holen müssen.«

Durch Lackners Kopf rasten einige Bilder der Vergangenheit. Nolte, ja. Wie lange war das her, dass Nolte ihm morgens in der Tiefgarage aufgelauert hatte? Vier Jahre, fünf Jahre, länger? Nolte hatte sich besorgt gezeigt, in die laufenden Ermittlungen noch mit reingezogen zu werden. Und er hatte gesagt, jemand könnte womöglich erpressbar sein. So oder so ähnlich hatte Lackner es in Erinnerung.

Und Heidi, ja. Es muss in den Wochen nach der politischen Wende gewesen sein, 1989 zu Weihnachten. So lange war das schon her! Da hatte er sie einfach mal angerufen und gefragt, wie es ihr gehe. Entnervt war sie ihm erschienen. Probleme mit dem Kind, aber wohl auch mit dem Mann. Sie hatte ihm unendlich leidgetan. Ein so hübsches Mädchen war derart unglücklich.

»Du hast sie nie mehr getroffen?«, hakte Pfitzold nach, der sich über die kurze Nachdenklichkeit Lackners wunderte.

»Getroffen? Nein«, erwiderte er und wusste nicht so recht, was mit Petzolds Hinweis anzufangen war. Vielleicht war es besser, sich nicht einzumischen und alles ruhen zu lassen. Schließlich war der Raubüberfall geklärt, und die Täter hatten ein umfassendes Geständnis abgelegt. Sollte man jetzt noch weitere Menschen unglücklich machen? Der Fall hatte schon viel zu viel psychischen Schaden angerichtet.

»Ich werde mir das alles durch den Kopf gehen lassen«, sagte er und trank seinen Kaffee leer. »Und du, mein lieber Hermann, tust auch gut daran, die Probleme aus dem Berufsleben nicht länger im Ruhestand mit dir rumzutragen.«

»Was ich mir auch überlegt habe, Heinrich: Die Gangster von damals müssten ihre Mark so langsam in Sicherheit bringen. Denn wenn zum Jahreswechsel demnächst der Euro nun auch als Bargeld in Umlauf kommt, geraten sie in Erklärungsnot, falls sie eine größere Menge D-Mark umtauschen wollen. Es sei denn, sie haben das Geld rechtzeitig ins Ausland geschafft.«

Lackner nickte und ergänzte: »Oder in Gold angelegt. Das meinst du doch, oder?« Er befürchtete schon lange, dass der Euro vermutlich nicht nur die Ganovenwelt durcheinanderwirbeln würde, sondern das gesamte Geldsystem Europas.

Außerdem, so dachte er, würde sich in naher Zukunft der Zahlungsverkehr drastisch ändern. Der verheerende Terroranschlag gegen das World Trade Center in New York vor zwei Wochen hatte bereits Forderungen laut werden lassen, die Geldströme streng zu kontrollieren, um die Terrorfinanzierung international einzudämmen.

Pfitzold sah seinen früheren, jetzt nachdenklich gewordenen Kollegen irritiert an und fühlte sich ein bisschen wie ein Verräter, der Vertrauliches ausgeplaudert hatte.

142

Wie lange war das jetzt her? Wendezeit und Leningrad? Die Zwischenlandung in Helsinki, die Hochstimmung nach der Eröffnung des *Shvabskiy Domic*. 17 Jahre. Siebeneicher, mittlerweile 67 Jahre alt, hatte endgültig alles verloren. Ausgebootet hätten sie ihn, pflegte er zu sagen. Ein Glück, dass er überhaupt mit dem Leben davongekommen war. Vorbei die Glitzerwelt des Erfolgs, in der er sich einst hatte sonnen können. Das *Stüble* inzwischen verkauft, aus der bisherigen Wohnung ausgezogen. Tiefer konnte er kaum noch fallen. Seit Kurzem wohnte er in einer tristen Wohnblocksiedlung am Stadtrand.

Wehmütig dachte er an seine Stammtischfreunde, mit denen er alt geworden war. Kaum noch einer hatte sich in den vergangenen Monaten sehen lassen. Viele waren im Ruhestand oder kurz davor.

Wie hätten sie diese Fußballweltmeisterschaft 2006 in Deutschland gefeiert! Viel hatten sie in der Vergangenheit darüber geredet. Zu den Spielen hatten sie fahren wollen. Dann jedoch hatte sich das Blatt gewendet.

Siebeneichers Gedanken kreisten immer wieder um Blaubart, dessen Tod vermutlich für alle Zeit ungeklärt und ungesühnt blieb. Ebenso jener an seinen einstigen Geschäftspartner Ernst Blank und dessen Partnerin. Im Laufe der Zeit hatte Siebeneicher viele schreckliche Geschichten von Geschäftsleuten gehört, die im Osten Schiffbruch erlitten hatten. Bei nicht allen hatte es zwar tödlich geendet, aber viele hatten Nerven, Gesundheit und meist sehr viel Geld verloren.

Mafiose Strukturen schienen sich gebildet zu haben. Gerade, was die Slowakei anbelangte, wo Ernst Blank und seine Begleiterin ermordet worden waren, hatte Siebeneicher von einigen schlimmen Vorgängen erfahren. Aber auch in der ehemaligen DDR wurden ehrliche Mittelständler aus dem Westen von den Großen, die sich schnell etabliert hatten, gnadenlos an die Wand gedrückt. Ein »Stechen und Hauen« war zustande gekommen, dachte Siebeneicher. Und die sogenannte *Treuhandanstalt*, die nach den Grundsätzen der sozialen Marktwirtschaft die Betriebe privatisierte, hatte offenbar mit ihrem keineswegs unumstrittenen Vorgehen auch die Aufmerksamkeit einiger Wirtschaftskrimineller geweckt.

Siebeneicher spürte, dass für ihn tatsächlich alles eine Nummer zu groß gewesen war. Die politische Wende war ihm in die Quere gekommen, just am Tag nach der Eröffnung seines Lokals in Leningrad.

Er wollte mit der Vergangenheit abschließen und einen Neuanfang wagen. Aber nicht hier in Göppingen, sondern weit weg. Auch wenn ihm der Osten kein Glück gebracht hatte, zog es ihn trotzdem in die Tschechische Republik. Denn von dort stammte seine neue Partnerin. Und deren Vater hatte ihm angeboten, bei ihm wohnen zu können. Göppingen würde ihn genauso wenig wiedersehen wie Sankt Petersburg.

143

Ohne es abgesprochen zu haben, trafen sich Häberle und Bruhn an einem kühlen Märztag 2006, als die Bereitschaftspolizei und das Spezialeinsatzkommando auf einem großen Sportgelände in der Filstalgemeinde Kuchen das Zusammentreffen gewaltbereiter Fan-Gruppen für die bevorstehende Fußballweltmeisterschaft in Deutschland simulierte. Ganze Hundertschaften waren angerückt, dazu jede Menge Einsatzfahrzeuge, Wasserwerfer und Mannschaftstransportwagen. Martialisch das Aussehen der meist schwarz gekleideten Einsatzkräfte: Helm, Visier, Schutzschild, Schlagstöcke, Stiefel. Als Zuschauer einige Journalisten, Kamerateams und Fotografen. Die Polizei wollte nicht nur aufs Schlimmste vorbereitet sein, wenn die Welt »zu Gast bei Freunden« sein würde, sondern auch nach außen hin zeigen, dass man keinerlei Ausschreitungen duldete.

Bruhn, der in wenigen Tagen in Pension gehen würde, stand mit einigen Kriminalisten am Spielfeldrand, kritischer Blick, die Hände tief in den Jackentaschen vergraben. Häberle näherte sich ihm von schräg hinten und begrüßte ihn, was Bruhn jedoch nur beiläufig zur Kenntnis nahm und die Szenerie auf dem Platz verfolgte. Eine halbe Minute später erst wandte er sich Häberle zu: »Sie auch hier?« Eine Frage, die vorwurfsvoll klang, jedoch angesichts des leibhaftig vor ihm stehenden Kriminalisten völlig überflüssig war.

»Wenn Sie nichts dagegen haben«, entgegnete Häberle und lächelte.

»Hier ist mal richtig was los«, stellte Bruhn unerwartet ironisch fest. »Wenn Sie das sehen, muss Sie doch Wehmut beschleichen. Nach all dem, was Sie in Stuttgart erlebt haben. Solche Großeinsätze mit SEK und Bereitschaftspolizei gibt's hier selten. Empfinden Sie's nicht ein bisschen langweilig hier in den Tiefen des Kleinbürgertums?«

»Das ist in Stuttgart nicht anders, das Kleinbürgertum«, meinte Häberle süffisant. »Und außerdem kann ich mich, seit ich hier bin, nicht beklagen.«

»Ihnen ist ja ein sagenhafter Ruf vorausgeeilt.«

Häberle vermochte nicht einzuschätzen, ob diese Bemerkung ehrlich gemeint war, weshalb er diplomatisch antwortete: »Man ist immer nur so gut wie die Mannschaft. Auch ein Fußballtrainer hat keine Chance, wenn sein Team nicht stimmt.«

Bruhn erwiderte ebenso unverbindlich: »Sie meinen, der Klinsmann hat bei der Weltmeisterschaft mit seiner jungen Mannschaft eine Chance?«

»Der Klinsmann schon, das trau ich dem zu. Wenn der die richtigen Spieler um sich hat, kann der sie zu Höchstleistungen motivieren.«

Bruhn drehte sich leicht beiseite und deutete Häberle an, dies auch zu tun. Offenbar wollte er ihm etwas sagen, das die Umstehenden nicht hören sollten, und das er wohl offiziell nie sagen würde. »Mir liegen, um ehrlich zu sein, noch ein paar ungeklärte Fälle im Magen. Auch wenn sie vor meiner Zeit geschehen sind. Nicht nur dieser Blaubart. Die Sache mit dem Sparkassenraub, in der Sie ja erfolgreich ermittelt haben, sorgt seltsamerweise weiterhin für Gerüchte.«

Häberle staunte über Bruhns plötzliche Aufgeschlossenheit zu diesem Thema. Aber vermutlich lag's an der bevorstehenden Pensionierung und der lockeren Atmosphäre im Freien.

Häberle wusste, worauf der Chef sozusagen hinter vorgehaltener Hand abzielte: »Der vierte Mann, ich weiß. Aber die Staatsanwaltschaft zeigt nach dem abgeschlossenen Prozess kein Interesse, weiter zu bohren.«

»Ist mir schon klar.« Bruhn ging ein paar Schritte vom Sportplatz weg, während eine krächzende Männerstimme aus einem Lautsprecher für die übenden Polizisten unverständliche Kommandos erteilte. »Deshalb will ich das auch gar nicht offiziell angesprochen haben. Trotzdem sollten wir uns einfach mal umhören. Ganz diskret natürlich«, fuhr Bruhn fort. »Wir müssen jedes Aufsehen vermeiden. Aber ich will nicht, dass wir etwas übersehen haben.«

Aha, dachte Häberle. Plagte Bruhn die Sorge, einen spektakulären Fall zu hinterlassen.

»Ich werde mein Möglichstes tun«, versprach Häberle.

»Dann verstehen wir uns«, brummte Bruhn wieder eine Spur energischer, drehte sich weg und verfolgte die Übung auf dem Platz.

144

Die Stimmung war gedrückt. Dabei hätten sie jetzt gefeiert. Jahrelang hatten sich die Stammtischler um Siebeneicher auf die Fußball-Weltmeisterschaft in Deutschland gefreut, hatten Pläne geschmiedet, welche Spiele sie aufsuchen würden, und wären gewiss beim Spiel um den dritten Platz in Stuttgart dabei gewesen, wo das *Sommermärchen* einen fulminanten Abschluss fand. Aber seit zwei ihrer Freunde ermordet worden waren, hatte sich der Freundeskreis ausgedünnt und immer seltener getroffen. Und heute, nachdem die deutschen Fußballer mit ihrem dritten Platz *Weltmeister der Herzen* geworden waren, saßen sie nach langer Zeit mal wieder zu viert in einem der Klubheime zusammen. Eine traurige Nachricht hatte sie vereint: der Tod von Hans Siebeneicher. Wo er zuletzt genau gelebt hatte, war keinem von ihnen bekannt. Gerüchteweise war von Tschechien die Rede gewesen.

»Aber es war tatsächlich ein natürlicher Tod?«, wollte Analena Heuberg betroffen wissen.

Heiko Emmerich, mittlerweile 69, aber fit wie eh und je, hatte über die Industrie- und Handelskammer nach der Wende geschäftliche Kontakte in die tschechische Republik gepflegt und dort bereits nachgeforscht: »Es besteht kein Zweifel, sagen die dortigen Behörden.«

»Darf man das glauben?«, zweifelte Arno Zumwinkel, der sich als Banker im Alter von 62 Jahren auf den Ruhestand vorbereitete.

Auch Niels Adamus ließ durchblicken, dass nach den Morden an Blaubart und Blank ein weiteres Verbrechen durchaus im Bereich des Möglichen lag: »Der lange Arm der angeblich mafiosen Strukturen in Sankt Petersburg könnte auch nach Tschechien gereicht haben.«

»Wir sollten keinen Verschwörungstheorien nachhängen«, empfahl die Juwelierin aus Ulm.

Emmerich ergänzte: »Man hat mir telefonisch versichert, dass es ein krankheitsbedingter Tod gewesen sei. Ich glaube, wir sollten nicht daran zweifeln.«

»Na ja«, meinte Adamus süffisant, »womöglich hatte der Ex-Bürgermeister von Leningrad seine Hände im Spiel.«

Analena Heuberg winkte ab: »Wir sollten die Kirche im Dorf lassen. Unser Hans hat sich schon lange von Sankt Petersburg verabschiedet. Außerdem hat Putin jetzt als Präsident

sicher anderes zu tun, als sich um einen kleinen Geschäftsmann aus Göppingen zu kümmern.«

145

Ivonne, die sich in Reinickes unaufgeräumtem Büro mit der
Buchhaltung herumplagte, obwohl sie nur mal ein Praktikum
bei der Kreissparkasse absolviert und eine Zeit lang als Verkäuferin in einem Modegeschäft gearbeitet hatte, hatte zunehmend das Bedürfnis, aus dieser Enge auszubrechen. Helmut
allerdings konnte das nicht verstehen. Viel zu sehr hing er an
seinem Betrieb, den er mühsam aufgebaut und kontinuier-
lich vergrößert hatte. Dies bedeutete aber auch, dass er am
Monatsende für seine sieben Mitarbeiter die Löhne erwirtschaftet haben musste, was nicht einfach war in diesen Zeiten, in denen sich die Preise eins zu eins von der D-Mark an
den Euro angeglichen und somit eine extreme, von den Politikern jedoch vehement bestrittene Verteuerung erbracht hatten.

Natürlich mochte sie Helmut nach wie vor, aber vor einigen
Jahren hatte er ein neues Hobby entdeckt, für das er nahezu
seine ganze Freizeit und sogar viel Geld opferte: den Computer. Sie fühlte sich zunehmend vernachlässigt und spielte mit
dem Gedanken, Helmut irgendwann zu verlassen. Irgendwann, ja. Aber ein Jahr nach dem anderen verging, ohne dass

sie den Mut gehabt hatte, etwas zu ändern. Denn mit der Beziehung würde sie auch den Job verlieren, aber sie wollte nicht nur Angestellte sein, sondern auch seine Partnerin. Jetzt hatte sich Helmut sogar die neueste Computertechnik zugelegt, in die er sich mühevoll einarbeiten musste. Als Installationsmeister hatte er zwar technisches Verständnis, aber die elektronische Welt gehörte eben nicht zum Metier eines Handwerkers, der eher mit groben Materialien arbeiten musste.

Ivonne war durch ihre Buchhaltungssoftware im Umgang mit dem Computer auf ihrem Schreibtisch wesentlich besser geübt. Ob sie jedoch auch künftig, wenn Helmut die neuesten Geräte konfiguriert hatte, weiterhin seinen E-Mail-Verkehr heimlich würde mitlesen können, war allerdings fraglich. Seit Jahren schon verfolgte sie auf diese Weise mit großem Interesse, dass er schriftlichen Kontakt mit einigen Damen pflegte. Zumindest bruchstückhaft bekam sie das mit. Denn wenn er über sein neues Smartphone kommunizierte, tauchten diese Mails nicht auf dem Bürosystem auf. Heute hatte er einer Frau, die er mit »Kirstin« ansprach und die sich wohl hinter einer Alias-Adresse verbarg, eine kurze Meldung geschickt: *Hi, Kirstin, lange nichts von dir gehört. Kommst du mal wieder nach Göppingen?*

Ivonne warf die langen Haare zurück und klickte mit der Maus die Mail weg. Für einen Moment überlegte sie, ob sie Helmut zur Rede stellen sollte. Aber dann würde er wissen, dass er eine heimliche Mitleserin hatte, und diese Möglichkeit sofort ändern. Nein, sie wollte noch abwarten.

An diesem Abend hatte er sich ins Obergeschoss zurückgezogen, wo er sich im Laufe der Jahre den Computerraum eingerichtet hatte, wie er das mit moderner Technik vollgestopfte Zimmer unter der Dachschräge bezeichnete, in dem mehrere Monitore, Tastaturen und sonstige Geräte, die sie nicht kannte, kreuz und quer auf altem Mobiliar standen.

Er hatte die Tür nur angelehnt und klickte sich fasziniert durch jede Menge Homepages. Am meisten begeisterte ihn Google Earth, mit dessen Hilfe er Satellitenaufnahmen nie gekannter Qualität aufrief, natürlich auch von seinem Firmenareal. Dann schob er das Bild mithilfe der Maus auf die Göppinger Innenstadt, stellte jedoch anhand der Zeitschiene fest, dass die Aufnahme schon neun Jahre alt und beim Heranzoomen ziemlich unscharf war. Trotzdem konnte er erkennen, was sich alles bis jetzt, dem Jahre 2009, verändert hatte. Begeistert davon, wie mit diesen Satellitenaufnahmen ein Blick in die Vergangenheit möglich war, schob er die Ansicht nach links weg, um das östlich gelegene Umland zu betrachten: Am oberen Bildrand tauchte Schwäbisch Gmünd auf, rechts unten dann Heidenheim, das beim Heranzoomen das Aufnahmejahr 2007 anzeigte und deutlich schärfer war als jenes von Göppingen. Weil er dort schon mal mit dem Fahrrad unterwegs gewesen war, verfolgte er den Verlauf der Brenz und der B19 nordwärts nach Schnaitheim, wo am rechten Bildrand der weiße Fleck eines Steinbruchs und gleich daneben die Autobahn A7 auftauchte.

»Was suchst du eigentlich?«, riss ihn plötzlich Ivonnes vorwurfsvolle Stimme aus dem Studium der Satellitenbilder. Die Frau hatte unbemerkt die nur angelehnte Tür geöffnet und war hinter ihn getreten. Er fuhr erschrocken herum und lächelte. Eigentlich war er ein Dummkopf, durchzuckte es ihn. Was musste er sich vom Computer faszinieren lassen, wenn ihn diese großen Augen ansahen?

Er verzichtete auf eine Antwort, lächelte und fuhr den Computer mit einem Mausklick herunter. »Entschuldige, aber diese Satellitenbilder haben mich abgelenkt.« Er entschied, sich dem, was er eigentlich gesucht hatte, später zu widmen: dem Geocaching, das seit zehn Jahren immer beliebter wurde. Das Suchen versteckter Gegenstände mittels geografischer Koordinaten.

146

Auch Georg Sander hatte es mitbekommen: Am Tag vor Christi Himmelfahrt 2010, dem bundesweiten Feiertag, waren Dutzende von Einsatzfahrzeugen mit Martinshorn und Blaulicht, von Göppingen kommend, in Richtung Heidenheim gerast.

Es war um die Mittagszeit, als er gerade seinen nahezu täglichen Spaziergang von der Redaktion über den bewaldeten Hang hinauf zur Albhochfläche machte.

Er blieb auf der Anhöhe an einem Aussichtspunkt stehen und konnte die polizeiliche Fahrzeugkolonne, die sich durch die schmalen Straßen Geislingens quetschen musste, bis über den Stadtrand hinaus verfolgen.

Weil die Sirenen nicht abebben wollten, packte ihn die Neugier, und er wählte von seinem Handy aus die Nummer des Polizeipressesprechers. Der verwies wortkarg an die Bereitschaftspolizei, wo der Verantwortliche nur kurz und knapp eine wenig aussagekräftige Antwort gab: man sei unterwegs zu einem größeren Einsatz im Raum Heidenheim.

Okay, dachte Sander, dann war's nicht in seinem journalistischen Zuständigkeitsbereich. Stunden später jedoch wurde er trotzdem hellhörig: In Heidenheim, nur etwa 50 Kilometer östlich von Göppingen, war wieder ein Verbrechen auf einen Bankdirektor verübt worden. Wieder Geiselnahme, wieder eine Lösegeldforderung. Aber jene Täter, die auf diese Weise nahezu ein Vierteljahrhundert ihr Unwesen getrieben hatten, saßen doch seit über zehn Jahren hinter Schloss und Riegel. Nachahmer? Oder nach vorzeitiger Haftentlassung wieder ein und dieselben? Zumindest einer der drei hatte die Strafe längst verbüßt, falls er noch lebte.

Sander erfuhr Stunden später, was geschehen war: Die Frau des Bankdirektors war aus ihrem Haus im Heidenheimer Vorort Schnaitheim entführt worden, während sich ihr Mann zu einem Gespräch bei einem Landkreis-Bürgermeister aufhielt. Die Entführer forderten einen vergleichsweise geringen Betrag von 300.000 Euro. Das Geld sollte an einer dem Wohnort nahe gelegenen Unterführung der Autobahn A7 Ulm–Würzburg deponiert werden. Eine Deutschlandflagge markierte den genauen Punkt. Die Beschaffung des Geldes, so erfuhr Sander, war ähnlich schwierig wie einst schon in Göppingen und Ehingen. Ein Geldbote hatte angeblich auf der Fahrt nach oder von Ulm eine Reifenpanne. Die Übergabe des Geldes scheiterte.

Zwei Tage später wurde das Auto der entführten Frau im Hof des Klosters Neresheim entdeckt. Was folgte, war eine beispiellose Öffentlichkeitsfahndung, während der ihr Ehemann und die beiden Kinder im Rahmen einer *XY … ungelöst*-Sendung emotional an die Entführer appellierten, die Frau freizulassen.

Doch diese war zu dem Zeitpunkt schon tot. Ihre Leiche wurde 22 Tage später in einem Waldstück unweit der beschriebenen Autobahnstelle von einem Spaziergänger aufgefunden. Sie war erstochen worden.

So brutal waren die Täter der früheren Verbrechen nie vorgegangen, dachte Sander, der die Berichterstattung aufmerksam verfolgte. In einigen Artikeln hatte es kritische Bemerkungen zur polizeilichen Ermittlung gegeben, die ihn stutzig machten. So wurde behauptet, die Einsatzkräfte seien, ohne Aufsehen zu erregen, nach Heidenheim gefahren, um die Täter in Sicherheit zu wiegen. Von unauffälligem Annähern konnte jedoch keine Rede sein, überlegte Sander, der mit eigenen Ohren das Sirenenspektakel gehört hatte. Ähnliches hatte ein Bewohner eines Ortes entlang der Anfahrtstrecke einem Boulevardblatt berichtet. Aber Sander wollte sich nicht einmischen, nahm allerdings in den folgenden Wochen und Monaten mit Interesse zur Kenntnis, dass es den Hinterbliebenen, also Mann und Kindern, nicht anders erging als damals Seifritz in Göppingen. Auch diese Familie war vielen Gerüchten ausgesetzt, zumal bei der Überprüfung ihrer Telefonanlage die gespeicherten Uhrzeiten fehlerhaft waren. Auch hier musste die Staatsanwaltschaft schließlich klarstellen, dass die umfangreichen Ermittlungen keine Anhaltspunkte dafür ergeben hatten, wonach ein Familienmitglied in die Angelegenheit involviert sein könnte.

»Was können wir froh sein, dass unser Fall seit zehn Jahren gerichtlich abgeschlossen ist«, meinte Mechthild Müller, Nachfolgerin von Kripochef Bruhn, nachdem sie unangekündigt in Häberles kleines Büro gekommen war, wo sich dessen junger Mitarbeiter Mike Linkohr sogleich aus dem Staub machte.

»Der Modus Operandi in Heidenheim ähnelt in der Tat jenem unserer damaligen Ganoven«, räumte Häberle ein. »Aber das brutale Vorgehen eben nicht.«

»Wenn unsere Täter noch frei rumlaufen würden, hätten wir jetzt ein Problem«, gab die Kripochefin zu bedenken, was Häberle zu einer Bemerkung veranlasste: »Diese Art des Vorgehens wäre eher dem Mörder von Blaubart zuzutrauen.«

»Ich kenne den Fall Blaubart und den Sparkassenraub natürlich nur vom Hörensagen«, räumte Frau Müller ein. Ihr Tonfall verriet, dass sich ihr Interesse daran in Grenzen hielt, doch fügte sie an: »Wir müssen wachsam bleiben. Insbesondere, wenn irgendwo jemand mit dem Besitz von vielen D-Mark auffällt.«

»Na ja, Zeit genug hätten die Jungs von damals gehabt, einen Großteil ihrer Beute unauffällig anzulegen. Denn dass der Euro eines Tages kommen würde, war jedem, der die Politik verfolgt hat, doch klar. Außerdem wurde ja bereits zum Jahresbeginn 1999 der Euro als Buchgeld eingeführt. Und erst drei Jahre später als Bargeld.«

»Ja, da haben Sie natürlich recht. Man hatte Zeit genug, sich auf die Umstellung vorzubereiten.«

»Außerdem, vergessen Sie nicht, Frau Kollegin: Im Prozess gegen die Ganoven wurde deutlich, dass sie so ziemlich alles verpulvert haben und deshalb zwangsläufig immer neue Überfälle hatten verüben müssen.«

»Es sei denn«, überlegte die Kriminalistin, »sie mussten einen Komplizen honorieren, der ihnen wichtige Tipps gegeben hat.«

Häberle hatte daran auch schon gedacht. »Der geheimnisvolle vierte Mann lebt dann von seinem Schweigegeld.«

Frau Müller grinste: »Sagen Sie nicht immer vierter Mann. Woher nehmen Sie die Gewissheit, dass es nicht auch eine Frau gewesen sein könnte? Passen Sie auf«, die Chefin grinste, »sonst kriegen Sie noch Ärger mit den Gender-Ideologen.«

147

Heidi hatte den nächtlichen Schock mit dem Pfefferspray-Angriff nie ganz überwunden, obwohl der jetzt schon fast zehn Jahre her war. Seither beschlich sie jedes Mal ein ungutes Gefühl, wenn sie in der Dunkelheit an ihr Haus kam oder sie

nachts aus der Haustür trat. Mit Wolfgang hatte sie nie darüber gesprochen, sondern ihm damals ihre geröteten Augen
mit einer aufkommenden Erkältung erklärt. Doch es gab keinen Tag, an dem sie nicht an die Drohung dieser Person denken musste. Glücklicherweise hatte es keine weiteren Attacken mehr gegeben, obwohl sie nie davor sicher sein konnte,
dass ihr jahrelang gehütetes Geheimnis doch noch irgendwann aufflog. Allein schon deshalb war es sinnvoll gewesen,
Wolfgang aus allem herauszuhalten. Im Übrigen interessierte
er sich ohnehin immer weniger für sie. Dass Boris, inzwischen fast 27 Jahre alt, trotz der unguten Familienverhältnisse seinen beruflichen Weg ging, war äußerst erfreulich. An
der Ulmer Universität hatte er als studierter Physiker eine
Assistentenstelle bekommen, promovierte nun zum *Doktor
rerum naturalium*, zu einem Doktortitel der Naturwissen-
schaften. Sein Studium hatte viel Geld gekostet, doch er war
bereit gewesen, während der Semesterferien einen Job anzunehmen, sodass es für seine Eltern trotz der Kredite, die fürs
Haus noch abbezahlt werden mussten, finanziell verkraftbar
gewesen war. Inzwischen hatte er sogar einen kleinen Teil, der
in seine Ausbildung investiert worden war, wieder zurück-
fließen lassen.

Heidi hatte lange mit sich gerungen. Viele Jahre. Aber jetzt
spürte sie, dass der Zeitpunkt gekommen war, sich eigene
Träume zu erfüllen. Wie lange schon hatte sie sich vorgenommen, eines Tages den Absprung zu schaffen! Eines Tages, wenn
Boris versorgt sein würde. Jetzt war sie 52 und selbstbewusst
genug, einen neuen Anfang zu wagen – bestärkt durch einige
Freundinnen, die diesen Schritt auch getan hatten. Wolfgang
hatte ohnehin schon einige Male damit gedroht, alles hinzu-
schmeißen. Ein Großteil der Kredite fürs Haus, von denen
sie sich aneinander gekettet gefühlt hatten, war inzwischen
abbezahlt, aber bei einer Trennung stellte sich die Frage, wie

sich das Finanzielle lösen ließ. Natürlich hatte Wolfgang mit seiner jahrelangen Arbeit das Geld herbeigeschafft, aber sie war es gewesen, die den Sohn aufgezogen hatte. Und als Boris zu studieren begonnen hatte, hatte sie ihren früheren Job bei dem Steuerberater in Schwäbisch Gmünd wieder aufgenommen. Somit steckte auch ihr Geld in der Immobilie, die sie nie hätten bauen sollen, dachte Heidi oftmals. Vielleicht wären sie in einer bescheidenen Mietwohnung glücklicher gewesen. Sie selbst jedenfalls, so ihr Plan, würde sich von Wolfgang auszahlen lassen, sofern er überhaupt dazu in der Lage war, ihren Anteil aufzubringen. Wie hoch der sein würde, müsste man schätzen und notariell beglaubigen lassen. Zusammen mit ihrem Gold, das sie im Keller so sicher versteckt hatte, dass es Wolfgang in all den Jahren, seit sie hier wohnten, nie hatte finden können. Außer ihr wusste niemand von den kleinen Goldbarren, die trotz ihres Wertes von damals 48.000 Mark in einem kleinen, unscheinbaren Gefäß Platz fanden. Wie hoch der Wert heute war, wusste sie nicht. Bestimmt aber war der Goldpreis seither deutlich gestiegen.

Jedenfalls würde sie die Münzen verkaufen und sich nach einer kleinen Mietwohnung umsehen. Rattenharz war ihr ohnehin viel zu abgelegen. Sie wollte in eine Stadt ziehen, möglichst nach Schwäbisch Gmünd. Ihrem Arbeitgeber, dem Steuerberater, würde sie sich anvertrauen und sich erklären lassen, wie man heutzutage Goldmünzen verkaufte, ohne über den Tisch gezogen zu werden. Ob im Zuge der neuen Gesetze zur Geldwäsche auch nach der Herkunft des Goldes gefragt wurde, wusste sie nicht. Wahrscheinlich war man inzwischen schon verdächtig, ein geldwaschender Drogenhändler oder Verbrecher zu sein, wenn man mit einem größeren Betrag bei der Bank auftauchte. Soweit sie wusste, war es der Regierung gelungen, das Vermögen der kleinen Bürger in den Griff zu bekommen, während die Großen munter schwindelten, tricksten und betrogen, wovon nur die Spitze des Eisbergs bekannt wurde und womit die Juristen häufig überfordert waren.

Sie entsann sich ihres einstigen Kollegen Pfitzold, des seriösen Herrn, der in der Kreissparkasse ihren damaligen Wunsch nach einer sicheren Geldanlage so erfreulich diskret behandelt hatte. Natürlich war der Mann längst im Ruhestand oder vielleicht sogar schon verstorben. Sie hatte ihn damals auf Ende 40 geschätzt. Und das lag nun 28 Jahre zurück.

Wenn er aber noch fit wäre, was durchaus im Bereich des Möglichen lag, könnte er ihr einen Tipp geben, wie sie ihren Goldschatz wieder diskret zu Geld machen konnte, ohne aufdringliche Fragen beantworten zu müssen. Pfitzold hatte damals jedenfalls den Goldkauf ohne lästige Nachfragen abgewickelt, obwohl der große Sparkassenraub erst wenige Wochen zurückgelegen war. Wenn Pfitzold die Geldsumme suspekt erschienen wäre, hätte er durchaus polizeiliche Ermittlungen in Gang bringen können. Sie selbst hatte ein mulmiges Gefühl gehabt, jedoch davon abgesehen, das Geld bei einer anderen Bank einzuzahlen. Denn wäre sie dort als Angestellte der Kreissparkasse erkannt worden, hätte dies auf jeden Fall den Argwohn eines aufmerksamen Kassierers erwecken können.

Heidi wählte die Göppinger Nummer und hörte nach wenigen Ruftönen eine belegte Männerstimme. »Pfitzold.«

Sie entschuldigte sich für die Störung, brachte sich bei dem Mann in Erinnerung und war erleichtert, als dieser sich sofort an sie erinnerte. »Natürlich weiß ich, wer Sie sind«, sagte er. »Ein so hübsches Mädchen vergisst man nicht.«

Heidi ging nicht darauf ein, sondern erklärte, dass sie die Goldbarren von damals nun verkaufen wolle.

»Das war eine gute und sichere Anlage«, sagte Pfitzold mit Stolz in der Stimme. »Der Goldpreis ist seither ganz schön gestiegen. Für die Feinunze seit 1982 um das Dreifache, wenn ich's richtig in Erinnerung habe.«

Heidi war überrascht. So eine Entwicklung hatte sie nicht erwartet. Dann waren aus ihren 48.000 D-Mark knapp 150.000 Mark, beziehungsweise etwa 75.000 Euro geworden. Ihr Herz begann, schneller zu pochen. Sie versuchte jedoch, ihre plötzliche Aufregung zu verbergen: »Darf ich Sie mal etwas ganz Persönliches fragen«, unterbrach sie seine Ausführungen. »Es war Mitte 1982, als ich mich an Sie gewendet habe. Kurz nach dem Überfall. Ich hatte Angst, dass man glaubt, ich hätte mir das Geld unrechtmäßig angeeignet.«

Pfitzold überlegte. »Es war ein bisschen ungewöhnlich, ja …«

Heidi hörte seiner Stimme an, dass sie richtiglag. »Wenn ich jetzt, nach all den Jahren, das Gold zu Ihrem Nachfolger bringe, kann das Probleme geben?«

Pfitzold räusperte sich. »Warum sollte das Probleme geben?« Wieder ließ er einige Sekunden verstreichen. »Die hätte es gegeben, wenn ich damals einen Verdacht gehabt hätte.«

»Da hat sich aber doch vor einigen Jahren etwas geändert?«

»Ja, 1992«, antwortete der Rentner schnell. »Gesetz zur Bekämpfung des illegalen Rauschgifthandels und anderer Erscheinungsformen der organisierten Kriminalität, hat man das nett umschrieben.« Es hörte sich an, als stehe er noch mitten im Berufsleben. »Tatsächlich ging's um Geldwäsche. Seither unterliegen Bareinzahlungen bei den Banken besonderen Bedingungen. Aber wenn man die Artikel der Fachpresse verfolgt, soll das bald noch strenger gehandhabt werden. Angeblich wegen der Terrorismusfinanzierung. Seit dem 11. September haben sie alle die Hosen voll.«

»Und wenn man Gold bringt?«, wollte Heidi wissen.

»Dann wird man natürlich fragen, woher es kommt. Aber …«, er senkte die Stimme, »wenn ich Ihnen einen Tipp geben darf: Sie haben es doch in kleinen Barren. Deshalb brauchen Sie ja nicht gleich alles auf einmal zu verkaufen. Oder benötigen Sie das Geld dringend?«

»Eigentlich schon«, erwiderte sie.

148

Ivonne, inzwischen Mitte 40, aber attraktiv wie eh und je, hatte sich mit Reinicke zusammengerauft. Einige Eifersuchtsszenen waren wie ein reinigendes Gewitter gewesen. Weil der Betrieb florierte, konnte sie sich eines luxuriösen Lebens erfreuen, auch wenn Helmut sie bisweilen als verschwenderisch beschimpfte. Ob er seine früheren Kontakte zu anderen Frauen weiterhin pflegte, stand als unausgesprochene Frage zwischen ihnen. Solange sich dies auf E-Mails beschränkte, konnte sie damit leben. Allerdings war es ihr schon länger nicht mehr möglich, seine elektronische Korrespondenz zu verfolgen, denn seit er einen neuen Computer und ein neues Smartphone gekauft hatte, war alles irgendwie anders vernetzt. Aber für heimliche Treffen mit anderen Frauen blieb ihm ohnehin kein Zeitfenster. Seit die Belegschaft um drei Mitarbeiter gestiegen war, erforderte der Kleinbetrieb den ganzen Mann. Und außerdem saß er in seiner Freizeit oft stundenlang vor dem Computer. Eine Zeit lang hatte sie befürchtet, er würde sich auf Pornoseiten herumtreiben oder gar in Chatrooms mit allerlei zweifelhaften Damen Kontakt halten. Aber soweit sie es überblicken konnte, tauschte er sich mit Freunden und Bekannten aus, die einem ähnlichen Hobby frönten wie er seit einigen Jahren schon. Das Geocaching schien mittlerweile um sich zu greifen. Eigentlich eine gute Sache für Leute, die sich ansonsten nicht viel bewegten, überlegte sie. Sozusagen eine Art Schnitzeljagd mithilfe eines Navis. So richtig verstand sie den Ablauf zwar nicht, aber es ging wohl darum, in freier Natur Verstecke zu finden, in die andere Mitspieler etwas deponiert hatten. Auf diese Weise konnten sogar Jugendliche wieder für längere Spaziergänge begeistert werden.

»Das hört sich ja an wie tote Briefkästen aus Agentenfilmen«, sagte sie, als Helmut ihr anhand eines Satellitenbildes von Google Earth wieder mal zeigte, wie man Koordinaten herauslesen konnte, und dass es verschiedene System gab, die Zahlen einzugeben.

»Fast so, ja«, erwiderte er. »Man könnte an einer beliebigen Stelle etwas deponieren – an einem Felsen oder in einer Feldhütte – und der Empfänger bräuchte nur die Koordinaten, um den Gegenstand zu holen.«

»Zum Beispiel Lösegeld«, entfuhr es Ivonne, die gerne Kriminalromane las.

»Lösegeld?«, echote Helmut verwundert und drehte sich zu ihr, die neben ihm am Computer saß.

»Ja, warum nicht?«, fragte Ivonne und schlug die Beine übereinander. »Oder man kann sich mit jemandem an einem entlegenen Punkt verabreden ...«

»Ach, Ivonne«, seufzte Helmut, »fang nicht wieder mit deiner Eifersüchtelei an. Das haben wir doch zur Genüge ausdiskutiert. Ich schlag dir vor, wir suchen am Wochenende gemeinsam mal ein paar Verstecke.«

»Findest du das nicht ein bisschen albern? Du bist 55 und kein Teenager mehr.«

»Aber dafür hab ich doch dich. Du drückst unser Durch-schnittsalter erheblich. Außerdem ist man immer nur so alt, wie man sich fühlt. Und Geocaching ist etwas für alle Alters-schichten.«

149

»Eine sehr tragische Geschichte«, konstatierte Häberle an einem Frühsommermorgen 2011, nachdem ihm Kripoche-fin Mechthild Müller eine unerwartete Nachricht überbracht hatte: Der Heidenheimer Bankdirektor, dessen Frau vor ziem-lich genau einem Jahr ermordet worden war, hatte sich das Leben genommen.

»Wie soll man das jetzt bewerten?«, zeigte sich Frau Mül-ler ratlos, was höchst selten vorkam.

»In Heidenheim werden die wildesten Gerüchte kursieren. Das kennt man doch«, meinte Häberle und fügte an: »Sind wir froh, dass unsere Burschen gefasst worden sind. Sonst hätte man jetzt erst recht noch Zusammenhänge mit Heidenheim konstruieren können.«

Obwohl er komplizierte Fälle mochte, ertappte sich Häberle in diesem Moment dabei, dass er doch erleichtert war, mit dem Mord an der Ehefrau des Bankers nichts zu tun zu haben. Und schon hatte ihn dieser Gedanke wieder gepackt, der sich immer wieder meldete: der Ruhestand. Noch hatte er ein paar Jahre vor sich, sogar mit der Option, verlängern zu können, falls er wollte. Ob er sich dafür entscheiden würde, das hing ganz davon ab, wie stark die Polizeiarbeit von der Politik und der rasend fortschreitenden Bürokratisierung des Landes gegängelt wurde. Manches, was in Berlin beschlossen, diskutiert oder angedacht wurde, entfernte sich seiner Meinung nach immer weiter von der Realität. Wenn nur noch Ideologien im Vordergrund standen und nicht mehr der gesunde Menschenverstand, dann wurde es wahrlich Zeit, das Weite zu suchen.

Frau Müller hatte Häberles Nachdenken gespürt, weshalb sie noch einmal an den Heidenheimer Fall anknüpfte und energischer wurde: »Mir reicht's mit den Gerüchten, Herr Häberle. Manchmal denk ich, welch ein Irrsinn! Da werden in dieser Stadt hier noch alte Geschichten hochgekocht, die eine ganze Generation bald nur noch vom Hörensagen kennt.«

»Das liegt in der Natur der Sache«, blieb Häberle gelassen. »Wo wenig los ist, hängt man dem Alten nach.«

»Allerdings gibt's manchmal auch zum Alten etwas Neues«, gab sich die Frau wieder versöhnlicher und setzte sich auf den unbequemen Besucherstuhl in Häberles kleinem Büro. »Mich hat jetzt ein leitender Angestellter der Kreissparkasse angerufen, der eigentlich den früheren Direktionschef, den Herrn Walser, wollte, – und mir vertraulich etwas berichtet, das möglicherweise zur alten Geschichte passen könnte.«

»Ach?«, entfuhr es Häberle. »Und das wäre?«

»Ein pensionierter Kollege hat ihn darauf aufmerksam gemacht, dass eine frühere Angestellte über eine größere Menge Gold verfügt, das sie 1982 wenige Wochen nach dem Überfall gekauft hat. Angeblich mit dem Geld aus einer Erbschaft.«

Häberle hatte mit zusammengekniffenen Augen den Ausführungen seiner direkten Vorgesetzten angestrengt gelauscht.

»Und warum hat der pensionierte Kollege damals nicht gleich reagiert?«

»Angeblich war's eine Art Vertrauensverhältnis zu der damals sehr jungen Frau.« Mechthild Müller runzelte die Stirn. »Aber als sie ihn jetzt kontaktiert hat, um sich zu erkundigen, wie sie das Gold wieder loswerden kann, ist ihm die Sache merkwürdig vorgekommen.«

»Wie? Sie hat den Ruheständler jetzt privat kontaktiert?«

»Ja, aber das liegt auch schon einige Monate zurück. Er hat lange mit sich gerungen, bis er seinen einstigen Kollegen, der noch im Dienst ist, ins Vertrauen gezogen hat. Natürlich soll alles ganz diskret sein.«

Häberle nickte. »Und wie heißt die Dame?«

Die Kriminalistin holte einen Notizzettel aus der Jackentasche und las vor: »Heidi Nolte, geborene Offenbach.«

»Nolte?« Häberle kam der Name bekannt vor. Dann fiel es ihm ein. Es musste etwa ein Jahr nach dem Überfall auf die Sparkasse gewesen sein. Vor 28 Jahren, rechnete er schnell zurück. In Lorch. In einem Café. Ein äußerst attraktives Mädchen. Sie war damals kurz vor der Hochzeit gestanden. Mit Nolte, dem Geldboten. Das war doch der Mann, der nicht in den Polizeidienst übernommen worden war und seine Uniform dem Kleiderfundus des Heidenheimer *Naturtheaters* vermacht haben wollte, wofür es keine Beweise gab. Und Heidi Offenbach, so entsann sich Häberle, hatte etwas seltsam reagiert, als er sie fragte, ob sie denn ein Kind erwarte. Dieses müsste inzwischen ja wohl längst erwachsen sein.

»Dieser Nolte«, riss ihn seine Chefin aus seinen Gedanken, »der wurstelt angeblich seit Jahren als Privatdetektiv rum, angestellt bei einer Esslinger Detektei. Es gibt Akten dazu. Mein Vorgänger war mal bei ihm. Nach dem Mord an diesem Blaubart.«

Häberles Interesse stieg weiter. »Wie das?«

»Herr Bruhn will damals rausgekriegt haben, dass Nolte den Blaubart im Auftrag irgendeines dubiosen Autohändlers bespitzelt hat, was Blaubart aber offenbar durchschaut hat und seinerseits nun einen ebenso dubiosen Amerikaner auf ihn angesetzt hat, um ihn einzuschüchtern.«

Häberle ließ sich detailliert schildern, dass Blaubart vermutlich mit einigen in Göppingen stationiert gewesenen US-Soldaten Geschäfte im Ostblock gemacht hatte. »Zu beweisen war da aber laut unseren Akten nix«, ergänzte Frau Müller resignierend.

»Hat die Frau ihr Gold jetzt verkauft?«, hakte Häberle nach.

»Wissen wir noch nicht. Auch unser Informant konnte nichts dazu sagen. Es könnte ja sein, dass sie sich irgendwelcher illegaler Wege bedient und einen Abschlag in Kauf nimmt.«

»Aber dann würde sie plötzlich über einen Haufen Bargeld verfügen, das man inzwischen auch nicht mehr so ohne Weiteres in Umlauf bringen kann.« Häberle kannte sich zwar in dieser Materie nicht genug aus, seufzte aber: »Man macht doch mittlerweile jeden zum Kriminellen, der viel Bargeld besitzt, obwohl er's rechtmäßig erworben und schon zehnmal versteuert hat.«

Frau Müller lächelte. »Sind wir beide froh, dass wir mit unserem Salär nie in eine solche Lage kommen können.«

»Und jetzt? Was schlagen Sie vor?«

Die Chefin war von Häberles Frage überrascht, zumal sie einen Vorschlag von ihm erwartet hatte. »Vielleicht«, sinnierte er vorsichtig, »hat ja diese Dame eine kleine Zuwendung für Tipps an die damaligen Gangster erhalten. Sie hatte als Angestellte der Kreissparkasse Einblicke in gewisse interne Abläufe.«

»Und ihr heutiger Ehemann Nolte hat diese Tipps dankbar angenommen, weil er als Geldbote mit den Tätern unter einer Decke steckte«, ergänzte Frau Müller, wurde jedoch von Häberle unterbrochen: »Nein, so wird es nicht gewesen sein.

Wenn, dann hat sie die Gangster direkt mit Infos beliefert. Wenn dieser Nolte dazwischengeschaltet gewesen wäre, hätte der das Honorar kassiert. Außerdem dürfen wir nicht vergessen: Sie hat ja offenbar den Nolte erst geraume Zeit nach dem Überfall kennengelernt.« Häberle glaubte, sich noch genau an ihre Angaben bei dem Gespräch in Lorch zu erinnern. »Aber trotzdem stimmt mit diesem Nolte etwas nicht«, rekapitulierte er.

150

Heidi hatte es nicht mehr ausgehalten und ihr Ansinnen mit Boris besprochen, der jedoch in Ulm längst auf eigenen Beinen stand, verheiratet war und Nachwuchs erwartete. Dementsprechend konnte er sich nur beiläufig um die Probleme seiner Mutter kümmern. Zum Vater hatte er ohnehin nie eine innige Beziehung gehabt. »Was geschieht dann mit dem Haus?«, fragte er allerdings, als er sich mit seiner Mutter an diesem Frühlingsvormittag des Jahres 2012 in einem Café an der Ulmer Stadtmauer traf und auf die vorbeifließende Donau blickte. Im Gegenlicht der Sonne wirkte der gegenüberliegende Betonriese des *Neu-Ulmer Donaucenters* geradezu bedrohlich.

»Ich werde ausziehen«, sagte Heidi emotionslos. »Finanziell gesehen hat das meiste Wolfgang beigesteuert. Über den Rest werden wir uns einig. Wir trennen uns ja nicht im Streit.«

»Dann wird Vater das Haus verkaufen?«, fragte Boris, der seine Mutter an Größe überragte und durch hartnäckiges Joggen auf seine schlanke Figur achtete.

»Wird er wohl müssen«, entgegnete Heidi. »Der Standort in Rattenharz ist idyllisch, da wird sich schnell ein Käufer finden.«

»Und du? Was machst du?«

»Ich hab eine kleine Mietwohnung in Schwäbisch Gmünd in Aussicht. Da bin ich näher an der Arbeitsstelle und hab ein lebendigeres Umfeld.«

»Aber finanziell kannst du dich über Wasser halten?«, fragte Boris und nahm einen Schluck heißen Kaffee.

»Da brauchst du dir keine Sorgen zu machen, mein Schatz. Ich bin 54, fühl mich aber noch nicht dem *alten Eisen* zugehörig. Ich krieg das gut hin. Und bei dir? Alles okay?«

»Alles okay, Mama«, lächelte Boris und wischte sich einen Haarschopf auf die Seite. »Toller Job an der Uni, echt geil. Alles vom Feinsten. Hast du die Uni auf dem Eselsberg schon mal gesehen?«

»Nein, noch nicht.«

»Musst du mal hochfahren. Die Wissenschaftsstadt ist super. Und der Job ist gigantisch.«

»Hast du auch Freunde dort?«

»Jede Menge coole Leute. Wir machen immer wieder tolle Ausflüge. Auch mit Ester.« Er lächelte bei der Erwähnung seiner Frau. »Fast jedes Wochenende.«

»Hast du denn dein neues Auto schon bekommen?« Heidi erinnerte sich, dass er vor einigen Monaten von einem BMW 6er-Cabrio geschwärmt und ihr sogar ein Foto davon aus einer Broschüre gemailt hatte. Ein schnittiger, sportlicher Wagen in Rot. Aber sicher viel zu schnell, hatte sie damals gedacht.

»Ja, vorige Woche. Sechs Monate alt und deshalb sehr günstig.« Er fügte stolz an: »449 PS.«

»Vierhundert …« Ihr blieb vor Erstaunen die restliche Zahl in der Kehle stecken. Ihr Polo hatte nicht mal ein Viertel davon. »Ist das nicht ein bisschen übertrieben?«

»Ich nehme dich gern mal mit«, schwärmte Boris. »Bei super Wetter an den Bodensee und von dort auf der Autobahn nach Stuttgart. Da kann man die Pferdchen richtig rennen lassen.«

»Nein, danke. Das brauch ich nicht«, wehrte Heidi ab. »Aber sei bitte vorsichtig. So ein schneller Wagen ist kein Spielzeug. Denk an Ester und das Baby.«

»Ich bin ja kein kleines Kind mehr«, erwiderte er etwas enttäuscht über ihr Desinteresse, wurde aber gleich wieder einfühlsamer: »Keine Sorge, ich hab den Wagen geleast und kann das finanziell stemmen. Und falls du mal etwas brauchst – ich verdien sehr gut.«

151

Analena Heuberg hatte im Sommer 2014 mit sich gerungen, ob es besser war, für ihr Göppinger Juweliergeschäft Insolvenz anzumelden oder frisches Geld hineinzupumpen. Ihr Herz hing an Göppingen, und außerdem war sie, die Ulmerin, hier inzwischen heimisch geworden. Allerdings litt sie noch immer unter der Finanzkrise von vor sechs Jahren, als die geplatzte Immobilienblase in den USA die ganze Welt hatte erzittern lassen.

Aber irgendwann würde auch sie wieder von der anziehenden Konjunktur profitieren, dachte sie und nahm sich vor, ihr Geschäft noch bis zur Rente weiterzuführen. Sie war jetzt 59 und musste noch einige Berufsjahre durchhalten. Außerdem hatte sie als Selbstständige nur geringe Beiträge für die Rentenversicherung bezahlt und von dem reichlichen Gewinn, den sie anfangs hatte verzeichnen können, lieber etwas fürs Alter zurückgelegt. Den staatlichen Institutionen hatte sie nämlich nie so recht getraut. Je nach Belieben und Ideologien ließen sich Regierungen stets etwas einfallen, um den kleinen Bürger zu schröpfen. Es war also durchaus angebracht gewesen, einen Teil des Ersparten anderswo in Sicherheit zu bringen. Ein befreundeter Banker aus München hatte ihr schon frühzeitig geraten, sich ein Geld-*Lägerle* in der Schweiz anzulegen. Jetzt aber drohte offenbar auch dort Ungemach. Die Schweizer Banken hatten bereits durchblicken lassen, dass sie in den kommenden Jahren zunehmend mit den deutschen Finanzbehörden kooperieren würden. Analenas Ansprechpartner in Basel hatte ihr deshalb empfohlen, ihr Vermögen aus der Schweiz noch vor 2016 abzuziehen. Sie überlegte, ob sie es in den Zeiten des unsicheren Euros bar in Schweizer Franken holen sollte, oder ob trotz allem die Auszahlung in Euro zweckmäßiger wäre. Eines jedoch schien es zu beachten zu gelten: Die Höhe der täglichen Auszahlungen war limitiert, und außerdem durften pro Person nur 9.999 Euro ohne Zollanmeldung bar nach Deutschland eingeführt werden.

Analena entschied, ihr Juweliergeschäft im Sommer für ein paar Tage »wegen Betriebsferien« zu schließen und sich mit einer guten Freundin in Lörrach, in direkter Nähe zur Schweizer Grenze, für ein, zwei Wochen in einem Hotel niederzulassen. Ganz unauffällig, um Urlaub zu machen.

Doch in Wirklichkeit hatte der Aufenthalt der beiden Damen einen ganz anderen Grund: In mehreren Chargen sollten 60.000 Euro nach Deutschland eingeführt werden. Und weil eine zweite Person an Bord des Autos war, so glaubte Analena, könnte sie guten Gewissens auch die doppelte zulässige Geldsumme dabeihaben. Allerdings überkam sie trotzdem ein ungutes Gefühl: Falls der deutsche Zoll sie anschließend bei der Heimfahrt stoppte, das Auto durchsuchte und auf die rund 60.000 Euro stieß, konnte es möglicherweise dennoch unangenehme Fragen geben. Insbesondere würde ihre Freundin keinen Nachweis erbringen können, dass das Geld von einem ihrer Konten stammte.

Natürlich war Angelika, ihre langjährige und ebenfalls alleinstehende Freundin, in das Vorhaben eingeweiht. Die anfängliche Abenteuerlust, sozusagen legal etwas normalerweise Illegales zu tun, wich bereits bei der ersten Fahrt über die Grenze, die zwischen Lörrach und Basel ziemlich durchlässig war. Die beiden Frauen hatten ihr Gepäck im Hotel abgestellt und waren wie zwei Touristinnen an den Uniformierten vorbeigefahren, die sie keines Blickes würdigten. »Die Schweizer interessieren sich doch nur, ob Drogendealer ins Land kommen«, sagte Analena wie zu sich selbst, als wolle sie ihre Unsicherheit überspielen. »Wer Geld reinbringt, ist denen egal.«

»Oder sogar recht«, knüpfte Angelika, eine sportliche Mittfünfzigerin an das Gesagte ihrer Freundin an. »Nur unsere deutschen Abzocker lauern an der Grenze. Weil jeder, der ein paar Euro dabeihat, inzwischen als Steuerhinterzieher, Geldwäscher oder sonstiger Krimineller angesehen wird. Mein Gott, was haben wir für einen Staat, der die Bürger wie Sklaven behandelt! Aber die Zocker mit ihren halblegalen Tricksereien und den Mehrwertsteuer-Karussells werden mit Samthandschuhen angefasst.«

Analena hatte von solchen Transaktionen schon gehört, sie

aber nicht verstanden. »Eigentlich sollte man auswandern, da hast du recht, Angelika.« Sie wollte das Thema nicht vertiefen, weil sie sich auf die Navi-Stimme konzentrieren musste, um die Bankfiliale zu finden.

Dort waren die Formalitäten diskret und rasch erledigt, weil Heidi ihr Kommen angekündigt hatte. Ganze Bündel von Euroscheinen ratterten durch die Zählmaschine, wurden mit Banderolen versehen und in eine unauffällige Tragetüte gesteckt. Dann schlenderten die beiden Frauen zum geparkten Mercedes, um wieder über die Grenze zurück ins Lörracher Hotel zu fahren.

Die folgenden Tage verbrachten sie mit Spaziergängen am Fluss Wiese entlang, der hier zwischen Weil am Rhein und dem Basler Teilort Riehen dem Rhein zustrebte. Einmal waren sie mit Wanderrucksäcken auch zu Fuß über die Grenze zur Bankfiliale gegangen, hatten sich ein paar Stunden in Basel aufgehalten und waren dann mit der Straßenbahn zur Grenze zurückgefahren. Niemand schien sich für sie zu interessieren. Und schließlich verloren sie sogar ihre anfänglichen Ängste vor dem Zoll voll und ganz.

Für die Fahrt zurück ins heimische Ulm wollten sie sich an der B317 nach Todtnau und somit Richtung Feldberg orientieren, nachdem sie bei der Herfahrt die Route entlang des Bodensees genommen hatten. Die gut ausgebaute Straße folgte einige 100 Meter der Nordseite des bewachsenen Ufers des Flusses Wiese, um dann im weiten Bogen auf die andere Seite zu schwenken.

»Hurra, wir leben noch«, entfuhr es Angelika auf dem Beifahrersitz des Mercedes. Das abgehobene Geld lag, in Rucksäcken verstaut, im Kofferraum. »Wir haben's geschafft.«

Analena war sich dessen nicht so sicher. Seit der Abfahrt vor dem Hotel in Lörrach hielt sich in gewissem Abstand ein weißer Kombi hinter ihnen. Sie beobachtete ihn im Rückspiegel und stellte fest, dass er keine Anstalten machte zu überholen. Auch dann nicht, wenn sie langsamer wurde.

»Was ist denn?«, fragte Angelika, die Analenas Unsicherheit spürte.

»Ich weiß nicht, aber ich hab das Gefühl, wir werden verfolgt.«

»Verfolgt?« Blitzartig drehte sich Angelika um und entdeckte durch die Heckscheibe den Kombi. »Meinst du den Weißen hinter uns?«

Analena reduzierte das Tempo weiter, worauf drei Pkws überholten, während rechts der Straße der Parkplatz eines Supermarktes auftauchte und sich dorthin eine Rechtsabbiegespur abzeichnete. »Ich fahr da mal raus«, entschied Analena, setzte den Blinker und verließ die Bundesstraße nach rechts, um sogleich scharf rechts den Parkplatz des Supermarktes anzusteuern und die Situation hinter sich im Auge zu behalten. Langsam ließ sie den Mercedes an vielen freien Abstellflächen vorbeirollen, um den gesamten Supermarktkomplex zu umrunden. Ein kurzer Schock: Er war schon wieder da, dieser weiße Kombi. Er schien beschleunigt zu haben, um direkt auf den Mercedes aufzuschießen.

Angelika hatte es auch bemerkt. »Das gefällt mir gar nicht«, meinte sie verängstigt.

Analena schwieg, wollte nun an der Stirnseite des Gebäudes wieder in die Straße einbiegen, von der das Gewerbegebiet erschlossen wurde, doch da blitzte im Rückspiegel etwas knallrot auf. Ein Adrenalinstoß versetzte ihren ganzen Körper in Alarmbereitschaft.

Das Rot war eine Anhaltekelle, die der Fahrer des Kombis aus der Seitenscheibe schwenkte. Analena nahm den Fuß vom Gas, worauf der Verfolger mit Vollgas überholte und sich vor den Mercedes setzte.

»Oh Gott«, flüsterte Analena, während sie das Auto zum Stehen brachte.

152

»Hast du eigentlich gehört, dass sich Wolfgang von seiner Frau getrennt hat?« Helmut Reinicke saß wieder einmal, umgeben von elektronischem Equipment, vor seinem Computer, als Ivonne hereinkam, die es noch immer verstand, sich aufreizend anzuziehen. Dass er Wolfgangs Trennung ansprach, war eigentlich nur eine reflexartige Frage gewesen, weil ihm dies gerade ein Bekannter per E-Mail mitgeteilt hatte.

»Von deiner Ex?«, fragte sie spitz, obwohl dieses Kapitel noch auf seine Jugendzeit zurückging, Ivonne aber noch immer eifersüchtig auf Heidi war und mutmaßte, dass er sie gelegentlich heimlich traf. Zumindest schien es so gewesen zu sein, als sie noch seine Mails hatte mitlesen können.

»Bitte, Ivonne!«, entgegnete er empört. »Was soll denn das schon wieder? Die Sache mit Heidi ist ewig her und hat keine Bedeutung mehr für mich.«

»Na ja«, sie bückte sich zu ihm und legte einen Arm um seine Schulter, »so ganz hast du sie doch nie vergessen, oder? Aber denk dran: Auch sie ist seit damals älter geworden.«

»Hör doch bitte auf, Ivonne. Die Heidi hat's damals mit jedem gekonnt, so, wie die immer rumgelaufen ist.«

»Ist es verboten, ein bisschen auffallen zu wollen?« Sie zog eine Schnute. Natürlich war Ivonne nicht minder freizügig, was ihre Kleidung anbelangte. Aber das tat sie ja nur für Helmut. Glaubte er wenigstens.

Sie überflog die Internetseite, die hinter der weggedrückten E-Mail zum Vorschein gekommen war. »Was ist denn das?«, staunte sie, weil sie ein derartiges Design mit viel Schwarz und einem lilafarbenen Muster noch nie auf seinem Monitor gesehen hatte.

Reinicke überlegte, ob er Ivonne einweihen sollte, und entschied sich dann, es zu tun: »Das ist das Tor zum sogenannten *Deep Web*.«

»Wie? Du surfst im digitalen Sumpf?«, staunte sie und bückte sich neben ihm, um den Monitor besser sehen zu können.

»Keine Panik, Ivonne. Das Internet, wie der Normalmensch es kennt, umfasst gerade Mal ein Zehntel dessen, was sich im Netz verbirgt. Man muss wissen, dass es dazu noch zweierlei weitere Dinge gibt: das Darknet, das du jetzt meinst, und das *Deep Web*, das der zugangsgeschützte Bereich ist, den die meisten Datenbanken benutzen. Nichts Verbotenes oder Unanständiges. Jeden Tag werden millionenfach verschlüsselte Daten von Firmen und Universitäten auf diese Weise versendet, ohne dass sie jemand abfischen oder lesen kann.«

»Und wie soll das gehen?«

Reinicke hatte sich in den vergangenen Jahren mit der Materie auseinandergesetzt. »Im Normalfall gehen die Daten vom Absender über einen zentralen Server zum Empfänger. Ins Darknet kommst du nur über eine spezielle Software, wie etwa den *Tor-Browser*, den ich hier installiert habe. Damit werden die Daten über mehrere andere Rechner umgeleitet, sodass sich nicht nachvollziehen lässt, woher sie kamen und wohin sie gehen. Das ist beispielsweise in totalitären Staaten wichtig, wenn Menschenrechtsaktivisten untereinander kommunizieren wollen und sich vor Überwachung schützen müssen.«

»Aber warum hat das Darknet dann einen so schlechten Ruf?«

»Im Prinzip ist es nur kleiner Teil des geschützten Netzes.«

»Aber im Darknet kann man dann Waffen, Drogen und Pornos bestellen?«, zeigte sich Ivonne interessiert, denn bisher hatte sie nur dubiose Geschichten darüber gehört.

»Ja, aber – wie ich dir gerade erklärt habe – gibt es nicht nur illegale Dinge. Das liegt aber insbesondere daran, dass natürlich auch die Onlineshops nicht kontrolliert werden können. Im Übrigen hab ich gelesen, dass sexuelle Inhalte im Darknet nur ein Prozent einnehmen – und Waffen sogar nur 0,3 Prozent.«

»Und was suchst du jetzt da?« Ivonne sah ihren Partner forschend an.

»Nichts«, erwiderte er leicht verlegen. »Ich wollte nur mal sehen, wie das alles funktioniert.«

Er klickte die Startseite zum sogenannten *Tor-Browser* weg, den er soeben erst hochgeladen hatte.

153

Analena saß wie erstarrt hinterm Steuer, während ihre Beifahrerin Angelika sich zum rechten Außenspiegel bückte, um die Szenerie hinter dem Wagen zu beobachten. Aus dem Kombi waren vier Männer ausgestiegen. Uniformierte. Sie kamen forschen Schrittes nach vorne, zwei links, zwei rechts des Mercedes.

Analena ließ ihre Seitenscheibe nach unten gleiten.

»Guten Tag, die Damen«, sagte einer der Männer. Er war mittleren Alters und beugte seinen mächtigen Oberkörper zur offenen Fahrerscheibe herab. Schnauzbart, gebräuntes Gesicht, ein angedeutetes Lächeln. Für einen kurzen Moment empfand Analena Sympathie für ihn. Trotzdem brachte sie keinen Ton aus ihrer Kehle hervor.

»Haben die Damen etwas dem Zoll zu melden?«, fragte der Uniformierte, während seine drei Kollegen um das Auto herumstanden, als befürchteten sie, eine der Frauen könnte flüchten.

»Zoll«, echote Analena und verriet sich allein schon durch den unsicheren Tonfall.

»Zum Beispiel eine unerlaubte Geldmenge«, kam der Mann gleich zur Sache und warf einen Blick auf die Rückbank.

»Geld?« Wieder diese schwache Stimme. Analena sah verlegen zu Angelika, die zusammenkauert neben ihr saß.

»Mehr als die erlaubte Bargeldmenge für die Einreise aus der Schweiz«, erklärte der Zollbeamte weiterhin freundlich.

Woher weiß der, dass wir aus der Schweiz kommen?, hämmerte es in Analenas Kopf. Hatte man sie die ganze Zeit über observiert? War ihr häufiger Grenzübertritt aufgefallen? Kameras mit Gesichtserkennung? Wäre das überhaupt erlaubt?

»Wir haben in Lörrach ein paar Tage Urlaub gemacht«, brachte sie aus ihrer trockenen Kehle hervor.

»Dann ist ja alles okay«, schien sich der Mann zufriedenzugeben, fügte aber etwas an, das Analena einen Schock versetzte: »Dann dürfen wir sicher mal kurz einen Blick in den Kofferraum werfen.«

»Kofferraum?«

»Ja, hinten. Einfach mal aufmachen«, blieb der Uniformierte freundlich, aber bestimmend.

Analena spürte, wie alles Blut aus ihren Gliedern entwich. Nun war es geschehen.

154

»Da haut's dir 's Blech weg«, entfuhr es dem jungen Kriminalisten Mike Linkohr. Die Kollegen kannten diese Bemerkung bereits zur Genüge. Immer, wenn Linkohr sein Erstaunen über etwas kundtat, war dieser Spruch zu hören, den
einige als ziemlich albern empfanden. Worauf sich diesmal
seine Verwunderung bezog, das hatte ihm Häberle berichtet:
Erst jetzt, ein Jahr, nachdem es geschehen war, hatte die Kripo
eher zufällig von den Ermittlungen des Hauptzollamts Lörrach gegen eine Geschäftsfrau aus Göppingen erfahren. Sie
war demnach mit einer anderen Frau zusammen kurz nach
dem Grenzübertritt von der Schweiz in die Bundesrepublik
mit rund 60.000 Euro im Auto gestoppt worden. Das Haupt-
zollamt Lörrach hatte das Geld beschlagnahmt und ein Verfahren wegen Steuerhinterziehung eingeleitet. Die Fahrerin
hatte behauptet, das Geld einst rechtmäßig erwirtschaftet und
im Sommer 1982 in die Schweiz gebracht zu haben, um es
gewinnbringend anzulegen. Was offenbar auch eine Zeit lang
gut funktioniert hatte.

»Sommer 1982«, wiederholte Linkohr, der damals zwar
noch ein Kind gewesen war, jedoch seit seiner Tätigkeit in
Göppingen sehr wohl wusste, dass jenes Jahr fest in den Köpfen der hiesigen Kriminalisten verankert war. »Und warum
hat man uns dies nie gemeldet?«, wollte er von seinem direkten Vorgesetzten Häberle wissen.

»Weil die Dame stillschweigend das Verfahren gegen sie
akzeptiert und die Strafe bezahlt hat«, erklärte der Ermittler.
»Interessieren muss uns das schon. Bei der Dame handelt es
sich nämlich um eine Juwelierin, um ...«, er blätterte in sei-

nen Unterlagen, »Analena Heuberg, die auch ich mal kennengelernt habe.«

»Wie? Sie kennen die Dame?« Linkohr ließ sich jetzt auf dem Besucherstuhl nieder.

»Das war irgendwann nach dem Raubüberfall. Ich war noch ein junger Kerl, hab mich aber als Einheimischer profilieren wollen und mich in den einschlägigen vornehmen Kreisen der Stadt umgehört. In einem der Klubhäuser am Stadtrand, wo sich damals die *High Society* getroffen hat. Zu einer Art Stammtisch.«

»Und da war diese Juwelierin auch dabei?«

»Ja, sie war wohl so um die Ende 20 und sehr hübsch anzusehen.« Häberle kannte seinen jungen Kollegen inzwischen gut genug, um zu wissen, dass ihn diese Bemerkung hellhörig machen würde.

Häberle überlegte, wie lange die Begegnung inzwischen her war. Es musste kurz nach diesem Sparkassenraub gewesen sein, jetzt also vor etwa 35 Jahren. Dann war die junge Dame von damals jetzt wohl kurz vor dem Ruhestand. Vermutlich würde er sie gar nicht mehr wiedererkennen. Tja, dachte er, so sind wir alle gemeinsam alt geworden, ohne es wirklich zu merken.

»Was hatten Sie denn mit ihr zu tun?«, schreckte ihn Linkohrs Frage aus diesen Gedanken.

»Wie ich doch sage: Sie gehörte auch zu dieser Clique, zu dieser Stammtischrunde um Blaubart, Blank und Siebeneicher – die alle nicht mehr leben.«

»War sie denn auch im Verdacht, mit dieser Sparkasse etwas zu tun gehabt zu haben?«

»Nein – also, soweit ich weiß jedenfalls nicht. Sie kam aus Ulm und hat sich in Göppingen selbstständig gemacht.«

»Aber offenbar scheint sie viel Geld gehabt zu haben, um es in der Schweiz zu bunkern«, gab Linkohr zu bedenken.

»Na ja, wer hat das, wenn seine Geschäfte gut liefen, damals nicht getan? Steuerflucht. Nummernkonto. Das war doch damals in bestimmten Kreisen an der Tagesordnung.«

»Sie meinen Schwarzgeld?«

»Ja, möglicherweise. Sie wird ja wohl ihren guten Grund gehabt haben, ihre Strafe gleich ohne zu murren und ohne Gerichtsverhandlung zu bezahlen. Ohne großes Aufsehen. Sie sehen ja, nicht mal bis zu uns ist es durchgedrungen.«

»Sollten wir ihr noch auf den Zahn fühlen?«, fragte Linkohr eifrig, was Häberle zu der Überlegung veranlasste, ob der junge Kollegen wohl mal nachgerechnet hatte, wie alt die Dame jetzt war. Sie entsprach garantiert nicht seinem Beuteschema, jedenfalls soweit Häberle aus Linkohrs diesbezüglichen Bemerkungen informiert war.

»Ach, Herr Linkohr«, seufzte der Kommissar in sich hinein, »vertane Zeit. Selbst wenn sie für irgendetwas Strafbares Geld bekommen hätte, damals 1982, wäre das jetzt verjährt. Von Staats wegen wird da nichts mehr verfolgt. Das müsste allenfalls jemand mithilfe eines Privatdetektivs tun.«

»Vielleicht Sie eines Tages im Ruhestand?«, witzelte Linkohr, ohne zu ahnen, dass der Chef tatsächlich mit dem Gedanken an die Pension spielte. Natürlich wurmte es Häberle, dass noch immer von einem vierten Mann die Rede war, dessen Person bis heute im Dunkeln lag. Aber womöglich war dies auch ein Phantom, ein Hirngespinst, das sich hartnäckig festgesetzt hatte. Warum hätten denn die drei verurteilten Gangster einen etwaigen Komplizen verschweigen sollen? Sie hatten alles freimütig zugegeben, dann wäre es doch folgerichtig gewesen, auch einen weiteren Mitwisser zu benennen.

155

Auch Heidi Nolte hing in ihrer kleinen Wohnung in Schwäbisch Gmünd den Gedanken an die Vergangenheit nach. Ihre
Trennung von Wolfgang war doch nicht so einfach gewesen,
wie sie es sich vorgestellt hatte. Eine plötzliche Leere war in
ihr hochgekommen, als sie die neue Bleibe bezogen hatte. Die
wiedergewonnene Freiheit verschaffte ihr nicht die erwartete
Zufriedenheit. Die einzige Abwechslung war die Arbeitsstelle
bei dem Steuerberater, von der sie sich aber auch nicht aus-
gefüllt fühlte.

Boris rief zwar nahezu täglich an, doch schwärmte er dann
meist von seinen eigenen Erlebnissen, von der nahenden
Geburt des Nachwuchses, von Ausflügen und Reisen, von
Erfolgen in der Uni und auch davon, dass seine Doktorarbeit
Fortschritte mache – zu einem komplexen Thema, das er ihr
schon mehrere Male, gespickt mit Fremdwörtern, genannt
hatte, wobei sie aber bis heute nicht die geringste Ahnung
hatte, worum es wirklich ging.

Natürlich konnte sie jetzt öfter mal ausgehen, ohne jemandem Rechenschaft schuldig zu sein. Allerdings war es in ihrem
Alter schwer, jemanden auf die übliche Weise kennenzulernen. Auch der Kontakt zu einem Mann, mit dem sie sich noch
immer emotional verbunden fühlte, war eingeschlafen.

Wie sollte sie jetzt allein in ein Tanzcafé gehen oder gar in
eine Diskothek, wo die jungen Frauen, die allesamt ihre Töch-
ter hätten sein können, in aufreizenden Kleidern und Gesten
die Männer betörten? War es da nicht besser, sich im Internet
bei einer Partnervermittlung anzumelden? Bisher war sie davor
zurückgeschreckt, weil sie erstens eine Kostenfalle befürchtete

und zweitens gewiss manche Männer in ihren Angaben das Blaue vom Himmel herunter logen und ihr Porträtbild mithilfe von Fotobearbeitungsprogrammen aufhübschten.

Heidis soziale Kontakte beschränkten sich auf die wenigen Personen, die sie zu ihrem engen Bekanntenkreis zählen konnte, allerdings hatte das Vertrauen damals einen Knacks bekommen, als sie nächtens vor dem Haus in Rattenharz bedroht und mit Pfefferspray attackiert worden war. Obwohl das nun über ein Dutzend Jahre zurücklag, erschien es ihr immer noch wie ein Trauma, das sie stets dann befiel, wenn sie nachts alleine aus ihrer Wohnung ging oder zurückkam. Vor allem der Hinweis, es werde alles auffliegen, hatte sich in ihrem Kopf festgesetzt. Es war ein Geheimnis, das sie schon viele Jahre mit sich herumtrug. Das allerdings immer noch ungeahnte Folgen haben könnte, käme es denn auf. Aber wenn es jemand ernsthaft darauf angelegt hätte, sie erpressen zu wollen, wäre das doch längst geschehen.

Trotzdem war der Vorfall ein klarer Beweis dafür gewesen, dass es jemanden gab, der Bescheid wusste. Diesen Gedanken versuchte sie jedes Mal, wenn er sie wieder mit voller Wucht traf, zu verwerfen. Inzwischen schien es ihr, als ergreife er in regelmäßigen Abständen eine noch größere Macht über sie.

Sie musste einfach ihr Leben ändern und sich neue Ziele setzen. Deshalb beschloss sie jetzt endgültig, ihr Goldvermögen anzutasten, um sich etwas gönnen zu können – vielleicht eine große Reise, zumindest aber einige Wochenendaktivitäten, auf die sie bisher hatte verzichten müssen.

Aber warum hatte sie eigentlich Angst, die paar Goldbarren zu verkaufen? Natürlich würde sie gefragt werden, woher sie ihr Vermögen hatte. Die Erbschaft freilich konnte sie nicht nachweisen.

Sie hatte im Internet recherchiert, um festzustellen, wann eine etwaige Beteiligung oder Beihilfe an dem Raub verjährt sein würde. Soweit sie es als Nicht-Juristin überblicken konnte, war dies bereits geschehen.

Sie konnte das Gold aber auch an einen windigen An- und Verkäufer veräußern. Dann natürlich mit gewissen Verlusten, dafür aber, ohne unangenehme Fragen beantworten zu müssen. Allerdings war es vermutlich nicht ganz einfach, an solche etwas zwielichtigen Goldhändler heranzukommen.

Vielleicht war es sinnvoll, ihren Chef, den Steuerberater, ins Vertrauen zu ziehen, denn möglicherweise kannte der im Dunstkreis seiner Klienten jemanden, der die entsprechenden Wege weisen konnte. Natürlich ganz unter der Hand und inoffiziell. Oder begab sie sich damit auf ein gefährliches Terrain?

156

Wolfgang Nolte war in dem Haus in Rattenharz geblieben, spielte jedoch mit dem Gedanken, es zu verkaufen. Die Kredite waren inzwischen getilgt, aber nun galt es, Heidis Anteil auszuzahlen. Darauf hatten sie sich beim Scheidungsanwalt geeinigt. Auch Wolfgang hatte die Situation mit Boris besprochen, sodass es tatsächlich sinnvoll erschien, sich von der Immobilie zu trennen.

Angesichts der abenteuerlichen Geschichten, die Nolte zum Thema Hausverkäufe schon gehört hatte, wollte er sich fachmännischen Rat bei jenem Banker einholen, an den sie sich schon wegen des Kredits zum Bau ihres Hauses gewandt hatten. Heidi hatte damals keinen von ihrer ehemaligen Arbeitsstelle gewollt, zumal dort möglicherweise der Name Nolte falsche Assoziationen hätte wecken können. Deshalb waren sie bei einem anderen Geldinstitut an den Banker Arno Zumwinkel geraten, der damals einen sehr seriösen Eindruck hinterlassen hatte, inzwischen jedoch im Ruhestand sein müsste. Ihm würde er sich anvertrauen können. Vermutlich war er um die 70. Im Telefonbuch stand er jedenfalls noch.

Nach langem Überlegen rang er sich dazu durch, ihn anzurufen. Zumwinkel zeigte sich zunächst wenig erfreut, konnte sich dann aber dunkel an Nolte erinnern und war auf dessen eindringliche Bitte hin zu einem Gespräch bereit gewesen. Die beiden Männer verabredeten sich an einem kalten Januartag 2016 in einem Göppinger Innenstadtcafé, wo Nolte einen Tisch in einer Ecke hatte reservieren lassen. Tatsächlich konnten sie sich dort in Ruhe und ohne fremde Ohren unterhalten. An diesem Nachmittag war ohnehin kein allzu großer Kundenbetrieb. Sie bestellten heiße Schokolade, worauf Zumwinkel, der sportlich wirkte, meinte: »Es kommt nicht oft vor, dass mich Kundschaft von früher noch um Rat fragt.« Es klang beinahe so, als sei er sogar stolz, dass Nolte ihn um ein Gespräch gebeten hatte. »Damals waren Sie doch Detektiv, wenn ich mich richtig entsinne.«

»Ja, das bin ich immer noch. Aber nicht mehr so wild wie früher. Man wird ja älter. Ich sitze öfter am Schreibtisch, lese Akten und hab mich aus dem Observationsgeschäft weitgehend zurückgezogen.«

»Sie waren doch auch an der Sache mit der Sparkasse dran«, sagte Zumwinkel. »Aber das ist ja nun längst abgeschlossen«, hob er zweifelnd seine Augenbrauen.

»Ja. Es ist müßig, noch an einen vierten Mann zu glauben, wie ich es damals noch getan habe.« Nolte entsann sich, dass sich Zumwinkel während der Kreditgespräche daran interessiert gezeigt hatte. »Wahrscheinlich war's ein Phantom, weiter nichts. Inzwischen kräht kein Hahn mehr danach, denn es ist alles verjährt. Anders läge die Sache, wenn man jemandem nach dieser Zeit noch ein Tötungsdelikt nachweisen könnte. Mord verjährt in Deutschland nicht.«

»Es gab aber doch einige Morde: Blaubart, Blank und dessen Partnerin. Was ist eigentlich daraus geworden?«

»Allesamt nicht geklärt – mehr weiß ich auch nicht.«

»Und die anderen dubiosen Todesfälle?«

Nolte winkte ab. »Offensichtlich eine Verkettung unglücklicher Zufälle. Mehr nicht.«

Zumwinkel lehnte sich zurück, damit die Bedienung die heiße Schokolade servieren konnte. Als die Frau wieder weg war, fragte er: »Und jetzt wollen Sie Ihr schönes Haus in Rattenharz verkaufen?«

»Was soll ich noch damit? Es ist zwar abbezahlt, aber nun muss ich Heidi ihren Anteil auszahlen. Das klappt nur, wenn ich die Bude verkaufe.«

»Und was ist mit Ihrem Sohn?«

»Der hat kein Interesse daran und orientiert sich anderweitig. Er promoviert und will sich keinen Klotz ans Bein hängen, sagt er. Als Physiker hat er auf der ganzen Welt berufliche Chancen. Wahrscheinlich bleibt er nicht in Deutschland, wo die Bedingungen für die Wissenschaft nicht überall gut sind. Schauen Sie sich doch um: Alle, die was können, egal in welcher Branche, hauen ab. Es kommt doch nicht von ungefähr, dass wir zu wenig Ärzte und Pflegekräfte haben oder einen Mangel an Informatikern. Die finden anderswo bessere Bedingungen.«

»Ja«, nickte Zumwinkel mit Nachdruck. »Manche bilden sich immer noch ein, Deutschland sei der Nabel der Welt. Doch scheint es so, als seien wir auf dem Stand von vor einem

Dutzend Jahren stehen geblieben. Leider ist es in der Politik nicht anders als in der freien Wirtschaft. Wer will denn noch in die Politik gehen? Doch häufig nur jene, die es zu sonst nichts anderem gebracht haben und am besten das beherrschen, was heutzutage gefragt ist: schwätzen, schönreden, dummschwätzen.« Zumwinkel schien kein Blatt vor den Mund nehmen zu wollen, dachte Nolte. Vermutlich hatte der Mann viel zu lange nicht so deutlich sagen dürfen, was ihn in Wirklichkeit umtrieb.

»Da gebe ich Ihnen recht«, entgegnete Nolte, über Zumwinkels Redefluss erfreut, »Sie brauchen sich ja nur mal anzuhören, was angebliche Experten in der Politik von Physik oder Chemie daherfaseln. Da dreht sich mir manchmal der Magen rum.«

»Oh, Herr Nolte«, unterbrach ihn Zumwinkel, »das ist bei den Verantwortlichen der europäischen Finanzwelt nicht anders. Zwar wird der Euro offiziell bejubelt, aber in Wirklichkeit ist das, was die Europäische Zentralbank macht, in meinen Augen blanker Hohn.«

»Das hätten Sie aber in Ihrer beruflichen Funktion nie offiziell sagen dürfen«, warf Nolte ein.

»So deutlich vielleicht nicht«, wurde Zumwinkel kleinlaut.

»Sie meinen, der Euro geht den Bach runter?«

»Früher oder später wahrscheinlich schon.« Der Ex-Banker bemerkte, dass Nolte ihn festlegen wollte.

»Wie sollen die Leute dann ihr Erspartes retten?«

»Na ja«, Zumwinkel nahm einen Schluck, um kurz nachdenken zu können. »Bankensicherungsfond bis 100.000 Euro. Manche behaupten, es sei noch mehr abgesichert. Stimmt. Nur wenn an einem schönen Tag viele Banken pleitegehen, kippt das System wie die Dominosteine.«

»Dann also am besten alles in Gold anlegen?«, wollte Nolte wissen.

»Das ist zwar eine Möglichkeit, aber ich sag Ihnen ehrlich: Mein Vertrauen in die Regierung ist, sagen wir mal, etwas zwiespältig. Ich traue denen zu, dass die im Ernstfall den Besitz von Gold verbieten. Dann sitzt man auf Münzen oder Barren und wird sie nicht mehr los.«

»Oder man wartet, bis sich die Finanzlage wieder normalisiert«, konterte Nolte. »Gold jedenfalls wird doch schon seit Jahrtausenden als wertbeständig geschätzt.«

»Da haben Sie recht, Herr Nolte, keine Frage. Gold macht Sinn. Denn wenn man aufmerksam die Fachpresse und auch kritische Kommentare verfolgt, dann wundert es nicht, dass die Banken irgendwann anfangen werden, ihre Kontoführungsgebühren zu erhöhen oder gar Minuszinsen einzuführen. Das alles werden die nicht aus Jux und Tollerei machen, dazu werden sie von oben gezwungen sein. Von Europa. Vom Euro. Und von denen, die sich zum Ziel gesetzt haben, den Euro unter allen Umständen zu stützen. Schauen Sie sich doch um. Wir müssen immer wieder irgendwelche Institutionen, Länder und sogenannte systemrelevante Banken retten.«

»Wenn ich Sie so reden höre, glaube ich, Sie werden mir empfehlen, mich von meiner Immobilie zum jetzigen Zeitpunkt nicht zu trennen.«

»Wenn Sie Ihr Haus finanziell einigermaßen über die Runden kriegen – trotz der Auszahlung an Ihre Frau – dann würde ich das dringend raten, ja. Denn die Flucht in Steine und Beton ist doch in vollem Gange. Außerdem soll es schon besonders Gutbetuchte geben, die ihr ganzes Geld in Ländereien stecken: in Äcker, Felder und Wälder. Die kaufen auf, was sie sich unter die Nägel reißen können. Das wirft zwar nichts ab, behält aber seinen Wert, egal, ob eine Inflation oder eine Währungsreform das Vermögen zerstört.«

Nolte fingerte nervös an seiner Tasse herum. »Man muss sein Geld in Sicherheit bringen«, stellte er fest. »Und dabei kommt man sich vor wie ein Schwerverbrecher, der das Geld irgendwo geraubt oder erschwindelt hat. Obwohl mit der

Euro-Einführung damals unsere Währung sowieso schon um die Hälfte abgewertet worden ist.«

Zumwinkel sah sein Gegenüber überrascht an. »Sie meinen D-Mark zu Euro?«

»Ja klar. Schlagartig ist alles ums Doppelte teurer geworden, obwohl uns die Politik gebetsmühlenartig noch immer weismachen will, dass dies nicht stimmt. Mir ist das damals gleich am Tag danach aufgefallen: Der Laden, der bis dahin damit geworben hatte, alles um 90 Pfennig zu verkaufen, war plötzlich ein *Ein-Euro-Laden*«. Überlegen Sie doch mal: Hätten Sie jemals für eine Pizza, so einen Arme-Leute-Fladen aus Sizilien, 20 D-Mark bezahlt? Oder für einen VW-Golf 70.000? Nie im Leben! Sie dürfen doch nicht glauben, dass die Preissteigerung von 2002 bis heute, also innerhalb von 14 Jahren, so viel ausgemacht hätte. Andererseits sind weder die Löhne noch die Renten auf ähnliche Weise gestiegen.«

Zumwinkel nickte betreten. Er kannte Diskussionen dieser Art zur Genüge. »Aber die Welt ist voller Schönredner, Herr Nolte. Die Einzigen, denen man mit dieser Währungsreform sinnvollerweise das Leben schwer gemacht hat, sind Schwindler, Betrüger und sonstige Verbrecher, die noch immer aus Lösegeld oder sonstigen illegalen Machenschaften bündelweise D-Mark daheim herumliegen haben.«

Nolte wollte nicht darauf eingehen.

157

Ob das Leben immer so spielte? Helmut Reinicke musste an Prominente denken, die einst im Scheinwerferlicht gestanden und als Stars gefeiert worden waren, doch als der Glanz sich verzogen hatte, waren sie in die Bedeutungslosigkeit und ins Elend versunken. Er war zwar nie ein Star oder Prominenter gewesen, sondern nur ein kleiner mittelständischer Handwerker, aber nach allem, was er in den vergangenen Jahrzehnten hatte erleben dürfen, konnte er zumindest nachempfinden, wie sich ein tiefer Fall anfühlte. Er hatte sich im Kreis von Leuten bewegt, die in Göppingen und darüber hinaus großes Ansehen genossen hatten, doch inzwischen lebten einige von ihnen schon nicht mehr oder sie waren in Ehren ergraut und vielleicht sogar depressiv in sich gekehrt. Übrig geblieben waren nicht viele der alten Freunde von damals.

Und nun sozusagen ein doppelter Schlag: Ivonne hatte sich einem Jüngeren zugewandt, was ihr nicht einmal übel genommen werden konnte, da der Altersunterschied zwischen ihnen relativ groß gewesen war. Fast 30 Jahre waren sie zusammen gewesen, ohne Trauschein, aber nun schienen für Ivonne jüngere Männer attraktiver zu sein. Beim Gedanken daran wurde Reinicke geradezu schwermütig. Okay, er war jetzt 61 und sie 53. Außerdem war ihr das Handwerk stets fremd geblieben. Viel zu schmutzig und beschwerlich, obwohl sie nur die Büroarbeiten hatte erledigen müssen. Aber sie waren doch ein unzertrennliches Paar gewesen und wussten alles voneinander. Deshalb hatten sie großen Wert darauf gelegt, nicht im Streit auseinanderzugehen. Ihr Neuer war offenbar ein geschiedener Bankangestellter. Vielleicht, so mutmaßte Reinicke, war es ein Jugendfreund aus der Zeit ihres kurzen Praktikums bei der Kreissparkasse gewesen, nach dem sie dann in einem Modegeschäft gejobbt hatte, stets wohl in der Hoffnung, mal als Model entdeckt zu werden. Da war die Arbeit in einem Handwerkerbüro natürlich gewöhnungsbedürftig gewesen, obwohl sie sich als Unternehmerfrau sehr wohlgefühlt hatte.

Und nun ging es bei ihm, der sich allein mit dem Betrieb und dem Bürokram auseinandersetzen musste, mit den Aufträgen rapide bergab. Er konnte sich schließlich nicht mit allem beschäftigen: Angebote, Rechnungen, Buchhaltung, Löhne, Kundengespräche. Ivonne hatte das meiste davon über Jahrzehnte hinweg ziemlich zuverlässig erledigt. Natürlich war er oft nicht da gewesen. Und er war ihr auch nicht immer treu gewesen, das musste er sich verschämt eingestehen. Aber bei allen Abenteuern, denen er nicht hatte widerstehen können, war doch Ivonne es immer gewesen, für die sein Herz in Wirklichkeit schlug, und zwar nicht deshalb, weil sie ihm geschäftlich zur Seite gestanden hatte.

Nun war sie gegangen. Für immer. Aber wenigstens nicht im Streit. Er hatte es auch vermieden, ihr Vorwürfe zu machen. Es war aber nicht nur das Gefühl der Einsamkeit, das ihm zu schaffen machte, sondern vielmehr die Gewissheit, dass sie sehr viel von ihm wusste, weil sie sich beide so vertraut gewesen waren, dass es praktisch keine Geheimnisse gegeben hatte – bis auf seine Abenteuer mit anderen Frauen. Aber das hatte er nie wirklich ernst genommen. Das waren halt Affären, wie sie in den Kreisen, in denen er sich gerne bewegt hatte, schick waren und sogar zu gewissem Ansehen führten.

Dass sie beide nie geheiratet hatten, hatte die Trennung jetzt zumindest juristisch relativ einfach gemacht. Das Materielle war sowieso nicht zwischen ihnen gestanden. Sondern etwas anderes.

Wie das wohl bei Heidi war? Mein Gott, dachte er, wie viele Ehen wurden heutzutage geschieden! Wie viel Elend brachte dies mit sich, manche Menschen wurden finanziell ruiniert, aber auch psychisch. Zumindest das finanzielle Desaster blieb ihm wenigstens erspart.

Nun war er 61, hatte als Selbstständiger nur einen Mindestbetrag in die Rentenversicherung einbezahlt und sich auch privat nicht sonderlich abgesichert. Denn auch dagegen hatte er sich immer gesträubt, weil ihm langfristige Anlagen suspekt erschienen waren. Man konnte ja nie wissen, was dem Staat inzwischen so alles einfallen würde, um bei der Auszahlung mit Steuern und sozialen Abgaben einen Teil davon einzusacken.

Ruhestandsgrenzen waren ohnehin schon beliebig angehoben worden, ausgerechnet unter den Sozis, wie er oftmals wetterte.

So würde er noch eine halbe Ewigkeit arbeiten müssen, bis er überhaupt ein paar Cent Rente beziehen konnte. Seinen Mitarbeitern hatte er bereits aus wirtschaftlichen Gründen gekündigt, was große Enttäuschungen, ja sogar Anfeindungen ausgelöst hatte. Aber er war einfach nicht mehr in der Lage, Löhne, Gehälter und Sozialabgaben zu bezahlen. Er würde versuchen, sich wieder auf die Anfänge seiner Selbstständigkeit zu besinnen und nur kleine Aufträge anzunehmen. Schließlich war Haustechnik immer gefragt. Und er hatte in den vergangenen Jahrzehnten gezeigt, dass er durchaus ordentliche Arbeit abliefern konnte. Bisher war ihm das Schicksal immer gut gesonnen gewesen. Nichts hatte jemals darauf hingedeutet, dass alles anders kommen würde. Und nun schien doch eine Zeitbombe zu ticken, die er nicht stoppen konnte.

Oder bildete er sich das nur ein? Ivonne hatte sich von ihm schließlich nicht im Streit getrennt. Sie hatte sich sogar von seiner Begeisterung am Geocaching anstecken lassen. Oft waren sie mit dem mobilen Navigationsgerät auf Schatzsuche gegangen und mit Gleichgesinnten zusammengetroffen und hatten viel Spaß dabei gehabt. Es schien so, als hätten viele Menschen plötzlich wieder die Freude am Wandern entdeckt, vor allem, wenn auf diese Weise auch Kinder mit der Natur konfrontiert werden konnten, die ansonsten nur vor dem Computer saßen.

Seit Ivonne ausgezogen war, blieb ihm jedoch kaum noch Zeit für dieses Hobby. Plötzlich musste er seinen kleinen Haushalt selbst organisieren. Immer häufiger ertappte er sich dabei, dass er im Supermarkt zu den Fertiggerichten griff, die in der Mikrowelle aufgewärmt werden konnten. Zwischendurch ließ er sich von einem Pizza-Service beliefern. Doch all dieses war natürlich keine Dauerlösung.

Einige Male hatte er mit Heidi darüber gesprochen, die seit der Trennung von ihrem Wolfgang nun nicht mehr heimlich zu telefonieren brauchte. Aber bei den wenigen Treffen, die sie sich in all den Jahren erlaubt hatten, war ihm schmerzlich bewusst geworden: Die Heidi von heute war nicht mehr die Heidi von vor 35 Jahren. Aber wenn er sich selbst so im Spiegel besah, musste er ehrlicherweise dasselbe von sich sagen. Was man im Gedächtnis hatte, alterte eben nicht, dachte er. Die Erinnerung blieb fest eingebrannt im Kopf, und sie neigte sogar dazu, Schönes noch schöner zu machen, als es war. Aber auch Heidis Zuneigung zu ihm war längst abgeebbt.

Er durfte sich nichts vormachen: Die paar Monate mit Heidi waren zwar wild und spannend gewesen, ja sogar so überwältigend und feurig, dass dieser Zeitabschnitt einen riesigen Raum in seiner Erinnerung einnahm. Aber Heidi hatte seither viel durchgemacht. Wolfgang war eben nicht der Traummann, für den sie ihn gehalten hatte. Außerdem schien er, so hatte er ihren Erzählungen entnehmen können, diese Konfrontation mit den Geiselgangstern damals nie überwunden zu haben. Er war die Angst, auch in die polizeilichen Ermittlungen hineingezogen zu werden, ein Leben lang nicht losgeworden. Um wie viel stärker mussten erst all die anderen Personen unter den Folgen leiden oder gelitten haben, -insbesondere der Bankdirektor und dessen Tochter! Er musste an Seifritz denken, der vor fünf Jahren im Alter von 82 Jahren verstorben war.

Nach dem zweiten Bier, das sich Reinicke an diesem Abend gönnte, zwischen einer leeren Pizzaschachtel, Lieferantenrechnungen und ungespültem Geschirr, drehten sich seine Gedanken wie wild im Kreis. Sollte er Heidi mal wieder anrufen? Oder sich doch bei einer Partnerbörse im Internet anmelden, wo angeblich alles so einfach klappte: E-Mail schreiben, Date ausmachen. Aber er war nicht der Mann, der sich schriftlich bewerben wollte. Dazu fehlten ihm die Worte und das Talent, vor allem aber die charmanten und verführerischen Formulierungen. Außerdem waren die Vermittlungsplattformen sicher nicht ganz billig. Irgendwo hatte er mal gelesen, dass dieses Geschäft florierte und die Kassen der Anbieter klingelten.

Nein, das war nichts für ihn. Er hatte weder für so etwas Geld noch für opulente Einladungen von Frauen, die längst dem Teenageralter entwachsen waren und etwas geboten haben wollten. Mochte es ja tatsächlich noch welche geben, die nur Geborgenheit und endlich einen netten Menschen suchten, aber diese Ehrlichen waren im Internet möglicherweise dünn gesät.

Und wieder wurde ihm bewusst: Ohne finanzielle Sicherheit würde er wohl kaum wieder in jene Kreise vordringen, in denen er sich einst so wohlgefühlt hatte. Von einer reichen Witwe zu träumen, wagte er schon gleich gar nicht.

Nein, im Internet musste er etwas anderes suchen. Wieder klickte er auf den Browser fürs Darknet.

158

Frühjahr 2019. Häberles Abschied in den Ruhestand. Ein Ex-Kollege hatte ihm ein großes Fest organisiert. Zwar war der erfahrene Kriminalist im großen Prominentenkreis beim Ulmer Präsidium ganz offiziell und würdevoll in den Ruhestand verabschiedet worden, aber er hatte immer schon den Wunsch geäußert, ganz individuell mit vielen Weggefährten und Kollegen zu feiern.

In einem historischen *Gartensaal*, der in Häberles Zuständigkeitsbereich einst zu einer Traditionsgaststätte gehört hatte, dort fachgerecht zerlegt und im Freilichtmuseum Beuren unweit von Kirchheim/Teck wieder aufgebaut worden war, fand die Feier statt, die bisweilen auch ein bisschen Wehmut versprühte. Häberles Frau Susanne lauschte den Rednern mit gemischten Gefühlen, befürchtete sie doch insgeheim, dass sich ihr August möglicherweise mit der freien Zeit schwertun würde. Denn als Kriminalist war er ein Leben lang ein Ermittler mit Leib und Seele gewesen. Was würde er denken, wenn er künftig in der Zeitung von ungeklärten Verbrechen las? Immerhin konnte er sich rühmen, nur einen einzigen Mordfall vor vielen Jahren irgendwo bei Stuttgart nicht aufgeklärt zu haben. Aber schon dieser eine war ihm zu viel gewesen.

»Lieber August«, beendete Edgar Bauer, ein früherer Kollege, der sich mittlerweile als Privatdetektiv betätigte, seine humorvolle Laudatio auf seinen alten Freund, »du bist ein Beispiel dafür, wie ein Kriminalist nahezu ein ganzes Berufsleben lang von einem Fall begleitet wird. Manches wird innerhalb weniger Tage geklärt, anderes zieht sich über Jahrzehnte hinweg.«

Häberle, der mit Susanne ganz vorne im Saal saß, nickte zustimmend. Er wusste sofort, worauf Edgar Bauer anspielte: auf die Bankräuber, die ihm nach deren Festnahme zwar viel Ehre eingebracht hatten, ihn aber trotz des abschließenden Prozesses nicht in Ruhe ließen. Denn die stets neu aufkochenden Zweifel, ob es noch einen unbekannten Mittäter gab, nagten weiterhin an ihm.

»Ich kann dich beruhigen«, fuhr Bauer fort, »was jetzt in Göppingen noch ungeklärt ist, ist vor deiner Tätigkeit dort geschehen.« Ohne es beim Namen zu nennen, war natürlich das Verbrechen an Blaubart gemeint. »Du hast ja immer gesagt: Wenn irgendwo Geheimdienste ihre Finger im Spiel haben könnten – was einst in politisch turbulenten Zeiten durchaus sein konnte – dann tun sich bodenständige Ermittler schwer. Ja, liebe Freunde, wir sind halt alle keine James Bonds.« Noch während sich über diese Bemerkung im Saal ein hörbares Lächeln ausbreitete, kam eine junge Dame des Servicepersonals mit schnellen Schritten an Häberles Tisch und legte ihm flüsternd ein verschlossenes Kuvert hin: »Wurde soeben abgegeben. Sei dringend und soll ich Ihnen sofort geben.«

Häberle war irritiert, Susanne sah der sofort wieder entschwindenden Frau verwundert nach. Auch Edgar Bauer, der am Rednerpult stand, bemerkte die kurze Ablenkung, die jedoch wegen des vorausgegangenen Gelächters für die übrigen Gäste im Saal unbemerkt blieb. Häberle tat so, als würde er weiterhin seinem früheren Kollegen interessiert lauschen, riss jedoch nebenher das kleinformatige Kuvert unter den gespannten Blicken seiner Frau auf.

»Unser August«, fuhr Bauer fort, »hat die Gabe, aufmerksam zuzuhören und gleichzeitig blitzschnell kombinieren zu können, ohne dies preiszugeben. Denn nichts empfindet er als schlimmer, als vorschnell die Ermittlungen nur in eine Richtung zu lenken.«

Häberle holte ein kleines Stück Papier heraus und las den aufgedruckten Text, der ihn augenblicklich elektrisierte: *Sparkasse 1982. Aufgabe für Ruhestand*? Dazu eine elfstellige Nummer, die auf einen Mobilfunkanschluss hindeutete.

Häberle faltete das Blatt wieder zusammen, steckte es in das Kuvert zurück und ließ es in der Jackettinnentasche verschwinden.

Nein, er wollte heute mit so etwas nicht behelligt werden. Außerdem war er nicht mehr im Dienst. Das würde ihn jedoch nicht davon entbinden, beim Bekanntwerden einer Straftat tätig zu werden.

Aber jetzt war Feiern angesagt, obwohl ihm im Grunde seines Herzens gar nicht danach war. Für Ablenkung sorgte unerwarteterweise Georg Sander, der Journalist, der ihn ein Berufsleben lang begleitet hatte. Der Zeitungsmann, der ebenfalls schon im Ruhestand war, erinnerte in einer launigen Rede an die vielen Fälle, die sie gemeinsam bearbeitet hatten. Für einen Moment schweiften Häberles Gedanken ab: Natürlich steckte Sander dahinter, dass die Zeitung mit einem Artikel auf die heutige Verabschiedung Häberles im Freilichtmuseum hingewiesen hatte. Dies erklärte, weshalb der Überbringer des Kuverts wusste, wo er es abgeben konnte.

159

Doktor Boris Nolte genoss das Leben. Ulm war für ihn auch das richtige Umfeld. Einerseits viele bodenständige Menschen, andererseits weltoffen und, was die Wissenschaft anbelangte, ein guter Nährboden für innovative Ideen. Vielleicht wirkte da sogar der Geist Albert Einsteins nach, der hier 1879 geboren wurde, jedoch bereits im Babyalter durch den Umzug seiner Eltern nach München kam. Trotzdem hielt er dank seiner in Ulm lebenden Cousine den Kontakt in die Donau-Stadt aufrecht. Der einstigen *Ulmer Abendpost* soll er sogar einmal gesagt haben, er denke mit Dankbarkeit an Ulm, da es »edle künstlerische Tradition mit schlichter und gesunder Wesensart verbindet.«

Boris erinnerte sich zwar gerne an seine Kindheit in Rattenharz, doch sein Blick ging stets nach vorne. In den USA, wohin es ihn schon immer gezogen hatte, hätte er jetzt eine lukrative Stelle als promovierter Physiker in Aussicht gehabt, sie dann aber wegen des unberechenbaren Präsidenten abgesagt. Er wollte nicht in ein Land ziehen, das ob seiner wankelmütigen Politiker keine vernünftigen Strukturen mehr erkennen ließ. Viel mehr interessierten ihn nun Kanada, die Schweiz, Australien und Neuseeland. Weil er fließend Englisch sprach, kamen zuallererst diese Länder infrage, während Russland, das durchaus auch eine Option gewesen wäre, der komplizierten Sprache wegen nicht in die engere Wahl kam.

Glücklicherweise hatte er sich rechtzeitig von seinen Eltern abgenabelt, deren Trennung ihn nicht sonderlich berührte. Jetzt, mit 36, hatte er in Ulm einen guten Job, eine liebe Frau und eine sechsjährige Tochter. Zu Heidi, seiner Mutter, pflegte er telefonischen Kontakt, aber seinen Vater interessierte die Rolle als Opa nur wenig. Von ihm wusste er nur über die Mutter, dass er mit dem Haus in Rattenharz finanziell allein über die Runden kommen wollte.

An diesem schönen Frühlingstag kurz vor Ostern 2019 hatte sich Boris mit zwei früheren Studienkollegen verabredet, um wieder mal, wie sie es formulierten, einen richtigen Männerausflug zu machen. Ziel war der Bodensee, der an so sonnigen Tagen wie heute besonders reizvoll erschien.

Boris hatte sein schickes BMW Cabrio vor einigen Monaten verkauft und sich ein schwarzes Mercedes E-Klasse-Cabrio zugelegt. 435 PS entsprachen voll und ganz seiner Vorstellung eines sportlichen Autos. Zwar sah Ester seine Vorliebe für schnelle Wagen nicht gerne, aber sie musste sich dann immer eingestehen, dass er als Physiker um die physikalischen Gesetze, was Beschleunigung, Fliehkräfte und Bremsweg anbelangte, Bescheid wusste. Oft genug schon hatte er ihr, der studierten Medizinerin, erklärt, dass die heutigen Assistenzsysteme zwar die Sicherheit erhöht hätten, jedoch die physikalischen Gesetze nicht außer Kraft setzen könnten. Dass er sich dessen bewusst war, beruhigte die junge Frau dann wieder.

Noch war es zu kühl, um das Verdeck nach hinten gleiten zu lassen. Doch die drei Männer, die schon häufig einen gemeinsamen Wochenendausflug gemacht hatten, waren gut in Stimmung. Eigentlich hatten sie eine größere Tour geplant gehabt – nach Paris. Aber der Aufruhr, den dort erst vor wenigen Tagen der Brand der Kirche *Notre-Dame* verursacht hatte, war ihnen suspekt erschienen.

Nun bereitete Boris die überwiegend freie Fahrt innerhalb Deutschlands große Freude. Hier konnte er seinen Freunden die Beschleunigung des Wagens am besten demonstrieren – wie es sie in die Polster drückte, wenn er einen Überholvorgang einleitete und Vollgas gab.

»Wie im Flugzeug beim Start«, meinte sein Beifahrer anerkennend. Nachdem Paris als Ziel gestrichen war, hatte Boris den Bodensee gewählt, und zwar ganz bewusst über die nur wenig tempobeschränkte A7, obwohl dies von Ulm aus ein Umweg war. Dafür konnte er zumindest ein Stück weit das Gaspedal kräftig durchdrücken.

Ab Kempten jedoch ging's auf der B19 zunächst in Großrichtung Oberstdorf, doch musste er bereits in Immenstadt der B308 westwärts durchs Allgäu folgen.

So prächtig wie nur selten erhob sich im Süden die Alpenkette, die noch vielfach vom Schnee des vergangenen Winters hell in der Sonne strahlte. Die kurvige, heute wenig befahrene Straße vom Großen Alpsee hinüber nach Oberstaufen lud trotz des Tempolimits dazu ein, aufs Gaspedal zu treten und den Beifahrern die fantastische Straßenlage des Mercedes zu demonstrieren. Boris ließ den 435 PS freien Lauf, der Motor war trotzdem kaum zu hören, und die Beschleunigung erinnerte die Passagiere tatsächlich an den Start eines Flugzeugs. Die Landschaft raste vorbei. Rechts der Straße einige Häuser und Gehöfte. Der Mann auf dem Beifahrersitz klammerte sich mit der rechten Hand an den Griff der Armlehne, verkniff sich eisern die Bitte, langsamer zu fahren – da war die Kurve bereits verdammt schnell aufgetaucht und ein entgegenkommender Sattelzug der Mittellinie bedrohlich nahe. Boris hatte dies blitzschnell erkannt und reflexartig das Steuer nach rechts gezogen. Irgendein Warnton piepste, die rechten Räder bretterten über den Randstreifen, ein Rütteln ergriff den Wagen. Boris trat auf die Bremse, hielt das Steuer fest umklammert und den Wagen krampfhaft in der Spur, doch die enorme Schubkraft und das unebene Bankett rissen den Mercedes zur Seite und katapultierten ihn mit einem Höllenlärm, weil die Airbags explosionsartig aus ihren Verankerungen schossen, in die angrenzende Wiese, wo er sich mehrmals überschlug und in einer Wolke aus Staub

und Plastiksplittern liegen blieb. Unterdessen war der Sattelzug schnell außer Sichtweite und kein anderes Fahrzeug in der Nähe.
Stille machte sich breit.
Tödliche Stille.

160

Harry Feldkirch hatte seine Detektei in Esslingen längst in jüngere Hände gelegt. Wolfgang Nolte war damit anfangs nicht zurechtgekommen, aber bereits kurz vor dem Ruhestand gewesen, sodass er sich um die Zukunft des Unternehmens keine Gedanken mehr zu machen brauchte. Der neue Eigentümer, ein damals 37-jähriger Schnösel, wie er ihn empfand, hätte schließlich sein Sohn sein können. Aber so erging es wohl vielen altgedienten und erfahrenen Arbeitnehmern überall: Ihnen wurden in diesen Zeiten vermeintlich dynamische Jungspunde vor die Nase gesetzt, die das wahre Arbeitsleben nie wirklich kennengelernt hatten. Allenfalls vielleicht durch einen Ferienjob oder eine Praktikantenstelle während der Sommerferien. Nach dem Studium, sofern man es durchgestanden hatte, fühlte man sich prädestiniert für eine Führungsposition. Fehlende Fachkenntnis galt es geschickt durch Arroganz und Schwätzen auszugleichen und sich mittels unqualifizierter Bemerkungen gespielte Autorität zu verschaffen. Nolte war froh, sich auf Büroarbeit konzentrieren zu können, zumal der neue Chef alles besser zu wissen glaubte. Was hatte der junge Kerl, der ein paar Semester Jura studiert hatte und dann bei einer Detektei in Stuttgart angestellt gewesen war, schon für eine Ahnung von Polizeiarbeit? Nolte hatte ihm dies sogar einmal vorgehalten. Damals, kurz vor dem Ruhestand. Jetzt war Nolte 67 und blickte gelassen auf diese turbulente Zeit zurück. Was musste nur in den Köpfen jener Politiker vorgehen, die allen Ernstes glaubten, man könne die Ruhestandsgrenze beliebig nach oben setzen? Aber man brauchte sich ja nur umzuschauen, wer heutzutage alles in die Politik ging, flammte wieder einer jener Gedanken auf, die ihn an der Gerechtigkeit zweifeln ließen. So wie ihm erging es inzwischen vielen Rentnern, die nicht mehr die Senioren von früher waren, die sich obrigkeitshörig und folgsam ihrem Schicksal fügten. Die Rentner heutiger Zeit waren meist furchtlos und fit und im Umgang mit Computern geübt, schlossen sich über die sozialen Netzwerke zusammen und bildeten nach und nach eine ernstzunehmende Gruppierung für die Parteienlandschaft.

Seit er wieder eine Partnerin gefunden hatte – sie war acht Jahre jünger als er – spürte er eine große Dankbarkeit für Arno Zumwinkel, der ihm nach der Trennung von Heidi dringend empfohlen hatte, alles dranzusetzen, das Haus in Rattenharz zu halten. Jetzt fühlte er sich mit seiner Partnerin Sabine dort daheim. Die Frau war einst Mandantin der Detektei gewesen und hatte den Auftrag erteilt, ihren Mann zu observieren und ihm das Verhältnis mit einer anderen nachzuweisen. Nolte hatte dies innerhalb kürzester Zeit geschafft und bei der Gelegenheit Sabine für sich gewonnen. Natürlich war Heidi in seinen Gedanken noch allgegenwärtig, aber wann immer sie aufkamen, versuchte er, sie sofort zu verdrängen. Heidi hatte ihn und seine Arbeit nie verstanden, vor allem aber nie anerkannt, obwohl er sich um die Abzahlung der Schulden bemüht hatte. Dass sich Boris, der ihnen als Kind sehr große Sorgen bereitet hatte, während der Schulzeit positiv entwickelt und sich schnell auf eigene Beine gestellt hatte, war ein Glücksfall gewesen. Allerdings hätte er sich eine bessere Beziehung zu ihm gewünscht, doch die hatte Nolte, wie er sich eingestehen musste, seiner Karriere geopfert.

Vielleicht war er auch viel zu lange von der Angst beseelt gewesen, man würde ihm noch einen Vorwurf im Zusammenhang mit dem Sparkassenraub machen. Denn das Verbrechen war doch wirklich viel zu reibungslos abgelaufen, als dass es ohne Helfer hätte klappen können.

Vielleicht hätte er psychologische Hilfe in Anspruch nehmen sollen. Heute gab es genug Einrichtungen, die Verbrechensopfern halfen. Aber vor 37 Jahren hatte kein Hahn danach gekräht.

Wieder mal tief von der Vergangenheit gefangen, blickte Nolte von seinem großen bequemen Sessel in die sonnendurchflutete Landschaft hinaus, während Sabine zum Einkaufen hinab nach Lorch gefahren war. Der elektronische Ton des Telefons holte ihn mit einem Schlag in die Gegenwart zurück. Weil das Mobilteil des Festnetzes in Reichweite lag, brauchte er sich nur nach dem Gerät zu strecken, um sich zu melden.

»Wolfgang«, hörte er eine Frauenstimme, die ihm vertraut war, obwohl sie seltsam verzerrt klang, »ich hab eine schlimme Nachricht.«

Nolte sprang auf. »Heidi, was ist?«

»Boris ist tot«, kam es tränenerstickt zurück, »Autounfall im Allgäu.«

Nolte wurde blass. Gerade erst hatte er ihn als Kind vor sich gesehen – und jetzt ...

»Tot?«, entfuhr es ihm.

Doch aus dem Hörer kam nur noch hemmungsloses Schluchzen.

161

Häberle hatte dem ersten Tag nach dem Arbeitsleben mit gemischten Gefühlen entgegengeblickt. Zum einen war es die Freude über die freie Zeit, zum anderen aber auch die Ungewissheit, wie er damit umgehen würde. Susanne hatte ihm seit einigen Jahren schon geraten, sich auf den Tag, an dem er kein Kommissar mehr sein würde, gründlich vorzubereiten. Doch es war ihr so erschienen, als würde er alles verdrängen. Sie befürchtete gar, er würde sein unbestritten großes Talent, kriminalistisch kombinieren zu können, auch weiterhin einsetzen wollen. Immerhin hatte er einige Male weniger despektierlich von Privatdetektiven gesprochen als in früheren Zeiten. Und sein ehemaliger Kollege Edgar Bauer, der sich seit geraumer Zeit auf diese Weise betätigte, hatte gegen Ende der Verabschiedungsfeier voller Begeisterung von derlei Freizeitbeschäftigungen gesprochen. »Du kannst dir die Aufträge aussuchen und hast keinen Staatsanwalt oder Polizeipräsidenten im Nacken«, hatte Bauer geschwärmt und ergänzt: »Aufträge gibt es jede Menge, nicht nur die Observation von untreuen Ehepartnern. Viel spannender sind die oftmals kleinen Betrügereien oder Schwindeleien, die man aufdröseln muss, oder wenn sich jemand verfolgt fühlt. Stalking und so.«

Häberle legte an diesem Vormittag nach dem ausgiebigen Frühstück mit Susanne die Zeitung beiseite und grantelte: »Nur kleine Polizeimeldungen drin. Abgerissene Rückspiegel, eine Wand besprüht. Glaubt doch kein Mensch, dass ansonsten im ganzen Kreis Göppingen nichts los war.«

Er hatte zwar den Journalisten Georg Sander bisweilen für allzu aufdringlich empfunden, aber im Interesse der Öffentlichkeit war es durchaus sinnvoll, die Sicherheitslage objektiv darzustellen. Häberle hegte den Verdacht, dass die Pressestellen der Polizeipräsidien seit einigen Jahren dazu neigten, vieles herauszufiltern, was die Bevölkerung verunsichern könnte. Schon während seiner Dienstzeit hatte er sich zunehmend darüber gewundert, wie wenig noch in den offiziellen Verlautbarungen stand. Wenn es keine Journalisten gab, die hartnäckig nachbohrten und denen man Zeit ließ, fundiert zu recherchieren, dann blieb manches im Dunkeln. Häberle bedauerte es, dass sich gerade Heimatzeitungen kampflos diesem Schicksal hingaben, anstatt dort aktiv zu sein, wo kein Internet etwas bieten konnte: nämlich in der lokalen Berichterstattung, wo die Presse eine unverzichtbare Aufgabe hatte. Gäbe es keine Lokalzeitung mehr, könnten die örtlichen Kommunalpolitiker schalten und walten, wie sie wollten, denn in ihren geliebten Mitteilungsblättern waren sämtliche Artikel natürlich vom Bürgermeister zensiert und alle kritischen Themen deshalb entsprechend schöngeschrieben. Sander hatte diese Art von Amtsblättern in Anlehnung an das einstige sowjetische Zentralorgan der KPdSU oftmals ironisch als *Rathaus-Prawda* bezeichnet.

Häberle hatte den Umschlag, der ihm während Bauers Abschiedsrede zugesteckt worden war, gleich nach der Rückkehr auf seinen heimischen Schreibtisch gelegt. Er wollte so schnell wie möglich die übermittelte Handynummer anrufen, versuchte aber, seinen Eifer gegenüber Susanne zu verbergen. Sie sollte keinesfalls den Eindruck gewinnen, er wolle schon wieder seinem kriminalistischen Spürsinn nachgeben. Aber irgendjemand hatte ihm wohl etwas zu sagen. Ihm, der jetzt auch dann ermitteln konnte, wenn ein Sachverhalt längst verjährt war.

Noch am Abend hatte er bei dem Cateringservice des historischen *Gartensaals* nachgefragt, woher das Kuvert gekommen sei. Aber niemand von dem Personal konnte ihm eine Antwort geben. Die Kellnerin, die es ihm so eilig auf den Tisch gelegt hatte, konnte sich nur entsinnen, es im geschäftigen Treiben von einem Herrn erhalten zu haben, der gesagt habe, jemand habe ihn draußen gebeten, es dringend dem Häberle abzugeben. Doch es fand sich weder dieser Herr noch jene Person, die ihn draußen zur Weitergabe des Kuverts gebeten hatte. Häberle hatte auch nicht sonderlich intensiv nachforschen, sondern ein Aufsehen im *Gartensaal* unbedingt vermeiden wollen.

Susanne lächelte zustimmend, als er sich nun mit dem Hinweis, die Nummer aus dem Kuvert von seinem heimischen Büro aus anrufen zu wollen, entschuldigte. Er ließ sich in seinen Bürosessel fallen und sah aus dem Fenster in den Garten hinaus, während er die Tastatur des schnurlosen Gerätes betätigte. Ruftöne gingen ab, – doch nach dem siebten oder achten meldete sich die übliche Stimme mit dem Hinweis, wonach der Teilnehmer vorübergehend nicht erreichbar sei.

Häberle verglich die ins Display getippte Nummer mit jener auf dem Papier und stellte zufrieden fest, dass beide identisch waren. Er unterbrach die Verbindung und entschied, es am Nachmittag nochmals zu versuchen.

Doch auch Stunden später, als er viele Papiere, Notizen und Schnellhefter sortiert hatte, die sich auf seinem Schreibtisch links und rechts des Computermonitors kreuz und quer angehäuft hatten, gab es bei einem weiteren Anrufversuch wieder dieselbe Ansage.

Während seiner Aufräumungsarbeiten war ihm die Idee gekommen, die Nummer bei Google einzugeben. Vielleicht war es ja eine von jenen, die auf irgendein Callcenter hindeutete, das bereits wegen dubioser Telefonanrufe aufgefallen war. In solchen Fällen reichte es aus, bei Google zu recherchieren. Doch im vorliegenden Fall tauchte nur der Hinweis auf, sie

gehöre zu einem Rufnummernblock des deutschen Handy-
netzes. Ohne negative Kommentare.

Häberle entschied, es morgen erneut zu versuchen. Wäre er
noch im Dienst gewesen, hätte er sich den Inhaber der Nummer auf einfache Weise besorgen können.

Aber vielleicht würde Linkohr …

Er ließ den Gedanken schnell wieder fallen.

162

Helmut Reinicke arbeitete auf einer Baustelle, als ihn Heidi
auf dem Handy erreichte und ihm die Nachricht von Boris'
Tod übermittelte. Für einen Moment blieb er wie vom Blitz
getroffen stehen – unfähig, etwas dazu zu sagen.

»Ich dachte, es interessiert dich auch …«, hörte er Heidis
belegte Stimme, weil er nichts erwidert hatte.

»Natürlich, Heidi, natürlich«, entgegnete er schließlich,
nach Worten ringend. »Was ist passiert?«

»Autounfall. Im Allgäu. Boris ist tot, seine beiden Beifahrer schwer verletzt.«

»Oh Gott. Das ist furchtbar.«

Heidi schilderte, von Weinkrämpfen geschüttelt, was sie
von dem Unfall wusste, und fügte an: »Ich hab immer gesagt,
er soll keine so schnellen Autos fahren. Und jetzt steht Ester

mit dem Mädchen allein da. Kannst du dir vorstellen, was das bedeutet?«

Reinicke schloss die Augen und holte tief Luft. »Heidi«, sagte er mit trocken gewordener Kehle. »Ich bin für dich da. Das weißt du. Aber …« Er stockte.

»Mach dir keine Gedanken, Helmut. Ich wollte es dir nur sagen. Mehr nicht. Wolfgang kümmert sich um alles.«

Reinicke fühlte sich von einem Gedankenstrudel ergriffen. Er solle sich keine Gedanken machen, hatte Heidi gesagt. Sollte er dies alles einfach so hinnehmen? Ihr jetzt nicht beistehen dürfen? Aber warum? Weil sie nicht wahrhaben wollte, dass er sich noch immer zu ihr hingezogen fühlte? Nach all den Jahren? Immer, wenn er an sie dachte, fühlte es sich so an, als hinge er einer alten Jugendliebe nach. Wie manche es empfanden, wenn sie Jahrzehnte nach der Schulentlassung wieder zu einem Klassentreffen eingeladen wurden und ihren Jugendschwarm vor sich sahen. Zwar mit den Spuren, die das Leben ins Gesicht gegraben hatte, aber noch mit derselben Sympathie wie früher. Dass Heidi ihn damals verlassen hatte, war ein schwerer Schlag für ihn gewesen. Sie selbst hatte später darunter gelitten.

»Wenn du Hilfe brauchst«, presste Reinicke hervor, »dann lass es mich wissen. Du kannst mich jederzeit anrufen.«

»Danke, das ist lieb von dir.«

Sie verabschiedete sich und beendete das Gespräch.

Reinicke steckte das Gerät in seine Jacke und fühlte sich nicht mehr in der Lage, seine Arbeit weiterzuführen. Er packte sein Werkzeug zusammen und verließ den Rohbau, in dem er heute allein zugange war, um Wasserleitungsrohre zu verlegen. Auf dem Weg zu seinem Lieferwagen drehte sich sein Gedankenkarussell weiter. Autounfall, hallte es durch seinen Kopf. Er war so schockiert gewesen, dass er vergessen hatte, Heidi zu fragen, wie sich der Unfall zugetragen hatte. Und ob es ein Fremdverschulden gewesen war. Reinicke warf seine

Werkzeugkiste in den Laderaum des Fahrzeugs und wurde plötzlich von schrecklichen Zweifeln ergriffen: War es wirklich ein Unfall gewesen?

163

Häberle hatte einige Tage verstreichen lassen. Denn wenn er gleich wieder zu recherchieren begonnen hätte, wäre Susanne nicht sonderlich begeistert gewesen. Doch weil sie nun wider Erwarten schon mehrfach gefragt hatte, ob er denn mit der Telefonnummer schon etwas erreicht habe, räumte er ein, inzwischen mehrfach vergeblich dort angerufen zu haben. Jetzt, beim Frühstück, machte sie einen Vorschlag, mit dem er gar nicht gerechnet hatte: »Lass doch mal von deinen Kollegen prüfen, wem die Handynummer gehört.«

Mit diesem Gedanken hatte er zwar auch schon gespielt, ihn aber jedes Mal wieder verworfen. Denn was würden die Kollegen denken, wenn er schon eine Woche nach der Verabschiedung anrief und sie um einen Gefallen bat? Und wenn er dann noch durchblicken ließe, es gehe möglicherweise um den Banküberfall von vor 37 Jahren, dann hielten sie ihn womöglich für überdreht.

Nach dem Frühstück entschied er aber, es doch zu tun. Wenn ihm jemand in dieser Angelegenheit diskret helfen konnte, dann Linkohr. Er hatte ihn auch sofort an der Strippe und bemerkte, dass der junge Kollege über den Anruf erfreut war. Häberle schilderte kurz den Sachverhalt mit dem zugesteckten Kuvert und der Telefonnummer. »Es wäre super, wenn Sie feststellen lassen könnten, auf wen diese Mobilfunknummer ausgegeben ist.« Häberle wusste natürlich, dass er Linkohr um etwas bat, das eigentlich nicht den Vorschriften entsprach. Als Pensionär stand ihm der Zugriff auf solche Daten nicht zu. Aber mit Linkohr hatte er schon vor einigen Monaten ein vertrauliches Gespräch geführt und durchblicken lassen, dass er ihn vielleicht ab und zu um einen kleinen Gefallen bitten würde. Allerdings musste Linkohr verdammt aufpassen, sich nicht allzu weit aus dem Fenster zu lehnen, denn datenschutzrechtlich gesehen war es vorgeschrieben, auch innerdienstlich manche Anfragen zu begründen und zu dokumentieren. Linkohr notierte sich die Nummer, die Häberle ihm diktierte, und versprach, sein Möglichstes zu tun.

Der Einzige, den Häberle noch am Abend seiner Abschiedsfeier in den Inhalt des Briefes eingeweiht hatte, war sein Ex-Kollege Edgar Bauer, der während seiner Rede natürlich die blitzartige Übergabe des Kuverts bemerkt hatte. Außerdem war Bauer in seiner Eigenschaft als Privatdetektiv ohnehin der richtige Ansprechpartner gewesen. Immerhin hatte er mit Häberle während dessen letztem großen Fall im vergangenen Jahr sehr vertrauensvoll zusammengearbeitet. Gemeinsam hatten sie in Bad Waldsee dubiose Medikamentenfälscher gejagt: Häberle als Kriminalist, während der pensionierte Polizeibeamte Bauer vom Witwer einer getöteten Frau engagiert worden war.

Häberle nahm den meist ausgiebigen Einkaufsbummel Susannes zum Anlass, daheim in aller Ruhe ein weiteres Telefonat führen zu können. Sein alter Freund Bauer war rasch am Apparat und erkundigte sich sofort, wie es im Ruhestand gehe.

»Gut bisher«, log Häberle überzeugend und erklärte sofort, dass der Grund seines Anrufs nicht etwa dahingehend zu deuten sei, dass er seinen Job vermisste.

»Sondern?«, kam es zweifelnd zurück.

Häberle erinnerte seinen Ex-Kollegen an das Kuvert und berichtete von den vergeblichen Versuchen, unter der Mobilfunknummer jemanden zu erreichen.

»Du rennst immer noch der alten Geschichte nach?«, brummte Bauer, der bei der Verabschiedungsfeier, als Häberle ihn den Text hatte lesen lassen, von weiteren Ermittlungen nicht überzeugt gewesen war.

»Mich lässt das nicht los – da bin ich ganz ehrlich, ja«, sagte Häberle und wippte mit der Rückenlehne seines komfortablen Bürosessels. »Denn weshalb hat jemand Interesse daran, mich ausgerechnet bei meiner Verabschiedung daran zu erinnern.«

»Ein Witzbold vielleicht. Immerhin hat der Sander doch in der Zeitung deine Abschiedsfete ankündigen lassen.«

»Weil du es ihm gesteckt hast, stimmt's?«

»Musste ich doch, sonst hätte er ja keine Laudatio auf dich halten können.«

»Nur eine Frage, Edgar«, wagte Häberle sich vor, obwohl er Bauers einstigen Vorschlag, ihm künftig bei der Ermittlungsarbeit zur Seite zu stehen, einmal weit von sich gewiesen hatte. »Hättest du Lust, mich ein bisschen zu unterstützen?«

»Wie?«, staunte Bauer. »Dich unterstützen? Ich hör wohl nicht recht. Ich hab das eher andersrum gemeint.«

»Okay, okay, Edgar. Ich dachte ja nur, wir könnten da beide …«

»Deinen vierten Mann jagen. Das meinst du doch, oder? Und du bist davon überzeugt, dass es kein Phantom ist? Weißt du auch, wie alt der inzwischen sein müsste? Von 1982 bis heute sind es 37 Jahre. Falls der damals 30 war, ist er jetzt 67.«

»Entschuldige, Edgar, soweit kann sogar ich rechnen.«

»Dann rechne mal weiter: Wenn der keinen umgebracht hat, ist die Sache verjährt.«

»Auch das ist mir bewusst«, blieb Häberle gelassen. »Aber vergiss nicht: Es muss jemanden geben, der an seiner Entlarvung interessiert ist.«

»Also, August«, entschied Bauer, »wenn du rauskriegst, wer hinter der Handynummer steckt, bin ich bereit, dir zu helfen. Wenn's deinem Seelenfrieden dient.«

»Danke, Edgar. Danke. Ich komm bestimmt auf das Angebot zurück.«

Nach einigen Frotzeleien über ihre frühere Zusammenarbeit war das Gespräch beendet. Doch kaum hatte Häberle aufgelegt, schreckte ihn der schrille Anrufton auf.

Auf dem Display tauchte eine wohlvertraute Nummer auf. Linkohrs dienstliche.

»Chef«, hörte er die aufgeregte Stimme seines einst engsten Mitarbeiters. »Ich hab's rausgekriegt. Und Sie werden's nicht glauben. Die Nummer gehört einem Mann, dessen Nachnamen ich in den Akten gefunden habe – aus der Zeit nach 1982.«

»Ach«, entfuhr es Häberle. »Machen Sie's nicht so spannend. Welcher?«

»Nolte«, kam es von Linkohr zurück. »Boris Nolte, wohnhaft in Ulm.«

»Nolte?« In Häberles Kopf rotierten die Gedanken. Natürlich, Nolte. Der Mann von Heidi Nolte, der Geldbote von damals. Hatte die Polizeiausbildung hinter sich, war aber aus gesundheitlichen Gründen nicht übernommen worden. Aber der hieß nicht Boris. Ganz sicher nicht. Der Name wäre ihm schon wegen dem Tennisstar gleichen Namens und dem des ersten russischen Präsidenten Jelzin in Erinnerung geblieben. Weit mehr als diesen Mann, dessen Vorname ihm nicht mehr einfiel, hatte er jedoch die Frau in Erinnerung. Heidi. Eine sehr attraktive. In einem Café in Lorch hatte er sie mal getroffen.

»Haben Sie weitere Daten von ihm?«, fragte er schnell.

»Wohnanschrift in Ulm, geboren 1983, im August.«

Häberle rechnete zurück. War das der Sohn des Ehepaars Nolte? Und wenn ja, dann konnte das eine brisante Erkenntnis sein. War nicht Frau Nolte zum Zeitpunkt des Sparkassenüberfalls in der Bank beschäftigt gewesen?

164

Nach der Beerdigung von Boris war Wolfgang mit in Heidis kleine Wohnung gekommen. Obwohl sie lange Zeit ein Ehepaar gewesen waren, kamen sie sich ungewöhnlich fremd vor. Der Unglücksfall hatte sie beide tief getroffen, weshalb sie auch schon in den vergangenen Tagen, als sie sich um Boris' Frau Ester und die kleine Enkelin gekümmert hatten, allen persönlichen Themen aus dem Weg gegangen waren. Nolte, der nicht einmal hätte sagen können, wann er zuletzt mit Boris gesprochen hatte, fiel dies leichter als Heidi, die ihrem Sohn emotional nähergestanden war. In ihr kochte die Vergangenheit wieder auf: die vielen Stunden, die sie mit Boris einst Mathe gepaukt hatte; der Kummer, den er ihr im Grundschulalter bereitet hatte – und letztlich der Stolz über seine wissenschaftliche Karriere. Er war trotz des schwierigen Elternhauses seinen eigenen Weg zielstrebig gegangen. Nun war alles vorbei. Endgültig, für immer.

Heidi nahm sich vor, sooft es ihr beruflich möglich war, zu ihrer Schwiegertochter nach Ulm zu fahren und ihr und der Enkelin beizustehen. Noch waren es einige Jahre bis zum Ruhestand. Und wie weit die Politiker, die fernab des realen Arbeitslebens folgenschwere Entscheidungen trafen, die Rentengrenze noch nach oben schoben, war in diesen unberechenbaren Zeiten nicht vorherzusehen.

Nolte blickte zwar nicht ganz so düster in die Zukunft, doch seine Rente fiel deutlich niedriger aus, als er geglaubt hatte. Aber so erging es momentan allen, die der irrigen Meinung waren, nach einem langen Arbeitsleben finanziell abgesichert zu sein. Immer öfter fragte er sich, wo eines der angeblich reichsten Länder der Welt das Geld verpulvert hatte. Denn nicht nur das lebenslang in die Rentenversicherung Einbezahlte reichte nicht mehr, auch die Infrastruktur war vor die Hunde gegangen, von der dringend notwendigen Digitalisierung ganz zu schweigen. Als besonders dramatisch empfand Nolte den betriebswirtschaftlich verschuldeten Niedergang des Gesundheitssystems, das dem überbordenden Bürokratismus geschuldet war. Allerorts fehlten Pflegekräfte und Krankenhauspersonal. Eines Tages würden sich die elenden Sparmaßnahmen bitter rächen. Davon war Nolte felsenfest überzeugt.

Nun galt es aber, der Schwiegertochter finanziell unter die Arme zu greifen.

Während Heidi einen Tee aufbrühte, war Nolte auf einem Esszimmerstuhl tief in Gedanken versunken, bis ihn seine ehemalige Frau mit einer Frage aufschreckte: »Kann man es eigentlich glauben, wenn die Polizei sagt, es sei ein Unfall gewesen?«

Nolte war überrascht, dass Heidi aussprach, woran er auch schon gedacht hatte. »Was haben denn seine Beifahrer gesagt?«

»Einer hat keine Erinnerung mehr an den Unfall, der andere weiß nur, dass Boris einen plötzlichen Schlenker nach rechts gemacht hat und dabei auf den Grünstreifen geraten ist.«

»Aber ob einer entgegengekommen ist oder vielleicht sogar überholt hat, weiß man nicht«, kommentierte Nolte resignierend.

»Glaubst du, das hätte jemand inszenieren können?« Heidi wandte sich zu ihm und sah ihn entgeistert an.

»Nein, nein. Das glaub ich nicht. Aber Boris war kein verantwortungsloser Raser, auch wenn er von schnellen Autos fasziniert war.«

Nolte verfolgte mit nachdenklichem Blick, wie Heidi die Teekanne auf den Tisch stellte. »Einen Bezug zu Rattenharz oder hierher ins Remstal hatte er nicht mehr?«, fragte er.

»Wie kommst du denn darauf?«, zeigte sich Heidi verwundert und verteilte die Tassen.

»Nur so. Hätte mich auch gewundert«, meinte Nolte. »Ich hatte immer den Eindruck, er hat sich hier nie richtig heimisch gefühlt.«

Heidi hielt kurz den Atem an, weil sie nichts darauf zu sagen hatte. Es war jetzt nicht die Zeit, über das Vater-Sohn-Verhältnis zu reden.

165

Reinicke war nicht zur Beerdigung gegangen. Er hatte einen inneren Kampf mit sich geführt, es dann aber für sinnvoller erachtet fernzubleiben und das Grab von Boris demnächst allein aufzusuchen. Er hatte weder Heidi noch Nolte begegnen wollen. Hinzu kam, dass er ziemlich gestresst war, seit Ivonne sich einem Jüngeren an den Hals geworfen hatte. Lange würde er seinen Betrieb nicht mehr aufrechterhalten können. Und die Zeit, sich mit langen E-Mails im Internet eine Partnerin zu suchen, hatte er erst recht nicht. Trotzdem verbrachte er halbe Nächte im Dachgeschosszimmer vor seinem Computer. Mal musste er mühsam Rechnungen schreiben, dann wieder Angebote. Die Hausarbeit blieb seit Wochen schon liegen, und die ganze Wohnung sah aus, als habe sich eine kleine Katastrophe ereignet. Wenn überhaupt, dann wärmte er ein Fertigmenü auf oder begnügte sich mit dem Wenigen, das seine Kochkünste hergaben. Inzwischen fühlte er sich schlapp und versuchte vergeblich, dem psychischen Tief zu entkommen. Mit dem Tod von Boris waren die Gedanken an Heidi wieder heftiger geworden. Von Tag zu Tag verspürte er einen stärkeren Drang, mit ihr reden zu müssen. Über alles. Über die Vergangenheit vor allem. Vielleicht brauchte sie ihn sogar – jetzt, in diesen tristen Tagen. Gerne würde er ihr auch finanziell helfen. Aber er selbst nagte bereits fast am Hungertuch.

Er musste unbedingt einen Weg aus dieser finanziellen Klemme finden. Noch bevor er in den Ruhestand ging.

Das Internet bot schließlich mannigfache Möglichkeiten, stellte er fest. Im Darknet konnte man nicht nur Verbotenes kaufen, sondern auch lukrative Geschäfte machen, ohne dass sie nachvollziehbare Spuren hinterließen. So richtig allerdings hatte er die Systematik immer noch nicht verstanden, zumal meist alles nur in Englisch zu lesen war. Er hatte zwar Englisch gelernt, kam aber nicht umhin, einzelne Begriffe von Google übersetzen zu lassen.

Einfach war das nicht. Aber es würde ihm ganz bestimmt gelingen.

166

Susanne hatte bemerkt, dass ihr August noch nicht zur Ruhe kommen konnte. Seine Gedanken, das spürte sie, kreisten um die seltsame Botschaft. Vermutlich kam er sich innerlich wie ein Löwe vor, der nur im Käfig auf und ab gehen konnte, anstatt draußen zu jagen, wie es seinem natürlichen Instinkt entsprach. Sie wollte ihm keine Vorwürfe machen, weil sie mit diesen Entzugserscheinungen gerechnet hatte. Wer sich, wie August, nicht rechtzeitig auf den Ruhestand vorbereitete, fiel in ein tiefes Loch. Natürlich hatte sich August gefreut, aber wohl nur halbherzig, denn einen wirklichen Plan für die Zeit nach seinem Berufsleben hatte er nie gehabt. Dass er jetzt in seinem Büro saß, von dem aus er den Garten überblicken konnte, zeugte von dieser inneren Unruhe, die ihn gefangen hielt. Wieder war er mit der angegebenen Telefonnummer keinen Schritt weitergekommen.

Dass es die Nummer gab, hatte Linkohr ja herausgefunden. Aber was sollte mit der seltsamen Übergabe bezweckt werden, wenn sich der Mobilfunkteilnehmer nicht meldete? War der Akku leer? Oder das Gerät defekt?

Häberle entschied sich zu einer pragmatischen Lösung: Er würde einfach Boris' Eltern kontaktieren. Rattenharz, ja, da hatten sie mal gewohnt. Er klickte sich durchs Telefonverzeichnis im Internet, stieß aber auf keinen »Nolte«.

Gereizt und nervös drehte er sich weg. Natürlich. Wieder so einer mit Geheimnummer. Inzwischen gab es genügend Leute, die sich für so wichtig hielten, dass sie in einem Anflug von Selbstüberschätzung glaubten, sich vor Gott und der Welt schützen zu müssen, vor allem vor lästigen Anrufern. Oder gar den Geheimdiensten.

Häberle entsann sich Noltes Arbeitgeber, die Detektei Feldkirch in Esslingen. Vielleicht half man ihm dort weiter, was auch geschah, obwohl Nolte inzwischen im Ruhestand war. Eine freundliche Sekretärin übermittelte dessen private Telefonnummer, die Häberle sofort anwählte. Weil sich eine Männerstimme nur mit »Hallo« meldete, fragte er kurz: »Herr Nolte?« und bekam ein knappes »Ja« zu hören. Häberle erklärte, wer er war und dass es um den alten Sparkassenfall gehe.

»Und was wollen Sie jetzt von mir?«, unterbrach Nolte unfreundlich, noch bevor Häberle sein Anliegen vorbringen konnte.

»Es geht nicht um Sie«, beruhigte der pensionierte Kriminalist und schilderte, was am Abend seiner Verabschiedung geschehen war und dass die übermittelte Telefonnummer möglicherweise auf den Sohn Boris hindeute.

Für ein paar Sekunden blieb die Leitung still, was für Häberle ein untrügliches Zeichen dafür war, den Gesprächspartner irritiert zu haben.

»Boris«, wiederholte Nolte. »Sie haben Boris' Handynummer erhalten? Von wem?«

»Weiß ich nicht«, erwiderte Häberle. »Wie ich doch sage, es war ein anonymer Zettel.«

»Im Zusammenhang mit dem Sparkassenraub von damals, sagen Sie?« Nolte wurde hörbar unsicher.

»Ja, so sieht es aus. Können Sie mir sagen, wo ich Ihren Sohn erreiche?«

»Er ist tot«, kam es tonlos zurück, was Häberle wie einen Stich in die Seele empfand. Er wartete ein paar Atemzüge, um dann zu erwidern: »Oh, das tut mir aber leid. Darf ich fragen, woran er gestorben ist und wann?«

»Autounfall. Irgendwo im Allgäu. Vorige Woche.«

Häberle räusperte sich und schloss die Augen, um sich in die Gefühlswelt Noltes hineinversetzen zu können. »An welchem Tag ist das gewesen?«, fragte er ruhig.

»Samstag, 4. April.«

Häberle zuckte erneut zusammen. Das war der Tag seines Abschieds gewesen.

167

Heidi hatte seit Langem damit gerungen. Aber jetzt, da Boris tot war, musste sie vermutlich ihre Schwiegertochter Ester und die Enkelin finanziell unterstützen. Jahrelang hatte sie mit dem Gedanken gespielt, ihre Goldbarren zu verkaufen. In ihren schriftlichen Unterlagen fand sie noch Notizen, die sie nach einem Telefonat mit dem früheren Goldexperten Pfitzold gemacht hatte. Mit Datum von 2010. Das war nun neun Jahre her, staunte sie und spürte, wie sie die seither vergangene Zeit ängstigte, zumal sie sich an das Telefonat noch genau erinnern konnte. Aber vermutlich waren gerade jene Ereignisse im Kopf gespeichert, die aufgrund damaliger Umstände eine schwerwiegende Bedeutung hatten.

Ihn jetzt wieder anzurufen, machte wahrscheinlich keinen Sinn. Er war viel zu lange aus dem Goldgeschäft raus und möglicherweise lebte er schon gar nicht mehr. Heidi blätterte in alten Schriftstücken, hielt aber immer wieder inne, weil ihre Gedanken in jene Tage des Sommers 1982 abschweiften, als sie die 48.000 D-Mark in Gold angelegt hatte – mit ganz schlechtem Gewissen, weil sie als kleine Angestellte hatte befürchten müssen, in einen Zusammenhang mit dem vorausgegangenen Raubüberfall gebracht zu werden. Zwar hatte Pfitzold auch nach der Herkunft des Geldes gefragt, aber sich mit der Behauptung, es handle sich um eine Erbschaft, zufriedengegeben. Heutzutage wäre das nicht mehr so einfach, wusste Heidi. Ihr Gold jedoch zu irgendeinem Händler bringen, wollte sie nicht. Sie hatte gelesen, dass solche Goldaufkäufer zwar auch verpflichtet seien, die Herkunft der Barren zu prüfen – aber da *läuft sicher viel unter der Hand*, hatte es in einem Artikel

geheißen. Außerdem müsste sie dann einen erheblichen Kurs-
abschlag in Kauf nehmen, wie er für *heiße Ware ohne Beleg*
üblich sei. Heidi wusste aus Gesprächen mit ihrem Chef, dem
Steuerberater: »Illegal können Sie fast alles kaufen und verkaufen«, pflegte dieser oftmals zu sagen. Sie hatte vor einigen Wochen, als derlei Themen rein zufällig angesprochen
worden waren, eher beiläufig zu bedenken gegeben, dass es
doch vielerorts türkische Goldankäufer gebe, die möglicherweise ihren Handel im Grauzonenbereich ausführten. Ihr Chef
hatte diese Einschätzung jedoch nicht uneingeschränkt geteilt.
Heutzutage liefen illegale Ankäufe zunächst oft über libane-
sische Clans, die allerdings durchaus auch Kontakte zu tür-
kischen Händlern herstellten.

Auf so etwas wollte sich Heidi nicht einlassen, zumal sie
sich in solchen Läden mit einer Schatulle voller Goldbarren
ziemlich unwohl gefühlt hätte.

Warum sollte jetzt, nach so langer Zeit, noch jemand einen
Zusammenhang mit dem Sparkassenraub konstruieren? Und
dass jemand ganz legal ein paar Goldstücke daheim aufbewahrte und sie zu Geld machen wollte, war schließlich nichts
Ungewöhnliches. Sie ließ sich deshalb mit dem Pfitzold-Nach-
folger verbinden, einem sehr freundlichen Mann namens Rainer Malles, der schon am Telefon einen äußerst kompetenten
Eindruck machte und ihr erklärte, dass bei einem offiziellen
Goldankauf über eine Bank das Geld nicht bar ausbezahlt,
sondern nur auf ein Konto überwiesen werden könne. »Wegen
der Geldwäsche«, fügte er an. Er konnte ja nicht wissen, dass
seine Gesprächspartnerin darüber bestens informiert war.

Heidi versuchte, die Stimme des Mannes einem bestimmten Alter zuzuordnen, und überlegte, ob Malles 1982 schon
bei der Sparkasse gewesen sein könnte. Sie ging davon aus,
dass dies nicht der Fall war, es sei denn als Azubi. Sie verein-
barte mit Malles einen Termin. Etwas anderes blieb ihr auch

gar nicht übrig, wollte sie ihr Gold auf seriöse Weise in Euro umwandeln. Malles brauchte ja nicht zu wissen, dass sie es kurz nach dem Raubüberfall gekauft hatte.

168

Häberle hatte den Text schon viele Male gelesen: *Sparkasse 1982. Aufgabe für Ruhestand?* Was wollte Boris Nolte damit sagen? Oder war das Kuvert gar nicht von ihm gewesen? Wieder einmal saß er gedankenversunken an seinem Schreibtisch, als ihm Susanne eine Tasse Kaffee brachte und ihn kritisch von oben herab ansah. »August, du solltest dich nicht mehr mit alten Sachen belasten.«

Er lächelte zustimmend. »Ich weiß, du hast recht, Susanne«, nickte er. »Aber ich fühl mich dem Verfasser der Nachricht gegenüber irgendwie verpflichtet. So was schreibt man doch nicht aus Jux und Tollerei und gibt's dann just bei meiner Verabschiedung ab.«

»Vielleicht doch ein Witzbold. Den Sander hast du nicht im Verdacht?«

»Den Sander? Nein, niemals. So etwas tut der nicht. Vielleicht ...« Er nahm einen Schluck Kaffee und überlegte. »Vielleicht sollte ich mal versuchen, mit alten Sparkassenangestellten Kontakt aufzunehmen.«

»Du weißt schon, wie lange das her ist und wie alt die Leute von damals jetzt sind?«, warf Susanne ein und setzte sich auf einen gepolsterten Schemel.

»Natürlich weiß ich das. Ich müsste halt mal in den alten Akten …«

»Was du aber nicht mehr darfst«, mahnte ihn seine Frau, die ihm auf diese Weise den Wind aus den Segeln nehmen wollte.

Nachdem sie wieder entschwunden war, ließ Häberle längst vergangene Zeiten an sich vorbeiziehen. Damals hatte sein Stuttgarter Kollege Hartmut Zeller die Ermittlungen geleitet, der sogar in Göppingen wohnte und Nachbar von einem der Geiseln gewesen war. Zwar hatte er den Kollegen seit Jahren nicht mehr gesehen, und vermutlich war dieser ebenfalls schon in Pension, aber wenn ihm jemand weiterhelfen konnte, dann er.

Häberle fand ihn wider Erwarten im Telefonbuch. Zeller zählte demnach zu jenen bodenständigen Zeitgenossen, die keine Scheu hatten, ihre Nummer öffentlich zu zeigen. Er meldete sich so forsch, wie Häberle es noch von früher von ihm gewohnt war.

Zeller hatte natürlich von Häberles Abschied in der Zeitung gelesen und beglückwünschte ihn zum Ruhestand, bemerkte aber gleich, dass er damit nicht gerade auf einen vor Freude sprühenden Ex-Kollegen stieß. Er zügelte deshalb seine eigene Begeisterung über die freie Zeit und ließ sich berichten, worum es Häberle ging.

»Du meinst meinen damaligen Nachbarn Lackner, den Heinrich Lackner«, entsann sich Zeller sofort. »Das war eine der Geiseln damals. Der Hauptkassierer, den die Gangster ein Stück im Auto mitgenommen haben.«

»Kann ich mit dem noch sprechen?«

»Das kommt drauf an. Versuchen kannst du's. Der ist fit wie ein Turnschuh.«

»Kannst du ihn mal dezent drauf vorbereiten, dass ich mich gern mit ihm unterhalten möchte?«

»Du willst tatsächlich alte Wunden wieder aufreißen, August? Vergiss nicht: Die Sache ist abgeschlossen, die Verbrecher haben wir gefasst, sie waren geständig. Da war nie die Rede von einem *großen Unbekannten*. Außerdem: Was soll's? Selbst wenn es einen solchen gäbe, wäre die Angelegenheit verjährt.«

Häberle gab seinem Ex-Kollegen recht, wiederholte aber noch einmal, dass ihm die übermittelte Botschaft und der Tod jenes Mannes, dessen Telefonnummer er hätte anrufen sollen, keine Ruhe ließen.

Zeller seufzte ins Telefon hinein. »August, hör auf meinen Rat: Alles ist gut zu seiner Zeit. Genieß deinen Ruhestand und jag keinem Phantom hinterher.«

Häberle ging nicht darauf ein, sondern bohrte weiter: »Sagt dir der Name *Nolte* etwas?«

»Nolte?«, kam es leicht gereizt zurück. »Das war doch der Geldbote, einer von den beiden, die das Lösegeld herschaffen mussten, oder?«

Und jetzt fiel Häberle auch noch eine weitere Person ein, die er vernommen hatte: Reinicke. Den hatte er später bei den legendären Stammtischgesprächen überraschenderweise wiedergetroffen. Ein Installateur mit einem kleinen Betrieb. Plötzlich war alles wieder da: Dieser Mann hatte eingeräumt, kurz mit Heidi Nolte befreundet gewesen zu sein. Und die hatte ihn ziemlich schnell wegen Nolte in die Wüste geschickt.

Das waren doch gute Ansätze für weitere Ermittlungen.

»Mensch, August«, hörte er die Stimme seines früheren Kollegen, »dieser Nolte war später Privatdetektiv. Tu dich doch mit dem zusammen.«

Häberle wollte nichts dazu sagen.

169

Rainer Malles hatte den Ankauf der Goldbarren in seinem separaten Büro der Kreissparkasse abgewickelt und veranlasst, dass der Wert von rund 73.000 Euro Heidis Konto gutgeschrieben wurde. Auf die routinemäßige Frage Malles, woher die Barren stammten, hatte sie erklärt, das Geld dazu von der Oma geerbt und es auf diese Weise wertbeständig angelegt zu haben. Malles notierte diese Angabe, ließ jedoch keine Zweifel erkennen. Dass die Frau in Geldnot war und sich finanziellen Spielraum verschaffen wollte, war angesichts des Kontostands, den er abrufen konnte, durchaus verständlich. Außerdem erwähnte sie beiläufig: »Ich hab mich von meinem Mann getrennt.«

»Sie sind ausgezogen?«, erkundigte sich Malles, der die Seriosität eines vertrauensvollen Bankers ausstrahlte, dabei weder hochnäsig noch arrogant war, sondern sich auf sympathische und charmante Weise seiner Kundin annahm.

Heidi war froh, das ungewohnte Geschäft mit dem vielen Gold so unkompliziert abschließen zu können. Sie bedankte und verabschiedete sich. Malles spürte beim Händedruck, wie schon bei der Begrüßung, ihre eisige Kälte.

Als Heidi das kleine Büro verlassen hatte, ging Malles noch einmal die Daten durch. Angesichts der äußerst strengen Vorschriften, mit denen die Regierung spätestens seit Nine-Elven, wie der Terroranschlag auf das World Trade Center in New York genannt wurde, die globale Geldwäsche zu verhindern versuchte, erschien es angeraten, die entsprechende Abteilung einzuschalten.

Bereits eine Stunde später meldete sich die stellvertretende

Geldwäschebeauftragte Claudia Klangtaler telefonisch bei ihm: »Diese Heidi Nolte ist eine langjährige Kundin von uns. Aber jetzt kommt's, Herr Malles: Sie war sogar mal bei uns im Hause beschäftigt. Bis 1983, dann hat sie gekündigt.«

Malles notierte sich die Jahreszahl. »Und was wissen wir sonst von ihr?«

»Sie hat lange Zeit in Rattenharz gewohnt, droben auf dem Schurwald, und ist dann 2013 nach Schwäbisch Gmünd verzogen.«

»Das war wohl die Trennung von ihrem Mann«, resümierte Malles.

»Hat sie denn gesagt, woher sie das Gold hatte?«

»Ja, vor langer Zeit von einer Oma geerbt.«

»Ist das plausibel?«

»Kann ich nicht beurteilen, Frau Klangtaler. Aber vielleicht können Sie noch ein bisschen mehr über sie in Erfahrung bringen. Vielleicht erinnern sich ja noch einige ältere Kollegen an die Dame.«

170

Heinrich Lackner war ein agiler und wachsamer Mittsiebziger, dem man sein Alter nicht ansah. Noch immer legte er Wert auf korrekte Kleidung, sodass er auch jetzt, als Häberle den angekündigten Besuch absolvierte, äußerst gepflegt in Erscheinung trat. Er führte den ehemaligen Kriminalisten in ein rustikal eingerichtetes Wohnzimmer, wo in einer Ecke eine antike Standuhr mit majestätisch schwingendem Pendel tickte.

»Es gibt Dinge, die verfolgen einen ein Leben lang«, begann Lackner und setzte sich seinem Besucher gegenüber an den hölzernen Couchtisch. »Sie haben mir am Telefon gesagt, dass Sie sich ganz inoffiziell um die Sache kümmern. Aber ich dachte, der Fall sei seit 1999 endgültig abgeschlossen. Die Täter haben gestanden und wurden verurteilt. Das ist 20 Jahre her.«

Häberle sah sich gezwungen, die Hintergründe für sein Hiersein zu erklären, berichtete von dem seltsamen Schreiben und dem tödlichen Unfall jenes Mannes, den er hätte anrufen sollen. »Der Sohn von Wolfgang Nolte. Das ist einer der Geldboten von damals.«

»Ich erinnere mich, ja. Die Namen aller, die damals beteiligt waren, habe ich nie vergessen. Mein Nachbar, der Herr Zeller, hat mich immer auf dem Laufenden gehalten. Sie haben sich ja von ihm jetzt auch ankündigen lassen.«

»Ja, ich hatte ihn darum gebeten. Ich selbst war damals mit dem Fall nicht direkt befasst, war noch ein junger Spund bei der Kripo in Stuttgart«, erklärte Häberle, während die Standuhr drei tief klingende, raumfüllende Schläge von sich gab.

»Der Nolte, ja«, seufzte Lackner. »Der hat sich noch jahrelang im Visier der Polizei gesehen. Er war traumatisiert, hat sich verfolgt gefühlt. Wie er wurden viele, auch ich, unterschwellig als potenzielle Mittäter oder Mitwisser betrachtet. Das war nicht einfach, das dürfen Sie mir glauben. Auch unser Direktor Seifritz hat das nie überwunden. Niemals.«

Häberle nickte verständnisvoll.

»Wieso wollen Sie wieder darin rumrühren?«, gab sich Lackner nun leicht ungehalten.

»Weil ich davon überzeugt bin, dass etwas nicht stimmt«,

blieb Häberle gelassen. »Viel zu viel ist ungeklärt geblieben. Die Morde an diesem Blaubart sowie in der Slowakei an dem Bauunternehmer und dessen damaliger Begleiterin. Mag das auch alles nichts mit dem Banküberfall zu tun haben, so hätte ich doch gerne gewusst, warum ich den Sohn Nolte hätte anrufen sollen.«

»Fragen Sie doch mal die Eltern. Aber bedenken Sie, dass die sich schon vor sechs, sieben Jahren getrennt haben.«

Häberle wollte nicht länger drum rumreden: »Die Frau Nolte war mal eine Kollegin von Ihnen …«

»Die Heidi – sie hieß damals noch Offenbach und hat jedem männlichen Wesen im Haus den Kopf verdreht.« Ein Lächeln huschte über Lackners Gesicht.

»Wie war das mit ihr? Ich meine, was wissen Sie über sie?«

»Ist das jetzt ein Verhör?«, wurde Lackner misstrauisch. »Ich denke, Sie sind im Ruhestand.«

»Bin ich auch. Deshalb wird nichts protokolliert. Mein Interesse richtet sich nur auf den dubiosen Hinweis, den ich erhalten habe. Rein privat.«

»Na ja«, rang sich Lackner vorsichtig zu einer Erklärung durch, »die Heidi hat's wohl nicht leicht gehabt im Leben. Der Nolte aber auch nicht. Den hat die Polizei aus der Laufbahn geworfen, wie Sie sicher wissen: nach der Ausbildung keine Anstellung, danach ein Job beim Securitydienst und dann Detektiv. Dann Kind und Hausbau. Schulden. Er hat sich in die Arbeit gestürzt, die Familie vernachlässigt. Und der Bub war anfangs ziemlich problematisch.«

»Das wissen Sie alles so genau?«

»Hat mir Frau Offenbach«, er berichtigte sich, »Frau Nolte, also die Heidi, mal geklagt.«

»Sie hatten noch Kontakt zu ihr?«

»Ich hab sie viel später, als sie schon bei uns ausgeschieden war, mal angerufen und sie dann auch getroffen. Sie schien mir psychisch angeschlagen zu sein. Wegen ihrem Mann und den

Schulden.« Lackner sprach langsam und nachdenklich und rang kurz mit sich, ob er noch tiefergehende Angaben machen sollte. Schließlich entschied er sich dafür: »Es gab bei uns den Herrn Pfitzold, er geht inzwischen auf die 90 zu, der war für Goldgeschäfte verantwortlich. Und was ich Ihnen jetzt sage, Herr Häberle, das ist eigentlich vertraulich. Der Herr Pfitzold hat mir irgendwann, als er schon im Ruhestand war, vertraulich anvertraut, was ihn im Zusammenhang mit dem Überfall damals sehr beschäftigt hat.«

Häberle lauschte gespannt und staunte, wie korrekt Lackner formulieren konnte.

»Es war, wenn ich mich recht entsinne, in den Wochen nach dem Terroranschlag in New York, nun also vor 18 Jahren, da hat er mich mal bei einer Zufallsbegegnung in der Fußgängerzone angesprochen und um ein Gespräch gebeten. Obwohl damals der Prozess gegen die Täter schon zwei Jahre zurücklag, war er immer noch von dem Gedanken ergriffen, es könne einen weiteren Komplizen gegeben haben.«

Häberle runzelte die Stirn.

»Ich persönlich«, fuhr Lackner fort, »bin da zwar skeptisch, obwohl die Täter damals gegenüber mir und Seifritz behauptet hatten, das Bankgebäude werde von der anderen Straßenseite beobachtet und es seien Komplizen mit Bomben und Granaten in der Schalterhalle. Ihr Kollege, der Herr Zeller, hat diese Möglichkeit immer in Abrede gestellt. Ich hab das für mich inzwischen auch abgeschlossen. Aber jetzt, da Sie vom tragischen Tod des jungen Nolte sprechen, sehe ich mich veranlasst, Ihnen trotz aller Sympathie für Frau Nolte etwas zu sagen.« Er lenkte kurz ab: »Darf ich Ihnen etwas zum Trinken anbieten? Leider ist meine Frau nicht da, die wäre nicht so unhöflich, Sie nicht längst gefragt zu haben.«

»Nein danke«, wehrte Häberle ab und überlegte, ob Lackner eine Gelegenheit suchte, das Gespräch zu unterbrechen.

»Um es kurz zu machen«, nahm Lackner den Faden wieder auf. »Was meinen Kollegen Pfitzold bis in den Ruhestand verfolgt hat, war die Tatsache, dass Frau Offenbach kurz nach dem Überfall für knapp 50.000 D-Mark Gold gekauft hat.«

»Oh«, machte Häberle, denn der Hinweis auf Gold löste in seinem Kopf den Gedanken an die hübsche Juwelierin Analena Heuberg aus, von der er nichts mehr gehört hatte. Deren Geldschmuggel über die Schweizer Grenze war in Göppingen nie ein Thema gewesen, zumal die Kriminalisten auch nur durch Zufall und dies sogar erst zwei Jahre danach erfahren hatten. Soweit er sich entsinnen konnte, hatte die Dame das Geld ebenfalls in der Zeit nach dem Göppinger Überfall ins Ausland transferiert.

»Pfitzold«, so wurde Häberle von Lackner aus seinen Gedanken zurückgeholt, »glaubt zu wissen, dass Frau Offenbach von einer Erbschaft gesprochen hat. Man hat das damals noch nicht so genau genommen mit der Geldwäsche.«

»Und Ihr Kollege hat den Verdacht, Frau Offenbach könnte sozusagen einen Anteil an der Beute in Gold angelegt haben?«, hakte Häberle nach.

»Pfitzold hat das nicht so gesagt und das junge Mädel wohl auch bankintern nicht in Verruf bringen wollen«, lächelte Lackner. »Aber ihr Mann, der Wolfgang Nolte, der hatte noch jahrelang ziemlich Angst.«

»Angst – wovor?«

»Dass er als damaliger Geldbote ebenfalls im Verdacht stehen könnte, mit den Gangstern gemeinsame Sache gemacht zu haben.«

Häberle musste wieder an Noltes verschwundene Polizeiuniform denken. Diese hatte er nach dem abrupten Ende seiner Polizeikarriere angeblich dem *Naturtheater* in Heidenheim vermacht. Dass sich dies nicht hatte beweisen lassen, war angesichts der in Polizeiuniform aufgetretenen Geiselgangster tatsächlich kritisch für ihn gewesen.

»Nolte ist mir etwa drei Jahre nach dem Überfall eines Morgens in der Tiefgarage über den Weg gelaufen«, erzählte Lackner weiter. »Er war nervös und aufgebracht und war um seinen Ruf und den seiner Familie besorgt.«

Häberles Interesse stieg, er ließ es sich aber nicht anmerken.

»Ich hab mit dem plötzlichen Auftauchen von ihm nichts anfangen können. Aber es schien mir, als lasse ihn die Begegnung mit den Gangstern nicht los. Er hatte wohl auch Angst, dass der frühere Job seiner Frau bei der Kreissparkasse irgendwelche nachteiligen Rückschlüsse zulassen könnte.«

»Inwiefern?«

»Hat er nicht gesagt, soweit ich mich entsinne. Er wollte wohl als Detektiv selbst Nachforschungen anstellen.«

»Hm«, machte Häberle und nickte.

»Und dann hat er noch sinngemäß gesagt, es könne doch jemanden in der Bank geben, der etwas verschweige.« Lackner überlegte. »Ja, er hat es so formuliert, dass da eine Zeitbombe ticken könnte.«

»Zeitbombe«, wiederholte Häberle. »Hat er das wörtlich so gesagt?«

»Ja, das ist mir ganz besonders in Erinnerung geblieben. Er hat den Ausdruck Zeitbombe verwendet. Das hat mich dann doch auch ein bisschen beunruhigt.«

»Sie? Wieso das denn?«

Lackner wiegelte schnell ab. »Nicht mich direkt. Aber ich hatte damals an Seifritz' Sohn gedacht, der doch im Gebirge verschollen ist.«

»Und bis heute nicht aufgetaucht ist?«

»Soweit ich weiß, nicht. Man hat erst viel, viel später seinen Rucksack in irgendeiner Gletscherspalte im Berner Oberland gefunden.« Lackner schwieg kurz. »Seifritz hat viele Schicksalsschläge erlitten. Das alles war nicht einfach für ihn.« Lackner legte die Stirn in Falten. »Und wer hat Ihnen nun diesen ominösen Zettel mit Boris' Telefonnummer zugeschoben?«, zeigte er sich dann wissbegierig.

Häberle zuckte mit den Schultern. »Vermutlich jemand, der mich auf irgendetwas aufmerksam machen wollte.«

»Und was könnte das sein?«

Häberle spürte Lackners Unsicherheit und überlegte, ob auch bei ihm der Überfall psychische Nachwirkungen hatte. Verständlich wär's, immerhin hatten ihn die Gangster doch ein Stück im Fluchtauto als Geisel mitgenommen.

171

Reinicke lebte immer zurückgezogener. Die Arbeit wuchs ihm ohne Angestellte zunehmend über den Kopf, und der Bürokratismus schien ihn vollends mit Papier zu strangulieren. Hinzu kamen regelmäßig Mahnungen vom Finanzamt, weil irgendwelche Voraus- oder Nachzahlungen nicht geleistet worden seien. Er fühlte sich erschöpft und von den Behörden sprichwörtlich ausgesaugt. Lange würde er diesen Zustand nicht mehr ertragen können, zumal er den Eindruck hatte, die Steuerbehörde nahm ihm das Geld weg, sobald es hereinkam. Als das Geschäft noch gut lief, hatte er über die vielgehörte Meinung, Leistung lohne sich in diesem Lande nicht mehr, kaum nachgedacht. Jetzt aber wurde ihm schmerzlich bewusst, dass es tat-

sächlich so war. Nur die ganz Großen, die sich externe Finanz-
berater und promovierte Steuerberater leisten konnten, hatten
eine Chance, weitgehend ungeschoren davonzukommen. Mit
halblegalen Tricks und *kreativer Buchhaltung* in der Grauzone.

Reinicke spürte, wie er nervlich und körperlich an seine
Grenzen kam. Nach der Tagesarbeit und einem schnellen Essen
zog er sich mit zwei Flaschen Bier in sein Dachgeschosszimmer zurück, um sich durch diverse Partnerbörsen zu klicken,
brach aber regelmäßig ab, wenn die Bezahlschranke auftauchte
und er seine Kreditkartennummer angeben müsste. Häufig
bediente er sich jedoch auch eines Internetbrowsers, mit dem
er keine Spuren im Netz hinterließ und sich über Darknet-
Adressen Zugang zu jenen Angeboten verschaffen konnte, bei
denen es allen Grund gab, Herkunft und Käufer zu verschlei-
ern. Einige Male schon hatte Reinicke auf diese Weise Kontakt zu Gleichgesinnten aufgenommen. Die Konversationen
liefen zwar meist auf Englisch, doch er war durchaus in der
Lage, seine Wünsche und Angebote schriftlich zu artikulieren.
Wenn er ein Wort nicht übersetzen konnte, half die Überset-
zungssoftware von Google weiter. An diesem Abend notierte
er sich zwei lange Zahlenreihen, von denen die eine mit »48«
und die andere mit »9« begann. Dahinter folgten fünf, beziehungsweise sechs Ziffern samt Uhrzeit und Datum.

Er notierte die Botschaft sorgfältig und tippte ein okay in
die Tasten. Dass er es geschafft hatte, war Grund genug, sich
mit einem kräftigen Schluck aus einer Bierflasche zu belohnen.
Denn einfach war's nicht gewesen, sich im Darknet zurecht-
zufinden. Das war keinesfalls so leicht wie bei Google. Hier
musste man die Internetadresse eines einschlägigen Anbieters
kennen. Aber seit er sich nicht mehr, wie in früheren Zeiten,
ausschließlich in seriösen Kreisen bewegte, hatte er Leute kennengelernt, die im Umgang mit zweifelhaften Vorgehensweisen ziemlich geübt waren.

Zwar war es jetzt beinahe drei Jahr her, dass Ivonne ihn verlassen hatte, doch musste er noch oft an sie denken, denn schließlich hatte sie ihn mit einem Bekannten zusammengebracht, der sich als IT-Experte einen Spaß daraus gemacht hatte, in den Tiefen des Darknets nach Verbotenem zu suchen, ohne etwas erwerben zu wollen.

Immer wenn sie vor seinem geistigen Auge auftauchte, so erotisch und meist freizügig gekleidet, überkam ihn ein wehmütiges Gefühl. Natürlich war sie zu jung für ihn gewesen. Allein der Gedanke an sein Alter ängstigte ihn. 64 war er mittlerweile geworden. Es wurde Zeit, an den Ruhestand zu denken, der jedoch mit erheblichen finanziellen Einbußen verbunden sein würde.

Das Darknet schien ihm so etwas wie die letzte Rettung zu sein.

172

Häberle war in diesen vorsommerlichen Wochen häufig mit seinem früheren Kollegen Edgar Bauer zusammengesessen. Mal hatten sie sich in Häberles Garten getroffen, mal bei Bauer in dessen ehemaligem Partykeller. Meist drehten sich die Gespräche entweder um Fußball und dabei insbesondere um die Frage, ob der VfB Stuttgart den Wiederaufstieg in die

Bundesliga würde schaffen können, und um alte Zeiten bei der Polizei. Bauer war Streifenbeamter gewesen und konnte sich ungemein über die heutige Respektlosigkeit aufregen, die manche Zeitgenossen gegenüber den Uniformierten an den Tag legten. Inzwischen wurden sogar Rettungskräfte angegangen. »Die Verrohung nimmt deutlich zu«, konstatierte Bauer, der erleichtert darüber war, dass er diese Entwicklung nicht mehr im aktiven Dienst erleben musste. Seit er sich als Detektiv betätigte, habe er es nur mit sehr seriösen Personen zu tun, schwärmte er und betonte, dass er sich auf keine aufwendigen Observationen einlasse, sondern eher betrügerischen Machenschaften auf den Grund gehe.

»Keine fremdgehenden Ehemänner?«, hakte Häberle nach, weil er mit detektivischer Arbeit stets diese Art von Aufträgen in Verbindung brachte.

»Nein, überhaupt nicht«, wiederholte Bauer, obwohl er dies Häberle gegenüber schon viele Male beteuert hatte. »Aber du hast gesagt, es habe sich bei dir etwas Neues ergeben«, wechselte er das Thema, das so brisant zu sein schien, dass Häberle für das Gespräch Bauers Partykeller vorgeschlagen hatte. Damit wollte er vermeiden, dass seine Frau Susanne von seinen neuerlichen Recherchen allzu viel erfuhr. Sie verfolgte weiterhin mit gewisser Sorge, dass August nicht abschalten könne, wie sie es schon mehrfach formuliert hatte.

Bauers Frau hingegen war keinesfalls unglücklich, dass Edgar eine Beschäftigung gefunden hatte. Deshalb bewirtete sie auch mit Freude die beiden Männer mit schäumendem Weizenbier, verschwand dann aber wieder aus dem holzvertäfelten Partykeller, wie er in den 70er-Jahren in kaum einem Haus hatte fehlen dürfen.

»Mein lieber Kollege Linkohr hat mich mit Infos versorgt«, grinste Häberle stolz, nachdem sie mit ihren Gläsern angestoßen und den ersten Schluck Bier genossen hatten.

»Lehnt der sich da nicht ein bisschen weit aus dem Fenster?«, fragte Bauer. »Der Junge muss vorsichtig sein, damit ihm das Präsidium in Ulm nicht eines Tages einen Strick daraus dreht. Wollte der Linkohr nicht mal dein Nachfolger werden?«

Häberle nickte. »Das Zeug dazu hätte er. Aber du weißt ja, Edgar: Da spielen ganz andere Dinge eine Rolle.« Er wollte nicht näher darauf eingehen, räusperte sich stattdessen und erklärte: »Die Heidi Nolte, von der ich dir schon erzählt habe – du weißt doch, die Frau, die einst in der Sparkasse gearbeitet und dann einen früheren Geldboten geheiratet hat – die ist in den Verdacht der Geldwäsche geraten. Sie hat kurz nach dem Überfall 1982 Gold gekauft und es jetzt bei der Sparkasse verkauft.«

»Und das ist verdächtig?«

»Dem damaligen Sachbearbeiter bei der Bank ist das in den Wochen nach dem Überfall bereits merkwürdig vorgekommen. Immerhin ging es um 48.000 D-Mark. Weil es damals aber die Geldwäscheparagrafen so noch nicht gab, hat er davon nichts weitergemeldet.« Häberle berichtete, was er von dem Kassierer Lackner erst kürzlich erfahren hatte: dass den Goldexperten noch im Ruhestand das schlechte Gewissen geplagt habe, den engen zeitlichen Zusammenhang zwischen Überfall und dem Kauf so großer Goldmengen durch Frau Offenbach nicht den Vorgesetzten gemeldet zu haben.

Bauer lauschte aufmerksam und konstatierte: »Aber jetzt, als sie verkauft hat, hat sein Nachfolger in der Sparkasse Alarm geschlagen.«

»Alarm geschlagen ist vielleicht ein bisschen übertrieben. Aber er hat die hausinterne Geldwäscheabteilung eingeschaltet und die haben sich auch bei unseren Kollegen nach der Dame erkundigt.«

»Gegen die aber nichts vorliegt.«

»So ist es. Rein gar nichts liegt gegen sie vor«, erwiderte Häberle.

Bauer nahm einen Schluck Bier, runzelte die faltige Stirn und fasste das Gehörte zusammen: »Die Frau hat also damals behauptet, das Geld aus einer Erbschaft erhalten zu haben und es für schlechte Zeiten in Gold anlegen zu wollen.«

»So ähnlich, ja.«

»Weitsichtig würde ich das nennen«, meinte Bauer. »Aber es gerade in den jetzigen Zeiten wieder in den schäbigen Euro einzutauschen, zeugt nicht unbedingt von großem finanzpolitischem Verständnis.«

»Eben«, nickte Häberle und lehnte sich gegen die knarzende hölzerne Rückenlehne. »Und in diesem Zusammenhang erscheint noch etwas in einem anderen Licht: Wenn ich mich richtig entsinne, ist es jetzt fünf oder sechs Jahre her, dass die bekannte Göppinger Juwelierin Analena Heuberg zusammen mit einer Freundin bei Lörrach mit 60.000 Euro, aus der Schweiz kommend, dem Zoll in die Hände gefallen ist. Heuberg hat das Geld, das sie – und jetzt kommt's, mein lieber Edgar! – just auch im Jahre 1982 in der Schweiz gebunkert hat, um es vor dem deutschen Fiskus in Sicherheit zu bringen, wieder nach Hause holen wollen. Und zwar cash.«

»Ach, August«, wehrte Edgar ab, »du buddelst in alten Geschichten rum. Man könnte fast meinen, dich lässt die Vergangenheit nicht los. Selbst wenn da was war, ist es juristisch verjährt.«

Häberles bis dahin strahlender Gesichtsausdruck versteinerte sich. Enttäuschung machte sich in ihm breit. Trotzdem blieb er hartnäckig: »Die Juwelierin gehörte einst zu dem Prominentenstammtisch, von dessen Mitgliedern zwei auf dubiose Weise das Zeitliche gesegnet haben und ein anderer in Russland unter die Räder gekommen ist.«

»Und weil du als junger dynamischer Kriminalist damals

auch gelegentlich bei den Stammtischlern warst, um dich unter die High Society zu mischen, witterst du noch immer eine Verschwörung.«

»Das war keine High-Society-Gesellschaft. Heute würde man schlicht After-Work-Party dazu sagen«, wehrte sich Häberle und wurde deutlicher: »Zu diesem sogenannten Stammtisch gehörte später auch ein gewisser Helmut Reinicke, ein Installateurmeister, der um 1982 herum mit Frau Offenbach befreundet war und, so hab ich das aus den Akten noch in Erinnerung, ein paar Wochen vor dem Überfall im Sparkassengebäude ein geplatztes Abflussrohr hat reparieren müssen.«

»Direkt im Tresorraum«, witzelte Bauer, bemerkte jedoch, dass Häberle nicht nach ironischen Bemerkungen zumute war.

»Frau Offenbach hat sich ziemlich schnell Herrn Nolte zugewandt, von dem sie längst wieder geschieden ist. Und dieser Nolte, das hab ich dir schon gesagt, war einer der Geldboten, als die Geiselgangster in der Bank waren.«

»Und der verunglückte Boris ist sein Sohn«, fügte Bauer wissend an.

»Genauso ist es. Das ist der Grund, weshalb ich gerne gewusst hätte, weshalb ich ausgerechnet diesen nun anrufen sollte. Es ist nicht die Vergangenheit, die mich bewegt, sondern die Tatsache, dass es einen Bezug zur Gegenwart geben muss, verstehst du, Edgar?«

173

Wolfgang Nolte durchlebte auch jetzt, im Alter von 66 Jahren, immer mal wieder gedanklich die Szenen im Tresorraum der Bank: wie er sich dem Gangster entgegengestellt hatte und dieser mit der Maschinenpistole auf ihn gezielt hatte. Früher hatte er nie glauben können, dass Verbrechensopfer selbst dann, wenn sie nur am Rande in das Geschehen involviert waren, das schreckliche Ereignis nicht loswerden konnten. Sabine, seine neue Partnerin, hatte seine psychischen Tiefs akzeptiert und versuchte, ihn in diesen Phasen wieder aufzumuntern. Seit dem tödlichen Unfall von Boris erwies sich dies jedoch als immer schwieriger. Auch jetzt saß er wieder in seinem Relaxsessel und starrte in die Zeitung, ohne eine Zeile zu lesen.

Obwohl er sich innerlich dagegen wehrte, waren seine Gedanken abgeschweift, weit in die Vergangenheit zurück. Manchmal reichte dafür ein einziges Wort, das beim Lesen solche Rückblenden auslöste. Soeben war es die Jahreszahl 1983 gewesen. Plötzlich war alles wieder da: Heidi, die er so sehr geliebt hatte, die lebenslustig und selbstbewusst gewesen war und ihn damals auch einige Male im Ungewissen gelassen hatte, ob sie seine Liebe tatsächlich ernsthaft erwiderte. Oft hatte er in all den folgenden Ehejahren darüber nachgedacht, ob es allein Boris gewesen war, der sie bewogen hatte, ihn dann doch relativ schnell zu heiraten. Eigentlich hatte dies gar nicht zu ihr gepasst, zu ihr, die ihre Freiheit über alles liebte. Vielleicht sogar mehr als ihn. Das war deutlich zu spüren gewesen. Denn auch als sie bereits eine feste Beziehung hatten, war sie gerne mit ihrem damaligen Bekanntenkreis unterwegs gewesen, während er als Angestellter des Securitydienstes teilweise Schichtarbeit hatte leisten müssen.

»Träumst du?«, holte ihn Sabine aus den Gedanken zurück und richtete sich vor ihm auf. »Hast du das Telefon gar nicht gehört?«

»Telefon? Nein«, erwiderte Wolfgang schnell. »Wenn es draußen liegt, hör ich es hier drinnen nicht. Wer hat denn angerufen?« Er faltete die Zeitung zusammen.

Sabine sah ihn mit ernstem Gesicht an: »Einer, der behauptet, er sei mal bei der Kriminalpolizei gewesen.«

»Wie bitte?« Wolfgang richtete sich erschrocken auf.

»Ja, ein Häberle oder so ähnlich. Er hat gefragt, ob er wegen Boris' Unfall mal vorbeikommen könne. Heute noch.«

»Er will … wegen Boris? Was will er denn von mir?«

Sabine ging nicht auf die Frage ein, sondern sagte: »Ich hab gesagt, er könne heute Nachmittag kommen.«

»Oh Gott«, entfuhr es Wolfgang.

174

Damit hatte Helmut Reinicke nicht gerechnet. Sie kam unangekündigt, ohne zu wissen, ob sie ihn um diese Zeit antreffen würde. Monatelang hatte er Ivonne nicht gesehen, und nun tauchte sie plötzlich auf in sommerlichem Outfit, das dazu angetan war, ihn schwach werden zu lassen. Kurzes Röckchen, enges T-Shirt, blonde Kurzhaarfrisur. Alles, was sie viel jünger erscheinen ließ, als sie war. Dazu der Duft jenes herben Parfüms, das 1000 Erinnerungen in ihm wachrief.

»Ach, du bist's«, entfuhr es ihm, als sie vor der Haustür stand und er sie von oben bis unten musterte, um trotz der kühlen Begrüßung noch anzumerken: »Toll wie immer.«

»Ach Helmut, lass die Komplimente«, erwiderte sie und ging in die Wohnung, als sei sie hier noch immer zu Hause. »Sieht ein bisschen unordentlich aus«, stellte sie fest, als sie sich auf dem Weg ins Wohnzimmer an Kartons und Kisten vorbeilavieren musste. Außerdem stieg ihr der Duft von kalter Pizza in die Nase.

»Hätte nicht gedacht, dass du hier mal wieder auftauchst«, erwiderte er, während sie sich in einen Sessel fallen ließ, die kleine Handtasche auf den Couchtisch legte und ihre Beine übereinanderschlug. Vor ihr leuchtete der schräg zu ihrem Blickfeld gestellte Monitor eines eingeschalteten Laptops. »Du arbeitest jetzt auch hier unten. Gibt's dein Arbeitszimmer oben nicht mehr?«, staunte sie.

»Doch, doch, aber seit ich allein bin, arbeite ich da, wo ich gerade bin. Du kennst das ja zur Genüge«, erklärte er und schob den Laptop ein Stück zur Seite, was jedoch unbewusst dazu führte, dass sie die Darstellung etwas genauer sehen konnte.

»Willst du wieder bei mir einziehen?«, fragte er forsch. »Klappt's mit den jungen Männern nicht mehr so richtig?«

Ihr Gesicht wurde hart. »Nicht alles läuft im Leben so, wie man es sich wünscht.«

»Kein Neuer in Sicht?« Helmuts Blutdruck schoss in die Höhe.

»Ich erklär dir alles. Aber nicht jetzt.«

»Sondern?«

»Ich hab eine Bitte an dich. Eine große Bitte.« Sie seufzte

und ließ ihr Kleidchen mit einer Beinbewegung noch ein bisschen weiter nach oben rutschen, wohl wissend, dass sie ihn damit ablenken konnte.

»Und die wäre?« Er tat so, als nähme er ihre Versuche, ihn mit weiblichen Reizen zu locken, nicht zur Kenntnis. Cool bleiben, dachte er.

»Ich bin finanziell am Ende«, sagte sie schnell. »Hab nur einen Minijob. Und da dachte ich, du könntest mir aus der Patsche helfen. Damit ich wenigstens die Miete bezahlen kann.«

»Da bist du bei mir an der falschen Adresse«, erwiderte er schneller, als er geplant hatte.

»Ich muss einiges in Ordnung bringen. Nicht nur das Finanzielle.« Ihre Stimme klang kühl und wollte nicht zu ihren optischen Annäherungsversuchen passen.

Erstaunlich rasch glaubte er, begriffen zu haben »Okay. Und um wie viel geht es?«

»Ein paar 1000«, erwiderte sie, was ihm für einen Moment die Sprache verschlug.

»Ein *paar 1000*?«, echote er mit trocken gewordener Kehle. »Du hast keine Ahnung, wie schlecht die Geschäfte inzwischen laufen.«

Für ein paar Sekunden des Schweigens hatte sie Zeit, ihren Blick über den Laptop-Monitor streifen zu lassen. Große Zahlen waren zu lesen, als seien es Telefonnummern. Ähnlich hatte es damals ausgesehen, als sie sich mit Geocaching befasst und wie besessen mit dem Navigationsgerät irgendwelche Verstecke gesucht hatten. Ein netter Freizeitsport war das gewesen.

Weil Helmut wie konsterniert dasaß, fragte sie: »Hast du vielleicht einen Kaffee?«

Er hatte mit diesem Ansinnen nicht gerechnet. Nicht in diesem Moment. »Ja klar. Willst du einen?«

»Gerne. Wenn's dir keine allzu großen Umstände macht.«

»Es dauert aber einen Moment. Tutto con calma, Signorina.«

Sie lächelte angespannt, weil sie diese Worte noch aus ihrer gemeinsamen Zeit kannte.

Er stand auf, um an den Hindernissen in der Diele vorbei in die Küche zu gehen, von wo aus er nicht ins Wohnzimmer sehen konnte – eine räumliche Konstellation, die Ivonne bestens vertraut war und die sie jetzt zu nutzen wusste. Sobald sie ihn drüben rumoren hörte, angelte sie fingerfertig ihr Smartphone aus der Handtasche, tippte zwei-, dreimal auf den Touchscreen, sodass sich die Foto-App öffnete und sie die Monitordarstellung des Laptops fotografieren konnte.

Als sich Helmuts Schritte wieder näherten, hielt sie ihr Smartphone gelassen in den Händen, als scrolle sie durch ihre E-Mails, wie es heutzutage allerorten zu sehen war, wenn Menschen auf etwas warten mussten.

»Hat dir jemand eine Botschaft geschickt?«, fragte Helmut süffisant, während er zwei Porzellantassen mit Untersetzern auf den Tisch stellte. »Kaffee dauert noch.«

»Wer soll mir eine Botschaft schicken?«, wollte sie wissen, als habe sie nicht kapiert, dass er männliche Bekanntschaften meinte.

»Na ja, vielleicht doch ein schüchterner Liebhaber«, stellte Helmut klar und setzte sich ihr wieder gegenüber. Sie sah wirklich reizend aus. Fast so wie einst diese Kirstin, jagte ihm ein Gedanke durch den Kopf. Blaubarts Schwarm. Das Mädel aus dem *Luna*. Mein Gott, was musste die jetzt auch schon gealtert sein! Ganz sicher wäre sie gar nicht mehr zu erkennen, stünde sie nun ebenfalls plötzlich hier. Hätte es damals schon Smartphones gegeben, wären bestimmt noch auf irgendeiner Festplatte diese Aktfotos zu finden, von denen Blaubart immer geschwärmt hatte. Kirstin leicht geschürzt am Cadillac, nackte Haut auf chromblitzendem Blech.

Aber auch Ivonne hatte ihre Vorlieben, derentwegen er sie so sehr begehrte – und sie ihn bis vor drei Jahren auch. »Du bist also nur gekommen, um von mir Geld zu fordern«, stellte er schließlich distanziert fest.

»Zu bitten, ja, so kann man es ausdrücken«, reagierte sie weiterhin unterkühlt, um noch emotionsloser anzufügen: »Weil ich weiß, dass du in all den Jahren sehr viel gespart hast.«

Er fühlte sich wie vom Donner gerührt. Seine Gesichtszüge veränderten sich, die Farbe seiner Wangen wechselte auf Weiß. Was hatte sie gesagt? Sehr viel gespart? Noch ein anderer Satz, den sie von sich gegeben hatte, drängte sich nun in sein Bewusstsein: nicht alles laufe im Leben so, wie man es sich wünsche …

175

Häberle hatte seinen Freund Edgar Bauer mitgebracht, was bei Wolfgang Nolte für kurze Irritationen sorgte. »Wir sind zwei alte Kriminalisten, beide in Pension, können aber das Ermitteln nicht lassen«, begann Häberle, deutete auf seinen Ex-Kollegen und entschuldigte sich für den kurzfristigen Besuch. Nolte stellte seine Partnerin Sabine vor und führte die beiden Männer in ein helles, modern eingerichtetes Wohnzimmer, wo sie sich auf die lederne Couchgarnitur setzten.

»Ich lass euch allein«, sagte Sabine, nachdem die Besucher das Angebot, ihnen Kaffee oder ein anderes Getränk zu bringen, dankend abgelehnt hatten.

Häberle und Bauer hatten sich abgesprochen. Sie wollten äußerst einfühlsam vorgehen, gemeinsam den Tod von Boris bedauern und in diesem Zuge die schriftliche Botschaft erwähnen, wegen der sie um das heutige Gespräch gebeten hätten.

»Sie sollten Boris also auf dem Handy anrufen?«, wunderte sich Nolte, nachdem die Ex-Kommissare geendet hatten.

»Ja, aber mir ist rätselhaft, wer das geschrieben hat, und warum«, stellte Häberle fest, woraufhin Bauer ergänzte: »Weil mein Kollege Häberle ein halbes Berufsleben lang mit diesem Sparkassenraub zu tun hatte, den Sie vermutlich auch nie vergessen werden, könnte es doch damit zusammenhängen.«

Nolte schloss für einen Moment die Augen und holte tief Luft. »Jetzt kommen Sie also doch wieder zu mir. Was soll ich dazu sagen? Und was soll Boris mit der Geschichte zu tun haben? Der war 1982 im März noch gar nicht auf der Welt.«

»Das wissen wir«, blieb Häberle ruhig. »Und natürlich glaubt keiner von uns, dass Boris in die Geschichte verwickelt sein könnte. Aber vielleicht gibt es in Ihrem persönlichen Umfeld jemanden, der Interesse daran gehabt haben könnte, dass ich mich mit Boris unterhalte.«

»Vielleicht Ihre ehemalige Frau«, warf Bauer ein.

Nolte antwortete für Häberles Begriffe ein bisschen zu schnell: »Warum kommen Sie dann zu mir? Fragen Sie sie doch selbst. Sie wohnt in Schwäbisch Gmünd. Ich kann Ihnen gern ihre Adresse geben.«

Häberle ließ sich nicht beirren. »Wie hat Ihre Frau die Trennung von Ihnen verkraftet?«

»Was heißt verkraftet?«, wiederholte Nolte. »Sie selbst hat die Trennung gewollt. Wenn sie es nicht verkraftet haben sollte, so hat sie es selbst verschuldet.«

Bauer nahm den Ball auf, genau, wie sie es geplant hatten: »Und das Haus hier?« Er deutete in den Raum. »Hat das bei der Scheidung keine finanziellen Probleme gemacht?«

Nolte sah von einem der Männer zum anderen. Sein Gesicht verriet tiefes Misstrauen. »Aha, daher weht der Wind. Sie glauben also noch heute, ich hätte den Tätern damals Infos geliefert, einen Teil der Beute eingestrichen und nur vorgetäuscht, mich wehren zu wollen.«

»Gemach, gemach«, stoppte Bauer Noltes aufgebrachten Redefluss.

»Alle Welt sucht bis heute den vierten Mann«, ließ der sich nicht unterbrechen. »War's jemand aus der Bank? Oder der verschollene Sohn von dem Direktor? Oder einer von denen, die in der Folgezeit ermordet oder auf dubiose Weise ums Leben gekommen sind? Oder war's ich? Oder vielleicht Heidi? Oder deren damaliger Freund, dieser Helmut … der Installationsunternehmer?«

»Wir wollen niemandem etwas unterstellen«, beruhigte Häberle nun auch. »Vergessen Sie nicht, wir sind nicht mehr von der Kripo. Wir protokollieren nichts. Es geht mir nur ganz persönlich um die Frage, wer ausgerechnet mich mit Boris in Verbindung bringen wollte, mit Ihrem Sohn, den ich überhaupt nicht kenne.«

Bauer schob eine Frage nach, die Nolte sichtlich elektrisierte: »Es steht aber zweifelsfrei fest, dass sein Tod ein tragischer Unfall war?«

»Wie bitte? Wieso fragen Sie das mich? Auch wenn Sie inzwischen im Ruhestand sind, müssten Sie doch zur Polizei bessere Beziehungen haben als ich. Für mich steht zweifelsfrei fest, dass es ein Unfall war. So haben das auch die beiden überlebenden Mitfahrer gesagt. Soweit sie sich an das Unfallgeschehen erinnern konnten.«

Weil die beiden Besucher schwiegen, ergänzte er: »Und was das Haus hier anbelangt – die Finanzierung: Ich hab Heidis Anteil ausbezahlt. Mit Müh und Not. Ein Banker hat mir geraten, in diesen Zeiten die Immobilie nicht zu verkaufen.«

Bauer nickte verständnisvoll: »Wegen des desolaten Euros, verstehe.«

176

Ivonne hatte ihrem langjährigen Partner schließlich doch das Versprechen abgerungen, ihr wenigstens 1.000 Euro zu besorgen. Aber erst in den nächsten Wochen, wie er gesagt hatte. In ihre kleine Mietwohnung zurückgekehrt, zog sie sich erst mal um: Womit sie Reinicke sichtlich durcheinandergebracht hatte, das konnte sie jetzt wieder in den Kleiderschrank hängen und in zerschlissene Jeans und eine leichte Strickjacke schlüpfen. Das kurze Röckchen und das hautenge T-Shirt, was ihr beides noch immer sehr gut stand, hatten jedenfalls ihre Wirkung nicht verfehlt. Reinicke schien sich neue Hoffnungen zu machen. Und in dieser Situation war er auch ganz gewiss bereit, das versprochene Geld locker zu machen.

Ivonne lehnte sich in eine Ecke ihrer Couch und rief auf dem Smartphone das Foto auf, das sie von Reinickes Laptop geknipst hatte. Die Aufnahme war scharf und zeigte den Monitor mit den Zahlenreihen, einem Datum und einer Uhrzeit.

Geocaching, durchzuckte es sie. Nahm sich Helmut tatsächlich noch die Zeit für dieses Hobby?

Sie legte das Gerät aufs Sofa, holte Kugelschreiber und Papier aus einer Schublade und notierte sich das Dargestellte. Zweifelsfrei waren es Koordinaten, genauso, wie sie es beim ersten flüchtigen Blick auf den Laptop vermutet hatte. Im Format »Grad« und »Dezimalminuten«. 48 Grad 33.283 Nord und 9 Grad 45.427 Ost. Damit ließ sich fast metergenau ein bestimmter Punkt im Gelände herausfinden.

Aus den Zeiten, da sie mit Helmut auf diese Weise im Gelände unterwegs gewesen war, wusste sie, dass allein diese Gradzahl und die ersten folgenden Dezimalstellen einen Punkt nicht weit von Göppingen markieren mussten, irgendwo südlich davon auf der Schwäbischen Alb. Nahe der Autobahn bei Ulm.

Und dann war da noch der Hinweis auf Tag und Uhrzeit, was fürs Geocaching keinen Sinn machte: 0808, 2000 UTC. 8. August, 20 Uhr *Coordinated Universal Time*, landläufig auch *Greenwich Mean Time* genannt. Also während der mitteleuropäischen Sommerzeit hierzulande plus zwei Stunden, wusste Ivonne auf Anhieb. Demnach 22 Uhr Ortszeit. Da war es im August auf der Alb längst stockdunkle Nacht. Es sei denn, der Mond stand am Himmel. Ivonne eilte zu einer anderen Schublade, in der ein zusammengefalteter Wandkalender lag, der eine Übersicht über alle Monate bot, einschließlich der Mondphasen. Der 8. August 2019 war ein Donnerstag mit zunehmender Mondphase. Schon kurz nach Mitternacht würde die Sichel am Westhorizont verschwinden. Dann war's gegen 22 Uhr, je nach Bewölkung, ziemlich finster.

Bis zu dem notierten Tag waren es noch rund sieben Wochen, zählte Ivonne auf dem Kalender ab. Und stutzte. Helmut hatte davon gesprochen, es würde noch einige Wochen dauern, bis er ihr Geld geben könne.

Sie ging in die kleine Küche und goss sich ein Glas Rotwein ein, das sie mit zurück zum Sofa nahm und vor sich auf den Tisch stellte. Sie brauchte jetzt Ruhe und Gelassenheit. Zum Nachdenken.

177

Heidi Nolte war nicht so schnell bereit gewesen, die beiden Ex-Kriminalisten zu empfangen. Sie habe doch schon alles, was mit der Vergangenheit zu tun habe, ausführlich berichtet, hatte sie Häberle am Telefon beschieden. Da half es auch nicht, dass er sie an ihr einstiges Treffen in einem Café in Lorch erinnerte. Offenbar war der Frau der gegen sie gerichtete Verdacht auf Geldwäsche zu Ohren gekommen, weshalb sie nun zu dem, was einmal gewesen war, erst recht nichts mehr sagen wollte. Sie versprach Häberle aber, sich sein Ansinnen noch einmal durch den Kopf gehen zu lassen und ihm eine neuerliche Nachfrage zu erlauben.

Lange freilich hatte Häberle nicht warten wollen, obwohl ihn Susanne, seine Ehefrau, immer wieder davor warnte, sich in den Strudel alter Geschichten reinziehen zu lassen. Oder lag es daran, dass man tatsächlich mit zunehmendem Alter mehr in der Vergangenheit als in der Gegenwart lebte? War ihr August bereits in dieser Phase angelangt? Musste sie sich um ihn sorgen? Nein, beruhigte sie sich in solchen Momenten, August war völlig klar im Kopf, konnte kombinieren wie eh und je und legte eine Auffassungsgabe an den Tag, die manchen Jüngeren vor Neid erblassen ließ. Eigentlich schade, dass so ein Mann nicht mehr aktiv tätig sein durfte, hatte Susanne schon oft gedacht, doch würde sie dies niemals vor ihm aussprechen. Insgeheim hoffte sie, dass er mit Bauer zusammen das Rätsel um die Mobilfunknummer bald würde lösen können. Dann musste aber mit dem Ermitteln Schluss sein. Endgültig.

Es war ein heißer Hochsommertag, als Häberle mit Bauer endlich Heidi Nolte besuchen durfte. Sie war adrett anzuschauen, wenngleich die jugendliche Frische, die Häberle noch in Erinnerung hatte, notgedrungen entschwunden war.

»Der Tod von Boris hat mich sehr mitgenommen«, sagte sie, als sie am Esszimmertisch saßen. »Verzeihen Sie bitte, dass ich Sie vor einigen Wochen etwas unfreundlich abgefertigt habe.«

»Kein Problem«, entgegnete Häberle. »Wir sind ja nicht wirklich von der Polizei.« Er begann einfühlsam, sein Anliegen mit der Mobilfunknummer vorzutragen. Heidi lauschte aufmerksam, konnte aber nichts dazu sagen.

»Seine Handynummer stand nicht im Telefonbuch«, stellte Bauer ergänzend fest. »Der Verfasser dieser Botschaft muss sie also von irgendwoher gekannt haben.«

»Boris war ein kontaktfreudiger Mensch«, erklärte Frau Nolte. »Er hatte viele Bekannte in Ulm, an der Uni und darüber hinaus.«

»Hatte er denn die Handynummer schon lange?«, bohrte Bauer vorsichtig nach. »Ich frag Sie, weil manche mit dem Provider auch die Nummer wechseln.«

»Nein, er hat nie gewechselt«, antwortete Heidi verwundert. »Er hatte seit seinem ersten Handy diese Nummer. Aber das könnten Sie doch nachprüfen.«

Häberle verzichtete auf den nochmaligen Hinweis, dass sie nicht mehr im aktiven Polizeidienst seien und ihnen dementsprechend kein Zugriff auf Datenbanken zur Verfügung stehe.

»Man könnte doch nachprüfen, mit wem er in den letzten Wochen vor seinem Tod telefoniert hat«, blieb Heidi hartnäckig.

»Nach so langer Zeit ist das nicht mehr gespeichert«, sagte Bauer. »Und weil's eindeutig ein Unfall war, hat das für unsere Kollegen ohnehin keine Rolle gespielt.«

»Sie hatten aber nie den Eindruck, dass Boris von irgendjemandem unter Druck gesetzt wurde? Oder ist Ihnen sonst etwas aufgefallen?«

Heidi senkte ihren Blick, schloss für ein paar Sekunden die Augen und dachte nach. »Wissen Sie ...«, es fiel ihr hörbar schwer, darüber zu sprechen, »da gab es mal einen Vorfall vor etwa zehn Jahren. Ich hab das nie vergessen ...«

Die beiden Männer ließen ihr Zeit, die offenbar schlimme Erinnerung wieder zu durchleben. »Als ich eines Abends heimgekommen bin zu unserem Haus droben in Rattenharz. Da hat mich jemand mit Pfefferspray überfallen.«

Häberle wurde hellhörig. »Vor dem Haus?«

»Ja, mein Mann war in dieser Nacht geschäftlich unterwegs und ich ... ja, ich hab mir eine Auszeit gegönnt ... ich bin auf der Heimfahrt verfolgt worden. Von einem Auto. Als ich daheim angekommen bin, hab ich geglaubt, es abgehängt zu haben. Doch dann, als ich zur Haustür ging ... es war ja finstre Nacht ... da war dort jemand. Ich hab eine Ladung Pfefferspray ins Gesicht gekriegt und hatte panische Angst, erblindet zu sein.«

Wieder ließen die beiden Besucher der Frau einige Sekunden Zeit, bis Bauer nachhakte: »Und wer war diese Person?«

»Ich weiß es bis heute nicht. Ich weiß nicht mal, ob Mann oder Frau. Ich hab nur eine Stimme gehört, eine flüsternde Stimme.«

»Und was hat die gesagt?«, wollte Häberle ungeduldig wissen.

»Das weiß ich noch ganz genau: ›Pass auf, du kleine Hure. Beim nächsten Schwof bist du tot. Und alle werden erfahren, was mit dir los ist.‹«

Häberle und Bauer beobachteten betreten, wie die Frau mit den Tränen kämpfte.

»Ich hatte solche Angst ...« Sie schämte sich ihres Gefühlsausbruchs und wischte verstohlen mit dem Handrücken über die Augen.

»Angezeigt haben Sie den Vorfall aber nicht?«, fragte Bauer, worauf Heidi stumm und schluchzend mit dem Kopf schüttelte.

»Was war der Grund dafür?«, gab sich Häberle besonnen.

»Ich weiß es nicht ...«

»Hatte das mit Ihrer ...«, Bauer rang nach Worten, »... Auszeit an diesem Abend zu tun?«

Es dauerte wieder einige Sekunden, bis Heidi, diesmal mit einem Papiertaschentuch, ihre Tränen getrocknet hatte. »Wahrscheinlich, ja.«

»Eifersucht«, brummte Häberle und Bauer forschte weiter: »Dürfen wir erfahren, mit wem Sie an diesem Abend aus waren?«

Häberle spürte, dass sie die Frau in eine emotionale Stresssituation versetzt hatten. »Wir möchten Sie nicht quälen, Frau Nolte. Sie brauchen auch nichts zu befürchten. Wir sind ganz unter uns. Von uns wird niemand erfahren, was geschehen ist. Aber Sie würden mir persönlich helfen.«

Bauer ergänzte: »Wenn Sie den Vorfall nicht gemeldet haben, werden Sie gute Gründe dafür gehabt haben. Vielleicht, weil es Ihnen unangenehm gewesen wäre – gegenüber Ihrem Mann.«

Heidi nickte mit geschlossenen Augen. »Es war ein schöner Abend, und dann dies. Ich wollte unsere Ehe aber nicht zerstören.«

Häberle musste daran denken, dass die Ehe seit Langem nicht mehr sonderlich harmonisch gewesen zu sein schien, wollte dies aber zum jetzigen Zeitpunkt nicht einwenden, sondern fragte leise: »Dürfen wir erfahren, mit wem Sie vor diesem Zwischenfall zusammen waren?«

Sie seufzte in sich hinein, nickte und flüsterte: »Mit Helmut Reinicke. Sie kennen ihn sicher«, sagte sie, an Häberle gerichtet, der sich seine Verwunderung nicht anmerken ließ.

Bauer wagte noch eine Frage: »Was könnte die unbekannte Person mit der Bemerkung gemeint haben, alle würden erfahren, was mit Ihnen los sei?«

Heidi wandte sich zur Seite und schluchzte in ihr Taschentuch.

Die beiden Männer sahen sich schweigend an und warteten. Doch aus Heidi brachen sich die Emotionen in Form von Tränen ungezügelt Bahn. Ihr Körper bebte. Sie war außerstande, sich dagegen zu wehren.

Häberle entschied, den Besuch abzubrechen.

178

Nach einigen extrem heißen Tagen wurde der Sommer wechselhaft. Der 8. August, den sich Ivonne im Kalender angestrichen hatte, war sogar regnerisch, jedoch weiterhin warm. Die Nacht würde auf der Hochfläche der Schwäbischen Alb ziemlich dunkel und unwirtlich, aber trotzdem relativ mild sein. Ivonne hatte ihr handliches Nachtsichtgerät, das noch aus der Zeit stammte, als sie mit Helmut Geocaching betrieben hatte, mit neuen Akkus bestückt, um auch aus der nächtlichen Deckung heraus einen Überblick zu haben.

Vor einigen Wochen schon war sie tagsüber hier gewesen, sodass sie nun wusste, wo sie sich unauffällig postieren musste. Die umliegenden Wälder boten dazu genügend Deckung. Allerdings war es wichtig, den Wagen möglichst weit entfernt abzustellen und frühzeitig das ausgespähte Versteck aufzusuchen.

Als einstige Geocacherin war sie auch nachts mit den Unwägbarkeiten in freier Natur vertraut. Bei Google Earth hatte sie sich die Situation um Nellingen im Alb-Donau-Kreis genau angeschaut, denn dort in der Nähe befand sich jener Punkt, auf den die Koordinaten auf Helmuts Laptop hindeuteten. Sie parkte ihren Wagen außerhalb des Orts beim Heim des Schützenvereins, wo zu dieser Zeit kein Licht brannte. Nun konnte sie sich über Feld- und Forstwege ihrem Ziel nähern, das knapp einen Kilometer entfernt war. Sie knöpfte ihre Regenjacke zu und stapfte durch knietiefes nasses Gras zum Waldrand hinüber, der sich bedrohlich schwarz vom umgebenden Nachtgrau abzeichnete. Links verlor sich eine Hochspannungsleitung in der Finsternis.

Als sich ihre Augen an die Dunkelheit gewöhnt hatten, konnte sie im Wald problemlos die Stämme einzelner Bäume erkennen. Durch ein Gewirr von Büschen, die den Waldrand säumten, kam sie über das weiche vermoderte Laub des Vorjahres schnell voran. Alle paar Sekunden blieb sie stehen, um in die Nacht zu lauschen, in der sich die Fahrgeräusche von der entfernten Autobahn A8 mit dem sanften Rauschen des Regens vermischten. Dazwischen auch knackendes Holz und beunruhigendes Rascheln, das aufgescheuchte Wildtiere vermuten ließ. Das war in diesen Sommernächten nichts Ungewöhnliches.

Dann lichtete sich der Bewuchs, eine Weggabelung und ein Waldparkplatz tauchten auf. Für einen Moment verharrte sie regungslos, denn dort hob sich im Dunkeln ein Auto hervor. Eine größere Limousine, wie es schien. Rückwärts eingeparkt. Damit hatte sie nicht gerechnet. Nicht um diese Zeit. Ein Jäger?, durchzuckte es sie. Ja, als sie vor einigen Tagen bei Helligkeit die Lage erkundet hatte, waren ihr mehrere Hochsitze aufgefallen. Allem Anschein nach war sie also hier draußen nicht allein. Saß da womöglich jemand im Wagen? Doch so sehr sie ihre Augen auch anstrengte, es gelang ihr nicht, etwas zu erkennen. Die Stille und die Nachtschwärze, von der sie umgeben war, jagten ihr einen Gänsehautschauer über den Rücken. Sie beschloss, in der Deckung des Hochwaldes zu bleiben und den Parkplatz vorsichtig zu umgehen.

Sie musste allerdings aufpassen. Denn je näher sie ihrem Ziel kam, das noch einige 100 Meter entfernt war, desto größer wurde die Gefahr, gesehen zu werden oder auf Personen zu treffen.

Ivonne ging langsam weiter, doch das Rascheln und Knacken unter ihren Schritten erschien ihr viel zu verräterisch. Immer wieder blieb sie deshalb stehen, um auf verdächtige Geräusche zu achten.

Schließlich tauchte eine Lichtung auf, in der eine breite Wiese überwunden werden musste, hinüber zum nächsten Waldstück. Zufrieden stellte sie fest, dass die regnerische Sommernacht auch in freier Landschaft jede Bewegung nahezu unsichtbar machte. Es sei denn, da war jemand mit entsprechender Ausrüstung unterwegs.

Außer Atem, aber erleichtert, tauchte sie schon eine Minute später in den Schutz des nächsten Waldes ein. Jetzt war es nur noch ein kurzes Stück zu jenem Platz, den sie für ihr Vorhaben ins Auge gefasst hatte. Hinter dichtem Bewuchs des Waldrandes konnte sie links von sich die sanfte Wiesenmulde überblicken, die das Waldgebiet hier der Länge nach teilte. Schräg gegenüber, wohin ein abzweigender Weg führte, der jetzt nicht zu erkennen war, befand sich ein paar Meter hinterm dortigen Waldrand jener Punkt, an dem sich alles abspielen würde.

Mit ihrem Nachtsichtgerät konnte sie die Umgebung weithin überblicken. Doch zunächst galt es, Geduld zu bewahren. Sie musste noch mindestens eine Stunde stehend verharren, bis es etwas zu beobachten geben würde. Von der Nellinger Kirche drang kaum hörbar der Glockenschlag der neunten Abendstunde herüber. Unablässig tropfte es von den Laubbäumen, die keinen Regenschutz mehr boten. Ein sanfter Wind strich über sie hinweg und überschüttete Ivonne mit einem ganzen Schwall von Wasser.

Die Minuten krochen wie Ewigkeiten dahin. Aufgeschreckt vom neuerlichen Rascheln einiger Tiere und dem unheimlichen Heulen eines Nachtvogels, achtete Ivonne angespannt auf alles, was verdächtig sein könnte. Und im Laufe der folgenden Stunde schien dies immer mehr zu werden. Aber das, so beruhigte sie sich selbst, lag an ihrer zunehmenden Nervosität und der Angst, entdeckt zu werden.

Wieder drückte sie ihr Nachtsichtgerät an die Stirn, um zwischen dem Gestrüpp hindurch das vor ihr liegende Gelände zu überblicken. Doch da war nichts. Kein Tier, keine Bewegung. Ihr Blick auf die Armbanduhr verriet, dass es noch über 20 Minuten sein würden. Sie war also erst 40 Minuten hier. Konnte das sein? Natürlich, rechnete sie nach und spürte, wie ihre Beine vom langen Stehen zu schmerzen begannen. Der Gedanke daran verflog, als sie auf dem Feldweg, der von links am Waldrand entlang heranführte, etwas aufblitzen sah. Autoscheinwerfer pflügten durch die Nacht, verschwanden aber schnell aus ihrem Blickwinkel.

Gerade, als sie ihr Gerät wieder in die Jackentasche steckte, war ihr, als sei sie nicht mehr allein. Etwas versetzte sie in

Schockstarre. Augenblicklich. Instinktiv. Etwas hatte sich angenähert. Von hinten. Schritte auf feucht-weicher Erde. Rascheln, knacken.

Ihr Versuch, sich blitzartig umzudrehen, wurde jäh gestoppt. Kräftige Hände umklammerten ihren Körper, wortlos, als sei etwas aus dem Nichts erschienen. Gleichzeitig spürte sie einen kräftigen Schlag gegen den Hinterkopf und dann etwas aus rauem Stoff, das ihr über Kopf und Oberkörper gestülpt wurde. Ein Sack? Ein gewaltiger Adrenalinstoß jagte ihren Puls in die Höhe.

Der Überraschungseffekt war so groß, dass Ivonne gar nicht in der Lage war zu realisieren, was in diesem Moment mit ihr passierte. Dunkelheit um sie herum, modriger Geruch, die Hände von der Enge des Stoffs an den Körper gezwängt, die Luft stickig. Sie vergaß zu schreien, wurde unsanft weggezerrt, über den Waldboden geschleift, weil sie gar nicht so schnell gehen konnte, wie sie geschoben oder gezogen wurde von starken Armen, die keinen Widerstand duldeten. Von wie vielen denn?

»Bitte, bitte«, konnte sie endlich flehen, »bitte lasst mich.« Sie schnappte nach Luft, wurde von weiterer Panik erfasst, womöglich ersticken zu müssen.

Statt einer Antwort bekam sie gegen den Po einen kräftigen Tritt, der ihr einen Schmerzensschrei aus der Kehle trieb.

Noch immer wurde nichts gesprochen. Inzwischen konnte sie mit dem Zerren und Ziehen überhaupt nicht mehr Schritt halten, wurde mit einem festen Klammergriff um den Oberkörper nun vollends über den Waldboden gezogen, wo sich Gehölz an ihren Jeans verfing und ein Schuh verloren ging. Sie wurde gezerrt, gestoßen – endlos lang. Viele 100 Meter weit.

»Bitte, bitte …«, war alles, was sie immer wieder schwer atmend hervorbrachte. Dann endlich: Sie durfte abrupt stehen bleiben. Wieder geschah alles wortlos. Sie bekam feste

Griffe an der Schulter zu spüren, wurde rückwärts geschoben, bis sie einen Widerstand im Rücken spürte. Ein Baum. Ja, das musste ein dicker Baum sein, dachte sie. Gleichzeitig wurden ihre Fußgelenke fest gegen den Stamm gepresst.

»Was … was machen Sie da?«, keuchte sie und spürte die heiße Luft, die von ihrem eigenen Atem stammte, der aus dem eng anliegenden Sack kaum entweichen konnte.

Ersticken. Sie würde ersticken, jagte ein neuer Schreckensgedanke durch ihren Kopf, während ihr Oberkörper von einem Riemen umgeben wurde, einer Art Spanngurt, der offenbar hinter dem Baumstamm verzurrt wurde. Gleiches erfolgte mit ihren Fußgelenken. Wie vor einem Erschießungskommando, schockte sich Ivonne selbst. Würde man sie jetzt umbringen?

»Bitte …« Wieder das leise, kraftlose Flehen. Noch bevor sie ein zweites Wort sagen konnte, tasteten unsanfte Hände nach ihrem Gesicht, drückten schmerzhaft gegen ihre Nase und suchten nach dem Mund, von dem der Stoff ein Stück weggezogen werden konnte. Ivonne zitterte, wagte sich nicht mehr zu bewegen, darauf gefasst, noch etwas viel Schlimmeres über sich ergehen lassen zu müssen.

Sie spürte, wie an dem Stoff vor ihrem Mund hantiert wurde, wie vermutlich mit einer Schere ein Stück aus dem Sack herausgeschnitten wurde. Frische Luft stieg ihr in die Nase. Erleichterung für einen kurzen Moment. Der Schlitz im Stoff wurde erweitert, die Nase war frei. Ivonne nahm ein paar hastige Atemzüge, doch schon Sekunden später spürte sie etwas Kaltes, Klebriges auf den Lippen, das scheußlich schmeckte und sie keine Worte mehr formen ließ. Ein Klebeband. Es war unmöglich, die Lippen zu bewegen. Sie konnte weder etwas sagen noch um Hilfe rufen. Aber Atmen war noch möglich, stellte sie fest. Ihr ganzer Körper bebte, schmerzte, und sie fror.

Und schon entfernten sich Schritte im Laub.

Nur das Rauschen von der nahen Autobahn zerriss die Stille der Finsternis, in die sie der umgestülpte Sack hüllte. Würde man sie jemals hier finden? Lebend?

179

Dass ihm als Pensionär die Hände gebunden waren und seine aktiven Kollegen rein dienstlich an der Angelegenheit kein Interesse mehr hatten, wurmte Häberle gewaltig. Während der Sommerwochenenden war er mit Susanne mehrfach zum Wandern in den Allgäuer Bergen gewesen und hatte versucht, mal abzuschalten. Er spürte jedoch, dass es ihm noch immer schwerfiel, die viele freie Zeit sinnvoll auszufüllen, was seine Frau geradezu beängstigte. Sie versuchte, ihn abzulenken und in die Gartenarbeit einzubinden, doch er war mit seinen Gedanken oft abwesend und besuchte verdächtig oft seinen alten Kollegen Edgar Bauer. Der konnte sich in seine detektivische Spürarbeit verbeißen, Akten lesen, Versicherungsbedingungen studieren und im Auftrag von Mandanten mit Rechtsanwälten konferieren. Dass Edgar jemals Streifenpolizist gewesen war, also draußen an der Front, am Pulsschlag des Lebens, mochte gar nicht zu seiner jetzigen Betätigung passen. Aber vielleicht hatte er sich ein Berufsleben lang schon immer danach gesehnt, nicht den Kopf für andere hinhalten zu müssen, sondern eher aus der Distanz heraus, aber mit der Erfahrung eines alten, bodenständigen Praktikers zu ermitteln.

»Die Frau Nolte geht mir nicht aus dem Kopf«, sagte Häberle an einem spätsommerlichen Abend, als sie wieder einmal in Bauers Kellerbar zusammensaßen und über die politische Situation in Berlin meckerten, vor allem aber über die Art und Weise, wie ihre einst geliebte SPD händeringend einen neuen Vorsitzenden suchte. Schon merkwürdig, dass sich kaum jemand für ein Amt fand, für das sich in früheren Zeiten die Interessenten zerfleischt hätten. Edgar war froh, dass August jetzt das Thema gewechselt hatte und auf Heidi Nolte zu sprechen gekommen war. »Wir können die Dame nicht dazu zwingen, uns etwas zu sagen, was sie uns nicht verraten will«, stellte Häberle fest.

»Das hättest du auch im Dienst nicht tun können«, entgegnete Edgar.

»Aber ein bisschen nachhelfen hätt ich können: mit dem Staatsanwalt drohen, das hat oft Wirkung gezeigt.«

»Und was meinst du, was sie uns verheimlicht?«

Häberle zuckte mit den breiten Schultern.

»Du meinst«, versuchte Edgar Häberles Gedanken zu lesen, »sie ist dein vierter Mann beziehungsweise Frau?«

Häberle grinste: »Hat dich jetzt auch dieser Genderwahn gepackt? Dann sag doch gleich vierte Männin.«

Edgar Bauer lachte auf, was Häberle nicht dran hinderte, den Gedankengang seines Freundes weiterzuspinnen: »Meinst du, das, was Frau Nolte uns nicht sagen will, hat etwas mit ihrem damaligen Ex zu tun, dem Reinicke, von dem ich dir schon erzählt habe, diesem Installateur?«

»Frag ihn doch einfach.«

»So plump möchte ich das nicht tun, aber ich hab da eine Idee.«

Bauer ahnte, dass Häberle nicht zu bremsen war: »Wenn es deinem Seelenfrieden dienlich sein soll, lieber August, dann

versuch doch mal, an eine deiner früheren Stammtischbekannt-
schaften heranzukommen. Ein paar haben ja die Mordserie
überlebt. Vielleicht entwickelt sich eine heiße Spur«. Wieder
grinste er. »Aber einige haben vielleicht auch schon auf natürliche Art und Weise das Zeitliche gesegnet.«

Häberle hatte tatsächlich in den ersten Wochen seines Ruhe-
stands oft an die abendliche Runde in Siebeneichers *Stüble* oder
in einem Vereinsheim gedacht. Von den meisten hatte er seit Langem nichts mehr gehört. Überschlägig war er zu der Auffassung
gelangt, dass alle schon weit jenseits der 70 sein müssten, zumal
er selbst damals einer der Jüngsten gewesen war. Sie hatten ihn
vermutlich nicht nur wegen seiner Aktivität als Judoka-Trainer
bei der Göppinger Turnerschaft in ihre Reihen aufgenommen,
sondern wohl auch, weil sie sich im Glanz eines Kriminalbeamten sonnen und das Neueste zum Raubüberfall hören wollten.

Einer der Männer war ihm als besonders sportlich und agil in
Erinnerung geblieben: dieser Marathonläufer Zumwinkel, ein
Banker, der sich jedoch in den Diskussionen um das Sparkas-
senverbrechen stets merkwürdig zurückgehalten hatte, was ihn
in den Augen Häberles damals kurz hatte verdächtig erscheinen lassen.

»Zumwinkel«, sagte er für Bauer völlig unerwartet. »Der
wohnt doch noch hier, oder?«

Bauer hatte mit ihm dienstlich nie etwas zu tun gehabt, griff
deshalb zu einem Telefonbuch, das in einem Fach unter dem
Thekentisch der Kellerbar lag, und schlug unter »Z« nach.
Tatsächlich wurde er fündig. »Im Telefonbuch steht er jedenfalls noch.«

»Na, wunderbar«, freute sich Häberle. »Komm, gib mir das
Telefon, ich schau mal, ob er mich noch kennt.«

Bauer reichte ihm ein kleines schnurloses Gerät, das hinter der Theke in einer Ladeschale steckte und meist nur als
Haustelefon genutzt wurde.

Zwei Minuten später war das Gespräch zwischen Häberle und Zumwinkel schon im Gange. Der Banker konnte sich lebhaft an den Kriminalisten erinnern, weil er dessen Namen auch öfters in der Zeitung gelesen hatte, zuletzt, als über die Verabschiedung in den Ruhestand berichtet worden war.

Nachdem sie einige freundschaftliche Worte gewechselt und auch kurz über die legendären Treffen im *Stüble* gesprochen hatten, kam Häberle zur Sache, betonte aber, dass er nicht mehr dienstlich recherchiere, sondern wegen eines Hinweises, den er ganz persönlich erhalten habe.

»Dieser Reinicke, Sie wissen schon, der Installateur, der dem Siebeneicher auch in Leningrad geholfen hat, der war mal kurzfristig mit dieser Heidi Offenbach befreundet, die später einen der Geldboten geheiratet hat«, erklärte Häberle, um seine Beweggründe darzulegen. »Von diesem Mann, er heißt Nolte, hatte sie ein Kind, einen Jungen, der kürzlich im Alter von knapp 40 Jahren bei einem Autounfall ums Leben gekommen ist.«

»Hab ich gehört, ja«, bestätigte Zumwinkel. »Ist da was faul dran?«

»Nein, das heißt: Ich weiß es noch nicht. Ich weiß auch nicht, ob Reinicke irgendeine Rolle spielt, aber um das Umfeld von seiner damaligen Freundin beleuchten zu können, sollte ich ein bisschen über ihn erfahren.«

»Und was hab ich damit zu tun?«

»Ich brauche jemanden, der mir auf die Sprünge hilft. Mein Gedächtnis ist nicht mehr das Beste. Außerdem liegt alles schon ziemlich lange zurück. Jedenfalls hatte Reinicke, soweit ich mich entsinne, damals eine Freundin, deren Namen französisch geklungen hat und von der er gelegentlich geschwärmt hat.«

»Ivonne«, kam es schnell aus dem Hörer. »Ivonne hat sie geheißen. Hat mal bei unserer Privatbank ein Konto gehabt. Ob sie's jetzt noch hat, weiß ich nicht.«

»Ihren Nachnamen und vielleicht ihre Adresse, die haben Sie auch noch parat?«, fragte Häberle vorsichtig und hoffnungsfroh nach.

»Oh«, kam es einigermaßen ratlos zurück, »wo denken Sie hin, Herr Häberle. Ich hab doch nicht die Adressen all meiner früheren Kunden im Kopf. An die Ivonne kann ich mich nur deshalb erinnern, weil Reinicke immer von ihr gesprochen hat und sie beide mal bei mir in der Bank waren. Aber mit dem Überfall dürfen Sie sie nicht in Verbindung bringen. Das war erst etwa drei Jahre später, dass diese Ivonne bei mir ein Konto eröffnet hat und mit Reinicke erschienen ist.«

Häberle verkniff sich die Frage, um wie viel Geld es damals gegangen war. Er wollte Zumwinkel jetzt nicht in Verlegenheit bringen und hakte stattdessen nach: »Lässt sich die Adresse von dieser Ivonne vielleicht noch ausfindig machen?«

»Der Nachname war Kohler, das hab ich mir gemerkt. Weil Kohl damals Bundeskanzler war. Ein sehr attraktives Mädel. Ist aber sicher auch älter geworden. Wie wir alle.«

»Wem sagen Sie das«, seufzte Häberle, aber Zumwinkel machte weiter: »Ich hab noch ein paar Vertraute in der Bank. Die sollen mal nach der Adresse schauen, falls sie noch ein Konto bei uns hat.«

Häberle bemerkte an dieser Formulierung, dass er sich noch genauso mit seinem früheren Arbeitgeber identifizierte wie er selbst.

»Sie dürfen dann aber auf gar keinen Fall sagen, woher Sie ihre Adresse haben«, fügte Zumwinkel schnell an. »Datenschutz und so.«

Häberle nickte, als könnte sein Gesprächspartner dies sehen. »Ich weiß. Wir schützen uns noch zu Tode.« Er bedankte sich und nannte die Telefonnummer, unter der Zumwinkel zurückrufen konnte.

»Der scheint ja ganz umgänglich zu sein«, stellte Bauer fest, als Häberle das Telefon auf die Theke legte und zum Tisch zurückkehrte.

»Es kommt immer drauf an, wie gut man die Leute kennt«, schmunzelte Häberle. »Und es kommt drauf an, wie man auf sie zugeht. Unsere jungen Kollegen haben nur noch selten ein Gespür dafür, wie wichtig es ist, Kontakt zu halten und zu pflegen und vor allen Dingen menschlich miteinander umzugehen.«

»Jetzt können wir nur noch hoffen, dass es die Ivonne noch gibt«, meinte Bauer und wischte sich nach einem Schluck Weizenbier mit dem Handrücken den Schaum vom Mund.

»Du meinst, ob sie noch bei Reinicke ist oder einen Neuen hat?«

»Ja, oder ob sie noch lebt. Bei den vielen, die aus diesem Fall, der dich ein Leben lang begleitet hat, nicht mehr lebend hervorgegangen sind, würde es mich nicht wundern, wenn sie auch schon verblichen wäre«, grinste Bauer und legte genau jenen Sarkasmus an den Tag, der in der täglichen Polizeiarbeit bisweilen notwendig war.

180

Den 15. September vergaß Wolfgang Nolte höchst selten: Heidis Geburtstag. An dem heutigen Sonntag würde es der 61. sein. Wenn es sich einrichten ließ, besuchte er sie an diesem

Tag, denn schließlich hatten sie sich nicht im Streit getrennt. Die Begrüßung war zwar nicht mehr so herzlich wie zu Zeiten ihrer Ehe, und außerdem war erst ein knappes halbes Jahr vergangen, seit sie sich bei der Beerdigung von Boris getroffen hatten. Sie führte ihn in das behagliche kleine Wohnzimmer, das zwar mit viel Liebe und beschaulichem Ambiente eingerichtet war, aber für Heidi nach dem Auszug aus dem modernen Haus in Rattenharz gewiss eine herbe Umstellung gewesen sein musste. Heidi machte sich stets hübsch, wenn Wolfgang sein Kommen ankündigte. Er zauberte eine Flasche Sekt aus der mitgebrachten Tragetüte, stellte sie auf den Tisch, und sie holte zwei Gläser. Eine Prozedur, die sich seit ihrer Trennung schon an einigen Geburtstagen wiederholt hatte. Aber nicht nur mit ihm, wie sie in diesem Moment dachte. Auch Helmut hatte sich telefonisch angekündigt, wie immer allerdings für einige Tage danach. Denn er war darauf bedacht, ein Zusammentreffen mit Wolfgang zu vermeiden.

Nachdem nun Wolfgang die mitgebrachte Flasche entkorkt, die Gläser vollgegossen und er ihr zugeprostet hatte, wollte er etwas loswerden, was ihm seit dem Tod von Boris auf der Seele brannte. »Du hast für uns, Boris und mich, sehr viel gemacht, und keiner von uns hätte jemals gedacht, dass wir ihn so schnell verlieren würden.«

Heidi schwieg, ihre Augen wurden wässrig.

»Du hast für den Haushalt gesorgt, wenn ich nicht da war, was viel zu oft der Fall gewesen ist, weil für mich mein Job im Vordergrund stand. Du hast viel Geduld mit mir gehabt, sehr viel. Ich sag dir jetzt ganz ehrlich, Heidi: Das hat mich beschämt. Deshalb möchte ich dir etwas davon heute zurückgeben. Denn ich weiß, dass du finanziell zu kämpfen hast. Hier allein, die Miete, die ganzen Kosten und dein Lebensunterhalt. Ich möchte dir auch künftig zur Seite stehen.«

Heidi sah ihn stumm und mit tränenfeuchten Augen an, als er

ein rotes Kuvert aus der Innentasche seiner Jacke zog und auf den Tisch legte. »Für meine liebe Heidi« stand handschriftlich darauf.

Heidi war sprachlos und griff verlegen zum Sektglas, um einen Schluck zu nehmen und Zeit für eine Antwort zu finden.

»Ich kann nichts wiedergutmachen«, fuhr er mit belegter Stimme fort. »Aber du sollst wissen, dass ich mich noch immer für dich verantwortlich fühle.«

Sie versuchte, Distanz zu bewahren. »Leider etwas spät«, sagte sie, ohne es vorwurfsvoll klingen zu lassen. Dann griff sie zu dem Kuvert, das nicht zugeklebt war, öffnete es und zog eine gefalzte Karte heraus, die vorne einen Sonnenuntergang am Meer zeigte. Die kartonierten Seiten fühlten sich an, als stecke zwischen ihnen etwas Dickes. Noch bevor Heidi das Bild in sich aufnehmen konnte, rutschten mehrere bräunliche Geldscheine heraus. Es waren 50-Euro-Noten. Weil sie zu Boden zu fallen drohten, hielt Heidi sie fest, fächerte das keine Bündel auf und konnte kaum glauben, was sie in den Händen hielt. Wolfgang wartete gespannt auf ihre Reaktion, die jedoch einige Sekunden auf sich warten ließ.

Heidi schien zwischen Irritation und freudiger Überraschung zu schwanken. Dann endlich, so empfand er es, ein Lächeln, tiefes Durchatmen und eine Äußerung: »Sag mal, Wolfgang, ist das dein Ernst? Das ist ja unglaublich viel.« Sie starrte auf die Scheine, legte sie auf den Tisch und konnte noch immer nicht einordnen, was gerade um sie herum geschah.

»Das sind 20 Stück«, erklärte Wolfgang.

»20?«, echote Heidi. »Das sind ja 1.000 Euro.«

»Ja, sind es. Und sie gehören dir. Ich möchte, dass du sie nimmst, ohne zu fragen, ob da etwas dahintersteckt.« Er schüttelte den Kopf. »Da steckt nichts dahinter, Heidi. Es ist einzig das Bedürfnis, dir nach dem Tod von Boris ein bisschen die finanziellen Sorgen zu nehmen und dir für alles zu danken, was du für uns – dich, mich und Boris – getan hast.«

Heidi schluckte und spürte, wie ihre Kehle trotz des Sektes trocken geworden war. Und sie fühlte Unbehagen, musste an ihr Gold denken, das sie Wolfgang verheimlicht hatte und dessen Verkauf ihr vor einigen Monaten durchaus aus der finanziellen Klemme geholfen hatte.

Wolfgang lächelte ihr aufmunternd zu und hob das Glas. »Auf dich, liebe Heidi«, sagte er dabei. Doch ihre Gefühlswelt war in den vergangenen Minuten gründlich durcheinandergeraten.

181

Ivonne hatte den Schock noch immer nicht überwunden. Auch einige Tage, nachdem Reinicke sie in jener Nacht gefesselt am Baum gefunden und befreit hatte, war sie völlig verstört. »Einige Männer«, so hatte er behauptet, hätten ihm geschildert, wo sie zu finden sei, nämlich in der Nähe des Schützenhauses. Wie lange sie an den Baum gefesselt gewesen war, hatte sie nicht abschätzen können. Sie hatte schließlich in ihrer regennassen Kleidung gefroren und wegen des zugeklebten Mundes panische Ängste ausgestanden, irgendwann ersticken zu müssen. Ihr Rücken hatte geschmerzt, die Spanngurte waren an Fußgelenken und um Brust und Arme viel zu fest verzurrt. Dazu das schaurige Gefühl, völlig hilflos möglicherweise weiteren Attacken ausgesetzt zu sein.

Obwohl kein einziges Wort gesprochen worden war, hatte sie bemerkt, dass sie von mindestens zwei kräftigen Personen überfallen worden war. Profis mussten das gewesen sein, daran bestand für sie kein Zweifel. Kräftige Kerle, vermutlich Soldaten oder Polizisten – oder Terroristen.

Als sie endlich Reinickes Stimme gehört hatte und sie nur durch einige nasale Laute auf sich aufmerksam machen konnte, hatte sie eine unendliche Erleichterung gespürt. Helmut schien vor Zorn, Wut, aber auch vor Angst außer sich zu sein. Nachdem er die Fesseln gelöst, ihr ziemlich unsanft das Klebeband von den Lippen gerissen und sie von dem übergestülpten Sack befreit hatte, war unbändiger Hass aus ihm herausgebrochen. »Bist du verrückt? Was treibst du dich hier rum? Am liebsten würde ich dir eins in die Fresse schlagen.«

Sie hatte geschwiegen.

»Ich will wissen, was du hier gewollt hast?«, zischte er und schüttelte sie an den Schultern.

»Nichts … nichts«, flüsterte sie. »Lass mich los.«

Er verpasste ihr eine kräftige Ohrfeige, sodass sie taumelnd auf den nassen Boden fiel und sich mit erhobenen Armen gegen weitere Hiebe schützte.

»Steh auf, sofort«, befahl Reinicke und zerrte sie an einem ihrer Arme wieder hoch, hielt sie aber fest. Sie spürte seinen heißen Atem, der stoßweise aus ihm heraustrat. »Pass auf«, sagte Reinicke, der sich zu beruhigen versuchte. »Ich habe hier ein paar Männer getroffen, die mir streng vertrauliche Informationen zu den Hintergründen des Sparkassenraubs und den Morden gegeben haben, die sich damals ereignet haben.«

Ivonne konnte die Zusammenhänge nicht erfassen. Ihre linke Wange glühte nach dem Schlag wie Feuer, alles an ihr war nass, ihre Glieder schmerzten. Sie wollte nur nach Hause.

»Verstehst du«, hörte sie Reinickes Stimme wie aus der Ferne, »Informationen zu etwas, das nicht einmal die Polizei weiß. Sie haben die Gegend beobachtet und dich bemerkt. Ist dir klar, wie gefährlich das war? Diese Leute schrecken vor nichts zurück. Nicht vor Mord und nicht vor Entführung.«

Ivonne wollte am liebsten nicht mehr zuhören.

»Woher hast du überhaupt gewusst, dass ich hier mit denen verabredet war?«, bohrte Reinicke weiter.

»Lass mich in Ruhe«, flüsterte Ivonne. »Wir können ein andermal darüber reden.«

»Ein andermal«, wiederholte Reinicke. »Du spionierst mir nach und dann willst du es mir ein andermal erklären?«

»Nicht hier, bitte, Helmut. Lass mich gehen, ich melde mich bei dir.«

»Ich sag dir eines«, zischte er gefährlich, »wenn auch nur ein Sterbenswörtchen von dem, was hier los war, an die Öffentlichkeit kommt, oder von den anderen Dingen, dann könnte das für uns alle sehr unangenehm werden.« Weil sie nichts erwiderte, schob er eine Bemerkung nach: »Und mit dem Geld, das du willst, wird's dann auch nichts.«

Ivonne trat ein paar Schritte von ihm zurück. »Du hast es mir versprochen«, zischte sie wütend.

Reinicke stellte zufrieden fest, dass er sie an einem wunden Punkt getroffen hatte. »Das hab ich, ja. Aber ich kann es mir auch nochmal anders überlegen.«

»Ich melde mich bei dir«, erwiderte Ivonne kühl, während sich ihre Silhouette schnell in der Finsternis auflöste, in Richtung ihres Autos.

182

Eigentlich wäre Susanne viel lieber mit ihrem August zu einer ausgedehnten Wanderung auf die Schwäbische Alb gefahren, aber wieder hielt ihn ein dringendes Gespräch mit seinem alten Freund Edgar davon ab. Susanne verbarg ihre Enttäuschung, hatte jedoch entschieden, ihm die Freude an der Aufklärung des mysteriösen Schreibens nicht zu nehmen. Wenn dieser Fall abgeschlossen war, musste sie mit ihm allerdings ein ernstes Wörtchen reden.

Natürlich hatte sie Verständnis dafür, dass August hocherfreut darüber gewesen war, vom Banker Zumwinkel die Anschrift dieser Ivonne erhalten zu haben. Die beiden Männer trafen sich deshalb wieder in Bauers Kellerbar, die inzwischen so etwas wie ihr Hauptquartier geworden war.

»Wir dürfen aber unter keinen Umständen irgendjemandem sagen, woher wir die Daten von Ivonne haben«, betonte Häberle, während Bauer bereits wieder zwei Weizenbiergläser füllte und mit dem Schaum kämpfte.

»Wir lassen den Zumwinkel ganz aus dem Spiel«, betonte Bauer, um sogleich innezuhalten: »Du bist dir aber ganz sicher, dass der nicht in die Sache von damals verwickelt ist?«

Häberle stutzte: »Du meinst, weil er sich als Banker bestens ausgekannt hätte?«

»Na ja«, fabulierte Bauer, »du suchst doch nach einem vierten Mann, oder?«

Häberle verengte die Augen. Für einen Moment dachte er, Edgars Gedankengang sei gar nicht von der Hand zu weisen, dann aber obsiegte die Überlegung, wonach Zumwinkel überhaupt kein Interesse daran haben konnte, die Geiselgangster zu unterstützen.

Bauer hatte bemerkt, dass sein Freund nachdenklich geworden war, wollte das Thema aber nicht vertiefen, sondern lenkte ihr Gespräch wieder auf Ivonne: »Du hast gesagt, du hättest sie schon erreicht«, knüpfte er gespannt an das Telefonat an, mit dem sich Häberle bei ihm angekündigt hatte.

»Ja, sie wohnt noch in Göppingen, war jedoch ziemlich wortkarg, als ich ihr erklärt habe, dass ich mal bei der Kripo gewesen bin, jetzt aber rein privat ein paar Fragen an sie hätte.«

»Du hast ihr hoffentlich nicht gesagt, dass es um dieses Schreiben geht?«, wollte Bauer schnell wissen.

»Nein, natürlich nicht. Ich hab ihr die *Geschichte vom Pferd* erzählt«, grinste Häberle, während sich Bauer zu ihm setzte und ihm zuprostete.

Nach einem Schluck Bier fuhr Häberle fort: »Ich hab gesagt, dass ich ihren Helmut noch von früheren Zeiten kenne, ihn nun aber nicht beunruhigen möchte, weil es um eine Sache gehe, die viele Jahre zurückliege. Sie hat mich gar nicht ausreden lassen, sondern sofort gesagt, sie habe mit Helmut Reinicke nichts mehr zu tun.«

»Umso besser«, konstatierte Bauer. »Und? Was hat sie sonst noch gesagt?«

»Ich hab sie schließlich rumgekriegt: Ich darf zu ihr kommen.«

»Charmeur der alten Schule«, lobte Bauer. »Und wann?«

»Heute noch. Aber, mein lieber Freund Edgar, du musst mich begleiten.«

»Oh? Schiss, oder was?«

»Das solltest du doch wissen: Geh nie als Polizist zu einer alleinstehenden Dame ins Haus.«

»Ach«, lächelte Bauer, »du denkst an deinen jungen Ex-Kollegen Linkohr, dem das mal schlecht bekommen ist.«

»Nicht nur einmal. Also, begleitest du mich?«

»Nur, wenn du meiner Frau nichts sagst«, erwiderte Bauer schlagfertig.

183

Analena Heuberg hatte ihre Verbitterung über den Strafbefehl von 2014 nie überwinden können. Nur weil sie ihr eigenes mühsam erwirtschaftetes Geld aus der Schweiz hatte zurückholen wollen, hatte man sie zu einer Geldstrafe verdonnert. Dass sie dies stillschweigend akzeptiert hatte, war nur auf die Sorge zurückzuführen gewesen, in Göppingen könnte ihre verbotene Geldtransaktion publik werden. Jetzt, so kurz bevor sie in den Ruhestand gehen wollte, sobald sich ein zahlungskräftiger Käufer für ihr Geschäft gefunden haben würde, war sie nicht gewillt, die Hilfe dieses Staatsapparates in Anspruch zu nehmen, der sie viel Nerven und Geld gekostet hatte.

Aber eigentlich müsste sie es tun. Denn dass ihr jemand im Lauf des heutigen Tages drei falsche 50-Euro-Scheine untergejubelt hatte, war ein starkes Stück. Sie ärgerte sich maßlos, die Banknoten nicht regelmäßig ins Geldscheinprüfgerät gehalten zu haben. Wenn jedoch, wie heute, im Geschäft viel los war und die Kunden einen vertrauenerweckenden Eindruck hinterließen oder sie ihr sogar persönlich bekannt waren, dann kam es vor, dass sie im Eifer des Gefechts die Scheine ungeprüft entgegennahm. Die höheren Beträge wurden ja ohnehin heutzutage per Karte bezahlt.

Nun traf es sie wie ein Donnerschlag: Drei der Scheine waren eindeutig sogenannte *Blüten*, also Fälschungen. Von welchem Kunden sie stammten, ließ sich natürlich nicht mehr feststellen. Analena, die den täglichen Kassensturz in den hinteren Räumen erst vornahm, wenn sie die Eingangstür verriegelt und die Alarmanlage im vorderen Ladenbereich scharf gemacht hatte, steckte das Bündel echter Scheine in die Geldtasche, während sie die drei anderen beiseiteschob. Für einen Augenblick spielte sie mit dem Gedanken, die Fälschungen unter das andere Bargeld zu schmuggeln, das sie üblicherweise abends in den Tresor einschloss, um es am nächsten Vormittag zur Bank zu bringen. Falls dann die falschen Scheine auffielen, könnte sie gewiss glaubhaft versichern, sie gar nicht bemerkt zu haben. Immerhin bestand die geringe Chance, dass sie ungeprüft blieben und sie somit keinen finanziellen Schaden erleiden würde. Oder bestand andererseits sogar die Gefahr, dass man sie angesichts ihrer Vorstrafe wegen des Geldschmuggels bei Lörrach in die Mangel nahm? Dass man womöglich Betriebsprüfer des Finanzamts auf sie ansetzte?

Sie entschied, die Scheine stillschweigend zu behalten und jenen Kriminalisten um Rat zu bitten, den sie noch von früher her kannte und von dessen Pensionierung sie vor einigen Monaten in der Zeitung gelesen hatte. Häberle hieß er, das war ihr noch gut in Erinnerung. Ein sympathischer Mann, kein trockener Bürokrat, sondern einer, der Verständnis für den sogenannten kleinen Bürger hatte.

Sie entdeckte seinen Namen im Telefonbuch und rief an. Doch statt seiner Stimme, die sie als ziemlich sonor in Erinnerung hatte, meldete sich eine Frau. Analena entschuldigte sich für die Störung und fragte nach Häberle.

»Mein Mann ist unterwegs«, kam es zögernd zurück. »Kann ich etwas ausrichten? Oder ist es sehr wichtig?«

Analena schluckte. »Ja, eigentlich schon.« Um gleich gar keine misstrauische Nachfrage zu provozieren, ergänzte sie: »Es geht um eine Sache von früher. Aus seiner Dienstzeit.«

»Sie können ihn auch auf dem Handy erreichen, wenn es wichtig ist«, sagte Häberles Frau leicht verstimmt, weil sie Anrufe dieser Art zur Genüge kannte und hasste. Immer ging's um frühere Zeiten. Mein Gott, hatten die Leute denn immer noch nicht kapiert, dass ihr Mann im Ruhestand war?

»Wenn Sie mir die Handynummer geben könnten?«, bat Analena vorsichtig und wurde sogleich mit den Zahlen konfrontiert. So schnell, dass sie Mühe hatte, sie mitzuschreiben.

184

Als Häberle und Bauer an Ivonnes Wohnadresse am Göppinger Stadtrand eintrafen, in einem Gebiet, das man mit einiger Berechtigung als *sozialen Brennpunkt* beschreiben konnte, fingerte der einstige Chefermittler sein Smartphone aus der Innentasche seiner Jacke. Er grinste Bauer zu, erweckte das Gerät zum Leben und tippte am Touchscreen auf die App mit der Diktierfunktion. »Im Dienst hätt ich mir das nie erlaubt«, sagte er dabei und zeigte seinem Kollegen, wie die Tonaufnahme mit Fingertipp auf einen roten Punkt aktiviert werden konnte. Sofort begann eine Amplitude jedes Geräusch zu visualisieren. Dann steckte Häberle das Smartphone in die Brusttasche seines Jeanshemdes und achtete darauf, dass die Seitenkante mit dem winzigen Mikrofon nach oben zeigte. So war eine klare und nicht allzu dumpf klingende Aufzeichnung der Gespräche sichergestellt.

»Du weißt aber schon, dass heimliches Aufnehmen gegen alle Regeln des Datenschutzes verstößt«, brummte Bauer ironisch, worauf Häberle meinte: »Die Gegenseite bedient sich solcher Mittel schon lange.«

Bauer hatte inzwischen vor einem der wenigen Neubauten eingeparkt, in dem sich Ivonnes Mietswohnung befand. Dorthin war sie gezogen, nachdem eine flüchtige Freundschaft, derentwegen sie mit Reinicke Schluss gemacht hatte, schnell wieder in die Brüche gegangen war. Ihre attraktive Erscheinung und die Kleidung, die ihre weiblichen Formen betonte, mochten so gar nicht zu dem Umfeld passen. Häberle war deshalb sehr angenehm überrascht, als er sie im dunklen Treppenhaus an der Tür stehen sah. Ivonne hingegen zeigte sich erkennbar wenig davon begeistert, dass er noch einen Kollegen mitgebracht hatte. Weil Häberle dies bemerkte, stellte er Bauer vor und erklärte, dass sie beide Pensionäre und »immer im Doppelpack« unterwegs seien.

»Dann können Sie sich gar nicht als Polizisten ausweisen?«, fragte Ivonne irritiert und machte keine Anstalten, die Männer einzulassen. Ihre Augen wanderten nervös von einem zum anderen.

Zum ersten Mal wurde Häberle schmerzlich bewusst, dass er tatsächlich keine Legitimation mehr besaß. »Ich kann Ihnen meinen Personalausweis zeigen«, brummte er, zog seinen Geldbeutel heraus und hielt ihr die Plastikkarte hin. Sie las den Namen laut, meinte aber mit zitternder Stimme: »Sagt mir gar nichts.«

»Sehen wir denn aus, als ob wir Sie überfallen wollen?«, lächelte Bauer.

Sie zögerte. »Eigentlich nicht«, rang sie sich zu einer Antwort durch und gab den Weg in eine dunkle Diele frei, durch die sie in ein kleines, offenbar mit Möbeln aus dem Abholmarkt eingerichtetes Wohnzimmer kamen. Auf dem Tisch und den Schränken waren Zeitschriften, Bücher und sogar Kleidungsstücke verstreut.

»Es sieht bei mir nicht sehr aufgeräumt aus«, sprach Ivonne aus, was die beiden Männer dachten, die in unbequemen Sesseln Platz nahmen.

»Sie haben mich am Telefon ziemlich erschreckt«, sagte sie, als sie einen Stuhl heranrückte, auf den sie sich setzte.

Häberle wollte nicht lange drum herumreden. »Sie brauchen nicht zu erschrecken. Warum denn auch? Ich war während meiner Dienstzeit mit dem Mord an Blaubart befasst«, log er, um einen Einstieg zu finden, wobei er sich nicht die Mühe gab, die Chronologie der damaligen Ereignisse genau einzuhalten. »Da hab ich Leute kennengelernt, die mit ihm befreundet waren – auch Herrn Helmut Reinicke.«

Ivonnes freundliche Gesichtszüge änderten sich, was die beiden Besucher mit kriminalistischem Kennerblick bemerkten.

»Sie waren wohl eine Zeit lang mit ihm zusammen«, ergänzte Bauer.

»Ist das so wichtig? Liegt denn etwas gegen ihn vor?«, fragte Ivonne und strich die ohnehin engen Jeans auf ihren Oberschenkeln glatt.

»Wenn das so wäre, wären jetzt nicht wir hier, sondern die echten Kollegen«, grinste Häberle ausweichend. »Nein, es geht um etwas ganz anderes.«

»Warum gehen Sie dann nicht zu Helmut direkt?«

»Weil wir ihn nicht unnötig beunruhigen möchten«, erklärte Häberle im Brustton der Überzeugung und fuhr einfühlsam fort: »Herr Reinicke hat damals, als ich ihn kenngelernt habe, oft von Ihnen geschwärmt.« Er unternahm noch einen Vorstoß: »Wir alle haben ihn um so eine Frau beneidet.«

»Aber ihr habt mich doch gar nie gesehen«, gab sie schnippisch zurück.

»Das haben wir auch sehr bedauert«, erwiderte Häberle. »Und ich muss sagen, ich bedaure es jetzt erst recht.«

»Geben Sie sich keine Mühe«, wurde sie abweisend. »Also: Was wollen Sie?« Sie sah die beiden Männer nervös an.

»Es geht nicht um Sie«, blieb Häberle gelassen. »Auch nicht um Herrn Reinicke direkt. Sondern um Heidi Nolte.«

»Heidi …« Ivonne schien der Name im Halse stecken zu bleiben.

»Heidi Nolte«, wiederholte Bauer. »Sie kennen Sie?«

Ivonne schien allein von der Nennung des Namens tief getroffen worden zu sein.

»Wir hätten dazu nur eine einzige Frage«, sagte Häberle nach einigen Sekunden des Schweigens. »Gibt es zwischen Frau Nolte und Herrn Reinicke irgendetwas, das niemand wissen darf?«

»Wie bitte?« Ivonne schien wie elektrisiert. »Wieso fragen Sie mich das? Was soll ich dazu sagen können?«

»Sie waren doch eine geraume Zeit mit Herrn Reinicke zusammen. Da haben Sie sicherlich auch über persönliche Dinge gesprochen«, warf Bauer ein.

»Falls Sie sein kurzes Techtelmechtel mit Heidi meinen, das ist kein Geheimnis. Das wusste man in der Bank, und damit hatte ich nie ein Problem. Heidi hat's damals doch mit jedem getrieben«, redete sich Ivonne jetzt hörbar in Rage. »Das hat Helmut schnell erkannt und sie in die Wüste geschickt.«

»Demnach war es für ihn nur eine vorübergehende Affäre«, fasste Bauer zusammen.

»Ja, was soll jetzt eigentlich dieses Nachbohren?«, wurde Ivonne giftig. »Haben Sie schon mal nachgerechnet, wie lange das her ist? Hatten Sie vor 37 Jahren keine *Affären*, wie Sie es nennen? Können Sie sich noch an jede Einzelheit erinnern? Ich glaube, es macht keinen Sinn, weiter darin herumzustochern.«

»Und diesen Boris kennen Sie auch nicht?«, wollte Häberle noch wissen.

»Boris? Wer soll das denn sein?« Sie wurde immer unsicherer.

Häberle ließ es dabei bewenden und gab seinem Kollegen ein Zeichen zum Aufbruch, was Ivonne erleichtert zur Kenntnis nahm. Während sie sich erhoben, schob Häberle noch eine

Frage nach, die er nur beiläufig klingen ließ: »Aber für Herrn Reinicke war diese Affäre dann vorbei, also: Ich nehme an, Sie hatten nie einen Grund zur Eifersucht?«

»Auf Heidi?«, entfuhr es Ivonne. »Auf die? Ich bitte Sie, Herr Häberle. Wie kommen Sie denn auf so eine absurde Idee?«

185

Heidi Nolte war in diesen Spätsommerwochen viel unterwegs. Sie besuchte einige Freundinnen, zu denen der Kontakt in den vergangenen Jahrzehnten abgebrochen war oder sich auf den Austausch von E-Mails beschränkt hatte. Wo genau sie vor einigen Tagen auf der A7 getankt hatte, hätte sie nicht mehr sagen können. Sie war von Norden gekommen und noch kurz vor der Ausfahrt Aalen irgendwo an ein Rasthaus gefahren. Erst jetzt wurde es ihr unmissverständlich gesagt. »Es war am Rasthaus Ellwanger Berge«, sagte der junge Kriminalist, der sie mit einer Kollegin zusammen an der Wohnungstür überfallen hatte, wie sie es unwirsch formulierte. Damit versuchte sie, ihren Schrecken zu übertünchen, der ihr in alle Glieder gefahren war, als sich die beiden unerwarteten Besucher mit ihren Dienstausweisen als Kriminalisten legitimierten.

Die Frage: »Dürfen wir kurz reinkommen«, erübrigte sich, denn die beiden ließen keinen Zweifel daran aufkommen, dass es sich um ein wichtiges Gespräch handle.

Mit weichen Knien führte Heidi die Kriminalisten in ihr Wohnzimmer, während sie mit unsicherer Stimme wissen wollte: »Worum geht's denn – was ist so wichtig, dass Sie gleich persönlich kommen?«

»Sie sind Halterin des Fahrzeugs ...« Die Beamtin zog einen Schnellhefter aus der Aktentasche, blätterte darin und nannte Fahrzeugtyp und ein Schwäbisch Gmünder Kennzeichen.

»Stimmt das?«, hakte ihr Kollege nach.

Heidi nickte. »Bin ich zu schnell gefahren, oder was?«

»Nein«, erwidert die Beamtin energisch. »Dann wären nicht wir gekommen, sondern ein Bußgeldbescheid. Wir kommen, weil Sie vorgestern an der Autobahntankstelle Ellwanger Berge mit Falschgeld bezahlt haben. Die Überwachungskameras haben das festgehalten.«

»Ich ... ich hab was?« Heidi war es, als habe man ihr einen Stromschlag versetzt.

»Mit zwei falschen 50-Euro-Scheinen bezahlt«, bekräftigte der Mann und schob pflichtgemäß nach: »Sie brauchen sich dazu jetzt nicht zu äußern, und Sie haben das Recht, einen Anwalt hinzuzuziehen.«

Heidi spürte einen Kloß im Hals, eisige Kälte bemächtigte sich ihres ganzen Körpers. »Ich ...?«

»Sie stehen im dringenden Verdacht, Falschgeld in Umlauf gebracht zu haben«, wurde die Beamtin deutlich.

»Aber ich hatte doch ...«, Heidis Atem wurde schneller, »... keine Ahnung, dass es falsches Geld war.«

»Wenn Sie uns sagen können, woher Sie die Banknoten hatten, könnte sich vieles schnell aufklären«, sagte die Beamtin.

»Woher soll ich wissen ...«

»Es gibt da noch etwas, Frau Nolte«, erklärte der männliche Ermittler streng. »Wir haben festgestellt, dass gegen Sie Ermittlungen wegen des Verdachts der Geldwäsche anhängig sind.«

»Wie?« Heidis Gesicht verlor alle Farbe. In ihrem Kopf raste ein Gedankenkarussell.

»Es wäre gut, wenn wir ein Protokoll aufsetzen könnten. Sollen wir das hier machen oder begleiten Sie uns zur Dienststelle?«

»Soll das …«, sie überkam eine panische Angst, »… eine Festnahme sein?«

Die junge Frau gab sich erneut energisch: »Noch nicht. Darüber wird die Staatsanwaltschaft entscheiden.«

Staatsanwaltschaft?, hallte es in Heidis Kopf nach. Entscheidung. Drohte ihr Gefängnis? So schnell? So plötzlich?

Schlagartig tauchten vor ihrem geistigen Auge die tristen Gebäude der Frauenhaftanstalt auf, hier am Stadtrand von Schwäbisch Gmünd. Nicht weit von ihrer Wohnung. Oft hatte sie sich beim Vorbeifahren mit Schaudern vorgestellt, wie es sein würde, dort jahrelang eingesperrt zu sein.

»Aber ich hab doch nichts getan«, flüsterte sie atemlos, ohne in der Lage zu sein, sich zu wehren.

»Das wird sich herausstellen«, sagte der Mann mit amtlichem Ton, ließ den Verschluss seines Aktenkoffers aufschnappen und zog ein Formular heraus.

186

Weil Analena Heuberg ihn völlig aufgelöst am Handy erreicht hatte, war Häberle sofort bereit gewesen, sie in ihrem Ladengeschäft in der Innenstadt aufzusuchen. Es war wohl Jahrzehnte her, dass er sie zuletzt gesehen hatte. Und wenn er ehrlich war, hätte er sie vermutlich in einer anderen Umgebung nicht mehr auf Anhieb erkannt. So aber war klar, dass sie es war, die aus dem hinteren Teil des Geschäfts in den leeren Laden vorkam, wo glitzernde Kostbarkeiten hinter dicken Glasscheiben geschützt waren. Jetzt, da sie vor ihm stand, die schwarzen Haare kurz, ein freundliches Lächeln im Gesicht, an dem das Alter nicht spurlos vorübergegangen war, da kamen sie ihm wieder in Erinnerung, die wenigen Begegnungen im *Stüble* oder in einem Vereinsheim.

Sie begrüßte ihn überschwänglich und bat ihn in ihr kleines Büro, das einen harten Kontrast zu der seriös-gediegenen Atmosphäre des Verkaufsraumes bot. Wie hinter den Kulissen, dachte Häberle. Vorne Hollywood, hinten Arbeitskammer.

»Schön, dass Sie so schnell kommen«, sagte Analena, als sie sich am aktenbeladenen Schreibtisch im grellen Licht einer Leuchtstoffröhre gegenübersaßen.

»Ich weiß aber nicht, ob ich Ihnen helfen kann. Falschgeld ist ein sogenanntes Offizialdelikt, das man von Amts wegen verfolgen muss.«

»Ich hab Sie aber nicht als Amtsperson hergebeten«, stellte die Frau klar. »Außerdem sind Sie nicht mehr im Dienst, wie man der Zeitung entnehmen konnte.«

Häberle ging nicht darauf ein. Denn auch in Pension durfte er Straftaten, sofern sie ihm zu Ohren kamen, nicht verschweigen. »Wir sind hier ganz unter uns, nehme ich an«, sagte er deshalb.

»Ja, sind wir«, bestätigte Analena mit ernstem Gesicht und zog aus einem aufgetürmten Papierstapel die drei falschen 50-Euro-Scheine, um sie Häberle über den Tisch zu reichen. »Ich hab sie leider erst zu spät mit meinem Prüfgerät getestet.«

Häberle nahm sie in die Hände, betastete sie und hielt sie gegen das Licht. »Wenn, dann ist's eine relativ gute Fälschung.« Er legte sie wieder zurück. »Sie wissen aber, an welchem Tag Sie die Scheine bekommen haben?«

»Ja klar, vorgestern.«

»Wie viele Kunden hatten Sie im Laufe dieses Tages?«

»Ich hab das anhand der Registrierkasse nachvollziehen können. Es waren immerhin 47, die etwas gekauft haben. Das war ein guter Tag.«

»Es kämen aber doch nur welche infrage, die Waren im Wert von mindestens 150 Euro gekauft haben, oder sehe ich das falsch?«

»Nein, das sehen Sie nicht falsch. Deshalb hab ich dies mal aufgeschlüsselt. Damit kämen trotzdem noch 29 infrage.«

»Deren Adressen Sie aber nicht haben?«

»Hab ich nicht«, erwiderte die Juwelierin. »Nur von denen, die, was auch vorkommt, einen Teil bar und einen Teil mit der Karte bezahlen. Die lassen sich über die Kartennummer herausfinden.«

»Es gibt welche, die mit beidem bezahlen?«, staunte Häberle.

»Bei größeren Beträgen kann das vorkommen. Ich denke«, sie sah Häberle lächelnd an, »das sind dann Leute, die vielleicht auf diese Weise ein bisschen Bargeld, das sie zu Hause rumliegen hatten, in Umlauf bringen möchten.«

Häberle nickte. Er wollte den Begriff »Schwarzgeld« nicht in den Mund nehmen. Stattdessen folgerte er daraus: »Mit

Falschgeld dies zu tun, wäre dilettantisch, denn, wie Sie richtig sagen, es wäre dann ja die Adresse nachvollziehbar.«

»Sie meinen, wir müssten uns auf die reinen Barzahler beschränken?«

»Vermutlich ja. Aber auch dann wäre nicht gesagt, dass einer von denen Ihnen bewusst Falschgeld andrehen wollte. Wer schaut sich schon die Scheine genau an, wenn er sie irgendwo als Wechselgeld herauskriegt.«

»Wechselgeld? Gleich mit drei Fünfzigern?«, gab Analena schnell zu bedenken. »Dann hätte er wohl irgendwo mit einem Zwei- oder Fünfhunderter bezahlen müssen. Wobei die Fünfhunderter ja seit April gar nicht mehr ausgegeben werden.«

Häberle grinste. »Weil man den Leuten nach und nach das Bargeld wegnehmen will, um ihr Vermögen besser unter Kontrolle zu haben.«

»Und was soll ich nun tun?«

»Anzeige erstatten«, erwiderte Häberle prompt und ahnte die Antwort bereits.

»Ich will mit den Behörden nichts mehr zu tun haben«, sagte Analena kühl und gestand ihren Ärger mit dem Zoll, als sie ihr schon zehnmal versteuertes Geld aus der Schweiz zurückgeholt hatte. »Man hat mir Steuerhinterziehung vorgeworfen und mir sogar Geldwäsche anhängen wollen. Ausgerechnet mir, die ich mich ein Leben lang hier in diesem Geschäft abgerackert habe und nicht, wie die Großkonzerne, 1000 Steuerschlupflöcher hatte. Ist Ihnen eigentlich klar, wie der Mittelstand in den letzten Jahren in diesem Land abgezockt wurde? Leistung lohnt sich nicht mehr, Herr Häberle. Deshalb bin ich froh, demnächst in Ruhestand zu gehen, auch wenn ich dann auf die staatlichen Rentenalmosen angewiesen bin, die dank einer verheerenden Geldpolitik dramatisch geschrumpft sind. Wir sind doch alle klammheimlich enteignet worden.«

Häberle nickte und war insgeheim froh, zum glückseligen Heer der verbeamteten Pensionäre zu gehören, die, gemessen an den normalen Rentnern, keine Altersarmut zu befürchten brauchten.

»Ich kann Sie vollumfänglich verstehen«, nickte er und kam wieder auf das Thema zurück: »Gibt es eine Überwachungskamera, auf der man die Kundschaft erkennen kann?«

»Ja, natürlich. Aber es ist nicht zu sehen, womit bezahlt wird. Die Kamera ist nur auf den Eingang gerichtet. Außerdem sind die Aufnahmen ziemlich schlecht. Die Anlage hätte längst erneuert werden müssen.«

»Es macht also wenig Sinn, die Bilder anzuschauen?«

»Hab ich schon gemacht. Einige der Personen sind mir natürlich bekannt. Stammkunden, die ich nicht anschwärzen möchte.«

»Dann gibt's nur eine Möglichkeit, Frau Heuberg, und das sag ich Ihnen unter dem absoluten Siegel der Verschwiegenheit: Sie schreiben die 150 Euro in den Kamin, beseitigen die Scheine und nehmen sich vor, künftig jede Banknote unter Ihr Testgerät zu halten.«

Analena lehnte sich zurück und spielte mit einem Kugelschreiber. »Darf ich denn das – einfach schweigen?«

»Dürfen Sie natürlich nicht. Und ich darf es eigentlich auch nicht. Denn wenn das durch einen dummen Zufall auffliegt, sind wir beide dran.«

Sie überlegte und kämpfte mit sich. »Es gibt da einige Leute, die entsprechende Einkäufe getätigt haben und die ich kenne.«

»Die Sie mit den Fälschungen in Verbindungen bringen könnten?« Häberle wurde jetzt hellhörig.

»Und die auch Sie kennen«, ergänzte Analena vorsichtig.

187

Sie hasste ihn. Abgrundtief. Er hatte sie geschlagen, und sie war drauf und dran gewesen, ihn nie wiedersehen zu wollen. Doch dann hatte schnell wieder der Gedanke an Geld die Oberhand gewonnen. Geld, das sie dringend brauchte und das ihr nach all den Jahren, in denen sie zu ihm gehalten und ihm bei seinem geschäftlichen Kram geholfen hatte, auch zustand. Zumindest war sie davon überzeugt.

Natürlich hatten sie sich im Guten getrennt, wie es so schön hieß. Aber seit sie ihn verlassen hatte und für den jungen Mann, von dem sie sich Liebe und Zuneigung erhofft hatte, nur ein Strohfeuer gewesen war, fühlte sie sich in ein tiefes Loch gestoßen. Zwar hatte sie in einem Modehaus einen Halbtagsjob als Verkäuferin gefunden, doch war der geringe Verdienst nicht genug, um ihr finanzielle Sicherheit zu geben. Sie überkam oft die bittere Angst, im Alter völlig verarmt zu sein. Mehr und mehr wurde ihr bewusst: Helmut war der Einzige, an den sie sich klammern konnte, obwohl sie durch ihre Trennung von ihm auch seinen geschäftlichen Erfolg zerstört hatte.

Aber mit dem Wissen, das sie hatte, konnte er sie nicht einfach fallen lassen. Außerdem hatten die vielen gemeinsamen Jahrzehnte sie zusammengeschweißt. Durch dick und dünn waren sie gegangen. Wie naiv von ihr, dem Drängen eines jüngeren Mannes nachzugeben, bloß weil sie ihn attraktiv fand. Helmut hätte sich nie von ihr getrennt, dazu war er viel zu sehr mit seiner Arbeit befasst. Natürlich war alles zur Selbstverständlichkeit verkommen. Da war es doch völlig normal, dass sie mal ausbrechen wollte, hämmerte es in ihrem Kopf, als suche sie eine Entschuldigung für ihre Entscheidung.

In ihrer maßlosen Enttäuschung, dass er sie vor einigen Monaten brüsk zurückgewiesen hatte, war sie zu allem fähig gewesen. Wirklich zu allem. Vielleicht war sie übers Ziel hinausgeschossen, mochte sein. Wie hätte sie auch erwarten können, dass er sie wieder mit offenen Armen empfangen würde? Oder hatte er inzwischen eine andere?

Dass jetzt auch noch die beiden Kriminalisten aufgetaucht waren, verhieß natürlich nichts Gutes. Wahrscheinlich war etwas gründlich schiefgelaufen. Wie sonst wären sie auf die Idee gekommen, sie über Helmuts flüchtige Jugendfreundin Heidi auszufragen?

Ivonne hatte lange mit sich gerungen, ob sie Helmut informieren sollte. Verdient hatte er es nicht. Aber wenn es um seine Vergangenheit ging, ging es vielleicht auch um ihre. Nur, dass sie sich durch ihr Verhalten womöglich selbst in die Schusslinie gebracht hatte, war nicht vorhersehbar gewesen.

»Häberle, sagst du?«, entfuhr es Reinicke entsetzt, als er sie widerwillig in die Wohnung gelassen und sie schon in der Diele gesagt hatte, weshalb sie ihn dringend sprechen wollte.

»Ja, der. Er kennt dich, hat er gesagt. Von früher«, keifte sie und ließ sich wie selbstverständlich in einen Sessel fallen.

Reinickes Empörung über ihr plötzliches Auftauchen war purem Entsetzen gewichen. »Und was hat er von dir gewollt?«

»Er wollte wissen, ob es zwischen dir und Heidi etwas gibt, was niemand wissen darf.«

»Wie bitte?« Er sank in den anderen Sessel. »Und was hast du ihm gesagt?«

»Natürlich nichts. Obwohl ich es liebend gern getan hätte.«

»Bist du wahnsinnig?«, brach es aus Reinicke heraus.

Am liebsten hätte sie ihm noch Häberles Frage entgegengeschleudert, ob sie einen Grund zur Eifersucht gehabt hätte. Aber diese Genugtuung wollte sie ihm nicht gönnen. Er sollte nicht glauben, dass sie jemals eifersüchtig gewesen war. Das würde nur bedeuten, dass sie ihm zugetraut hätte, sich neben der Arbeit auch noch anderen Frauen zuzuwenden.

»Und jetzt?«, wurde Reinicke sichtlich nervös. »Was will mir Häberle anhängen? Was geht den das alles noch an? Warum spricht er nicht mit mir persönlich?«

»Das musst du nicht mich fragen«, konterte Ivonne. »Ist mir scheißegal.« Nach kurzem Überlegen ergänzte sie: »Was weiß ich, was damals in Leningrad war. Welche Clique sich bei der Russenmafia zusammengefunden hat!« Ihre Stimme klang schrill.

»Rede doch keinen Unsinn daher!«, fuhr er sie an. »Das waren alles seriöse Leute. Nur dieser Häberle, der sich damals in unseren Stammtisch reingemogelt hat, scheint jetzt völlig durchzudrehen. Wenn der Kerl in seinem Ruhestand nichts Besseres zu tun hat, als mir hinterher zu schnüffeln, dann werde ich mich beim Ulmer Polizeipräsidenten beschweren. Schon mal was von *Stalking* gehört? Der Kerl scheint von einer Psychose gepackt zu sein.«

Ivonne hielt sich für einen Moment zurück. »Vielleicht wäre es besser, einfach zu schweigen. Meinst du nicht? Vergiss nicht, dass auch du in alten Geschichten rumstocherst. Blaubart und so …«

»Blaubart!«, echote Reinicke genervt, zügelte jedoch seinen emotionalen Ausbruch. »Du warst es doch, die mir das gründlich vermasselt hat. Ich war drauf und dran zu erfahren, was damals gelaufen ist, und dann schleichst du durch die Gegend. Sei froh, dass sie dich nicht gleich abgeknallt haben – am Baum.« Er wurde immer lauter. »Und du weigerst dich bis heute, mir zu sagen, welche dubiose Rolle du dabei gespielt hast, wie du auf die Idee gekommen bist, dort aufzutauchen. Hat es einen Grund gegeben, dass sie es dabei belassen haben, dich nur an den Baum zu binden?«

Seine Wut hatte sich ins Unermessliche gesteigert, sodass sie fürchten musste, wieder geschlagen zu werden. »Ich werde dir alles erklären, Helmut, ganz bestimmt. Aber lass uns jetzt nach vorne blicken.«

Er sprang auf, was sie reflexartig wegducken ließ.

»Rausprügeln sollte ich es aus dir«, brüllte er so laut er konnte und vollführte eine weit ausholende Handbewegung, als wolle er ihr eine Ohrfeige verpassen.

»Lass mich«, schrie sie und verbarg ihren Kopf im abgewinkelten Ellbogen, darauf gefasst, wieder einen schmerzhaften Schlag gegen den Kopf versetzt zu bekommen. »Wenn du mich noch mal anfasst, wirst du dein blaues Wunder erleben«, schrie sie halb flehend, halb trotzig.

»Was?« Dieses eine Wort klang so hasserfüllt, dass sie plötzlich von Todesangst ergriffen wurde. »Soll ich dir mal was sagen?«, zischte er weiter, während sie noch immer ihr Gesicht schützend in den Ellbogen drückte. »Manches lässt sich auch auf andere Weise aus der Welt schaffen.«

Obwohl sie von Panik erfüllt war, wagte sie es, noch etwas leiser zu erwidern: »So wie Boris?« Sie schloss die Augen.

Aber Reinicke blieb wie angewurzelt stehen.

188

Dass sich Linkohr auf dem Handy meldete, damit hatte Häberle nicht gerechnet. Sie waren übereingekommen, ihren inoffiziellen Informationsaustausch künftig vorsichtiger zu führen. Die Nummer, die auf sein Display übertragen worden war, hatte ihn überrascht, doch Linkohr klärte ihn auf: »Das ist mein privater Anschluss. Es ist besser, wenn wir nicht über dienstliche Leitungen kommunizieren.«

Häberle grinste. Jetzt taten sie etwas, mit dem er während seiner aktiven Dienstzeit stets bei Kriminellen zu kämpfen hatte, die möglichst keine digitalen Spuren hinterlassen wollten. Seltsam, wie sich alles änderte, wenn man die Dinge aus einer anderen Perspektive erlebte.

Häberle war gerade mit dem Frühstück und der morgendlichen Lektüre der Lokalzeitung fertig, und Susanne berichtete, wie sie den frühherbstlichen Tag gemeinsam gestalten wollte, da unterbrach Linkohrs Anruf diese Planung. Als ihr bewusst wurde, wer da anrief, verdrehte sie enttäuscht die Augen und räumte den Tisch ab.

»Ach«, hörte sie ihn sagen, ein Tonfall, den sie kannte. So hatte es ein Leben lang geklungen, wenn August über eine neue Entwicklung zu seinem aktuellen Fall informiert worden war.

Susanne verharrte einen Moment in der angrenzenden Küche, um aus seinen Bemerkungen heraushören zu können, worum es diesmal ging. Ganz sicher wieder um diese alte Geschichte. Wie schön hätte der Ruhestand beginnen können, wenn man ihm nicht just während seiner Abschiedsfeier dieses unsägliche Schreiben auf den Tisch gelegt hätte!

Jetzt lauschte er offenbar gespannt seinem ehemaligen Kollegen Linkohr, bis er endlich sagte: »Sehr interessant, aber um ehrlich zu sein, die Frau tut mir leid. Danke für die Info. Und es bleibt dabei: Wir beide haben nie darüber gesprochen.«

Susanne ließ wieder ihr Geschirr klappern und befüllte die Spülmaschine. Schon erstaunlich, wie sich ihr August zu gewiss illegalen Gesprächen hinreißen ließ. Irgendwann würde sie ihm in aller Deutlichkeit sagen, dass er sowohl Linkohrs Karriere als auch möglicherweise seine Pension leichtfertig aufs Spiel setzte. Zwar hatte sie von dem neuen Ulmer Polizeipräsidenten bisher weder etwas Schlechtes noch etwas Gutes gehört, aber zu spaßen war mit den Polizeioberen gewiss nicht.

Häberle hatte das Gespräch beendet und das Smartphone in die Brusttasche seines Jeanshemds gesteckt, wie er es während seiner aktiven Laufbahn stets getan hatte.

Susanne nahm auch dies missbilligend zur Kenntnis und kam ins Esszimmer zurück. »Linkohr? Was gibt's denn diesmal Neues?«

Häberle wusste natürlich, dass diese Nachfrage eher kritischer Natur war. »Es hat sich eine neue Entwicklung ergeben«, sagte er deshalb unaufgeregt, obwohl ihn die Nachricht getroffen hatte. »Sie haben Frau Nolte festgenommen. Verdacht auf Falschgeld und Geldwäsche. Der Amtsrichter hat den Haftbefehl mit Flucht- und Verdunklungsgefahr begründet.«

Susanne, die aus Häberles Schilderungen wusste, wer Frau Nolte war, hielt für ein paar Sekunden inne und meinte konsterniert: »Das muss für die Frau ja fürchterlich sein.«

Häberle nickte und überlegte, was nun zu tun war. *Falschgeld*, hallte es durch seinen Kopf. Wann würden sie auch Frau Heuberg holen?

189

Heidi Nolte war im Schockzustand. Was in den vergangenen Stunden über sie hereingebrochen war, fühlte sich wie ein Albtraum an. Vorläufige Festnahme, Protokolle, quälend lange Stunden in einer Zelle des Polizeireviers, kurzes Gespräch mit einem Anwalt, den sie verlangt hatte, dann Vorführung bei einer jungen Amtsrichterin, die ziemlich hochnäsig war und sich nur auf die Vernehmungsprotokolle zu beschränken schien.

Heidi fühlte sich wie eine Schwerverbrecherin, hatte alles willen- und wehrlos über sich ergehen lassen, als zwei uniformierte Polizistinnen sie aus der kargen Zelle holten, in einen Streifenwagen verfrachteten und zum Amtsgerichtsgebäude brachten.

Wenigstens hatte man ihr keine Handfesseln angelegt. Während der paar Schritte vom Auto zum Eingang des Amtsgerichts, eskortiert von den beiden Beamtinnen, war sie in tiefe Scham versunken und hoffte inständig, dass sie hier niemand erkannte.

Ihr Anwalt, ein gut situierter älterer Herr namens Doktor Rolf Lubenow, den sie während ihrer Arbeit beim Steuerberater kennengelernt hatte, wartete bereits im Vorzimmer einer Richterin. Er war zwar bereit gewesen, zur Vernehmung ins Amtsgericht zu kommen, ließ jedoch kein allzu großes Engagement erkennen. Die Begrüßung war entsprechend kühl und sachlich, vermutlich, weil der telefonischen Beauftragung noch keine schriftliche hatte folgen können, dachte Heidi, die sich gnadenlos in die Mühlen der Justiz hineingezogen fühlte. Die beiden Polizistinnen führten sie und den Anwalt in das geräumige Büro der Richterin, die bereits die Akten auf einem großen Schreibtisch vor sich liegen hatte und nur kurz aufblickte, als interessiere sie sich nicht allzu sehr für die Personen. Rechts neben ihr langweilte sich eine ältere Dame, die einen Laptop vor sich stehen hatte.

Heidi brachte ein zitterndes »Guten Tag« hervor, ohne bei den beiden Damen eine freundliche Reaktion auszulösen. Die Polizistinnen, die mit Prozeduren dieser Art vertraut waren, verwiesen sie auf einen hölzernen Stuhl, der vor dem Schreibtisch stand. Sie selbst nahmen auf gepolsterten Stühlen neben der Tür Platz, der Anwalt an einem weißen Besuchertisch.

Nach kurzem juristischen Vorgeplänkel stellte er klar: »Meine Mandantin bestreitet sämtliche Vorwürfe.«

Unterdessen saß Heidi in sich versunken vor der Richterin, die altersmäßig ihre Tochter hätte sein können. Die Juristin brachte mit jeder Bemerkung und jeder Geste zum Ausdruck, dass sie nicht gewillt sein würde, sich lange mit der Angelegenheit auseinanderzusetzen. Ihr lagen die schweren Verbrechen viel mehr als diese langweiligen Geld- und Betrugsdelikte, die sie schon während ihres Studiums gehasst hatte. »Gegen Sie läuft ein Verfahren wegen des Verdachts der Geldwäsche«, konstatierte sie kühl. »Es liegt deshalb nach Auffassung der Staatsanwaltschaft ein dringender Tatverdacht nach Paragraf 147 Strafgesetzbuch vor, der für das Inverkehrbringen von Falschgeld eine Freiheitstrafe bis zu fünf Jahren vorsieht ...« Sie sah kurz auf, um mit entschlossener Miene zu verdeutlichen, was Heidi im schlimmsten Fall zu erwarten hatte, und fügte dann eher beiläufig an: »... oder eine Geldstrafe.« Für Heidi klang es so, als ob für sie diese Variante gleich gar nicht infrage komme. Eine der Polizistinnen hatte ihr im Vorgespräch bereits zu verstehen gegeben, Untersuchungshaft sei fällig, wenn die Strafandrohung mindestens sechs Monate betrage.

Jetzt war Heidi von der Kälte erschrocken, die die Richterin ausstrahlte, als ob sie ihre berufliche Dominanz mit besonderer Lust zelebrieren wollte.

Anwalt Lubenow bemerkte die einschüchternde Dramaturgie und stellte mit sonorer Stimme klar: »Meine Mandantin ist nicht vorbestraft und weder der Geldwäsche überführt noch gibt es Beweise dafür, dass sie an der im Protokoll genannten Tankstelle bewusst mit Falschgeld bezahlt hat. Ich halte es deshalb für nicht angebracht, sie schon jetzt wie eine überführte Täterin zu behandeln.«

»Das brauchen Sie mir nicht zu sagen«, unterbrach ihn die Richterin brüsk, die alle paar Minuten eine blonde Haarsträhne beiseite strich, die übers linke Auge hing. »Ihre Mandantin hat zwei falsche 50-Euro-Scheine in Umlauf gebracht. Es ist auch nicht beim Versuch geblieben. Sie erklärt uns, nicht einmal ansatzweise zu wissen, woher sie die beiden Banknoten hatte«, konstatierte die Juristin, die mit allem, was sie sagte, keinen Zweifel daran aufkommen ließ, dass sie wild entschlossen war, zum Äußersten zu greifen. Auch Heidi spürte dies, klammerte sich mit den eiskalten Händen an die Armlehnen des Stuhles und versuchte, ihr Zittern zu verbergen. Bloß nicht in eine Zelle, ratterte ein Gedankenkarussell. Die Stunden in Polizeigewahrsam waren schon schrecklich genug gewesen – wie sie von uniformierten Beamtinnen abgetastet worden war, wie man ihr weggenommen hatte, was auch nur im Entferntesten einen Suizidversuch möglich gemacht hätte: die Halskette, die Handtasche samt Inhalt und einen seidenen Schal. Bei der Einlieferung in die Untersuchungshaft würde die Prozedur noch viel schlimmer sein. Zumindest hatte sie dies einmal in einer Reportage über das Frauengefängnis *Gotteszell* gelesen, das sich in Schwäbisch Gmünd befand.

Der Gedanke daran blockierte ihre Konzentration auf das Geschehen um sie herum. Dann drang wieder die schrill klingende Stimme der Richterin an ihr Ohr, die mit fester Überzeugung darlegte: »Die Behauptung, Frau Nolte könne nicht einmal annäherungsweise sagen, von wem sie die beiden 50-Euro-Scheine bekommen haben könnte, widerspricht jeglicher Logik. Man trägt nicht einfach 50-Euro-Banknoten mit sich herum, ohne dass man weiß, woher man sie hat. Entweder hat man sie aus dem Ersparten geholt, das man zu Hause aufbewahrt, oder man hat sie erst vor Kurzem, was erinnerlich sein müsste, in einem Geschäft als Wechselgeld erhalten. Dass das Geld von einer Bank ausgegeben wurde, darf als unrealistisch betrachtet werden. Unklar wäre die Herkunft nur, wenn das Geld aus dem daheim aufbewahrten Ersparten gekommen wäre. Aber genau das hat uns Frau Nolte nicht gesagt.«

Heidi erschrak. Hatte sie sich selbst mit einer vorschnellen Aussage um Kopf und Kragen gebracht? Die Richterin schien bereits ihre Entscheidung zu begründen, ohne sie ausgesprochen zu haben. »Es ist also nach jetziger Aktenlage davon auszugehen, dass sie das Falschgeld bewusst in Umlauf gebracht hat oder im Auftrag von jemandem handelte, den sie decken will. Das Gesetz spricht dann von Verdunklungsgefahr.«

Der Anwalt wandte schnell ein: »Meine Mandantin wird nachweisen können, dass diese Anschuldigung nicht zutrifft.«

»Das kann sie gerne tun. Im Licht der Tatsache, dass auch ein mögliches Verfahren wegen Geldwäsche ansteht, halte ich zusätzlich Fluchtgefahr für gegeben.«

Heidi spürte, wie ihr ganzer Körper die Energie verlor. Ihr Magen rebellierte, ihr wurde übel. Die Hände von kaltem Schweiß nass, die Füße auch. Rasender Puls, dröhnender Kopfschmerz. Die weiteren Worte nahm sie nur noch wie aus weiter Ferne auf: »Es wird Haftbefehl erlassen. Die Angeschuldigte Heidi Nolte ist in Untersuchungshaft zu nehmen.« Rechts von ihr drang das leise Klappern der Laptoptastatur an ihr Ohr. Die ältere Schreibkraft brachte bereits zu Protokoll, was entschieden worden war. Die Worte des Anwalts nahm Heidi gar nicht mehr zur Kenntnis: »Dagegen lege ich Haftbeschwerde ein.«

Kaum waren die Sätze verhallt, traten links und rechts beide Beamtinnen an Heidi heran. Die Richterin setzte eine zackige Unterschrift unter ein Formular, klappte die Akte zu, stand auf und verließ wortlos den Raum durch eine Seitentür. Offenbar war sie darauf bedacht, emotionalen Gefühlsausbrüchen aus dem Weg zu gehen. Ihre Aufgabe war es, juristische Entscheidungen zu treffen, nicht Trost zu spenden.

190

Rechtsanwalt Doktor Rolf Lubenow tat, was ihm seine Mandantin auferlegt hatte: Als Vertrauensperson hatte sie ihm ihren geschiedenen Ehemann Wolfgang Nolte genannt, den er wenige Stunden später in Rattenharz aufsuchte. Im Beisein von dessen neuer Partnerin Sabine, die von seinem Besuch wenig erbaut zu sein schien, wiederholte er, was er Nolte bereits am Telefon gesagt hatte: »Frau Nolte steht im dringenden Verdacht, Falschgeld in Umlauf gebracht zu haben.«

Nolte schluckte und sah den Anwalt, der ihm und seiner Partnerin mit ernstem Gesicht im Wohnzimmer gegenübersaß, irritiert an. »Das ist völlig unmöglich. Heidi und Falschgeld! Das muss ein Irrtum sein.«

»Damit allein werden wir das Landgericht, das jetzt über meine Haftbeschwerde zu entscheiden hat, nicht überzeugen können«, entgegnete Doktor Lubenow so trocken, wie es nur Juristen klingen lassen konnten, die so aussahen wie er: rundlich, die verbliebenen ergrauten Haare korrekt über kahle Stellen gekämmt, die hohe Stirn von feinen Falten durchzogen. Anzug, Krawatte, das Jackett zu eng.

»Sie wollen damit sagen, Heidi bleibt im Gefängnis?«, erwiderte Nolte verständnislos, während Sabine neben ihm der Konversation interessiert lauschte.

»Nach Lage der Dinge wird das so sein. Deshalb hat sie mich beauftragt, Sie zu bitten, nach ihrer Wohnung zu sehen. Ich hab den Schlüssel dabei.«

Nolte war für einen Moment sprachlos. »Ich … ich soll mich um ihre Wohnung kümmern?« Er riskierte einen kurzen Blickkontakt mit Sabine, die keine Reaktion erkennen ließ.

»Sie können Frau Nolte auch besuchen. *Gotteszell* ist nicht weit. Allerdings darf sie pro Monat nur Besuche von maximal zwei Stunden Dauer empfangen, und nur drei Personen gleichzeitig.«

Nolte war viel zu aufgewühlt, um diese Modalitäten registrieren zu können. Es dauerte ein paar Sekunden, bis er seine Gedanken ordnen konnte. »Woher … Weiß man denn, woher sie das Falschgeld hatte?«

Doktor Lubenow erklärte, dass Frau Nolte damit eine Tankrechnung an der A7 beglichen hatte und man über die Überwachungskamera und das Kennzeichen ihres Autos auf sie gekommen sei. »Sie will sich aber nicht erinnern, woher sie die falschen 50-Euro-Scheine hatte.«

»Sie kann sich nicht erinnern?« Nolte spürte einen Kloß im Hals.

»Nein. Genau dies hält die Haftrichterin für nicht glaubhaft. Sie geht deshalb davon aus, dass Frau Nolte jemanden decken will und im Auftrag von, sagen wir mal: Hintermännern die Falsifikate in Umlauf bringen wollte. Die Richterin hat den Haftbefehl deshalb mit Verdunklungsgefahr begründet. Außerdem«, Doktor Lubenow suchte eine vorsichtige Formulierung, »gibt es da wohl noch ein Ermittlungsverfahren wegen des Verdachts der Geldwäsche.«

»Geldwäsche?«, entfuhr es Nolte, was auch Sabines Neugier sichtlich weckte.

»Ich kenne die Akten noch nicht im Detail. Aber Frau Nolte soll erst kürzlich eine größere Menge Gold ungeklärter Herkunft verkauft haben.«

»Gold? Heidi? Sie hat nie Gold gehabt.«

Der Anwalt legte die Stirn in Falten. »Da sollten wir uns noch mal in Ruhe unterhalten. Denn möglicherweise werden Sie zu einer Zeugenaussage herangezogen.«

»Ich? Warum denn ich? Hat Frau Nolte etwas über mich gesagt?«

»Was hätte sie denn noch sagen sollen? Reicht es nicht, dass sie Sie als Vertrauensperson angegeben hat?«

Nolte und Sabine sahen sich irritiert an.

»Ich glaube …«, sagte Nolte schließlich und wandte sich an den Anwalt: »Kennen Sie Kommissar August Häberle aus Göppingen?«

Doktor Lubenow stutzte. »Nein, nie gehört.«

Nolte wandte sich Sabine zu: »Ich glaube, ich sollte mich dringend mit ihm in Verbindung setzen.«

»Ich rate Ihnen aber, Ihr Vorgehen unbedingt mit mir abzustimmen.«

191

Heidi hatte ihre ganze Energie verloren. Es war erniedrigend gewesen. Willenlos in sich versunken, hatte man sie in einem vergitterten Kombi vom Schwäbisch Gmünder Amtsgericht die wenigen 100 Meter zur anderen Seite des Stadtkerns gebracht, wo sich jener verschachtelte Gebäudekomplex befand, den man *Gotteszell* nannte – das Frauengefängnis. Viele Male war sie schon daran vorbeigefahren und hatte sich mit schaurigem Gefühl vorgestellt, wie es sein würde, dort eingeliefert zu werden. Tränen rannen ihr über die Wangen, als der Wagen ein großes stabiles Tor passierte, das hinter ihnen gleich wieder verschlossen wurde. Als es hörbar einrastete, war es ihr, als müsse ihr bisheriges Leben draußen bleiben.

Alles war wie ein plötzlicher Weltuntergang über sie hereingebrochen. Geradezu apokalyptisch, was mit ihr getan wurde. Eintragung von Namen und Uhrzeit in das Pfortenbuch, dann in die Zugangszelle geschoben, die ihr winzig klein und mit den Fliesen und den kahlen Wänden wie ein provisorischer Verwahrraum erschien. Ein Verlies mit Stuhl, Toilette und kleinem Tisch. Heidi hatte vergessen, danach zu fragen, wie lange sie hier warten musste. Sie setzte sich, schloss die Augen und weinte. Die Erinnerung an einen Zeitungsartikel über die Gmünder Strafanstalt zuckte durch ihren Kopf. Darin hatte es geheißen, dass sich die U-Häftlinge noch bis vor wenigen Jahren bei der Aufnahme splitternackt hatten ausziehen müssen. Dieses wenigstens würde ihr erspart bleiben, denn das Bundesverfassungsgericht, so entsann sie sich, hatte eine solche Prozedur vor geraumer Zeit untersagt.

Irgendwann, vermutlich Stunden später, klirrten Schlüssel, wurde ein Riegel zurückgeschoben. Zwei Aufseherinnen führten sie in die sogenannte *Kammer*, wo ihr eine andere Uniformierte zu verstehen gab, dass sie nichts verstecken dürfe.

Ihre *Habe*, wie hier das Goldkettchen und die Armbanduhr, was man ihr beides abgenommen hatte, bezeichnet wurde, werde bis zu ihrer Entlassung aufbewahrt, erklärte die ältere Aufseherin, die besonders streng dreinblickte. Heidi konnte entscheiden, ob sie ihre eigene Kleidung tragen wolle, für deren Reinigung sie dann aber selbst verantwortlich sei, oder ob sie Anstaltskleidung wünsche. Sie sah auf ein Kleiderbündel, konnte sich aber so schnell nicht entscheiden. »Wir empfehlen Anstaltskleidung«, erklärte die Aufseherin, worauf Heidi das zerknüllte Bündel in die Hand gedrückt bekam und sofort damit begann, es zu sortieren. Die Unterwäsche fühlte sich zu weit an, die Jeans zu eng und der verwaschene Pulli war zwei Nummern zu groß. Sie entschied sich dann doch, ihre eigene Kleidung anzubehalten, und ließ alles Weitere über sich ergehen: die Vorstellung bei der Anstaltsärztin, die Vorführung bei der Vollzugsgeschäftsstelle und wie sie schließlich apathisch und in Begleitung zweier Aufseherinnen durch einen langen Gang zu einer Einzelzelle geführt wurde, wo man ihr die Funktion des Klos und des Radios erklärte. Heidi war lediglich einen Schritt in den kleinen Raum getreten, durch dessen kleines vergittertes Milchglasfenster nur diffuses Tageslicht hereinfiel. Ein Holzstuhl und eine Liege mit offensichtlich durchgelegener Matratze und einer verwaschenen Decke komplettierten die karge Ausstattung.

»Alles Weitere dann später«, sagte eine der Aufseherinnen und verließ mit ihrer Kollegin die Zelle, deren Tür metallisch scheppernd ins Schloss fiel und mit klirrenden Schlüsselumdrehungen die Freiheit aussperrte.

Stille. Unheimliche Stille machte sich breit. Die Hektik und der Stress der vergangenen Stunden wurden von bedrohlicher Einsamkeit verschluckt.

Heidi setzte sich auf die Liege und weinte hemmungslos. Sie hatte doch nichts getan, hämmerte es immer wieder durch ihren Kopf. Sie war unschuldig. Niemals hätte sie daran gedacht, so schnell in eine Situation zu geraten, die plötzlich aussichtslos erschien. Doktor Lubenow hätte sich mehr Mühe geben müssen, begann ihr Gehirn, einen Schuldigen zu suchen. Aber was hätte er ihr auch raten sollen, wenn sie nicht bereit gewesen war, ehrliche Angaben zu machen, warf sie sich voller Selbstzweifel vor. Wie lange sie in sich hineinschluchzte, hätte sie nicht mehr sagen können. Man hatte ihr die Uhr weggenommen und auch das Goldkettchen, das sie von Helmut zum Geburtstag bekommen hatte. Für einen Moment musste sie an die beiden Männer denken, die in all den Jahren kaum einen ihrer Geburtstage vergessen hatten und ihr auch finanziell unter die Arme griffen. Sogar Reinicke hatte etwas mitgebracht, und Wolfgang war ebenfalls spendabel gewesen. Hätte sie dem Drängen der Polizisten und der Richterin nachgegeben und gesagt, dass sie von beiden erst kürzlich Geldgeschenke bekommen hätte, wären sie sofort in große Schwierigkeiten geraten. Mit der fatalen Folge, dass noch viel mehr ans Tageslicht gekommen wäre.

Nun hatte sie sich selbst reingeritten. Neue Zweifel trafen sie wie eine Lawine, die alles mitreißen konnte. War es klug gewesen, Wolfgang als ihre Vertrauensperson zu benennen? Wenn nun er es war, der ihr das falsche Geld untergeschoben hatte? Vielleicht verfolgte er damit ein Ziel? Aber nein, Quatsch, mahnte sie sich. Wenn sie gesagt hätte, die falschen Scheine seien von ihm, wäre er zuallererst ins Visier der Ermittler geraten.

Vor dem Milchglasfenster machte sich die Dämmerung breit, in der Zelle flammte eine mit stabilem Gitter umrahmte

Leuchtstoffröhre auf. Heidis Kopf schmerzte, ihr Magen und ihr Darm spielten seit Stunden verrückt. Falls ihr jetzt etwas zum Essen gebracht wurde, könnte sie keinen Bissen davon hinabwürgen. Sie entschied aber, die Aufseherin zu bitten, den Kontakt zu ihrem Anwalt herzustellen. Der musste dringend diesen Kommissar Häberle hinzuziehen.

192

Die Arbeit in dem Modehaus war anstrengend. Ivonne hatte zwar nur einen Halbtagsjob, aber die geregelte Arbeitszeit machte ihr zu schaffen. Jahrzehntelang hatte sie bei Helmut die Buchhaltung und alles, was dazu gehörte, erledigen können, wann immer sie wollte, notfalls auch an Sonntagen oder nachts, aber hier lief alles nach einem strikten Plan ab. Sie hatte pünktlich um 15 Uhr zu erscheinen, doch wenn bei Geschäftsschluss um 19 Uhr noch Kunden im Laden waren, wurde natürlich erwartet, dass sie länger blieb. Und mahnte sie dann Überstundenbezahlung oder Freizeitausgleich an, stieß sie oftmals auf taube Ohren. Dass dies das Schicksal der meisten Beschäftigten im Dienstleistungsgewerbe war, hatte sie inzwischen in vielen Gesprächen erfahren müssen.

Gerade in diesen Spätsommertagen, wenn es gegen 20 Uhr schon zu dämmern begann, schrumpfte der Feierabend, den sie noch gerne bei Tageslicht genossen hätte, deutlich zusammen. Heute hatte es sogar wieder eine Dreiviertelstunde länger gedauert, bis sie ihre Arbeitsstelle verlassen konnte. Dann ging sie so schnell wie möglich durch die Göppinger City zum Parkhaus am Bahnhof, wo sie sich einen Dauerstellplatz gemietet hatte. Das war zwar kostspielig, doch der Bequemlichkeit halber akzeptierte sie dies. Denn angesichts des oft unregelmäßigen Feierabends wäre es ziemlich stressig gewesen, sich am Fahrplan des Linienbusses orientieren zu müssen.

Nieselregen nässte ihre Haare und ihr Gesicht, als sie mit Handtasche und einer mit Lebensmitteln gefüllten Stofftasche dem Parkhaus zustrebte. Je weiter sie sich von der Fußgängerzone entfernte, desto weniger Menschen begegneten ihr. Das Parkhaus, das sie von der hinteren Seite her betrat, grenzte zwar an den Zentralen Omnibusbahnhof, aber die Sicht auf ihn war von hier aus durch eine Häuserzeile verdeckt. Ivonne hatte ihren alten blauen Ford Fiesta im Untergeschoss geparkt, wo grelles Licht von Leuchtstoffröhren im Blech der Autoreihen reflektierte. Nasse Reifenabdrücke am Betonboden ließen auf Fahrzeuge schließen, die erst vor Kurzem gekommen waren. Doch wie häufig in diesen Abendstunden hatte sich der Andrang des Tages längst gelegt. Vermutlich gehörten die meisten hier abgestellten Autos den Anwohnern, waren demnach an Dauerparker vermietet. Im vergangenen Winterhalbjahr hatte Ivonne einige Male ein ungutes Gefühl beschlichen, als es nach Feierabend schon finster war und das Parkhaus trotz der Beleuchtung eine bedrohliche Atmosphäre ausstrahlte. Aber das hatten derlei Gebäude wohl so an sich, beruhigte sie sich dann selbst, wenn Schritte harter Schuhsohlen durch das Halbdunkel hallten und irgendwo Autotüren zufielen.

Auch vor einigen Tagen erst war sie für einen Augenblick verstört gewesen. Eine Fahrzeugreihe weiter hatte sie hinter der spiegelnden Windschutzscheibe eines Autos die Umrisse einer Person gesehen, die sich nicht bewegte. Weil ihr Fiesta genau in deren Blickwinkel gestanden war, hatte sich Ivonne beobachtet gefühlt. Sie war schnell eingestiegen und in Richtung Ausgang gefahren, wo sie vor lauter Aufregung die Parkkarte am Ausfahrtautomaten zuerst falsch herum eingesteckt hatte. Als sich endlich die Schranke öffnete, kontrollierte sie im Rückspiegel, ob ihr ein Wagen folgte. Beruhigt stellte sie fest, dass dies nicht der Fall war. Deshalb umkurvte sie schnell den Zentralen Omnibusbahnhof, wo sich ein halbes Dutzend Personen an einer Haltestelle tummelte, und fuhr schneller, als es die erlaubten 20 Stundenkilometer zuließen, zwischen Kreissparkassengebäude und Bahnhof weiter.

An diesen Abend musste sie seither immer denken, wenn sie in das Untergeschoss des Parkhauses ging. Auch jetzt war sie von jener Beklemmung beseelt, die sie ängstlich machte. Als sei es eine Vorahnung dessen, was sich Sekunden später ereignete, als habe sie es mit ihren Gedanken förmlich real werden lassen.

Sie öffnete die Heckklappe des vorwärts gegen eine Wand eingeparkten Kleinwagens, um ihre Stofftasche im Kofferraum zu verstauen. Noch in der Bewegung, mit der sie die Klappe wieder nach unten ziehen wollte, krachte ein ohrenbetäubender Schuss. Und sofort ein zweiter. Metall splitterte. Ivonnes Körper fiel gegen den linken hinteren Kotflügel ihres Autos. Während der kurze Nachhall der Schüsse einer unheimlichen Stille wich, sackte der leblos gewordene Frauenkörper auf den Betonboden.

Totenstille kehrte ein. Dann das Schließen einer Autotür und sofort das kurze Aufheulen eines Motors, der sich schnell aus dem Parkhaus entfernte.

193

Rechtsanwalt Doktor Rolf Lubenow hatte sich auf Wunsch seiner Mandantin mit Häberle in Verbindung gesetzt und bei der Anstaltsleitung von *Gotteszell* ein sogenanntes *berechtigtes Interesse* des pensionierten Kriminalisten für eine Besuchserlaubnis geltend gemacht. »Normalerweise sind die da nicht so großzügig«, brummte Lubenow, der als örtlicher Anwalt die Gepflogenheiten hinter den Mauern der Vollzugsanstalt zur Genüge kannte. Häberle war während seiner beruflichen Laufbahn auch einige Male dort gewesen und hatte festgestellt, wie dicht Freiheit und Gefangenschaft beieinanderlagen: An die Anstaltsmauer grenzte ein großer Parkplatz, den Touristen gerne nutzten, um in die nahe Gmünder Innenstadt zu schlendern. Kaum jemand von ihnen würde ahnen, dass sich nur ein paar Meter Luftlinie entfernt, hinter den Mauern des etwas seltsam anmutenden Gebäudekomplexes, menschliche Dramen abspielten.

Lubenow und Häberle wurden in einen schmucklosen Raum geführt, das Fenster vergittert, der Holztisch zerschunden, die Stühle unbequem. Während Lubenow geschäftig seine Akten ausbreitete, wurde Heidi von zwei Aufseherinnen hereingeführt. Häberle sprang auf und schüttelte ihr die Hand, ihr Gesichtsausdruck war verschüchtert, der Blick müde.

»Ich bin gekommen, um Ihnen zu helfen«, sagte Häberle und spürte, wie kalt und kraftlos sich Frau Noltes Hand anfühlte. Auch Lubenow begrüßte seine Mandantin, jedoch wesentlich emotionsloser als Häberle.

Heidi nahm verängstigt Blickkontakt zu den Aufseherinnen auf, die ihr mit einer Handbewegung bedeuteten, sich an den Tisch setzen zu dürfen. Eine der uniformierten Frauen erklärte: »Ich muss hierbleiben. Vorschrift.« Und an Lubenow gewandt: »Nur wenn Sie allein kommen, dürfen Sie mit ihr ohne Aufsicht sprechen.« Sie setzte sich auf einen Stuhl an der Tür, worauf ihre Kollegin verschwand.

»Danke, dass Sie so schnell gekommen sind«, sagte Heidi leise und spielte nervös mit ihren Fingern. »Ich ... ich bin so verzweifelt. Ich kann nicht mehr ...« Sie zog ein Taschentuch aus der Hosentasche und hielt es schluchzend vor ihre Augen.

»Frau Nolte«, fühlte sich der Anwalt zu tröstenden Worten genötigt, »wir sind gekommen, um Ihnen zu helfen. Versuchen Sie, uns alles zu schildern, was Sie bedrückt.«

Heidi holte tief Luft, sah misstrauisch zu der Aufseherin, die mit versteinertem Gesicht und verschränkten Armen dasaß, und rang sich müde einige Worte ab: »Ich hab nicht alles gesagt. Bisher. Es ist alles so furchtbar ...«

Häberle ließ sie ein paar Sekunden gewähren und zeigte sich einfühlsam: »Als ich neulich mit meinem Kollegen Bauer bei Ihnen war, da haben Sie gesagt, Sie hätten Angst davor, alle würden erfahren, was mit Ihnen los sei.«

Heidis Körper wurde von einem neuerlichen Weinkrampf geschüttelt.

Doktor Lubenow tat so, als ließe ihn dies kalt. »Frau Nolte«, sagte er eindringlich, »wenn Sie sich mit einer Aussage entlasten könnten, dann tun Sie es bitte. So schwer es Ihnen auch fällt. Sie wollen doch nicht noch lange im Gefängnis bleiben.«

Häberle warf dem Anwalt einen strengen Blick zu. Diese sachlich-kühle Art im Umgang mit jemandem, der verzweifelt hinter Gittern saß, konnte er nicht nachvollziehen, weshalb er sich Heidi mit väterlichem Unterton zuwandte und ruhig feststellte: »Das hat irgendwie mit Herrn Reinicke zu tun, oder sehe ich das falsch?«

Heidi wischte sich die Tränen aus dem blassen Gesicht und nickte. »Ja«, flüsterte sie, »ich wollte ihn da raushalten, aus allem. Auch den Wolfgang.«

»Wolfgang? Ihr geschiedener Mann? Was hat der damit zu tun?«

Heidi schluckte und sah Häberle mit geröteten Augen an. »Beide haben mir zu meinem Geburtstag vor einigen Tagen Geschenke gebracht. Beide.« Wieder verbarg sie die Augen hinter dem Taschentuch. »Das haben sie fast jedes Jahr getan. Nicht immer, aber oft. Zuerst hat sich meist Wolfgang gemeldet, und wenn auch Helmut kommen wollte, hab ich mich mit dem für ein, zwei Tage danach verabredet.«

Häberle nickte. »Was haben Sie diesmal von den beiden bekommen?«

»Geld«, antwortete sie mit tränenerstickter Stimme. »Geld. Wolfgang will mir nach dem Tod von Boris finanziell helfen. Und Helmut ...«

»Was ist mit Helmut?«

»Er auch. Er fühlt sich noch immer für mich verantwortlich. Obwohl ich ihn damals verlassen habe. Aber das ist ja ewig her.« Heidi schien erleichtert zu sein, wenigstens einen Teil ihrer Last abgeladen zu haben.

»Sie haben beide Geldgeschenke gemacht«, stellte Häberle fest und konstatierte vorsichtig: »Von einem der beiden könnte also das Falschgeld stammen.«

Sie nickte schwer atmend. »Ja, aber ich will keinen beschuldigen, ich weiß doch nicht, von wem.«

»Haben Sie sonst noch etwas geschenkt bekommen?«

Wieder nickte sie. »Ja, ein Goldkettchen von Helmut. Man hat es mir hier weggenommen.«

Häberle nickte und wagte eine weitere Frage: »Was ist es nun, wovor Sie Angst haben, es könne jemand erfahren?«

Heidi schüttelte den Kopf und konnte ihre Emotionen

nicht mehr länger zurückhalten. »Ich kann es nicht sagen. Ich kann es nicht«, flüsterte sie weinend.

Anwalt Lubenow zeigte wenig Verständnis: »Wenn Sie es uns nicht verraten, werden Sie im Gefängnis bleiben müssen.«

Heide heulte so laut auf, als sei sie ins Kindesalter zurück verfallen. Die lauschende Aufseherin stand auf und mahnte: »Meine Herren, Sie sehen doch, dass es Frau Nolte schlecht geht. Ich glaube, es ist besser, wir unterbrechen.«

Häberle warf Heidi einen aufmunternden Blick zu. »Wir sehen uns bald wieder.«

194

Großalarm in der Göppinger Innenstadt. Zuerst war eine Polizeistreife zum Parkhaus in der Bahnhofstraße gerast. Ein Mann hatte über Notruf von mehreren Schüssen berichtet und dass eine blutüberströmte Frau am Boden liege. Im Untergeschoss. Zeitgleich mit den Beamten waren Notarzt und Rettungssanitäter eingetroffen. Schon mussten erste Schaulustige auf Distanz gehalten werden. Eine zweite Polizeistreife sperrte die Zufahrt zum Parkhaus ab. Ein Notarzt bemühte sich um den leblosen Körper, der neben einem blauen Ford Fiesta lag, dessen Heckklappe weit geöffnet war.

Rettungssanitäter und Polizeibeamte verfolgten angespannt, welche Entscheidung der Notarzt treffen würde, der neben der Frau kniete und mithilfe eines Sanitäters eine Infusion anlegte. Erste Erleichterung machte sich breit. Die Frau schien also noch zu leben. Mit einer Handbewegung und kurzen Kommandos verlangte der Arzt Unterstützung. Die Rettungssanitäter wussten, was zu tun war: Vorsichtig wurde die Schwerverletzte auf eine Trage gehoben und zu dem großen Rettungswagen gebracht, der an der Zufahrt zum Parkhaus hatte abgestellt werden müssen, weil er der Höhe wegen nicht einfahren konnte.

Unterdessen traf auch ein Team der Kriminalpolizei ein, allen voran Mike Linkohr, der sich in diesem Augenblick wieder einmal in Zeiten zurückversetzt fühlte, als er mit seinem großen Vorbild Häberle Tatorte dieser Art aufgesucht hatte.

Zwei Kollegen der Spurensicherung machten sich sofort an ihre Arbeit, während Linkohr den Notarzt, der ins Schwitzen geraten war, kurz beiseite nahm, um sich einen ersten Eindruck zu verschaffen. »Wohl erheblicher innerer Blutverlust.« Unübersehbar war, dass die Frau auch nach außen Blut verlor. Der Mediziner deutete auf die entsprechenden Spuren neben dem Fiesta. »Die Frau hat überlebt, schwebt aber in akuter Lebensgefahr. Sie scheint von unzähligen Schrotkugeln getroffen worden zu sein. Auch am Kopf«, fügte er an und streifte seine Schutzhandschuhe ab, während er beobachtete, wie die Rettungssanitäter die Patientin über die Zufahrtsrampe zum Kastenwagen brachten, der mit zuckendem Blaulicht bereitstand.

Unterdessen waren weitere Ermittlungsbeamte eingetroffen, darunter auch Kriminalrätin Brigitte Winter, die inzwischen innerhalb des neuen zuständigen Polizeipräsidiums Ulm die Leitung des Göppinger Kriminalkommissariats übernommen hatte und sich gerade den Beamten der Spurensicherung zuwandte, die einen interessanten Fund gemacht hatten: Im

Fahrzeug der angeschossenen Frau befand sich deren Handtasche mit einer größeren Geldmenge. »Alles 50-Euro-Scheine«, erklärte einer der Männer. »Überschlägig gezählt zehn Stück.«

Die Göppinger Kripochefin nahm es zur Kenntnis und wollte wissen: »Gibt es auch Ausweispapiere? Weiß man, wer die Frau ist?«

»Ja, auch das«, ereiferte sich der Angesprochene, zu dem nun auch Linkohr herangetreten war. »Wenn die Papiere zu ihr gehören, heißt sie Ivonne Kohler, geboren 1966, wohnhaft im Stadtteil Ursenwang.«

»Müssen wir sie kennen?«, wandte sich Kriminalrätin Winter an Linkohr, der ihr, was Orts- und Personenkenntnis anbelangte, haushoch überlegen war.

Linkohr zuckte mit den Schultern und entschied, morgen Häberle anzurufen. Denn wenn jemand mehr wusste als jedes streng datengeschützte Personenarchiv, dann sein ehemaliger Vorgesetzter, dessen Erinnerung phänomenal war und sich nicht einfach per Gesetz löschen ließ.

195

Häberle war direkt von Schwäbisch Gmünd in Richtung Göppingen gefahren, als ihn bei Schorndorf ein Anruf auf seinem Handy ereilte. Es war Wolfgang Nolte, der sich sogleich für die

Störung entschuldigte. »Aber Ihre Frau hat mir Ihre Nummer verraten«, fügte er an und kam gleich zur Sache: »Wir sollten uns dringend sehen. Man hat Heidi eingesperrt.«

»Das ist mir bereits bekannt«, erklärte Häberle, während er sich durch einige Kreisverkehre schlängelte. »Ich war gerade bei ihr.«

»So? Ach ja?«, kam es staunend aus dem Lautsprecher der Freisprechanlage zurück. »Und? Wird sie bald freigelassen? Sie hat doch nie im Leben etwas mit Falschgeld zu tun.«

Häberle wollte nicht direkt darauf eingehen, sondern erwiderte: »Ob sie freigelassen wird, das hängt ganz entscheidend von einigen Fakten ab, die im Moment noch unklar sind. Deshalb die direkte Frage an Sie …« Häberle gab am Ortsende von Schorndorf Gas, um die Anhöhe zum Schurwald zu erklimmen, was ihn unweigerlich an den großen Sparkassenraub erinnerte: Hier rechts, abseits der Straße, musste sich die Gartenhütte befinden, in der die Tochter des Sparkassenchefs von den Geiselgangstern festgehalten worden war. Häberle zwang sich gedanklich wieder in die Gegenwart zurück. »Haben Sie Ihrer geschiedenen Frau kürzlich ein Geldgeschenk gemacht?«

»Ist das verboten?«

»Haben Sie oder haben Sie nicht?«, bestand Häberle auf eine Antwort.

»Hab ich, ja«, erwiderte Nolte kleinlaut.

»Gab es einen Grund dafür?«

»Ihren Geburtstag. Ich besuche sie aus diesem Anlass fast jedes Jahr. Wir haben uns nicht im Streit getrennt.«

»Sie wollten sie diesmal auch finanziell unterstützen? Warum?«

»Sie wissen doch, was mit unserem Sohn Boris passiert ist. Seitdem ist sie mit den Nerven runter und muss allein auskommen.«

»Hat Boris denn seine Mutter auch unterstützt?«

»Hin und wieder hat er ihr was überwiesen, soweit ich weiß«, erklärte Nolte und wurde nun misstrauisch: »Sie wollen aber damit nicht sagen, ich hätte ihr Falschgeld gegeben? Hätte mich Heidi im Gefängnis als ihre Vertrauensperson eingesetzt, wenn sie auch nur den geringsten Zweifel an mir hätte?«

Häberle musste eingestehen, dass diese Frage logisch war, lenkte allerdings ab: »Aber Ihre geschiedene Frau trägt irgendein Geheimnis mit sich herum, das sie zermürbt, über das sie aber nicht sprechen will.«

»Ein Geheimnis? Was denn für ein Geheimnis?«

»Sie will es uns nicht verraten. Offenbar nimmt sie deshalb sogar die U-Haft in Kauf.«

»Ich werde sie besuchen und mit ihr reden.«

»Beachten Sie aber bitte, dass Sie nur in Anwesenheit von einer Aufseherin mit ihr sprechen dürfen.«

196

Häberle entschied, seinen Freund Edgar Bauer über die jüngsten Ereignisse zu informieren. Doch noch bevor er Göppingen erreichte, meldete sich sein Smartphone erneut über die Freisprechanlage. Es war Linkohr, dessen Stimme schon bei der Nennung seines Namens aufgeregt klang.

»Hallo, Herr Ex-Kollege«, erwiderte Häberle, registrierte

aber sofort, dass es Linkohr nicht nach einem gemütlichen Plausch zumute war.

»Nur ganz kurz«, kam Linkohrs Stimme zurück, »weil Sie sich doch wie kein anderer in Göppingen auskennen, wollte ich wissen, ob Sie eine Ivonne Kohler kennen.«

Häberle war wie vom Donner gerührt. Er setzte den Blinker und hielt an einer Bushaltebucht an. Dieses Gespräch konnte er nicht während des Fahrens führen. Wenn Linkohr nach Ivonne fragte, musste etwas passiert sein.

»Ivonne?«, echote er deshalb verwundert. »Sie fragen mich nach Ivonne? Ist etwas mit ihr geschehen?«

»Sie kennen Sie also«, stellte Linkohr hörbar erleichtert fest.

»Ja, natürlich kenn ich sie. Was ist mit ihr?«

»Man hat auf sie geschossen. Gestern Abend im Parkhaus in der Bahnhofstraße.«

Häberle blieb die Frage beinahe im Halse stecken. »Ist sie tot?«

»Nein, noch nicht, aber lebensgefährlich verletzt. Die Ärzte wissen nicht, ob sie durchkommt.«

»Und wer …?«

»Wissen wir nicht«, unterbrach ihn Linkohr. »Es sieht so aus, als ob sie jemand richtiggehend hinrichten wollte. Im Parkhaus. Als sie gerade die Heckklappe des Kofferraums geöffnet hatte.«

Häberle spürte seinen Blutdruck steigen. Kofferraum, hallte es durch seinen Kopf. Direkt am Auto geschossen.

»Sind Sie noch da?«, hörte er Linkohrs Stimme, weil er still geworden war.

»Jaja«, meldete sich Häberle wieder, worauf sein ehemaliger Kollege wissen wollte: »Woher kennen Sie die Frau?«

»Das muss ich Ihnen persönlich erzählen. Vielleicht können wir beide noch mal einen Fall klären. Ich komme morgen früh bei Ihnen vorbei. Sie sind doch im Dienst, oder?«

»Ja, aber ich weiß nicht ...«

»Keine Sorge, Herr Kollege. Das regle ich.«

197

Brigitte Winter, Anfang 50 und lange genug bei der Kripo, um zu wissen, dass die ersten Stunden und Tage nach einem Verbrechen über die Aufklärung eines Falles entscheiden konnten, hatte eine Sonderkommission zusammengestellt. Es galt, so schnell wie möglich viele Spuren zu sichern und Zeugen zu finden. Beides jedoch erwies sich auch jetzt, einen Tag danach, als äußerst schwierig. Zeugen gab es nur einen einzigen: einen Rentner, der in der oberen Etage des Parkhauses die beiden schnell aufeinanderfolgenden Schüsse gehört hatte und nach einem Moment der Schockstarre über die Auffahrtsrampe nach unten gegangen war – jedoch eher zögernd, weil er sich nicht selbst in Gefahr bringen wollte. Dabei hörte er das Anlassen eines Motors und das ungewöhnlich schnelle Wegfahren eines Autos. Gesehen hatte er nichts. Und das Motorengeräusch konnte er auch keinem Fahrzeugtyp zuordnen, nicht einmal, ob es ein Diesel oder ein Benziner gewesen war. »Ganz sicher aber kein Elektroauto«, hatte er zu Protokoll gegeben. Wenigstens hatte die Spurensicherung Munition gefunden, und zwar jede Menge Schrotkugeln, die auch im Lack umstehender Fahrzeuge Schäden verursacht hatten.

Linkohr hatte inzwischen den Bericht der Klinik am Eichert vorliegen, der zum Zustand des Opfers keinen Optimismus aufkommen ließ. Kriminalrätin Winter, die die Leitung der zusammengestellten Sonderkommission übernommen hatte, bat ihre Kollegen zu einer Besprechung in eines der Büros, wo Linkohr weiterreferierte: »Verletzungen am ganzen Körper. Mit Schrotkugeln 3,5 Millimeter. Eine davon durch den Schädel bis unter die Dura mater«, las er von einem Zettel ab und erklärte: »Das ist die harte Hirnhaut. Es ist zu Blutungen gekommen, die eine neurochirurgische Intervention notwendig machen. Die Patientin wurde deshalb nach Aalen in die dortige Neurochirurgie verlegt.«

»Die Chance zum Überleben?«, hakte die Chefin nach.

»Dazu wollen sie sich in der Klinik nicht äußern. Sie sprechen aber von mehreren Tagen Analgosedierung, also künstliches Koma.« Linkohr legte seine Notizen beiseite und ergänzte: »Die Medizinmänner in der Klinik gehen davon aus, dass es einige Zeit dauern wird, bis die Frau vernehmungsfähig ist.«

»Medizinmänner?«, hörte er die keifende Stimme einer Kollegin. »Gibt es da keine Ärztinnen?«

Brigitte Winter grinste, sprang Linkohr bei und merkte süffisant an: »Doch, ganz sicher auch Medizinfrauen, so wie es auch bei der Kriminalpolizei Frauen gibt. Unser Kollege Linkohr müsste das doch am besten wissen.« Sie spielte auf seine längst weithin bekannte Schwäche für das weibliche Geschlecht an.

Er tat so, als habe er diese Anspielung nicht verstanden, und fuhr fort: »Bis sie uns berichten kann, was geschehen ist, wird es vermutlich Wochen dauern. Sofern sie überlebt.«

»An das Tatgeschehen wird sie sich aber vermutlich sowieso nicht mehr erinnern«, meinte die Chefin pessimistisch und hakte nach: »Und zur Munition – hat sich dazu etwas ergeben?«

»Zwei Schüsse aus einer Schrotflinte. Müsste doppelläufig gewesen sein. Nur damit kann man mit Schrot so schnell hintereinander feuern«, zeigte sich Linkohr informiert.

»Sieht nach einer Jagdwaffe aus«, meldete sich ein anderer Kriminalist, der als profunder Waffenkenner bekannt war. »Müsste dann ein ziemlich großes Ding sein. Das steckt man nicht einfach in die Hosentasche.«

»Oder man sägt sie ab, da wird sie handlicher«, erwiderte Linkohr.

Noch bevor sich eine Diskussion darüber entspann, rückte die Chefin ihre auffällige Brille zurecht und fragte in die Runde: »Was haben wir zum Opfer in Erfahrung bringen können?«

Linkohr war auch auf diese Frage vorbereitet gewesen, weshalb er spontan sagte: »Vielleicht bald sehr viel.«

»Wie darf ich das verstehen?«, wollte Brigitte Winter leicht konsterniert wissen.

»Ein wichtiger Informant hat sich für heute Vormittag angekündigt. Ich weiß nicht, ob Sie schon etwas von ihm gehört haben. Ein Ex-Kollege: August Häberle.«

Ein erstauntes Raunen ging durch das Team.

197

Häberle hatte nach dem Telefonat mit Linkohr die Erkenntnisse des vergangenen Tages blitzschnell Revue passieren lassen und war, ohne sich dessen bewusst zu sein, wieder in die Rolle des engagierten Ermittlers geschlüpft. Vielleicht war es sogar besser, auch für alle Beteiligte, wenn nicht ein Kriminalbeamter in Erscheinung trat, sondern ein Außenstehender, der nicht gleich ein Protokoll anfertigen wollte. Im Übrigen schwang in seinem Hinterkopf immer noch das anonyme Schreiben von seiner Verabschiedung mit, das zweifelsohne sein persönliches Interesse an dem Fall rechtfertigte. Außerdem tat ihm Heidi Nolte leid, die sich in eine äußerst missliche Lage manövriert hatte und nun in U-Haft psychisch zugrunde zu gehen drohte. Er hoffte, dass die anwaltliche Beschwerde gegen den Haftbefehl beim Ulmer Landgericht Erfolg hatte. Aber angesichts des angeblich schwebenden Verfahrens wegen des Geldwäscheverdachts konnte man sich da nicht sicher sein. Wenn's um Geld ging, das dem Staat durch mögliche Tricksereien oder gar Steuerhinterziehung vorenthalten wurde, kannten seine Justizorgane keine Gnade. Es sei denn, so musste sich Häberle eingestehen, es ging um ganz große Kaliber, die in Politik und Wirtschaft mit der geballten Macht von Finanzexperten undurchschaubare Geflechte ersonnen und für sich ausgenutzt hatten. Cum-Ex-Geschäfte waren so etwas, das auch Häberle bis heute nicht verstanden hatte. Es ging wohl um trickreiche milliardenschwere Aktiengeschäfte, mit denen der Staat abgezockt wurde.

Er verdrängte derlei Gedanken und entschied, vor dem angekündigten Besuch bei Linkohr ein anderes Ziel anzusteuern. Um Susanne, seine Frau, nicht zu beunruhigen, rief er erst von unterwegs seinen Kollegen Bauer an, der sich sofort meldete. »Pass auf, Edgar«, sagte Häberle, ohne sich mit Begrüßungsfloskeln aufzuhalten, und berichtete, dass er gestern mit Heidi Nolte gesprochen und noch am Abend erfahren habe, dass Ivonne das Opfer des Verbrechens in der Tiefgarage sei, von dem Bauer bereits in den Regionalnachrichten von SWR4 gehört hatte. »Ich werde mich mal mit ihrem Ex unterhalten, dem Reinicke. Danach bin ich kurz bei der Dienststelle und dann komm ich zu dir. Okay?«

Bauer bekam gar keine Gelegenheit, etwas zu erwidern, denn Häberle war in sein altes Ermittlungsfieber verfallen und beendete das Gespräch knapp: »Ich melde mich nachher.«

Er steckte das Smartphone in die Brusttasche seines Jeanshemdes und steuerte direkt den Stadtrand an, wo er Reinickes Installationsgeschäft wusste. Es befand sich auf dem Areal einer früheren Fabrik, die im Zweiten Weltkrieg zerstört worden war, als noch kurz vor Kriegsende, am 1. März 1945, britische Verbände die Nordstadt bombardiert hatten, 293 Menschen gestorben und 470 Gebäude in Schutt und Asche gelegt worden waren.

Häberle parkte seinen schwarzen Mercedes GLC, den er sich zum Ruhestand geleast hatte, am Rande des schmalen Zufahrtswegs zu der Ansammlung aus kleinen Gebäuden, Anbauten und Holzverschlägen. Über der Tür, die offenbar zum deutlich sanierungsbedürftigen, leicht windschief anmutenden Wohnhäuschen gehörte, wies ein verwittertes Blechschild auf »Flaschnerei Reinicke« hin. Häberle hatte zwar gewusst, dass sich Helmut Reinicke auf diesem alten Firmenareal selbstständig gemacht hatte, war aber nie zuvor hier gewesen. Nachdem er den Dieselmotor mit kurzem Drücken auf den silbernen Knopf mit der Aufschrift »Engine« gestoppt hatte, griff er zu seinem Smartphone, stellte jedoch verärgert fest, dass der Akku nur noch elf Prozent Ladung aufwies. Aber für das Gespräch mit Reinicke würde es wohl reichen. Er schaltete, wie er dies seit seinen privaten Ermittlungen schon einige Male gemacht hatte, die Diktierfunktion ein und steckte das Gerät mit der Mikrofonöffnung nach oben in die Brusttasche des Jeanshemdes. Natürlich wären heimliche Aufnahmen vermutlich bei Gericht nicht verwertbar und höchstwahrscheinlich strafbar, aber für ihn selbst stellten sie gute Gedächtnisstützen für später dar.

Während der paar Meter vom Auto zur Haustür stieg Häberle der Geruch von rostigem Metall und irgendwelchen Chemikalien in die Nase. Um die Gebäudesockel hatten sich kleine Stauden und welke Gräser breitgemacht, junge Bäumchen, die bereits ihre Blätter verloren, sprossen aus den Ritzen im unebenen Pflaster. Häberle empfand das Umfeld als eine misslungene Mischung aus Idyll und Chaos. Er klingelte und wartete vergeblich auf ein Lebenszeichen, drückte deshalb noch ein zweites Mal auf den Knopf, sah an der bröckelnden Fassade zur rostigen Dachrinne hoch und war zufrieden, als sich im Haus etwas tat: Das Schloss schnappte auf, und vor ihm stand ein Mann, den er beinahe nicht mehr erkannt hätte. War das wirklich Reinicke? Dieser Mann, den er vor vielen Jahren beim damaligen Stammtisch kennengelernt hatte? Die Zeit hatte in dem von tiefen Furchen durchzogenen Gesicht ihre Spuren hinterlassen. Vermutlich die viele Arbeit und persönliche Schicksalsschläge, dachte Häberle und verdrängte den Gedanken, dass sich vermutlich auch sein eigenes Aussehen verändert hatte.

»Ja?«, fragte Reinicke, der unrasiert und ungekämmt den unerwarteten Besucher anstarrte.

»Ich weiß nicht, ob Sie mich noch kennen«, begann Häberle freundlich. »Wir sind mal in Siebeneichers *Stüble* zusammengesessen. Lang ist's her ...«

»Sie?«, entfuhr es Reinicke erschrocken. »Sie sind ... dieser Kriminalist ... Häberle?«

»Richtig. Ich bin aber längst im Ruhestand, keine Sorge. Ich hätte nur gerne mal ganz privat mit Ihnen gesprochen.«

»Privat?« Reinicke zeigte sich nicht gewillt, Häberle ins Haus zu lassen.

»Ja, ganz privat. Weil ich mit etwas konfrontiert worden bin, das mich persönlich betrifft. Nicht die Polizei«, log er überzeugend.

»Und das wäre?« Reinickes Verunsicherung stieg.

»Stichwort Boris«, riskierte Häberle eine Breitseite. »Ein junger Mann, der vor einigen Monaten tödlich verunglückt ist.«

Häberle bemerkte Reinickes Stimmungswandel, als dieser sagte: »Dann kommen Sie halt mal rein.«

198

»Da haut's dir 's Blech weg«, war die erste Reaktion Linkohrs, als Chefin Brigitte Winter ihrer Sonderkommission das Neueste mitteilte: »Bei dem Geld, das Frau Kohler in ihrer Handtasche mitgeführt hat, handelt es sich um falsche 50-Euro-Scheine.«

»Wie?«, staunte einer der älteren Ermittler. »Falschgeld?

»Ja, daran besteht kein Zweifel. Anscheinend sogar eine sehr gute Fälschung«, berichtete die Kriminalistin weiter. »Möglicherweise haben wir damit in ein Wespennest gestochen. Denn das Bundeskriminalamt ist derzeit zusammen mit der Zentralstelle zur Bekämpfung der Internetkriminalität hinter einer mehrköpfigen Bande her, die im Verdacht steht, auf illegalen Plattformen im Darknet Falschgeld erworben zu haben. Und die Fälschungen, die bisher sichergestellt werden konnten, entsprechen denen, die wir vorliegen haben.«

Nach kurzem Schweigen fragte ein junger Beamter, von dem alle wussten, dass er sich mit allem, was das Internet anbelangte, bestens auskannte: »Ist schon bekannt, wie das Falschgeld im Darknet erworben wird? Denn wer bezahlt schon mit echtem Geld für Falschgeld?«

»Darüber schweigen sich unsere Kollegen beim BKA noch aus. Es darf auch nichts davon an die Öffentlichkeit gelangen. Sie wollen noch abwarten und konspirativ ermitteln und erst in einigen Wochen mit groß angelegten Razzien bundesweit und sogar europaweit zuschlagen.«

»Trotzdem würde mich interessieren, wie so ein Falschgelddeal in der Praxis abläuft«, wollte ein anderer aus dem Team wissen.

»Na ja«, ließ sich die Leiterin zu einer allgemeinen Aussage bewegen, »als ich eine Zeit lang beim BKA war, habe ich einen Teil der Methodik kennengelernt. Meist geht es dabei um Geldwäsche: Jemand hat eine größere Menge ausländischer Währung, vielleicht Schweizer Franken, und will sie in Euros umtauschen, oder vielleicht noch alte D-Mark. Dazu finden sich im Darknet Aufkäufer, die natürlich zu einem schlechten Umwechslungskurs ihre Dienste anbieten.«

»Oder auch Falschgeld«, glaubte jemand ergänzen zu müssen.

»Auch das, natürlich«, bestätigte Frau Winter und grinste. »Und falls die älteren unter Ihnen, die schon lange in Göppingen tätig sind, jetzt scharf nachdenken, wird Ihnen sofort der alte Sparkassenraub einfallen. Die Sache mit dem angeblichen vierten Mann, der bis heute ein Phantom geblieben ist und dem noch ein Beuteanteil von damals angedichtet wird. In D-Mark, wohlgemerkt.«

Linkohr wagte einen ironischen Einwurf: »Es könnte aber auch eine *Phantomin* sein, oder wie die weibliche Form auch lautet?«

Im allgemeinen Gelächter ging Winters sachliche Antwort nahezu unter: »Phantom ist ein geschlechtsneutraler Begriff, Herr Linkohr. Absolut gendergerecht, falls Sie das meinen. Sogar ganz ohne Gender-Sternchen oder Schrägstrich-Trennung.«

Ob sie diesen Hinweis ernst oder auch eher ironisch meinte, blieb sie der Kollegenschar schuldig.

199

Edgar Bauer sah beunruhigt auf die Uhr. Über eine Stunde war vergangen, und Häberle hatte noch immer nichts von sich hören lassen. »Ich melde mich nachher«, hatte sein Kollege gesagt und am Telefon keinen Einwand abgewartet. Offenbar ging mit Häberle wieder einmal jenes Jagdfieber durch, das ihn ein Berufsleben lang gepackt hatte, wenn er sich auf der richtigen Spur wähnte. Dann war er wirklich nicht mehr zu halten gewesen. Okay, beruhigte sich Bauer, den Reinicke kannte Häberle schließlich schon aus früheren Zeiten. Das war zwar einige Jahrzehnte her, aber Gesprächsstoff würden sie genügend haben. Und Häberle war clever genug, sich diplomatisch vorzutasten, um herauszufinden, wie Reinicke über den Angriff auf dessen ehemalige Partnerin reagierte. Bauer musste an den gemeinsamen Besuch bei Ivonne denken und wie zurückhaltend sie gewesen war, insbesondere, als das Gespräch auf Heidi und Boris gelenkt worden war. Es musste in diesem Zusammenhang ein merkwürdiges Personengeflecht geben.

Bauer ließ noch eine Viertelstunde verstreichen, dann griff er zum schnurlosen Telefon und wählte Häberles Handynummer. Es dauerte fünf, sechs Ruftöne lang, und schon war zu befürchten, es melde sich nur die Mailbox, da erklang doch noch Häberles vertraute, jedoch diesmal merkwürdig distanzierte Stimme. »Ja?«

»August, bist du's?«

»Ach, guten Tag«, hörte er Häberle sehr kühl antworten. »Schön, dass Sie anrufen, ich bin nur gerade in einem wichtigen Gespräch.«

Bauer erschrak. So hatte er seinen Freund noch nie reden hören. Doch bevor er etwas erwidern konnte, machte Häberle weiter: »Sie sollten den Text über den *Maientag* ins Englische übersetzen. Haben Sie das verstanden?«

Bauer war völlig irritiert. Was hatte der *Maientag*, das alljährliche Traditionsfest Göppingens, mit ihm zu tun? Der *Maientag* lag bereits ein Vierteljahr zurück. Und nie zuvor hatte Häberle etwas von einem Text gesagt, der ins Englische übersetzt werden sollte. War Häberle verwirrt? Dement?

Bauer wagte nichts einzuwenden, sondern wartete auf weitere Aussagen, die Häberle sofort folgen ließ: »Das muss jetzt schnell gehen, verstehen Sie? Wenn der Text zum *Maientag* nicht termingerecht ins Englische übersetzt wird, verlieren wir unser ganzes Geschäft. Ich hoffe, Sie haben das kapiert. Die Telefonnummer in solchen Fällen wäre 19-15-19. Und dann bringen Sie das noch in alphabetische Reihenfolge. Alles klar?« Häberle schien sich geradezu in Rage geredet zu haben. Unüberhörbar die Anweisung an einen Geschäftspartner, der möglicherweise eine Tourismusbroschüre ausarbeiten sollte, durchzuckte es Bauer, dessen Hand vor Aufregung zu zittern begann. »Ich ... ich hab verstanden«, sagte er leise, obwohl ihn Häberles seltsames Verhalten völlig durcheinandergebracht hatte. Eine Rückfrage war nicht mehr möglich, denn die Leitung wurde unterbrochen.

Bauer saß für einige Sekunden wie erstarrt in seinem Sessel. *Maientag.* Was, verdammt noch mal, war in Häberle gefahren? Vor etwas mehr als einer Stunde hatten sie doch noch ganz vernünftig miteinander telefoniert. Und jetzt redete er wirres Zeug? Nie zuvor hatte er sich mit touristischen Texten befasst. Das war völliger Unsinn. Hatte man ihn unter Drogen gesetzt? Oder war er völlig überdreht, hatte einen Nervenzusammenbruch erlitten?

Maientag ins Englische übersetzen, hallte es durch Bauers Kopf. Welchen Text? Und welche Telefonnummer? 19-15-19. Er hatte sich die Zahlen sofort eingeprägt. Alphabetische Reihenfolge. Ein Code? Jetzt hieß es, Ruhe zu bewahren.

Mit einem Schlag gewann Bauers detektivischer Spürsinn die Oberhand. Zahlen in alphabetischer Reihenfolge? Wenn Häberle noch bei Sinnen war, und davon ging Bauer nun aus, dann hatte Häberle nicht normal reden können. 19-15-19. Bauer zählte mit Fingern das Alphabet durch. 15 war »O« und 19 ein »S«. Durch Bauers ganzen Körper jagte eine schockartige Erkenntnis. SOS. Häberle hatte ihm SOS signalisiert. Und der *Maientag* ins Englische? Bauer empfand Erleichterung und Panik gleichermaßen: *Maientag* auf Englisch hieß *Mayday*. Ein internationales Notsignal im Sprechfunk. In der Schiff- und Luftfahrt.

Bauer wusste sofort, was jetzt zu tun war. Häberle war in der Gewalt eines Verbrechers.

200

Bauers Anruf war sofort an die Sonderkommission weitergeleitet worden. Nach einer kurzen Schockstarre, die das Team aus Sorge um Häberle ergriffen hatte, wurde blitzartig gehandelt. Die Soko-Leiterin verständigte ihre Vorgesetzten beim Präsidium in Ulm, welches wiederum beim Präsidium Einsatz, das seinen landesweiten Sitz glücklicherweise hier in Göppingen hatte, die nötigen Kräfte anforderte, insbesondere das Spezialeinsatzkommando, bekannt unter der Kurzbezeichnung SEK. Denn wenn Häberle tatsächlich, wie zu befürchten war, in Reinickes verschachteltem Werkstattkomplex festgehalten wurde und hoffentlich noch am Leben war, dann war äußerste Vorsicht geboten. Allein schon die Art und Weise, wie sich Häberle nach Darstellung Bauers verhalten hatte, ließ darauf schließen, dass er sich in einer bedrohlichen Situation befand.

Innerhalb weniger Minuten war das stets einsatzbereite SEK schon unterwegs von seinem Standort am Göppinger Stadtrand, wo sich einst nur die Bereitschaftspolizei befand, quer durch die Innenstadt zu dem alten Fabrikareal. Die Einsatzleiter informierten sich anhand von GPS-Daten und Satellitenbildern über die Örtlichkeiten und entschieden, sich ohne Martinshorn und Blaulicht anzunähern und mit den Fahrzeugen außer Sichtweite von Reinickes Gebäude zu bleiben. Der Polizeihubschrauber, der tagsüber in Göppingen stationiert war, wurde zum Göppinger Hausberg Hohenstaufen beordert, wo er mit genügend Abstand zum Einsatzort zunächst unauffällig kreisen konnte. Im Notfall wäre er in weniger als einer Minute zur Stelle.

Unterdessen war Brigitte Winter mit Linkohr in einem weißen zivilen Dienst-Audi durch das Gewerbegebiet gefahren, als seien sie Kunden eines der weit verstreuten kleinen Betriebe, die sich augenscheinlich überwiegend mit Schrott- und Gebrauchtfahrzeugen befassten. Im Vorbeifahren an Reinickes Werkstatt erkannte Linkohr sofort Häberles schwarzen SUV. »Er ist da drin, daran besteht kein Zweifel«, deutete der Kriminalist auf das Gebäude, während er den Dienstwagen um eine Kurve lenkte und ihn hinter einem unbewohnten Haus abstellte.

»Wir werden unsere Freunde vom SEK gar nicht bemerken«, meinte die Soko-Leiterin und spielte damit auf das konspirative Vorgehen dieser Spezialeinheit an, die für ihre ablenkenden Überraschungseffekte bekannt war und immer wieder neue Apparaturen, Hilfsmittel und Taktiken entwickelte, die aus gutem Grund der Öffentlichkeit verborgen blieben. Jedenfalls, so pflegte auch Linkohr oft zu sagen, »bleibt kein Auge trocken, wenn mal das SEK anrückt«.

Tatsächlich rührte sich in der Umgebung nichts, was auf den zu erwartenden Einsatz hätte schließen lassen können. »Sie haben lange mit Häberle zusammengearbeitet?«, fragte Brigitte Winter in die aufkommende Stille hinein.

»Ja, seit ich bei der Kripo bin.«

»Sie wollten nie weg? LKA oder so?«

Linkohr musste sich eingestehen, dass er an seiner Heimatstadt hing und sich seit Häberles Rückkehr nie mehr einen anderen Dienstort gewünscht hatte. Die jetzige Soko-Leiterin war zwar sympathisch und umgänglich, ließ aber die Bodenständigkeit vermissen, die Häberle die ganze Zeit über an den Tag gelegt hatte.

Ein Knacken aus dem Funkgerät erfüllte den Innenraum des Autos. »Position eins okay«, krächzte eine Männerstimme.

»Na also«, stellte Frau Winter erleichtert fest. »Das Feuerwerk kann losgehen.«

Linkohr schwieg. Das Wort »Feuerwerk« mochte er lieber gar nicht hören, denn es klang in seinen Ohren gefährlich.

Ein weiterer Zivilwagen, den sie kannten, fuhr an ihnen vorbei. Es waren offenbar die Kollegen der Spurensicherung, die sich bereit machten, nach dem SEK-Einsatz die Herrschaft über das Haus zu übernehmen.

Irgendwo, das wusste Linkohr, waren nun auch Rettungswagen und Notärzte positioniert. Seine Gedanken kreisten aber um Häberle, dem nichts geschehen durfte. Niemals. Nicht jetzt, ein paar Monate nach seiner Pensionierung. Es wäre eine Katastrophe.

201

Die Männer des SEK in ihren steingrau-olivfarbenen Einsatzanzügen, Schutzwesten, Schutzschildern und Flammschutzhauben, dazu stark bewaffnet, hatten sich auf einem Feldweg hinter dem Firmengrundstück aus ihren Fahrzeugen geschwungen. Ein breiter Heckenstreifen bot natürliche Deckung. Völlig lautlos und routiniert, wie sie dies regelmäßig trainierten und schon viele Male angewandt hatten, verteilten sie sich im Gelände, um sich aus drei Richtungen dem Gebäudekomplex zu nähern.

Bereits auf der Herfahrt war die Taktik dank der digitalen Unterlagen, die ihnen zur Verfügung standen, schnell klar: Da es sich bei dem Zielobjekt um ein kleines und ziemlich altes Haus handeln würde, jedoch mit Werkstattanbauten, galt es, das Erdgeschoss überfallartig einzunehmen. Zeitgleich mussten deshalb mehrere Aktionen erfolgen: das Aufsprengen der Eingangstür und das Zünden einer Blendgranate sowie die Erstürmung zweier Räume, nachdem die Fensterscheiben mit Brachialgewalt zertrümmert worden waren und blitzartiges Eindringen möglich wurde, ebenfalls unter dem Einsatz von Blendgranaten.

Als das Zeichen zum Angriff erteilt war, krachte, splitterte und klirrte es, Holz barst, Metall schepperte, dazu apokalyptisches Geschrei, das den Gegner psychisch zermürben sollte. Gleichzeitig dumpfe Explosionen, die sich wie Verpuffungen anhörten, Qualm stieg aus den Fensteröffnungen. Und dann Schüsse. Zwei, drei, vielleicht vier.

Plötzlich wieder Stille.

Linkohr und Frau Winter hatten das Spektakel in ihrem

Auto außer Sichtweite, aber mit geöffneten Seitenfenstern, akustisch angespannt verfolgen können.

»Da wurde geschossen«, kam es Linkohr aus der heiseren Kehle. Die Soko-Leiterin neben ihm schwieg. Augenblicke später stellte eine Männerstimme im Sprechfunkverkehr atemlos fest: »Eine Person getroffen. Wir brauchen den Notarzt.«

Linkohr spürte, wie ihn ein selten erlebter Schock förmlich lähmte. Eine Person getroffen, hallte es in seinem Kopf nach. Häberle? Er hoffte inständig, dass sein Ex-Kollege überlebt hatte.

Martinshorn, Blaulicht. Notarzt und Rettungswagen rasten zum Einsatzort. Mit eiskalten Händen startete Linkohr den Motor, um den Dienstwagen näher an Reinickes Werkstatt heranzufahren, wo sich inzwischen die martialisch gekleideten SEK-Kräfte versammelten. Ihre Fahrzeuge reihten sich nun auch in der schmalen Straße auf.

Linkohr sah, als er ausstieg, die eingeschlagene Haustür und am seitlichen Giebel ein zertrümmertes Fenster. Die Soko-Leiterin ging auf einen der SEK-Beamten zu. Sie hielt ihm ihren Dienstausweis entgegen, sagte kurz »Kripo Göppingen« und fragte: »Wer ist verletzt?«

Linkohr war näher gekommen, um die Antwort zu hören: »Keine Ahnung.«

Am liebsten hätte er die Bestätigung gehabt, dass es nicht Häberle war, aber der SEK-Mann konnte den altgedienten Kriminalisten natürlich ohnehin nicht kennen.

Immer mehr Blaulichter zuckten, Einsatzkräfte wuselten vor dem Haus, Sprechfunk-Kommandos schallten über den Platz.

Linkohr beobachtete, wie sich die Soko-Leiterin energisch nach einem Verantwortlichen durchfragte. Wieder eilte der Kriminalist hinzu, um Neues zu erfahren. »Wir haben den Angreifer ausgeschaltet«, hörte er den Mann sagen, der Helm und Schutzmaske abgenommen hatte. »Er hat die Waffe auf uns gerichtet.«

»Ist er tot?«, wollte Frau Winter wissen.

»Wir müssen abwarten, was der Notarzt sagt.«

Linkohr konnte sich nicht mehr zurückhalten: »Ist es Kommissar Häberle?«

Frau Winter gab ihm mit einer Handbewegung zu verstehen, dass er sich zurückhalten solle, doch der Angesprochene erklärte: »Wir haben nur eine männliche Person gesehen. Es ist auch sonst niemand mehr drin.«

Linkohr durchzuckte eine böse Vorahnung: der Hausbesitzer geflüchtet und Häberle angeschossen. Oder gar tot. Ende einer großen Karriere.

202

Auch Edgar Bauer war inzwischen eingetroffen, hatte aber bei den Uniformierten, die den Einsatzort inzwischen weiträumig absperrten, erst mühsam seine Anwesenheit erklären müssen. Keiner der jungen Beamten kannte ihn natürlich. Erst als er darum gebeten hatte, in dieser Sache dringend Frau Winter oder Herrn Linkohr sprechen zu wollen, da er doch den entscheidenden Hinweis gegeben habe, griff einer der streng dreinschauenden Uniformierten zum Funkgerät, um zu checken, ob der Mann durchgelassen werden durfte. Nach mehreren Nachfragen konnte Bauer über das rot-weiße Flatterband steigen.

Schon mit einem flüchtigen Blick erkannte er Häberles schwarzen Mercedes und dass offenbar die Rettungskräfte noch mitten in ihrer Arbeit steckten.

»Sie kennen diesen Bauer?«, hatte Frau Winter ihren Kollegen Linkohr gefragt, nachdem man den Pensionär per Funk angekündigt und sie die Erlaubnis gegeben hatte, ihn vorzulassen.

Linkohr war für einen Augenblick verunsichert. »Ja, durch Häberle«, sagte er schließlich. Es war ja kein Geheimnis, dass er einst zum Team des großen Kriminalisten gehört hatte.

»Hat Ihnen Herr Häberle denn gesagt, was er hier vorhatte?«

Linkohr wusste, dass er nun mit seiner Antwort aufpassen musste. Immerhin bewegte er sich mit seinen heimlichen Infos für Häberle auf dünnem Eis. »Ich weiß nur, dass er in früheren Zeiten, kurz nach diesem Sparkassenraub damals, persönlichen Kontakt zu Reinicke hatte«, antwortete Linkohr ausweichend.

»Daher weht also der Wind«, erwiderte die Kriminalrätin. »Immer noch die alte Geschichte mit dem vierten Mann.« Sie legte ihre Stirn in Falten. »Wann hört das endlich auf? Was verjährt ist, braucht uns nicht mehr zu interessieren.«

»Aber das hier«, wagte Linkohr einen Einwand, »das könnte doch zeigen, dass uns die Vergangenheit einholt.«

»Wenn überhaupt«, wiegelte Frau Winter ab, »dann haben wir es hier mit einem Fall von Falschgeld und Geldwäsche zu tun. Falls es stimmt, was dieser Bauer am Telefon gesagt hat: dass die angeschossene Frau Kohler mal mit Herrn Reinicke liiert war.«

»Das stimmt«, entfuhr es Linkohr.

»Ach?«, staunte die Soko-Leiterin. »Das wissen Sie?«

Linkohr bemerkte sofort, dass er übers Ziel hinausgeschossen war. »Aus früheren Erzählungen von Häberle«, versuchte er, das Gesagte zu relativieren. »Ivonne Kohler war schon vor 30 Jahren mit Reinicke zusammen.«

»Gut, dass ich das bei dieser Gelegenheit auch erfahre«, erwiderte Frau Winter angesäuert, konnte jedoch keine weitere Bemerkung anfügen, weil nun ein älterer Herr auf Linkohr zugestürmt kam, ihm die Hand schüttelte, dabei aber von dem Kriminalisten gleich an seine Chefin verwiesen wurde: »Das ist Frau Winter, die Leiterin unseres Kriminalkommissariats.«

»Oh«, gab sich Bauer erstaunt und reichte auch ihr die Hand. »Ich freue mich, Sie kennenzulernen, habe viel von Ihnen gehört.«

»Durch Herrn Häberle, nehme ich an«, gab sie schnippisch zurück.

»Ja, auch durch den.« Er sah betroffen zu dem Haus hinüber. »Haben Sie ihn hoffentlich befreit?«

»Davon kann keine Rede sein«, zeigte sich Frau Winter amtlich. »Wir haben eine schwer verletzte Person, wissen aber noch nicht, wer es ist.«

»Schwer verletzt«, wiederholte Bauer erschrocken. »Häberle?«

»Ich sagte doch: Wir wissen es nicht. Der Notarzt ist noch drin.«

Linkohr gab besorgt zu bedenken: »Aber Häberles Auto steht da drüben.«

Bauer nickte: »Das verheißt nichts Gutes.«

203

Jetzt waren mehr als 20 Minuten verstrichen, seit sich der Notarzt um das Leben des bislang nicht identifizierten Mannes bemühte. Noch immer erschien offenbar der Abtransport nicht ratsam zu sein. Rettungssanitäter hasteten beinahe im Minutentakt durch die zertrümmerte Tür hinüber zu den Fahrzeugen und kamen mit Metallkoffern und medizinischem Gerät wieder zurück, um im Haus zu verschwinden.

Noch verharrten die Männer und Frauen der Spurensicherung in ihrer weißen Schutzkleidung abseits des Gebäudes. Solange die schwer verletzte Person nicht versorgt war, konnten sie ihre Arbeit nicht aufnehmen.

Minuten des ungewissen Wartens quälten sich dahin. Linkohr und Bauer verfolgten stumm die Szenerie, während die Soko-Leiterin ebenfalls immer nervöser wurde und sich erneut an den SEK-Beamten wandte, um einen aktuellen Stand zu fordern. »Wie schon gesagt«, bekam sie zur Antwort, »unsere Kräfte haben das Haus und die Werkstatt nebenan komplett durchsucht. Allerdings gibt es noch einen verschlossenen Kellerraum.« Ohne eine Nachfrage abzuwarten, schritt der Mann in seiner martialischen Kampfkleidung wieder zu seinen Kollegen.

»Verdammt noch mal, wieso sagt uns denn keiner, um wen es sich bei dem Verletzten handelt?«, kritisierte Linkohr, ohne von jemandem eine Antwort zu erwarten. Bauer gab sich sachverständig: »Das Leben des Opfers hat Vorrang, das wissen Sie doch.«

»Aber wenn es nicht Häberle ist, was wir hoffen, dann stellt sich doch die Frage, wo er dann wäre? Sein Auto steht da drüben.«

Frau Winter fuhr ihm über den Mund: »Ruhe bewahren, Herr Linkohr. Das haben Sie doch mal gelernt. Einfach Ruhe bewahren. Denn wer in Panik ist, wird nie eine vernünftige Entscheidung treffen können.«

Bauer nickte. Wie recht die Frau doch hatte. Aber darüber zu diskutieren, wäre jetzt fehl am Platz gewesen, zumal in diesem Moment der Notarzt mit einem halben Dutzend Rettungssanitäter abgekämpft das Haus verließ und sich kurz mit dem SEK-Einsatzleiter unterhielt. Die langsamen Bewegungen und das Verschwinden der Helfer in Richtung ihrer Fahrzeuge waren kein gutes Zeichen, durchzuckte es Linkohr, der Blickkontakt zu Bauer suchte, der dasselbe zu denken schien.

Auch Frau Winter hatte die seltsame Veränderung im Einsatzgeschehen bemerkt. Sie griff zu ihrem Funkgerät und verlangte eine Erklärung.

Eine Männerstimme meldete knapp: »Der Notarzt hat den Tod festgestellt.«

Linkohr spürte, wie die Angst um seinen ehemaligen Kollegen seinen ganzen Körper lähmte.

204

Heidi versuchte immer wieder, auf der harten Liege zu schlafen. Doch ihre Gedanken drehten sich im Kreis und formten sich im dösenden Zustand zu traumartigen Szenen, gaukelten eine plötzliche Freilassung vor, die im völligen Wachzustand wieder grausam zunichte gemacht wurde, um im nächsten Augenblick den Schock über eine Verurteilung zu einer mehrjährigen Freiheitsstrafe erfühlen zu lassen. Dann übermannte sie die unsägliche Schande, eine Zuchthäuslerin geworden zu sein, wie man früher zu sagen pflegte. Mit 61 Jahren eingesperrt. Zwischen Mörderinnen und Drogendealerinnen. In einer Zelle, die wenig größer als ihr Badezimmer daheim war. Ohne klare Sicht hinaus ins Freie, wo sich durch die Milchglasscheibe ein strahlender Herbsttag vermuten ließ.

Das Essen, das ihr gereicht wurde, war viel schlimmer als alles, was sie bei ihren wenigen Krankenhausaufenthalten hatte erleben müssen: geschmacklos, lieblos angerichtet, dazu stilles Wasser. Sie spürte, wie sich ihr Magen dagegen sträubte, wie ihr Darm rebellierte.

Dass man ihr etwas zum Lesen und Schreibzeug gebracht hatte, half ihr nicht dabei, ihre Gedanken zu sortieren. Der Versuch, sich dazu zu zwingen, die Begründung für ihre Unschuldsbeteuerungen niederzuschreiben, scheiterte kläglich. Sie konnte keinen einzigen Satz vernünftig formulieren. Denn die Ungewissheit darüber, ob die Haftbeschwerde ihres Anwalts erfolgreich sein würde, nagte an ihrer Seele und steigerte ihre innere Unruhe. Ja, es waren die Ungewissheit und das Gefühl, tatenlos und hilflos warten zu müssen, bis sich draußen etwas tat, was ihr am meisten zu schaffen machte.

Aber was scherte die da draußen schon, wie lange sie hier fest-saß? Die konnten in aller Seelenruhe die Akten wälzen, die nur Halbwahrheiten oder Mutmaßungen enthielten, während sie Minute um Minute, Stunde um Stunde die kahlen Wände anstarrte, abwechselnd auf dem Holzstuhl am winzigen Tisch Platz nahm oder sich auf der Liege ausstreckte. Irgendwann begann sie, sich mit Kniebeugen und anderen Fitnessübungen mehr Bewegung zu verschaffen. Doch die Hoffnung, dabei die finsteren Gedanken zu vertreiben, erfüllte sich nicht. Einmal hatte man sie zum Gang in den Hof geholt, der in den Nach-mittagsstunden nahezu ganz im Schatten lag. Sie war aber nur herumgestanden, hatte dem Geläut des Münsters gelauscht. Dasselbe Geläut hörten auch die Menschen draußen. Sie hatte zum Himmel geblickt, in dieses Blau, das hinter den Gebäu-den und Mauern auch all die freien Menschen sahen, die es in der Hektik des Tages ebenso kaum zur Kenntnis nahmen wie das Läuten der Münsterglocken, das durch alle Gefängnismau-ern drang. Hier drinnen begann man, all dies zu schätzen, hier in einer kleinen künstlichen, feindlichen Umwelt, die nur aus Beton, Mauern, Eisentüren, Gittern und klirrenden Schlüsseln bestand. Von Anweisungen, Einschüchterungen und, wie sie empfand, auch aus Schikane. Wie konnte man so etwas jahre-lang aushalten, vielleicht sogar, wie einige Frauen hier, für den ganzen Rest des Lebens? Was ging in den Aufseherinnen vor, deren Beruf es war, andere hinter Schloss und Riegel zu halten?

Heidi versuchte immer wieder, ihre trüben Gedanken zu ordnen, und entschied, niemanden mehr in Schutz zu neh-men. Sie musste an sich denken. Nur noch an sich. An ihre Zukunft. Hier drinnen galten andere Regeln für Moral und Nächstenliebe. Wer nahm hier schon Rücksicht auf sie, auf ihre Ängste, Sorgen, ihre Psyche?

Was war denn so schlimm daran, dass sie vor 37 Jahren Gold gekauft und nun wieder verkauft hatte? Der große Sparkassenraub von damals war verjährt, und der Versuch, ihr das Verbreiten von Falschgeld vorzuwerfen und den Verdacht zu konstruieren, das eine hänge mit dem anderen zusammen, empfand sie als eine herbe Herabwürdigung ignoranter Juristen, die sich nicht vorstellen konnten, was es bedeutete, aus gutbürgerlichen Verhältnissen gerissen und in eine Zelle gesperrt zu werden. Sie überkam das Gefühl, auch von ihrem Rechtsanwalt im Stich gelassen worden zu sein. Aber Wolfgang müsste sich doch um sie kümmern. Wolfgang, ihre allerletzte Hoffnung. Nein, niemals hätte ihr Wolfgang zum Geburtstag Falschgeld geschenkt. Niemals. Und doch gab es da etwas, das er nie wissen durfte.

205

Der Einsatzleiter des SEK war mit betretenem Gesicht zu Brigitte Winter und Mike Linkohr herangetreten: »Wir können noch nicht sagen, wer der Verstorbene ist. Die Spurensicherung muss warten. Wir sind gerade dabei, die stabile Eisentür im Untergeschoss zu öffnen. Das scheint eine Art Bunker aus Vorkriegszeiten zu sein. Man hat wohl das Wohnhaus später einfach draufgebaut.«

Linkohr verfolgte die Ausführungen mit pochendem Herzen. Denn wenn Häberle etwas Schlimmes zugestoßen war, würde dies dienstlich einige sehr unangenehme Untersuchungen nach sich ziehen. Auch Bauer plagten solche Gedanken, wenngleich er als privater Ermittler nichts zu befürchten hatte. Zumindest rein rechtlich nicht. Aber moralisch würde es ihn persönlich tief treffen, zumal er es gewesen war, der den Freund hätte zurückhalten können. Wie könnte er sich vor Susanne für dieses Verhalten rechtfertigen? Weitere Worte des SEK-Einsatzleiters waren von solchen Gedanken beinahe verschlungen worden. »Wir haben von unten dumpfe Schlaggeräusche vernommen«, sagte der Mann und eilte wieder davon.

Dumpfe Schlaggeräusche. Die Bedeutung dieser beiden Worte drang erst jetzt zu Linkohr durch. Waren das Lebenszeichen? Von einer eingesperrten Person?

206

Eine breite, aus teilweise zerbröckelten Backsteinen bestehende Treppe war nur von dem Werkstattanbau aus zu erreichen, in dem Blech- und Kunststoffmaterialien lagerten: Rohre jeglicher Größe, gerade, gebogene Leitungen für Wasser und Abwasser, Kabel, aber auch Sanitärartikel wie Waschbecken und Toilettenschüsseln, chromblitzende Armaturen, Schläuche, Werkzeuge und Maschinen. Alles schien in ein undurchschaubares Chaos überzugehen, in dem sich nur derjenige zurechtfinden konnte, der es verursacht hatte.

An der gegenüberliegenden Stirnseite gab es zwischen all den Lagerbeständen eine knapp mannshohe schmale Öffnung, hinter der sich der schlecht beleuchtete Schlund eines leicht abwärts führenden Durchgangs auftat. Er war schmal und so niedrig, dass die SEK-Kräfte mit ihren Kampfanzügen die behelmten Köpfe einziehen mussten, um auf der schrägen Ebene hintereinander abwärts gehen zu können.

Nach etwa zehn Metern weitete sich der schmale Gang im Schein einiger Glühbirnen, deren schmucklose Fassungen geradezu abenteuerlich an die seitliche Betonwand geschraubt waren. Ein Lichtkegel traf auf die nach unten führende Treppe, deren Zustand darauf schließen ließ, dass sie wesentlich älteren Datums war als der Durchgang. Die Einsatzkräfte ließen ihre leuchtstarken LED-Handlampen aufblitzen, um sich nun paarweise ihrem Ziel tief unter der Erdoberfläche zu nähern, das bereits vor zehn Minuten von zwei Kollegen entdeckt worden war, die hinter einer schweren Eisentür ein Lebenszeichen vermutet hatten. 20 zerbröselte Backsteinstufen tiefer erreichten die nun anrückenden Einsatzkräfte eine Standfläche, die auf gestampftem Erdreich Platz für mehrere Personen bot. Links davon traf das gleißend helle Lampenlicht eine mächtige verrostete Eisentür, an der drei große Riegel vorgeschoben waren.

Der Wortführer drehte sich zu seinen Kollegen und gab ein Handzeichen, worauf diese sofort wussten, was zu tun war. Während ihr Einsatzleiter damit begann, mit kräftigen Händen die drei Riegel beiseitezuschieben, griffen seine Teamkollegen zu den Waffen, um auf das Öffnen der Tür und auf das Ungewisse, das sich dahinter verbergen würde, vorbereitet zu sein.

Als alle drei Riegel gelöst waren, verharrte der Wortführer noch für eine Sekunde, damit seine Kollegen ihre Positionen einnehmen konnten, wie sie es für solche Fälle häufig trainierten. Dann umklammerte er den rostigen Griff, zog die

schwere Tür mit einem kräftigen Ruck auf – und sekunden-
schnell zerschnitten mehrere blendstarke Lampen den dunklen Innenraum, sodass ein etwaiger Angreifer überhaupt nicht
in der Lage gewesen wäre, auf diesen Überraschungsmoment
zu reagieren.

»Nicht schießen«, dröhnte eine kräftige, sonore Männerstimme aus dem grell erleuchteten Bunker, während sich
feucht-modrige Luft ausbreitete.

Noch waren die Waffen auf die Türöffnung gerichtet. Doch
dann erschien im Lichtkegel der LED-Lampen ein Mann, die
Hände erhoben, das Gesicht im gleißenden Licht aschfahl,
abgekämpft, müde. Die Augen geblendet und blinzelnd. Ein
Mann, den keiner der Einsatzkräfte kannte. Aber einer, der
ihnen auf den ersten Blick nicht gefährlich werden konnte.
Ein Mann älteren Semesters, ohne Waffe, nicht der Typ eines
Schwerverbrechers. »Ich bin ein Kollege«, brachte er über die
Lippen. »Danke, dass ihr gekommen seid.«

Langsam senkten sich die Waffen. Erleichterung machte sich
breit, als der beleibte Mann aus seinem Verlies kam. »Häberle«,
sagte er mit belegter Stimme. »Ich war mal bei der Kripo in
Göppingen.«

207

Häberle war zunächst von den Rot-Kreuz-Helfern in Empfang genommen und mit Getränken versorgt worden. Dann hatte er sich aber rasch per Handschlag von den Hilfskräften verabschiedet, um den SEK-Beamten für deren umsichtigen Zugriff zu danken. Linkohr hatte ihn zunächst noch für ein paar Momente allein gelassen, eilte ihm jedoch sofort entgegen, als er in seine Richtung kam. »Gott sei Dank, Chef«, sagte er. »Ich hatte furchtbare Angst um Sie.«

»Ich um mich auch«, gestand Häberle schon wieder grinsend und begrüßte die Kripoleiterin mit Handschlag, ehe er seinem Freund Bauer auf die Schulter klopfte und lobte: »Ich wusste doch, dass du meine verschlüsselte Botschaft verstehen würdest.«

Frau Winter sah pikiert drein, zumal sie mit dieser Bemerkung nichts anfangen konnte.

»Erklär ich Ihnen nachher«, sagte Bauer und warf ihr einen Blick zu.

Häberle nahm mit einer triumphierenden Bewegung sein Smartphone aus der Brusttasche, zwinkerte seinem Freund zu und erklärte: »Da ist alles drauf, hoffe ich jedenfalls. Denn als ich da unten das Ding einschalten wollte, war der Akku leer.«

»Wahrscheinlich hättest du auch gar kein Funknetz gehabt«, meinte Bauer. Häberle nickte, wollte jetzt aber endlich wissen: »Was ist mit Reinicke?«

Bauer kam der Kripochefin mit einer Antwort zuvor: »Wenn außer euch beiden keiner im Haus war, dann müsste er tot sein.«

»Wie?« Häberle verengte die Augen.

»Ja«, schaltete sich Frau Winter ein, »das SEK hat eine Person neutralisiert.« Sie alle wussten, dass es die vornehm-verharmlosende Formulierung für den Tod eines Angreifers war. »Der Mann hat sich mit einer Schrotflinte zur Wehr gesetzt und ziellos rumgeschossen, aber glücklicherweise die Einsatzkräfte nicht verletzt.«

Häberle wollte gerade vorschlagen, den Toten zu identifizieren, als er im Augenwinkel Uniformierte herannahen sah, die eine Frau begleiteten. Häberle erkannte sofort, um wen es sich handelte: um Analena Heuberg, die Juwelierin, bei der er erst vor wenigen Tagen gewesen war. Jetzt kam ihm das Zusammentreffen denkbar ungelegen, zumal es ziemlich ungeschickt wäre, würde die Kripochefin nun erfahren, dass er sein Wissen über Falschgeld nicht gemeldet hatte.

»Herr Häberle«, kam die Juwelierin sofort auf ihn zu, ohne die anderen Personen zu beachten. »Was ist denn hier los? Ich wollte zu Reinicke.«

Die Kriminalrätin fuhr forsch dazwischen: »Jetzt mal langsam, gute Frau. Wer sind Sie überhaupt?«

Analena ließ sich nicht beeindrucken. »Ich suche Herrn Reinicke. Ist was passiert?«

Häberle versuchte, mäßigend auf sie einzuwirken: »Wir können später in Ruhe darüber reden.«

»Worüber reden?«, hakte Frau Winter energisch nach.

Analena wandte den Blick von Häberle nun zu ihr: »Ich weiß jetzt, von wem das Falschgeld war. Ein Goldkettchen hat er bei mir gekauft und bar damit bezahlt.«

Häberle atmete tief durch.

208

Dass Helmut Reinicke der Mann war, der durch die Kugel aus einer Polizeiwaffe getötet worden war, daran bestand kein Zweifel. Als die SEK-Kräfte hereingestürmt waren, hatte er wild um sich geschossen, sodass den Beamten im Bruchteil einer Sekunde nichts anderes übrig geblieben war, als ihn auszuschalten. So jedenfalls schilderte es der Einsatzleiter Stunden später in einem Besprechungsraum des Göppinger Kriminalkommissariats.

Häberle war nach dem ziemlich ungeschickten Auftreten von Analena heimgefahren, um sich frisch zu machen. Susanne hatte sich bereits große Sorgen um ihn gemacht, da er vormittags losgefahren war, um angeblich zu seiner alten Dienststelle zu fahren. Aber nun waren viele Stunden vergangen, während denen sie nichts von ihm gehört hatte. Zuletzt war sie so sehr beunruhigt gewesen, dass sie versucht hatte, ihn anzurufen. Doch unter seiner Handynummer bekam sie nur von einer Automatenstimme zu hören, dass er vorübergehend nicht erreichbar sei. Akku leer oder Funkloch.

Jetzt, als er kam, gab er sich einsilbig, doch spürte sie, dass es Schwierigkeiten gegeben hatte. »Ich erklär dir das später bei einem Weizenbier«, versprach er und fügte an: »Ich glaube, es ist nun wirklich Zeit, etwas kürzerzutreten.«

Sie stutzte. Wenn er dies von sich aus sagte, musste etwas Außergewöhnliches geschehen sein und einen gewissen Sinneswandel eingeleitet haben. Dann aber ließ sie ihn gewähren. Er steckte sein Smartphone ins Ladegerät, sprang für fünf Minuten unter die heiße Dusche und zog frische Kleidung an. Obwohl in der Kürze der Zeit das Smartphone kaum geladen

war, nahm er es wieder mit. Die Ladung musste reichen, um
den Kollegen etwas Wichtiges vorzuspielen.

209

Im Gebäude des Kriminalkommissariats Göppingen wurde
Häberle von vielen seiner ehemaligen Kollegen freudig begrüßt.
»Du kannst es wohl nicht lassen«, frotzelte einer und klopfte
ihm auf die Schulter. Ein anderer fragte hämisch: »Haben sie
dich wegen des Personalmangels wieder geholt?«

Auf die nicht ganz ernst gemeinte Frage, ob er die Leitung
der aktuellen Sonderkommission übernehmen wolle, winkte
er lächelnd ab: »Das ist nichts mehr für mich. Ich bin nur als
Zeuge hier.«

Oben im langen Gang standen die meisten Türen weit offen,
weitere ehemalige Kollegen erwarteten ihn gespannt, schüttelten ihm die Hand, einige umarmten ihn sogar. Dazwischen
tauchte die Leiterin des Kriminalkommissariats auf, die ihn vor
eineinhalb Stunden ziemlich kritisch beäugt, aber nichts gesagt
hatte, als er die Juwelierin beruhigt und abgewimmelt hatte.

Im großen Besprechungsraum hatten inzwischen alle Soko-
Mitglieder Platz genommen, während Häberle und die Kri-
pochefin ihnen gegenübersaßen. Brigitte Winter sprach einige
Worte des Dankes an ihr Team, hob aber schnell eine Neuig-

keit hervor, die sie mit einer leicht gereizten Bemerkung einleitete: »Rein zufällig ist mir zu Ohren gekommen, dass wir es auch im Fall dieses Herrn Reinicke mit Falschgeld zu tun hatten. Es gibt also zwischen ihm und dem Verbrechen an seiner früheren Freundin eine gewisse Kausalität.« Sie schielte zu Häberle: »Wir haben zwar gewusst, dass sich im Kofferraum des Autos der schwer verletzten Frau Falschgeld befunden hat, aber nun haben die Kollegen der Spurensicherung auch eine größere Menge falsche 50-Euro-Scheine in der Wohnung von Reinicke sichergestellt. Überschlägig sollen es annähernd 30.000 Euro sein.«

Häberle zog eine erstaunte Miene. Die Kripochefin dozierte weiter: »Wir scheinen es also mit einer ganzen Bande von Geldfälschern zu tun zu haben. Vielleicht auch mit Delikten aus dem Bereich der Geldwäsche.«

Häberle meldete sich zu Wort, um für Klarheit zu sorgen. »Entschuldigen Sie, Frau Winter, ich kann vielleicht einiges zu den Hintergründen beitragen.«

»Ich bitte Sie sogar darum.«

»Es tut mir leid, dass ich mich als Pensionär eingemischt habe – und beinahe wäre es auch schiefgegangen. Aber begonnen hat es, so seltsam es auch klingen mag, am Abend meiner Verabschiedung im Kollegenkreis, Anfang April im Freilichtmuseum Beuren. Die meisten von Ihnen, oder besser gesagt: von euch, waren ja dabei.« Häberle schilderte, wie ihm diese mysteriöse Handynummer mit dem Hinweis *Sparkasse 1982. Aufgabe für Ruhestand?* zugeschoben worden war. »Der Fall, der mich ein Leben lang nicht losgelassen hat, hat mich also weiter verfolgt«, räumte er ein und betonte, dass es ihm allein deshalb wichtig gewesen sei, diesen Hinweis ernst zu nehmen. Immerhin habe es in den Jahren, ja sogar Jahrzehnten nach diesem Sparkassenraub viele Gerüchte, Verschwörungstheorien und sogar falsche Verdächtigungen gegeben. »Es ist nicht lustig für Beteiligte und Opfer, wenn sie sich ein Leben lang in ein schiefes Licht gerückt fühlen«, gab er zu bedenken und fuhr fort: »Als damals junger Beamter hab ich mich als Göppinger dazu berufen gefühlt, mich für die Ermittlungen zu engagieren. Mein Gott, was gab es in der Folgezeit nicht alles für dubiose Todesfälle und unternehmerische Dramen! Ich will sie gar nicht alle aufzählen. Aber alle, ich betone: Alle hatten nichts mit den Geiselgangstern von damals zu tun. Auch nicht der dramatische Bergunfall, bei dem der Sohn des Sparkassenchefs irgendwo im Berner Oberland ums Leben gekommen ist, obwohl man die Leiche nie gefunden hat.«

Frau Winter unterbrach, weil sie die lange Vorgeschichte nicht interessierte: »Sie haben also diese Mobilfunknummer angerufen?«

»Ja natürlich, mehrfach. Aber da hat sich niemand gemeldet«, erwiderte Häberle und erkannte, dass er sich nun auf gefährliches Terrain begab. Linkohr, der in der ersten Reihe saß, starrte ihn an. Der pensionierte Ermittler war sich sehr wohl bewusst, dass er nun vorsichtig sein musste, um Linkohr nicht dem Verdacht auszusetzen, heimlich für ihn recherchiert zu haben. »Für jemanden, der sich jahrelang mit der Telekommunikationsbranche herumgeschlagen hat, gibt es halt Mittel und Wege, den Teilnehmer herauszufinden«, sagte Häberle mit einer Selbstverständlichkeit, die keinen Zweifel zuließ. »Jedenfalls führte die Nummer zum Sohn eines Mannes, der 1982 mitverantwortlich für den Geldtransport bei der Sparkasse gewesen ist.«

Ein Raunen ging durch die Mannschaft.

»Wenn man ein gutes Namensgedächtnis hat, wie ich es glücklicherweise noch immer habe«, er warf Linkohr einen kurzen augenzwinkernden Blick zu, »dann vergisst man nicht, mit wem man's mal bei einem großen Fall zu tun hatte. Nolte hieß der Handybesitzer. Doch es war nicht der Securitymann selbst, sondern dessen Sohn Boris.«

Häberle spürte das zunehmende Interesse seiner Zuhörerschaft, wollte sich aber trotzdem nicht mit allzu vielen Details aufhalten. Er verschwieg natürlich auch, wodurch er auf den Geldwäscheverdacht gegen die Juwelierin und die Ex-Ehefrau von Nolte aufmerksam gemacht worden war. Vorläufig wollte er auch seinen alten Freund Edgar Bauer nicht erwähnen, obwohl dieser früher oder später nicht umhinkommen würde, einige Zeugenaussagen zu machen.

»Man muss wissen«, führte er weiter aus, »dass die geschiedene Frau Nolte in der Zeit 1982/83 ein Verhältnis mit unserem jetzt getöteten Herrn Reinicke hatte, der insofern in die Akten des Sparkassenüberfalls eingegangen ist, dass er damals zu jenem Personenkreis zählte, der Zugang zum Tresorraum gehabt hatte. In seinem Fall war dies wegen eines Rohrbruchs gewesen, den er als Flaschner hatte reparieren müssen.«

»Und wie hängt das mit der Gegenwart zusammen?«, drängte Frau Winter auf weitere Erläuterungen, während Häberle einen Schluck Mineralwasser nahm.

»Ich bin dann in einem Gespräch mit Frau Nolte auf eine Ungereimtheit gestoßen, die mich bis heute nicht loslässt«, sagte er und sah in gespannte Gesichter. »Es muss da ein Geheimnis geben, das Frau Nolte psychisch stark belastet, so sehr, dass sie jüngst in Kauf genommen hat, wegen des Verbreitens von Falschgeld und einem möglicherweise damit zusammenhängenden Fall von Geldwäsche in U-Haft genommen zu werden. Aktuell sitzt sie in *Gotteszell* ein.«

»Und wie kommt's nun dazu, dass Sie zu Reinicke gegangen sind?«, hakte Frau Winter nach, was Häberle als ärgerlich empfand, weil sie damit seine chronologische Erläuterung unterbrach, ohne die der Ablauf kaum zu verstehen wäre.

»Ich wollte endlich herausfinden, um welches Geheimnis es sich handelte«, fuhr er gereizt fort und entschied, sein vorausgegangenes Gespräch mit Ivonne vorläufig zu verschweigen. »Deshalb bin ich zu Reinicke, um mit ihm über seine Jugendfreundin Heidi Nolte zu sprechen, der er, und auch das ist wichtig, zum Geburtstag vor einigen Wochen Geld geschenkt hat. Dass er sie zu diesem Anlass besuchte und ihr eine kleine finanzielle Zuwendung mitbrachte, war übrigens nichts Ungewöhnliches. Und er hat ihr diesmal, wie wir jetzt wissen, ein Goldkettchen geschenkt. Jenes, das er bei der Juwelierin Heuberg gekauft hat. Mit Falschgeld.«

»Das haben Sie gewusst?«, fuhr die Kripochefin schnell dazwischen.

»Gerüchteweise stand dies im Raum«, wiegelte Häberle ab. »Und zwar, nachdem man Frau Nolte verdächtigt hatte, für irgendwelche Hintermänner einer Geldfälscherbande tätig gewesen zu sein. Beide Männer, also Reinicke und ihr geschiedener Mann, haben ihr unabhängig voneinander zum Geburtstag Geld geschenkt. Weil sie ihr beide nach dem Unfalltod ihres Sohnes finanziell unter die Arme greifen wollten. Frau Nolte hat behauptet, deshalb nicht mehr zuordnen zu können, von wem sie die falschen Fünfziger erhalten hat. Aus irgendeinem Grund, den ich bis heute nicht kenne, hat sie weder bei der Polizei noch vor dem Haftrichter die Namen der beiden Männer nennen wollen.«

»Und ist unter anderem deshalb in U-Haft gelandet«, stellte Frau Winter nun fest.

»Richtig«, bestätigte Häberle. »Um zu verstehen, weshalb ich so hartnäckig an der Sache drangeblieben bin, darf man das anonyme Schreiben mit der Telefonnummer des Nolte-Sohns Boris nicht vergessen. Ich weiß natürlich jetzt, dass es sinnvoller gewesen wäre, Sie zu informieren«, wandte er sich an die Kripochefin, »aber das Schreiben war weder ein Droh- noch ein Erpresserbrief. Es war nur ein Hinweis an mich.«

»Aber dann ist der Ermittler mit Ihnen durchgegangen«, meinte Frau Winter, ohne Häberle damit zu beeindrucken, der nun auf das zu sprechen kam, was die meisten weitaus mehr interessierte: »Als ich dann heute bei Reinicke aufgetaucht bin, war er gleich aggressiv, obwohl wir uns ja von früheren Zeiten her kannten. Als ich vorsichtig andeutete, er habe es wohl mit Falschgeld zu tun, war er kaum noch zu bändigen. Und als ich ihn nach einem Geheimnis fragte, das ihn und Heidi Nolte betreffe, hat er mich mit einer Jagdwaffe bedroht. Ja, ich muss euch sagen, das war nicht sehr gemütlich.« Er grinste. »Aber im Dienst bin ich ja auch meist ohne Waffe ausgekommen. Allerdings gab es diesmal keine Chance, den Kerl zu überrumpeln.« Er lächelte wieder. »Auch nicht als Judokatrainer. Da war es wie ein Wink des Schicksals, dass mich ausgerechnet in dieser Situation mein Freund Bauer angerufen hat. Um ehrlich zu sein: Ich bin selbst überrascht, was mir da eingefallen ist, um Reinicke auszutricksen. Ich hab ihm schnell klargemacht, dass ich das Gespräch annehmen müsse, weil der Anrufer ansonsten misstrauisch würde. Reinicke hat das kapiert, aber gedroht, sofort zu schießen, falls ich etwas Falsches sagen würde.«

»Und in dieser Situation waren Sie dann tatsächlich so cool, um Ihrem Freund die verschlüsselte Nachricht zu übermitteln«, staunte die Kripochefin, denn sie wusste bereits Bescheid. »Die Buchstaben SOS mit deren Stellen im Alphabet und *Mayday* als *Maientag*. Das ist wirklich eine beachtliche Leistung.«

Häberle lächelte wieder, während ein anerkennendes Raunen von den Kollegen zu vernehmen war. Selbstironisch schob er nach: »Das mit dem *Maientag* klappt natürlich nur in Städten, wo es so einen traditionellen Feiertag wirklich gibt.«

»Und wie ging das weiter? Dann hat er Sie in den Bunker gesperrt?«, forderte Frau Winter die Schilderung des weiteren Geschehens ein.

»Ja, aber erst, nachdem er mir zu erklären versucht hat, dass er mit dem Falschgeld betrogen worden und ihm dies erst jetzt so richtig klar geworden sei.« Häberle überlegte kurz, denn eigentlich hatte sich ja Reinickes unbändiger Zorn an etwas anderem entzündet, nämlich am Hinweis auf Ivonne. Reinicke war also über das Gespräch informiert gewesen, das Häberle jüngst mit ihr geführt hatte. Aber genau dies wollte Häberle jetzt auch nicht ansprechen, sondern griff die Frage von Frau Winter nach dem Falschgeld auf: »Angeblich hat er gehortete D-Mark-Scheine – alles Erspartes, wie er behauptet hat – ohne die strengen Bankmodalitäten in Euro umtauschen wollen und im Internet – ich würde sagen: im Darknet – Angebote dafür gesucht. Der Umtauschkurs sei zwar schlecht gewesen, aber die Transaktion diskret und anonym abgelaufen. Sozusagen: Keiner kennt keinen.«

»Und wie ist das vonstattengegangen?«, hakte Frau Winter nach.

»Angeblich über ein Erdversteck oder eine kleine Höhle irgendwo auf der Schwäbischen Alb, so genau hat er es mir nicht gesagt. Man hat ihm die Koordinaten dazu übers Darknet übermittelt. Dort hat er das Geld deponiert, musste sich entfernen und eine Zeit lang abwarten, bis ihm aufs Handy die Koordinaten für ein anderes Versteck mitgeteilt wurden, aus dem er die Euros holen konnte.«

Eine Männerstimme aus dem Hintergrund wollte wissen: »Wie viel Zeit ist zwischen Ablegen der D-Mark und Abholen der Euros verstrichen?«

»Lieber Herr Kollege«, gab sich Häberle süffisant, »bedenken Sie bitte, ich bin mit Reinicke nicht bei einem Bier zusammengesessen. Wenn einem jemand eine Kanone unter die Nase hält, geht man nicht auf Details ein. Aber es hat sich so angehört, als sei der Deal mit dem Umtausch in einer einzigen Nacht erfolgt.«

»Gewisses Gottvertrauen braucht man bei solchen Modalitäten aber schon«, warf eine junge Kollegin ein.

Häberle nickte: »Wenn man eine größere Menge alte D-Mark hat und sie nicht offiziell bei der Bundesbank umtauschen will, muss man wohl ein gewisses Risiko eingehen.«

»Also das Risiko, übern Tisch gezogen zu werden«, meinte die Kripochefin, die sich sofort an die geplanten Razzien erinnerte, von denen sie übers Bundeskriminalamt und die Zentralstelle zur Bekämpfung der Internetkriminalität erfahren hatte. Auch der benachbarte Alb-Donau-Kreis, so war ihr vertraulich mitgeteilt worden, sei davon betroffen. »Das alles hat er Ihnen so freimütig erzählt und Sie dann eingesperrt?«

»Na ja«, überlegte Häberle, »wir alle wissen, dass es Täter gibt, die in psychisch angespannter Situation prahlen müssen, weil sie davon ausgehen, ja doch nicht überführt zu werden. Das ist eine äußerst riskante Situation. Ich hab versucht, beruhigend auf ihn einzuwirken. Aber als ich ihn dann auf seine Ex-Partnerin, die Ivonne Kohler, angesprochen habe, ist er ausgerastet.«

»Die ... Frau Kohler?«, wiederholte die Kripochefin, als habe sie den Namen nicht richtig verstanden.

»Ja, denn die scheint sich auch einen Anteil von dem Geld erhofft zu haben. Und einiges über Reinicke zu wissen. Ist ja auch kein Wunder, sie waren jahrelang zusammen. Ich bin mir ziemlich sicher, dass auch sie weiß, was zwischen Reinicke und den Noltes steht.«

»Dieses dubiose Geheimnis«, sprach Frau Winter aus, was Häberle andeutete.

»Ja, deshalb müssen wir hoffen, dass sie wieder so weit gesund wird, um es uns zu sagen. Ich denke, dass sie dies dann nach allem, was mit ihr geschehen ist, auch tun wird.«

»Und die D-Mark-Scheine«, hakte die Soko-Leiterin nach, »die könnten das Info-Honorar für die Geiselgangster von damals gewesen sein?«

»Das sagen Sie, Frau Winter!«, entgegnete Häberle schnell.

»Die Formulierung vom vierten Mann will ich nicht mehr in den Mund nehmen.« Wieder gab es für die zuhörenden Kollegen Grund zu kurzen Gesprächen untereinander, denn die Jüngeren unter ihnen konnten mit dem *vierten Mann* nichts anfangen.

»Um es nun kurz zu machen«, fuhr er fort, »Reinicke geriet regelrecht in Rage, hat gedroht, mich umzubringen, worauf ich ihm klargemacht habe, dass dies an seiner Lage nichts ändern werde, weil viele andere bereits über alles informiert seien. Glaubt mir, liebe Kollegen, in diesem Moment fällt es schwer, einen klaren Gedanken zu fassen. Alles rast durch den Kopf: War's das jetzt? Werde ich so sterben? Im Dienst hast du alles überstanden, und nun bist du freiwillig in eine Falle getappt, die dir ausgerechnet einer gestellt hat, den du mal zum persönlichen Bekanntenkreis gezählt hast.« Häberle nahm wieder einen Schluck Wasser. »Dann hat er mich in dieses Loch bugsiert, wo ich keine Chance hatte, ihm die Waffe abzunehmen. Ich hab versucht, ihm ruhig zu erklären, dass man bald nach mir suchen und dann auch auf ihn zukommen werde. Aber das ist in seinem völlig irren Zustand nicht zu ihm durchgedrungen. Er wolle mich nicht umbringen, das hat er dann doch noch gesagt. Aber einen wirklichen Plan schien er nicht zu haben. Mein einziger Trost war, dass mein Freund Bauer, der ja wusste, wohin ich gefahren war, schnell reagieren würde.«

»Reinicke hätte doch gar keine Chance gehabt«, stellte nun Linkohr fest und gab zu bedenken: »Außerdem war Ihr Auto vor dem Haus geparkt.«

»Stimmt. Aber erstaunlicherweise hat er an das gedacht und mir die Wagenschlüssel abgenommen. Man hat die ja jetzt im Haus gefunden. Vermutlich wollte er das Auto irgendwie verschwinden lassen.«

»Was aber bei dieser Nobelklasse ziemlich sinnlos ist«, warf die Chefin ein. »Über die Apps der Hersteller lassen sich die Standorte ermitteln.«

»Zum Glück weiß dies nicht jeder kleine Ganove«, antwortete Häberle.

»Wenn ich Sie richtig verstehe, gehen Sie davon aus, dass Reinicke es war, der Ivonne Kohler erschießen wollte?«, bohrte die Kripochefin nach.

»Davon bin ich sogar überzeugt. Sie hat nicht nur Geld gefordert, sondern ihn mit Sicherheit sogar erpresst, weil sie einiges über seine Vergangenheit wusste. Dass die gehorteten D-Mark tatsächlich von den damaligen Geiselgangstern stammten – als Beuteanteil für Tipps zu den Örtlichkeiten im Untergeschoss der Sparkasse.«

»Und aus Angst, mit einer größeren Geldmenge verdächtig zu sein, hat er es auf kein Konto einbezahlt und auch nicht, wie andere dies getan hätten, ins Ausland geschafft, sondern daheim gehortet«, resümierte Frau Winter.

»Was nicht ausschließt, dass er hin und wieder auch etwas zum Lebensunterhalt benutzt hat. Wir wissen ja nicht, wie hoch sein Beuteanteil war. Aber bei 2,7 Millionen Mark damals können es locker 200.000 gewesen sein. Das war damals viel Geld, heute wären es nur 100.000 Euro«, rechnete Häberle vor. »Im Übrigen«, so fuhr er fort, »ist ja anzunehmen, dass die doppelläufige Waffe, mit der Reinicke mich bedroht hat, dieselbe ist, mit der Frau Kohler im Parkhaus angeschossen wurde.«

»Das herauszufinden, wird nicht einfach sein«, meinte einer der Kollegen. »Du weißt selbst: Der glatte Lauf einer Schrotflinte hinterlässt an den Kügelchen keine Spuren. Ich befürchte, auch die Antwort auf die Frage, um welches Geheimnis es da geht, wird uns noch beschäftigen. Oder hast du schon einen Verdacht, August?«, meinte einer der Kollegen, die vor ihm saßen.

Häberle ging nicht darauf ein.

210

Der Medienauflauf war kleiner als gedacht. Als per Pressekonferenz einen Tag später die Aufklärung der Schießerei im Parkhaus erläutert wurde, waren neben der Lokalpresse samt dem eifrigen Fotografen Giacinto Carlucci nur der lokale TV-Sender *Filstalwelle* anwesend. Seit die Redaktionen der auswärtigen Medien allerorts sparen mussten, zogen sie sich aus den Provinzstädten zurück, mit der Folge, dass der ländliche Bereich journalistisch kaum noch beackert wurde. Staatsanwaltschaft und Polizeipräsidium bekamen es mit immer weniger kritischen Journalistenfragen zu tun, vor allem aber dünnte sich auch die Anzahl der aufwendig recherchierenden Medienleute dramatisch aus.

Dies erleichterte es den Behörden, Sachverhalte mit eher nebulösen Darstellungen und standardisierten Formulierungen vorzutragen. Das Verbrechen im Parkhaus wurde als Beziehungstat dargestellt, bei der es sich um die gemeinsame Vergangenheit zweier Partner gehandelt habe, die sich jedoch schon vor einigen Jahren getrennt hätten. Der Mann, – ein 64-jähriger Handwerker, habe wohl aus Zorn und Verbitterung heraus auf seine einst langjährige Partnerin geschossen. Bei den Ermittlungen, so lautete die allgemeine Formulierung, wie sie zum Repertoire eines jeden Polizeipressesprechers gehörte, sei man auf den mutmaßlichen Täter gestoßen, der sich jedoch der Festnahme in seinem Haus durch bewaffneten Widerstand zur Wehr gesetzt habe und dabei von einem Schuss aus einer Dienstwaffe tödlich verletzt worden sei. Der Mann sei illegal im Besitz einer Jagdwaffe gewesen, die, den ersten Begutachtungen der Kriminaltechnik zufolge, dieselbe sein könnte, mit der auf die Frau im Parkhaus geschossen worden sei.

Häberle hatte sich mit Bauer hinter die Medienvertreter gesetzt, die keine Notiz von ihnen nahmen. Er flüsterte seinem Ex-Kollegen zu: »Wir können gespannt sein, was die Ivonne eines Tages sagt, falls sie wieder aus dem Koma erwacht.«

Ein Journalist der örtlichen Zeitung, der als einer der wenigen im tempoverrückten Onlinegeschäft der Verlage noch Zeit zum gründlichen Nachbohren hatte, meldete sich zu Wort: »Aber es soll doch auch um Falschgeld gegangen sein.«

»Falschgeld?«, echote der aus Ulm herbeigeeilte Staatsanwalt, als habe er davon noch gar nichts gehört. »Nun, es gibt derzeit bundesweit einige Ermittlungsverfahren, die jedoch unseren Erkenntnissen zufolge mit dem Verbrechen, um das es bei uns hier geht, nichts zu tun haben.«

Häberle flüsterte Bauer wieder ins Ohr: »Entweder ist der wirklich so ahnungslos oder er lügt hemmungslos.«

Der Journalist legte nach: »Gerüchteweise hört man in der Stadt, dass der erschossene Handwerker früher gute Beziehungen in, sagen wir mal, nicht gerade sozial schwache Kreise gepflegt hat und sich im Dunstkreis einiger merkwürdiger Vorkommnisse bewegt hat ...«

Frau Winter ließ ihn nicht ausreden. »Ich bitte Sie! Das ist Schnee von gestern. Bitte nicht schon wieder der Sparkassenraub. Was damals war, wer, wie, warum und wo beteiligt war, wer davon profitiert hat und wer wen von damals kennt und wer was verschweigt, ist mir völlig wurscht. Fest steht, dass im Zusammenhang mit dieser Geschichte damals niemand umgebracht wurde, also ist die Angelegenheit verjährt. Punkt. Aus.« Ihre Stimme klang nun schrill, doch sie setzte noch eins drauf: »Und auch falls der jetzt Getötete in die Sache involviert war, spielt das nicht die geringste Rolle.«

Häberle flüsterte einer jungen Frau, die vor ihm saß und zur *Filstalwelle* gehörte, ins Ohr: »Fragen Sie mal, was das Opfer vom Parkhaus sagt.« Die Angesprochene drehte sich erschrocken um, hatte aber Häberles Hinweis verstanden und brachte die Frage sofort an.

Wieder zeigte sich der Staatsanwalt verlegen: »Soweit mir bekannt ist, ist die Frau noch immer nicht vernehmungsfähig.«

»Ist es für die Ermittlungen nicht wichtig, von ihr zu erfahren, was sich zwischen ihr und dem Mann zugetragen hat?«

»Nur zweitrangig. Für uns war wichtig, zweifelsfrei den Täter ermittelt zu haben. Was ihn zur Tat bewogen hat, ist nicht mehr von höchster Relevanz, da er strafrechtlich nicht mehr belangt werden kann.«

211

Dass Heidi Nolte mehrere Tage in Untersuchungshaft gesessen war, hatte die Öffentlichkeit nicht mitbekommen. Als das Landgericht endlich der Haftbeschwerde ihres Anwalts stattgegeben hatte, holte der sie in *Gotteszell* ab und chauffierte sie zu Wolfgangs Haus nach Rattenharz, wo sie nach kühler Begrüßung und ohne viel Worte ihren Wohnungsschlüssel wieder abholte und sich anschließend von dem Juristen zurück nach Schwäbisch Gmünd bringen ließ.

In ihrer kleinen Wohnung angekommen, ließ sie sich in einen Sessel fallen, um all das Schreckliche der letzten Tage noch einmal an sich vorbeiziehen zu lassen. Dann stellte sie sich unter die heiße Dusche, als müsse sie das Elend, das sie durchgemacht hatte, von ihrem ganzen Körper waschen. In ihrer Seele würden die Gefängnistage aber eingebrannt bleiben. Denn was machte es schon für einen Unterschied, ob man die Zeit im Gefängnis als U-Haft oder Freiheitsstrafe bezeichnete?

Als das angenehm warme Wasser über ihre Haut geperlt war, schien auch neue Energie in ihr aufzusteigen. Im Kühlschrank fand sie noch etwas Essbares, das während ihrer Abwesenheit nicht verdorben war. Sie schenkte sich abgestandenen Rotwein aus einer angebrochenen Flasche ein und versuchte, die Gedanken zu ordnen. Eigentlich hatte sie sofort Häberle anrufen wollen, doch jetzt empfahl ihr die innere Stimme, die Ereignisse zunächst sacken zu lassen. Sie brauchte Ruhe. Sie sehnte ihr weiches Bett herbei, die nächtliche Stille ohne das Gerassel von Schlüsseln und harten Schritten auf Betonboden.

Im Bett liegend, nahm sie sich vor, alles zu sagen. Alles. Und ihr Anwalt Doktor Lubenow hatte versprochen, sämtliche Hebel in Bewegung zu setzen, um auch den Verdacht der Geldwäsche von ihr abzuwenden, obwohl natürlich nicht mehr nachzuweisen war, dass sie das Geld für den Goldkauf damals tatsächlich vererbt bekommen hatte.

Doch jetzt wollte sie sich einige Tage zurückziehen.

Es war besser, die weiteren Schritte ihrem Rechtsanwalt zu überlassen. Noch einmal wollte sie sich nicht zwischen alle Stühle setzen.

212

Nachdem sie bei der Pressekonferenz aufmerksame Zuhörer gewesen waren, hatten sich Häberle und Bauer an den Ort ihrer konspirativen Treffen zurückgezogen, wie sie die Kellerbar in Bauers Eigenheim inzwischen bezeichneten. Häberle gönnte sich ein Weizenbier und fühlte sich innerlich noch immer von den bedrohlichen Geschehnissen aufgewühlt. »Ich dank dir, dass du alles sofort kapiert hast«, wiederholte er, was er auf ähnliche Weise bereits mehrfach gesagt hatte. »Ich weiß nicht, wie das sonst ausgegangen wäre. Der Reinicke war in einem psychischen Ausnahmezustand. Der wusste nicht mehr, was er tat.«

»Ja«, seufzte Bauer, »nicht auszudenken, wenn er überlebt hätte. Wahrscheinlich hätten ihm die Juristen eine irgendwie geartete psychische Störung attestiert und ihm jede Menge mildernde Umstände zugebilligt.« Er prostete Häberle zu: »Auf dein Wohl.« Nach einem kräftigen Schluck fügte er an: »Du musst doch nur die Zeitungen aufschlagen. Überall Verrückte. Mord und Totschlag. Messerstechereien. Und alle Täter waren angeblich psychisch gestört. Es könnte einem doch angst und bange werden, wenn so viel psychisch Gestörte oder irgendwie Traumatisierte durch die Gegend latschen.«

»Ach Edgar«, sank Häberle in sich zusammen. »Sei froh, dass wir schon so alt sind und diese erschreckende Entwicklung nicht mehr dienstlich mitmachen müssen. Wenn ein Staatsanwalt wie der in Berlin, der bei Lanz in der Talkshow war, schon öffentlich zugibt, dass aus Personalmangel gar nicht mehr alle Fälle bearbeitet werden können, dann braucht man sich nicht zu wundern, dass unsere Kollegen frustriert sind.

Kaum haben die ein paar Irre und Verrückte eingefangen, werden diese wieder freigelassen.«

Bauer wechselte das Thema: »Sag mal, August, hast du etwa deine ganze Konversation mit dem Reinicke mit deinem iPhone aufgezeichnet?«

Häberle verzog sein ernstes Gesicht zu einem Grinsen. »Ich bitte dich, Edgar. Das darf man doch nicht.«

»Hast du oder hast du nicht?«

»Leider hat der Akku unterwegs schlappgemacht. Aber bis zu dem Zeitpunkt, zu dem mich Reinicke die Treppe zum Bunker runterbugsiert hat, ist alles drauf.«

»Das können wir uns doch mal anhören. Würde mich interessieren.«

»Hört sich an wie der Ton zu einem *Tatort*-Krimi. Nur darf ich das niemals öffentlich vorspielen.«

»Brauchst du ja nicht. Du wirst auch nicht als Zeuge auftreten müssen. Wenn der Täter tot ist, gibt's keine Gerichtsverhandlung.«

»Deshalb bleibt das unter uns«, sagte Häberle und ließ es wie einen Befehl klingen. »Aber stell dir vor, der hätte mich erschossen und mein Smartphone hätte alles aufgezeichnet. Das wär für die Boulevardblätter ein Knüller gewesen, glaubst du mir das?«

»Nur hättest du es nicht mehr lesen können.«

»Aber wenn du's ins Internet gestellt hättest, hätte es garantiert Millionen Klicks gekriegt. Die Menschheit giert nach solchen absonderlichen Sensationen, merk dir das.«

213

Wenige Tage später lagen der Soko neue Erkenntnisse vor, die jedoch auf Drängen des Ulmer Polizeipräsidiums nicht an die Öffentlichkeit gelangen sollten: Die abgesägte Jagdwaffe, mit der Reinicke seine ehemalige Partnerin hatte töten wollen, könnte dieselbe gewesen sein, mit der im Herbst 1989, also vor jetzt ziemlich genau 30 Jahren, ein bislang ungeklärter Mord in Göppingen verübt worden war. An Blaubart, dem Autohändler. »Da haut's dir 's Blech weg«, kommentierte Linkohr, was Kripochefin Winter soeben erläutert hatte.

»Damit wäre für Reinicke der Fall nicht verjährt gewesen«, konstatierte sie. »Vielleicht hat Häberle gar nicht mal so unrecht, wenn er immer wieder auf diese alte Geschichte verweist.«

»Dann hat also Reinicke, mit dem es Häberle damals schon zu tun hatte, tatsächlich den Blaubart gekillt?«, fragte Linkohr, ohne eine Antwort zu erwarten. Natürlich war die mögliche Übereinstimmung der Waffe kein zwingender Beweis dafür, dass auch der Schütze derselbe war. Linkohr räumte deshalb sogleich ein: »Damit hat wohl Reinicke sein Geheimnis mit ins Grab genommen.«

»Aber es gibt ja wohl noch ein anderes Geheimnis, das Häberle enträtseln will«, meinte Frau Winter zerknirscht. »Hoffentlich hat das der Reinicke nicht auch mit ins Grab genommen.«

Kaum hatte sie das gesagt, tauchte an der offen stehenden Bürotür ein älterer Kollege auf und hielt eine ausgedruckte E-Mail in der Hand: »Entschuldigen Sie«, verschaffte er sich Gehör, »es gibt zwei Neuigkeiten.«

Winter drehte sich zu ihm um. »Wir hören.«

»Erstens«, begann der Beamte, »hat eine vorläufige Auswertung von Reinickes Computer ergeben, dass er im Darknet nach einer Möglichkeit zum Umtausch von D-Mark in Euro gesucht hat, und wohl auch fündig geworden ist. Tatsächlich mit einer ganz dubiosen Methode: Der Austausch sollte an einem Ort stattfinden, zu dem nur Koordinaten übermittelt wurden. Unsere Spezialisten haben ihn bereits bei Google Earth ausfindig gemacht: so etwa westlich von Nellingen im Alb-Donau-Kreis am Rande eines Waldstücks. Der Polizeiposten Amstetten, der zuständig ist, meint, es gebe dort mysteriöse Erdlöcher. Der Waldbesitzer glaubt zu wissen, es seien Überreste von Kohlenmeilern. Wir werden uns das mal ansehen.«

Frau Winter nickte »Und was noch?«

»Wir haben Nachricht von der Aalener Klinik. Frau Kohler ist aus dem Koma erwacht und wäre ansprechbar. Sie will aber nur mit Herrn Häberle reden. Mit niemand anderem.«

Erstauntes Schweigen. Die Soko-Leiterin reagierte hörbar gereizt: »Wieso das denn? Ich höre immer nur Häberle. Wann wird hier endlich begriffen, dass der Kollege seit einem halben Jahr im Ruhestand ist?«

Linkohr sah die Frau irritiert an. Sie wurde ihm immer unsympathischer. Man konnte ihm wirklich nicht nachsagen, etwas gegen Frauen zu haben. Aber vielleicht war es an der Zeit, sich auf eine andere Dienststelle zu bewerben.

214

Susanne war alles andere als begeistert. Gerade hatten sie gefrühstückt und manchen Zeitungsartikel kritisiert, da hatte Augusts frühere Dienststelle angerufen. Es war Linkohr, der Wichtiges mitzuteilen hatte: »Chef«, benutzte er noch immer die alte Anrede, »wir haben eine Aufgabe für Sie.«

»So?« Häberle runzelte die Stirn und verschwand mit dem schnurlosen Telefon in sein kleines Büro. Er ahnte bereits, dass er Susanne wieder allein lassen müsste, doch das brauchte sie jetzt nicht gleich aus dem Gespräch herauszuhören.

»Die Ivonne Kohler verlangt nach Ihnen.«

»Die …« Häberle blieb der Name im Halse stecken.

»Ja, sie ist aus dem Koma erwacht und möchte wohl eine Aussage machen. Aber nur, wenn Sie das erledigen.«

Das Geheimnis!, durchzuckte es ihn. Jetzt oder nie. Wenn diese Frau etwas zu sagen hatte, dann konnte es nur dies sein. Außerdem war sie die Einzige, die über Reinicke und dessen Umfeld etwas wusste. Neulich war sie noch abweisend gewesen, aber vermutlich hatte sie der Angriff im Parkhaus eines Besseren belehrt.

Häberle ließ sich von Linkohr die Adresse des Ostalb-Klinikums Aalen und die Zimmernummer der Patientin geben, beendete das Gespräch und kam zu Susanne ins Esszimmer zurück.

»Ein neuer Fall?«, fragte sie schnippisch und benutzte jene Formulierung, mit der sie ihn während seiner aktiven Laufbahn nach so einem Telefonat immer konfrontiert hatte.

»Nur noch einmal«, besänftigte er sie. »Die Angeschossene aus dem Parkhaus will nur mir etwas anvertrauen.«

Häberle war seiner Frau zutiefst dankbar, dass sie ihm wegen seines Berufs nie ernsthafte Vorwürfe gemacht hatte. Hätte er ihr aber geschildert, was ihm in Reinickes Haus widerfahren war, wäre sie hellauf entsetzt gewesen. Immerhin hatte er sich selbst eingestehen müssen, dass er vermutlich nie zuvor in eine derart brenzlige Situation geraten war. In der Aalener Klinik jedenfalls war mit so etwas nicht zu rechnen. Aber mit einer Überraschung allemal.

215

Häberle war die rund 50 Kilometer nach Aalen übers Remstal gefahren, durch Schorndorf und Schwäbisch Gmünd, jene Orte, die ihn an die Ermittlungen zu diesem Fall erinnerten. Nach knapp eineinhalb Stunden stand er an Ivonnes Krankenbett. Sie trug einen Kopfverband, war blass, neben ihr tropfte aus einer Flasche eine farblose Flüssigkeit in einen Infusionsschlauch, medizinische Geräte zeichneten auf einem grünen Display eine Kurve. »Sie sollten aber nicht länger als eine halbe Stunde bleiben«, mahnte ein hinzugekommener älterer Arzt, der mit Erlaubnis der Patientin erklären durfte, was medizinisch unternommen worden war: »Wir haben ein Stück Knochen aus dem Hirnschädel operieren müssen, um ein unter der Dura mater liegendes Geschoss entfernen zu können.«

Ivonne sah den Arzt müde und verständnislos an. Sie schien sich nur schwer konzentrieren zu können. Häberle wollte deshalb nicht weiter nachfragen, sondern begnügte sich mit seinen laienhaften Erkenntnissen, wonach der Mediziner offenbar die äußerste Hirnhaut gemeint hatte. »Unsere Patientin hat Glück gehabt. Weitere Schrotkugeln sind nicht sehr tief in ihren Körper eingedrungen. Entgegen der ersten Vermutung hat es keine schweren inneren Blutungen gegeben«, dozierte der Arzt, verabschiedete sich und ließ Häberle mit der Frau allein.

»Ich hoffe, Sie haben keine allzu großen Schmerzen«, sagte der Kriminalist und setzte sich auf einen Besucherstuhl.

»Ich hab wohl Glück gehabt«, erwiderte Ivonne leise. »Ich muss aber noch einige Tage hierbleiben.«

»Ich bin gerne zu Ihnen gekommen, und es ehrt mich, dass Sie nur mit mir reden wollen.«

»Ich kann den Rummel mit Polizei und so nicht brauchen. Da dachte ich, dass Sie vielleicht …«

»Das ist doch selbstverständlich«, unterbrach er freundlich.

»Es tut mir leid, das mit neulich …« Sie atmete schwer, ihr Gesicht verriet Schmerz.

»Ist vergessen. Reden wir einfach nur von dem, was Sie mir sagen wollen.«

Sie starrte zur Decke. »Ich war es, der Sie in all den Schlamassel reingezogen hat.«

Häberle lächelte milde, während sich Ivonnes Blick wieder ihm zuwandte. »Es war eine fixe Idee, Ihnen bei Ihrer Verabschiedung …« Sie schloss für einen Moment die Augen, als versuche sie, einen Schmerz zu unterdrücken. »… Ja, ich hab Ihnen die Handynummer von Boris zukommen lassen. Ich hatte von Ihrer Verabschiedung gelesen und wo diese stattfinden würde.« Sie sah zu der Infusionsvorrichtung, die neben ihr an einem Gestänge hing. »Ich dachte, Sie wären der Richtige:

kein Polizist, sondern jemand, der sich privat darum kümmert. In der Zeitung stand, Sie seien ein besonders sozial eingestellter Mensch.«

Häberle nickte und verzieh ihr insgeheim, dass sie ihm und Bauer erst vor Kurzem erklärt hatte, mit dem Namen Boris nichts anfangen zu können. Als ob sie diese Gedanken erraten hätte, fuhr sie fort: »Ich wollte, dass die Geheimnistuerei von Helmut endlich aufhört«, fuhr Ivonne fort, obwohl jedes Wort von Schmerzen begleitet war. »Ich hab sehr lange mit ihm zusammengelebt und weiß alles über ihn. Alles, verstehen Sie?«

Häberle wurde unvermittelt von einem Gedanken befallen, der ihm in der vergangenen Stunde nicht gekommen war: Wusste Ivonne eigentlich schon, dass Helmut Reinicke auf sie geschossen hatte? Und dass er tot war? Vermutlich hatte man ihr das noch nicht gesagt. Häberle entschied, die Frau in ihren mühsamen Schilderungen nicht zu unterbrechen.

»Ich hab ihm geholfen, ich war immer für ihn da«, flüsterte sie. »Dann aber ging's nicht mehr und ich bin weg. Außerdem hat er mich immer wieder hintergangen und betrogen. Das hab ich heimlich in seinem Computer gelesen. Mit Heidi … der Frau Nolte … hatte er ein Verhältnis.« Sie sah aus dem Fenster und sagte leise: »Ausgerechnet mit der. Tanzen sind sie gegangen.« Wieder eine kurze, offenbar von heftigen Kopfschmerzen erzwungene Pause. »Ja, ich war eifersüchtig. Das auch. Vielleicht wissen Sie das ja. Ich bin ihr einmal bis an ihr Haus gefolgt, nach Rattenharz. Hab ihr eine Abreibung mit Pfefferspray verpasst.« Häberle entsann sich sofort, dass Heidi Nolte ihm und seinem Freund Bauer erst kürzlich diesen nächtlichen Angriff geschildert hatte, wobei sie nicht wusste, ob ein Mann oder eine Frau dafür verantwortlich war.

Weil sie wieder schwer atmete, wagte Häberle eine Nachfrage: »Sie haben mir die Handynummer von diesem Boris zustecken lassen, vermutlich mithilfe einer Bedienung an diesem Abend, woher hatten Sie denn die Nummer von dem jungen Mann?«

Ivonne schluckte. »Aus Helmuts Adressenverzeichnis im Computer. Noch als ich bei ihm gewohnt habe, hab ich sie mir notiert. Einfach mal so, weil er viel von diesem Boris geredet hat. Ich hab doch gesagt, ich weiß alles von ihm.«

Für Häberle klang es so, als sei ihr dieses Wissen sehr wichtig gewesen. Vielleicht zuletzt sogar dienlich?

»Wissen Sie denn auch, ob er eine Waffe besitzt? Ein Jagdgewehr oder so etwas?« Häberle hatte sich bewusst für die Gegenwartsform entschieden, um sie seinen Tod nicht ahnen zu lassen.

»Waffe?«, wiederholte sie schwach und sah Häberle erschrocken an. »Glauben Sie, dass er …?« Sie wagte nicht, es auszusprechen, las aber die Antwort an Häberles ernstem Gesichtsausdruck ab.

»Er? Er hat …« Ihr Blutdruck schien in die Höhe zu schnellen, denn einer der Apparate begann, aufgeregt zu piepsen.

»Hat er denn eine Waffe?«, fragte Häberle ruhig.

»Was sagt er denn dazu? Was ist mit Helmut los?« Die Piepsintervalle verkürzten sich.

Häberle besänftigte die Patientin mit einer Handbewegung. »Sie dürfen sich nicht aufregen. Der Blutdruck.«

»Was ist mit Helmut?« Sie klang plötzlich besorgt und ängstlich. »Haben Sie ihn verhaftet?«

»Nein«, schüttelte Häberle langsam den Kopf. »Nicht verhaftet.«

»Was dann … Was sagt er?«

»Nichts sagt er«, entschied sich Häberle für eine Antwort. »Kann nicht mehr.«

»Kann nicht mehr? Ist er … ist er tot?«

Häberle war froh, dass es endlich gesagt war. Er nickte, worauf Ivonne ihren Kopf zur Seite drehte. Häberle vermochte diese Reaktion nicht zu deuten. War sie geschockt, traurig oder erleichtert? Er ließ ihr eine Minute Zeit, während der sich die Signalintervalle des Geräts wieder beruhigten.

»Wissen Sie, ob Herr Reinicke ein Gewehr besaß?«, durchbrach er die aufgekommene Stille.

»Ja, so eines zum Jagen. Er war kein Jäger«, sagte sie schließlich, ohne den Kopf zu Häberle zu wenden. »Er hat es von einem Russen gekriegt, den er damals in Leningrad kennengelernt hat.«

»Von Leningrad mitgebracht?«, staunte Häberle, weil ihm dies ziemlich unwahrscheinlich erschien.

»Nicht mitgebracht, sondern hier in Göppingen gekriegt. Der Russe hat auch hier gewohnt, ist aber wegen der Einweihung von diesem schwäbischen Lokal irgendwie dann auch in Leningrad gewesen.« Ivonne versuchte, ihre Gedanken zu ordnen. »Der Russe hat das Gewehr – es war so ein abgesägtes – wohl einem amerikanischen Soldaten abgekauft, der wieder zurück in die Staaten musste. Von dem weiß ich nur, dass man ihn Lukas genannt hat. Mir war das alles egal. Hab mich nur gewundert, wozu Helmut das Gewehr brauchte.« Ihre Worte erstickten in Tränen. »Und jetzt hat er damit auf mich geschossen? Er hat mich umbringen wollen?«

Nachdem sie sich wieder gefangen hatte, wollte sich Häberle dem Kern des Geschehens annähern: »Haben Sie ihn denn zu etwas gedrängt?«

Sie rieb sich Tränen aus den Augen. »Gedrängt?«, wurde sie wieder lebhafter. »Ich hab einfordern wollen, was mir zustand. Immer wieder hat er mir versprochen, dass ich auch einen Teil des Geldes bekäme.«

»Von welchem Geld war die Rede?«

»Von dem, das er dafür gekriegt hat, dass er sich damals von Heidi, als er noch mit ihr zusammen war, die Modalitäten hat erklären lassen, wie das mit den Geldtransporten funktioniert.

Er selbst hatte sich bei der Reparatur eines Rohrbruchs beim Tresorraum schon genau umsehen können.«

»War auch Herr Nolte in die Sache involviert?«

»Nein. Dass sich Heidi wenig später in ihn verknallt und Helmut verlassen hat, hatte damit nichts zu tun.«

»Reinicke war also ein Informant, den die Gangster von damals dafür bezahlt haben?«, brachte es Häberle fragend auf den Punkt und fühlte sich endlich in der Einschätzung bestätigt, dass es einen vierten Mann gegeben haben musste.

Als die Tür aufging und eine Krankenschwester auf ein Ende des Besuchs drängte, bat Häberle noch um eine Minute Zeit. Ihn beschäftigte eine weitere Frage: »Wie viel Geld hat er denn bekommen?«

»Ich meine, so knapp 200.000 D-Mark.«

»Und das hat er nie irgendwo angelegt oder aufgebraucht?«

»Natürlich hat er auch davon gelebt. Die Geschäfte liefen nicht immer gut. Aber zuletzt dürften schon noch 100.000 da gewesen sein.«

»Versteckt im Haus«, konstatierte Häberle.

»Ja, aber weil's mit der Rente nicht reichte, hat er versucht, es jetzt in Euro umzutauschen, was er bei keiner Bank tun wollte. Er hatte Angst, die Nummern der Scheine könnten damals registriert gewesen sei. Außerdem hatte er vor dem Prozess gegen die Räuber befürchtet, die würden ihn verraten.«

Ivonne rieb mit dem rechten Handrücken über die schweißnasse Stirn. »Schon als ich noch bei ihm war, hat er nach einer Möglichkeit gesucht, das Geld schwarz umzutauschen. Und als ich ihn vor einigen Wochen besucht habe, hab ich auf seinem Laptop etwas Merkwürdiges entdeckt und es schnell abfotografiert.«

»Ach?«, staunte Häberle, während die Krankenschwester schon wieder nervte. Noch einmal ließ sie sich abwimmeln.

»Es waren irgendwelche Koordinaten. Ich wusste gleich, dass ein konspiratives Treffen auf der Alb geplant war. Ich kenn mich mit solchen Sachen aus, denn Helmut und ich haben früher Geocaching gemacht. Kennen Sie das?«

Häberle nickte, obwohl ihm die Modalitäten und Spielregeln nicht geläufig waren.

»Ich hab das heimlich beobachten wollen«, gab sich Ivonne nun gefasster. »Aber dann haben sie mich bemerkt. Es war ziemlich gefährlich.«

»Man hat Sie bemerkt?«

»Ja. Es war Nacht. Jemand hat mir einen Sack über den Kopf gezogen und dann hat man mich an einen Baum gefesselt. Kurz drauf hat mich dann aber Helmut befreit.«

»Und dann?«

»Beschimpft hat er mich – und geschlagen. Er hat behauptet, ich hätte ihm ein Treffen mit wichtigen Informanten versaut, die ihm etwas zum Sparkassenraub und den Morden sagen wollten. Aber das war gelogen. Es ging nur ums Geld.«

Erneut wurde die Zimmertür geöffnet. »Jetzt ist aber Schluss«, gab die Krankenschwester mit Nachdruck zu verstehen.

Häberle erhob sich und lächelte der Pflegerin zu. »Ich verspreche Ihnen, ich bin jetzt gleich weg.«

Die Krankenschwester konnte dem Charme Häberles nicht widerstehen und verschwand. Dann blickte er stehend auf die Patientin und wurde seine letzte, aber für ihn wichtigste Frage los: »Und was ist nun zwischen Reinicke und Heidi Nolte so Geheimnisvolles gewesen?«

»Das wissen Sie nicht?«, staunte Ivonne.

»Nein, wirklich nicht.«

»Nicht Wolfgang Nolte war der leibliche Vater von Boris. Es war Helmut.«

Häberles Blutdruck nahm nun auch Fahrt auf.

»Heidi hat das Kind damals ihrem neuen Freund Wolfgang untergeschoben. Und ihn und Boris ein Leben lang in dem Glauben gelassen, der sei der Vater.«

Häberle resümierte: »Und deshalb hat sie alles darangesetzt, dass dies niemals bekannt wurde.«

»Ja, Helmut hat sie sogar immer mal wieder heimlich unterstützt, weil er die Situation nicht wirklich verkraftet hat.«

»Und Sie nun wohl auch nicht«, gab sich Häberle verständnisvoll. »Mit der heimlichen Botschaft an mich hatten Sie erwartet, dass die Sache irgendwann auffliegt.«

Ivonne nickte. »Auch, weil mich Helmut immer schändlicher behandelt hat. Daran hätte sich auch nichts geändert, wenn er mir das versprochene Geld gegeben hätte.«

»Sie haben ihn unter Druck gesetzt?«

Ivonne nickte langsam.

»Er hat Ihnen ja wohl noch Geld gegeben.«

»Hat er, ja. Aber viel weniger als versprochen.«

»Seien Sie froh«, meinte Häberle. »Was wir in Ihrer Handtasche gefunden haben, war alles Falschgeld.«

216

»Da haut's dir 's Blech weg«, kommentierte Linkohr, nachdem Häberle bei der Soko aus dem Gedächtnis Ivonnes Aussage zu Protokoll gegeben hatte. Natürlich würde sie das später, nach der Genesung, noch einmal vor einem diensthabenden Beamten wiederholen müssen.

»Sie haben Ihren vierten Mann nun endlich gefunden«, frotzelte Kripochefin Brigitte Winter. »Aber ob er auch für den ungeklärten Mord an Blaubart infrage kommt, bleibt weiterhin ein Rätsel.«

Häberle nickte wohlwollend. »Trotzdem bin ich mir ziemlich sicher. Denn wer sich von den älteren Kollegen noch an den Mord bei diesem Vereinsheim erinnern kann, wird wissen, dass sich beim Pächter dieses Heims ein anonymer Anrufer mit italienischem Akzent erkundigt hat, wer da am Vorabend erschossen worden sei.«

»Ja und?«, fragte Frau Winter verwundert.

»Da wollte jemand sichergehen, ob er den Richtigen erwischt hat. Mit möglicherweise gekünsteltem italienischem Akzent«, trumpfte Häberle auf, wohl wissend, dass seine Überlegungen jetzt nicht mehr von Bedeutung waren. »Der Reinicke hatte ein Faible für die Adria, für Italien. Sein Lieblingsspruch war ›tutto con calma‹. Das ist Italienisch und heißt auf Deutsch sinngemäß ›alles mit der Ruhe‹.«

Niemanden schien dies sonderlich zu interessieren. Nur Linkohr ahnte, woran Häberle in diesem Moment dachte. »So was hatten wir doch schon mal«, sagte er und spielte damit auf einen mehrere Jahre zurückliegenden Fall an einem Tunnel der großen Eisenbahnbaustelle zwischen Stuttgart und Ulm an. »Denken Sie an das kleine Stofffäffchen, das die spanische Aufschrift ›pura vida‹ getragen hatte! Man hat das damals frei übersetzt mit: ›Genieße das Leben, alles mit der Ruhe, alles wird gut.‹«

»Na wunderbar«, griff Frau Winter diesen Hinweis auf. »Damit schließt sich der Kreis. Ein wunderschönes Schlusswort für unseren lieben Kollegen Häberle. Finden Sie das alle nicht auch?«

Häberle unterbrach den aufkommenden Beifall und grinste: »Ich dachte, das Schlusswort sei schon vor einem halben Jahr gesprochen worden.«

Linkohr stichelte: »Na ja, wir würden uns freuen, wenn's trotzdem noch ein bisschen weiterginge.«

Häberle sah gut gelaunt in die Runde: »Es ist wie immer im Leben, liebe Kollegen: Wenn man denkt, es ist alles aus, dann geht's immer irgendwie weiter.«

IN MEMORIAM:
GERHARD SEELE ALIAS AUGUST HÄBERLE

Für meinen Kommissar August Häberle, der nun in 21 Kriminalromanen von mir vorkommt, gibt es ein reales Vorbild: Gerhard Seele. Er hat mich bis zu seinem allzu frühen Tod im Jahre 2011 zu vielen Lesungsabenden begleitet und war auch bei Interviews ein beliebter Gesprächspartner. In einem Porträt, das ich als Journalist im Dezember 2000 nach einem geklärten Mordanschlag auf der Schwäbischen Alb in der Geislinger Zeitung über ihn geschrieben habe, ist nachzulesen, wie charismatisch und engagiert er war. Deshalb sei es an dieser Stelle zur lieben Erinnerung an ihn abgedruckt:

Er ist kein Schimanski und kein Derrick. Die Arbeit der Fernsehkommissare hat mit der seinigen so gut wie gar nichts zu tun. Und doch ist er ein bisschen Bienzle, ein knitzer schwäbischer Kommissar, der droben auf der Alb die kniffligen Fälle löst.

Der Erfolg gibt ihm recht: Gerhard Seele, der Kommissar, der so schwätzt wie das Volk, hat mit seiner Sonderkommission den Mordanschlag auf einen Fernfahrer bei einem Alb-Dorf geklärt.

Nein, Krimis liest er nicht, und im Fernsehen schaut er sich allenfalls den Schimanski an. Nicht der »Action« wegen, »sondern wega de Sprüch'.« Denn wie da Fälle gelöst werden, mit zwei Mann und in maximal 90 Minuten, das ist fern jeglicher Realität. Der 52-jährige Seele mit dem Titel eines Ersten Kriminalhauptkommissars ist den Fernsehleuten aber deshalb nicht gram: »Die machen ihre Filme zur Unterhaltung.« Ihm jedoch fährt keiner den Wagen vor, wie dereinst dies Harry für Derrick getan hat.

Ein großer Fall, wie der Mordanschlag auf der Alb es war, ist nichts für Einzelkämpfer. Nur im Team lässt sich tagelange Kleinarbeit bewältigen, lassen sich Indizien zuordnen, Ungereimtheiten herausfiltern. So viele Kriminalisten, wie eine Polizeidirektion abzustellen vermag, bilden dann eine Sonderkommission. Denn wer permanent nur mit einem einzigen Fall beschäftigt ist, gewinnt einen besseren Überblick, hat mehr Kompetenz. Eine spannende Arbeit, sagt Seele. Spannend, »wenn sich die Lage schnell dreht«. Denn er weiß: »Jeden Tag gibt es eine neue Situation, neue Bewertungen und neue Schlüsse. Freilich, das »Langweiligste von allem«, die Schreibtisch-Arbeit, bleibt am Leiter der Sonderkommission hängen. Dabei ist er eigentlich ein Mann der Praxis, ein Mann für alle Fälle. 14 Jahre lang hat er bei der Landespolizeidirektion Stuttgart das Dezernat Sonderfälle geleitet, war überall im Ländle tätig, wenn die Lage für die Kriminalisten schier aussichtslos schien. Gerade dies aber sind Seeles reizvollsten Fälle, dann nämlich, wenn es heißt, »den kriegt ma net.« So lange er den Job in Stuttgart innehatte, gab's auf dem Bandensektor keinen einzigen ungeklärten Fall, auch bei Erpressungen nicht. Nur zwei Morde blieben offen – in Nekarsulm und Sindelfingen. Auch Auslandseinsätze hat's gegeben, sogar mit dem ungarischen Spezialeinsatzkommando.

Vor Kurzem erst hat's den erfolgreichen Kriminalisten wieder ins heimische Filstal (Kreis Göppingen) zurück verschlagen. Im Zuge der allgemeinen Umorganisation und weil's in Göppingen nun eine ähnliche Stelle gibt. Hier hat der Schwabe mit dem knitzen Humor und dem scharfen Verstand seine Laufbahn einst begonnen. In Bopfingen auf der Ostalb geboren, war er auf Empfehlung seines damaligen Box-Trainers statt zur Bundeswehr zur Bereitschaftspolizei gegangen. Wenig später entdeckte er seine Begeisterung für die Arbeit der Kriminalpolizei. Eine richtige Entscheidung, wie er heute weiß. Obwohl er eigentlich viel lieber Seemann geworden wäre. Doch die Leidenschaft hat er dann zum Hobby gemacht, als Hochseesegler, an der deutschen Küste oder am Mittelmeer.

Er schaut dem Volk aufs Maul – und er weiß, wie zurückhaltend die Menschen auf dem Land sind, wenn der Herr Kommissar etwa wissen will. »G' hört haben sie alle was, aber so richtig was zu Protokoll geben, das ist dann doch eine andere Sache. Seele kennt die vorsichtigen Formulierungen: »I sag ja nex, i moin ja bloß.« Wie Beobachtungen einzuschätzen sind, oft beiläufig gemacht unter Stress oder bei Nacht, das weiß Seele längst: »I glaub et ällas, was oiner g'seh hot.«

Gelassenheit gehört zu diesem Job, Menschenkenntnis und Erfahrung auch. Dieser Seele, ein Gemütsmensch, des guten Essens, wie man vermuten darf, nicht gerade abhold, strahlt Vertrauen und Optimismus aus. Keiner, der ruppig ist, der cholerisch reagiert, wie man das von Manfred Krug her kennt, dem Tatort-Kommissar Paul Stoever. »Mit mir kann man koine Händel kriega«, sagt der Göppinger Kriminalist.

Nur unterschätzen darf man ihn nicht, wenn er da so sitzt, die kräftigen Arme verschränkt. Er war aktiver Judoka und ist in dieser Sportart noch immer Trainer bei der Göppinger Turnerschaft. Früher, da hat er die Kenntnisse auch mal dienstlich angewandt, als es noch kein Spezialeinsatzkommando gab: »Do isch ma selber zur Tür neig'hopft.«

Derlei »Action« ist nicht das Tagesgeschäft. Mühsam werden Protokolle erstellt, gelesen, verglichen, Spuren gesichtet. Macht sich dann allgemeiner Frust breit, weil man wieder mal im sprichwörtlichen Dunkel tappt und kein Erfolg in Sicht ist, muntert Seele seine übernächtigten Kollegen mit ein paar Worten wieder auf. Dann macht er seinem Namen alle Ehre – als die gute Seele der Mannschaft.

DANKSAGUNG

Ohne die vielen geduldigen Informanten, Helfer, Zeitzeugen und anderweitigen Quellen wäre es nicht möglich, einen historischen Kriminalfall nachzuzeichnen und möglichst realitätsnah mit einer fiktiven Geschichte zu verknüpfen. Als Journalist, der ich ein Berufsleben lang war, ist mir sehr daran gelegen, die Ermittlungsarbeit von Polizei und Justiz, aber auch von Medizinern und Medien wirklichkeitsgetreu darzustellen. Obwohl sich dieser Kriminalroman eng an ein wahres Verbrechen anlehnt, muss natürlich der Spannung wegen auch eine gewisse künstlerische Freiheit erlaubt sein.

Ganz besonders möchte ich mich bei der Kreissparkasse Göppingen bedanken, die mich anlässlich ihres 175-jährigen Jubiläums auf die Idee gebracht hat, jenen Fall in den Mittelpunkt zu stellen, dessen Opfer sie im März 1982 geworden ist. An erster Stelle sei deshalb Jürgen Malchers erwähnt, welcher die Jubiläumsaktivitäten koordiniert. Er hat mich ebenso kräftig unterstützt wie Claudia Glanzberg, die stellvertretende Geldwäschebeauftragte und Datenmanagerin, sowie die Teamleiterin GWG & Compliance Adelheid von Stieglitz. Aus dem Haus der Kreissparkasse waren dies auch Goldexperte Rainer Matheis und die ehemaligen Mitarbeiterinnen und Mitarbeiter, die direkt mit den Gangstern konfrontiert waren: Angelika Rühl als Chefsekretärin sowie Dieter Wagner als Hauptkassierer. Für medizinische Fragen stand mir wie seit Jahren schon Doktor med. Frank Reuther zur Seite, der Stellvertretende Ärztliche Direktor der Klinik für Psychiatrie, Psychotherapie und Psychotraumatologie am Bundeswehrkrankenhaus Ulm.

633

Von der Justiz bekam ich große Unterstützung von den beiden ehemaligen Ulmer Landgerichts-Richtern Reiner Gros und Gerd Gugenhan sowie von dem einstigen Göppinger Schöffenrichter Doktor Josef Stöhr.

Vonseiten der Polizei haben mir mehrere aktive und auch pensionierte Beamte geduldig Fragen beantwortet: Hartmut Zeller, der die Soko *Fils* in Göppingen geleitet hat, Pressesprecher Roland Fleischer des in Göppingen angesiedelten landesweiten Präsidiums *Einsatz* sowie dessen Präsident Ralph Papke, aber auch der Pressesprecher des Polizeipräsidiums Ulm, Wolfgang Jürgens, sowie die früheren Pressesprecher der einstigen Polizeidirektion Göppingen, Jürgen Holder und Werner Keim und der frühere Göppinger Polizeidirektor Josef Walser.

Weitere Fragen zu polizeilichen Angelegenheiten haben mir Manfred Malchow (früher Revierleiter Geislingen) sowie Manfred Luipold (Initiator des Polizeimuseums in Göppingen) beantwortet. Wichtige Informationen hat mir auch der Tübinger Rechtsanwalt Hans-Christoph Geprägs beigesteuert. Und einer, dem ich sehr viele Informationen zu dem wirtschaftlichen Engagement in Leningrad (beziehungsweise Sankt Petersburg) zu verdanken habe, ist Rainer Barth.

Dank gilt auch meinen Göppinger Ex-Zeitungskollegen Joa Schmid und Harald Betz sowie der Redaktionsassistentin Heike Leischner.

Als wertvolle seriöse Quellen dienen die Printmedien, die zuverlässig und ausführlich berichten und denen auch Jahre später interessante Details noch zu entnehmen sind – wie etwa dem Nachrichtenmagazin *Der Spiegel* und den örtlichen Tageszeitungen, insbesondere hier aus der *NWZ* Göppingen, der *Geislinger Zeitung* und dem *Ehinger Tagblatt*. Auch auf YouTube fanden sich interessante Beiträge von *Aktenzeichen xy … ungelöst* und dem Südwestfernsehen.

Die Aufzählung all derer, die mir bei meiner aufwendigen Recherche geholfen haben, ist gewiss nicht vollständig, doch sei stellvertretend für alle die vielen, die mir mit kleinen Tipps zur Seite standen, noch Mariangela Giolito-Weiss aus Centa San Nicolò im Trentino erwähnt.

Und was wäre ein Bomm-Krimi ohne die Lektorin? Nichts. Deshalb gilt ihr, nämlich Claudia Senghaas, ein ganz lieber Dank für die unendliche Geduld, die sie seit über 17 Jahren für mich aufbringt. So etwas geht nur, wenn beide auf der gleichen Wellenlinie liegen.

August Häberle ermittelt:

GMEINER SPANNUNG

WWW.GMEINER-VERLAG.DE
Wir machen's spannend